Provence im Jahre 1483: die Zeit der Inquisition. Ganz allein steht die junge Manou da. Ihre Familie ist durch die Pest umgekommen, und die Leute im Dorf meiden sie immer deutlicher. Denn Manou verfügt über wahrsagerische Kräfte und heilende Hände, weshalb man sie hinter ihrem Rücken als Hexe bezeichnet. Sie muss fliehen und findet Unterschlupf in einer Höhle.
Ein adliger Alchimist holt sie von dort zu sich auf die Burg Buoux. Hier begegnet Manou einem Leben voller Luxus. Allmählich merkt sie jedoch, dass sich die Frau ihres Lehrmeisters, Angèle de Saignon, mit Schwarzer Magie beschäftigt und Manous Fähigkeiten für ihre dunklen Machenschaften ausnutzen möchte. Als sie dem Teufel einen Säugling opfern soll, gibt es für Manou nur einen Ausweg: Sie flieht mitsamt dem Kind in ein Kloster.
Aber Angèle kommt ihr auf die Spur, und Manou muss erneut Hals über Kopf flüchten: mit den Schäfern auf dem Weg in die Alpen. Hier begegnet sie Olivier und verliebt sich in ihn. Endlich scheint sie gefunden zu haben, wonach sie sich seit Jahren verzweifelt gesehnt hat. Doch ihre Widersacherin lässt ihr keine Ruhe …

Sabine Korsukewitz wurde 1953 in Berlin geboren, wo sie als Radiomoderatorin und Buchautorin arbeitet. So viel Zeit wie möglich verbringt sie jedoch in der Provence. Neben mehreren Kinderbüchern verfasste sie die Romane »Koalamond« (Bd. 14024) und »Das Lied der Zikaden« (Bd. 14602), die beide auch als Fischer Taschenbuch vorliegen. Im Krüger Verlag ist ihr neuer großer Roman »Königin Giovanna« erschienen.

Unsere Adresse im Internet: www.fischer-tb.de

Sabine Korsukéwitz

Der Zauber des Windes

Roman

Fischer Taschenbuch Verlag

Limitierte Sonderausgabe
Veröffentlicht im Fischer Taschenbuch Verlag,
einem Untemehmen der S. Fischer Verlags GmbH
Frankfurt am Main, März 2003

Lizenzausgabe mit Genehmigung
des Wolfgang Krüger Verlags, Frankfurt am Main

Druck und Bindung: Clausen & Bosse, Leck
Printed in Germany
ISBN 3-596-50626-3

1

März des Jahres 1499. Ein Schatten in der Nacht bewegte sich an der äußeren Befestigungsmauer von Fort Buoux. Langsam und mit vielen mühseligen Unterbrechungen kroch er abwärts, tastend und nach Halt für Füße und Hände suchend.
Es war ein Mädchen oder eine junge Frau in Männerkleidung, in Kniehosen und Kittel, barfuß. Ein Paar Stiefel hing ihr um den Hals, schlug gegen ihren Leib und behinderte den Abstieg. Auf dem Rücken trug sie, still und schlaff, in ein Tuch geschlungen, einen Säugling. Das Mädchen spürte seine Reglosigkeit, die lose Schwere der winzigen Glieder, und hoffte, dass sie nicht zu viel von dem Mohnsaft in die Milch gegeben hatte. Doch das leiseste Weinen oder Wimmern hätte sie der Entdeckung preisgegeben. Der Tod im Schlaf, ein jäher Sturz in die Tiefe und das Zerschellen auf dem grauen Felsen war besser als das, was sie und dieses vollkommen wehrlose Kind erwartet hätte, wären sie oben geblieben.
Nachdem der Entschluss gefasst war, hatte sie lange in ihrer Kammer gewartet, hatte an dem abendlichen Mahl teilgenommen wie jeden Tag – wenn es ihr auch schwer gefallen war, ihre Unruhe zu verbergen –, hatte ein paar Bissen heruntergewürgt, hatte Müdigkeit vorgeschützt und gebeten, sich zurückziehen zu dürfen. Und dann hieß es warten, das Licht löschen, Schlaf vortäuschen. Voll angekleidet unter der Decke hatte sie gewartet, dass Ruhe einkehrte in der Garnison, im Haus des Gouverneurs. Und es hatte lange gedauert, viel zu lange, eine Ewigkeit. Sie lag steif und still, wagte kaum zu atmen und horchte auf die Geräusche der Dienstboten. Bis dahin war ihr nie aufgefallen, wie lange in die Nacht hinein sie noch geschäftig in den Gängen hin und her liefen. Sie hörte leise Schritte auf den Treppen hallen, Türen knarren, Schranktüren auf

und zu klappen, Flüstern, verstohlenes Lachen, den hellen Klang von Gläsern und Geschirr, die man auf Tabletts vorbeitrug und in die Küche brachte. Der Gouverneur schritt schlaflos in seinem Arbeitszimmer auf und ab – oder war es die Bibliothek? Madame lag im Bett und las, das wusste sie ohne ans Fenster zu gehen und sich hinauszubeugen, um nach den Lichtern zu sehen. Sie spürte das Leben und die Geschäftigkeit um sich herum und kam sich plötzlich vor wie in einem Ameisenhaufen.

Endlich kehrte Ruhe ein im Haus. Im Schutz der Dunkelheit schlich sie sich nach oben ins Turmzimmer, wo sie das Kind wusste. Die Amme schlief fest vom Wein und schnarchte. Es war keine gute Amme, denn sie trank und das Kind war ihr gleichgültig. Sie kümmerte einzig und allein das Silber, das man ihr versprochen hatte, wenn das hier vorbei war. Nun, sie würde kein Silber bekommen, wahrscheinlich würde man sie hart bestrafen für ihre Unachtsamkeit.

Das Mädchen beugte sich über die Wiege und nahm den Säugling heraus, wickelte ihn in ein wollenes Tuch, sodass nur die winzige Nase heraussah, und band ihn sich in ihrem Umhang auf den Rücken, wie sie es die Bäuerinnen auf dem Feld hatte tun sehen, so wie es ihre eigene Mutter getan hatte, damals. Und dann schlich sie hinaus, nicht zum Tor, sondern zu einer Stelle auf dem Wehrgang, die sie schon Tage zuvor ausgesucht hatte. Sie schwang sich über die Zinnen und begann sich vorsichtig herabzulassen.

Hoch und schroff war der Felsen, auf dem Fort Buoux stand. Sicher war es gebaut worden von einem jener kleinen Stammesfürsten vor langer Zeit, als es galt, sich gegen die Sarazenen zu verteidigen. Das befestigte Herrenhaus bildete die Krone eines schmalen Plateaus, von dem aus man weithin das Tal der Aigue Brun überblickte. Es war nur über einen schmalen Pfad zugänglich, der sich an die Steilwand schmiegte. Keine zwei Männer konnten dort nebeneinander gehen. Und gleich hinter dem Tor, einem Rundbogen aus Stein, niedrig und ebenso schmal wie der Weg dahin, war das Wachhaus.

Das Ausfalltor über der geheimen Treppe war so geheim nicht, dass nicht auch dort Soldaten gestanden hätten. Eine Garnison, die schwach besetzt war in diesen verhältnismäßig friedlichen Zeiten:

Nur knapp siebzig Mann, dazu an die vierzig Mägde, Knechte, Handwerker. Die Soldaten langweilten sich. Sie hatten nichts anderes zu tun, als zu exerzieren, Wache zu stehen und die Mägde zu belästigen.

Der Flüchtling hatte seinen Weg sorgfältig ausgewählt. Die Nordseite wurde von den Wachen gemieden. Dort wehte der üble Dunst der Müllhalde herauf, auf die man die Abfälle von Küche und Schlachthaus warf und die Latrineneimer leerte. Überdies bildete der Felsen hier einen Überhang, der von unten nicht zu meistern war. Dass irgendjemand den Weg in umgekehrter Richtung nehmen könnte, daran hatte man nicht gedacht.

Die alten Mauern und die Felsen waren verwittert von Zeit und Wind. Von weitem mochten sie abweisend und glatt aussehen, aber für eine junge Ziegenhirtin, die das Klettern gewohnt war, fanden sich genug Spalten und Vorsprünge, an denen sie Halt finden konnte. Elle für Elle schob sie sich schräg abwärts über die Wand, auf einen Absatz am unteren Ende zu. Ihre Muskeln brannten von der ungewohnten Anstrengung. Einmal kam ein junger Feigensprössling, an dem sie sich festgehalten hatte, plötzlich frei. Sie ruderte mit einem Arm, suchte hastig neuen Halt mit dem anderen. Loses Mauerwerk und Sand folgten dem entwurzelten Bäumchen. Das Geräusch schien ihr entsetzlich laut, ganz so, als müsse es jeder oben in der Garnison gehört haben. Reglos und mit Angstschweiß auf der Stirn presste sie sich an den Fels, lange Augenblicke, bis sie den Mut fand, ihren Weg fortzusetzen. Sie musste diesen Teil ihrer Flucht bis Mondaufgang bewerkstelligt haben. Im Mondlicht würde sie nur allzu deutlich zu sehen sein.

Dann wieder erstarrte sie mitten in der Bewegung, als oben auf der Mauer zwei Wachen gingen. Einer blieb stehen, doch nur, um sich die *braguette* zu öffnen und sich zu erleichtern. Er pisste in hohem Bogen in den Abgrund, richtete zufrieden grunzend seine Kleidung und endlich hörte man, wie sich seine Schritte entfernten und er seinen Kameraden zurief, ihm etwas von dem Wein übrig zu lassen, er habe nun wieder Platz geschaffen. Gelächter war während dieses Vorgangs in der jungen Frau unten an der Wand aufgestiegen, der Angst zum Trotz oder gerade deshalb: ein unbändiger Drang zu lachen, der sie schüttelte. Sie biss sich auf die

Unterlippe, dass sie blutete und ihr die Tränen in die Augen schossen.

Nur kein Laut jetzt, hinunter, weiter, weiter, bis ihre Füße ein schmales Sims erreichten, knapp eine Elle breit. Dankbar für die Finsternis, die gnädig den Abgrund unter ihr verbarg, tastete sie sich an der Mauer entlang, bis sie fand, was sie von oben ausgemacht hatte: einen Ginsterbusch, der zwischen Mauer und Felsen hervorgewachsen war, hoffentlich fest genug, um ihr Gewicht zu tragen. Ginster, das wusste sie von der Feldarbeit, hatte die Eigenschaft, sich tief und zäh zu verwurzeln. Hier fand sie auch ein Seil, das sie ein paar Nächte vorher gestohlen und heruntergeworfen hatte. Sie löste die Stiefel von ihrem Hals und zog sie an, schickte ein Stoßgebet zu allen Heiligen, befestigte den Strick am Ginsterbusch, zog einmal fest daran, um die Haltbarkeit zu prüfen, und ließ sich dann herunter.

Und wie sie schon gedacht hatte: Die Länge reichte bei weitem nicht.

Da hing sie nun zehn oder fünfzehn Ellen über dem Boden und versuchte abzuschätzen, ob sich ein Sprung aus dieser Höhe überstehen ließ. Es gab ja doch kein Zurück. Unten wartete die Müllhalde. Die Abfälle von Jahrhunderten mochten den Aufprall mildern.

Das Seil glitt durch ihre steif gefrorenen Hände. Sie ließ sich fallen. Und landete weich, sank bis zu den Knien ein in die stinkende Masse, hörte kleine Knochen brechen unter ihren Stiefeln.

Ängstlich fühlte sie zuerst nach dem Säugling auf ihrem Rücken, zog Füße und Schuhwerk aus dem zähen Unrat, wankte mit zitternden Knien zur Felswand und setzte sich. Der infernalische Kot- und Verwesungsgestank um sie herum war ihr für den Augenblick gleichgültig. Sie wärmte sich die Hände zwischen den Oberschenkeln, bis das Gefühl in die Finger zurückkehrte. Überall raschelte und knackte es auf der Halde. Ratten balgten sich um Essensreste, huschten, nagten an den Knochen größerer Tiere. Schließlich, als ihr Herz wieder ruhiger schlug und die Beine nicht länger den Dienst versagten, stand sie auf und wischte mit einem Grasbüschel den ärgsten Schmutz von Händen, Hosenboden und Stiefeln.

Die Männersachen hatte sie von einem Stallknecht erhalten, der sie gegen einen Liebeszauber eingetauscht hatte, der einfältige Tropf: Eine prächtige Karotte, bei Neumond in Stierdung begraben, bei zunehmendem Mond wieder gehoben – jetzt in seiner Hosentasche mitzutragen, wenn er zum Stelldichein ging ... Die Enttäuschung war abzusehen. Doch würde er tunlichst vermeiden, mit ihr in Verbindung gebracht zu werden, und also sein Maul halten. Mit zwei Paar dicken wollenen Strümpfen übereinander passten die Stiefel leidlich. Barfuß oder in zarten Damenschuhen durch den Wald zu laufen wäre unmöglich gewesen. Zu lange schon hatte sie sich verzärteln lassen. Ihre Fußsohlen und Hände waren weich geworden, die Nägel waren abgebrochen bei der Kletterei und die Füße bluteten. Aber das war ohne Bedeutung jetzt. Schlimmeres als abgebrochene Fingernägel erwartete sie, wenn man ihrer habhaft würde.

Von hier aus fiel der Berg nach Norden hin sanft ab, die einzige Seite der Felsenfestung, die sich nicht hoch und schroff aus der Schlucht erhob wie eine massive Säule.

Das Mädchen stand auf und überwand nach einem vorsichtigen Blick zu den Zinnen hinauf in wenigen Sprüngen die gerodete Fläche zwischen dem Fuß des Felsens und dem schützenden Wald. Trotz der Eile und der inneren Unruhe bemühte sie sich, leise aufzutreten, denn noch das kleinste Geräusch trug weit in der Schlucht. Und das war gut so, trotz des Weines waren die Wachen doch nicht faul. Trockene Zweige krachten wie Schüsse, Geröll spritzte nach den Seiten, die Ratten flüchteten unter schrillen Pfiffen. Jemand blickte herab, zu spät: Er konnte nichts mehr ausmachen und während die Flüchtige hastig im Gestrüpp verschwand, hörte sie die Rufe:

»Halt!«

»Wer da?«

»*Allez,* es war wohl nur ein Reh oder ein Has.«

Es war nicht mehr weit jetzt. Sie erreichte das Dorf Saint-Germain, in dem ihre Verwandten wohnten. Niedrige Häuser aus groben Feldsteinen gefügt duckten sich beiderseits der Straße gegen den Berg. Alles schlief. Das Village war dunkel und still.

Das Mädchen ging um eines der Häuser herum und kratzte am Fens-

terladen, hinter dem, wenn sich nicht alles geändert hatte inzwischen, und es änderte sich wenig im Village, ihre Tante schlief: »*Tante* Bérénice! *Tante* Bérénice, wach auf, mach auf bitte! *C'est moi: Manou!*« Nach einigem Kratzen, Scharren und Klopfen wurde der Laden einen Spalt weit aufgezogen und das mürrische, verschlafene Gesicht der Tante erschien in dem Rahmen aus Stein. Sie schaute überrascht, als sie Manou erkannte, überrascht, aber nicht erfreut.
»Du!? Was willst du denn hier – um diese Zeit? Wart! Ich komme heraus.«
Damit verschwand sie wieder, um sich ein warmes Kleidungsstück überzuwerfen. Als sie die Haustür öffnete, versperrte sie mit ihrem massigen Körper dem Mädchen den Weg. Abschätzig glitten ihre Blicke über die zerzausten Haare, die blutigen Schrammen, die Brombeerranken im Gesicht hinterlassen hatten, die Hosen. Schließlich verweilten sie auf dem Bündel, das Manou auf dem Rücken trug. Der Mund verzog sich zu einem höhnischen Grinsen: »Schau an, hat dir der noble Herr ein Balg angehängt? Das musste ja so kommen. Und in Nacht und Nebel vor die Tür gesetzt, ja? Und da fällt dir nichts anderes ein, als zu uns zu kommen, die du jahrelang keines Blickes gewürdigt hast, als du dich noch eine feine Dame dünktest. Ist es so?«
Halblaut aus Furcht vor neugierigen Nachbarn, aber doch triefend vor Gift wurden diese Worte vorgebracht.
Manou versuchte sich hineinzudrängen, mit einem angstvollen Blick über die Schulter zum Fort hin. »*Tante* Bérénice, ich habe mich schlecht betragen euch gegenüber. Ich schwöre, dass es mir Leid tut! Aber es ist nicht, wie du denkst. In Gottes Namen bitte ich dich: Bedenke, dass wir blutsverwandt sind, und hilf mir jetzt. Ich bitte dich sehr, auf Knien, wenn es dich denn freut: Da! Ich knie! Versteck mich!«
Die Matrone gab den Weg nicht frei. »Was denn? Nicht hinausgeworfen? Bist freiwillig gegangen? Und sie suchen dich?«
Manou nickte.
»Ah! So: Na, wegen einem Bankert werden sie kaum hinter dir her sein. Was hast du außerdem angestellt? Hast gestohlen?«
»Nein! Ich habe nichts Böses getan, das schwör ich.«
»Hm«, das verächtliche Schnauben besagte deutlich, dass man ihr

nicht glaubte. Ja, Tante Bérénice hatte immer nur das Schlechteste von ihr angenommen, es hatte wenig Sinn, sie gerade jetzt umstimmen zu wollen – wenn sie ihr nur Unterschlupf gewährte. Das Mädchen blickte sich gehetzt um.
Ein berechnender Blick der Matrone: »Und was tust du für mich, wenn ich euch Zuflucht gebe, dir und dem Balg? Hast du was, womit du mich bezahlen kannst? Ah, lass nur. Gut: Ich werde dich verstecken um meines verstorbenen Bruders willen, Gott hab ihn selig. Aber nicht hier im Haus! Da werden sie dich am ehesten suchen. Komm mit in den Stall. Da kannst du auf dem Heuboden schlafen und morgen sehen wir weiter.«
Bérénice schlurfte voraus zu einem hölzernen Gebäude ein Stück weit hinter dem Haus, auf einer Wiese. Sie öffnete die Stalltür und wies mit einer einladenden Handbewegung in das warme, tierdunstige Halbdunkel.
»Bitte sehr, Madame! Fühlt Euch ganz wie zu Hause! Euer Bett sei das weichste Stroh und der Wein das kühlste, klarste Wasser in dem kostbaren Eimer dort hinten. Falls die Ochsen schon daraus gesoffen haben, wird Euch das ja kaum genieren, Madame, da Ihr es einmal ja gewohnt wart, mit wilden Tieren unter einem Dach zu leben …«
Manou wollte aufbrausen, besann sich aber anders: »Ja, ich verstehe, *tante* Bérénice, dass du einen Groll gegen mich hegst. Weide dich ruhig an meinem Fall. Ich nehme an, das habe ich verdient.«
Sie wandte der Älteren kurz den Rücken zu, um den Raum in Augenschein zu nehmen, und tat einen Schritt hinein. Sofort wurde hinter ihr die Tür zugeworfen und sie hörte, wie der schwere Riegel vorgeschoben wurde. Sie warf sich dagegen. »Warte! *Chère tante,* was tust du? Warum sperrst du mich ein?«
»Willst du wohl aufhören so herumzuschreien«, zischte Bérénice von draußen. »Du wirst noch das ganze Dorf aufwecken. Und was meinst du, was die dann machen werden mit einer Hexe wie dir?«
Manou verstummte.
»Keine Sorge, Schätzchen. Ich riegele nur zu deiner eigenen Sicherheit ab.« Welch zuckersüßer Ton auf einmal!
»Aber das Kind! Der Säugling braucht Milch! Er kann nicht bis zum Morgen ohne Nahrung bleiben«, fiel es dem Mädchen ein.

»So melke eine der Ziegen, faule Trine! Du wirst dich ja noch erinnern, wie das geht!«
Damit schlurfte die Matrone fort, doch keineswegs zurück ins Bett. Zu ihrem Entsetzen sah Manou durch einen Spalt zwischen den Brettern, wie es im Hause hell wurde, hörte aufgeregtes Geraune und sah schließlich, wie ihr Cousin, der verhasste Frédéric, eilig dem Fort zustrebte, eine Laterne in der Hand.
Sie würden sie verraten! Welch eine bodenlose Dummheit anzunehmen, dass sie sich geändert hätten mit den Jahren. Manou hätte sich selbst ohrfeigen mögen: Statt Sicherheit zu finden, war sie auf direktem Wege in die Falle getappt. Bérénice und ihr geliebter Frédéric, falsch waren sie und habgierig. Sicher erhofften sie eine Belohnung vom Gouverneur, wenn sie ihm den Flüchtling in die Hände lieferten, mehr, als sie ihnen hätte geben können. Für ein paar Kupfermünzen und einen Sack Gerste würde Frédéric noch seine eigene Mutter verkaufen. Wie hatte sie das nur vergessen können?
Keine Zeit für Wut jetzt, Ärger vernebelt die Gedanken, keine Zeit für Tränen, als ob Tränen je etwas geändert hätten. Nur fort von hier!
Manou tastete sich an der Bretterwand entlang, rüttelte und zerrte, bis sie eine angerottete Stelle fand. Das Vieh schnaubte und scharrte unruhig. Manou lachte leise in sich hinein. Gut, dass Frédéric so träge war. Ihre eigenen Brüder hätten niemals Haus, Speicher oder Stall derart verkommen lassen, dass man ohne große Wucht mit dem Stiefel die morschen Bretter heraustreten konnte. Als der Spalt groß genug war, nahm sie den Säugling in die Arme und hielt ihn so vor sich, dass ihm nichts geschehen konnte, während sie ihren eigenen Körper hinterherzwängte. Ein Stück vom Kittel blieb am zersplitterten Holz hängen – ratsch! –, schön war er ohnehin nicht gewesen. Das Kind wimmerte leise, doch darauf konnte sie jetzt keine Rücksicht nehmen. Sie band es sich wieder auf den Rücken und rannte, was die Lungen hergaben. Sie rannte durch den Wald, ein gehetztes Tier, am Ufer der Aigue Brun entlang, durch die Schlucht und über Hirtenpfade. Bald wurde ihr Atem kurz, die Seiten stachen, ihr Schritt verlangsamte sich. Hörte sie hinter sich bereits die Hunde ihres Herrn, war da Hufschlag, der von den Klippen hallte? Hatte man ihre erneute Flucht schon entdeckt?

Keine Belohnung für die fette Bérénice und ihren hinkenden Sohn! Madame Angèle würde höchst ungehalten sein über eine solche Ungeschicklichkeit! Ein kurzes, hustendes Gelächter entrang sich ihr. ›Geschieht euch recht! Belial soll euch holen, an euren schwarzen Seelen müsste er seine Freude haben!‹

Weiter und weiter, durch die Garrigue, durch Pinienhaine und zwei Bäche, die jetzt im Frühjahr Wasser führten, so dass die Jagdhunde von ihrer Spur abgelenkt würden, im Zickzack wie ein Hase. Gut, wenn die Stiefel dabei nass wurden. Der Gestank von der Müllhalde wäre sonst überdeutlich wahrzunehmen. Sie nahm sich einen Augenblick, um Stiefel und Beine abzuspülen mit dem klaren Wasser, und horchte in die Nacht: Die Verfolger holten auf. Diesmal war es keine Einbildung: Hunde jappten, Männer mit Fackeln suchten den Boden nach Spuren ab, doch fanden sie kaum welche: Ein abgerissener Ast, eine Schleifspur, wo Manou ausgeglitten und einen kleinen Abhang hinuntergerutscht war. Doch die meiste Zeit über hatte sie sich bemüht, auf Felsen zu bleiben, wo sie keinerlei Abdrücke hinterlassen würde.

Sie taumelte. Mit Schrecken sah sie den klaren Schattenumriss, den sie jetzt warf. Der Mond war aufgegangen und beleuchtete alles in seinem kalten, silbrigen Licht. Sie konnte nicht mehr weiter. Auf einen Baum? Die Eichen waren noch kahl jetzt im Frühjahr und boten keine Deckung. Und die Pinien waren glatt und zweiglos im unteren Teil. Da kam man nicht hinauf – es sei denn … Gehetzt und nass vom Schweiß – die Hunde stimmten bereits das aufgeregte Jaulen an, das anzeigte, dass sie Witterung aufgenommen hatten –, fand sie eine Pinie und eine Eiche so dicht beieinander stehend, dass es möglich war, von einem Baum in die Krone des anderen zu springen. Mit letzter Anstrengung erklomm sie die Eiche und erreichte von dort aus die unteren Zweige zu ihrem Versteck im dichten, dunklen Nadeldach. Sie rollte sich auf einer Astgabelung zusammen und konzentrierte ihre Gedanken darauf, wie ein Krähennest auszusehen, dachte an Stock, Gras und Borke, unzählige Zweiglein ineinander verwoben, Daunenpolster, schimmernde hellbraune Harztropfen, Flitterkram, weißlich getrockneten Kot, das Flirren und Flattern weiter brauner Schwingen im Anflug, die Erschütterung, das Schwanken des Astes, wenn sich einer der großen Vögel abstieß und in die Luft schwang, hungrige Nestlinge, Fleischfetzen, Gedärm und Fellreste im Geflecht aus Zweigen, warmes Mäuseblut, Eichhörnchen, junge Kaninchen ... Wind in den Ästen und Nadelduft ...

»Was ist das für ein dunkler Klumpen da oben in dem Baum?«

Zwei Hunde sprangen am Stamm hoch und bellten: »Hierher, hier, hier! Da ist sie! Wir haben sie gefunden!«

»Ein Krähennest! Weiter, ihr blöden Tölen! Ihr sollt das Mädchen finden, nicht Vögel jagen!« Peitschenhiebe klatschten. Verwirrt und gekränkt jaulten die Hunde auf und kniffen die Schwänze ein. Manou hörte die ganze Meute abziehen.

Sie setzte sich auf, rittlings über einen dicken Ast, und dachte nach: ›Und weiter? Wohin kann ich jetzt noch? Warum nur habe ich nicht besser geplant? Hat man mir nicht beigebracht, dass Angst und Hast schlechte Ratgeber sind? In Panik bin ich davongerannt wie ein Fuchs und selbst der ist besser dran als ich, weil er stets mehrere Löcher hat, in die er sich verkriechen kann. Wohin? Wohin nun?‹

Ein Kloster fiel ihr ein, ein Nonnenkloster. Sie war mit ihrer Mutter früher schon einmal dort gewesen, um Heilkräuter zu verkaufen, solche, die sich im Klostergarten nicht fanden, und den wilden Honig, den die *Sœurs Noires* liebten, so wenig Genuss sie sich auch sonst gestatten mochten.

Das Kind auf ihrem Rücken regte sich und sie nahm das Tragetuch ab, um nach ihm zu sehen. Mit Erleichterung stellte sie fest, wie die Wirkung des Betäubungsmittels wenigstens so weit nachgelassen hatte, dass es nunmehr nur noch fest schlief, anstatt schlaff und starr wie ein kleiner Leichnam auf ihrem Rücken zu baumeln. Doch was tun, wenn es aufwachte? Mit einer so langen Flucht hatte sie nicht gerechnet, hoffte sie doch bei ihren Verwandten – Gott verfluche diese hartherzige Sippe – Unterschlupf zu finden. Milch hatte sie nicht bei sich und sie hatte keinerlei Vorstellung davon, wie lange man so ein kleines Kind ohne Nahrung lassen konnte. Eile war ganz sicher geboten. Sie band sich das Tuch mit der geringen Last wieder auf den Rücken, verknotete es sorgfältig vor der Brust, stieg vom Baum und lief, so schnell sie konnte, die Hänge des Luberon hinab.

Den Wald hatte sie hinter sich gelassen und stolperte nun durch unebenes Gelände, lichte Garrigue mit wenigen *chênes blancs,* Aleppo-Pinien, Liguster, mannshohem Besenginster und Dornengestrüpp bewachsen.
Es war die Zeit des *petit matin,* als Manou mit dem Kind das Kloster erreichte, die erste Dämmerung, falsches Tageslicht noch, nur ein Widerschein am Himmel, die Stunde der Täuschungen. Sie hob den bronzenen Ring an der Tür und ließ ihn gegen das Holz fallen. Dumpf hallten drinnen die Schläge wider.
Nach einer guten Weile schlappten langsam Schritte heran, ein Guckfenster in der Tür wurde geöffnet, Manou in Augenschein genommen und für ungefährlich befunden, denn die Tür wurde sogleich von innen entriegelt und öffnete sich einen Spalt. Herzlich war das Willkommen nicht.
»Was willst du?«, knarzte eine alte Stimme.
»Ehrwürdige Mutter, ich bitte um Asyl für mich und dieses Kind.«
Aber da kam sie schlecht an. »Was? Asyl? Unverschämte Kreatur! Sonst legen sie uns ihre Schandbälger auf die Schwelle und verschwinden heimlich und leise – mit einem Anflug von Scham wenigstens! Und du kommst her, zeigst rotzfrech dein Hurengesicht und verlangst auch noch, mit durchgefüttert zu werden?! Kscht! Verschwinde!«
Die alte Nonne machte Anstalten, die Tür wieder zu schließen. In ihrer Verzweiflung und ohne lange nachzudenken, stellte Manou ihren bestiefelten Fuß dazwischen.
»Was? Auch noch aufsässig dazu?«
»Um Jesu willen, hört mich an: Es ist nicht mein Kind, das ich euch hier bringe. Es wurde gestohlen und ich weiß nicht, wem es gehört. Aber es sollte dem Satan geopfert werden und so habe ich es genommen und bin geflohen, um es zu retten. Bitte lasst mich ein oder nehmt wenigstens den unschuldigen Säugling um seiner Seele willen. Ich bin nicht einmal sicher, ob er getauft ist. Es muss kurz vor dem Verhungern sein, das arme Ding. Ich bin die ganze Nacht gelaufen und konnte ihm nichts zu trinken geben.«
Sie hatte das Tragetuch von ihrem Rücken gelöst und hielt der Nonne das Kind entgegen. Seltsamerweise schien ihm die Flucht weniger übel bekommen zu sein, als anzunehmen war, denn es gluckste

freundlich und streckte die winzigen Finger nach der Nonne aus. Ihr Ausdruck besänftigte sich gleich, so wie es mit vielen Menschen ist, wenn sie ein kindliches Wesen, sei es Mensch oder Tier, zu Gesicht bekommen. Sie lächelte, gurgelte »duudeluudeluuuu!« oder etwas Ähnliches und nahm ihn Manou aus den Armen.

»Nun, wenn du ihm nichts zu trinken geben konntest, dann ist es wohl auch nicht deins und dieser Teil deiner Geschichte wenigstens ist wahr. Eine Schwarze Messe? Maria, hilf!« Sie bekreuzigte sich, was ihr schwer fiel mit dem Kind im Arm, trat aber doch von der Tür zurück und ließ das Mädchen eintreten.

»Es wird am besten sein, ich bringe dich zur *abbesse.* Der kannst du deine Geschichte erzählen und die wird dann entscheiden, was weiter zu geschehen hat.« Sie winkte einer anderen Nonne, die vorüberging, tuschelte mit ihr und übergab ihr das Kind.

»So, der arme kleine Wurm wird sofort versorgt werden. Was dich angeht ... setz dich hier hin und warte!« Sie schob das Mädchen in einen kleinen Raum neben der Pforte, in dem es kein Mobiliar gab außer einer rundum laufenden Steinbank an der Wand. Die Erschöpfung und die überstandene Angst ließ sie plötzlich frösteln in ihrem durchgeschwitzten Hemd. Ihr Kopf fühlte sich so leer und taub an wie ein ausgehöhlter Kürbis.

Nach einer Zeit, die ihr sehr lang vorkam, kehrte die Pförtnerin zurück mit einer anderen Nonne, die den Gast mit dem neugierig glänzenden Blick eines Vogels in Augenschein nahm. »So – das ist sie also? Komm mit. Ich soll dich zur Mutter Oberin bringen.«

Manou war so müde, dass sie weder das empörte Zischen betreffend ihrer Kleidung wahrnahm noch ihre Umgebung. Es schien ihr, als sei sie noch einmal so lange durch düster hallende Steingänge gelaufen, Treppen auf und Treppen ab, durch Tore und Bögen, wie sie vorher Wildnis durchquert hatte, als sie an einer schön geschnitzten Tür ankamen und ihre Begleiterin leise anklopfte.

»Herein«, schallte es von drinnen. Die Nonne öffnete die Tür und schob Manou vor sich her. Manou sah durch einen Nebel von Benommenheit einen niedrigen, behaglichen Raum, mit Teppichen ausgelegt und einem Kamin, in dem ein Feuer freundlich flackerte. An einem zierlichen Schreibtisch saß Eléonore de Castillon, bereits tätig zu dieser frühen Stunde. Sie schrieb etwas, die Feder kratzte über das Pergament und sie ließ sich nicht stören, bis sie damit fertig war. Dann erst blickte sie auf, fragend. Die Schwester, die Manou hergebracht hatte, sagte: »Dies ist das Mädchen. Sie hat uns einen Säugling gebracht, der nicht ihr eigener ist, angeblich, und Schwester Bucheria sagt, sie behauptet, er sollte in einer Schwarzen Messe geopfert werden und sie habe ihn gerettet und jetzt möchte sie …«

»Ist sie stumm?«, fragte die Äbtissin amüsiert. »Kann sie nicht selbst sprechen?«

»Doch, schon.«

»Dann danke ich euch, Schwester Agnes. Wir wollen euch nicht länger von euren Pflichten abhalten. Ihr könnt mich mit dieser jungen Frau ruhig allein lassen. Der Säugling ist versorgt und wohlauf?«

»Ja, Mutter Eléonore.«

»Gut.« Schwester Agnes verschwand, nicht ohne einen weiteren empörten Blick auf Manous Beinbekleidung.

»Nimm Platz«, sagte die Äbtissin, wies Manou einen Stuhl auf der anderen Seite ihres Schreibtisches an und betrachtete den seltsamen Gast: Ein Mädchen in der groben Kleidung eines Stallknechts oder Bauernkerls, aber mit gepflegten weißen Händen. Das Gesicht, jetzt schmutzig und zerkratzt, war nicht hübsch, besaß aber eine gewisse Ansehnlichkeit durch die Ausstrahlung von Intelligenz und Temperament. Ein Wust von braunschwarzen Locken war mit einem Band im Nacken zusammengefasst, doch einige widerborstige Strähnen hatten sich daraus befreit und standen wirr nach allen Seiten ab oder klebten an schweißigen Schläfen fest. Die Augenfarbe konnte sie nicht erkennen, da das Mädchen den Blick gesenkt hielt – sie vermutete braun, so wie die der meisten Provençalinnen.

»Ich sehe schon, das muss eine abenteuerliche Reise sein, die du hinter dir hast, mein Kind. Ich nehme an, du hattest deine Gründe, Männerkleidung zu tragen. Wir werden dir etwas anderes zum Anziehen geben. Wie heißt du, mein Kind?«

»Manou.«

»Wie alt bist du?«

»Weiß nicht genau. Ich bin geboren in dem Jahr, in dem die Durance im Sommer ausgetrocknet ist.«
Das, überlegte Eléonore, müsste dann 1486 gewesen sein. Die Nichtgebildeten orientierten sich an allgemein bekannten Ereignissen: Kometen, Schlachten, die Amtseinführung neuer Fürsten, Päpste und Könige. Die Bauern markierten die Jahre am Ertrag oder an besonderen Naturereignissen. Wenn das also stimmte, dann wäre das Mädchen vierzehn Jahre alt. Es sah erheblich jünger aus, vielleicht aufgrund schlechter Ernährung.
»Wo kommst du her und was ist das für eine Geschichte von einem Satanskult und einem Kindesopfer?«
»Ich komme aus dem Luberon-Gebirge, aus der Gegend der Aigue Brun.«
»Und …?«
»Ich stand in Diensten des Herrn de Saignon.«
»Ist es etwa sein Kind, das du gestohlen hast?«
»Um Gottes willen, nein! Nein!«
Mit wildem Blick sah das Mädchen nach der Tür, als erwarte sie jeden Augenblick, dort ihre Verfolger hereinstürmen zu sehen. Warum um alles in der Welt hatte sie das Balg nicht einfach auf die Schwelle gelegt und sich davongemacht, als noch Zeit dazu war? Sie war zu müde, zu verwirrt, das war es. Da machte man Fehler. Und nun saß sie hier und sollte mit Fragen gelöchert werden. Und kaum machte sie den Mund auf, da verdächtigte man sie auch schon! Wie leicht wäre es, ihre Geschichte zu verdrehen und unglaubwürdig zu machen! Wer war sie denn? Ein dahergelaufenes Dienstmädchen von zweifelhaftem Ruf. Und diese Dame, diese Karrieregeistliche mit dem kostbaren Pectorale auf der Brust, dem edelsteinbesetzten Kreuz, Zeichen ihres Ranges, diese Dame mit dem angeborenen Selbstbewusstsein ihres Standes, die stand doch einem Gouverneur wesentlich näher als einer wie ihr.
»Wirst du verfolgt?«
»Ähm, ich glaube nicht. Ich denke, es ist mir gelungen, sie abzuschütteln im Wald.«
»Sei ganz ruhig. Hier wird dir nichts geschehen.«
Manous Lippen zuckten und die gute Äbtissin machte sich Vorwürfe. Wie unbedacht und voreilig, dem Mädchen gleich eine Ver-

dächtigung an den Kopf zu werfen. Aber man sah so viel Dummheit und Niedertracht in dieser Welt, dass man ganz hart werden konnte davon. Dieses junge Mädchen hatte Angst und keinen Platz, keinen Freund auf der ganzen Welt. Deshalb war sie hier. Man musste sie zuerst einmal beruhigen.

»Schau mich an, Kind!«

Manou hob den Blick, dunkle Augen, fast schwarz, wie Maulbeeren, mit einem harten undurchsichtigen Schimmer, ein frühreifer Blick, der den schmächtigen Körper Lügen strafte.

»Ich weiß schon, was du denkst: Die Kirche ist eher den reichen und hohen Herren zugeneigt als solchen wie dir. Das denkst du doch, nicht wahr? Ja, ich weiß. Aber du musst bedenken, dass auch Gottes Vertreter auf Erden zuvorderst einmal Menschen sind, Menschen, die nach Vollkommenheit streben, die einen mehr, die anderen weniger, je nach Kraft und Veranlagung. Und diejenigen, die das Leben im *domus religiosae* gewählt haben, das sind solche, die sich von Eitelkeiten und Besitzstreben losgesagt haben. Wir fühlen uns den Nichtbesitzenden verpflichtet, der *misericordia* und *caritas.* Ich bin nicht dein Feind und du hast hier dieselben Rechte wie jeder andere Mensch, zumindest das Recht, angehört zu werden. Dein Wort soll mir ebenso gut sein wie das jedes anderen. Also?«

Manou zögerte, leckte sich über die Lippen, starrte aus diesen undurchdringlichen schwarzen Augen und fuhr schließlich fort.

»Ich stand also in Diensten dieses Herrn – und da ich … Zutritt zu seinen Räumen hatte … da … also … da kam mir einiges zu Ohren. Monsieur de Saignon betreibt ein alchimistisches Labor und auch sonst allerlei geheime Wissenschaften. Und nun … ich hörte ihn sagen, wie er den Wechsel des Jahrhunderts für ein magisches und günstiges Datum erachtete. Kurz: Ich erfuhr, dass er ein besonderes Ritual plante für diese Nacht. Ein paar Tage zuvor war plötzlich und auf verschwiegenen Wegen ein Säugling ins Herrenhaus gebracht worden. Er wurde in einem abgelegenen Turmzimmer versteckt und niemand wusste davon außer den Herrschaften, einer versoffenen, schwachsinnigen Amme und mir. Ich durfte mit niemandem über seine Anwesenheit sprechen und hatte Anlass zu der Annahme, dass das Kind gestohlen oder von einer Bettlerin gekauft worden sei. Alles, was ich … ahm … wusste und noch erfuhr in diesen Tagen, sprach dafür, dass sie eine Schwarze Messe halten wollten an einer alten Kultstätte unterhalb des Hauses, wo schon unsere heidnischen Vorfahren Blutopfer gebracht hatten. Und ich ahnte, dass dieses elternlose Kind …«

Zweifelnd sah sie die Äbtissin an. Ihr Wort sollte so gut sein wie das eines Adligen – na! Es hieß vorsichtig zu sein, nicht zu viel herzugeben, kein Wort zu viel. Die Geschichte schien ohnehin überspannt genug.

Die Äbtissin bemerkte ihren inneren Konflikt und sagte sanft: »Hör zu, Kind, der Grund, warum ich gewillt bin, dich anzuhören und das Ganze nicht von vornherein als Lügengespinst einer Jungfer in Not abzutun, ist auch der: Es ist mir schon von anderer Seite etwas über unchristliche und verwerfliche Umtriebe auf dem Luberon zugetragen worden. Zu *Chandeleur*, Maria Lichtmess, hat mir ein fahrender Kerzenmacher anvertraut, dass er von einem hohen Herrn beauftragt worden war, eine Anzahl schwarzer Kerzen herzustellen. Er musste schwören, darüber nichts verlauten zu lassen, und wurde für sein Schweigen reichlich bezahlt, doch ist der Mann ein guter Christ, den ich seit vielen Jahren kenne, und so hat er mir unter vier Augen doch davon berichtet. Und das Geld, das er dadurch verdient, das hat er der Kirche gespendet, so wenig wollte er damit zu tun haben. Als er nach Fort Buoux kam, das Verlangte abzuliefern, da fand er den Ort unheimlich und seinen Auftraggeber grässlich von Gestalt und er bekam es sehr mit der Angst zu tun.«

›Das glaub ich gern!‹, dachte Manou bei sich. ›Monsieur Justin sieht beängstigend aus in seinen schwarz-silbernen Gewändern, hoch gewachsen und dürr, die Kapuze tief in das zerfressene, gemarterte Gesicht gezogen. Er hinkt wie der Satan höchstpersönlich und zeigt den meisten Menschen eine finstere Miene. Doch habe ich ihn anders erlebt und mir tat er Leid!‹

Erinnerungen, Bilder formten sich in ihrem Kopf: Monsieur Justin, wie er die Glasscherbe in die Sonne hielt, wie er eifriger als ein junger Fant in seinem Laboratorium hin- und herlief, mit welch kindlicher Aufregung er die Ballen, Flaschen und Pulverhörner aus Marseille ausgepackt, wie er ihr aus Büchern vorgelesen hatte; sei-

ne Vorträge über Geschichte, seine hochfliegenden Visionen von einer großen Nation, seine immer währende Traurigkeit …
Das Leben der letzten Jahre flog an ihr vorüber in kurzen, schnell wechselnden Bildern, so viel war in so kurzer Zeit geschehen, dass es ihr so vorkam, als müsste ihr Leben schon am Ende sein. Sie war müde, so unendlich müde, die Augen fielen ihr zu und der Kopf sackte nach vorn. Sie erschrak, als sie plötzlich eine Hand auf ihrer Schulter fühlte. Die Äbtissin war aufgestanden und um ihren Schreibtisch herum zu Manou gegangen.
»Ich sehe schon, im Augenblick ist aus dir nicht mehr herauszuholen!« Aber sie sagte dies freundlich und nicht vorwurfsvoll. »Wir werden dir Asyl gewähren, wie du erbeten hast. Ich werde dir eine leer stehende Zelle zuweisen lassen. Das Dach vom Gästehaus ist diesen Winter abgebrannt und die Gästezimmer sind nicht zu gebrauchen. Ich vertraue also darauf, dass du dich im Dormitorium diskret verhältst. Du sollst zu essen und zu trinken bekommen. Du sollst dich ein paar Tage ausruhen und wieder zu Verstand gelangen. Und dann möchte ich, dass du mir alles ausführlich berichtest. Wenn uns solcherlei ketzerische und satanische Handlungen zu Ohren kommen, dann sind wir verpflichtet, es zu melden, obwohl die *augustines* nicht direkt mit der Inquisition zusammenarbeiten. Aber deine Vorwürfe gegen den Herrn de Saignon sind schwer wiegend und ernsthaft und ich muss erfahren, was dort oben vor sich geht.«
»Ja«, sagte Manou. Sie fühlte sich gänzlich unfähig, einen vernünftigen Gedanken zu fassen. Ihre Zunge war schwer.
»Und sorge dich nicht. Die Taten eines Herrn können seinen Dienern nicht zur Last gelegt werden.«
Manou wandte ihr Gesicht dem Feuer zu, presste die Lippen aufeinander; eine feuchte Spur lief ihre Wange hinunter.
»Ach! Ist es so?« Die fromme Dame schaute entsetzt in plötzlichem Verstehen. »Du warst an den unheiligen und ketzerischen Handlungen beteiligt? Dann hat er dich gewiss dazu gezwungen!«
Manou schwieg.
»Nicht? – Das ist schlimm. Dann allerdings könnte ich dich unmöglich im Kloster aufnehmen, nicht einmal eine Stunde.«

Manou nickte müde. Es war ihr gleich. Sie würde schon eine Scheune oder einen Stall finden. Nur schlafen jetzt, schlafen, schlafen.
»Warte«, fuhr die Äbtissin fort. »Ich kann dich doch nicht so fortjagen, nach allem, was du auf dich genommen hast, um eine kleine Seele zu retten. Du hättest mich schließlich auch einfach belügen können. Es spricht für dich, dass du es nicht getan hast. Und du hast dich aus freien Stücken losgemacht von deinem schlechten Herrn. Das wird dir in jedem Fall angerechnet werden. Ich kann nicht glauben, dass du ganz und gar verdorben bist.«
Manou lächelte bitter, stand auf.
»Ich gehe schon.« Sie schwankte leicht.
»Höre, Kind, kannst du wenigstens beschwören, dass du selbst keinen Pakt mit dem Satan gemacht hast, kannst du beschwören, dass du keine üble Zauberei betrieben, keinem Menschen Schaden zugefügt hast?«
»Ja«, sagte Manou leise, »das kann ich.« Sie tat es aber nicht, doch das schien die *Dame* de Castillon nicht zu bemerken. Es war ja auch nur ein einziges Mal gewesen und der widerwärtige Frédéric hatte sich ja auch nur ein Bein gebrochen – und es war sehr wohl verdient gewesen. Das zählte vielleicht nicht.
»Nun, dann ist es ja gut und ich will es verantworten. Du kannst bleiben – zunächst. Jetzt schlaf erst einmal. Ich sehe, du bist zu erschöpft, um einen klaren Gedanken zu fassen. Schlafe ganz ruhig. Ich gebe dir mein Wort darauf: Wir werden dich nicht dem Kirchengericht ausliefern gegen deinen Willen, schon gar nicht hinterrücks – im Schlaf. Ich kann dir nicht versprechen, dass du ungestraft davonkommst, aber wenn du mir die ganze Wahrheit sagst und nichts verschweigst, dann will ich sehen, was ich für dich tun kann. Bist du damit einverstanden?«
»Ja«, sagte Manou laut und dachte dabei: ›Vielleicht.‹
Eléonore ging zur Tür und klatschte in die Hände. Binnen kurzem erschien eine Nonne, die Manou zu einem Schlafplatz geleitete. Wieder ging es über Treppen und durch steinerne Gänge, in denen ihre Schritte hallten. Von irgendwoher kam Gesang – es mussten Laudes sein. Endlich öffnete ihre Begleiterin eine niedrige Tür und wies schweigend auf eine Nische in der Wand, ausge-

stattet mit einem Strohsack, einem Laken und einer groben Decke.
Manou dankte und ließ sich darauf fallen.
Als die Nonne wenig später zurückkam, mit einigen angemesseneren Kleidungsstücken über dem Arm und Wasser und Brot, da war das junge Ding fest eingeschlafen. Leise stellte sie den Krug neben das Bett und legte das Stück Brot darauf, so dass es das Mädchen beim Erwachen sogleich finden könne, und verließ dann den Raum auf Zehenspitzen. Zu gern hätte sie gewusst, warum man diesem seltsamen Gast, der offensichtlich in einem Kloster nichts verloren hatte, hier Unterschlupf gewährte. Sie würde Schwester Bucheria, die Pförtnerin, fragen, sobald diese ausgeschlafen hatte.
Die *abbesse* hatte Anweisung gegeben, das Mädchen schlafen zu lassen, denn es schien sehr erschöpft.
Manou erwachte erst zur Non und brauchte einige lange Augenblicke um zu begreifen, wo sie sich befand. Als sie die Augen öffnete, blickte sie auf eine kahle geweißte Wand, an der ein Kreuz hing, auf das ein schmaler Lichtstreif fiel. Sie richtete sich auf und schwang die Füße vom Lager, zog sie aber sofort wieder zurück, als sie den eiskalten Steinboden berührten. Keine Teppiche bedeckten die Steinquadern des Bodens, nicht einmal Stroh, keine Bilder, keine Ornamente lockerten die Strenge der Wände auf. Es gab ein einziges schmales Fenster mit grünlichem Glas, zu hoch, um einen Blick hinaus zuzulassen: Eine Klosterzelle mit nichts darin außer vier Strohsäcken und einer schmucklosen Truhe für Kleidungsstücke. Kein Kamin spendete Wärme. Auf dem Krug Wasser, den man neben ihr Lager gestellt, hatte sich eine dünne Schicht Eis gebildet.
Welch ein Wandel der Verhältnisse! Und doch war sie froh, hier zu sein. Zum ersten Mal seit vielen Jahren fühlte sie sich behütet. War sie das auch wirklich? Was würde man mit ihr anfangen, wenn erst ihre ganze Verstrickung bekannt würde?
Manou fröstelte und zog die Decke enger um sich. Sie aß das Stück Brot, das sie vorgefunden hatte – es war angetrocknet und gewellt wie eine Schuhsohle –, zerbrach das Eis auf dem Krug, trank in kleinen Schlucken, beobachtete den Lichtstreif kühler, matter Wintersonne an der Wand und dachte über ihre Lage nach. Sie war

wohl eine Hexe nach allgemeinem Verständnis und üblicher Auffassung, hatte sich aus freien Stücken an zauberischen Machenschaften beteiligt, so viel war sicher. Man konnte sie zu Recht der Inquisition ausliefern. Aber sie musste ja nicht alles erzählen. Mit einigem Geschick ließ sich das Ausmaß ihrer Beteiligung verheimlichen, ohne zu lügen. Als passives Medium zum Beispiel, noch dazu in Trance, träfe sie wenig Schuld. Sie wäre nur ein Opfer, Anklägerin eher denn selbst Beklagte. Ja, das war ein Ausweg. Oder besser noch: wegzulaufen. Es wäre ein Leichtes, sich ein paar Tage auszuruhen, satt zu essen und dann nachts über die Klostermauer zu entfliehen. Anders als im Fort hatten die Nonnen keine Wachen und da sie alle freiwillig hier waren, gab es auch keinen Grund, das Kommen und Gehen zu hindern.

Sie hatte ihre Pflicht gegenüber dem unglückseligen Kind erfüllt, besser war es, jetzt so schnell wie möglich zu verschwinden. Wohin? Gleichgültig! Sie hatte schon einmal allein in der Wildnis überlebt, sie könnte es wieder tun, selbst wenn sie jetzt ein besseres Leben gewohnt war. Dieses Leben einer feinen jungen Dame, das war ohnehin nicht ihre Bestimmung. Was zuerst wie ein Wunder schien, hatte sich als Lug und Trug erwiesen.

Man würde sehen. Die Äbtissin war freundlich genug gewesen, doch Manou traute niemandem. Sie beschloss abzuwarten, was von ihr verlangt würde, und auf der Hut zu sein. Schöpften die Nonnen Verdacht, dann war immer noch Zeit zu fliehen. Sie hatte ein paar Münzen und ein wenig Schmuck mitgenommen, nichts Gestohlenes: nur das, was der Gouverneur ihr in seinen seltsamen Anwandlungen von Großzügigkeit geschenkt hatte. Damit könnte sie sich eine Zeit lang über Wasser halten, sogar in einer Stadt wie Apt.

Ihre schmutzstarrenden Männerkleider und die Stiefel hatte man entfernt. Sie zog sich an mit dem, was sie sauber zusammengefaltet auf der Truhe vorfand – ein Unterkleid aus Barchent, ein schlichtes braunes Oberkleid, wollene Strümpfe, Sandalen und ein Tuch für den Kopf –, ordnete ihr Lager und verließ die Zelle. Draußen kam sie in einen Gang, dem sie mehr oder weniger zufällig folgte, bis sie plötzlich aus dem Dämmerlicht trat. Vor ihr führte ein Torbogen auf einen Kreuzgang, ein Rundgang, dessen Arkaden sich einem kleinen Stück Grün unter freiem Himmel öffneten.

Eine Nonne, die gerade aus einer der gegenüberliegenden Türen getreten war, kam auf sie zu und sprach sie an: »Da bist du ja! Du bist das Mädchen, das gestern Nacht hier um Asyl gebeten hat, nicht wahr? Nun – ausgeschlafen? Geht es dir inzwischen etwas besser? Du musst hungrig sein, komm mit mir, ich bringe dich in die *coquina,* dort wird man dir etwas zu essen geben.«

Manou nickte nur und antwortete einsilbig, doch die freundliche Nonne ließ sich weder davon abstoßen, noch dämpfte es ihren Redefluss. Während sie vor Manou her durch Gänge und über Treppen eilte und sich dabei immer wieder umsah, erinnerte sie das Mädchen an eine geschäftige Bachstelze, trippelnd und wippend, oder an eine Amsel in ihrem schwarzen Habit. Manou befand, dass sie augenblicklich nicht in Gefahr war, verhaftet und zum Scheiterhaufen geschleppt zu werden. Sie entspannte sich ein wenig und bedankte sich sogar lächelnd mit einem artigen Knicks, als sie in der Küche abgeliefert wurde.

Die Küche war geräumig, größer noch als die im Herrenhaus, mit gewölbten Decken und einer doppelten Reihe dicker Säulen, die Wände in ochsenblutfarbenem Ocker gestrichen, was den Eindruck behaglicher Wärme noch verstärkte, der vom offenen Herdfeuer ausging. An einer Seite befand sich eine Reihe von steinernen Becken und eine sinnreiche Einrichtung, die das benötigte Wasser direkt in die Küche leitete, statt dass man es mühsam von draußen in Eimern herbeischaffen musste: Ein Wasserspeier, der von einer Quelle ständig Wasser lieferte und, was nicht benötigt wurde, durch eine Rinne wieder nach draußen entließ. Auf der anderen Seite des Raumes gab es eine Menge Geschirr- und Vorratsschränke, Teller, Schüsseln und Gerätschaften in akribischer Ordnung aufgereiht. Die Mitte war gänzlich von langen Tischen eingenommen, auf denen die Speisen vorbereitet wurden, wie sich an den mit Gemüse gefüllten Körben, den Krügen und Utensilien leicht feststellen ließ. Zwei ältere Nonnen waren mit der Bereitung von Brot beschäftigt. Eine von ihnen, die Ärmel hoch gerollt, die Arme bemehlt, nahm Manou in Empfang, schob sie sanft, aber bestimmt vor sich her und drückte sie auf einen Schemel in die Nähe des Feu-

ers, über dem an einer schwenkbaren Halterung ein Kessel hing, nicht direkt über den Flammen, so dass der Inhalt warm gehalten wurde, aber nicht verschmort werden konnte.
»Armes Hühnchen, *oh, mon poulet,* du hast zwei Mahlzeiten verschlafen und eigentlich gibt es nichts außerhalb der festgelegten Zeiten. Aber wir machen eine Ausnahme, da du ja noch ganz neu bist bei uns. Und du hast Glück, es ist noch etwas Suppe übrig von heute Mittag, *soupo de bastoun!*«
Sie gab einen dicken Klacks Brei aus dem Kessel in ein Schüsselchen, sogar einen Streifen Speck obendrauf und drückte Manou die Schale nebst einem Hornlöffel in die Hand.
»Da, iss! Und wenn du mehr willst, dann nimm dir, so viel du willst. Wart! Ich bringe dir noch einen Becher Milch, dann rutscht es besser.«
Manou aß sich satt, bedankte sich und beschloss, sich für den Rest des Tages unsichtbar zu machen. Die Nonnen waren alle viel zu sehr um sie bemüht. Sie fürchtete, die Fassung zu verlieren. Und dieser Geschmack, der Geschmack der einfachen Kornsuppe, süßlich und sämig auf ihrer Zunge, erinnerte sie an zu Hause, ihr erstes und wahres Zuhause, an eine Zeit, an die zu denken sie nicht bereit war, die sie lange erfolgreich in den hintersten Winkel ihres Gedächtnisses verbannt hafte.
›Werde nicht rührselig, dumme Gans‹, beschimpfte sie sich selber. ›Du weißt nur zu gut, wie es das letzte Mal ausgegangen ist, als jemand ach-so-freundlich zu dir war.‹ So suchte sie einfach nur die Wärme des Breis in ihrem Bauch zu genießen und das Gefühl von Sicherheit, nun, wenigstens in diesem Augenblick. Eine Atempause, das war es, was sie brauchte. Sie spülte ihren Napf aus, stellte ihn in den Schrank zurück, wohin er offensichtlich gehörte, und ging hinaus, ohne dass die beiden Schwestern es bemerkten.
Da sie übermüdet und in der Dunkelheit angekommen war, fiel es ihr zuerst schwer, sich zu orientieren, doch nach und nach erkannte sie das System, nach dem die Räume und Gebäude gegliedert waren.
Begegnungen sorgfältig vermeidend, erforschte Manou ihre Umgebung, huschte durch die Gänge, spähte durch halb angelehnte Türen, versteckte sich in den Schatten und hinter Säulen, wenn sie

jemanden kommen hörte. Noch war sie nicht bereit, mit jemandem zu sprechen.

Das Kloster Sainte Catherine stand am Fuß des Luberon nah der Stadt Apt, in einem kleinen Tal zwischen den Wurzeln des Bergs, die es einfassten. Die Gebäude waren um den Kreuzgang herum zu einem Rechteck angeordnet: Vorn in der Mitte die Pforte, daneben Bibliothek und Scriptorium in einem der Ecktürme, linker Hand Kapelle und Oratorium, rechter Hand das Refektorium, Küche und Werkstätten. Im hinteren Quergebäude lagen die Schlafräume der Nonnen, das Dormitorium. Die ganze Bauweise zierlich und schlicht, obschon von der luftigen Eleganz neuer italienischer Architektur geprägt, da das alte Kloster nach einem verheerenden Brand ganz neu gebaut worden war. Der graue Sandstein war schmucklos gehalten, bis auf wenige Pflanzen- und Tiermotive an den Kapitellen der Säulen des Kreuzgangs und über den Toren.

Die Klosteranlage strahlte eine wohltuende Klarheit und Ruhe aus.

Manou ging wieder hinein und gelangte durch den Kreuzgang vorbei an der Kapelle in einen Garten im hinteren Teil, der von Felsen begrenzt war.

Weiß gekieste Wege führten durch eine Reihe von Säulen römischen Ursprungs – wie sie dank des Unterrichts beim Herrn de Saignon erkannte – vorbei an alten Rosenstöcken in den Bereich, der den Heilkräutern vorbehalten war. Die Felder, auf denen die Nonnen Korn und Gemüse zu ihrer Versorgung anbauen ließen, sowie Ställe für das wenige Vieh, welches sie besaßen, Gesindehäuser, Mühle und andere Wirtschaftsgebäude lagen außerhalb der Klostermauern, das wusste Manou noch von ihrem lang zurückliegenden Besuch. Sie suchte sich einen Platz am Eingang einer kleinen Grotte, den noch einige späte Sonnenstrahlen wärmten.

Dort fand sie die Äbtissin. Manou hätte sich am liebsten in der Grotte versteckt, aber es war zu spät, sie war bereits gesehen worden.

Sie beobachtete die *abbesse,* als diese sich näherte: eine zierliche, kleine Person, blass, mit lebhaften grauen Augen, die doch trotz körperlicher Zerbrechlichkeit eine große Festigkeit und ruhige Autorität vermittelte.

Eléonore de Castillon kam ohne Umstände heran und setzte sich neben dem Mädchen auf die niedrige Mauer, die den Grotteneingang begrenzte.

»Ah ja, der Garten! Auch ich halte mich gern hier auf.«

Manou schnaufte leise: Welch ein plumper Annäherungsversuch!

»Das hier«, die *Dame* de Castillon deutete hinter sich, »war der Anfang unseres Hauses. Zuerst lebte hier ein Eremit, später, im Jahre des Herrn 1299, beschloss Bischof Raymond Bot I., an dieser Stelle ein Kloster für Frauen errichten zu lassen, mit den Spenden der guten Bürger von Apt.«

»Jedermann will gern sein Seelenheil erkaufen, wenn er's kann«, sagte Manou spöttisch. »Wie angenehm, wenn man von der Frömmigkeit anderer leben kann.«

»Aber wir leben nicht von Spenden.«

»Ach nein?«

»Nein, man soll sich erst dann an den Tisch des Herrn setzen, wenn man mit seiner Hände Arbeit nicht genug schaffen kann zum Leben. Das Kloster trägt sich selbst. Die Schwestern arbeiten für ihr tägliches Brot. Wir können sogar von dem Gewinn noch Bettler, Alte und Kranke beköstigen und pflegen, wie du sehen wirst. Im Übrigen haben wir zwar Land und das Dach über unserem Kopf zur Verfügung gestellt bekommen, aber es ist nicht unser Eigentum.«

»Wem gehört es denn?«

Schwester Eléonore seufzte: »Ach, da besteht leider ein Streit zwischen unserem Oberhaupt, dem Papst, und unserem Orden. Wir sind der Meinung, dass unser Haus und alles, was darin ist, den guten Bürgern von Apt gehört, die es zur Verfügung gestellt haben. Und wir führen ein anspruchsloses Leben. Keinem hier ist privater Besitz oder gar Luxus erlaubt. Du wirst unter uns keine Völlerei erleben und keine Eitelkeit sehen.«

›… jedenfalls bei den meisten von uns …‹, dachte die Äbtissin und fuhr fort: »Was unsere geringen Bedürfnisse überschreitet, das fließt in gute Werke und in die Förderung der Gelehrsamkeit. Einige unter unseren Brüdern verachten bereits dieses sesshafte und allzu gesicherte Leben und sind der Meinung, dass die Klöster zu reich seien, dass die Bewohner solch reicher Häuser keine wahren Nachfolger Jesu seien. Aber Papst Gregor hat mit der Bulle *Quo elongatis* bestimmt, dass alles, was Mönche und Nonnen zum Leben haben, Eigentum des Heiligen Stuhls sei. Und so ist der Regel der Besitzlosigkeit Genüge getan.«

»Ein hübscher Winkelzug! Ist es nicht gleichgültig, wem eine Sache gehört, solange Ihr lebenslang den Nutzen daraus zieht?«

»Nicht ganz, denn auf diese Weise bestimmen der Orden und die Gemeinschaft der Religiosen, wessen wir bedürfen zum Leben. Alles ist genau festgelegt in Demut und Bescheidenheit. Kein Einzelner soll danach streben, mehr Bequemlichkeiten, besseres Essen, mehr und bessere Kleidung zu haben als ein anderer.«

»Es geht euch aber ziemlich gut, soweit ich sehen kann, ist von Verzicht keine Spur.«

»Verzicht um jeden Preis ist nicht unbedingt eine gute Sache. Kennst du die Geschichte vom heiligen Augustinus, Kind?«

»Nein.«

»Soweit es uns von seinem Schüler Possidius überliefert wurde, ist der heilige Augustinus im Jahre 354 des Herrn in Thagaste geboren worden, das zum Römischen Reich gehörte. Er kam aus gutem Hause, hat in Karthago studiert und sich insbesondere der Lektüre des Hortensius gewidmet, die von den Beziehungen zwischen Erkenntnis, Sittlichkeit und Wahrheit und vom Wert der Gemeinschaft handelt. Danach hat er sich zunächst der radikal-asketischen Sekte der Manichäer angeschlossen. In Rom aber hörte er die Predigten des heiligen Ambrosius und er erkannte, dass allzu strenge Askese auch eine Form von Hochmut ist. Verstehst du? Wer hungert und sich züchtigt, obwohl er es nicht muss, der tut dies, um sich abzuheben, um zu beweisen, dass er besser und heiliger ist als sein Nächster. Und das befand der heilige Augustinus für schädlich und dem Seelenheil gefährlich.

Also beschloss er, einerseits nach der Regel der Jünger Jesu zu leben, nach Matthäus 19, Kapitel 16, wo es heißt: ›Wenn du vollkommen sein willst, so verkaufe all deine Habe, schenke den Erlös den Armen und folge mir nach.‹ Dies verband er mit dem, was er früher über das Leben in Gemeinschaft und Brüderlichkeit gelesen hatte, um es dem Gewinnstreben des Einzelnen entgegenzusetzen. Andererseits verbot er aber Übertreibungen, auch was die Armut betraf.«

›Wäre das schön, wenn man übertriebene Armut verbieten könnte‹, dachte Manou.
»Er gründete ein Kloster in Hippo Regius, ein Gartenkloster …«
Eléonore de Castillon liebte tatsächlich Gärten über alles.
»Die Brüder lebten von ihrer Hände Arbeit. Augustinus war sehr gegen die Schmarotzerei! Er hat zwar niemals schriftliche Regeln aufgestellt, doch es ist überliefert, dass er in allen Dingen auf Maß und Menschlichkeit gehalten hat statt auf Askese. Wir nennen es das Privileg der Armut.«
»Privileg?«, höhnte Manou. »Auf dieses Privileg könnte so mancher gern verzichten!«
»Was du meinst, Kind, das sind Hunger und Elend. Natürlich möchte man jedem menschlichen Wesen solche Not ersparen. Aber was wir meinen, ist etwas anderes: Das Streben nach weltlichem Besitz und Ansehen, immer mehr und immer mehr, zerstört den Seelenfrieden. Es zerfrisst die menschliche Seele und vor lauter Streben und Horten vergisst der Mensch Ursprung und Ziel. Er vergisst sich selbst und verliert seine Verbindung zu Gott.«
Doch Manou gab sich nicht so schnell geschlagen: »Es ist leicht, mit vollem Bauch über Gott und das ewige Leben zu philosophieren. Die Klöster besitzen Vieh und Felder, Wiesen, Mühlen, Brotöfen, sie besitzen sogar Menschen, die für Euer Heiligkeit schuften müssen – ist es nicht so? Es lebt sich gut unterm Krummstab, heißt es!«
»Da sind wir wieder bei der Kirchenpolitik, und da du aufmerksam und gebildet erscheinst, muss ich dir ja nicht vorheucheln, hier ginge es nicht um Einfluss und Macht. Der Papst wetteifert mit den weltlichen Fürsten. Er muss das tun, um Einfluss nehmen zu können im Sinne der Gebote Gottes. Manche sagen, das alles ist zum Selbstzweck verkommen.
Die Bettelorden zuzulassen, Armut als Ideal im deutlichen Gegensatz zu den hohen Würdenträgern der Mutter Kirche, das war ein wohl überlegter Seiltanz, eine gefährliche Sache. Man könnte beinahe sagen, es gab einen Krieg innerhalb der Kirche, und viele brave Tertiären sind auf den Scheiterhaufen gegangen für ihre Überzeugungen. Endlich erlaubte man die Mendianten, um des angeschlagenen Ansehens der Kirche willen, die unter der Prunk-

sucht und Sittenlosigkeit einiger ihrer höchsten Vertreter gelitten hatte. Wie gesagt: Auch die Kirche besteht aus Menschen … Zweihundert Jahre nach Gründung der ersten Bettelorden schränkte Papst Gregor das Privileg der Armut wieder ein, um Spenden und Pfründe dem Heiligen Stuhl zuzuführen. Viele unserer Brüder haben sich dagegen empört, aber sie sind in diesem Streit unterlegen. Der Papst hat sogar die These von der absoluten Besitzlosigkeit der Jünger Jesu für Häresie erklären lassen.«

»Ah-so?« Manou war das fremd und unverständlich. Das waren doch nichts als Spitzfindigkeiten, wem was gehörte und ob die Armut nun vorgespielt oder echt war. Sie sah nur, dass es den Schwestern sehr viel besser ging als den meisten Menschen ihres Standes und dass sie in beneidenswerter Sicherheit lebten.

»Wollt Ihr mir etwa sagen, dass fromme Menschen sich dafür haben verbrennen lassen, arm sein zu dürfen?«

»Ja – allerdings.«

Das Mädchen lachte bitter auf: »Das hätten sie einfacher haben können! Hat nicht sogar einmal ein Konzil darüber gestritten, ob die Jünger Jesu jeweils nur ein oder zwei Paar Sandalen besaßen, zum Wechseln, wenn sie heißgelaufen waren«, spottete sie. »Ich musste lange ganz ohne Schuhe auskommen.«

Eléonore schaute überrascht. Was für ein widersprüchlicher Gast: Aus einfachsten Verhältnissen offenbar und doch gebildet, kannte sie sogar Einzelheiten von Konzilienbeschlüssen … ein Bauerngesicht und harte Augen, dazu die weißen Hände … Sie wollte unbedingt mehr herausholen und am besten lockte man dieses Kind aus der Reserve, indem man es zum Disputieren reizte. Schau, schau! Doch als sie eben zu einer Erwiderung ansetzte, erschien eine der Nonnen am anderen Ende des Gartens, winkte und rief: »Hochwürdige Mutter! Ein Besucher fragt nach Euch!«

Die Äbtissin erhob sich und klopfte den Staub von ihrem Habit.

»Es war eine interessante Unterhaltung, das muss ich schon sagen. Aber jetzt muss ich gehen und dich allein lassen. Es wäre wohl besser, du führtest diese Art von Gespräch nur mit mir, verstehst du mich?«

»O ja, ich verstehe sehr wohl«, antwortete Manou.

»Gut«, sagte Eléonore. »Ruhe dich nur aus und triff keine voreiligen Entscheidungen. Es war recht, dass du zu uns gekommen bist, und nun bleibe auch auf diesem Weg. Wir sehen uns bald wieder.« Damit ging sie davon, eilte über den gekiesten Weg ihrem Besucher entgegen, wahrscheinlich ein vornehmer Prälat oder ein spendenwilliger Bürger.

Manou blieb sitzen, bis die Sonne hinter den Felsen verschwand. Zum Ave-Maria-Läuten fand sie sich in der Kapelle ein, da sie wusste, zumindest dies würde von ihr erwartet, und sie nicht den Unwillen ihrer frommen Gastgeber erregen wollte. Wie lange war sie nicht in einer Kirche gewesen? Sie tat so, als bete sie, doch bewegte sie nur stumm ihre Lippen. Es war besser, keine Aufmerksamkeit zu erwecken dort oben.

Am nächsten Morgen fragte sie nach einer Beschäftigung. Sie wollte den Ordensfrauen nichts schuldig bleiben und es erschien ihr gesünder, sich in Arbeit zu erschöpfen, als über Vergangenes zu brüten. »Ja, was kannst du denn?«, hatte man sie gefragt. ›Schreiben‹, war sie zu sagen versucht gewesen, denn dies war eine wertvolle und seltene Fähigkeit, aber schreiben wollte sie nicht. Wie hätte sie da die Geschichte von der einfachen Dienstmagd aufrecht halten können, die nur ein Opfer war, Mitwisserin wider Willen. Und so hatte sie angeboten, in den Ställen zu arbeiten, was man ihr gern gestattete, da das Ausmisten, Futterballen schleppen, Striegeln und Melken nicht gerade zu den umkämpften Lieblingsaufgaben gehörte.

Neugierig schaute sie sich in dem Stall um. Als Erstes fiel ihr auf, wie sauber alles war. Das Stroh auf dem Boden wurde öfter gewechselt als in den meisten menschlichen Behausungen und die Tiere waren so reinlich und gepflegt, als sollten sie jeden Augenblick auf dem Viehmarkt verkauft werden. Vier kräftige Kutschenpferde und zwei Ochsen teilten sich die eine Seite des Raumes, eine kleine Ziegenherde war in einem Verschlag gegenüber untergebracht. Die Tiere sahen wohlgenährt aus und hatten glattes, glänzendes Fell, obgleich sich der Winter dem Ende zuneigte. Im Dorf hatte es zu dieser Zeit nur noch minderwertiges Futter gegeben und noch kein frisches Grün, so dass Ziegen und Ochsen eher matt und struppig waren und anfällig für Krankheiten. An diesen hier war nicht gespart worden.

Ungewohnt war ihr diese Arbeit inzwischen geworden. Ihre Arme schmerzten schon nach kurzer Zeit und ihre Handflächen waren mit Blasen übersät. Aber sie genoss den süßen, grasigen Geruch der Tiere, ihr zufriedenes Schnaufen und Mahlen, nachdem alles getan war, und die Leere in ihrem Kopf. Als sie sich dann im Stall am Trog wusch, kam eine der Nonnen dazu, stieß einen entsetzten Schrei aus und wandte sich schockiert ab.
»Kind! Das tun wir hier nicht! Du kannst dich doch nicht einfach mitten in der Öffentlichkeit entblößen!«
Manou hätte einwenden können, dass ein dunkler Stall nicht gerade die Öffentlichkeit sei und dass es bei den Bauern durchaus üblich war, sich am Trog zu waschen, wenn überhaupt. Doch die Nonne befahl ihr ungeduldig, sich zu bedecken, und geleitete sie in eine Badestube im Keller des Klosters. Dort spülte sich Manou den Schweiß und den Tiergeruch ab, kämmte und flocht sich die Haare ordentlich zusammen und zog sich die saubere Kleidung an, die man für sie zurechtgelegt hatte.
Abends nahm sie ihr Nachtessen zusammen mit den anderen Frauen im Speisesaal ein. In der Fastenzeit war nur einmal am Tag eine gründliche Sättigung erlaubt. Fleisch gab es nicht, nur Korn und Gemüse. Das war kein richtiges Fasten für sie und stellte keine besondere Härte dar. Fleisch hatte sie früher ohnehin selten zu Gesicht bekommen. Einigen der Nonnen schien es aber schwer zu fallen. Manou beobachtete mit einer gewissen Schadenfreude, wie sie sich verstohlen Brotstücke in den Habit gleiten ließen oder zwischendurch Dringendes in der Küche zu erledigen fanden, sicher, um den Küchenschwestern etwas abzuschwatzen.
Es fiel ihr ein, dass heute die Nacht war, in der die Schwarze Messe hätte stattfinden sollen. Beim Abräumen fragte sie eine der Küchenschwestern, ob denn heute kein besonderer Tag sei.
»Ach, weil es ab morgen in ganz Frankreich 1500 heißt, meinst du? Nein, für uns ist das kein besonderes Ereignis. Das Kirchenjahr beginnt mit der Ankunft unseres Herrn Jesu auf Erden. Wir haben es bereits an Weihnachten gefeiert.«[1]

1 Anmerkungen s. S. 622.

Manou war fast ein wenig enttäuscht. All die Jahre, all die Studien, die Übungen, die Erwartungen, die Angst, die Gewissenskonflikte – alles hatte sich auf diesen Augenblick, auf diese eine Nacht hin zugespitzt. Und nun dies. Man beging die Ankunft des neuen Jahrhunderts in stillem Gebet: kein Jubel, kein Fest und auch kein Schrecken. Nicht einmal ein Komet ließ sich am Himmel blicken. Die Kometen und die Schrecken, die sollten erst folgen in diesem Jahrhundert der Entdeckungen, Eroberungen und blutigen Religionskriege.

2

Silentium. Stille, Ruhe, Kontemplation. Die Stille war so dicht am Abend, dass sie körperlich spürbar wurde: ein wattiges Tuch, ein dichter Nebel, als hätten sich die Wolken gesenkt und das kleine Tal eingehüllt. Im Gegensatz zu einigen der Novizinnen fiel Manou das Schweigen nicht schwer. Sie war nie zu vielen Worten aufgelegt gewesen, nicht nach ihrem achten Lebensjahr.
Die Klosterdisziplin empfand sie als befreiend. Aufstehen, Laudes, Konventamt, anschließend Frühstück, bei dem die Aufgaben verteilt, Gemeinschaftsprojekte besprochen wurden. Dann ging jede ihrer Arbeit nach. Mittags-Hore, Mittagessen, Adoratorium, Arbeit wiederum bis zur Vesper. Nach dem Nachtessen gab es eine Stunde Rekreation, die Manou dazu nutzte, in der kleinen Klosterbibliothek zu lesen.
Die Klosterbibliothek konnte sich nicht im Entferntesten mit der des Gouverneurs messen. Er hatte ein Vermögen in Vellum und Papier investiert, Schriften griechischer, arabischer und römischer Ärzte und Philosophen, eine Abschrift der Kabbala, italienische Novellen, burgundische Sagen, Reiseberichte, Gedichte und Briefe aus einer großen, immer größer werdenden Welt hatte er gehortet. Hier dagegen gab es nur erbauliche Schriften über das Leben der Heiligen, eine prächtige Fassung der Augustiner-Regeln, die doch der heilige Augustin nie geschrieben hatte, einige Werke zur Heil- und Kräuterkunde, von den Schwestern über Generationen hinweg vervollständigt und gepflegt. Aber diese Bücher waren herrlich ausgestattet, gemalt in Blau, Rot und Gold, und Manou versenkte sich in diese Bilder, die kalligrafischen Wunder der Initialen. Die Ruhe und Ordnung der Bilder und Zeichen hatten schon immer eine große Anziehungskraft auf sie ausgeübt.

Und dann entdeckte sie einen wahren Schatz: eine vollständige Abschrift der zwanzigbändigen Naturbeobachtungen des römischen Feldherrn Plinius des Älteren, *Naturalis historia.* Sie stellte sich vor, wie dieser in vollem Waffenrock und mitten in der Schlacht, während es um ihn herum schrie, blutete und starb, niedergekniet war und ein ihm unbekanntes Kraut sanft mit Wurzel aus dem Lehmboden zog, um es am Abend in seinem Zelt zu untersuchen. Hatte er Kriegsgefangene zu sich bringen lassen, um über dieses neue kleine Wunder Auskunft zu erhalten? Diese hilflos, geschunden, zitternd vor Angst oder gefasst ihrem Schicksal entgegentretend – jener mächtig und gefürchtet, ein Pflänzlein emporhaltend: »Sag mir, wie nennt ihr dieses Kraut? Wie blüht es? Trägt es Früchte? Ist es zu etwas nutze?« Erstaunen im Gesicht des Gefangenen, der mit Folter und Hinrichtung gerechnet hatte, als er zum römischen Feldherren gebracht wurde.

»Wie man es nennt? Nun … äh … das ist Uzara. Die Wurzel hilft gegen … äh … äh …«

»Na! Was denn nun?!«

»Durchfall, Höchstehrenwerter …«

Manou lächelte und ließ verträumt ihre Hand über die Buchrücken gleiten. Welch ein Schatz!

Schwester Agnes kam herein, eine der jüngeren Nonnen, die selten in der Bibliothek anzutreffen war, dafür aber größere Schwierigkeiten mit dem Silentium hatte.

»Manou? Ah, hier steckst du wieder mal. Du sollst zur Äbtissin kommen, jetzt gleich! Sie wartet in ihrem Studierzimmer.«

›Was hast du angestellt?‹, fragte ihr Blick. Nur die älteren Schwestern, die an der Organisation des Ordenslebens beteiligt waren, und Besucher – Spender oder kirchliche Würdenträger – wurden ins »Allerheiligste« gebeten, oder eben solche Schwestern, die sich eine schwere Rüge zugezogen hatten.

Bedauernd stellte Manou den Band zurück und folgte Schwester Agnes durch die Gänge und über eine Treppe in den ersten Stock des Hauses, wohin sie bei ihrer Ankunft gebracht worden war.

Mutter Eléonore saß an ihrem Schreibtisch, als hätte sie sich seit jener ersten Begegnung nicht von dort fortbewegt. Sie schrieb noch ein, zwei Zeilen, setzte ihre schöne, geschwungene Unterschrift darunter und versiegelte das Schriftstück. Dann ging sie um den Schreibtisch herum und bedeutete Manou, am Kamin Platz zu nehmen. Die Tage waren jetzt schon sonnig und warm, aber in den Nächten konnte es noch empfindlich kalt werden und Manou war dankbar für die Wärme.

»Leg noch etwas Holz nach, Kind, bitte.« Manou kniete vor der Feuerstelle, kratzte mit dem Schürhaken die Asche durch den Rost, legte einige Späne auf die Glut und ein paar dünne Stücke Obstholz darauf.

Die Äbtissin nickte zufrieden und hieß Schwester Agnes, die neugierig stehen geblieben war, zu gehen und sie beide allein zu lassen. Sie setzte sich in ihren gewohnten Stuhl, einen von diesen eleganten Sesseln mit Arm- und Rückenlehnen, die man frei im Zimmer herumtragen konnte, und Manou nahm auf einem Schemel ihr gegenüber Platz. Kerzengerade saß sie. Diesmal war sie hellwach und gewillt, sich keine Fehler unterlaufen zu lassen. Sollte die Äbtissin nur freundlich tun: Manou war darauf vorbereitet. Wenn man Schlechtes erwartete und einem stattdessen Gutes getan wurde, dann rief das eine gewisse Zuneigung und Dankbarkeit hervor, die einen Menschen leicht in die Falle locken konnten.

»Also, Manou«, begann Eléonore. »Wir wollen heute das Silentium brechen, in doppelter Hinsicht. Du hast dich ausgeruht und deine Gedanken sortiert, will ich hoffen. Es ist nun Zeit, deinen Teil der Abmachung zu erfüllen. Erzähle mir alles, was dir auf der Festung Buoux widerfahren ist und wie es dazu kam.«

Schweigen.

»Sieh her, die Schwestern haben mir berichtet, wie tüchtig du arbeitest und wie sehr du dich bemühst. Sie haben dich bereits jetzt in ihre Herzen geschlossen. Wir haben dich alle gern und möchten dir helfen.«

Das Mädchen schwieg verstockt und man sah ihr deutlich an, wie sie versuchte, die Situation einzuschätzen. Helfen? Warum sollte jemand ihr helfen wollen – dafür wurde doch gewiss etwas erwartet.

›Sie fürchtet Freundlichkeit mehr als Schläge. Arme Seele! Wie soll ich denn ihr Vertrauen gewinnen, wenn nicht durch Freundlichkeit. Eigentlich, wenn sich als wahr herausstellt, dass sie in einen Fall von

Hexerei verwickelt ist, ja sogar mit Teufelsanbetung, müsste ich sie dem Kirchengericht überantworten. Das will ich nicht, jedenfalls noch nicht. Erst will ich mehr wissen ...‹ Eléonore de Castillon entschloss sich, ein paar Vorschriften beiseite zu stellen.
»Wir wollen das, was du mir jetzt erzählst, als Beichte betrachten. So bin ich nicht verpflichtet, mein Wissen später weiterzugeben.«
Ein schlauer Blick traf die Äbtissin unter halb geschlossenen Lidern hervor, dann sah das Mädchen wieder zur Erde.
›Sie traut mir nicht, nicht einmal dem Beichtgeheimnis. Allmächtiger, was hast du mir da zugeführt?‹ Und umso mehr glaubte Eléonore sich jetzt in der Verantwortung. Es konnte nicht anders sein: Gott hatte ihr diesen jungen Menschen eigens geschickt, um sie zu prüfen.
»Im Übrigen hast du Glück und dein schlechter Herr hat sich verrechnet, denn das Jahr 1500 ist ein heiliges Jahr.«
»Und was heißt das?«
»Das bedeutet zum Beispiel, dass Papst Alexander zu Weihnachten allen wahrhaft reuigen Sündern einen Generalablass erteilt hat. Du musst aber beweisen, dass du deine Verfehlungen erkannt hast, und aus ganzem Herzen Besserung geloben. Dann bietet sich dir die Gelegenheit, mit der Vergangenheit abzuschließen.«
»Kein Mensch kann seine Vergangenheit oder die eines anderen ungeschehen machen«, sagte Manou. »Was immer man tut, ja sogar was man denkt, ist augenblicklich ein Teil der Persönlichkeit und verändert sie unwiderruflich.«
»Und du bist nicht glücklich mit dem, was deine Vergangenheit aus dir gemacht hast?«
Schweigen.
»Nein, ungeschehen machen kann man nichts, aber man kann Vergebung erhoffen und aus Fehlern lernen. Nichts, was geschieht auf der Welt, ist ohne Sinn und aus allem, auch aus dem Schlimmen und Traurigen, kann man einen Nutzen ziehen. Was ist dir geschehen, das dich so jung bereits so bitter macht? Du hast mir neulich Nacht versprochen, mir die ganze Geschichte zu erzählen.«
›Das war neulich Nacht. Da war ich müde und unvorsichtig.‹ Das Kinn des Mädchens schob sich eigensinnig nach vorn. Nichts hatte sie versprochen. Es war von ihr gefordert worden.

»Du findest es schwer, dich mir anzuvertrauen. Aber ich bin sicher, dich keinem Menschen anzuvertrauen ist eine viel größere Last. Entledige dich dieser Last! Ich versichere, ich habe kein Interesse daran, dir etwas Böses zuzufügen, im Gegenteil. – Nun? Willst du nicht einfach einen Versuch wagen? Der Rest ergibt sich dann schon.«
»Wo soll ich beginnen?«
»Mit dem Anfang. Lass dir Zeit, du musst dein Leben und alle deine Taten nicht in einen einzigen Abend packen.«
Die Äbtissin lehnte sich zurück und wartete geduldig, bis das Mädchen einen Entschluss gefasst hatte.
»Wo also soll ich beginnen? An den ersten Anfang erinnere ich mich nicht mehr und wie es mit dem ... meinem ... Herrn begann, das kann ich nicht wissen, da ich trotz allem von zu geringer Bedeutung war, als dass er mich so weit ins Vertrauen gezogen hätte.«
Manou starrte in die Glut, abwesend eine Haarsträhne um ihren Zeigefinger drehend.
»Warum erzählst du mir nicht von deiner Familie?«
»Wozu? Wir sind einfache Bauern, unser Leben kann nicht von Interesse sein für eine hohe Dame, wie Ihr es seid.«
Eléonore seufzte und bemühte sich, Geduld zu bewahren. Wie halsstarrig das Kind war!
»So? Meinst du? Und warum glaubst du, bin ich in einem Kloster statt reich verheiratet am Hofe eines Fürsten? Ja, Kind, ich bin von noblem Stand, aber ich habe den Weg der Demut und Einfachheit gewählt und diene Jesus und den Menschen. Allen Menschen – auch dir. Und ich wünsche nicht, dass du mir meine Herkunft und Stellung jedes Mal vorhältst, wenn ich dich befragen will, denn du benutzt das nur als Argument, um mich fern zu halten. Du schaffst die Distanz – nicht ich.«
Ungläubig starrte das Mädchen zurück. ›Ich glaube kein Wort davon‹, sagte ihr Blick.
Schließlich zuckte sie die Achseln.
»Wie Ihr meint.«
Die Äbtissin sagte darauf gar nichts, sondern verschränkte nur die Arme und schaute dem Mädchen unverwandt ins Gesicht, so lange, bis das Schweigen ihm unangenehm wurde, es den Blick abwandte und mit leiser, flacher Stimme begann.

»Das Erste, woran ich mich erinnere, ist Musik. Nur ganz einfache Musik, wenn Ihr versteht: Die hellen Töne des kleinen *galoubet,* der Flöte, die mein Bruder spielte, Péro, der ältere von beiden. Damit konnte ich jederzeit zum Schweigen gebracht werden, wenn ich während des Zahnens brüllte. Dann vergaß ich meinen Schmerz und lächelte in meiner Wiege, hat meine Mutter gesagt. Und Musik – das ist die erste Erinnerung meines Lebens.«

»Und dann«, fragte die Äbtissin leise. »Woran erinnerst du dich noch?«

Manou schien nachzudenken und sprach dann weiter, erst stockend, dann flüssiger.

Ihre Stimme wurde kräftiger, der Ausdruck bewegter.

»Und dann, wie meine Eltern tanzten. Abends nach dem Essen, an manchen ruhigen Wintertagen, da wurden einfach Tisch und Stühle beiseite gerückt. Péro holte seine Flöte hervor, Josèphe, mein anderer Bruder, jünger als Péro, aber sehr viel älter als ich – ich war ein Nachkömmling –, Josèphe also schlug den Takt mit allem, was ihm unter die Finger kam, und meine Eltern tanzten dazu. Das war schön. Als ich laufen konnte, tanzte mein Vater auch mit mir. Ich durfte mich auf seine Füße stellen und er drehte sich mit mir auf seinen Füßen wie ein betrunkener Bär.«

Das Mädchen lächelte zum ersten Mal. Sie war jetzt ganz in der Vergangenheit versunken und nahm ihre Zuhörerin kaum mehr wahr.

»Wir bewohnten ein *mas,* einen kleinen Bauernhof etwas außerhalb des Dorfes. Ihr wisst ja vielleicht, wie Saint-Germain gelegen ist: im Tal der Aigue Brun, zwischen hier und der Festung, dort, wo sich die Schlucht erweitert und die sanfter ansteigenden Hügel Platz für Häuser und Straßen lassen. Wir hatten unseren Hof oben, wo die Claparèdes anfangen, auf dem *can.*

Péro sollte bald heiraten, eine junge Wäscherin aus Bonnieux. Die Bekanntschaft war durch Verwandte meiner Mutter vermittelt worden, die beiden hatten sich an Sankt Marc beim Weinfest getroffen und hatten aneinander Gefallen gefunden: Eine Frau wie ein Apfel, prall und fest, genau die richtige Mischung aus süß und pikant. Ich mochte sie auch gern und sie herzte mich, schenkte mir Weizenkuchen und sagte, so ein kleines Mädchen wie mich wollte

sie auch gern einmal haben. Vater und Péro planten einen Anbau, so dass das junge Paar für sich wirtschaften könnte. Sie sprachen diesen ganzen Winter kaum von etwas anderem. Und Josèphe, der gerade vierzehn Jahre alt geworden war, sollte zu einem Tischler in die Lehre gehen. So hätte er sein eigenes Auskommen und das wenige Land musste nicht noch unter zwei Brüder aufgeteilt werden. Josèphe versprach, als Gesellenstück eine schöne Truhe für Péros Braut zu fertigen. Er hatte sogar schon das Holz dafür ausgewählt und begonnen, es zu trocknen, hinten im Schuppen.
Es ist nicht so, dass wir nie gestritten hätten. Ich bekam manche Maulschelle oder Kopfnuss von meinen Brüdern, wenn ich beim Ziegenhüten geträumt hatte und die Tiere sich zerstreuten oder wenn ich beim Melken etwas von der Milch verschüttete.«
Sie lachte leise, als ihr einfiel, wie sie ihrer Lieblingsziege einen Blumenkranz geflochten und wie diese den Kranz gefressen hatte.
»Meine Eltern gerieten oft aneinander wegen Nichtigkeiten, weil sie beide starrköpfig waren wie die Maulesel – Gott verzeih mir, man soll nichts Schlechtes sagen über die Toten, aber es ist die reine Wahrheit. Stur wie zwei Maulesel waren sie, keiner von beiden konnte nachgeben. Dann verkroch ich mich in den Stall zu den Ziegen, bis das Ärgste vorbei war, denn im Haus sprangen die Funken wie bei einem heftigen Gewitter. Doch sie haben sich immer wieder vertragen. Dann tat es meinem Vater Leid, dass er sich so vergessen hatte, und er schlich einen halben Tag herum wie ein geprügelter Hund. Währenddessen bemühte meine Mutter sich, am Abend etwas Besonderes aufzutischen, eine seiner Lieblingsspeisen, oder ihm sonst einen kleinen Dienst zu erweisen, so dass er erkennen sollte, dass sie ihm wieder gut war. So wurden die Dinge bei uns ohne viele Worte geregelt und am Ende immer getan, was vernünftig und recht war.
Einmal hat meine Mutter meinem Vater einen Eimer kaltes Brunnenwasser über den Kopf geschüttet, mitten in der Stube. Ich glaube, sie wollte das gar nicht tun, aber sie war so wütend über etwas, das er gesagt hatte, und der Eimer stand gerade vor ihr. Und so … Jeder andere Mann hätte sie dafür verprügelt, aber mein Vater stand nur da und blickte verdattert drein. Ich musste einfach kichern und Josèphe, der eben hereinkam, lachte auch und schließlich mein Va-

ter und zum Schluss meine Mutter … Wir lachten, bis uns die Bäuche wehtaten, und endlich, als er wieder Luft bekam, sagte mein Vater: ›So, dann kann ich mir ja das Waschen sparen bis Ostern. Und jetzt hol mir ein Tuch und trockene Kleidung, Weib!‹ Und meine Mutter rannte in ihrem Schrecken und ihrer Erleichterung los, um ihm das Verlangte alsbald zu bringen.
Manche Leute im Dorf wunderten sich über uns. Sie fanden, wir hätten keinen Grund zu tanzen, weil wir arm waren und immer knapp am Schuldturm vorbeischrammten, wenn es um die Abgaben ging. Wir besaßen wenig, unsere Kleidung war selbst gesponnen und vielfach geflickt. Ich erinnere mich daran, dass meine Mutter eine Röstpfanne hatte, die an einer Seite so morsch und löchrig war, dass es eigentlich nur eine halbe Röstpfanne war. Sie hielt sie schräg ins Feuer, so dass nichts herunterfallen konnte, und meinte, so würden die Maronen ohnehin knuspriger.
Manchmal weinte meine Mutter, weil Tante Bérénice sie eine Schlampe nannte und Bemerkungen machte über unsere geflickte Kleidung und die nackten Füße. Sie behauptete, mein Vater wäre besser dran, hätte er eine wohlhabende Frau geheiratet mit einer guten Mitgift. Meine Mutter habe ihn in eine hastige Heirat gelockt, indem sie einfach ihre Röcke hob. Ja, es gab Sorgen und Streit bei uns, aber sie ließen sich nicht verbittern davon. Sie liebten das Lachen, die Liebe, den Tanz, Musik, gutes Essen – wenn es möglich war … Es ist nicht so, dass meine Eltern Narren gewesen wären, verantwortungslos. Aber sie verstanden zu leben – das ist doch nichts Schlechtes …?«
Sie hob den Blick und sah der Nonne trotzig in die Augen.
»Ist es nicht, oder doch?«
»Nein«, sagte Mutter Eléonore. »Gott hat die Freude ebenso geschaffen wie das Unglück und den Schmerz. Eine unschuldige Freude kann man keinem Menschenkind neiden.«
»Man sagt, dass Kummer und Leid stark machen«, bemerkte Manou. »Aber das denke ich nicht. Ich denke, dass es die Freude ist, die uns stark macht für spätere Zeiten, weil man dann nicht so leicht verzweifelt und weiß, dass es auch wieder anders kommen kann.«
»Ja, das meine ich auch. Besonders Kinder brauchen Zuwendung

und Glück, damit aus ihnen etwas Rechtes wird. Leider ist es nicht allen vergönnt. Aber erzähl weiter.«

Manou beugte sich vor und sah wieder in die knisternden Flammen.

»Wir waren also fünf zu der Zeit: meine Eltern, meine zwei Brüder und ich. Vier Kinder waren gestorben, bevor ich kam. Deshalb wollte meine Mutter nicht noch einmal schwanger werden, weil sie diesen Kummer nicht noch einmal erleben wollte. Aber dann ... nun ja, es war wohl unausbleiblich, weil meine Eltern immer noch Leidenschaft füreinander empfanden nach all den Jahren ...«

Sie errötete und fuhr fort: »Ich war ein Nachkömmling und wenn sie auch streng taten, so weiß ich jetzt, dass ich aller Liebling war und meine beiden Brüder und mein Vater mich verwöhnten, trotzdem oder vielleicht gerade weil ich ein Mädchen war. Wie dem auch sei: Meine Eltern waren freie Kleinbauern, bearbeiteten ein wenig Land, pflanzten Gerste, Zwiebeln, Kohl und etwas Klee als Winterfutter für unsere Ziegen. Meine Mutter verstand sich aufs Käsemachen und das brachte immer ein paar Sous ins Haus. Wir hatten satt zu essen, wenn ich mir auch etwas öfter ein Huhn im Topf gewünscht hätte. Aber es reichte. Es war ein gutes Leben, das wir hatten.«

Sie unterbrach sich und schwieg eine Weile. Und Mutter Eléonore ahnte, dass nun erst die wirkliche Geschichte begann, eine dunkle Geschichte, die dieses junge Mädchen in der Dämmerung eines kalten Frühlingstages an das Klostertor geführt hatte, in zerrissener Kleidung, am Ende ihrer Kräfte und mit allen Anzeichen tiefen Schreckens auf Gesicht und Seele.

»Und was geschah dann?«, fragte sie leise.

»Dann«, fuhr Manou fort, »dann kam die Schwarze Pest. Wir hatten gehört, dass sie in Cavaillon und in Apt wieder ausgebrochen war, aber da wir so weit ab der Städte und Handelsstraßen wohnten, haben alle im Village gemeint, dass wir davon verschont bleiben würden. Man brannte einige Kerzen ab vor dem Heiligen Rochus in unserer Kirche und der *syndic* ließ Straßensperren errichten und mit Wachen besetzen, Tag und Nacht, um Fremde fern zu halten, die uns die Pest einschleppen könnten.

Aber es geschah dennoch. Zuerst erkrankte ein Wanderarbeiter aus

dem Crau, obwohl er schon länger als acht Wochen bei uns gewesen war, dann wurden es immer mehr. Und dann kam ich an die Reihe. Ich war einige Tage vorher im Stall von einer Ratte gebissen worden und die Stelle war rot und geschwollen. Deshalb dachte man zunächst, ihr Biss sei giftig gewesen, wie es bei diesen unsauberen Tieren oft der Fall ist, und ich hätte ein Wundfieber.
Ich bekam über Nacht schmerzhafte Schwellungen in den Armhöhlen und am Hals, heftigen Durst und glühte vor Fieber. Meine Mutter behandelte die Entzündungen mit zerdrücktem Knoblauch und das Fieber mit kühlenden Umschlägen. Wie froh sie alle waren, als ich nach wenigen Tagen bereits genas und wieder in der Sonne herumsprang!
Dann aber erkrankte meine Mutter und diesmal gab es keinen Zweifel, worum es sich handelte. Sie bekam die gleichen Beulen wie ich zuvor, aber mehr davon: unter den Armen, an den Leisten und dann unterschiedslos an allen Gliedern. Diese Beulen gingen nicht zurück wie bei mir, sondern färbten sich gelb, dann schwarz und sie schrie vor Schmerzen im Fieberwahn. Auf ihrer Haut bildeten sich rote, dann schwärzliche Flecken. Einige von den Beulen brachen auf, eiterten und stanken fürchterlich. Mund und Rachen färbten sich schwarz.
Noch während wir sie pflegten, folgten ihr meine Brüder und zuletzt mein Vater aufs Krankenbett. Ein Arzt kam ins Dorf und zu den umliegenden Gehöften, geschickt vom Seigneur. Er erschien mir als ein Dämon in seinem schwarzen langen Umhang, über dem Gesicht eine Maske aus dunklem Leder mit Schlitzen für die Augen und einem nach unten gebogenen Schnabel, dort, wo sich beim Menschen sonst Mund und Nase befinden.
Ich schlug das Kreuzzeichen und rannte nach dem eisernen Schürhaken, als ich ihn in der Tür stehen sah. Er aber lachte kalt und sagte nach einem Blick von der Türschwelle: ›Keine Sorge, ich komme nicht hinein.‹ Seltsam dumpf klang seine Stimme durch die Maske hindurch. Er rief mir zu, ich solle das Haus mit Lavendel oder Thymianbüscheln ausräuchern, den Kranken einen Aufguss aus Tausendgüldenkraut bereiten und Bibernellwurzeln zu essen geben, so ich welche hätte. Ich hatte aber keine. Das Haus sei geschlossen, verkündete er weiter, ich dürfte es unter keinen Umständen verlassen,

solange die Krankheit währte. So man mich außerhalb des Hauses anträfe, drohte er mir, würde man die Türen zumauern. Wie also sollte ich Kräuter und Nahrung besorgen für meine Familie? Ich war ja nur ein Kind und hatte entsetzliche Angst.
Aber wir hatten keinerlei Vermögen und so erhielten wir auch genauso viel Hilfe, wie wir bezahlen konnten: keine. In der Nacht schlich ich mich in den Stall, um die Ziegen zu versorgen und um Korn und Milch zu holen.
Einige Male erschienen sogar Verwandte meines Vaters in der Nähe unsres Hauses. Sie machten durch lautes Rufen auf sich aufmerksam, stellten Schüsseln mit Nahrung auf die Erde und rannten davon, sobald ich meinen Kopf aus der Tür streckte. Aber meine Eltern und Brüder konnten nichts essen. Tee oder Suppe erbrachen sie sofort wieder. Ich habe mein Bestes getan.
Dann starb meine Mutter. Ich hatte noch die Kraft, sie im Gemüsegarten zu vergraben, dort wo die Erde locker war. Als meine Brüder starben und kurz darauf und zum Schluss mein Vater, da hatte ich diese Kraft nicht mehr. Ich bedeckte sie mit Tüchern, ging hinaus und setzte mich auf einen Holzstoß. Da saß ich wohl so lange, bis ein Vorübergehender mich aus einiger Entfernung entdeckte.
Er formte die Hände zu einem Trichter vor dem Mund und rief: ›Sind sie alle tot?!‹
›Alle‹, rief ich zurück, ›nur ich bin übrig!‹«
»Ist denn kein Priester gekommen, um den Kranken die letzte Ölung zu geben?«, fragte die Äbtissin.
»Monseigneur Roux ging nicht zu Pestkranken. Deshalb ist er auch verschont geblieben«, sagte Manou mit einiger Bitterkeit. »Er kam bis auf ein paar Schritte an solche Pesthäuser heran, versprengte Weihwasser und Worte und ließ ein Schälchen mit geweihten Hostien zurück. Wird das genügen?«
»Ich denke schon, Kind, da deine Familie doch gute Leute waren, wie du gesagt hast.«
»Mein Vater hat ab und zu ein wenig gewildert ... im Frühjahr, wenn die Vorräte verbraucht waren und wir Hunger hatten.«
»Das ist nur eine lässliche Sünde. Aber wenn es dich beruhigt, dann werden wir für deine Eltern und Brüder eine Messe lesen. Willst du das?«

»O ja! Bitte!«, rief das Mädchen mit solcher Macht, dass Eléonore sich sagte: ›Ich bin froh, das an ihr wahrzunehmen. Sie hat sich mit dunklen Kräften eingelassen, besitzt aber doch noch eine Vorstellung vom Wert der unsterblichen Seele. Wenn es so um sie steht, dann kann sie gerettet werden.‹ Laut sagte sie: »Beruhige dich, Kleine, und berichte weiter.«

»Ja, Ehrwürdige Mutter. Das will ich tun.«

Aber es fiel ihr sichtlich schwer fortzufahren. Sie schluckte und kämpfte mit den Tränen, die sie sich nicht erlauben wollte, weil Tränen schwach und hilflos machen. Sie zupfte an dem ungewohnten und schlecht sitzenden Gewand herum, krampfte bald ihre Finger ineinander, bald verbarg sie das Gesicht in den Händen. Aber schließlich tat sie einen tiefen Atemzug und setzte wieder an. »Nun, da es vorbei war und ich keine Anzeichen zeigte, selbst zu sterben, da kamen die Alarbres mit einem Karren, hässlich anzusehen, rohe Gesellen, die gingen in unsere Hütte hinein, packten ohne viel Federlesens die verhüllten Körper an beiden Enden, wo sie sie grad durch das Tuch hindurch zu fassen kriegten, denn sie wollten ja mit der Haut der Toten nicht in Berührung kommen. Sie schleiften sie rasch hinaus, holten Schwung und warfen sie auf den Karren, so dass ich unwillkürlich aufschrie und herbeieilen wollte, weil ich nicht anders denken konnte, als dass der Fall sie verletzt haben müsse. Einer der Männer aber schob mich mit dem Ellenbogen weg. ›Denen tut nichts mehr weh. Bleib fort, Kleine, du willst dich doch nicht anstecken‹, als ob ich sie nicht die ganze Zeit gepflegt und gewaschen und ihre schwärenden Beulen verbunden hätte. Aber das war vielleicht sogar eine Art, wie der Mann sein Mitleid ausdrücken wollte. Was hätte er auch sagen sollen.

Weniger mitleidig waren die Männer des Seigneurs. Der Landvogt kam und wies mich aus dem Haus. Seine Männer zerrten all unsere Habe heraus und warfen sie auf einen Haufen zusammen: Die Strohsäcke, auf denen wir gelegen hatten, Kleider und Wäsche, Stühle und Tisch, sogar das wenige irdene Geschirr und alles, was an Nahrungsmitteln noch da war. Sie machten ein gewaltiges Feuer und verbrannten alles.

Ich versuchte, die Puppe aus Leder aus den Flammen zu retten, die mein Bruder Péro für mich gemacht hatte, aber sie ließen mich nicht.«

Ein kleiner halbverschluckter Schluchzer entfuhr ihr, aber sie fing sich schnell wieder und saß kerzengerade auf dem Schemel, so kühl und gefasst wie eine Dame von Stand.

»Unsere Ziegen und den Ochsen trieben sie fort. Der Vogt behauptete, wir schuldeten dem Seigneur noch Abgaben. Mag sein, mag nicht sein. Soviel ich weiß, hatten meine Eltern die Abgaben voll bezahlt.

Ich besaß nun gar nichts mehr. Und selbstverständlich durfte ich auch nicht mehr im Haus meiner Eltern bleiben. Mit ihrem Tod fiel alles an den Lehnsherrn zurück. Das Haus wurde einige Tage gelüftet, dann frisch gekalkt und neu verpachtet. Ich bin nie wieder dort gewesen.

Tante Bérénice kam, eine Schwester meines Vaters, und teilte mir mit, ich könne jetzt in ihrem Haus wohnen. Sie trug ein Bündel Kleidung unter dem Arm. Auf dem Weg ins Village hieß sie mich im Bach baden, ganz gründlich und mit Untertauchen. Sie gab mir sogar ein kleines Stück Seife, rau von Kleie, etwas, das ich danach für viele Jahre nicht mehr zu Gesicht bekam, und sie sah zu, dass ich mich gewissenhaft überall reinigte und schrubbte, bis meine Haut ganz rot war und brannte. Am Schluss tauchte sie mir eigenhändig den Kopf noch einmal ganz unter Wasser.

Heute weiß ich, dass dies wohl nötig war. Ich muss fürchterlich ausgesehen haben, schmutzig, verheult und verschwollen, die Haare speckig und strähnig und alles noch mit Ruß verschmiert von meinem Versuch, etwas von unserer Habe aus dem Feuer zu retten. Doch damals erschien es mir eine fühllose und harte Behandlung und ich empfand Einsamkeit und großes Selbstmitleid.

Als ich endlich zur Zufriedenheit meiner Tante gereinigt war, kämmte sie mir die Haare mit einem hölzernen Kamm. Sie gab sich wenig Mühe, mich dabei zu schonen. Danach musste ich meine eigenen Kleider vergraben und die von ihr mitgebrachten anziehen. Es waren abgetragene Stücke ihrer fünfzehnjährigen Tochter und mir viel zu weit.

Der Rock schleifte am Boden und meine Hände verschwanden in den viel zu langen Ärmeln des Kittels. Sie zeigte mir, wie ich die

Ärmel hochzukrempeln hatte, gab mir einen Strick, den sollte ich mir um die Taille binden und den Rock etwas darüber lupfen, so dass ich beim Laufen nicht auf den Saum treten und ihn zerreißen würde. Schuhe bekam ich nicht, aber es war ja auch schon April, da beißt die Kälte aus dem Boden nicht mehr so arg. Im Sommer trug ich ohnehin nie welche und meine Sohlen waren so dick und hart wie von einem Tier, das ja auch barfuß geht jahrein, jahraus. So begann mein Leben als Waise.«

Manou schwieg lange. Endlich klopfte es leise an der Tür, mehr ein Scharren als ein beherztes Klopfen, und die *abbesse* rief: *»Entrez!«*

Die Türklinke bewegte sich langsam nach unten, die Tür ging einen Spalt weit auf, gerade so weit, um Schwester Agnes einzulassen, die einen Krug verwässerten Weins und Becher brachte. Katzenhaft leise glitt die junge Nonne zum Kamin, stellte das Tablett auf einen kleinen Tisch, schenkte ein, warf einen neugierigen Blick zu dem Mädchen hin. Das sah so gar nicht nach der erwarteten Strafpredigt aus. Was hatte nur Mutter Eléonore mit diesem jungen Ding so lange zu bereden?

»Kann ich Euch sonst noch etwas bringen?«

»Nein, danke, Schwester Agnes, es ist gut. Geht zu Bett und Gott mit Euch.«

Die Nonne zog sich zurück. Eléonore nötigte das Mädchen zu trinken.

»Komm, trink! Zier dich nur nicht, ein guter Schluck wird dich beruhigen. Das ist schlimm, was dir widerfahren ist, und ich kann verstehen, dass du nicht gern davon sprechen wolltest. Aber ist es nicht gut, dass du Verwandte hattest, die dich aufnehmen konnten? So warst du doch nicht ganz allein auf der Welt.«

Manou trank von dem Wein, der sauer und trübe war, anders als der funkelnde Rote, den sie im Herrenhaus ganz selbstverständlich genossen hatte, Wein aus der Gegend von Avignon von bester Qualität, oder *julep rosat,* Zuckerwasser mit Rosen- oder Zitrusessenzen. Sie verzog das Gesicht, aber der Alkohol wärmte ihren Magen und ließ die Erinnerungen gnädig verschwimmen.

Sie trank in gierigen Zügen und sah im Geist sich selbst, wie sie da die Dorfstraße entlangschlurfte, stumm, taub und fühllos von all dem Kummer und Schrecken. Die Fenster vieler Häuser auch im

Village waren dunkel und leer. Im darauf folgenden Jahr lagen Felder brach und es gab wenig zu essen. Disteln und Luzerne breiteten sich auf den verlassenen Wiesen aus und manches *mas* und manche *bastide* wurden ein Wohnort für Wiesel und Schlangen, Türen und Fenster von Efeu und Ziegenbart überwuchert, die Läden zerbrochen und schief in den Angeln hängend. Frühere Ausbrüche der Pest und sogar die räuberischen *routiers,* die entlassenen Söldnerbanden, hatten das Dorf in seiner Abgelegenheit verschont, doch nun war der Tod auch nach Saint-Germain gekommen und nichts war mehr wie früher.

»Ich war nicht die Einzige, die etwas verloren hatte. Aber das sah ich nicht, weil mein Blick ganz nach innen gerichtet war, ganz auf mich.

Es war in dieser Zeit, dass unser Seigneur, Ange de Pontèves, Siedler in Italien und in den Alpen anwarb, die das frei gewordene Land bearbeiten und die Häuser instand setzen sollten, so wie es König René empfohlen hatte. Manche gingen auch dazu über, weite Teile ihres ohnehin mageren Bodens der Schafhaltung zu widmen, was zu bösem Blut führte zwischen den Bauern und den Schäfern.

Wer hat nur behauptet, im Elend rückten die Menschen näher zusammen? Das Gegenteil ist der Fall. Zu geben, wenn man im Überfluss lebt, das ist ganz leicht, weil es einem ja hinterher an nichts mangelt. Dies waren harte, schwarze Zeiten, kalte und bittere Zeiten. Gemessen daran hatte ich noch Glück. Doch ich wünschte mir damals, ich wäre zusammen mit meiner Familie gestorben.«

Danach sagte Manou nichts mehr, sondern starrte nur vor sich hin. Eléonore sagte ein Gebet, segnete sie und schickte sie zu Bett: »Ich denke, es ist genug für heute. Geh schlafen und sei ganz ruhig: Niemand wird dich holen kommen. Solange ich nicht alles gehört habe, wird nichts entschieden und du stehst unter meinem Schutz.«

Manous Lippen begannen wieder leicht zu zittern und sie schluckte. Doch dann kam ihr ein tröstender Gedanke: Solange also ihre Geschichte währte, war sie in Sicherheit. Nun gut, das verschaffte ihr etwas Zeit. Sie würde zunächst einmal die Erzählung recht lange dauern lassen. Indessen mochte sich etwas ergeben. Und sie hatte satt zu essen und ein Dach über dem Kopf.

Der Anflug eines Lächelns flog über ihr Gesicht, berechnend und schlau. Ihre Augen waren so undurchdringlich wie die leblosen Augen einer Heiligenfigur aus Holz und buntem Glas. Eléonore seufzte: Es würde nicht leicht werden mit ihr.
Manou erhob sich mit einer für ein Bauernkind unerwarteten Grazie und Haltung. Sie knickste und verschwand so eilig durch die Tür wie ein entlassener Sträfling durch ein Gefängnistor in die Freiheit.
»Morgen Abend kommst du wieder zu mir!« rief Mutter Eléonore hinter ihr her.
Sie erhielt keine Antwort.
Der Mond war eben aufgegangen, als Manou sich in ihrer Zelle in die Decke einrollte. ›Solange die Geschichte dauert, bin ich in Sicherheit‹, sagte sie sich wieder und immer wieder. ›Solange ich sie dauern lasse.‹

3

Am nächsten Abend bekam das Kloster jedoch Besuch von dem Bruder, der wöchentlich die Messe hielt, Beichten abnahm und im Namen des Provinzials die Angelegenheit des Klosters überwachte. Da keine Frau ein Priesteramt innehaben durfte, waren die Nonnen in heiligen Dingen auf die Fürsorge ihrer Brüder von den Augustiner Chorherren angewiesen. Eléonore de Castillon hatte deshalb einen lange dauernden Streit mit den Provinzialoberen und dem Bischof von Apt, denn angeregt durch die *hausse* der Vernunft, durch wenn auch nicht unerlaubte, so doch ungern gesehene Lektüren des Pico de Mirandola und der Christine de Pisan hätte sie gern die Möglichkeiten der frommen Frauen erweitert gesehen. Sie schrieb lange Traktate, in denen sie für mehr Teilhabe der Frauen am kirchlichen Leben argumentierte, doch wurden ihre Briefe hinhaltend und mit Ermahnungen zu christlichem Gehorsam beantwortet.

Und so bedeutete der Besuch des *abbé* nicht nur Erlösung, sondern auch Qual, da er im Kloster Sainte Catherine besonders auf Demut und Gehorsam hielt. Natürlich hatte er auch schon von ihrem seltsamen Gast erfahren, zweifellos von Schwester Agnes, die ebenso naiv wie schwatzhaft war.

»Eine Waise in Not, ein naives, frommes Bauernkind, das wir zunächst für ein halbes Jahr als Postulantin akzeptieren, Monseigneur«, beschönigte *Dame* de Castillon und dachte sich nichts dabei. Sie verabscheute die überstrengen Vorschriften und die kleinliche Einmischung der bischöflichen Beamten in Angelegenheiten des Klosters, ihres Klosters. Das Kind war in ihrer Obhut, zunächst.

»Was denn – eine Waise und von niederer Herkunft? Ja, hat sie denn dem Kloster irgendetwas eingebracht?«, fragte der Prälat.

»Nein, das hat sie nicht, aber seit wann gehört es denn zu den Regeln, dass man zum Eintritt in ein Kloster mehr mitbringen muss als Frömmigkeit?«
Der Abgesandte des Bischofs schaute säuerlich drein: »Das ist wohl wahr, liebste Schwester im Herrn, und Eure Großzügigkeit ehrt Euch, aber das Kloster muss doch auch sehen, wie es sich erhalten kann.«
»Nun, eine Waise von Zeit zu Zeit, denke ich, können wir uns leisten«, gab Eléonore zur Antwort. »Gott hat unseren Tisch so reichlich gedeckt, dass ein paar Krümel für die Armen übrig bleiben, ohne dass der Tafel des Bischofs etwas fehlen wird.«
Die Augenbrauen des Prälaten schossen in die Höhe, bis sie beinahe unter seinem Haaransatz verschwanden. Abrupt stand er auf. »Wie Ihr meint. Ich gehe allerdings davon aus, dass Ihr das Mädchen einer strengen Prüfung unterzieht. Wir werden uns über den Fortgang der Angelegenheit wieder erkundigen. Äh – kam sie nicht auf seltsamen Wegen mitten in der Nacht?«
»Nicht in der Nacht. Am frühen Morgen. Und an ihrem Weg war wohl nichts Besonderes, da sie auf zwei Beinen hierher gelangt ist und nicht auf einem Besen.«
Bruder Severin brummte etwas Unchristliches in seinen Bart und verabschiedete sich kühl. Ohne Zweifel würde er sich wiederum beim Protektor über die Hoffart der *Dame* de Castillon ausjammern. Vielleicht hätte sie ihn freundlicher behandeln sollen, nachgiebiger, hätte seinen Rat erbitten, anstatt sich über ihn belustigen sollen, aber er war doch eben ein so steifer Stecken und so verkniffen, dass sie nicht hatte widerstehen können.
»Herr, vergib mir meine scharfe Zunge, denn du hast sie mir gegeben«, lautete das Stoßgebet, das Eléonore de Castillon zum Himmel sandte. Doch ihr war bewusst geworden, dass ihr Gast unerwünschte Aufmerksamkeit geweckt hatte. Sie war als Leiterin dieses Klosters unbequem. Man würde nur zu froh sein, ihr eine Verfehlung nachweisen zu können. Zum Geburtstag des Heiligen Augustinus hatte der Kardinal-Protektor aus Rom eine Visitation angekündigt. Bis dahin wäre diese Angelegenheit besser geklärt, das Mädchen andernorts platziert und auf den guten Weg gebracht.
Und wieder saßen die beiden Frauen am Feuer, die Äbtissin ruhig

zurückgelehnt, die Hände auf dem Schoß ineinander gelegt und entspannt, Manou kerzengerade auf ihrem Schemel, den Blick in die Flammen gerichtet. Das Holz knackte leise und der Schein der Glut bildete einen eng begrenzten Halbkreis aus Licht, ´gab einen schwachen Widerschein auf der hölzernen Täfelung.

»Ich war also Waise, ein Mädchen außerdem, ohne einen Sou, eine Last für alle. Am Anfang waren meine Verwandten freundlich genug. Ich musste hart arbeiten, aber ich bekam regelmäßig zu essen und hatte ein Dach über dem Kopf. Ich habe seit jeher eine gute Hand mit Tieren gehabt und für Menschen auch …«

»Wie ist das gemeint?«

»Die Tiere folgen mir leicht und überallhin, sie verstehen mich und sehen mich als ihre Freundin an. Und wenn sie krank sind oder Junge werfen, so lassen sie sich gern von mir berühren, wo ein anderer Schwierigkeiten hätte. Das war schon immer so, seit ich klein war. Deshalb war ich bei uns zu Hause für die Ziegen verantwortlich, weil sie unser wertvollster Besitz waren. Aber für mich waren sie mehr als das: Sie waren auch meine Spielgefährten und Freunde. Später dann entdeckte meine Mutter durch Zufall, dass ich heilende Hände habe.«

Ein durchdringend scharfer Blick traf sie aus kühlen, grauen Augen. »Willst du etwa behaupten, dass du Wunder tun kannst?«

»Nein, Mutter Eléonore, ich habe nichts dergleichen behauptet. Es ist einfach so: Wenn ein Tier Blähungen hat oder Schmerzen bei der Geburt oder wenn ein Mensch unter Kopfweh leidet, dann reibe ich meine Hände ganz fest aneinander – so, seht Ihr!« Manou entfuhr ein kleiner Schmerzensschrei, denn ihre von der ungewohnten Stallarbeit zerschundenen Handflächen vertrugen solche Behandlung schlecht. »Es geht jetzt nicht, aber ich will damit sagen, dass ich es immer so gemacht habe: Ich reibe meine Hände aneinander, bis sie sich ganz warm anfühlen und diese Wärme nach außen abgeben wollen, und dann lege ich sie dem Menschen an die Schläfen oder dorthin, wo ein Tier Beschwerden hat. Ich schließe die Augen und denke mir die Schmerzen wie einen schwarzen Knoten, den ich auflösen und vertreiben will. Und oft geht das Übel dann fort.«

»So. Also denkst du schon, dass du eine besondere Gabe hast.«

Aber Manou kannte diese Art der Befragung und wusste, wo sie hinführen konnte. Monsieur Justin hatte sie zu gut geschult, als dass sie auf eine so simple Attacke hereinfallen würde. Wie gut, dass sie misstrauisch geblieben war! Man konnte ihr leicht Vertrauen schenken, dieser zierlichen, blassen Frau mit dem freundlichen, ruhigen Gesicht, aber hinter der Freundlichkeit lagen eine große Kraft und die Autorität der Kirche, eine Autorität, die sich sogar weltlichen Mächten entzog, die mit Menschen nach Belieben verfahren konnte, die für sich in Anspruch nahm, sogar über das Leben hinaus zu regieren bis in alle Ewigkeit.

»Ich habe mir nie darüber Gedanken gemacht, was oder wie ich war. Ich wurde gebeten zu helfen und ich war froh, wenn ich es vermochte. Das war alles«, sagte Manou ruhig und dachte: ›Bis man mir meinen Wert bewusst gemacht und meine Fähigkeiten geläutert hat.‹

»Aber du hast Mensch und Tier durch Handauflegen geheilt?«

»Ach nein, geheilt, das wäre zu viel gesagt. Ich meine: Ich kann ja keine Lahmen wieder gehen lassen, das wäre ja ein Wunder, nicht wahr?« Schlau sah sie Eléonore ins Gesicht. »Ich habe manchmal Beschwerden lindern können. Was ohne das geschehen wäre, ob sie gesund geworden wären auch ohne mich, das kann schließlich niemand wissen. Aber die Tiere beruhigten sich unter meinen Händen und Kranke schliefen ein, und das war schön. Meine arme Mutter hatte oft Kopfweh und dann rief sie immer: ›Komm, mein Kätzchen, leg deine Samtpfötchen hierhin auf meine Stirn, an die Schläfen und nimm meine Schmerzen fort.‹ Und wir schlossen beide die Augen und ich stellte mir vor, wie ich die bösen Dämpfe aus ihrem Kopf herausziehen könnte mit meinen Händen. Nach kurzer Zeit entspannte sie sich dann, seufzte und sagte: ›So, jetzt ist es gut. Was für ein Glück, dass ich dich habe …‹ Es hat auch nicht immer gewirkt. Uns sind Tiere gestorben, genau wie den Nachbarn auch, und wenn es bei uns weniger waren, dann wohl, weil ich mich besser um sie gekümmert habe.«

»Nun gut.« Die Äbtissin schien beruhigt. Nur nicht noch eine Jehanne d'Orleans, eine närrische Ziegenhirtin, die sich einbildete, von Gott erhöht zu sein und dann auf dem Scheiterhaufen an ihre Menschlichkeit gemahnt werden musste! Tatsächlich war die fromme Dame in diesem Punkt empfindlich, wenn sie sich auch ungern an den Grund erinnerte: Eléonore war ein überspanntes Kind gewesen. Nicht nur, dass sie sich bereits in zartestem Alter zur Braut Jesu berufen fühlte, nein, sie hatte sich für eine Wundertäterin gehalten, nachdem ein vermeintlich toter Nestling, dem sie ihre kleine Hand unter Gebeten aufgelegt hatte, ihr in dieselbe hineinschiss und quietschlebendig davonflatterte. Der nächste Versuch verlief enttäuschend: Ihr Lieblingshund starb, obgleich sie ihm die Hand auf den Kopf legte und sie dort beließ, bis ihr der Arm taub geworden war. Sie beschwerte sich darüber bei ihrem Erzieher, einem ernsten Dominikanermönch. Von ihm streng zurechtgewiesen, bereute sie ihre Anmaßung und schenkte, um sich selbst zu kasteien, einem Bettler ihre schönste Puppe. Später kam ihr die ganze Angelegenheit derart lächerlich vor, dass sie es vorgezogen hatte, sie zu verdrängen. Doch der Stachel blieb – ›Heilende Hände, so!‹ »Und wie ging es dann weiter?«

»Meine Verwandten ließen mich also ihre Ziegen hüten, melken, Käse machen, den Stall ausmisten und so fort. Nach und nach gewöhnte man sich daran, mich zu rufen, wenn jemand im Haushalt sich den Magen verrenkt hatte oder von sonst einem kleinen Malheur geplagt wurde. Und ehe man ein Tier niederlegte, fragte man mich, ob ich helfen könne – wenn alle ihre Mittel nicht angeschlagen hatten. Wie gesagt: Manchmal half es, manchmal nicht. Das liegt in Gottes Händen, nicht in meinen.«

Die Nonne nickte zufrieden.

»Aber bereits nach einem Jahr verschlechterte sich meine Lage. Meine Leistung war selbstverständlich geworden, doch die Unkosten, die ich bereitete, nicht. Jeder Bissen, den ich in den Mund schob, jeder abgetragene Fetzen Kleidung, den sie mir überließen, wurde bejammert und beklagt. Wehe, wenn ich etwas zerbrach oder meine Fähigkeiten nichts halfen! Ich konnte eben wirklich keine Wunder tun, obwohl man es von mir erwartete. Dann hieß es: ›Wozu müssen wir dich auch noch durchfüttern, nichts als Ärger hat man mit dir; deine Eltern waren Nichtsnutze und du bist es auch!‹ Und so fingen sie an, mich von einem zum anderen zu schieben. Weil ich nirgends lange geduldet war, hatte ich kein eigenes Bett mehr, sondern musste mit dem Stroh beim Vieh vorlieb nehmen. Das hätte mir nichts ausgemacht, aber es kränkte mich, dass

sie so schlecht über meine Eltern redeten und dass ich nichts recht machen konnte. Ich gehörte nicht dazu, nirgends gehörte ich dazu. Immer blieb ich ›diese Blage‹, das ›Waisenkind‹ und ein ›Kind von Hungerleidern‹, so sehr ich mich auch um Anerkennung bemühte. Ich begann mich mit den anderen Kindern zu schlagen, wenn sie abschätzig über meine Eltern redeten, so wie sie es von den Älteren gehört hatten. Ich war ein Raufbold und Störenfried und wenn sie mich jetzt baten, dann weigerte ich mich oft, meine heilenden Hände zum Einsatz zu bringen. Entsprechend kälter waren sie zu mir. Ich bekam jetzt nur das Allernotwendigste, häufig genug nur die Reste ihres Essens und auch Schläge. Ich gebe zu, dass ich begann, sie alle miteinander zu hassen. Ich weiß, das war nicht recht.«
»Wenn Jesus Schläge hinnehmen konnte und die andere Wange hinhalten und wenn er sogar den Tod hinnehmen und vergeben konnte, warum sollte es dir schwer fallen, viel geringeres Unrecht zu ertragen? Es fehlt dir an Demut, mein Kind!« sagte Eléonore streng. Manou ließ den Kopf hängen.
»Ja, das ist wahr. Ich fühlte einen großen Zorn auf meine Sippschaft in dieser Zeit und er wurde noch größer. Denn eines Tages entdeckte mein Cousin Frédéric, dass ich weiblichen Geschlechts war. Ich war zwar noch sehr jung, doch unter meinem Hemd bildeten sich magere kleine Rundungen und ich trug Röcke. Das genügte. Zuerst begnügte er sich damit, mich bei allen Gelegenheiten anzufassen, mich an sich zu ziehen und zu betasten. Beim ersten Mal sagte ich noch: ›Hör auf mit dem Unsinn, Frédéric, oder ich sag es deiner Mutter‹, und er gab Ruhe. Denn vor seiner Mutter hatte er einen großen Respekt. Doch dann verleitete er die anderen Dorfjungen dazu, mich zu verfolgen. Die kleineren schnalzten mit der Zunge, wenn sie mich sahen, trauten sich aber nicht näher heran. Die Älteren riefen mir plötzlich Kosenamen zu oder machten zweideutige Bemerkungen, *Ks! Ks! Tu veux du chaud?*, ganz so, als hätte ich mich mit ihnen im Heu gewälzt. Hatte ich aber nicht. Ich bin heute noch unberührt, das schwöre ich!«
»Ja, ja«, murmelte die Nonne ungeduldig. Solche Einzelheiten wollte sie gar nicht hören.
»Und sie fingen auch an, mich festzuhalten, an den Haaren zu ziehen und mich anzugrapschen. Ich habe dem einen oder anderen

eine blutige Nase verpasst dafür. Aber Frédéric ging zu seiner Mutter und sagte: ›Siehst du, wie sie sich aufführt? Ständig ist sie mit den Jungen zugange. Sie ist eine Schlampe und wird uns Schande bringen, schamlos, wie sie ist!‹ Und ich kriegte eine Strafpredigt zu hören. Da half es nichts, dass ich beteuerte, ich hätte mir nichts zuschulden kommen lassen. Sie glaubte ja immer alles, was ihr geliebter Frédéric sagte.
Und so lauerte er mir wieder einmal im Stall auf, er und drei seiner Gesellen, alles schon kräftige Burschen um die sechzehn Jahre alt. Ich war gerade mit dem Melken fertig und bückte mich, um den Eimer hochzuheben – die Milch schäumte warm und schwappte über –, da wurde ich von hinten gepackt. Ich roch, dass es einer von den Jungen war. Sie stinken wie kleine Böcke, erdig und wild. Und ich fühlte …«
Nein, das konnte sie der Mutter Oberin wohl doch nicht zumuten, das würde sie auslassen: Wie sie das erigierte männliche Glied an ihrem Hinterteil gespürt hatte und die gemeinen, ruckenden Bewegungen. Wie die Stalltür von innen zugeschlagen wurde: ›Haben wir dich!‹ und das hässliche Gelächter ihres Cousins Frédéric: ›Halt, halt, du musst sie nicht gleich hier im Stehen besteigen, das machen wir in aller Ruhe und Gemütlichkeit dort im Heu!‹ Sie schrie. Der, der sie von hinten gepackt hatte, hielt ihr den Mund zu, sie trat aus wie ein böses Pferd und versuchte ihn in die Hand zu beißen und zu kratzen. Aber sie waren ja zu viert und zerrten das Mädchen in die dunkelste Ecke vom Stall. Frédéric verpasste ihr einen Schlag ins Gesicht, dass es ihr ganz schwarz wurde vor Augen. Dann warfen sie sie aufs Heu und zwei hielten sie nieder, während Frédéric – ›Ich zuerst!‹ – seinen Schambeutel aufnestelte.
»Ich merkte, dass sie mir Gewalt antun wollten«, fuhr Manou laut fort. »Aber ich hatte Glück. Just in diesem Augenblick kam Tante Bérénice in den Stall, weiß der Himmel warum, sie ging sonst nie um diese Zeit dorthin, vielleicht wunderte sie sich, wo ich mit der Milch blieb, und wollte mich zur Rede stellen. Jedenfalls ging die Stalltür auf, das Sonnenlicht fiel herein und Tante Bérénice brüllte: »Frédéric!« Das war alles, was nötig war. Die Burschen rannten rechts und links an ihr vorbei und suchten das Weite. Mein feiner Cousin stand da mit offenem Hosenstall und stammelte:

›Ich – ich … ich wollte das nicht tun, aber sie hat uns dazu überredet und die anderen Jungen haben gesagt, ich wäre kein Mann, wenn ich's nicht täte!‹
Ich heulte, beteuerte meine Unschuld und wies mein Auge vor, das zuzuschwellen begann, aber das half mir überhaupt nichts, denn natürlich zog Tante Bérénice es vor, mir die Schuld an allem zu geben. Schließlich hatte ihr Sohn ja auch schon gut vorgesorgt, indem er meinen Ruf zumindest zweifelhaft gemacht hatte. Ich wurde also aus dem Haus gejagt.«
»Und deine anderen Verwandten?«
»Ach, die! Da war noch ein Bruder meines Vaters und ein Cousin meiner Mutter und eine Cousine zweiten Grades, die wussten alle ganz genau, was sie von der Sache zu halten hatten. Jeder wusste das. Alle sahen Frédéric so, wie er war, nur seine Mutter nicht. Aber ehe sie sich meinetwegen mit Bérénice anlegten, zogen es alle vor, zu schweigen oder mir die Schuld an dem Vorfall zu geben. Ich hätte wohl noch bei ihnen unterkommen können, so ungerecht waren sie nicht, dass sie mir ein Dach über dem Kopf verweigert hätten, aber ich ertrug ihre Gesellschaft nicht mehr. Ich glaubte auf Schritt und Tritt hämische oder vorwurfsvolle Blicke auf mir zu spüren und dazu das gehässige Gerede im Dorf. Also ging ich.«
»Wohin?«
»Oh, das war einfach: Ich kannte vom Ziegenhüten her eine Reihe von Höhlen im karstigen Stein, die Felsen des Luberon sind so voll davon wie ein übermäßig aufgegangenes Brot. Manche sind so klein, dass nur ein Vogel Platz für sein Nest darin findet und Schlangengetier, andere sind groß wie Festsäle in einem Schloss; Kathedralen aus Stein mit schimmernden Säulen aus weißen Kalktropfen und welligen, bauschenden Vorhängen – so zart, dass sie durchscheinend werden, wenn man eine Kerze dahinter hält. Es gibt Säle und Gewölbe dort in den Schluchten der Aigue Brun, die schöner sind – verzeiht – als jede von Menschenhand geschaffene Kirche.«
Nun war es an der Nonne, große Augen zu machen, denn nie wäre es ihr eingefallen, die wenigen Straßen zu verlassen und in dem Gebirge herumzusteigen, geschweige denn, in eines dieser finsteren Löcher zu kriechen.

»Es gibt lange, verzweigte unterirdische Gänge dort unten und es ist ein Leichtes, sich in ihnen zu verirren. Aber es ist recht angenehm, im Sommer kühl, im Winter ist man vor der beißenden Kälte geschützt – jedenfalls in den Teilen, wo es trocken ist.«
Sie hatte einmal eine junge Ziege verloren oben an einem Abhang über einem trockenen Bachbett. Es ging eng und steil hinab und man konnte den Grund nicht sehen, weil alles dicht an dicht mit Buchs und Schlingpflanzen zugewuchert war. Unten wuchsen ein paar magere dürre Bäume, halb vom Efeu erstickt. Ihre Kronen füllten die Schlucht wie eine Schüssel mit Grün. Im blühenden Efeu summten die Bienen und irgendwo da unten konnte Manou das verzweifelte Geschrei der Ziege hören. Sie stieg also hinunter in die Schlucht.
Die Brombeeren zerkratzten ihr die Beine, aber sie folgte dem Klagen des entlaufenen Tieres, bis sie zu einer Stelle kam, wo sich die Schlucht öffnete und erweiterte. Da stand das Tier bequem und unverletzt in einer breiten Öffnung und fraß das Grün herunter, welches sie vor den Blicken versteckt hatte. Manou warf nur einen kurzen Blick in die Grotte dahinter und merkte sich den Ort für den Fall, dass sie einmal draußen in ein Gewitter geraten würde. Dann war sie der Ziege wieder nach oben gefolgt, denn es gab einen viel leichteren Aufstieg, der war nur von oben nicht zu sehen.
»Ich fand also eine geeignete Höhle in einer kleineren Schlucht, einem der namenlosen Zuflüsse der Aigue Brun, eine Grotte mit einem breiten, aber niedrigen Eingang. Dahinter ging es eine Geröllhalde hinab und dann öffnete sich ein hohes, weites Gewölbe, groß wie der Gemeindespeicher. Der Boden war mit Sand bedeckt, sauber und trocken. Im hinteren Teil gab es sogar einen natürlichen Schlot, durch den der Rauch meiner Feuerstelle entweichen konnte. Nachdem ich mich versicherte, dass kein wildes Tier diese Stätte zum Quartier auserkoren hatte, beschloss ich, mich hier einzurichten. Ich packte also meine wenigen Besitztümer in eine Decke: Kleidung, ein paar alte Schuhe für die kalte Jahreszeit, ein Messer, eine irdene Tonschale, einen kleinen eisernen Kochkessel, Zunderbüchse und Flint und einen Sack Gerste, den ich Tante Bérénice gestohlen hatte.«
Mutter Eléonore zog die Augenbrauen zusammen bei diesen Wor-

ten, doch Manou lachte verächtlich: »Ihr verurteilt diese Sünde? Du sollst nicht stehlen, ja, aber wer in dieser Welt hält sich denn daran? Der Vogt etwa, der mir mein Erbe gestohlen hat? Die Barone, die Könige, die Prälaten, die die Bauern auspressen, bis sie so trocken sind wie gepresste Zitronen? Ha! Und außerdem war es nur ein geringer Ausgleich für das Unrecht, das sie mir angetan hatten, oder nicht?

Jedenfalls war es Sommer und es fiel mir leicht, mich in dieser Höhle wie zu Hause zu fühlen. Ich baute mir eine Feuerstelle unter dem Schlot, ein Bett aus Zweigen und trockenem Gras. Ich fand Nischen in den unebenen Wänden, in denen ich meine Kleidungsstücke und wenigen Besitztümer unterbringen konnte. Mit der Zeit kamen ein Tisch dazu aus einem Baumstumpf und einer flachen Steinplatte und ein Schemel. Den hatte ich mir aus ein paar Stücken gebleichten Holzes gemacht, das der Bach angespült hatte, und dem Geweih eines Hirsches, dessen Kadaver ich eines Tages fand. Das Fleisch war nicht mehr zu genießen und ich musste es den Füchsen überlassen. Vorher zog ich aber noch sorgfältig die Haut ab, schabte sie mit einem scharfen Stein und gerbte sie mit Weidensaft. Damit hatte ich eine gute Unterlage für mein Nachtlager. Mit der Zeit habe ich mir regelrechtes Mobiliar und eine gewisse Ordnung geschaffen. Ich schlug Holzpflöcke in die Wände, dort, wo es kleine Spalten gab. An den Pflöcken hängte ich meine Kleidung säuberlich auf. Von der Decke hingen Kräutersträuße, getrocknete Pilze und Beeren. Die Nischen schmückte ich mit Kristallen, bunten, glatt geschliffenen Kieseln oder seltsam geformten Holzstücken, die ich im Wald gefunden hatte. Tiefer unten in einem kleineren Raum, wo es kühler war, lagerte ich meine Vorräte. Ich knüpfte Netze aus Gräsern und den langen, zähen Ranken des Ziegenbart, flocht Körbe, schief und krumm, aber zweckmäßig, und schnitzte mir Schüssel und Löffel.

Und ich genoss das Alleinsein, die Abwesenheit von Enge und Streit, von einem Übermaß an Geräuschen und Gerüchen, von Schlägen und Spott.«

»Warst du zornig, als du das Dorf verlassen hast?«

»Nein … doch …« Sie zögerte. Dann wurde sie nachdrücklicher: »Doch! Ja, ich war zornig. Es war so ungerecht. Aber es war auch nicht anders, als ich es erwartet hatte. Jeder denkt nun einmal zuerst an sein Haus – und da war ich überflüssig. Wenn mir der Vogt wenigstens die Ziegen gelassen hätte ...«

»Aber du warst doch eine Blutsverwandte?«, wandte Eléonore ein.

›Ach, was weißt du schon‹, dachte Manou abschätzig. ›Alles muss man euch feinen Leuten erklären, die einfachsten Dinge. Ihr wisst gar nichts vom Leben der *routure.*‹

»Verwandtschaft kommt hinter dem *domus*«, erklärte sie geduldig. »So ist das nun mal. Erst kommt das *domus,* der eigene Haushalt, *le feu* und alles, was dazu gehört, danach kommt eine ganze Weile gar nichts. Dann vielleicht die Verwandtschaft und am Schluss das Dorf.« Sie dachte an die Visionen des Gouverneurs von einer großen Einheit, einem ganzen Königreich, einer ›Nation‹ und schüttelte ungläubig den Kopf.

»Ich gehörte zu keinem *domus* mehr und hatte auch keinen Besitz, den ich hätte einbringen können. Ich ging also fort, zur Zeit der Schafsschur und der erste Sommer in meinem neuen Heim war recht angenehm. Zum ersten Mal in meinem Leben hatte ich einen Platz ganz für mich allein, einen Raum, den ich mit niemandem teilen musste, den ich ganz nach meinem Wunsch und Geschmack gestalten konnte. Ich hatte viel Freude daran, ihn zu dekorieren und mit Dingen zu füllen, die ich geschenkt bekam, fand oder stahl. Als der Winter kam, hatte ich alles, was die anderen auch hatten, schäbiger, oft selbst gefertigt, schief und krumm, aber gebrauchsfähig und mein Eigen.«

»Und wovon hast du gelebt?«

»Ich stellte Fallen und fing Hasen, Eichhörnchen, Siebenschläfer und *beco figo* – allerlei kleine Vögel – und sammelte wildes Gemüse, *salado fero, rapounchoun, coustelino, sauto voulame* – die Wurzeln von Glockenblumen, wilden Lauch und Spargel –, *fénoun* – Fenchel –, Beeren und Pilze im Herbst, *rabasso* – Trüffel – im Winter. *La Colline* gibt reichlich, wenn man nur weiß, wo man suchen muss. Wasser hatte ich im Überfluss, denn im hinteren Teil meiner Behausung führte ein enger, steiler Gang direkt hinunter zu einem unterirdischen Wasserreservoir, das auch in der Hitze des Sommers immer gut gefüllt blieb, süßes, gutes Wasser, *fresco.* Diesen Schatz hielt ich geheim. Und natürlich, nach einer

kleinen Weile ging ich wieder ins Dorf und verdingte mich als Tagelöhnerin: zur Aussaat und Ernte von Korn, Kirschen, Trauben und Mandeln, und im November zu Olivenernte. Zum Käsemachen, zum Waschen und Walken der Wolle. Ich wurde auch immer noch gerufen, wenn eins der wertvolleren Tiere erkrankte und … zu anderen Zwecken.«
Eléonore schaute fragend und scharf. Manou wich ihrem Blick aus. Sie zupfte an ihrer Kleidung, kratzte an einem Schorf auf ihrer Hand.
»Was für andere Zwecke? Nun?«
»Nun … ich hatte seit einiger Zeit ein … wie soll ich sagen … ein gewisses Gespür für gewisse Ereignisse entwickelt. Ich schmeckte im Voraus Regen, wenn noch keine Wolke am Himmel zu sehen war, und ich roch den Sturm. Ach! Schaut mich nicht so an, das ist ganz natürlich. Viele Schäfer können das Wetter vorhersagen, weil sie so viel unter freiem Himmel sind, dass sie lernen, gewisse Anzeichen am Himmel, Gerüche in der Luft, die Form der Wolken, den Wechsel von Wind und das Verhalten der Tiere zu deuten. Und dann … manchmal kamen mir plötzlich Eingebungen und ich hatte das Gefühl, sagen wir, dass es an der Zeit sei, die Saat auszubringen, oder dass es besser sei, schleunigst das Korn einzuholen. Manchmal auch Persönlicheres: Ich ging an einem Menschen vorüber oder stand dicht bei ihm und ahnte plötzlich, dass etwas Bestimmtes mit ihm geschehen würde.«
Mutter Eléonore runzelte die Stirn: »Und worauf führst du solche ›Ahnungen‹ zurück? Auch auf eine von deinen so genannten Gottesgaben?«
›Sie ist darauf aus, mich einer Ketzerei zu überführen!‹ dachte Manou rebellisch. ›Warum nur ist die Kirche so darauf bedacht, alle Wunder der Welt für sich allein zu behalten? Sie misstrauen allen Menschen, insbesondere uns einfachen Leuten. Wir sollen gefälligst den Kopf demütig gebeugt halten, ihre leeren Formeln wiederkäuen und in Unwissenheit verharren.‹
Sie schob das Problem hinaus: »Dazu komme ich noch. Monsieur Justin hat es mir erklärt. Denkt einfach, dass manche Menschen aufmerksamer ihre Umgebung und ihre Mitmenschen beobachten und wenn man dann eins zum anderen tut, dann ergeben sich viele

Dinge von selber. Das ist wie mit dem Wetter. Nur die Unwissenden und Abergläubischen denken dabei gleich an Hexerei.«
Die Nonne lehnte sich wieder zurück und verschränkte die Arme vor der Brust.
›Das können Euer Hochwohlgeboren nicht auf sich sitzen lassen, nicht wahr?‹ Manou lächelte spöttisch.
»Ich hatte also Arbeit als Tagelöhnerin, wann immer ich wollte – im Sommer mehr, im Winter weniger, da musste ich von meinen Vorräten leben und von dem, was die Jagd nach kleinem Getier mir einbrachte. Das Fleisch aß ich und die Felle nähte ich nach und nach zu einem warmen Umhang zusammen, den ich nachts als Decke benutzte. Und für die Arbeit wurde ich, wie es üblich ist, in Korn, Öl und Wein entlohnt. Oft wurde ich dabei übervorteilt. Sie sagten, ich sei nur ein Mädchen und hätte wenig Kraft und so könne ich nicht denselben Lohn beanspruchen wie ein Erwachsener und erst recht nicht wie ein Mann. Ich habe immer ein gutes Tagewerk verrichtet. Aber wie hätte ich mich wehren sollen? Mir blieb keine Wahl. Ich musste nehmen, was man mir freiwillig gab, und es war auch wieder nicht genug Auswahl an Arbeit da für eine wie mich, als dass ich die Geizigen hätte meiden können.«
»Waren denn alle Leute im Dorf so schlecht zu dir?«
»Nein, gewiss nicht. Manche nutzten meine Situation aus, andere waren gut zu mir, steckten mir häufiger etwas zu, mal ein abgelegtes Kleidungsstück, mal ein Stück altbackenes Brot oder sogar eine Seite Speck, nur wenig angeschimmelt. Ich war damals sehr jung und verstockt, das weiß ich jetzt. Ich bildete mir ein, die ganze Welt sei gegen mich, dass sie sich hinter meinem Rücken das Maul zerrissen, ganz so, als ob sie keine anderen Sorgen gehabt hätten als ein zerlumptes junges Ding, das in einer Höhle lebte. Ich sah ganz sicher Lug und Betrug, wo gar keiner war. Wenn man Schlechtes erwartet, dann sieht man auch nichts anderes.«
»Und die Dorfjungen, haben sie dich noch einmal belästigt?«
»Kaum.« Sie hatten es schon noch einige Male versucht, alle außer Frédéric, der hatte zu viel Angst vor seiner Mutter, und dem blöden Dédée, der war ihr treu ergeben und hätte ihr nie etwas angetan. Doch sie hatte sich auf ihre Weise Ruhe verschafft, hatte ihren Ruf als Wahrsagerin genutzt und ihnen mit dem bösen Blick gedroht:

Sie würde ihre Männlichkeit verdorren lassen, wenn sie es wagten, sie noch einmal zu berühren. Die Jungen waren sich nicht sicher, ob sie tatsächlich tun konnte, was sie behauptete, aber sie waren nicht gewillt, wegen eines dürren, hässlichen kleinen Dings, wie sie es damals war, etwas zu riskieren. Sie begnügten sich also mit Gezisch und obszönen Gebärden, ließen sie aber sonst in Frieden.

»Warst du nicht einsam, so ganz ohne Freunde und Gesellschaft?«

»Nein. Als Einsamkeit habe ich es nicht empfunden. Ich fühlte mich wohl so – ganz auf mich gestellt. Eine Mauer aus Stolz und Trotz hatte ich um mich errichtet und die hielt mich aufrecht. Zur Gesellschaft hatte ich zwei wilde Ziegen, eine Mutter und ihr Junges. Das Muttertier hatte ich gefunden, mit einem gebrochenen Bein in einer Felsspalte steckend, halb verdurstet und zu geschwächt, um sich gegen mich zu wehren. Das Blöken ihres Jungen hatte mich angelockt. Ich zog ihr Bein aus der Spalte und schleppte sie auf meinen Schultern in meine Behausung. Das Zicklein folgte mir oder vielmehr seiner Mutter, da ihm nichts anderes übrig blieb. Dort richtete ich den Knochen, schiente ihr Bein und pflegte sie gesund.«

»Eine verwilderte Ziege mit einem gebrochenen Bein?« Die Nonne nickte anerkennend. Unter normalen Umständen hätte man ein so verletztes Tier getötet und gegessen, denn die langwierige Behandlung lohnte sich kaum.

»Es war mühselig und sie konnte danach nicht wieder schnell laufen oder springen. Das verheilte Gelenk blieb dick und geschwollen, aber sie schien keine Schmerzen mehr zu haben. Sie grasten in der Umgebung meiner Höhle. Nachts kamen beide Tiere ganz selbstverständlich zu mir herein und blieben bei mir. So hatte ich sogar etwas Milch. Davon gab ich den Katzen.«

»Katzen?«

»Ja, zwei Katzen, eine schwarze Katze und ein roter Kater. Tante Bérénice hielt ein paar von ihnen zum Mäusefangen, aber Frédéric, der es immer genoss, Schwächere zu unterjochen, jagte und quälte sie, wenn seine Mutter nicht hinsah.«

Während des Karnevals hatten die jungen Kerle plötzlich beschlossen, das italienische *Giocco della gatta* einzuführen, das Katzenspiel: Man band eine junge Katze an einem Kreuz fest, die Vorderbeine ausgebreitet, und dann sollte einer seinen Mut beweisen, indem er mit dem Kopf gegen die Katze rannte, so dass er ihren Brustkorb zermalmte. Das arme Tier sollte angeblich den Teufel darstellen. Und natürlich war es Cousin Frédéric, der sich erbötig machte, die Mutprobe zu bestehen. Doch Manou warf sich vor den kleinen Kater, den sie seiner Alten aus dem Nest gestohlen hatten, ein rotes Fellbündel, das erbärmlich quäkte und jammerte vor Schmerz und Angst, und machte ein solches Geschrei und Aufhebens, dass einige Erwachsene herbeigerannt kamen und dem grausamen Vorhaben ein Ende setzten. Manou nahm den Kater vom Kreuz ab, wofür er ihr zunächst einmal das Gesicht zerkratzte und sie in die Hand biss in seiner Angst. Sie nahm ihn mit, behielt ihn bei sich auf dem Heuboden, den sie zu der Zeit bewohnte, fütterte ihn mit Essensresten und streichelte ihn dabei, so lange, bis er sich an sie gewöhnte. Sie nannte ihn Rouille, »Rost«, und dieser lernte schnell, dem rachsüchtigen Frédéric aus dem Weg zu gehen.

»Ich hatte sie immer verteidigt. Zwei von ihnen schlossen sich mir an und folgten mir überall hin, auch als ich gezwungen war, öfter das Quartier zu wechseln. Ich muss gestehen: Ich hatte nicht an sie gedacht, als ich das Dorf verließ, doch sie fanden mich schließlich in meiner Höhle und machten deutlich, dass sie gedachten, bei mir zu bleiben. Sie richteten sich häuslich ein. Manchmal brachten sie mir sogar etwas von ihrer Beute, eine Maus oder einen kleinen Vogel. Die legten sie mir vor die Füße und schauten mich erwartungsvoll an, als wollten sie sagen: ›Siehst du, wir tragen auch unseren Teil bei.‹

Im Winter, wenn wir alle fünf um die Feuerstelle lagen, ich an den warmen Bauch der Ziege gelehnt, in dem es brummte und gurgelte, den Kopf des Zickleins auf meinem Schoß, die Katzen ineinander verknäult und zusammengerollt, dann war ich ganz und gar zufrieden.«

Die schwarze Katze aber war eines Tages im zweiten Jahr nicht von einem Ausflug zurückgekommen und sie vermutete, dass man sie erschlagen hatte, denn die Leute begannen ihr misstrauisch zu begegnen. Vielleicht hatte einer geglaubt, sie habe sich in diese schwarze Katze verwandelt, wie es Hexenart ist, und gehofft, sie mit einem Stockhieb oder einem aus dem Hinterhalt geschleuder-

ten Stein loszuwerden, endlich. Und während sie an ihre schwarze Katze dachte und andere Dinge, die sie verloren hatte, schwieg Manou und schaute zu, wie die Flammen langsam die Scheite beleckten, sanfte orangefarbene Zungen, und wie sie sich still und ohne große Gewalt hindurchfraßen. Solche feinen, massiven Scheite hatte sie natürlich nicht gehabt.
In ihren Tagen in der Grotte, da hatte sie mit Klaubholz ihr Feuer unterhalten, trockenes, dürres Zeug, das schnell aufflammte, sehr heiß wurde und ebenso schnell verglühte und in sich zusammenfiel. Sie hatte Steine ins Feuer gelegt, die die Hitze noch eine Weile speicherten, aber man musste vorsichtig sein. Es hatte sie fast das Augenlicht gekostet, herauszufinden, welche Steine dafür geeignet waren und welche in der Glut zersprangen und Splitter nach allen Seiten verspritzten. Das abgefallene, abgestorbene und dürre Holz sich zu holen, das war das Privileg der Armen, aber ganze Bäume durften nicht angerührt werden. Die gehörten dem Seigneur. In der Erinnerung streckte Manou die Hände nach dem Kamin aus und genoss mit halb geschlossenen Augen die wohlige, sanfte Wärme, die er abstrahlte.
Eléonore beobachtete die junge Frau und versuchte sich das Leben in solch einer Höhle vorzustellen. Ihr war in ihrem ganzen behüteten Leben noch niemals durch und durch kalt, sie war niemals wirklich hungrig gewesen und ihr schauderte bei der Vorstellung, auch nur einen Tag oder eine Woche so verbringen zu müssen. So etwas las sich gut in den Heiligengeschichten von frommen Eremiten, die sich mit der Kraft des Glaubens gewärmt und ihr trockenes Brot mit den Vöglein geteilt hatten zum Lobe des Herrn. Doch hatten diese wenigstens in den Geschichten Brot. Und das arme Mädchen hatte oft nicht einmal das gehabt.
»Hattest du denn keine Angst so allein? Und war es nicht bitterkalt im Winter?«
Manou lächelte. Die Äbtissin wusste nichts vom Leben der Armen da draußen. Sie bekam sie ja selten genug zu sehen: Am Tor, wenn sie sich nach milden Gaben drängten an Weihnachten oder in Zeiten großer Not, als gebeugte Schatten, an denen man in einer Kutsche oder Sänfte vorbeikam. Nicht genau betrachtet – der Anblick war gewiss nicht erhebend – und schnell wieder vergessen, ein

dunkler Teil von Gottes Schöpfung, notwendig, aber unangenehm, so wie der Schatten nötig ist, damit das Licht umso heller strahlen kann – Gottes Wille gar, eine Gelegenheit für gute Christen, sich zu beweisen und sich danach um ein paar Kupferstücke heiliger zu fühlen.

»Warum hätte ich mich fürchten sollen? Unter Menschen geht es ärger zu als unter Tieren. Ich hatte mein eigenes Reich dort unten, brauchte mit niemandem zu teilen, konnte alles so gestalten, wie es mir gefiel. Es war kalt, ja, und ich habe oft gefroren, aber es ging mir noch so unvergleichlich viel besser als den Bettlern, die durch die Lande streifen und gar kein Dach über dem Kopf haben, keine Feuerstelle, keine Decken, kein Korn zu essen. Wenn ich den Bauch voll hatte mit warmem Brei und dort an meinem eigenen Feuer lag mit meinen Tieren um mich herum, dann habe ich nichts vermisst. Und im Sommer, da war es schön. Ich habe mich oft nach der Arbeit im Bach erfrischt und dann die halbe Nacht im Eingang der Grotte gesessen, habe auf die Stimmen der Nachtgeschöpfe gelauscht und die Sterne angeschaut. Glaubt mir: Das war kein so schlechtes Leben.«

Manou erzählte nicht davon, wie krank sie einmal geworden war, als sich eine Wunde an ihrem Bein entzündete, und von ihrer Angst, als sie zum ersten Mal ihre Mondzeit bekam. Entsetzt hatte sie auf die Flecke an ihrem Rock gestarrt, das Blut, das an ihren Beinen hinunterlief. Sie hatte geglaubt, sterben zu müssen. Doch nach ein paar Tagen war alles vorbei. Und eine ältere Cousine, der sie sich anvertraute, hatte sie ausgelacht für ihre Unwissenheit und ihr alles erklärt, auch was in solchem Fall zu tun sei. Aber wie hätte sie das wissen sollen, da sie ihre Mutter verloren hatte, lange bevor es an der Zeit gewesen wäre, über derlei Dinge zu sprechen.

Und wie sie alle spindeldürr geworden waren während des zweiten langen Winters: Die Ziegen schälten die Rinde von den jungen Bäumen und Büschen rundumher. Und wie sie, wenn es ganz arg wurde, gestohlen hatte, nächtliche Streifzüge in die Scheuern und Speicher der Leute, die sie im Sommer allzu mager entlohnt hatten. Das betrachtete sie nicht als Diebstahl und sah keinen Anlass, es zu beichten, denn hatte sie sich nicht genommen, was ihr mit Fug und Recht zustand? An Weihnachten hatte sie sich zusammen mit den

Ärmsten und den Bettlern am Brotofen von Château Buoux aufgereiht, wo der Seigneur ofenfrische *fougasses* verteilen ließ. Das war das einzige Mal gewesen innerhalb von drei Jahren, dass sie ein frisches und noch warmes Brot in Händen gehalten hatte, und sie war schnell fortgelaufen damit. Sie hatte im Laufen mit den Zähnen große Stücke herausgerissen und hastig und gierig geschluckt, um ja keinen Krümel von dem seltenen Genuss zu verlieren oder zu versäumen. Denn kaum, dass die Schlosstore zugefallen waren, fielen die stärkeren unter den Bettlern über die schwächeren her, um ihnen auch noch ihren Anteil abzujagen.

Ja, da war sie zornig gewesen, da hatte sich in ihr ein tiefer schwelender Hass festgesetzt wie ein Funken im Gras, eine Glut des Ärgers, die lange unbemerkt vorankroch, unbemerkt sogar von ihr selbst, bis sie endlich die richtige Nahrung gefunden hatte und zu einem Brand emporloderte. Inzwischen dachte sie, sie hätte sich mit diesem Leben abgefunden. Es wurde ja wieder Frühjahr und dann war alles einfacher.

»Manches, was mir meine Mutter beigebracht hatte, war mir nun nützlich: Ich sammelte Heilkräuter und verkaufte sie im Dorf, vielmehr tauschte sie gegen etwas Essbares ein oder gegen eine Decke, eine Pfanne, ein Stück angeschlagenes Geschirr. Aus Lumpen, die man mir schenkte, fertigte ich kleine Säckchen und Kissen und füllte sie mit Lavendelblüten. Die nahmen die Frauen gern, um sie zwischen ihre Wäsche zu legen, des Duftes wegen und um die Mäuse fern zu halten.

Ich fand die Stöcke wilder Bienen in hohlen Baumstämmen und Felsspalten. Mit Rainfarn räucherte ich sie aus und sammelte die fetten Waben voller Honig. Sogar grobe Kerzen zu fertigen hatte ich gelernt.«

Die Nonne wunderte sich: »Wozu brauchtest du Kerzen?«

»Für meine Erkundungsgänge tiefer in die Höhlen hinein. Im Winter, wenn ich Muße hatte – und um mich vom Hunger abzulenken –, unternahm ich lange Ausflüge in die Tiefen des Bergs hinein. Es haben schon früher dort Menschen gelebt. Ich fand Reste von Feuerstellen, Tierknochen und sogar Werkzeuge: Pfeilspitzen aus Flint und Scherben und an den Wänden Kohlezeichnungen von Tieren, die mir gänzlich unbekannt waren. Manche der Grotten und Gänge sind nur kalt und feucht, aber manche Orte dort unten sind von einer erstaunlichen Schönheit. Die Wände glitzern wie Schnee im Sonnenlicht, dicht an dicht mit weißen Kristallen besetzt. Erst dachte ich, ich hätte Edelsteine gefunden, doch es ist nur Kalk und Salz. Wenn man sie an die Oberfläche bringt und Wasser und Licht aussetzt, dann werden sie braun, stumpf oder lösen sich gar auf. Aber lässt man sie an ihrem Platz, dann kommt man sich vor wie in einem Palast, schöner als irgendein Fürst ihn sich leisten könnte.«

»Ja, unser Herr hat viele herrliche Dinge geschaffen, Wunder ohne Zahl, und kein Menschenwerk kommt ihnen gleich!«, sagte die Äbtissin. »Sag – bist du denn auch in die Kirche gegangen in dieser Zeit oder hast du etwa gelebt wie eine kleine Heidin, ganz ohne Gottes Trost?«

»Ich habe gebetet und ich bin auch zur Messe gegangen, jedoch nicht oft. Ich wäre gern öfter gegangen, aber der *curé* sah mich nicht gern bei dem Ruf, den ich hatte.«

»Und bist du zur Beichte gegangen?«

Manou ließ den Kopf wieder sinken. »Nein, das bin ich nicht.« All die Jahre nicht, zuerst, weil sie sich im Recht glaubte und keine Schuld bei sich fand, und später, weil sie glaubte, vom Blitz niedergestreckt zu werden, wenn sie einen Fuß über die Schwelle einer Kirche setzen würde. Da war es für alle Einsicht zu spät gewesen. Und jetzt? Würde sie noch eine neue Chance bekommen, hier in diesem Kloster? Sie war nicht bereit, dafür mit dem Leben zu bezahlen. Hexen wurden verbrannt, geständig oder nicht, das war eine Tatsache.

4

Es gab eine Nacht, da stand Manou an der Mauer, wieder in der verschlissenen Männerkleidung, in der sie hergekommen war, ein Tuch mit ein paar Habseligkeiten und einem Laib Brot um den Rücken geschlungen. Die Mauer stellte ebenso wenig ein Hindernis dar wie die Schwester Pförtnerin, die diesen Posten erhalten hatte, weil sie alt und zu fett war, sich zu bewegen, und die dort auf ihrem Schemel an die Wand gelehnt die Nacht verdöste, wofür sie tags ganz offiziell schlafen durfte.

Lange zögerte Manou und schaute an der Kirchmauer hoch. Einige Male stellte sie einen Fuß auf einen Vorsprung und machte Anstalten, sich hochzuschwingen, zog den Fuß aber immer wieder zurück.

Die Äbtissin, geweckt von einer inneren Unruhe, einem entfernten Hundebellen oder auch einfach nur ihrem überreizten Magen, stand oben am Fenster und beobachtete sie. Ginge sie jetzt zum Fenster und riefe den kleinen Vogel, der dazu ansetzte, aus dem Käfig zu fliegen, dann bekäme er wohl einen Schrecken und flöge tatsächlich davon.

Außerdem war sie gespannt, was daraus werden würde. Und so stand sie einfach da, hinter den dunklen Butzenscheiben, eine Decke über ihr Hemd geworfen, und schaute.

Manous Hände strichen über den wollenen Umhang, den man ihr geschenkt hatte. Ihre Hände waren warm und feucht, trotz der Kühle der Frühlingsnacht. Sie befühlte das gestohlene Brot in ihrem Beutel, sah hinüber zum Torhaus, wo die alte Schwester Pförtnerin in Gottvertrauen auf ihrem Schemel schnarchte, hoch zu den stillen Fenstern. Eléonore rührte sich nicht.

Ein langer Blick zur Kapelle, noch einer auf die Mauer, hinter der eine zweifelhafte Freiheit begann. Und endlich, nach einer langen Zeit, wandte sie sich wieder zum Haus und ging hinein. Sie schlich sich in die Küche und legte das Brot dorthin, woher sie es genommen hatte, und dann leise, leise wie eine Maus schlich sie zurück in ihre Zelle und zu Bett.

Am nächsten Morgen trat sie wie inzwischen üblich ihren Dienst im Stall an und stellte fest, dass sie Gesellschaft dabei bekommen hatte. Eine junge Nonne, eine Novizin noch, nicht viel älter als sie selbst, war schon vor ihr im Stall und versuchte ungeschickt, eine widerspenstige Ziege zum Gatter zu ziehen. Die Ziege stemmte sich gegen eine Bretterwand, als sei sie dort festgenagelt, und die junge Nonne zerrte an einem Strick, den sie um den Hals des Tiers gelegt hatte, und schimpfte: »Nun komm schon! Komm mit, du einfältiges Tier! Komm endlich! Wenn alle sich so anstellen wie du, dann ist der Stall heute Abend noch nicht leer und dann müsst ihr wieder hinein und wie soll ich dann inzwischen ausmisten, *sapristi!*«

Manou sah eine kurze Weile zu, wie sie sich abmühte, dann öffnete sie die Stalltür weit, steckte zwei Finger in den Mund und ließ einen einzigen gellenden Pfiff erschallen.

Prompt wandten sich alle zweiunddreißig Ziegen zur Tür und drängten ohne weitere Umstände hinaus. So eilig hatte es die vordem so Widerspenstige, dass sie die Novizin zu Fall brachte und ein Stück weit mitschleifte, ehe diese den Strick losließ. Da lag die Nonne nun im Mist und die Ziege stand an der Stalltür und betrachtete sie mit einem Ausdruck amüsierten Interesses in den gelben Augen.

Manou schüttelte den Kopf und reichte der jungen Frau die Hand, um ihr hochzuhelfen. »Was hattet Ihr denn vor mit dem Strick, Schwester? Das arme Tier hat ja denken müssen, Ihr wolltet es zum Schlachter führen!«

»Nun, sie soll doch aber hinaus! Die Mutter Oberin hat gesagt, wir müssten die Tiere alle auf die Weide führen und dann den Stall säubern.«

»Ach so. Aber man muss sie gar nicht führen. Sie kommen von allein, wenn man sie ruft oder ihnen pfeift. Sie warten ja nur darauf, sind jetzt im Frühjahr viel lieber draußen in der hellen Sonne als eingesperrt im düsteren Schuppen! Da laufen sie schon! Brr! Brr! *Arrêt!*«

Und sie liefen eiligst dem Gemüsegarten zu, unbeaufsichtigt, so dass Manou einen Stecken griff und hinter ihnen herrannte. Durch Rufen und Drohen gelang es ihr, den ganzen Trupp zur Umkehr zu bewegen und sie auf eine umzäumte Wiese Mauern zu treiben, wo sie alsbald stehen blieben und genüsslich die frischen jungen Kräuter knabberten.

Manou schloss das hölzerne Gatter hinter ihnen und kehrte zum Stall zurück. Dort hatte inzwischen die Neue eine Heugabel ergriffen und versuchte damit das triefend nasse Stroh und den Mist hinauszubefördern, wobei ihr die halbe Ladung auf dem Weg verloren ging.

»So geht das nicht! Hier, nimm das!« Manou drückte ihr eine von den breiten hölzernen Schaufeln in die Hand.

»Aber die ist ja so schwer!«

»Ach, herrjeh! Du hast wohl noch nie im Stall gearbeitet. Was lassen sie dich denn sonst tun?«

»Ich arbeite sonst in der Nähstube. Ich habe eine geschickte Hand mit der Nadel. Sie lassen mich sogar Messgewänder besticken!«

»Aber?«

»Was – aber?«

»Warum bist du im Stall, wenn du so gut sticken kannst?!«

»Mutter Eléonore hat mich zur Strafe für die Stallarbeit eingeteilt.«

»Strafe wofür?«

»Schwatzen beim Essen und na ja – Respektlosigkeit gegenüber einer Älteren.«

»J'ai lui dit …« Sie kam nah heran und flüsterte Manou ins Ohr, was sie zu der griesgrämigen alten Schwester Bénédicte gesagt hatte. »Sie hat gefragt, wann meine Mühle endlich einmal still stehen werde, und ich hab ihr geantwortet: Sie kann ja nicht, wenn Ihr immer so viel Wasser drauf gießt.«

Manou brach in leises Gelächter aus, denn sie wusste, worauf das zielte: dass die *abbesse* bei den Mahlzeiten den Wein immer so stark verwässern ließ!

Mutter Eléonore beobachtete von ihrem Fenster im ersten Stock aus, wie die zwei den Kopf zusammensteckten und kicherten. Zufrieden nickend wandte sie sich vom Fenster ab und ging wieder zu ihrem Schreibtisch.

Manou verstand bald, warum man ihre Gefährtin diszipliniert hatte. Sie redete wirklich unaufhörlich und lachte viel und laut.

»Du bist wohl nicht ganz so vergeistigt wie die anderen hier. Wie kommt's, dass sie dich in ein Kloster gesteckt haben?«

»Ach«, sagte Ann-Marie, ließ die schwere Schaufel sinken und schüttelte ihre Handgelenke aus, »aus keinem besonderen Grund. Nur, dass mein Vater drei Töchter hatte und kaum genug Mitgift für eine. Und da ich mir nie viel aus Männern gemacht habe ... es ist gar nicht so schlecht hier, außer man muss ausmisten! Und du? Woher kommst du?«

»Von da oben«, Manou machte ihre übliche, vage Handbewegung. Es gab genug Bauern, die verstreut auf dem Berg in einiger Entfernung von den wenigen Dörfern wohnten. »Meine Eltern waren freie Bauern. Aber die ganze Familie ist an der Pest gestorben. Ich allein bin übrig geblieben.«

Ann-Marie ließ jedoch nicht locker. »Warst du nicht in Diensten des Gouverneurs der Garnison von Buoux, dieses – äh – Herrn de Saignon?«

So weit also hatte sich der Tratsch auch im Kloster schon verbreitet.

»Hm – ja.« Manou zuckte die Achseln.

»Sag, er soll ja die neapolitanische Seuche haben und ganz entsetzlich aussehen. Man erzählt sich, dass sie bei lebendigem Leibe verfaulen, diese Leute. Hast du ihn von nahem gesehen? Hattest du keine Angst vor ihm? Wie hält man das aus? Hat's dich nicht geschüttelt?«

»Und wenn schon. Ja, glaubst du denn, ein Dienstbote dürfe sich Ekel anmerken lassen gegenüber seiner Herrschaft? Ja, ich hab ihn von Angesicht zu Angesicht gesehen und ich musste mich sehr zusammennehmen, um mir nichts anmerken zu lassen beim ersten Mal. Und mit der Zeit, da habe ich nicht mehr drauf geachtet, wie er aussah. Man gewöhnt sich an alles.«

Ann-Marie schüttelte sich. Sie konnte ganz und gar nicht glauben, dass man sich an so etwas gewöhnen konnte. Manou mochte nicht mehr darüber sagen und wechselte rasch das Thema.

So schwatzten und arbeiteten sie den ganzen Tag, unterbrochen

nur von dem Mittagsmahl und den Gottesdiensten, und die Zeit verging schneller als gewöhnlich. Abends vor dem Nachtmahl suchten sie zusammen das Bad auf. Dort standen mehrere Zuber, es gab eine Zisterne, aus der man das Wasser heraufziehen konnte und einen kupfernen Badeofen, in dem das Wasser mittels eines Holzfeuers unter dem Kessel erhitzt werden konnte. Doch war das Baden nur vor Ostern und Weihnachten erlaubt oder wenn es der Gesundheitszustand erforderlich machte. Sonst musste eigens um Erlaubnis nachgefragt werden, und das tat keine gern, denn wer ließ sich schon ohne Not der Eitelkeit verdächtigen? Manou aber, die war gewohnt, nach der Arbeit im Bach zu baden, wenigstens in den milden Jahreszeiten und solange der Bach Wasser führte.
Und so füllte sie sich unter den großen Augen der Novizin Wasser in einen der Zuber, ohne sich jedoch die Mühe zu machen, es zu erwärmen.
»Psst!« Ängstlich sah sich Ann-Marie nach der angelehnten Türe um. »Was tust du? Baden ist verboten ohne besonderen Dispens! Wenn du nun erwischt wirst?«
»Ach, ihr Nonnen!« sagte Manou verächtlich, während sie in den Zuber stieg. Wie tat das gut, sich den Staub und Schweiß und den Geruch von Mist von der Haut zu spülen! Sie ergriff einen alten Lappen und schrubbte sich rigoros damit ab. Ann-Marie stand immer noch da, über ihrer Schüssel, gerade einmal die Ärmel ihrer Kutte hochgerollt, um sich Unterarme und Hände und ein wenig das Gesicht zu benetzen.
»Allzu große Sucht nach Sauberkeit beschmutzt die Seele!«
»Ach, so ist das: Ihr Nonnen stinkt vor lauter Frömmigkeit«, rief Manou und spritzte kaltes Wasser auf ihre neue Freundin. Die kreischte auf und begann zurückzuspritzen. Und schon war eine eifrige Wasserschlacht im Gange. Manou sprang aus dem Zuber, nur mit einem nassen Hemd bekleidet, das ihr am Körper klebte und nichts zu raten übrig ließ. Unter Gelächter und Gekreisch jagten sich die zwei um den Badeofen herum. Ann-Marie in ihrer triefenden Kutte bekam die Schüssel zu fassen und leerte ihren trüben Inhalt über Manous Kopf …
Da ging die Tür auf und ausgerechnet Schwester Bénédicte steckte ihren Kopf herein.

»Heilige Maria Mutter Gottes!«, schrie sie und schlug die Hände zusammen. »Was glaubt ihr denn, wo ihr seid? Du da, Weltkind! Bedecke dich! Da geht es ja her wie in einem üblen Haus! Sofort gebt ihr Ruhe, kleidet euch anständig an und räumt hier auf! Das werde ich der Mutter Oberin melden!«
Ihr schlaffes Gesicht schwabbelte vor Empörung. Sie verschwand. Manou machte mit dem Mund ein unanständiges Geräusch hinter ihr her. »Nyah, nyah, nyah, nyah! – Altes Knittermaul, Schwester Furzkruke!«
»Psst! Wenn sie dich hört! Da siehst du's, ich hab dir gleich gesagt: Das gibt Ärger!« zischte Ann-Marie. »Und ich werd abgestraft.«
»*Eh bè!* Dann kommst du eben morgen wieder in den Stall«, sagte Manou.
»Hoffentlich nicht«, war die Antwort.
›Hoffentlich doch‹, dachte Manou. Es wollte ihr nicht einfallen, wann sie das letzte Mal so herumgetollt war mit Gleichaltrigen oder wann eigentlich sie das letzte Mal gelacht hatte.
Mutter Eléonore bemerkte abends beim Essen an der langen Tafel, dass Manou ein wenig mehr Farbe im Gesicht hatte; die harten Linien um den Mund wirkten weicher und ihr Rücken schien ein klein bisschen weniger rigide.
Ann-Marie hatte noch ein paar Tage lang Strafdienst und wunderte sich, wieso man derart auf ihr herumhackte: »So streng und genau sind sie sonst nie! Es ist, als ob sie es auf mich abgesehen haben!«
»Versuch einfach, nicht aufzufallen. Dann vergessen sie dich und suchen sich ein anderes Opfer«, sagte Manou, die in derlei Dingen bestens Bescheid wusste.
Auch nachdem Ann-Marie wieder an den Stickrahmen zurückkehren durfte, fanden die beiden Zeit, sich zu sehen. Die Novizin unterhielt ihre neue Freundin mit Geschichten aus dem Kloster, mit den kleinen Schwächen und lächerlichen Intrigen, die auch hier ihren Platz hatten, und Manou fand einiges zu sagen über die Tiere, die sie versorgte und die den Menschen so unähnlich nicht waren.
»Bleibst du bei uns? Wirst du das Gelübde nehmen?«, fragte Ann-Marie sie eines Tages.
»Das weiß ich noch nicht.«

»Warum bist du dann hier geblieben, nachdem du das Kind abgeliefert hattest?«
»Ich weiß nicht genau. Weil ich nicht wusste, wohin.« Manou überlegte. »Ich hätte es am Anfang nicht für möglich gehalten, aber ich glaube, ich würde gern bleiben. Hier gefällt es mir. Das viele Beten macht mir nichts aus. Das Leben hier ist friedlich und sicher und abends darf ich lesen. Aber bevor das entschieden werden kann, muss ich noch eine Sache in Ordnung bringen, verstehst du?«
Ann-Marie verstand nicht, aber so neugierig, wie sie sonst war, bohrte sie nicht weiter nach, sondern sagte nur: »Wenn du mir etwas erzählen willst, dann tu's. Ich werde es gewiss nicht weitersagen. Aber wenn du nicht willst, dann macht es auch nichts. Wir bleiben trotzdem Freundinnen, ja?«
Beim Nachtmahl hatte Manou Küchendienst. Sie bediente die Nonnen bei Tisch und Mutter Eléonore hielt sie kurz am Ärmel fest, als sie ihr die Suppe reichte: »Komm nachher nach dem Nachtgebet zu mir herauf! Du bist doch nicht zu müde, oder?« Doch war dies weniger eine Frage als ein Befehl.
»Nein. Ich werde kommen.«
Kurz nach der Messe klopfte Manou leise an die Tür des Studierzimmers.
»Entrez!«, tönte es von drinnen.
Eléonore saß schon an ihrem gewohnten Platz in ihrem eleganten Sessel am Feuer und drehte einen Zinnbecher mit gewärmtem Wein in den Händen.
»Nun schau nicht so argwöhnisch! Komm, setze dich zu mir, Kind, du musst doch inzwischen begriffen haben, dass ich dir nichts zuleide tun will.«
Manou hätte es nur zu gerne geglaubt. Sie setzte sich, aber nur auf den vordersten Rand des Schemels. Die Äbtissin verdrehte die Augen zum Himmel.
»Setz dich bequem und nicht wie einer, der gleich aufspringen und davonlaufen will. Es wird eine Weile dauern. Erzähle mir, wie es dir weiter ergangen ist. Wie bist du denn nun aus der Höhle ins Herrenhaus der Burg gekommen?«
Vor Manous Auge entstand ein deutliches Bild.
Staub wirbelte auf von der Dorfstraße. Ein prächtig aufgeputztes

Pferd stieg hoch vor einem Nichts auf dem Weg, einer kleinen Schlange vielleicht oder einer Maus. Eine Frau schrie, konnte ihr Gleichgewicht nicht wiederfinden, hilflos, seitwärts auf dem Damensattel sitzend, hatte sie wenig Halt und Gewalt über das Tier, wurde halb abgeworfen, mitgeschleift. Einer ihrer Begleiter versuchte sein eigenes Pferd an ihres heranzudrängen, um die Zügel zu fassen, doch sein Ross wurde von einem Hufschlag getroffen und er hatte nun selbst damit zu tun, oben zu bleiben. Die Leute liefen zusammen und gafften, aber niemand traute sich an das feurige Ungetüm heran. Vor solchen Rössern hatten sie Angst. Es bockte und schäumte und schnappte, die Reiterin schrie in Todesangst, ihr Stiefel steckte fest und sie konnte sich weder fallen lassen noch Halt finden am schweißbedeckten Fell.

Da löste sich eine kleine Gestalt aus der Menge am Wegesrand, stellte sich dem riesigen Biest in den Weg. Sie hob die Hände und sagte etwas. Man konnte es nicht verstehen. Aber gleich blieb das Pferd stehen, warf wohl noch den Kopf hoch und tänzelte mit den Vorderhufen, blieb aber stehen. Das Mädchen Manou klopfte und strich ihm über den Hals und murmelte beruhigende Worte, bis es zu zittern aufhörte. Das Tier senkte den Kopf, schnaubte, blies, sah sich schuldbewusst nach seiner Reiterin um.

»Die Frau des Gouverneurs wurde von ihrem Pferd geworfen, es scheute mitten auf der Dorfstraße und ich konnte es beruhigen.«

»Und dann?«

»Bin ich gegangen.«

»Bevor sie sich bedanken oder dir eine Belohnung geben konnte?«

»Ja.«

Mutter Eléonore schlug mit der flachen Hand auf die Lehne ihres Sessels, so dass Staub aufwirbelte im rosigen Licht und Manou zusammenschrak: »Kind! Was bist du maulfaul heute Abend! Kommt das davon, dass du den ganzen Tag mit Ann-Marie geschwatzt hast, dieser hirnlosen kleinen Plaudertasche? Das geht ja wie auf dem Gänsemarkt, wenn man euch beiden zuschaut!«

Manou runzelte die Stirn und kniff die Lippen zu einem schmalen Strich zusammen.

»Ist schon gut! Funkele mich nur nicht so giftig an, ich wusste ja nicht, dass du so freundschaftliche Gefühle für sie hegst. Ich mag sie auch gern, aber sie ist nun mal nicht besonders klug. Und du, meine kleine Streunerin, du hast mir versprochen – und ich darf daran erinnern, dass dies die Bedingung ist für dein ungehindertes Bleiben in unserem Hause –, dass du mir deine Geschichte erzählen würdest, und zwar in einer Weise, dass ich mir alles richtig vorstellen kann. Fahr fort! Und bitte, bemühe dich!«

»Wie Ihr wünscht, Ehrwürdige Mutter. Stellt Euch also vor, dass die Dame ein Stück weit mitgezerrt wurde und dass sie in Todesangst gar nicht genau mitbekam, wer sich da dem Tier in den Weg stellte. Sie fühlte wohl nur, dass das Tier plötzlich zum Stehen kam, Hände nach ihr griffen, sie aus ihrer misslichen Lage befreiten und auf festen Boden stellten. Wie die Frauen ihre Röcke abklopften, ängstlich, schüchtern versteht sich, aber sie war schließlich eine Dame von Stand und man bemühte sich, sie so schnell als möglich wieder in einen ansehnlichen Zustand zu versetzen. Sogar wir einfachen Menschen legen Wert darauf, anständig auszusehen, wenn Gevatter Tod uns holt. Und stellt Euch dann weiter vor, wie Madame de Saignon vor einer der elenden Hütten saß, die sie sonst kaum mit einem Seitenblick gestreift hatte, und wie man ihr einen Trunk Wasser reichte und alle viel Aufhebens um sie machten. Sie fragte: ›Wer war denn der Mutige, der mir zu Hilfe geeilt ist?‹ Die Männer drängten sich um sie herum und jeder versuchte den Eindruck zu erwecken, er sei es gewesen, denn die Frau des Gouverneurs ist sehr schön, versteht Ihr. Aber keiner war so frech, ihr geradewegs ins Gesicht zu lügen, und so hörte sie schließlich, auf energisches Nachfragen, dass ich es gewesen war, ein junges Mädchen, eine Ziegenhirtin.

›Und wo ist sie hin?‹, fragte die Dame ungeduldig, denn das Getue und die starken Gerüche der Menge um sie herum wurden ihr lästig, der Zwiebeldunst, der Schweiß und Schmutz und die roten, aufgeregten Gesichter.

›Weg ist sie, wird sich verdrückt haben. Das macht sie immer so. Eben noch hier und schon wieder weg. Sie ist ein wenig …‹, Hände wedelten vor den Stirnen, ›… seltsam, unsere Manou. Macht Euch weiter keine Gedanken um sie. Wenn Ihr der Kleinen etwas zukommen lassen wollt, dann gebt es dem *syndic,* der wird es schon weiterreichen.‹

Aber Madame de Saignon war schon aufgestanden und nicht willens, sich etwas vorschreiben zu lassen. Ihr Interesse war geweckt.
›Seltsam? Wie meint ihr das: seltsam?‹
›Ach, sie glaubt, sie wäre zu gut für unser Dorf! Eine Waise ist sie und man hat sie aufgenommen und durchgefüttert nach dem Tod ihrer Eltern. Aber das vergilt sie uns mit Abneigung. Sie lebt draußen in der Schlucht in einer Höhle, ganz allein mit ihren Tieren!‹
›Sie hat eine besondere Art mit Tieren und mit kranken Menschen auch!‹
›Aber sie ist ein unheimliches kleines Ding! Meinem Guillaume hat sie den Mumps angehext!‹
›Den bösen Blick hat sie, die Manou! Ihr geht besser nicht zu ihr. Es wäre auch nicht schicklich für eine edle Dame.‹
Na, das war wohl das entscheidende Argument, was es brauchte für *Dame* Angèle. War etwas unschicklich oder verboten, dann war es für sie gerade interessant. Und so stand dann ein paar Tage später ihr rotes Pferd mit dem silberbesetzten Geschirr vor meiner Höhle. Ich kam von einer kleinen Wilderei zurück, ein Bündel kleiner Vögel und ein Eichhörnchen über meine Schulter gehängt, die Ziegen kamen meckernd und bettelnd zu mir gerannt, sobald sie meiner ansichtig wurden, der rote Kater auch. Ich versuchte das Bündel schnell verschwinden zu lassen, als sie aus dem Eingang der Grotte trat. Ihr Diener Parentin war auch dabei und schaute mich missbilligend an, aber sie lachte schallend und rief mir zu: ›Was versteckst du denn da hinter deinem Rücken? Glaubst du denn, Mädchen, dass ich meiner Lebensretterin ein paar kleine Vögel zum Nachtessen missgönne? Komm her mit deiner Anhängerschaft!‹
Ich ging zu ihr und traute mich kaum, ihr ins Gesicht zu sehen, so hübsch und vornehm war sie und so sehr wurden mir plötzlich meine Lumpen und bloßen Füße bewusst. Sie war in glänzende, bunte Stoffe gehüllt, deren Namen ich nur vom Hörensagen kannte, das Überkleid steif von Stickereien, und ihr schweres Parfum umgab sie wie ein Mantel. Sogar Rouille, mein roter Kater, strich ihr um die Beine und buckelte, bis sie sich zu ihm herabbeugte, um ihn zu liebkosen. Eifersüchtig war ich da und zugleich voller Bewunderung. Wer war ich denn schon? Ein zerlumptes Waisenkind,

von allen im Dorf verspottet und gemieden, eine elende Tagelöhnerin, die nicht einmal Verwandte oder Freunde hatte, um für ihre Rechte einzutreten, für einen gerechten Lohn, wenn sie mir mal wieder Essig gegeben hatten statt Wein für tagelanges Schuften und Bücken in ihren Feldern, wenn sie mir mit falschem Maß meine Arbeit vergalten oder wurmzerfressenes, verdorbenes Mehl gaben statt frisches.«

Eléonore sah lange unterdrückten Ärger auf dem jungen Gesicht, lodernde Wut für all die Kränkungen, die die Schwachen zu erdulden haben, doch sie unterbrach nicht mit frommen Mahnungen, sondern verhielt sich still. Manous geballte Fäuste lockerten sich und sie sprach weiter mit einer träumerischen Stimme, von weit her.

»Ich starrte also verlegen auf meine schlammverkrusteten Zehen. Und sie – sie schien nicht nur keinen Abscheu oder Verachtung für meine Lumpen zu hegen oder meine niedrige Geburt. Sie drückte mir nicht, wie man es allenfalls hätte hoffen dürfen, ein paar Kupfermünzen in die Hand, um schnell wieder dorthin zu gehen, wo sie hingehörte. Nein, sie bat mich, sie in meine Behausung einzuladen, sie wollte gern sehen, wie ich so ganz allein lebte. Sie hatte sogar mein Heim respektiert, hatte auf mich gewartet, statt einfach hineinzugehen.

Ich weiß nicht, was, ich stammelte irgendetwas Ähnliches wie ein Willkommen, eine Entschuldigung für meine schlichten Verhältnisse und den Ziegengeruch dort drinnen, und bat sie einzutreten. Gerade so, als sei es eine Treppe in einem schönen Garten, stieg sie vor mir die kleine Halde hinunter, musste sich tief beugen mit ihrem *hennin* unter dem niedrigen Eingangsbogen und stand in meinem Palast. Ihrem hochmütigen Diener hatte sie befohlen, oben zu bleiben, und ich war froh darüber.

Ich zündete alle Kerzen an, die ich hatte – wie gut, dass es Bienenwachskerzen waren und kein rußender, stinkender Talg. Die Tropfenkaskaden und hängenden Säulen und der steinerne Vorhang, hinter dem mein *aiguier* verborgen lag, schimmerten. Die Kristalle, mit denen ich alle Nischen geschmückt hatte, taten mir den Gefallen, sich für Edelsteine auszugeben und die schöne Dame zu beeindrucken. Sie stieß kleine katzenhafte Laute des Entzückens aus

und drehte sich mehrmals um sich selber, um all die Herrlichkeiten zu sehen und in sich aufzunehmen. Und mein Herz flog ihr zu, weil sie ein Gefühl für die wilde, gewachsene Schönheit zeigte, fern menschlicher Kunst, für die Säulen, Bögen und Kapitelle, die keinem klassischen Ebenmaß folgten.
Endlich wandte sie sich mir wieder zu und ein Ausdruck aufrichtiger Freude und Bewunderung lag in ihren Augen: dunkelblaue Augen, fast violett, wie ich noch nie welche gesehen hatte, und dazu hatte sie pechschwarzes Haar und ein Gesicht, geformt wie ... wie ...«, Manou suchte nach Worten, »wie ... das Blütenblatt einer Wildrose, so fein und so blass! Und dann fragte sie mich allerlei über meine Herkunft und die Fähigkeiten, die die Leute im Dorf mir zuschrieben. Ich sagte ihr, dass ich das mit dem bösen Blick nur erfunden hatte, um mich zu schützen, und verteidigte mich sehr, dass ich keine *masco,* keine Hexe sei.
Darüber musste sie aus irgendeinem Grund laut lachen und dann hieß sie mich, ihr meine Hände auf die Stirn zu legen. Erst traute ich mich nicht, meine Hände waren schmutzig, blutbespritzt und klebten voller kleiner Federn, denn ich hatte den kleinen Vögeln den Hals umgedreht. Aber sie ließ nicht locker und so wischte ich mir die Hände so gut es ging an meinem Rock ab und tat, was sie verlangte.
Sie schloss die amethystfarbenen Augen und gab sich der Berührung hin, vollkommen entspannt. Den Leuten im Dorf musste ich immer erst erklären, dass sie die Augen schließen sollten, ruhig atmen und an nichts Besonderes denken – an den Himmel oder ein fließendes Wasser –, nicht steif dasitzen und nicht die Augen verdrehen, um meinen Bewegungen zu folgen.
Nach einer Weile atmete sie tief ein, hob die Lider und lächelte mich an.
›Ah, das ist erstaunlich. Sehr gut, in der Tat! Und kannst du wahrsagen?‹ fragte sie. Ich sagte, nein, nein, so könne man das nicht sehen, ich hätte manchmal Ahnungen, mehr nicht.
Aber sie schien zufrieden zu sein mit der Auskunft. Danach lief sie in meiner Behausung herum, ›du gestattest?‹, ließ ihre Hände über meinen selbstgefertigten Schemel gleiten, lachte, aber nicht abfällig, sondern weil er so kurios war; sie nahm den einen oder anderen

Gegenstand in die Hände und besah sich die Kräuter, die ich zum Trocknen aufgehängt hatte.
Endlich sagte sie: ›Hör zu, Mädchen, Manon oder wie du heißt, du kannst wählen: Du hast mir das Leben gerettet und dafür will ich dir angemessen danken. Entweder, ich gebe dir eine gewisse Summe Geld, so dass du dir dein Leben erleichtern kannst, einen ordentlichen Mann finden vielleicht, der dich heiratet, wenn du das willst. Oder aber du verlässt deine Höhle und kommst mit mir.‹
Mein Mund muss ebenso weit offen gestanden haben wie der Eingang zu meiner Grotte. ›Nun schau nicht so. Warum denn nicht? Wir werden schon eine geeignete Aufgabe für dich finden. Und du hättest ein regelmäßiges Auskommen: Essen, Kleidung und Logis. Was hältst du davon?‹«
Manou sah vom Feuer hoch und der Nonne direkt ins Gesicht. »Da wäre ich doch dumm gewesen, eine solche Gelegenheit auszuschlagen. Es wurde ohnehin immer schwerer für mich, im Dorf Arbeit zu bekommen, weil sie begannen, sich vor mir zu fürchten. Manche behaupteten, ich hätte *malo visto,* den bösen Blick. Und außerdem: In der Nähe dieser schönen Dame zu sein – alles hätte ich dafür getan, fast alles. ›Kann ich meine Tiere mitnehmen?‹, fragte ich, was sie nun wieder sehr belustigte. ›Sicher, solange du nicht darauf bestehst, die Ziegen in deiner Kammer wohnen zu lassen. Und auf den Kater da musst du ein wenig Acht geben, denn *mon mari,* er hat ein Paar Hunde, schwarz und böse wie die Hölle.‹ Und auch das fand sie zum Lachen, ›Wie die Hölle, hahahaha!‹
Doch Rouille, der war gewohnt, auf sich aufzupassen. Ich packte also wieder einmal mein Bündel. Und so wechselte ich aus einer Hütte auf den Heuboden, vom Heuboden in eine Höhle und von der Höhle in ein Herrenhaus.«
Erstaunt ließ Mutter Eléonore den Krug sinken, aus dem sie sich eben Wein nachschenken wollte. »Wie denn, auf der Stelle?«
»Ach nein«, sagte Manou, »das wäre ja vielleicht etwas gewesen! Da hätten sie geglotzt im Dorf: Sie vorneweg auf dem herrlichen Pferd mit silberbeschlagenem Zaumzeug, auf ihrem Seitensattel mit Brokatdecke, Fransen und Troddeln und allem und ich hinterdrein auf einer Ziege reitend mit dem roten Kater auf der Schulter!« Sie kicherte. »Oder man hätte Rouille dem hochnäsigen Diener überge-

ben, den sie bei sich hatte, Parentin, der Tiere verabscheute und jedes Mal niesen musste, wenn er in die Nähe von Monsieurs Hunden kam! Nein, sie ritt fort und sagte mir, ich solle nachkommen, wann es mir passe. Wenn nicht, läge für mich eine angemessene Summe Geldes beim Vogt bereit. Ich solle mir nur alles gut überlegen.
Na, da gab es nichts zu überlegen. Gleich am nächsten Morgen brachte ich meine Ziegen zu Dédée. Der war der Einzige im Village, der mich einigermaßen freundlich behandelt hatte, wohl weil er zu dumm war zu begreifen, was vorging. Den schubsten sie auch herum und er lachte noch dazu. Dédée, dem hatte der Herrgott keine Unze Verstand gegeben, er war wie ein kleines Kind. Ich wusste, er würde meine Ziegen gut behandeln. Ich gab ihm alles, was ich hatte: meine zwei Ziegen, das Hirschfell, von meinen Töpfen und Geschirr, was noch zu brauchen war, und die schönsten meiner Kristalle. Ich wusste, für mich würde dort oben auf Fort Buoux ein neues Leben beginnen.«
Manou erinnerte sich noch gut an diesen Tag. Mit hoch erhobenem Kopf ging sie durchs Dorf, barfuß, den Kater auf der Schulter, von wo aus er jeden anfauchte, der Manou zu nahe kam. Sie selbst schaute geradeaus und würdigte niemanden eines Blickes.
»He, Kleine! Gehst du auf die Festung? Überleg es dir lieber noch mal. Dort oben soll es nicht geheuer sein!«
»Bah! Lass sie gehen. Sie passt doch gut zu dem *magou*[2]!«
Und sie durchquerte das Dorf, wie man einen feindseligen Fluss durchquert, auf der Furt ihres Stolzes. Sie ging das kurze Stück durch lichten Eichenwald, kletterte über Felsbrocken, um den Weg abzukürzen, bis sie schließlich am Fuß der Steilwand ankam. Hoch oben hoben sich die Zinnen des Wehrgangs gegen den Himmel ab. Sie stieg die lange Treppe hinauf, die in den rohen Fels gehauen war. Beim Näherkommen erkannte sie Einzelheiten: Wehrtürme und Schießscharten, dahinter glänzten, undurchsichtig wie die Oberfläche eines Sees, die Fenster des Herrenhauses auf in der Vormittagssonne, grün und goldocker die Ziegel auf dem Dach, Pechnasen und Wasserspeier, Dämonenfratzen aus Stein.
Fort Buoux beherrschte die Schlucht von seinem Felsen. Wie ein Schiff war das Plateau geformt: Im Süd-Osten das Heck, der Bug nach Nord-Westen ausgerichtet, durch Wälle und Gräben in drei

Teile zerschnitten. Hinter dem Eingangstor waren die Wachhäuser und die einfachen Behausungen der Soldaten, den *bouries* auf der Hochebene der Claparèdes nicht unähnlich, aus trockenen Steinen aufgeschichtet mit ebensolchen Kuppeldächern.
Im mittleren Bereich, im Mittelschiff also, war einmal ein Dorf gewesen in uralter Zeit. Jetzt wohnten dort Dienstboten, da waren die Küchen, die Werkstätten sowie an einer Seite, senkrecht in die Felsen getrieben, tiefe Löcher, Silos für Korn und Öl. Auf der anderen Seite befand sich eine gedrungene Kapelle aus dem 13. Jahrhundert. So war mittschiffs für das körperliche und seelische Wohl gesorgt.
Danach kam die höchste und massivste der Mauern mit Schießscharten darin und über einen Graben führte eine Zugbrücke, die in unruhigen Zeiten des Nachts hochgezogen wurde, jetzt aber nicht.
Hier lag der Donjon – das befestigte Herrenhaus –, das einzige mehrstöckige Gebäude neben dem Turm, ein Viereck mit Erkern an jeder der Ecken, klotzig und gedrungen. Ange de Pontèves unterhielt hier eine Garnison von Soldaten, zu deren Gouverneur er einen seiner bewährten Hauptleute gemacht hatte, einen kleinen Noblen, den *capitaine* Justin de Saignon.
Manou hatte damit gerechnet, am Tor abgewiesen zu werden, doch die Dame hatte zu ihrem Wort gestanden, man wusste Bescheid. Sie wurde erwartet.
»Stolz stieg ich hinauf über den Weg – habt Ihr ihn einmal gesehen? Nein? Über den Weg also, der im Bogen halb um den Felsenfinger herumführt, unter gewaltigen Blöcken durch, die bei einem Erdbeben heruntergefallen sein müssen oder vor langer Zeit, als dieses Gebirge erschaffen wurde, vorbei an den Stallungen und der Hufschmiede, über die zweihundert Stufen, die in die Flanke des Bergs gehauen wurden, niemand weiß mehr, von wem. Am Tor brauchte ich nur meinen Namen zu nennen und man ließ mich gleich passieren. Das tat mir wohl, denn anderswo galt mein Name nichts.
Zuerst brachte man mich in einer der Gesindeschlafkammern unter, im zweiten Hof, zusammen mit einigen Wäscherinnen und Küchenhilfen. *Dame* Angèle bekam ich vorerst nicht mehr zu Gesicht.

Warum auch? Ich hatte in der Küche zu arbeiten und dort erfuhr ich alles über meine neue Herrschaft.«

Anfangs waren die anderen Frauen misstrauisch und ein wenig neidisch auf Manou, doch als es so schien, als erhalte sie keine Sonderbehandlung, da ließen sie ihre Zurückhaltung fallen. Bald fand sie sich in einem freundschaftlichen Kreis. Es war August, man saß auf Schemeln oder auf den Stufen im Hof vor der Küche unter einem Baldachin von Weinlaub, da man es drinnen an den Herden nicht aushalten konnte. Es tat gut, hier draußen im Schatten zu sitzen und Saubohnen zu pulen, als gäbe es nichts Wichtigeres auf der Welt als Saubohnen. Die einen putzten Gemüse, die anderen rupften Geflügel, ein Schlauch sauren Weins ging von Hand zu Hand und Manou wurde über die Verhältnisse gründlich aufgeklärt.

»Ja, schön ist sie, Madame Angèle, aber der Name passt nicht ganz ...« Die Frauen brachen in keckerndes Gelächter aus, es hatte einen gehässigen, schadenfrohen Unterton. »Da schaust du groß! Du hältst sie ja noch für deine Wohltäterin. Aber warte nur ab, du wirst schon sehen ...!«

»Sie ist nicht einmal von nobler Geburt, er hat sie nur wegen ihres Geldes geheiratet.« Knack, verspeiste die Sprecherin ein junges Möhrchen, biss ihm mit Appetit den Kopf ab und spuckte das Grün auf die Steine. »Ihr Vater war ein schwerreicher Mann, ein Geldwechsler aus Marseille, ein Levantiner soll er gewesen sein. Und da Monsieur Justin ständig Gold braucht, um es in seinem Labor zu verbrennen ...«

»Blödsinn, Blanchette, was erzählst du denn da? Er verbrennt doch kein Gold! Er macht welches!«

»So? Also dann möcht ich wissen, warum er so verschuldet ist! Jeder weiß schließlich, dass er ein Vermögen durchgebracht hat mit seinen Ex-pe-ri-men-ten, erst das seines Vaters und jetzt das seiner Frau!«

»Und zwischendrin ist er auch noch auf Raubzug gegangen mit dem französischen Heer in Italien, ›Krieg‹ nennen das die hohen Herren, wenn sie sich um Erbschaften streiten wie die Krähen um einen Kadaver.«

»Ja, das Volk muss bluten und die Herren tragen die Vermögen hin

und her – aber Monsieur Justin hat sich mehr geholt, als er wollte, vor Neapel!« Wieder eine Salve bösen Gelächters.
»Was ist schon zu erwarten, wenn alles, was er berührte, von Sünde verseucht war: sein Geld und seine Frau und ihr Geschlecht! Ein Wucherer war ihr Vater. Wie heißt es doch? *Gott hat drei Leben geschaffen: Ritter, Bauern, Pfaffen. Das vierte schuf des Teufels List: das Leben Wucher genennet ist!*«
»Na, na! Ihr bringt das junge Ding ja ganz durcheinander. Erzählt der Reihe nach, damit sie's richtig kapiert, die Kleine, *eh!*«
Damals hatte Manou sich für sie geschämt: Was für eine gemeine und undankbare Brut. Wie konnten sie nur so über ihre Herren herziehen. Wie hieß es doch? Beiß nicht die Hand, die dich füttert. Die hier, die waren auch nicht besser als die im Village, aber sie wollte sich in Acht nehmen, um es nicht auch mit ihnen zu verderben. Also hielt sie den Mund zu den Lästereien und filterte die Wahrheit selbst heraus, später.
»Mag sein, dass der Hauptmann Madame Angèle wegen ihres Geldes geheiratet hat, aber dann hat er sich in sie verliebt. Das war leicht, denn wie ich gesagt habe: Sie war vollkommen makellos, man konnte den Blick nicht von ihr abwenden, wenn man in ihrer Nähe war. Niemals vorher und nachher habe ich jemals etwas so Schönes und Vollkommenes gesehen wie sie. Aber Monsieur Justin war schwer krank. Er hatte sich auf dem Feldzug die neapolitanische Krankheit zugezogen, eine ekelhafte Lustseuche – ich nehme an, Ihr habt davon gehört?«
»Ja«, sagte die Nonne kurz und kalt. Sie hielt diese neue Seuche für eine Strafe Gottes für die Sittenlosigkeit und die Missachtung seiner Gesetze. Man hatte zwar zunächst verbreitet, die armen Soldaten hätten sich die Krankheit von den Pferden geholt, auf denen sie saßen, Stuten zumal, aber inzwischen wusste jeder Bescheid. Ehrbare Ärzte weigerten sich, derart Erkrankte zu behandeln. Allenthalben schloss man die Badehäuser, da sich die Seuche durch die dort verübte Unzucht rasch ausbreitete. Zuerst befiel sie die Geschlechtsteile des Mannes, der die Krankheit dann an die Frauen weitergab und so fort ... Es kam zu Schwellungen und Ausschlägen und nach etwa drei Monaten zeigten sich Fieber, Kopf- und Gelenkschmerzen sowie stinkende Geschwüre am ganzen Körper

– man sagte, dass die Kranken regelrecht bei lebendigem Leibe verfaulten. Mutter Eléonore schüttelte sich. Sie hätte lieber nichts darüber gewusst; da der Konvent jedoch ein kleines Hospital betrieb, war es unvermeidlich gewesen, etwas darüber zu erfahren. Schwester Dominique war bedauerlicherweise immer so gewissenhaft in der Beschreibung ihrer Fälle.

»Ich sehe, Ihr wisst Bescheid.« Manou lächelte messerdünn. ›Willkommen in der wirklichen Welt, Hochwürdige Mutter.‹

»Monsieur Justin hatte die Krankheit überlebt, doch habe sie ihm übel mitgespielt, erzählte man mir. Er sei entstellt und leide furchtbare Schmerzen. Deshalb sei er übellaunig und unberechenbar. Manchmal höre man seine Wutanfälle durch das ganze Haus und über alle drei Höfe. Er zerschlage gelegentlich seine Laboreinrichtung, man höre gotteslästerliches Fluchen und Gegenstände zerschellten an Tür und Wänden. Es sei besser, ihm nicht unter die Augen zu kommen. Und in dieser ersten Zeit war das ja auch nicht nötig. Er verließ seine Gemächer kaum und ließ sich nur von wenigen ausgesuchten Getreuen bedienen. Er kam nicht heraus und wir gingen ganz sicher nicht zu ihm hinein!«

Das Schweigen wurde jetzt ein wenig lang und Manou, die nicht recht weiter wusste, war froh, als sie gestört wurden. Es wurde plötzlich heftig geklopft und gleich darauf und ohne eine Einladung abzuwarten kam eine der Schwestern herein, die, wie Manou wusste, für die Nutztiere verantwortlich waren. Sie hatte eine schmutzige, blutbefleckte Schürze umgebunden, ihr Gesicht war rot vor Aufregung und sie rief: »Bitte verzeiht die Störung, Mutter Eléonore, eine der Ziegen soll niederkommen, aber etwas ist nicht richtig mit ihr. Die Frau, die das sonst macht, ist fort – zu irgendeiner Verwandtschaft gefahren. Es geht schon seit Stunden und das Tier quält sich so sehr!« Ohne abzuwarten sprang Manou auf und wollte mit hinauseilen. Sie hielt ein und sah fragend die Äbtissin an.

»Ja, mein Kind, geh schon – das war es doch, was Ihr wolltet, Schwester Thérèse, nicht wahr?« Die Schwester nickte und zog das Mädchen Manou mit sich.

Nachdenklich sah Eléonore hinter ihnen her. ›Heilende Hände!‹ Hatte dieser Unsinn sich jetzt schon hier im Kloster herumgesprochen? Was, wenn es doch der Wahrheit entsprach?

Unten im Stall ließ Manou sich im Stroh neben der trächtigen Ziege nieder, die auf der Seite lag und nur noch flach atmete. Ihre Augen waren glasig und sie blökte schwach aus Protest, als das Zicklein in ihrem Bauch trat und versuchte, einen Weg nach draußen zu finden. Manou sandte ein Stoßgebet zum Himmel.

»Man darf ein Tier nicht so leiden lassen! Ein Versuch noch, wenn es dann nicht geht, dann müsst Ihr sie töten!« Die Nonne bekreuzigte sich.

Und Manou tastete, horchte, tastete, und obwohl sie seit Jahren nichts mehr damit zu schaffen gehabt hatte, fiel ihr ganz von selbst wieder ein, was zu tun war. Sie verlangte nach *oli rouge*, Johanniskrautöl, rieb sich die rechte Hand damit bis zum Ellenbogen ein, griff in die bereits weit geöffnete Vagina hinein und drehte unter einiger Mühe das Zicklein in die richtige Richtung, wobei sie darauf bedacht war, dass sich die Nabelschnur nicht um den Hals des Kleinen legte. Und da war noch ein zweites. Manou hatte wirklich Mühe, all die kleinen Glieder richtig zu sortieren. Sie zog an einem Paar winziger Zehen. Danach ging alles sehr schnell. Die Ziege, die wohl fühlte, dass das Hindernis beseitigt war, hatte kaum Zeit, sich hochzurappeln, und schon kamen – wie es sich gehörte – die Vorderfüße, dann ein Kopf heraus, nass und schleimig. Gleich darauf kam das zweite Zicklein, dann die Nachgeburt. Sie glitten ins Stroh, ganz weich noch, geschmeidig, als hätten sie keine Knochen.

Als Eléonore in den Stall kam, fand sie Schwester Thérèse heulend vor Erleichterung auf einem Strohballen sitzend. Manou saß im Stroh, die Arme blutverschmiert, und hielt den Kopf des erschöpften Muttertiers im Schoß. An den Eutern saugten und stießen gierig zwei kleine Zicklein, noch feuchtstruppig von der Geburt und den Tüchern, mit denen man sie gesäubert hatte.

»Du verstehst dein Geschäft«, sagte Eléonore leise und Schwester Thérèse, immer noch aufgeregt und mit verrutschter Haube, unter der schweißverklebte Haarsträhnen vorsahen, plapperte: »Ohne sie hätten wir die Tiere verloren, ganz sicher, wir hatten schon aufgegeben, es ist ein Wunder! Ein Wun…!« Sie brach ab.

Ängstlich sah Manou zur Äbtissin auf.

»Ja, ein Wunder, Schwester Thérèse«, sagte Eléonore. »Es ist im-

mer wieder ein herrliches Wunder, wenn Leben entsteht. Komm, Kind, du musst dich säubern. Ich erlaube dir zu baden.«
Manou folgte ihr über den Hof. Vor dem Portal ins Klaustrum blieben sie stehen und sahen zum kalten, klaren Nachthimmel auf.
»Ich – ich bin froh zu sehen, dass Ihr die Tiere liebt und für sie sorgt, als seien es menschliche Wesen«, sagte Manou. »Bei uns im Dorf war das anders. Es wurde meist nur so viel Aufwand betrieben, wie der Nutzen es rechtfertigte, und kein Handschlag mehr.«
»Für uns sind sie wie Brüder und Schwestern, so wie jeder Mensch und noch ein wenig mehr vielleicht. Sie sind uns Menschen untertan und haben ihr Schicksal nicht in der Hand. Deshalb tragen wir die Verantwortung für ihr Wohlergehen. Der Heilige Franziskus von Assisi hat als Einsiedler unter den wilden Tieren gelebt und man sagt, er habe mit ihnen gesprochen. Er hat uns gelehrt, vor allen Gottesgeschöpfen gleich viel Achtung zu haben.«
»Es ist leichter, die Tiere zu achten und zu lieben als die Menschen«, trotzte Manou. »Sie tun nur, was sie müssen, um zu überleben. Sie kennen keine Gier, keine Gemeinheit und tun einander nicht weh nur so zum Spaß.«
»Vielleicht ist das so«, antwortete Eléonore, »sie sind, wie Gott sie gemacht hat: ohne Verstand, also auch ohne Arglist, auch wenn sie Schaden anrichten. Sie haben nicht die Möglichkeit, frei zu wählen und ihre Handlungen zu begreifen. Aber so wie Franziskus uns gelehrt hat, den wilden Tieren mit Sanftmut, Vertrauen und Liebe zu begegnen und sie so für uns zu gewinnen, wie er es mit dem Wolf von Gubbio getan hat, so verlangt Gott von uns auch, mit unseren Mitmenschen umzugehen. Wir glauben daran, dass man einen bösen Menschen ändern kann, wenn man ihn respektiert und ihm Vertrauen schenkt. Wirft man Steine nach ihm und schließt ihn aus der Gemeinschaft aus, so wird er nur noch bösartiger und man hat sich an ihm versündigt.«
Manou schwieg und hob das Kinn. Ihre Mundwinkel senkten sich nach unten. Sie war noch nicht so weit, dass sie ihren Peinigern verziehen hätte. Die Nonne seufzte.
»Schenke ich dir nicht auch Vertrauen? Haben wir dich nicht in unsere Gemeinschaft aufgenommen, ohne zu wissen, was du getan hast oder noch tun könntest?«

Manou fühlte plötzlich in sich den Drang, wenigstens einem Menschen einmal alles zu erzählen, alles auszubreiten und offen zu legen. Sie verspürte die reinigende Kraft des gesprochenen Wortes. Wie hatte Monsieur Justin sie gelehrt? »Die Gedanken sind eine Vorstufe des Seins. Worte sind die Hebammen der Tat.«
Doch nicht nur die Äbtissin interessierte sich für ihre Worte und Geschichten.
Eines Abends, während der Rekreation – Manou war auf dem Weg zur Bibliothek durch das Dormitorium –, zog eine Schwester sie in ihre Zelle und drückte sie neben sich aufs Bett.
»Komm, setz dich ein wenig her zu mir und vertreib mir die Zeit. Sprich mit mir, zu Ann-Marie bist du auch freundlich.«
Es war Kreszentia, eine Moniale[3], zu der sie bei aller Mühe keine Zuneigung empfinden konnte. Sie hatte schon häufiger versucht, Gespräche mit Manou anzuknüpfen, hatte ihr kleine Liebesdienste erwiesen, ihr eigens frische Wäsche gebracht – sie hatte die Kleiderkammer unter sich –, doch Manou war auf ihre Annäherungsversuche nicht eingegangen. Sie war ihr im Wesen nicht angenehm. Zu fahrig waren die Bewegungen dieser Nonne, zu hitzig glühten ihre Augen – da war etwas Ungesundes und Eiferndes in ihrem Wesen, das Manou abstieß.
»Erzähl mir von draußen, Weltkind!«, bat Kreszentia mit fiebrig leuchtendem Blick. »Bitte! Erzähle mir: Ist es wahr, dass die Männer dort draußen Hörner und Bocksfüße haben und dass sie in einem fort Unzucht treiben mit allen Frauen, derer sie habhaft werden können, ja sogar …«, sie flüsterte, »… sogar mit dem Vieh? Und ist es wahr, dass es Frauen gibt, die sich in Tiere verwandeln und dann nachts in die Häuser der Frommen schleichen, um sie zu verführen und ihre Kinder zu stehlen? Dass sie sich mit Fledermausblut bestreichen und dann durch die Lüfte fliegen? Hast du schon einmal einen *loup garou* gesehen, einen Wolfsmenschen, sag!? Und dass die Welt dort draußen fortwährend tanzt, tanzt um das Goldene Kalb, dass sie alle ganz verrückt sind und jeder nur der eigenen Lust nachjagt, ist das so? Wie konntest du dort nur leben?«
»Woher habt Ihr nur diesen Unsinn?« Manou war entsetzt.
»So fandest du es also nicht schlecht, nicht widernatürlich? Ist es schön? Hast du gar schon einen Mann gehabt? Wie ist das? Komm,

zeig es mir, wie ein Mann einer Frau Lust bereitet. Du kommst von draußen, du musst doch wissen wie das geht!« Sie zischelte und flüsterte und ihre Finger glitten wie Spinnentiere über Manous Gewand. Sie streichelte sie und wollte sie an sich ziehen.

Manou stand auf. Etwas überrascht und ratlos schaute sie auf die Nonne herab: Wie so viele ihrer Ordensschwestern war diese bereits als kleines Kind ins Kloster gebracht worden und hatte es niemals verlassen. Ihre Vorstellungen von der Welt waren geprägt von Heiligenmärchen und den überspannten Fantasien der Maler religiöser Bilder. Und doch hatte sie einen Körper wie jede andere Frau auch, Instinkte und Wünsche, die ihr Recht verlangten, auch wenn das Ordensleben sie zu leugnen versuchte.

Sie hatte schon bemerkt, dass die frommen Schwestern recht körperlich miteinander umgingen. Sie umarmten und herzten sich und hielten sich an den Händen, wenn sie am Abend im Garten spazieren gingen. Aber das taten sie in aller Unschuld, nicht so und niemals mit ihr, einer Fremden.

Die andere versuchte wieder, sie zu sich herunterzuziehen. »Warum willst du nicht ein wenig freundlich zu deiner armen Schwester sein? Komm, leg dich zu mir. Wir tun doch nichts Schlechtes. Was können zwei Frauen in einem Kloster schon Schlechtes tun? Hier ist alles gut, nicht wahr, und da draußen ist alles ein Höllenpfuhl, schlecht und von Grund auf verfault!«

Angewidert riss Manou sich los. »Hör auf damit! Das ist nicht recht und ich will es nicht. Und was deine seltsamen Vorstellungen von der Welt betrifft, so lass dir sagen, dass da draußen eine Menge ehrlicher Menschen leben, die hart schuften müssen, um sich ihr Brot zu verdienen, und dennoch keine Sicherheit haben und auf keine Schonung noch Gerechtigkeit hoffen dürfen. Von dem wenigen, was sie mit ihrer Hände Arbeit schaffen, da mästen sich noch die Herren, die weltlichen sowie die kirchlichen. Sprich nicht schlecht von einer Welt, die du nicht kennst, und einem Leben, dem du dich nicht stellen musst, Schwester!«

Schnell ging Manou zur Tür und schlüpfte hinaus auf den Gang. Sie dachte, damit sei es getan, doch merkte sie von nun an, dass diese Schwester sich öfter an ihrer Seite einfand, als ihr lieb gewesen wäre, bei Tisch und zu den Gebetsstunden.

Mehr als einmal, während der täglichen *culpa*, setzte sich die Aufdringliche neben sie auf die Bank, um ihr ins Ohr zu flüstern: »Geh schon! Warum gehst du nicht und gestehst es allen, wie du mit dem Teufel Kredenz gehabt hast!«

Und als sie von Manou so gar keine Reaktion erlangen konnte, sprang sie eines Abends während der Lesung beim Nachtessen auf, zeigte mit dem Finger auf das Objekt ihres Hasses und ihrer Begierde und rief: »*Cave!* Hütet euch vor dem Teufel, Schwestern, denn er ist mitten unter uns. Da sitzt er frech mit uns bei Tische und verlockt uns in der unschuldigen Maske eines Mädchens! Hütet euch!« Zwei neben ihr Sitzende versuchten, sie wieder auf die Bank zu drücken und sie zu beruhigen, aber sie tobte nur umso lauter weiter: »Ist es schon so weit gekommen, dass das Böse in diesem Hause Obdach findet? Seht ihr nicht, wie der Satan die Zähne bleckt und grinst unter diesem Antlitz wie Milch und Blut, riecht ihr nicht, wie es nach Schwefel stinkt?«

Die Vorleserin ließ entsetzt das Buch sinken, aus dem sie rezitiert hatte. Alle Blicke wendeten sich ihnen zu. Manou, die es zwar geschafft hatte, nicht neben ihrer Verfolgerin zu sitzen, sondern ein paar Plätze weiter am unteren Ende der Tafel, lief blutrot an vor Scham und meinte nicht anders, als müsse sie nun augenblicklich ihr Bündel schnüren nach diesem Eklat.

Doch Eléonore stand auf, ganz ruhig, und sagte nur: »Arme Kreszentia. Sie hat offenbar zu viele Zwiebeln gegessen. Ein unruhiger Darm überhitzt den Geist. Sie soll bis auf weiteres in ihrer Zelle bleiben und fasten, bis es ihr wieder besser geht. Helft ihr in ihre Zelle!«

Zwei kräftige Seniorinnen packten ihre Schwester, noch ehe diese zu lautem Protest anheben konnte, und geleiteten sie rasch hinaus. Die Lektorin fuhr mit ihrem Text fort, und alle Köpfe senkten sich wieder über die Teller. Doch als Schwester Kreszentia an Manou vorbeikam, beugte sie sich rasch zu ihr herunter und zischte: »Glaubst du etwa, die wissen nicht Bescheid über dich? *Masco!* Hexe! Sünderin! Teufelskind! Glaubst du, ich weiß nicht, was ihr da oben treibt im Zimmer der Äbtissin jede Nacht? Wenn der Bischof davon erfährt, dann brennt ihr beide!«

5

»Hattest du nicht gehofft, höher zu gelangen als in die Stellung einer Küchenhilfe?«

»Nein. Eine feste Stellung, Kleidung, Kost und Unterkunft, das war doch gut, weit mehr, als ich gehabt hatte.«

»Aber dies waren alles Fremde.«

»Umso besser. Lieber gleichgestellt unter Fremden als ein Handlanger unter Verwandten.«

Das Gesinde auf der Festung war eine ganz andere Art von Gesellschaft als die Leute im Dorf. Sie waren zusammengewürfelt aus den verschiedensten Teilen Frankreichs, es waren sogar Italiener und ein Ungar darunter, und ihre Hierarchie gründete allein auf ihren jeweiligen Fähigkeiten. Eine neue Arbeitskraft wie Manou nahmen sie ganz selbstverständlich in ihre Mitte auf. Sie wurde weder wie eine Waise herumgestoßen, noch betrachtete man sie als ein allgemeines Eigentum zur Ausbeutung, noch hatten sie Angst vor ihr.

Einige Wochen lang sah es so aus, als hätte sie hier am Herd beim Küchenpersonal ihren Platz gefunden. Sie bekam langsam wieder etwas Fleisch auf die Knochen. Sie aßen gut in der Küche, besser sogar als die Soldaten: Dreimal täglich wurden raffinierte Speisefolgen zubereitet und hinauf zur Herrschaft in das große Haus getragen und jedes Mal kam fast alles kaum berührt wieder zurück.

Maître Emile schimpfte beleidigt in sich hinein, doch die anderen fielen über die Reste her und ließen es sich gut gehen.

»Sei nicht traurig, Emile! Wir wissen deine Kunst zu schätzen!«

»He, Emile! Wo bleibt der Wein? Und hast du nichts Süßes zum Nachtisch bereitet? Wirst du wohl das Mandelbrot herausrücken,

alter Raffzahn? Deine Herrschaft isst es nicht und in der Kammer wird es bloß alt und trocken!«
Sie schlugen sich die Wänste voll und lobten das Leben, das ihnen eine satte und mäkelige Herrschaft beschert hatte. Manou fühlte sich wohl hier unten und es ging ihr gut.
»Und wie, *dis donc*, kam es dann, da man dich doch offenbar fest in der Küche installiert hatte, dass Monsieur de Saignon Notiz von dir nahm? Bist du zu ihm gegangen und hast dich ihm angedient mit deiner Feld-, Wald- und Wiesenzauberei?«, fragte Mutter Eléonore streng.
»Ich zu ihm«, lachte Manou. »Ich hätte mich gehütet! Warum sollte ich das tun?«
»Um voranzukommen. Um deine Stellung zu verbessern.«
»Aber nein. So funktioniert das nicht in so einer Gesellschaft. Das tut nur die höhere Dienerschaft: die Kammerdiener, die Zofen, die *chefs de cuisine* oder ein fahrender Scholar, der Unterhalt sucht – nein. Nicht wir! Bemerkt zu werden bedeutet für unsereins nichts als Ärger – der ja auch eintrat, wie Ihr sehen werdet. Madame Angèle war es, die seine Aufmerksamkeit auf mich lenkte. Eines Tages verschwand Rouille um die Ecke des Küchenhauses, wo wir wie gewöhnlich im Sommer zu dieser Tageszeit gesessen hatten. Die Gebäude sind so verwinkelt angelegt, dass man vom Haupteingang des Herrenhauses den Gesinde- und den Kücheneingang nicht sieht. Und so hätte sie mich wohl niemals zu Gesicht bekommen und sicherlich bald ganz vergessen, was vielleicht besser gewesen wäre für mich. Aber Rouille hat mich verraten!«
»Rouille? Das war dein roter Kater, nicht wahr?«
»Ja, derselbe, der mich aus dem Dorf in die Höhle und von dort auf die Festung begleitet hatte. Er verstand es schnell, sich gut einzuführen in der Küche, und erhielt manchen Leckerbissen unter dem Tisch. Und bis heute gibt es eine Menge roter Katzen auf Fort Buoux, schätze ich, weil er … na ja. Also Rouille strich um die Mauerecke herum, schabte sich seinen Pelz dabei, markierte sein Revier. Und plötzlich hörten wir Madame Angèle, wie sie voller Entzücken rief: ›Ah! Das ist doch der schöne, große Hexenkater von dem Höhlenmädchen. Eh, *grosse tête,* wo hast du denn deine Herrin gelassen?‹

Und er führte sie zum Küchenhof und direkt zu mir, dabei ständig schnurrend und ihr um die Rocksäume streichend. Und dann kam er schnurstreichs zu mir gerannt und drückte mir seinen dicken Kopf gegen die Hüfte. Ich saß auf der untersten Treppenstufe, vor mir ein Korb mit Kohlköpfen, die ich putzen, klein schneiden und einsalzen sollte.
Hastig stand ich auf, die anderen folgten meinem Beispiel und schauten sehr verlegen drein, denn zwischen uns auf dem Pflaster stand ein Krug Wein, der uns nicht zustand. Doch das sah sie gar nicht.
›Schon gut, schon gut‹, winkte sie ab. ›Macht nur weiter, lasst euch nicht stören. Kohl – hm? Ich hoffe, das Zeug ist für die Soldaten bestimmt und nicht für unsere Tafel! Komm mit mir, Kleine, ich denke, wir finden etwas Besseres zu tun für dich.‹
Ich sah mich hilflos um, wischte meine Hände am Rock – immer erwischte sie mich mit schmutzigen Händen – und wollte mich schnell waschen und umziehen gehen.
›Komm schon‹, rief sie ungeduldig und wippte mit ihrem seidenbeschuhten Fuß.
›So, wie ich bin?‹, fragte ich und wies auf meinen fleckigen Rock.
›Ja, ja, *n'importe pas,* wir gehen ja nicht zum Ball. Ich will dich meinem Mann vorstellen.‹
Ein heißer Schreck durchfuhr mich. So unheimliche Dinge hatte man mir von Monsieur erzählt und ein paar Mal hatte ich ihn auch von weitem gesehen. Er sollte so recht zum Fürchten aussehen. Und jetzt würde ich ihm geradewegs unter die Augen treten! Ich versichere Euch, Ehrwürdige Mutter, ich hatte es ganz und gar nicht darauf abgesehen. Im Gegenteil: Ich fühlte mich wie ein Lamm, das zum Schlachter geführt wird.
Wie kommt es nur, dass der erste Eindruck, den man von einem Menschen bekommt, oft so ganz und gar fehlgeht? Solche, die man sofort ins Herz schließt, erweisen sich bei näherem Hinschauen als hohl und nichtig. Und andere, die man zuerst wenig anziehend, ja sogar unangenehm oder abscheulich fand, die gewinnen mit jedem Wort, das man mit ihnen wechselt.«
»Ja«, sagte Eléonore de Castillon, »das ist mir auch schon aufgefallen. Man sagt, der erste Eindruck sei verlässlich, das Herz erkenne im Augenblick Freund oder Feind, aber das ist nicht wahr. Und

wie fandest du ihn dann, den Herrn de Saignon? Hat er dir deine Furcht schnell genommen?«

»O nein! Er benahm sich so abweisend und widerwärtig, wie ich es erwartet hatte. Sie – Madame Angèle – befahl mir, ihr zu folgen, und brachte mich durch den bewohnten Teil des Schlosses, der warm und elegant eingerichtet war, in einen kaum benutzten Trakt. Wie ich später erfuhr, war dies der älteste Teil der Burg, dreihundert Jahre alt oder mehr. Die Türbögen waren so niedrig, dass sogar ich mich bücken musste, um mir nicht den Kopf anzurennen. Ein Gang führte in einen Turm, der bis auf diese keine andere Verbindung mit dem Herrenhaus hatte und dessen ursprünglichen Zweck ich nicht erraten konnte. Schwere bronzebeschlagene Türen hingen schräg in den Angeln, ließen sich nur schwer öffnen und knarrten und quietschten erbärmlich, wenn man sie mit viel Mühe bewegte.

›Müsste man sie nicht einmal ölen?‹, fragte ich.

›Nein, mein Mann will es so haben, wie es ist‹, erwiderte Madame Angèle.

Er wollte es offenbar auch haben, dass der Staub knöchelhoch lag und Taubendreck die Simse bedeckte, Spinnen von ungeheurer Größe ihre Netze über das wurmstichige Mobiliar ausbreiteten wie Leichentücher und Siebenschläfer ohne Scheu über die Dachbalken sprangen und von oben auf uns herunterschimpften.

Madame de Saignon raffte mit einem angewiderten Gesichtsausdruck ihre Röcke und betrat mit mir im Gefolge ein Treppenhaus von vier oder fünf Ellen im Quermaß. Es ging eine enge Wendeltreppe hoch, deren Stufen glatt und ausgetreten waren wie Schüsseln, und endlich kamen wir an eine große Tür, die mit seltsamen Zeichen bedeckt war. Das war das Labor des Gouverneurs. Er wollte es so weit wie möglich weg vom Haus haben, da seine Experimente häufig Gestank verursachten und wegen der Feuergefahr. Sie klopfte. Von drinnen hörte man ein Poltern, dann ein ärgerliches Geknurr: ›Fort! Weg! Ich habe zu tun! Ich kann jetzt niemanden gebrauchen!‹

Angèle lächelte nur und ich bewunderte ihre Beherztheit. Sie klopfte noch einmal fester und rief: ›*Ouvre! C'est moi, chéri!*‹«

Die Hände der Äbtissin hatten sich unwillkürlich um die Armlehnen ihres Stuhls geklammert. Sie hatte sich leicht nach vorn gebeugt und hörte gebannt zu.

»Wir hörten eilige Schritte, die sich der Tür näherten. Die Tür wurde mit einem Ruck aufgerissen und wir sahen den Rücken des Herrn, gebeugt und in seine übliche schwarze Kutte gehüllt, wie er bereits wieder davonstürzte zu einem zylindrischen Brennofen, ähnlich dem eines Töpfers, in dem ein heißes Holzkohlefeuer glühte, und dort einen Blasebalg bediente. *Dame* Angèle trat ohne Furcht ein, hielt sich aber von dem Feuer fern, um sich nicht ihre feine Robe im Funkenflug zu verderben.

›Und – wie weit bist du, mein Liebster?‹, fragte sie sanft. Er schaute sie nicht an, so sehr konzentrierte er sich auf sein Werk, das darin bestand, das Feuer zu nähren, mit dem Fuß einen Blasebalg zu bedienen und in ein offenes, dickwandiges Gefäß mit einem sehr langen Handgriff, das im Zentrum der Hitze stand, ein gelbes Pulver zu werfen. Jedes Mal, wenn etwas von dem Pulver auf die dickflüssige, spiegelnde Masse im Tiegel traf, zischte es und stank fürchterlich nach faulen Eiern.

›Bei der Cohabatio, mein Stern, wieder mal bei der Cohabatio!‹

›Ach‹, sagte Madame de Saignon und sie klang enttäuscht.

Plötzlich machte sich der Inhalt des Tiegels davon. Glühende Kügelchen und Tropfen sprangen nach allen Seiten und schwärzten alles, womit sie in Berührung kamen. Der Gouverneur machte einen großen Satz rückwärts wie eine Katze, die auf eine Viper gestoßen ist. Er betrachtete seinen linken Stiefel, in den das Zeug ein Loch gebrannt hatte. Ich bekreuzigte mich ob des lästerlichen Fluches, den er ausstieß, doch *Dame* Angèle zuckte mit keiner Wimper.

›Wie soll ich gleichzeitig das Feuer am Glühen, die Temperatur gleichmäßig halten und auf die Bestandteile achten? Man möchte sechs Arme haben! Ich wusste, es ist falsch, den schnellen Weg zu wählen. Es ist immer falsch, den schnellen Weg zu wählen!‹

›Wo ist denn dein Ysac?‹, fragte sie. ›Hast du niemanden, der dir zur Hand geht?‹ Es hatte aufgehört, aus dem Tiegel zu spritzen, und der Gouverneur ging wieder nahe heran und betrachtete sein Werk mit gerunzelter Stirn.

›Ich musste Ysac heute Morgen nach Marseille schicken, um eine

Ladung Teufelsdreck für mich in Empfang zu nehmen!‹, antwortete er.
Ihr könnt Euch vorstellen, wie dieses Wort meine Angst ins Unermessliche trieb. Später lernte ich, dass es sich um ein bestimmtes Harz aus Afrika handelte, nicht anders als Weihrauch, das zwar nach Knoblauch stinkt, aber ganz harmlos ist und auch in der Heilkunst Verwendung findet. Doch jetzt gerade zitterten mir die Knie und er ergriff diesen Moment meiner höchsten Furcht, um mich anzuherrschen: ›Du da! Mach dich nützlich! Bediene den Blasebalg, damit ich die Hände frei habe! Da ist Holzkohle! Du musst ständig nachlegen und es anfachen, damit es ordentlich heiß bleibt! Aber ja nicht zu viel!‹
Ich tat, wie mir befohlen. Der Schweiß trat mir auf die Stirn und ich glaubte, die Haut müsse sich mir zusammenziehen im Gesicht wie die Kruste von einem gerösteten Schwein.
›Na! Glotz nicht! Mach schon, mach schon‹, schrie mein Herr, während er zwischen einem Tisch mit aufgeschlagenen Büchern und seinem Giftschrank hin- und hereilte. ›Und lass die Glut ja nicht zusammenfallen! Lass ja nicht einen Augenblick nach!‹ Der Inhalt des Tiegels stank und zischte. Eine ölig spiegelnde Masse waberte in dem Gefäß herum, als habe sie einen eigenen Willen. Sie verband sich nicht mit den Wänden des Tiegels, so wie es jede andere Flüssigkeit tut, wenn man sie kocht, sondern schien zu schweben.
Monsieur de Saignon wurde jetzt ruhiger, schaute in seine Bücher und murmelte vor sich hin. Zwischendrin geruhte er immerhin zu bemerken, dass ich für die Arbeit nicht passend angezogen war, und ohne dass ich aufhören durfte, die Glut anzufachen und am Leben zu erhalten, zog er mir eine lederne Schürze über, wie ich sie bei unserem Dorfschmied gesehen hatte.
Während all dem Gerenne, den Flüchen, dem Fauchen des Blasebalgs, dem Gezisch, Gespuck und Gebrodel stand Madame kühl lächelnd an der Tür, nicht anders, als beobachte sie ein Theaterstück. Als ihr Gemahl einen Augenblick zur Ruhe kam und brütend das kochende Metall beobachtete, sagte sie beiläufig: ›Das ist übrigens das Mädchen, von dem ich dir erzählt habe.‹
›Welches Mädchen?‹

›Die kleine Hexe aus dem Dorf, *tu sais?*‹
›Ich bin keine Hexe‹, rief ich trotz meiner Angst. Das wollte ich nicht auf mir sitzen lassen.
›Nicht?!‹ Der Gouverneur war unbeeindruckt. ›Das werden wir bald feststellen. Na schön. Da du nun einmal hier bist, kannst du mir im Labor helfen, solange Ysac nicht da ist, und dann sehen wir weiter. Aber ich warne dich: Wenn du dummes Zeug herumtratschst über das, was du hier siehst, wenn du überhaupt ein Wort darüber verlauten lässt, dann, dann …‹
›… verwandelt er dich in eine hässliche kleine Ratte und wir lassen Rouille mit dir spielen‹, führte Madame den Satz zu Ende, aber sie zwinkerte dabei und ihr Blick sagte: ›Keine Sorge. Es geschieht dir nichts dergleichen.‹
Sie ging auf ihren scheußlichen Gatten zu und zog ihm spielerisch die Kapuze vom Kopf. Ich muss laut die Luft durch die Zähne gesogen haben, denn er grinste höhnisch und zeigte mir gleich die andere Seite seines Gesichts, die noch entstellter war als die erste, aufgedunsen und von offenen Geschwüren zerfressen. Sein Grinsen war ganz schief. Tiefe Narben behinderten die Beweglichkeit der Lippen und zogen die verheilte Seite in eine höllische Grimasse, den Mundwinkel permanent nach unten.
Sie reckte sich zu ihm hoch, er war einen guten Kopf größer als wir alle, lang und mager, und küsste ihn auf die vernarbte Wange.
›*Chéri,* mein Tapferer, mein Kluger!‹, flüsterte sie, aber so, dass ich es hören konnte. Ich war erstaunt, wie sie dieses Monstrum küssen konnte.
Ich wandte mich verlegen ab und beschäftigte mich mit dem Feuer, wie mir aufgetragen war. Wenig später hörte ich die Tür zufallen. Sie war fortgegangen mit einem leisen Rascheln ihrer seidenen Röcke und hatte einen Hauch von Jasminduft und Moschus zurückgelassen.
Ich war allein mit ihm.
Doch er beachtete mich so wenig, wie man einen Stuhl beachtet, wenn man sich nicht setzen will. Er las, er murmelte, er beobachtete die Flüssigkeit. Mir wurden langsam die Arme lahm, jeder Muskel tat mir weh, die Füße waren geschwollen vom langen Stehen. Stunde um Stunde musste das vermaledeite Feuer gehegt werden

und der Inhalt des Tiegels, der nach meiner Erfahrung längst hätte eingekocht sein müssen, verdampft, verschwunden bis auf den üblichen grauweißen Belag am Boden des Gefäßes, ja das Gefäß selbst hätte nach allem Menschenmöglichen verglüht sein müssen, so dachte ich. Die seltsame Flüssigkeit veränderte sich jedoch kaum. Ein wenig geschrumpft war sie vielleicht, ein wenig weißlicher geworden. Ich verstand nicht im Geringsten, was hier vor sich ging. Ach, einen Hexenmeister hatte ich mir anders vorgestellt! Ich hatte geglaubt, er mische Fledermausblut mit Krötenschleim zu giftiggrünen Elixieren. Ich hatte weiß der Himmel was erwartet: Dienstbare Dämonen, Gläser voller kleiner Ungeheuer in Wein eingelegt, feurige Zeichen an der Wand … Und stattdessen das hier: Es war langweilig!

Ich gähnte und rieb mir die Arme. Der Herr wurde meiner wieder gewahr: ›Bist müde, Bursche?‹ Er hatte sogar vergessen, dass ich ein Mädchen bin. ›Nun gut. Die kritische Phase ist vorbei. Jetzt kann ich auch allein weitermachen. Geh schlafen!‹

›Aber seid Ihr denn nicht müde?‹ fragte ich krächzend, denn meine Kehle war völlig ausgedörrt. Seine musste es nicht minder sein. Wer weiß, wie lange er hier schon arbeitete und dabei jedes Zeitgefühl verloren hatte. Dabei hatte er seinen kranken Körper sicher nicht geschont.

›Soll ich Euch einen Trunk Wasser bringen?‹

Er blickte von seinem Schreibtisch auf, überrascht. Offenbar hätte jeder andere schnell das Weite gesucht, das war er gewohnt. Aber ich hatte mich nach seinem Befinden erkundigt.«

»Und warum hast du das getan?«, fragte die Äbtissin. Manou kam mit einem Ruck wieder in die Gegenwart der behaglichen kleinen Studierstube zurück.

»Hm – ich weiß auch nicht. Vielleicht habe ich angefangen, meine Meinung über ihn zu ändern, als ich diesen Ausdruck in seinen Augen sah, während sie ihn küsste. Dieser Ausdruck von Liebe und Ergebenheit, das war etwas … Heiliges.« Manou zögerte, sah die Äbtissin an. Dies war wohl nicht der richtige Vergleich im Zusammenhang mit einem verfluchten Magier und Alchimisten. Doch die Äbtissin nickte.

»Doch, doch, das ist schon richtig: Liebe ist etwas Heiliges, sie ist ein Funken vom Göttlichen und wer Liebe empfinden kann, der ist nicht ganz verloren.«

»Ja, das dachte ich auch. Oder vielmehr: Ich empfand es so. Ich sah ihn plötzlich nicht mehr als Bösewicht, als Monster, so wie er mir beschrieben und angekündigt worden war. Ich sah ihn nicht einmal als meinen Herrn, der über mich verfügen konnte, wie es ihm beliebte. Ich sah ihn einfach als müden, sehr kranken Mann, und ich hätte ihm gern geholfen.

Er lächelte: eine seltsame Miene, ein Ersatz für ein Lächeln, eines, das nur aus den Augen kam und nicht den Mund erreichte, und schickte mich fort: ›Geh ruhig schlafen. Ich bin lange Nächte gewohnt. In meinem Alter braucht man nicht mehr so viel Schlaf.‹

›Sehr wohl. Wie Ihr meint‹, krächzte ich und ging zur Tür.

›Komm morgen nach dem Frühstück wieder‹, rief er hinter mir her, doch als ich mich umdrehte, um zu antworten, war er schon wieder in seine Schriften versunken, das Kinn auf den linken Arm gestützt, die Finger der rechten Hand liefen über die Zeilen. Er nahm mich nicht mehr wahr. Leise schloss ich die Tür.

Zum Glück schien der Mond von oben hell durch einige Lücken in den Ziegeln, sonst hätte ich mir wohl auf der steilen Treppe den Hals gebrochen. Es gab kein Licht, keine einzige Lampe im ganzen Treppenhaus. Ich stolperte über lose Planken und schrak vor allen möglichen Geräuschen zusammen, dem Scharren der Mäuse, dem Surren und Flattern von Motten oder anderen Insekten, dem Ticken von Holzkäfern … ein Käuzchen flog auf und streifte meine Haare mit seinen Flügeln.

Ich verließ den Turm durch sein Portal und ging nicht in das Herrenhaus zurück. War ich froh, als ich endlich in der warmen, vertrauten Küche ankam! Und wie sie dort über mich herfielen!

›Was war?‹ ›Was hat er getan?‹ ›Was hat er gesagt?‹ ›Wo warst du nur so lange? Bei ihm die ganze Zeit?!‹

Ich ging wortlos zum Wassereimer, nahm die Schöpfkelle und goss eine Kelle kühles Wasser nach der anderen durch meine brennende Kehle, bis sie lachten: ›Hahaha! Halt! Hast du ein Loch, durch das es gleich wieder hinausläuft, das Wasser – eh?‹

Und auch danach erzählte ich nicht viel. Die Müdigkeit und Erschöpfung brauchte ich nicht vorzutäuschen. Ich sagte nur, ich habe einen Blasebalg bedienen müssen an einem Töpferofen und nicht verstanden, was da vor sich ging, und das war nicht gelogen. Sie machten mir Platz am Herd, setzten mich auf einen Schemel und drückten mir eine Schüssel mit Kornbrei in die Hand. Rouille, der Verräter, kam und rieb seinen Kopf an meinen Beinen. Ich aß den Brei, ohne ihn zu schmecken. Dann verkroch ich mich auf meinen Strohsack in der Schlafkammer und schlief ein, Rouille im Arm, mein Gesicht in sein duftendes Fell vergraben. Aber ich träumte, ich wäre eine Maus.«

Die Äbtissin, die es bei dieser Schilderung nicht in ihrem Sessel gehalten hatte, stand am Fenster. Ihre auf dem Rücken gefalteten Hände verrieten Ungeduld, sie faltete und entfaltete die Finger in einem fort. Dann drehte Eléonore der Nacht ihren Rücken zu und fragte ungläubig: »Was denn, war das alles? Was ist denn mit der Hexerei, dem schwarzen Sabbat, den Kerzen, dem Kind und alldem? Hatten sie dich nicht in ihr Haus geholt, um deine besonderen Gaben für ihre Zwecke auszunutzen?«

Manou schüttelte nur den Kopf und dachte daran, wie Monsieur Justin gesagt hatte: ›Magie – ach ja, *die* Magie: die der guten Feen, der dienstbaren Geister in der Flasche, das ist alles, was die Menschen interessiert. *Pouf!* Und all ihre kleinen Wünsche werden erfüllt. Sie verleugnen, was auf der Hand liegt, und wählen, was sie nicht verstehen.‹

»Hat er denn keine schwarze Kunst betrieben? Alchimie – sogar der Papst hat einen Alchimisten. Aber das andere, wie hat das angefangen, warum bist du da hinzugezogen worden? Und was war deine Rolle dabei?«

»Geduld, Geduld, dazu komme ich noch, das war später.«

»Ja, aber …«

»Ihr wolltet doch verstehen, nicht wahr? Nicht nur die oberflächlichen Fakten erhalten wie ein paar trockene Bohnen in die Hand. Ihr wolltet es doch wachsen sehen und begreifen, die Personen, die Ereignisse, die Ängste und die Leidenschaften, die schließlich dazu führten, dass Wille und Vorsehung sich trennten und das Böse entstand?«

»Nun gut. Fahre fort.« Die Äbtissin zwang sich zur Ruhe, setzte sich wieder und legte ihre Hände in den Schoß.

»Am Anfang also war von Magie nichts zu sehen und nichts zu hören. Da ich mich als anstellig erwiesen hatte und der Herr offenbar zufrieden mit mir war, musste ich von nun an jeden Morgen pünktlich im Labor erscheinen.
Dort hatte ich nichts weiter zu tun, als den Athanor zu überwachen – das ist der Herd der Alchimisten, auf dem zunächst in langwierigen Prozessen Metallkalke hergestellt wurden. Monsieur nahm anfangs kaum Notiz von mir, aber später, da wir Tag für Tag zusammen in einem Raum waren und als der Prozess so langsam vor sich ging, dass nichts zu tun war, als den Athanor anzustarren und ihn von Zeit zu Zeit zu füttern, da begann er sich zu langweilen und er sprach mich an.
Er befragte mich im Einzelnen über mein bisheriges Leben, insbesondere über meine Gaben. Zu alldem sagte er aber selber nicht viel, sondern brummte nur vor sich hin. Ob ich Tote rufen könnte, wollte er wissen. Das musste ich verneinen. Nicht, dass ich es nicht versucht hätte, nachdem ich meine Familie verloren hatte und ganz allein auf der Welt war. Immerhin gelang es mir, ihn mit einer Geschichte aus unserem Dorf aufzuheitern.«
»Und welche war das?«
›Jetzt geht das wieder los!‹, dachte Manou. ›Ich will nicht auch noch den alten Pétoulet in Schwierigkeiten bringen. Vor Monseigneur Roux mussten wir das immer verschweigen. Diese Priester! Erst wollen sie alles Menschliche wissen und dann entsetzen sie sich darüber!‹
»Ach, hat es mit einem eurer dörflichen Seelenboten zu tun? Erzähl ruhig. Ich halte das ohnehin für Scharlatanerie, Betrügerei, um den Leuten ein paar Kupferstücke aus der Tasche zu ziehen. Aber es gibt schließlich schlimmere Arten von Betrug als solche, bei denen der Betrogene wenigstens getröstet davongeht.«
»Wie Ihr meint. Aber – getröstet? Na … also wir hatten in unserem Dorf einen alten Mann, der aus den Cevennen stammte – ich weiß nicht, ob er überhaupt noch am Leben ist. Der Alte war im Nebenberuf *amarié,* das heißt, er stellte auf Wunsch der Blutsverwandten die Verbindung zu frisch Verstorbenen her. Das geht nur, solange sie noch auf Erden weilen. Zu diesem Zweck versammelten sich alle, die es anging, abends im Haus des *amarié,* wo ein kräftiges

Feuerchen im Kamin entfacht wurde, denn wie man weiß, sind die Toten empfindlich gegen Kälte und suchen nachts gern Häuser auf, in denen es warm ist.

Der *amarié* hat auch gesagt, dass die Toten gern Wein trinken. Nachts leeren sie in den schönsten und saubersten Häusern die Fässer. Er selbst sei bei solchen Trinkgelagen mit dabei gewesen.«

»Das bezweifle ich nicht«, sagte die Nonne, »und er wird dabei am kräftigsten hingelangt haben!«

»Möglich, aber man hat niemals Spuren in den Kellern gefunden und Pé... der Alte, meine ich, behauptete, die Toten tränken so viel sie wollten, der Wein in den Fässern nähme dabei aber nicht ab. Nun, jedenfalls ist der Cousin meiner Mutter einmal bei diesem *amarié* gewesen, denn sein Vater war gestorben, plötzlich und unerwartet an einem Schlag. Und er war nicht mehr dazu gekommen, die genaue Lage seiner Quelle an seinen Sohn weiterzugeben.«

Die Nonne nickte. Das war eine Eigen- und Unart der Leute hier im Süden: Die gesamte Gegend zwischen Luberon und Meer war so trocken, Wasser so kostbar, dass um der Nutznießerschaft einer Quelle willen schon Morde begangen worden waren.

Und oft hielt der *chef de famille* einen solchen Ort sogar im eigenen Haus geheim aus Misstrauen gegen die eigenen Kinder. Erst auf dem Sterbebett wurde das Wissen vom Vater an den ältesten Sohn weitergegeben. Pech, wenn da einer in der Kette unversehens zum Herrn gerufen wurde.

»Guillaume verabredete also mit dem *amarié,* seinen Vater aus dem Jenseits herbeizurufen, um sich nach der Quelle zu erkundigen. Das Feuer wurde angezündet und ein paar Kerzen auch. Der Alte stellte eine Schale guten Weins – den Guillaume mitbringen musste – auf den Tisch, warf eine Hand voll trockener Kräuter ins Feuer und begann leise seine Sprüchlein aufzusagen. Guillaumes Vater ließ nicht lange auf sich warten. Ein nebelartiges Gebilde verdichtete sich nah beim Feuer – es hatte in etwa die Form einer menschlichen Gestalt – und fing auch gleich mit der Stimme von Guillaumes Vater an zu schreien, dass dem Armen fast die Ohren abfielen: ›Ah! Da bist du ja, du Hornochse! Du Stümper, du Hümpeter, Schafsnase, Windbeutel, Schluderaff! Was fällt dir ein, die nördliche Wiese zu verkaufen und gutes Gold auf lausige Schafe zu vergeuden!‹

›Aber Vater‹, wandte der arme Guillaume ein, ›das machen doch jetzt alle so …‹
›Und?‹, tobte der Geist. ›Bist du alle? Dümmer als alle bist du. Hättest du lieber ein Stück von deinem fetten Arsch verkauft, aber doch kein Land. Das macht man nicht! Und ich weiß schon, was du willst. Wo die Quelle ist, sag ich dir nicht. Sieh doch zu, wo du mit deinen verwanzten, dreimal verfluchten, dreckigen Schafen bleibst!‹
So schrie das Gespenst und verschwand. So und nicht anders war es. Guillaume ist in seinem Schrecken direkt zu meiner Mutter gekommen und hat sich von ihrem guten Obstschnaps geben lassen. Er hat es brühwarm erzählt und wir haben es alle gehört!«
Mutter Eléonore hatte Tränen in den Augen vor unterdrücktem Gelächter.
»Und was hat der arme Kerl für diesen Zauber bezahlt?«
»Weiter nicht viel. Pétou … der Alte … nahm sein Amt als *amarié* zu ernst, um daraus Profit zu schlagen. Er ließ sich für die Mühe allenfalls einen Käse schenken, eine Mahlzeit, einen Schlauch Wein, das war alles. Er fühlte sich auch für die Toten verantwortlich und ermahnte uns alle, uns nicht so heftig zu bewegen. ›Rudert nicht, wenn ihr geht, unvorsichtig mit Armen und Beinen herum und tretet mit Bedacht auf, damit ihr nicht ein Gespenst umwerft. Vergesst niemals, dass ihr zu jeder Zeit von einer Menge Geister umgeben seid, die unsichtbar bleiben für alle Lebendigen außer den Seelenboten.‹«
»So glaubte er also, dass die Toten nicht in den Himmel oder in die Hölle oder das Fegefeuer kommen, sondern hier unten bleiben, unsichtbar, unstofflich und doch verletzbar?«
»Nur eine gewisse Zeit, je nachdem, wie sie sich betragen haben im Leben. Er berichtete zum Beispiel von einer reichen Dame aus Bonnieux, der Frau eines Notars, die sei ihm nach ihrem Tod einmal auf dem Weg durch die Berge begegnet, nahe ihrer alten Wohnstätte. Sie habe für ihre Eitelkeit schwer büßen müssen, denn jetzt trüge sie Lumpen statt der feinen Kleider und Flammenringe statt der Seidenmanschetten um ihre Handgelenke.«
Das war nun alles nicht unähnlich dem, was die Kirche verkündete, doch wollte es die Nonne nicht wahrhaben, dass ein anderer

als ein Diener der heiligen Mutter Kirche solche Kraft ausüben könne.

»Nun, das wird er erfunden haben. Es sind ja dergleichen Dinge auf den Bildern in jeder Kirche zu sehen und sind auch nur die Fantastereien von Malern. Sag, aber wusste denn euer *curé* nichts davon?«

»Schon, aber er ist fein stille gewesen, denn die Sache hat ihm manche Spende eingebracht. Unser *amarié* erhielt nämlich öfter Nachrichten von Toten, die wünschten, dass eine Messe für sie gelesen werde, damit sie schneller das Diesseits verlassen konnten.«

»Soso. Und das fand Monsieur de Saignon sicher amüsant.«

»Ja. Er lachte herzlich darüber und begann von da an, öfter mit mir zu sprechen, ja, mir sogar gelegentlich zu erklären, was wir gerade taten. Denn ich wurde es bald leid, immer nur den Ofen zu bewachen und unter der Hitze und dem Gestank zu leiden, ohne zu verstehen, wozu das dienen sollte. Da ich merkte, dass er Widerworte schätzte, anstatt darüber ärgerlich zu werden, fing ich an, wohl überlegte Beobachtungen zu äußern, absurde Vergleiche zu erfinden und brachte ihn so häufiger zum Lachen, was er sehr zu genießen schien.

Und Madame war wirklich sehr freundlich zu mir. Nachdem es klar wurde, dass der Herr mich praktisch zu seiner Gehilfin gemacht hatte und er keine Anstalten machte, mich wieder zurück in die Küche zu schicken, fing sie mich eines Abends auf meinem Weg nach unten ab.

›Guten Abend, Manon!‹

›Einen schönen guten Abend, Madame – aber ich heiße Manou.‹

›Manou? Ach tatsächlich? Was für ein barbarischer Klang, das ist ein Name für eine Ziege. Wir wollen dich lieber Manon nennen.‹

Ich ließ es mir gefallen. Es war zwar der Name, den mir meine Eltern gegeben hatten, aber wenn es ihr besser gefiele, dann sollte sie mich ruhig so nennen, dachte ich.

›Nun, Manon, es scheint, dass mein Gatte dich nützlich findet. Und da du nun täglich mit ihm zu tun hast, kannst du unmöglich weiter im Schlafsaal des Küchengesindes bleiben. Wir werden etwas anderes für dich finden müssen.‹

Sie hieß mich meine Sachen vom mittleren Hof holen, was schnell

getan war. Dann betrachtete sie meine Kleidung, die immer noch dieselbe war, mit der ich hergekommen war.
›Nein, was für Lumpen! Wir haben dich sträflich vernachlässigt, Kleine. Marie! Marie!‹ Sie klatschte in die Hände und rief nach ihrer Zofe. ›Marie, sieh doch einmal nach, was wir an Tragbarem übrig haben für dieses junge Mädchen, damit man sie anschauen kann!‹
›Dienstbotenkleider?‹, fragte Marie.
›Dienstboten … nein. Nimm einfach welche von mir und ändere sie ein wenig!‹
Marie machte große Augen.
›Na geh schon. Etwas von den festeren Stoffen, Reit- oder Reisekleidung. Es ist ja genug da, nimm halt die Spitzen ab und mach die Ärmel enger. Sie soll sich schließlich im Laboratorium damit bewegen können. Dir wird schon etwas Passendes einfallen.‹
Ich bekam eine eigene Kammer, ganz für mich allein, so wie das besser gestellte Personal. Sie ließ mir einige Toilettenartikel besorgen, und da ich nicht wusste, was damit anzufangen war, musste Marie mich in die Kunst des Frisierens einweisen. Sie tat dies mit zusammengepressten Lippen und unter schnippischen Bemerkungen.
Als Madame Angèle sich das Ergebnis vorführen ließ, schien sie zufrieden.
Und auch ich fühlte mich ganz verwandelt, in einem Kleid nach neuester burgundischer Mode – nun ja, der Mode von vor zwei, drei Jahren, aber immerhin –, kein geschürzter Rock mit Miederoberteil, kein Kittel, sondern ein richtiges Kleid: ein Unterkleid aus weißem Leinen und ein Oberkleid aus einem feinen rehbraunen Wollstoff, das unterhalb der Brust zusammengefasst war. Es fiel so weit und weich, dass ich mich vor dem Spiegel drehte und nicht genug davon bekommen konnte, das Wallen und Schweben der Röcke zu betrachten. Mein Gesicht schaute ich nicht so gerne an. Ich fand mich zu gewöhnlich.
Madame sah mir zu, lächelte und machte mir Komplimente: ›Sieh an, sieh an, kleine Barbarin, nun muss man dich nicht mehr hinter dem Herd verstecken. Und wenn du dir das Haar *à la Grèque* flichst … so … und so …!‹ Sie zeigte mir, wie ich mich vorteilhafter zurechtmachen konnte.

›Und hat mein Gemahl denn schon etwas über deine geheimnisvollen Fähigkeiten herausgefunden?‹, wollte sie wissen.
›Nein, Madame, er hat gar nicht danach gefragt.‹
›Nicht? Nun, dann solltest du ihn aber schleunigst darauf aufmerksam machen. Er ist ja so zerstreut. Man muss ihn zu seinem eigenen Guten manchmal etwas drängen. Kannst du nicht etwas voraussagen, was ihn verblüfft?‹
›Ich werde mich bemühen, Madame‹, antwortete ich und zermarterte mir fortan den Kopf, wie ich etwas herausfinden konnte, irgendetwas, um ihr zu Gefallen zu sein.«

6

»Schließlich kam die Arbeit im Laboratorium für ein paar Tage zum Stillstand, weil Monsieur de Saignon eine Säure benötigte und zu deren Herstellung wiederum Zutaten, die sein Gehilfe in Marseille erst besorgen sollte. Ich hatte ihm von meinem Höhlenleben berichtet, wie wohl schon vorher seine Frau. Und nun, da er einiges an Zeit übrig hatte, wollte er unbedingt die Grotten, Hallen und Gänge besuchen, die ich ihm so farbenprächtig geschildert hatte. Er ließ drei Pferde satteln, für sich, für mich und seinen Leibdiener Ambroise, einen unscheinbaren, aber tüchtigen Mann, der gelernt hatte, sich derart im Hintergrund zu halten, dass man ihn vergaß, bis er plötzlich und immer im richtigen Augenblick auftauchte, wenn man ihn brauchte.

Die Stallungen befanden sich unten am Fuß der hohen Festung, da es unmöglich gewesen wäre, ein anderes Tier als einen Packesel oder eine Bergziege auf das Plateau hinaufzubringen, was Madame de Saignon regelmäßig dazu veranlasste, sich auf das Bitterste zu beklagen. Sie fand es äußerst *desagréable*, jedes Mal, wenn sie ausreiten oder in der Kutsche fahren wollte, den langen, beschwerlichen Weg nach unten zu Fuß zu klettern. Monsieur hatte ihr angeboten, eine Maultiersänfte anzuschaffen, doch davon wollte sie nichts hören. Sie verabscheute Maultiere. Wir ritten nicht durch das Village. Ich hätte mich zu gern in meinen neuen Kleidern und in der Begleitung gezeigt, aber Monsieur de Saignon scheute die Blicke der Menschen. Er hieß mich, Ambrois ungefähr die Lage meiner Höhle zu beschreiben, und dann ritt Ambroise voraus und fand mit untrüglicher Sicherheit einen Weg durch die Garrigue, so dass wir weiter nichts zu tun brauchten, als uns bequem hinterherschaukeln zu lassen.

Ich genoss den Ritt, obwohl ich Pferde eher fürchtete. Aber mit Monsieur auszureiten, das war eine große Ehre und ich sonnte mich darin. Es war das erste Mal, seitdem ich auf das Fort gekommen war, dass ich aus den engen Mauern herauskam. Im Hochsommer war ich hinaufgegangen, jetzt war es Spätherbst, ein schöner, ruhiger Sonnentag. Das Laub der Eichen, der Pappeln und des kriechenden *Rhus* brannte gelb, orange und ockerrot, Hagebutten hingen wie Korallenperlen vor dem grünen Samt der jungen Nadelbäume.

Ich sog tief die Luft in meine Lungen und roch feuchte Blätter, Flechten, Esskastanien und Pilze: *sanguins* und *pignens.*

›Gefällt es dir, wieder hier draußen zu sein, ja?‹ Auch der *Capitaine* atmete tief ein: ›Du hast Recht! Ich vergesse über dem Forschen nach den Gesetzen der Natur manchmal die Natur selbst, ein Fehler, den ich jetzt bereue. Aber er ist ja wieder gutzumachen.‹

Er war so entspannt, wie ich ihn noch nicht erlebt hatte.

Wir kamen zu meiner kleinen Grotte in einer Seitenschlucht der Aigue Brun, die trocken war, weil es den ganzen Sommer lang nicht geregnet hatte. Unten in der Talsohle war es windgeschützt und um die Mittagszeit warm wie im Sommer.

Monsieur ließ Laternen auspacken, die man mitgebracht hatte, und Ambroise leuchtete vor uns her in mein unterirdisches Reich. Meine Einrichtung war zerstört, der Stuhl aus Hirschbein und Schwemmholz zerbrochen, die Kräutersträuße von den Wänden gerissen und zertreten.

›So! Sie mögen dich wohl nicht im Dorf? Mach dir nichts draus‹, sagte er nur. ›Sie hassen, was sie fürchten oder was ihnen überlegen ist, weil sie nicht mögen, dass man ihnen den Spiegel ihrer eigenen Unzulänglichkeit vorhält. Ihr Hass sollte dir eine Ehre sein.‹

Er wusste wohl, wovon er sprach.

Voll jugendlicher Begeisterung erforschte er die Höhlengänge, betrachtete die uralten Tierzeichnungen, erklärte mir ihre Bewandtnis, so dass ich sie nun mit anderen Augen sah.

Wir tranken aus der versteckten Quelle, gutes Wasser, klar und süß. Er strich mit den Händen über kristallbesetzte Wände und erklärte mir, wie man die wahren Edelsteine an ihrer Härte, Klarheit und

Farbe erkenne. Doch auch er fand sie schön, meine falschen Juwelen.
›Ah!‹ Er leuchtete gegen die hohen Decken und die Säulen entlang.
›Aber Monsieur‹, sagte ich, ›wenn Ihr mir meine Unverschämtheit verzeihen wollt: Ich staune etwas über Euch.‹
›Warum?‹
›Nun, Ihr seid so gebildet und geschmacklich verfeinert. Neulich habt Ihr mir von der Kunst der Antike erzählt, wie sie einen vollkommenen und nie wieder erreichten Höhepunkt von Schönheit und Harmonie darstellt, wie viel Mühe darin steckt, welches Genie, und hier steht Ihr nun in einer rohen Tropfsteinhöhle und bewundert das Werk des Zufalls.‹
›Lass das nicht die Pfaffen hören, dass die Natur ein Zufall sei! Sieh her: Es gab in der Antike einen Bildhauer[4] den bewunderte man dafür, dass er Stein zum Leben erweckte und Marmor durchscheinend machte wie trübes Glas. Hier ist dasselbe von allein entstanden oder, wenn du so willst, durch Gottes Hand. Es ist das einzigartige Verdienst der Alten gewesen, die Natur zu übertreffen insofern, als das Bild eines Menschen oder eines Blattes nicht die Form des vergänglichen Individuums annahm, sondern die einer Idealisierung, die es zu göttlichem Glanz erhöhte. Mensch und Gott vereinigten sich auf diese Weise. Sterbliches wurde unsterblich. Dennoch ist die Natur schöner und vielfältiger, als es ein Menschenwerk je sein kann. Das macht mir Freude. Stell dir vor, du seiest nur von Ideal und Gleichmaß umgeben – wie ermüdend wäre das!‹«
»Ein bemerkenswerter Mann, dieser Monsieur de Saignon«, sagte die Äbtissin.
»Ja, nicht wahr! Begreift Ihr nun, warum ich von seinem Äußeren nicht abgestoßen war? Bereits nach kurzer Zeit fiel es mir kaum mehr auf. Ich ekelte mich nicht davor, sondern beobachtete ihn nur mit Sorge, wenn er wieder einmal besonders schlecht aussah und ein neues Geschwür aufgebrochen war.
Nach einer langen Zeit kamen wir wieder ans Licht und Ambroise, der vorausgeeilt war, hatte Decken und Kissen zwischen den abgerundeten Findlingen ausgebreitet und servierte ein Mahl aus feinem, weichem Brot, geräuchertem Geflügel, Trauben und kühlem, honiggesüßtem Wein.

Monsieur war so gut gelaunt und ging so vertraulich mit mir um, dass ich es wagte, ihn zu fragen, was ich schon die ganze Zeit über hatte wissen wollen: ›Seid Ihr ein *sorcier,* treibt Ihr Zauberkünste, Monsieur? Was ich bisher gesehen habe, scheint mir nicht viel anders als das, was ein Schmied oder ein Apotheker betreibt. Wo ist da die Magie?‹
Ich muss enttäuscht geklungen haben. Das war ich auch. Ich hatte Wunder erwartet, Abenteuer, und keine langwierige und langweilige Rührerei in irgendwelchen stinkigen Gebräuen.
Er streckte seine langen Beine im trockenen Gras aus und schloss die Augen, die empfindlich gegen das helle Sonnenlicht waren.
›Ich beschäftige mich nicht mit Magie. Ich betreibe Alchimie, das ist etwas anderes. Magie, ah! *La magie!* Das ist der kurze und gefährliche Weg, der brennende Weg. Nur die Verzweifelten wählen die Magie. Und die Dummen, die nicht lernen wollen. Die Magie ist der einfache Weg. Aber ich brauche sie nicht. Sie ist vom Teufel. Die Wissenschaft ist von Gott. Sie ist das Geschenk der Erkenntnis. Die Natur, die vom All geschaffen wurde, trägt sowohl die Fragen als auch alle Antworten in sich. Aber es verlangt Mühe und wahre Anstrengung, um ihre Rätsel zu entschlüsseln.‹
Ich hörte ihm zu mit offenem Mund und mich packte eine große Sehnsucht.
›Ist es das, was du willst, Bauernmädchen? Willst du lernen?‹, fragte er.
›Ja, ich will‹, sagte ich begierig wie eine Braut bei der Hochzeit. Und es war eine Art Hochzeit, nur ahnte ich das noch nicht.
Monsieur de Saignon lachte plötzlich laut auf und schlug sich mit der Hand auf den Schenkel. ›Das wäre ein Scherz, nicht wahr! Wenn doch sogar die vornehmen Frauen aus den meisten Universitäten ausgeschlossen sind. Man hält die Weiber wie Zuchtstuten, verzärtelt, gepflegt und geliebt und doch in finsterster Unwissenheit. Ja, das würde mir gefallen, wenn ich, gefürchtet und ausgestoßen, aus einem Bauernmädchen eine Gelehrte machen würde!‹ Ein Augenblick des Zögerns: ›Kannst du denn überhaupt lesen?‹
›Ein wenig, ja.‹ Die Dorfschule war Jungen vorbehalten, aber Josèphe, der seine kleine Schwester liebte, gab weiter, was er gelernt hatte. Das war nicht allzu viel, aber immerhin ein Anfang. Ich

konnte so viel schreiben, wie nötig war, meinen Namen zum Beispiel, Vorratslisten und Einmachrezepte, Notizen über Kräuter und Heilmethoden, die von meiner Großmutter an meine Mutter und von meiner Mutter an mich weitergegeben worden waren.
›Ja, ich kann lesen‹, sagte ich stolz, ›und rechnen auch.‹
›Gut‹, meinte mein Herr. ›So müssen wir nicht ganz von vorn anfangen, dazu bist du auch schon zu alt. Ich verlange aber strenge Disziplin! Du hast viel aufzuholen. Die meisten meiner Bücher sind in Latein geschrieben, mit Griechisch wollen wir gar nicht erst anfangen. Latein also, die Geschichte der Alchimie, Philosophie, die hermetischen Prinzipien, die Lehre von den geheimen Zahlen …‹ Er zählte es an den Fingern ab; mir wurde ganz wirr im Kopf und ich bemühte mich, nicht ängstlich dreinzublicken, damit er nur ja sein Angebot nicht zurückzog.
Da fuhr er mir durch die Haare und gab mir einen kleinen Klaps auf die Schulter. ›Na, du hast einen wachen Geist, und was man will, das kann man auch schaffen. Aber ich warne dich: Sehe ich nur das kleinste Nachlassen, die geringste Faulheit an dir, so schicke ich dich zurück zum Gemüseputzen. Ich werde meine Zeit nicht vergeuden!‹
›*Oui, Monsieur*‹, war alles, was ich darauf herausbrachte. Ich war bedrückt und überglücklich zugleich – welch eine Gelegenheit sich mir da bot! Würde ich es schaffen? Ambroise hatte den Austausch mit kritischem Blick beobachtet und verstand die Welt nicht mehr. Für eine Mätresse war ich zu grob und zu unansehnlich. Die Vertraulichkeit war völlig unangemessen. Was wollte der Gouverneur nur mit dieser Göre?
Ähnlich dachten alle anderen Dienstboten und begegneten mir mit scheelem Blick. In der Küche war ich nicht mehr gern gesehen, obwohl man sich wenigstens um Rouille kümmerte. Der rote Kater konnte nicht in meiner Kammer wohnen, denn im oberen Teil des Hauses liefen die Hunde von Monsieur frei herum und es gab selbst für einen schlauen Kater wie meinen Rouille zu wenig Verstecke und Ausweichmöglichkeiten. Ich erklärte es ihm ausführlich und er schien mich zu verstehen. Vielleicht war es ihm auch einfach zu kühl in meiner Kammer, denn sie besaß keinen Kamin. Emile nahm ihn unter seine Obhut und hatte ihn

gern in der Küche, denn Rouille war ein ausgezeichneter Mäusefänger.
Manchmal traf ich ihn auf dem Hof oder in den Gängen, wenn ein Auftrag meiner Herrschaft mich in die unteren Höfe der Festung führte. Dann begrüßte er mich, rieb seinen Kopf an meinen Beinen und erzählte mir lange, komplizierte Katzengeschichten. Wieder einmal hatte ich einen Platz verloren, das heimische Gefühl am Herd war nur flüchtig gewesen wie alles in meinem Leben.
Als mein Unterricht begann, hatte ich keine Zeit mehr, über die Vergangenheit nachzugrübeln. An einem späten Nachmittag im November kehrte Ysac aus Marseille zurück mit einer Karawane von Mauleseln und vier Bewaffneten zur Begleitung. Ich vermutete, dass die zehn struppigen Grauen ein Vermögen auf dem Rücken trugen, für das man unser Dorf ein ganzes Jahr lang hätte speisen und kleiden können.
Es war schon so diesig, dass man Kerzen entzünden musste, um lesen zu können. Wir waren wie gewöhnlich im Turmzimmer eingeschlossen. Ich betrachtete aufmerksam ein Bild in einem Buch, das der *Capitaine* mir zum Studium vorgelegt hatte. Es zeigte eine Art Tempel, zu dem sieben Stufen führten. Unten im Gras standen zwei Männer, einer vom Tempel abgewandt mit verbundenen Augen, einer folgte einem Hasen, der die Stufen hinaufsprang. Um den Tempel herum war ein heller Schein, der wohl den Himmel darstellte, denn er war mit den Tierkreiszeichen bedeckt. An den vier Ecken entdeckte ich die Worte Ignis, Aeris, Aqua und Terra für die vier Elemente, aus denen alle Dinge zusammengesetzt sind. Keines der Bilder in diesem Buch ergab auf den ersten Blick einen Sinn. Ich wusste, man musste sie Stück für Stück deuten, um auf die verborgene Botschaft darin zu stoßen.
›Aber, Meister, was bedeuten diese Buchstaben: V I T R I O L?‹
›Das bedeutet: *Visita Interiora Terrae, Rectificando Invenies Occultum Lapidem:* Erforsche das Innere der Erde. Indem du dich läuterst, wirst du den Stein der Weisen finden.‹
›Den Stein der Weisen‹, rief ich aufgeregt. ›Der magische Stein, mit dem man Gold machen kann und unendlich reich wird?‹
›Ach nein, du dummes Ding! Gold, Reichtum – immer siehst du nur das Vordergründige! Es gibt viele in allen Ländern, die vom

Goldmachen schwafeln und schwadronieren, um ihrer Herrschaft dasselbe in Wirklichkeit aus der Tasche zu ziehen.‹ Er war aufgesprungen und fuchtelte wild mit den Armen. ›Wie oft muss ich dir noch sagen: Es geht um Läuterung und die Erkenntnis der Welt. Es geht um Reinigung und Transmutation im Körperlichen *und* im Geistigen! Eines geht nicht ohne das andere. Merke dir endlich: Die Gier nach dem Oberflächlichen und Sichtbaren versperrt den Weg zum unsichtbaren und ungleich wertvolleren Schatz! Und dieses Bild erklärt nun dem Eingeweihten die sieben Stufen zur Gewinnung des Steins der Weisen, den man auch den Roten Löwen nennt. Der Stein der Weisen ist in Wirklichkeit ein Allheilmittel, das alle Krankheiten fortfegt und ewige Jugend verleiht!‹
Aha, das war es also! Kein Wunder, dass er so fanatisch seinen Experimenten nachging: Mit Gold kann man sich seine Gesundheit nicht zurückkaufen, hat man sie einmal verloren. Ich wusste, dass er schon die teuersten Ärzte zu Rate gezogen hatte und die besten Medizinen eingenommen, die es für Geld gab: Korallen- und Perlentinktur, Rubinwasser, Aurum potabile zu einem Wucherpreis, denn meist waren es doch nur Lösungen aus niederen Metallen, gelb gefärbt mit Safran oder Kurkuma. Monsieur Justin, wie ich ihn inzwischen nennen durfte, wollte gerade zu einer weiteren Tirade ausholen, da lenkte ihn zu meinem Glück plötzlicher Lärm im Burghof ab. Wir liefen beide zum Fenster, um uns hinauszubeugen, und das war es, was wir im Schein der Fackeln erblickten:
Das schwere Tor war von zwei Männern aufgezogen worden und über die Zugbrücke hielt eine Maultierkarawane Einzug, hoch bepackt mit Säcken und Kisten und irdenen Krügen und einigen Gerätschaften von seltsamer Form. Vorneweg kam ein Mann auf einem schwarzen Hengst in den Hof geritten, er riss sich das federgeschmückte Barett vom Kopf und winkte ungebärdig zu uns herauf.
›Ysac! *Vieux salaud!*‹, rief mein Herr und stürzte nach unten. Ich folgte ihm, für den Moment vergessen – sonst hätte er mir sicher befohlen, bei meinen Büchern zu bleiben. Aber ich war doch einfach zu neugierig.
Das Kopfsteinpflaster im Hof war glitschig vom eiskalten Regen, Männer und Tiere durchnässt. Dampfwölkchen stiegen aus den

Nüstern der schwer atmenden Packtiere, die sich bocksteif gegen den Boden stemmten, entschlossen, keinen Schritt weiter zu tun. Aus Haus, Küche und Stallungen stürzte alles herbei, was Hände zum Anpacken hatte, eine gut eingespielte Übung. Die Gurte und Seile wurden gelöst und die Tiere von ihrer Last befreit, zehn an der Zahl und jedes Einzelne von ihnen mit einem Gewicht beladen, schwerer als es selbst.
›Vorsicht! Da ist Glas drin! Nicht werfen, du Lümmel‹, herrschte der Gouverneur einen Stalljungen an. Und: ›*La!* Zuerst werden diese Ballen abgeladen! In die Nähstube, sofort! Darin sind Seiden aus Spanien und Atlas aus dem Orient‹, rief Madame mit ihrer glockenklaren, hellen Stimme. ›*Vite!* Das teure Zeug verträgt keine Nässe! Gleich auslüften! Wehe, wenn die Seide Stockflecken bekommt!‹ Ganz, als ob sie nicht monatelang über Land und See unterwegs gewesen wäre, ihre Seide!
Es hieß, das Schiff habe sich um über zwei Monate verspätet und man habe es schon verloren geglaubt. Aber es hatte nur vor räuberischen Portugiesen Schutz suchen müssen in einem levantinischen Hafen und dann stand wochenlang der Wind ungünstig und man musste gegen die Naturgewalten ankreuzen, statt sich von ihren Kräften tragen zu lassen.
Emile kam herbeigerannt und zupfte Ysac am Ärmel: ›Habt Ihr den Pfeffer bekommen, *Moussou?*‹
Ysac lachte vergnügt: ›Aber ja, mein Bester. Und weißen Zucker, Zimt, Nelken, Orangenblütenessenz, florentinische Fenchelsamen und – etwas Neues, mein Freund: Es nennt sich Koriander. Ich kann es kaum erwarten zu kosten, was für Genüsse Ihr damit erfinden werdet!‹
Emile rieb sich zufrieden die Hände und begann höchstselbst die wertvollsten seiner Schätze in die Speisekammer zu tragen. In der besonderen Kammer würde er sie einschließen mit einem Schlüssel, den er eifersüchtig hütete und – wie behauptet wurde – des Nachts unter seinem Kopfkissen aufbewahrte.
Monsieur aber lief aufgeregt zwischen Mensch und Tier hin und her und ließ sich von Ysac erklären, was dieser ihm alles mitgebracht hatte.
›Und hast du auch das Geheime Salzfeuer bekommen und das Al-

kahest? Und Melanteritkristall? Sulfur? Sonnengold? Antimon? Salz? Und Merkurium, den Grünen Drachen?‹

›Ja, ja und zu allem ja‹, rief Ysac. ›Warum gehen wir nicht nach oben zum Auspacken? Mit dem hier werden die Leute schon fertig, ohne dass etwas Schaden nimmt. Ich habe einige Gerätschaften aufgetrieben, die Euch interessieren werden und – eine besondere Überraschung …‹

›Was ist es? Ein Buch?!‹ Monsieur zog seinen Assistenten hinter sich her, die Stufen hoch, durch die Gänge und in den Turm, wo sich mitten im Laboratorium die Ballen stapelten. ›Wo ist es, was ist es?!‹

Ich lief unbemerkt hinterher und staunte derweil Ysac an. Was hatte ich erwartet? Ich hatte noch nie einen Juden gesehen und alles mögliche Zeug über sie gehört, dass sie stänken zum Beispiel und dass sie noch im Jenseits zum Rückwärtsgehen verurteilt seien – etwas Fremdartiges, Wildes, Gefährliches hatte ich erwartet, aber dieser Jude Ysac sah aus wie jeder andere von uns, besser sogar. Er hatte alle seine Glieder dort, wo sie hingehörten, und ging ganz normal. Er hatte schwarzlockige Haare so wie die meisten Provençalen, die Nase vielleicht eine Spur gekrümmt. Schwarze Augen, wie meine. Einen fein geschnittenen Mund, dessen nach oben gekrümmte Mundwinkel mich an einen Schmetterling erinnerten, was ihm einen Ausdruck von unerschöpflichem Optimismus verlieh. Ein hübscher Bursche. Schlank, schmale Hüften, die Schultern kräftig, aber nicht zu breit. Ein sehniger Hals, aber nicht zu muskulös. Lachfalten um die Augen herum. Er musste so alt sein, wie Péro jetzt wäre, hätte er noch gelebt.

Ysac bemerkte, dass er betrachtet wurde, und drehte sich rasch nach mir um. Ich senkte den Blick, sah aber doch noch, dass er mir zuzwinkerte. Er hatte mein unhöfliches und bäuerisches Starren nicht übel genommen.

Die zwei Männer machten sich ans Auspacken. Die Metalle, Pulver und Flüssigkeiten wurden in Schränken und Regalen verstaut. Ysac erklärte einige der neuen Gerätschaften, die er erworben hatte, ein Gerät zur Rückflussdestillation, das aus augenfälligen Gründen ›Pelikan‹ genannt wurde, und eines, welches ›Hydra‹ hieß, nach einem vielköpfigen Ungeheuer aus der griechischen Mytho-

logie. Das entsprechende Gerät war zum Zwecke der vielfachen Destillation mit sechs seitlich herausragenden Röhren ausgestattet, die wiederum in kleinere, tropfenförmige Kolben in der Form von Köpfen endeten.
Der Teufelsdreck, dessen Erwähnung mich zuvor so arg erschreckt hatte, erwies sich als ein kleines Kistchen, gefüllt mit einer graugrünen, zähen Masse, einem Harz, das aus Persien stammt von einem Baum namens *ferula àsa foetida.* Monsieur stach mit einem Messer hinein, um zu sehen, ob es auch frisch und gut sei. Innen hatte es eine rötliche Färbung, das stimmte ihn zufrieden. Aus diesem Harz stellte er kleine, quecksilberüberzogene Kügelchen her, die zur Beruhigung und zur Heilung von Geschwüren dienen sollten.
Und dann zog Ysac die eigentliche Überraschung, die große Entdeckung hervor. ›Und schaut, Justin! Für nur zwei Florins habe ich dies von einem unwissenden Goj erwerben können!‹
Er wischte einige Pergamente zur Seite und breitete seinen Schatz auf dem Lesepult aus. Es waren einige Stücke Baumrinde, in violette Seide gewickelt und mit Zeichen bedeckt, einer mir völlig unbekannten, geschwungenen und geschnörkelten Schrift, die mich an Flammen denken ließ. Der Herr ließ seine Hände so zärtlich andächtig über die Rinde streichen, wie eine eitle Frau einen schönen Stoff, ein neues Kleid liebkost.
›Hebräisch?‹
›Zweifellos – aber ein so archaischer Dialekt, eine derart alte Schreibweise, Worte, die ich noch niemals gehört habe, dass ich fast annehme, diese Schrift stammt von Vater Abraham selbst.‹
Ehrfürchtig verneigte sich Ysac vor der Schrift.
›Und? Kannst du sie übersetzen? Wovon handelt der Text?‹
›Ich habe noch keine Zeit gehabt, mich damit auseinanderzusetzen. Ich hoffe es. Ja, ich kann sie übersetzen, wenigstens teilweise. Den Rest müssen wir mit dem verbinden, was wir schon wissen … *et voilà.*‹
›Lapis philosophorum!‹
Monsieur Justin starrte die Schrift an. Seine Hände zitterten leicht. ›Aber Ysac, mein guter Freund, wir haben schon so viele Rezepte ausprobiert. Und du weißt: Mir läuft die Zeit davon.‹

›Ja, aber ich bin fest davon überzeugt, dass wir hier den wahren Weg gefunden haben zum Großen Werk! Es gibt untrügliche Zeichen, dass diese Schrift echt ist. So etwas kann kein Goj nachmachen oder erfinden und kein Jude würde es wagen, die Worte Abrahams zu fälschen. Im Übrigen: Wäre es eine Fälschung, dann wäre sich der Verkäufer dessen bewusst gewesen und hätte es mir für ein Vielfaches des Preises aufgeschwatzt. So aber lag das Dokument verstaubt und verachtet ganz hinten in einem Regal, zusammen mit wertlosem Tand, Traktätchen über Liebeszauber und dergleichen. Der Händler erklärte mir, er habe es einem Mauren abgekauft, der um ein Stück Brot gebettelt habe, aus reiner Gutherzigkeit.‹

›Gutherzigkeit!‹ Monsieur Justin schnaubte verächtlich. ›Wahrscheinlich glaubte er, billig an einen großen Schatz zu gelangen. Und dann, als es niemand lesen konnte, hat er es als Kuriosität behalten und dem armen Kerl, der es ihm ließ, auch noch das trockene Stück Brot geneidet, welches er ihm dafür gab!‹

›Ganz sicher war es so. Aber ich habe kein Mitleid mit dem Muselman. Wie auch immer er an die Schrift gelangt ist, sie ist auf jeden Fall von meinem Volk gestohlen. So etwas gehört nicht in die Hände von Ungläubigen!‹

Beruhigend legte der *Capitaine* Ysac seine Hand auf den Arm: ›Sie gehört dir. Wenn du mir nur eine Abschrift davon machst und eine brauchbare Übersetzung, nach der wir arbeiten können!‹

Dann endlich bemerkte er, dass ich dabeistand, und machte uns miteinander bekannt.

Ysac stammte aus Arles. Er war in der Provence geboren. Seine Familie hatte lange relativ friedliche Zeiten erlebt, aber nun, unter dem Einfluss der Könige aus dem Norden, war es mit der Toleranz vorbei. Ich hatte von den Plünderungen und Morden gehört, aber mir nie Gedanken darüber gemacht. ›Man hat die Juden aus Arles vertrieben‹, das klang wie ›Man hat den Wölfen im Montagne de Lure den Garaus gemacht‹. Aber jetzt, als ein Einzelner von ihnen vor mir stand, da fiel es mir schwer zu begreifen, warum er mein Feind sein sollte.

Ysac hatte auch eine neue Medizin für unseren Herrn mitgebracht, ein Pulver aus Quecksilber, Gold, verkohlten Perlen und Arsenic, von dem er täglich eine sehr geringe Menge einnehmen sollte. Und

siehe da: Die Arznei schlug bestens an. Die schwärenden Wunden verheilten. Monsieur gewann an Appetit, Gewicht und Lebenskraft. Er schien aufrechter zu gehen und weniger zu hinken als vorher. Seine Laune besserte sich entschieden und Ysac, Monsieur Justin und ich hatten eine gute Zeit.
Das heißt: Sie fingen nun zu zweit an, Wissen in mich hineinzustopfen, bis ich mir vorkam wie eine Gans, die für Martini gemästet wird.
Ich hatte in wenigen Wochen Latein lernen müssen und meine Alltagssprache wurde ständig verbessert. Ich durfte nicht mehr *›manjar‹* sagen oder *›travaillar‹* und *›brular‹* – es hieß *›manger‹*, *›travailler‹* und *›bruler‹*. Und das alles waren nicht mehr *›lo paraulo‹*, sondern *›les paroles‹*. Freitag gab es *›poisson‹* zu essen und wenn ich *›pèis‹* sagte, bekam ich keinen.
Monsieur Justin und Ysac waren sehr zufrieden mit mir und fingen alsbald an, meinem Pensum noch die Geschichte der Alkimiya hinzuzufügen. Das ist ein maurisches Wort und kommt von ›kemi‹, einem alten Namen des Landes Ägypten, ›schwarze Erde‹, denn schwarz soll der Schlamm seines fruchtbaren Flusslandes sein – oder aber von ›chyma‹, das ist ein griechisches Wort und bedeutet ›schmelzen‹.
›Warum muss ich alles von Anfang an lernen? Warum kann ich mich nicht dessen bedienen, was man bis heute herausgefunden hat und dort weitermachen?‹, fragte ich schlau.
Ysac lachte lauthals, aber mein Herr sah mich nur streng an und wies mit dem Zeigefinger nach unten, das hieß: Küche! Denn so lautete unsere Abmachung. Entweder würde ich alle meine Kraft dem Lernen widmen oder ich müsste zurück und Fettpfannen schrubben.
›Wie lautet das erste hermetische Prinzip?‹
›Das All ist Geist, das Universum ist geistig.‹
›Was bedeutet das?‹
›Der Ursprung aller Dinge ist die Idee. Das All hat das Universum erschaffen aus seinem Geist, ebenso wie der Mensch geistige Werke erschaffen kann.‹
›Wie lautet das zweite hermetische Prinzip?‹
›Wie oben, so unten; wie unten, so oben.‹

›Na, und?! Weiter, weiter!‹
›Das kleinste Teil entspricht dem Größten. Alles folgt denselben Gesetzen. Und so kann man im Kleinen bereits das Große erkennen.‹
›Richtig.‹
Hermes Trismegistos, der dreimal Größte, war nämlich ein König in Theben, im Land der Pharaonen, in Ägypten. Er war ein Heilkundiger und der Begründer der al-kemi. Manche sagen auch, er sei ein Gott gewesen, Mercurius mit Namen, ein Seelenführer, der die Seelen in die Unterwelt begleitet.
Diese Deutung fand ich viel interessanter, aber mein Herr sagte, es liege in der Natur der einfachen Menschen, dass sie aus allen Großen, wenn genug Zeit verstrichen ist, Götter machen. Doch das entspreche nicht den bekannten Tatsachen. Die Schriften des Hermes Trismegistos waren erst vor zwei Jahrzehnten wieder aufgefunden worden und Cosimo de Medici, der Herrscher von Florenz, hat sie übersetzen lassen. Sie haben seither für viel Aufregung unter den Gelehrten gesorgt und man kann sich nur wundern, wie Entdeckungen von solcher Größe überhaupt verloren gehen konnten.
Insbesondere das dritte hermetische Prinzip ist für die Alchimie von Bedeutung: Es besagt, dass nichts in Ruhe verharrt, sondern alles sich immerzu bewegt. Jede *materia* hat ihre eigene Schwingung, so dass eine Veränderung der Schwingung zu einer qualitativen Veränderung der *materia* führt. Deshalb bemühen sich die Alchimisten, die Schwingungen zu verändern, denn ihr großes Ziel ist die Transmutation: Der Übergang einer niederen Materie in eine noblere, allein durch ihre Kunst.
›Das Prinzip der Polarität?‹
›… ist das vierte und besagt, dass alles zwiefach ist. Alles hat zwei Pole von Gegensätzlichkeiten. Gegensätze sind identisch in der Natur, nur verschieden im Grad. Männlich und weiblich gehören nicht zu diesen Gegensätzen.‹
Männlich, weiblich – das bringt mich auf etwas, das ich zunächst höchst verwirrend fand und ein wenig abstoßend:
Bald wurde ich gewahr, dass *Dame* Angèle Ysac gewisse Blicke zuwarf, wie es die jungen Leute im Dorf heimlich tun, wenn sie an-

einander Gefallen gefunden haben. Monsieur nahm keinerlei Notiz davon, was mich wunderte, denn er war keinesfalls ein Mann ohne Leidenschaft.

Eines Nachts, ich konnte nicht schlafen, weil mir wieder einmal zu viel im Kopf herumspukte, wanderte ich leise durch die Gänge des Hauses und kam schließlich zu den Räumen von Madame. Und da hörte ich Geräusche, die mich wie angewurzelt stehen bleiben ließen. Ich schwöre, ich wollte nicht lauschen und mich unkeuschen Gedanken hingeben. Überrascht blieb ich stehen.

Ich hörte das rhythmische Stöhnen eines Mannes, und ich erkannte die Stimme von Ysac, dazu kleine Schreie von *Dame* Angèle, die ihren Liebhaber dazu aufforderte, heftiger und tiefer in sie einzudringen. Sie gaben sich überhaupt keine Mühe, diskret zu sein. Dann schrien sie gemeinsam nicht anders als Katz und Kater auf dem Misthaufen, und plötzlich war Ruhe.

Ich berappelte mich und wollte schnell das Weite suchen, da kam ein neuer Schreck: Im Zimmer nebenan näherten sich Schritte der Tür. Hastig sah ich mich nach einem Versteck um und fand auch eins, hinter einem Vorhang an einem Fenster am Ende des Ganges. Kaum war ich dahinter verschwunden, hatte mit bebenden Händen den Stoff zum Stillstand gebracht – mein Herz hämmerte so laut, dass ich meinte, man müsse es hören –, da öffnete sich die Tür des Nebenraums und wer trat heraus? Der Gouverneur! Heilige Maria Muttergottes, ich dachte, ich würde nun Mord und Totschlag erleben. *Mon Capitaine* würde seinen Degen ziehen, ins Schlafgemach seiner Frau stürmen und den frechen Kerl aufspießen, der ihm Hörner aufgesetzt hatte.

Doch Monsieur Justin sah gar nicht erbost aus, im Gegenteil. Mit entspannter Miene ging er an mir vorüber und richtete dabei seine Kleidung.

Es war nur gut, dass ich am nächsten Morgen zuerst auf Ysac stieß und auf keinen der anderen Beteiligten. Ich lief blutrot an un konnte ihm nicht in die Augen schauen. Er zog mich zur Seite und stellte mich zur Rede: ›Aha, du hast also unser kleines Geheimnis herausgefunden?‹

Ich wollte in den Erdboden versinken und wusste überhaupt nicht, wo ich hinsehen sollte.

›Du warst also dort, gestern Nacht.‹ Kühl sagte es mir Ysac auf den Kopf zu.
›Komm mit mir, ehe unser Herr deine Verwirrung bemerkt.‹
Er führte mich in den Garten und ging mit mir ein wenig spazieren, bis mein Gesicht sich wieder abgekühlt hatte.
›Du weißt, dass der Monsieur de Saignon sehr krank ist?‹
›Ja‹, sagte ich. ›Und ich weiß auch, woran er erkrankt ist.‹
›Aha, die Domestiken haben dich also informiert. Ganz gleich, wie Monsieur an diese Krankheit gekommen ist – das geht dich nichts an, und er ist deshalb noch lange kein schlechter Mensch.‹ Ich nickte heftig und Ysac fuhr fort: ›Monsieur liebt seine Frau sehr, aber es ist ihm durch seine Krankheit versagt, ihr beizuwohnen. Sie ist aber eine junge und feurige Frau und hätte es ohnehin nicht lange ohne einen Liebhaber ausgehalten. Da war es doch besser, einen zu wählen, der dem Herrn des Hauses angenehm ist und dem er vertraut, nicht wahr? So, siehst du. Und das bin nun einmal ich. Ich bewundere die Dame, aber ich stehle nicht ihr Herz. Ich wärme nur ein wenig ihr Bett. Was ist schon dabei?‹
Also das, das hatte ich anders gelernt, aber die Familie de Saignon war ohnehin dabei, mein Weltbild von Grund auf umzugestalten.
›Aber der Herr … er war im Nebenzimmer und hat alles mit angehört!‹, brachte ich mit Mühe hervor.
Ysac lachte: ›Und angesehen auch. Es ist ein kleines Guckloch in der Wand, durch das sieht er uns zu. Das macht ihm Vergnügen, ohne dass es seiner Frau schadet – verstehst du? Und so sind alle zufrieden. Ach, du kleine Gans! Du verstehst es noch nicht, aber mach dir nichts draus! Hauptsache, du hältst deinen Mund. Du willst doch Monsieur nicht kränken?‹
Nein, das wollte ich auf keinen Fall.
›Also, dann werde ich dich heute bei Justin entschuldigen. Ich sage ihm einfach, du hättest Bauchgrimmen. Geh wieder zu Bett und bleibe da! Ich lasse dir Bücher zum Lesen und etwas zu essen bringen. Und morgen zeigst du Monsieur wieder ein frisches und fröhliches Gesicht, so wie er es gern sieht, versprichst du mir das?‹
Ich versprach es. Und um mich zu erheitern, erzählte er mir die Geschichte von der Hochzeit des Kaisers Maximilian mit Anne de Bretagne: ›Es ging dabei nur um den Besitz der Bretagne und ihre

Unabhängigkeit von Frankreich. Der Kaiser war bei der Eheschließung nicht zugegen und Anne auch erst elf Jahre alt. So wurde also die Ehe vollzogen, indem ein Bevollmächtigter Maximilians ihr Schlafzimmer betrat, sein nacktes Bein unter die Decke des Hochzeitsbettes steckte, in dem Anne lag, und wieder ging. Sollen es der arme Gouverneur und seine Frau etwa so machen?‹
Da musste ich doch lachen.
Am nächsten Tag erschien ich also wieder im Laboratorium und saß mit den Herrschaften zu Tisch. Madame de Saignon hatte nämlich bestimmt, dass ich mit ihnen essen sollte und nicht mehr mit dem Personal, denn sie hatte bemerkt, dass ich mich dort nicht wohl fühlte. Die anderen Dienstboten behandelten mich jetzt äußerst kühl. Sie wussten nicht mehr, was sie von mir zu halten hatten. Die Gespräche verstummten, wenn ich kam.
Mir wurde also beigebracht, wie man sich bei Tisch zu verhalten hatte: Dass man sich nicht über den Teller beugt und nicht so viel ins Maul stopft, dass einem nachher davon einiges wieder herausfallen muss. Dass man nicht mit den Händen ein ganzes Stück zum Mund führte und mit den Zähnen davon abreißt. Stattdessen lernte ich, das Fleisch mit meinem eigenen Messer, welches ich in einer zierlichen Scheide am Gürtel zu tragen hatte, in kleine Stücke zu schneiden und diese artig einzeln in den Mund zu stecken. Außerdem musste ich mit geschlossenem Mund kauen und durfte erst dann ein Getränk hinterhergießen, wenn ich alles heruntergeschluckt hatte. Ich musste mir vor dem Essen das Gesicht und die Hände waschen und den Mund an einem Tuch abwischen, bevor ich aus dem Becher trank, damit kein Fett von meinen Lippen in den Wein geriet und Fettaugen darauf herumschwammen.
Ich lernte in Gesellschaft nicht aufzustoßen, das war mir neu und ziemlich unbequem. Ließ man einen Wind fahren, dann hatte man dabei zu hüsteln, um das Geräusch zu übertönen. Na, das ist auch nicht gerade unauffällig. Und nach dem Essen ging ein Diener mit einer Schüssel herum, über die man seine Hände halten musste, und dann bekam man Rosenwasser darüber geschüttet. Zweimal Händewaschen wegen einmal Essen! Und ich bekam meine eigene Seife zugeteilt, gekaufte Seife aus Marseille, nicht wie das Zeug, das Tante Bérénice aus Ziegentalg, Holzasche und Schlamm bereitete,

sondern aus Olivenöl, Natron und wohlriechenden Kräutern. Damit musste ich mich täglich waschen. Aber ich tat ja alles, was *Dame* Angèle sagte. Sie lobte mich und bemerkte, es sei erstaunlich, wie ich mich in so kurzer Zeit in eine richtige junge Dame verwandelt hätte.«

7

Die Äbtissin machte ein Gesicht, als hätte sie in etwas Fauliges gebissen.

»Eine *menage à trois* vor aller Augen, wie *dégoutant!* Ein schlechtes und lasterhaftes Haus, in das du da geraten bist, mein armes Kind! Und hat das irgendwelche unkeuschen Gedanken in dir erregt?«

Hatte es? Wohl hatte Manou den hübschen Ysac danach mit anderen Augen betrachtet, aber Interesse an der Sache – nein, das wohl kaum: Der Übergriff von Frédéric und seinen sauberen Kumpanen war ihr noch zu lebendig in der Erinnerung, brutal, gemein und ekelhaft.

»Nein, keine.«

»Das ist gut. Du warst starken Prüfungen ausgesetzt, aber wie ich feststelle, besitzt du doch einen festen Charakter, und so bist du durch die Gnade Gottes den bösen Menschen entkommen. Ich bin froh, dass der Herr dich zu uns geführt hat.«

Und das war mehr als eine fromme Formel. Eléonore de Castillon hatte das Mädchen lieb gewonnen und sie fühlte sich berufen, es zu erretten. Zudem war sie eine gebildete Person, die wenig Ansprache unter den Klosterfrauen hatte und wenig Gelegenheit, ihren eigenen Wissensdurst zu befriedigen. Gelehrsamkeit war schon erlaubt, sogar erwünscht, aber die Liste der erlaubten Schriften und Autoren war allzu beschränkt in Länge und Gehalt. So hoffte sie insgeheim und, wie sie sich eingestand, aus reiner Neugier, von dem Mädchen mehr über die okkulten Wissenschaften zu erfahren. Zwar hielten hohe Kirchenfürsten sich Alchimisten und Astrologen, doch einer Klosterfrau war es nicht einmal erlaubt, über diese alten Künste zu lesen. Hatte nicht der letzte Papst einen

Alchimisten vor dem Scheiterhaufen gerettet, weil er ihn als Leibarzt haben wollte? Doch das waren ungute, aufsässige Gedanken, die die Äbtissin energisch aus ihrem Kopf verbannte.
»Es ist spät. Wir wollen für heute Schluss machen. Gottes Segen mit dir, ich wünsche dir eine gute Nacht.«
Manou ging gleich zu Bett. Sie war bleimüde. Zwei Stunden nach Mitternacht begann schon wieder der erste Gottesdienst des neuen Tages, da wurde die Matutin gesungen; danach durfte man zwar wieder zu Bett gehen, aber beim ersten Hahnenschrei in der Dämmerung hatte man schon angekleidet und bereit zu sein. Ann-Marie sagte: »Ich zieh mich gar nicht erst wieder aus, dann kann ich länger schlafen.« Und Manou gewöhnte sich an, es genauso zu halten.
Am Morgen nach der Prim versammelten sich alle Religiosen im Kapitelsaal, wo Gebete gesprochen und dann die Arbeiten für den Tag verteilt wurden. Und schließlich kam der Teil, den Manou fürchten und hassen gelernt hatte: die Culpa, worin einzelne Schwestern vortraten und sich selber kleiner Vergehen bezichtigten, Verfehlungen gegen die Regel, Mangel an Demut und Schwesterlichkeit.
Schwester Kreszentia trat vor, ging zum Pult, verharrte dort einen Augenblick, kniete aber dann auf dem Steinboden nieder, so dass sie zu Manou ausgerichtet war. Ihre Augen glitzerten unter halb gesenkten Lidern.
»Ich bekenne, unkeusche Gedanken gehabt zu haben. Ich bekenne, mich dem Zorn hingegeben zu haben gegenüber einer« – sie zögerte – »einer Schwester im Herrn.«
Sie blickte zu Manou auf, der es unbehaglich zumute wurde.
»Ich habe harte und ungerechte Worte dir gegenüber gebraucht und ich habe dich beleidigt. Im Namen Jesu, unsres Herrn, bitte ich dich, liebste Schwester, um Vergebung. Mea culpa, mea maxima culpa!« Jetzt weinte sie sogar und schlug sich an die Brust, als ob sie einen Mord begangen hätte. Die anderen Nonnen schauten ernst und betroffen drein, denn der Vorfall im Refektorium war schon bedeutend mehr als eine kleine Verfehlung gewesen.
Hilflos suchte Manou den Blick der Äbtissin. Diese nickte ihr zu und machte eine aufmunternde Geste. Manou verstand. Sie ging zu

Schwester Kreszentia hin, zog sie sanft vom Boden hoch und nahm sie in die Arme.

»Es ist gar nichts. Ich habe es schon vergessen.«

Doch Kreszentia weinte weiter und schluchzte: »Wie kannst du so etwas vergessen? Was ich gesagt habe, war sündig und schlecht. Verzeih mir, ich habe dich zutiefst gekränkt!«

›Nein, nur erschreckt‹, dachte Manou, ›weil ich in meiner grenzenlosen Naivität geglaubt habe, in einem Frauenkloster wohnten lauter engelreine Geschöpfe.‹

»Beruhige dich bitte, liebe Schwester Kreszentia. Ich verzeihe dir von Herzen. Auch ich habe harte Worte dir gegenüber gebraucht. Bitte vergib auch du mir.«

»Ja-a«, schniefte Kreszentia. »Du hast mir wehgetan, aber ich vergebe dir gerne, so wie du mir vergibst. Amen!«

Mutter Eléonore nickte.

Es dauerte aber noch eine ganze Weile, ehe die leicht erregbare Kreszentia sich so weit wieder beruhigt hatte, dass man singen und sich dann endlich dem Tagewerk zuwenden konnte.

Nachdem Eléonore erfahren hatte, dass Manou des Schreibens mächtig war, hatte sie das Mädchen zunächst ins Scriptorium versetzt. Es stellte sich aber heraus, dass Manou besser zu lesen als zu schreiben verstand. Ihre Handschrift war unsicher. Man konnte ihr unmöglich eines der kostbaren Pergamente anvertrauen.

»Schade! Ach, wie schade«, Schwester Scholastika schlug die Hände zusammen, als sie sich über das Pult beugte, um die armselige Krakelei zu begutachten.

»Ich habe es Euch ja gleich gesagt«, murrte Manou.

Jetzt war sie wieder draußen bei den Tieren. Am Abend trafen sich Ann-Marie und Manou während der Rekreation und gingen im Rosengarten spazieren.

»Weißt du, was ich heute gehört habe?«, kicherte Ann-Marie.

»Nein, erzähl!«

»Heute war ein Messdiener da und hat zwei Altartücher abgeholt, ein grünes für Werktage, ein blaues für Marienfeste und einige Kelchtücher, die ich gemacht habe für die Kathedrale Sainte-Anne in Apt. Er durfte natürlich nur bis zur Pforte kommen, aber ich habe ihm die Sachen selber gebracht und da hat er mir erzählt …«

Sie kicherte wieder, wandte sich um und raunte dann im Verschwörerton: »Vor ein paar Wochen kam Humbert, der Ordensmeister der Augustinerbrüder mit einigen Novizen nach Apt. Auf der Pont Saint Julien ruhten sie sich aus und die jungen Männer hatten großen Hunger. Da brachte ihnen ein altes Weiblein, das nahe der Brücke wohnt, ein bisschen Brot, welches sie gleich verzehrten. Humbert bat die Frau, wenn sie noch etwas zu essen im Hause hätte, noch mehr zu bringen. Das hat sie getan. Aber du weißt ja, wie verfressen die jungen Männer sind, Mönche insbesondere. Das wiederholte sich ein drittes Mal. ›Bei Gott, ich bringe das ganze Brot‹, sagte die Alte.
Als sie alles aufgezehrt hatten, dankte ihr Meister Humbert und erzählte ihr die Geschichte von der wunderbaren Brotvermehrung durch unseren Herrn Christus.
Darauf sagte das Weiblein: ›Von Christus kommt ihr also nicht, denn es blieb nichts übrig.‹«
Manou prustete los, hinter vorgehaltener Hand.
»Ann-Marie, du bist unmöglich!«
»Wieso? Ich hab es doch nicht erfunden, nur weitererzählt. Sag mal, was ist eigentlich wirklich zwischen Kreszentia und dir vorgefallen?«
»Ach, nichts weiter. Sie hatte ein paar überspannte Ideen über das Leben draußen und ist mir auf die Nerven gefallen. Da habe ich ihr ein paar harte Worte gesagt.«
»Du, sei nur vorsichtig mit der! Man soll nicht schlecht über eine Schwester sprechen, aber du bist meine Freundin, deshalb sage ich dir: Die ist verrückt. Man kann ihr nicht trauen.«
»Danke. Aber ich habe ja den ganzen Tag auf der Weide, im Stall und in der Molkerei zu tun. Da kreuzen sich unsere Wege kaum.«
»Ich habe mit Schwester Kreszentia gesprochen«, sagte die Äbtissin, als die nächtlichen Gespräche fortgesetzt wurden. »Es bleibt nicht aus, dass man einmal zornig wird oder böse Worte wechselt, wenn man so eng beisammen lebt. Es wäre besser, wenn es gar nicht erst geschähe, aber wenn es doch einmal dazu kommt, dann, so besagt unsere Ordensregel, muss man sich schnell dafür entschuldigen und sich auch verzeihen. Wenn Ärger unterdrückt und hinuntergedrängt wird, statt ans Tageslicht zu kommen, dann wird

aus Unwillen ein schwelender Hass, der sich irgendwann im Unmaß entladen muss. Wie war es eigentlich mit dir und deinem Zorn gegen die Leute von Saint-Germain, deinem Cousin und deiner Tante? Hattest du ihnen verziehen, wie es deine Christenpflicht ist?«

Nein, das hatte sie nicht, damals nicht und heute nicht. Den Leuten im Dorf, ja, denen vielleicht ein wenig, aber nicht Frédéric, niemals. Und Madame Angèle hatte dies erkannt.

»Es ist wahr«, fuhr Manou nach einer nachdenklichen Pause in ihrer Erzählung fort, »dass unterdrückter Zorn nicht kleiner, sondern immer größer wird, bis er wie ein Stück glühende Kohle in einem drinnen sitzt.

Ich war eigentlich sehr zufrieden auf Fort Buoux bei meinen Studien mit Ysac und Monsieur Justin. Es war ein unerwartetes Glück, dass ich lernen durfte. Ich konnte nicht aufhören, mich zu wundern, dass eine so hoch stehende Persönlichkeit sich dazu herabgelassen hatte, sich meiner anzunehmen. Aber das war auch ein Teil seiner fortgeschrittenen Krankheit, dass er manchmal nicht mehr zu unterscheiden wusste, wer Domestik und wer Gleichgestellter war. Sein Sinn für Realität war getrübt. Es war ein Verlust der gewöhnlichen Distanz, unter dem er litt, zu meinem Gewinn.

Doch wenn ich manchmal von den Befestigungsmauern hinunterblickte ins Tal, auf das Village, dann spürte ich immer noch dieses gewisse Fünkchen Glut in mir und es störte meine neu gefundene Ruhe.

›Was willst du denn mit denen da unten?‹, fragte ich mich dann. ›Es geht dir ungleich besser als allen, die dich so verachtet und herumgestoßen haben. Es braucht dich gar nicht mehr zu berühren. Was sie über dich reden, das ist wie das Gekläff eines Hundes für den Mond!‹«

»Du begannst hochmütig zu werden.«

»Hochmütig und zornig, ja. Madame muss mich beobachtet haben. Sie sah alles, wusste alles, konnte in mich hineinsehen, als sei ich ein Glas klares Wasser. Sie kam zu mir auf den Wehrgang und schaute, wohin ich schaute: auf das Dorf.

›Sie haben dich gekränkt, nicht wahr?‹, fragte sie, scheinbar mitleidig. ›Und du kannst es nicht vergessen.‹

›Ich will es versuchen‹, sagte ich.
›Warum?‹, fragte sie.
›Es steht geschrieben: Du sollst vergeben, wie auch dir vergeben wird. Zorn ist etwas Schlechtes und Sanftmut eine Tugend.‹ Ich plapperte daher, was ich vom *curé* in der Kirche gehört hatte. ›Zorn macht das Herz dunkel und unruhig.‹
›Dunkel? Unruhig?‹ Das schreckte Angèle nicht. Sie war wie eine Fackel in Menschengestalt, ein hungriges Element. Sie legte ihre weiße Hand auf meinen Unterarm und ihre Finger gruben sich in mein Fleisch. Ich spürte ihren Blick, traute mich aber nicht, mich ihr zuzuwenden und ihr in die Augen zu sehen, aus Furcht, ihr dann gar nicht mehr widerstehen zu können.
›Zorn ist eine große Kraft. Mache sie dir zunutze! Spürst du nicht die Energie, das Feuer, das der Zorn in dir erweckt? Das ist etwas Wertvolles. Wer nicht zornig sein kann, ist schwach. So ist die Welt aufgebaut. Sieh doch nur: Ein Diener kann sich keinen Zorn erlauben, keine Wutausbrüche, kein Gebrüll. Das ist das Vorrecht der Mächtigen. Vieles tun sie im Zorn. Und was im Zorn getan wird, ist voller Kraft.‹
›Aber oft falsch.‹
›Falsch, richtig … wer will das sagen? Falsch und richtig, gut und böse: In den Händen von sauren Moralisten wird das zum Käfig für Taten und Gedanken. Du sollst dich kleiner machen, als du bist, damit sie über dir stehen können. Du sollst das Leben nicht in vollen Zügen genießen, mit allen Möglichkeiten, die es dir bietet, weil sie es auch nicht vermögen. Man redet dir ein, verzichten zu müssen, mit dem Versprechen einer Belohnung im Jenseits! Ein Versprechen, das leicht gegeben ist, weil niemand seinen Wahrheitsgehalt überprüft hat und zurückgekehrt ist.‹
›Aber es steht doch in der Bibel‹, war mein hilfloses Argument. Ich hatte nicht gelernt, auf solche Winkelzüge zu reagieren. Ich wusste, was ich glaubte, aber ich konnte es nicht in Worte fassen. Was ich herausbrachte, klang armselig und wenig überzeugend.
›Die Bibel‹, lachte sie spöttisch. ›Menschenwerk! Wer will sagen, was von Gott kam und was sie selber hinzugefügt haben. Lies doch nur nach, wie sie die Gefährtin Jesu, Maria Magdalena, in den Schmutz gezogen haben. Auf einmal war sie eine Hure, die Mutter

Gottes dagegen auch nach der Geburt eine Jungfrau, Frauen generell sündig und verachtungswürdig und nicht imstande, aus sich selbst heraus Verbindung zu Gott aufnehmen zu können. Die Bibel!? Komm mir nicht mit der Bibel! Was hat man dich über die Gesetze des Hermes gelehrt, der übrigens auch ein Gott war, Thoth, der Gott der Wissenschaft und der Magie, viel älter als der Christengott. Das vierte hermetische Prinzip – nun?‹

›Das Prinzip der Polarität: Gegensätze gehören zusammen in der Natur …‹

›Siehst du! Wie kann also eins davon schlecht sein, in dem Sinne, dass es besser nicht vorhanden wäre? Das ist unmöglich und unnatürlich – also barer Unsinn. Gut und Böse gibt es nicht, nur zwei Seiten derselben Sache, bejahend und verneinend. Und was sagt Hermes, vielmehr Thoth, über das männliche und das weibliche Prinzip?‹

›Dass alles auf der Welt sowohl männliche als auch weibliche Anteile enthält …‹

›… und daraus kann man keinesfalls eine Unterordnung des weiblichen Prinzips ableiten. Kein Werden in dieser Welt ist möglich, ohne dass beide Prinzipien beteiligt sind. Das erzähle mal einem Priester. Öffentlich tun sie ja alle so tugendhaft und hinter verschlossenen Türen treiben sie es wie die schlimmsten Wüstlinge, mit Männern, Frauen, Kindern und sogar mit Tieren!‹«

»Pfui, was für eine verwerfliche Lüge«, erregte sich die Äbtissin.

Doch Manou erzählte unbeirrt weiter. Sie zog es vor, die Äußerung nicht zu kommentieren, die sicher übertrieben war, doch auch einen nicht zu kleinen Funken Wahrheit enthielt. Priester waren Menschen, Männer, oder nicht? Wenn manche von ihnen schwach wurden, was war dann obszöner: die Tatsache an sich oder die Mauer der Lügen davor?

»Ich gebe nur wieder, was ich gehört habe und was gesprochen wurde. Madame de Saignon, wie ich Euch berichtet habe, hegte einen Groll gegen die Überheblichkeit der männlichen Gelehrten, die es ihr versagt hatten, ihrem Wunsch gemäß an einer Universität zu studieren.«

Diesen Groll konnte Eléonore de Castillon nachvollziehen. Wie lange schon stritt sie sich mit dem Bischof und dem Protektor herum wegen der Mädchenschule, die sie gern eröffnet hätte. Es wurde ihr immer wieder versagt, einmal mit dem Argument, das Kloster läge zu weit außerhalb der Stadt, ein anderes Mal mit dem Hinweis auf die Klausur, obwohl Männerklöster sehr wohl Schulen unterhielten – für Jungen eben, das war der Unterschied.

»Und so muss man verstehen, dass sie mit den Lehren des Thoth mehr anfangen konnte als mit der Bibel. Das Ziel des Alchimisten ist die Wiedererlangung der Einheit, die göttliche Perfektion, die harmonische Vereinigung der Gegensätze. Daher nennt man das Große Werk auch die chymische Hochzeit. Da ist die Frau Symbol für die Natur. Indem man ihren Wegen folgt, gelangt man zur Perfektion.

Angèle hatte aber an den langwierigen chymischen Prozessen und an der ganzen Alchimie längst das Interesse verloren. Sie war auf etwas anderes aus.

Es wurde empfindlich kalt dort oben auf dem Wehrgang, wo wir standen. Der Mistral heulte um die Mauern, jammerte eingepfercht in engen Felsspalten, rüttelte an den Ziegeln und Läden und begehrte überall Einlass. Madame der Saignon fasste mich um die Schulter und zog mich mit sich wie eine gute Freundin.

›Schau nicht hinunter und brüte, wie du es ihnen heimzahlen kannst! Tu etwas!‹

›Wie denn?‹, fragte ich.

›Gibt es denn einen, gegen den du einen besonderen Zorn hegst?‹

Ich erzählt ihr von Frédéric. Sie schüttelte die schwarze Mähne und stieß etwas wie ein leises Knurren aus.

›Der widerliche kleine Bock! Und du warst doch noch ein Kind, hattest nicht einmal deine Mondzeiten! Wie konnte er nur? Und wie konnte seine Mutter, diese gehässige alte Vettel, ihn auch noch in Schutz nehmen? Grün und blau hätte sie ihn schlagen müssen dafür.‹

Wir standen unter der Wendeltreppe, die zum alten Turm führte. Ich hatte nur einen Moment lang Luft schnappen wollen, weil mir in dem heißen Labor oben die Augen zugefallen waren und ich mich nicht mehr auf den Lehrstoff konzentrieren konnte. Jetzt hieß es zurück an die Arbeit für mich.

›Komm heute vor Mitternacht zu mir. Klopfe dreimal an meine

Tür, dann komme ich heraus und werde dir etwas zeigen, was dir gefallen wird. Diesem Frédéric soll der Spaß vergehen!‹

Ich nickte ergeben. Was hatte sie vor?

Tänzelnd, voller Vorfreude eine kleine Melodie summend, verschwand sie im Salon. Als ich schon halb die Treppe hinauf war, kam sie noch einmal heraus: ›Pssst, Manon! Ziehe dir etwas Warmes an und festes Schuhwerk. Wir werden ein wenig laufen müssen! Und verrate niemandem etwas davon – es soll unser Geheimnis sein, ja?‹

Ein Geheimnis mit ihr zu haben wie zwei Freundinnen! Ich konnte die Nacht kaum erwarten – aus Neugier; an Frédéric dachte ich dabei kaum.

Etwa eine Stunde vor Mitternacht erhob ich mich von meinem Lager, wo ich aufgeregt gelegen hatte, ohne ein Auge zuzutun. Ich zog mir warmes Zeug und die festen Lederschuhe an, die man mir für die Arbeit im Laboratorium gegeben hatte, wo des Öfteren glühende Metallstückchen oder Asche auf dem Boden landeten. Ich schlich durch die Gänge, halb erwartend, Ysac zu begegnen, traf aber keine Seele.

Dreimal klopfte ich an Madame Angèles Kammertür, wie vereinbart. Sie tat auch gleich die Türe auf und war ähnlich angezogen wie ich: als Bäuerin verkleidet, komplett mit Holzschuhen, Haube und Schultertuch.

Sie kicherte verschmitzt und zog mich mit sich.

›Warte nur, jetzt geht es dem Bocksbuben ans Gemächt! Komm rasch. Wir haben ein gutes Stück zu laufen. Um Mitternacht müssen wir dort sein.‹

Wir hasteten durch die Tore und über die Höfe, die lange Stiege ins Tal hinab.

Es war Vollmond, fast taghell, nur dass alles bleich und falsch erschien im weißen Licht, wie ein Zerrbild der wirklichen Welt, besonders jetzt im angehenden Winter.

Kahle schwarze Äste krallten nach dem Himmel. Wolkenfetzen trieben rasch dahin. Nächtliches Getier ließ sich hören. Als wir ein Stück vom Fort weg waren, hörten wir ein wildes Tier fauchen. Madame legte die Hände an den Mund, streckte die Kehle, mauzte und jaulte. Und das Tier antwortete ihr!

›Komm rasch, Gevatter Luchs‹, rief sie. ›Weise uns den Weg.‹ Tatsächlich erschien ein geschmeidiger Schatten einige Ellen vor uns. Er lief vor uns her, blieb gelegentlich stehen und schaute sich nach uns um, so dass glühende grüne Augen vor uns aufleuchteten.
Ich bekam es mit der Angst zu tun, aber Angèle lachte mich aus.
›Wie denn, ein Bauernkind wie du, hat jahrelang ganz allein in einer Höhle gelebt und fürchtet sich vor einem einsamen alten Luchs? Er tut dir nichts. Erzähle mir, Gevatter, was gibt es Neues in der Welt, hast du die Base Fuchs gesehen?‹, rief sie dem Schatten zu, und tatsächlich: Er ließ ein lang gezogenes Gebrumm, ein Schnaufen und leises Mauzen hören wie einer, der Tratsch erzählt. Madame nickte und hörte aufmerksam zu, als handele es sich tatsächlich um eine Person, die Dinge von einigem Interesse zu sagen hatte.
Auf diese Weise kamen wir auf eine kleine Anhöhe, die von einem Steinkreis gekrönt war. Zum Teil standen die Steine wie schwarze Finger aufrecht im Boden, die meisten ein wenig schief, oder sie lagen umhergewürfelt wie die Figuren eines Spiels. Ich hatte von diesem Ort gehört.
Man nannte ihn *›La ferme de Chantebelle‹*, doch es war gar keine Farm, kein Haus war weit und breit zu sehen, auch nicht Ruinen eines solchen. Chantebelle soll eine Zauberin oder eine Fee gewesen sein in alter Zeit, doch ich hatte das immer für ein Schauermärchen gehalten. Hier und jetzt kamen mir Zweifel. Der Schatten fauchte einmal kurz und verschwand.
Um den Hügel herum schlängelte sich einer jener kleinen Wasserläufe, die im Sommer trocken sind. Jetzt führte er ein wenig Wasser, plätscherte, murmelte und schob Kiesel vor sich her.
Dame Angèle begann im Mondlicht das Bachufer abzusuchen. Endlich stieß sie einen kleinen Schrei aus.
›Hier, schau! Ich habe mich richtig erinnert und Gevatter Luchs hat uns geholfen. Manon! Komm her, ich habe sie gefunden. Eine Mandragora!‹
Zögernd kam ich heran. Sie zeigte mir die Blätter einer Pflanze, wie ich sie noch nie gesehen hatte, obschon ich doch meinte, alles, was in unseren Breiten wächst, ganz gut zu kennen. Ein einziges Büschel länglicher, lanzettförmiger Blätter ragte aus dem Boden,

an den Seiten eingekerbt, blauschwärzlich und grob von Struktur, narbig wie ein Kohlblatt. Jedes ausgewachsene Blatt mag etwa fingerlang gewesen sein. Die Pflanze trug – und das war unnatürlich so spät im Jahr – sowohl violette Blüten als auch gelbe Beeren von wenig verlockendem Aussehen.
Madame zog ein kleines Messer aus ihrem Gewand und gab es mir. ›Es ist dein Zauber, du musst sie ausgraben, aber berühre sie ja nicht. Sie ist giftig! Bevor du sie nimmst, musst du dreimal um sie herumgehen. Während du sie herausziehst, musst du nach Westen schauen.‹
Das führte ich sogleich aus, kniete mich dann vor der Pflanze nieder und begann, den Boden um die Wurzel herum mit dem Messer zu lockern, vorsichtig, um die Wurzel nicht zu verletzen. Endlich hebelte ich sie mit der Breitseite der Klinge heraus, zog am Blattansatz, meine Hand mit einem Tuch geschützt, und als die Wurzel freikam, da meinten wir, ein hohes Wimmern zu hören, klagend, menschlich fast. Ich ließ vor Schreck die Wurzel fallen, doch Madame de Saignon stieß mich an, bekreuzigte sich dreimal und hieß mich, das Gleiche zu tun. Dann musste ich das unheimliche Ding aufheben und näher betrachten.
Die Wurzel hatte menschliche Gestalt: Arme, Beine und einen dicklichen Rumpf. Die Blätter konnten als Kopf und Haare genommen werden.
›Ist sie schwarz oder weiß?‹, fragte Madame Angèle.
Ich rieb ein wenig mit dem Tuch daran und hielt sie ins Mondlicht, um es festzustellen.
›Schwarz‹, antwortete ich.
›Sehr gut‹, sagte sie, ›dann ist sie die Richtige für unser Vorhaben.‹
Ich zitterte bereits am ganzen Leib vor Kälte und Furcht und hatte gehofft, das sei nun alles gewesen, aber es ging noch weiter. Madame zog einen Schlauch Wein hervor, beträufelte die Wurzel damit und warf den Krug dann mit einem gemurmelten Fluch an einen Fels, wo er zerplatzte.
Ich musste die Mandragora in das Tuch wickeln und wir gingen zurück, aber nicht zum Fort, sondern mitten ins Village hinein. Niemand sah uns kommen, und wenn uns jemand beobachtete, dann ließ er sich nicht sehen.

Ein Hund begann zu kläffen. Madame streckte die rechte Hand gegen ihn aus und zischte etwas. Der Hund winselte auf, zog sich zurück und war still.
›Wo ist das Haus deiner Tante?‹ Sie flüsterte. Ich zeigte es ihr.
›Du gehst jetzt hin und vergräbst die Wurzel linker Hand der Türschwelle. Und während du das tust, denke einfach an Frédéric und wie er dir Gewalt antun wollte. Ruf dir alles genau ins Gedächtnis. Und dann sagst du, was ich dir auf den Zettel geschrieben habe. Lass deinem Zorn freien Lauf! Unterdrücke nichts! Folge deinem Gefühl! Und jetzt geh!‹
Ich fühlte mich nicht ganz wohl bei der Sache, doch als ich mich an die versuchte Vergewaltigung erinnerte und den Hohn und die Demütigungen, die ich anschließend zu ertragen hatte, da war es so, als sei es eben erst geschehen. Meine Wangen wurden heiß vor Zorn und Scham. Ich ging rasch zu dem Haus, vergrub die Wurzel und dachte dabei an alles Schlechte, das ich meinem Cousin wünschte. Ich bat darum, dass er unfruchtbar werden möge, damit er nie wieder einem Mädchen oder einer Frau Gewalt antun könne.
›*Pater noster upto in terra.* Schade dem Frédéric, bis ich dich wieder ausgrabe!‹
Ich trat die Erde um die Mandragora herum fest und fegte ein wenig trockenes Laub über die Stelle, damit man den Kopf nicht entdecken konnte.
Befriedigt stand ich da, betrachtete mein Werk und fühlte mich befreit. Der aufgestaute Ärger von Jahren war ganz plötzlich von meiner Seele gewichen. Darüber war ich froh.
Doch ich hatte nicht begriffen, dass ich ihn auf diese teuflische Pflanze übertragen hatte, die sogleich mit ihrem unheilvollen Wirken begann.
Ich ging zurück zu *Dame* Angèle, die im Schatten eines anderen Hauses stand und auf mich wartete. Wir machten uns eilig davon, kichernd wie zwei Buben, die einen Streich begangen hatten.
Die Wachen am Burgtor staunten nicht schlecht, als sie uns kommen sahen. Aber natürlich sagten sie nichts außer ›Guten Abend, Madame‹ und ›Gute Nacht, Madame‹, als sei sie von einem Ball zurückgekehrt. Ich dachte, sie verehrten sie genauso wie ich, aber das stimmte nicht. Sie hatten tödliche Angst vor ihr und würden

sich eher die Zungen ausreißen lassen, als ein Wort über ihr Treiben zu verraten.

Wir gingen hinein, wo gewärmter und stark gewürzter Wein am Kamin bereitstand. Sie ließ mich für uns beide einschenken und wir saßen noch eine Weile nebeneinander am Feuer.

›Von der Madragora hattest du aber schon gehört?‹

Natürlich hatte ich das, jeder hatte das. Und jeder oder wenigstens die meisten von uns haben auch schon nach ihr gesucht, nach der weißen Mandragora, die ihren Besitzer über Nacht reich machen kann. Aber die Meinungen darüber, wie sie aussähe und beschaffen sei, gingen weit auseinander. Diejenigen im Dorf, die von einem fahrenden Händler eine solche Wurzel gekauft hatten für gutes Geld, sahen sich betrogen und zum Gespött gemacht. Was man ihnen verkauft hatte, war nichts anderes als gewöhnliche Zaunrübe gewesen.

›Weißt du auch, woher die Mandragora stammt?‹, fragte Madame Angèle. ›Aus dem Samen von Erhängten. Und alles Böse, was in ihm war, wird auf die Pflanze übertragen. In Tod, geschlechtlicher Lust und Zorn stecken große Kräfte, die man sich nutzbar machen kann. Übrigens: Sprich besser nicht mit meinem Gemahl über unsere Angelegenheit …‹

›Unsere Angelegenheit‹, sagte sie. Ich war so stolz darauf, wie sie mich als Vertraute behandelte und sich meiner Interessen annahm. ›*Mon mari et moi* – wir sind in Fragen der Magie nicht derselben Meinung. Noch nicht.‹

Es vergingen einige Tage oder Wochen, ich hatte das nächtliche Abenteuer schon fast vergessen, da kam ich in die Küche, um Rouille zu besuchen.

Rouille schnurrte laut, als er mich sah. Aber er erhob sich nicht von seinem Platz am Herd, wo man ihm ein Lager aus Lumpen gemacht hatte. Mein lieber Kater wurde allmählich alt und faul, doch der gute Emile war nachsichtig mit ihm. Berthe, eine Frau aus Saint-Germain, saß am Tisch. Sie hatte Trüffel gebracht für die Tafel des Gouverneurs.

›*Salut* Manou‹, rief sie aus, als sie mich sah. ›Dir scheint es ja richtig gut zu gehen, hier in der Garnison.‹ Sie befühlte den Stoff meiner Kleider.

›Feines Zeug hast du an! Wie man hört, lässt dich der Herr in seiner Backstube arbeiten und bringt dir das Rechnen bei. Nicht schlecht, nicht schlecht. Das nenne ich einen Aufstieg!‹
Berthe war eine freundliche Frau. Sie neidete mir meinen Wohlstand nicht. Ich setzte mich zu ihr und wir schwatzten eine Weile, da sagte sie: ›Ach, hast du übrigens von deiner Tante Bérénice gehört und ihrem armen Frédéric? Nein? Na, das ist vielleicht eine merkwürdige Geschichte. Sie sind ganz plötzlich vom Pech verfolgt. Die Kuh hat entzündete Euter und gibt keine Milch mehr, ihre Ziegen haben plötzlich die Moderhinke, der Heuschober ist ihr abgebrannt und keiner weiß, wie, alle naselang fällt ihr etwas herunter und zerbricht. Das wäre alles noch nicht so schlimm. Aber den Frédéric, den hat es böse erwischt!‹
Ich hob die Hand vor den Mund und riss die Augen auf vor Schreck, denn mir fiel die Mandragora wieder ein.
›Schau an‹, sprach Berthe, ›ich habe immer gedacht, dass du sie nicht leiden kannst, Bérénice und ihren Rotzbengel. Bist halt ein gutes Mädchen, egal, was die anderen sagen!‹
Unverdientes Lob! Sie lehnte sich zu mir über den Tisch, so dass ihre Brüste breit auf der Tischplatte zu liegen kamen.
›Also, der Frédéric, der ist von einem Gaul getreten worden, mitten hinein ins Gemächt, verstehst du.‹
›Au jauu!‹ Emile sog zischend die Luft durch die Zähne und fasste sich an die *braguette.*
›Au-jau, das kannst du dreimal sagen! Volltreffer, mitten hinein! Er ist schwer verletzt. Die Beine sind ihm taub und er muss das Bett hüten. Der Medikus sagt, er weiß nicht, ob der Junge wieder gehen wird. Und mit dem Pimpern ist's vorbei. Auf Nachkommenschaft sei gar nicht mehr zu hoffen. Was sagst du dazu?!‹ Berthe hieb mit der Faust auf den Tisch. ›Tolle Sache, das! Was sagst du dazu?‹
Ich stotterte herum, von wegen, dass er die Tiere immer unnötig schlug und quälte.
›Möglich‹, raunte Berthe. ›Möglich, dass sich das Tier schließlich an ihm gerächt hat. Jeder weiß, dass er eine harte Hand hat, der Frédéric, und Gnade der Frau, die ihn einmal heiraten sollte. Aber nun wird er ja wohl nicht heiraten, umso besser.‹
Mitleid mit Frédéric hatte wohl niemand.

›Na ja, so was passiert schon mal …‹
›Hm! Aber es nimmt mich schon Wunder … soviel Pech auf einmal und ganz plötzlich!‹
In derselben Nacht schlich ich mich ins Dorf, grub die Wurzel aus und trug sie zur ›*Ferme de Chantebelle*‹ zurück, wo ich einige Vaterunser betete, um den Fluch rückgängig zu machen.«
»›Vater unser, der du bist auf Erden‹ – der Herr schütze uns! Das war ein Gebet an den Teufel!«
»Das war mir nicht bewusst!«
»Ich möchte es gern glauben, Kind, aber das war schlimm! Was geschah dann?«, fragte die Äbtissin.
»Gar nichts mehr. Fréderic wurde wieder gesund, jedenfalls so weit, dass er den Gebrauch seiner Beine zurückgewann. Und die Pechsträhne schien vorbei.«
»Du hast mich belogen, Kind!« Eléonore sah mehr traurig als wütend aus. »Du hast geschworen, keine schwarze Magie betrieben und keinem Menschen geschadet zu haben, als ich dich bei uns aufgenommen habe!«
»Das habe ich nicht«, verteidigte sich Manou. »Ihr habt mich gefragt, ob ich's beschwören kann, und ich habe darauf ja gesagt. Das war nichts als die Wahrheit: Ich hätte schwören können, aber es wäre ein Meineid gewesen und deshalb habe ich's nicht getan!«
»Ah! Ah! Ah! Betreibe keine solchen Haarspaltereien mit mir! Rhetorik! Du hast mich wissentlich in die Irre geführt, ist es nicht so?«
Manou ließ den Kopf hängen.
»Ja, Ehrwürdige Mutter. Bitte verzeiht mir, wenn Ihr könnt. Ich wusste nicht, wohin, und Ihr hättet mich doch fortgeschickt.«
»Ja, das hätte ich.«
Sie schwiegen. Draußen begann eine Nachtigall zu singen, dann eine zweite und eine dritte, die sich gegenseitig zu übertreffen suchten. Manou musste an Verzierungen denken bei diesen kunstvollen Tönen, an verschnörkelte Initialen und Ranken, so zirkelten und schlängelten sich die Töne in die Höhe. Die Vögel trillerten schöner und besser, als es der beste Flötenspieler konnte, dessen war sie gewiss. Sie würden dieses Gesangsduell fortsetzen bis zum Hellwerden.

Die Äbtissin seufzte.
»Was mache ich nur mit dir? – Nein, hab' keine Sorge, ich verzeihe dir. Streng genommen hast du ja wirklich nicht gelogen. Aber ich verlange, dass du mir von nun an die ganze und volle Wahrheit sagst, und damit meine ich: Du rückst freiwillig mit der Sprache heraus und lässt nichts weg, nur weil ich nicht direkt danach gefragt habe.«
»Ja, Ehrwürdige Mutter.« Und diesmal meinte sie es auch. Sie fühlte, dass sie sich dieser Frau, die ihr weder geschmeichelt noch sie bedrängt hatte, anvertrauen konnte.
»Ob es denn wirklich die Mandragora war?«
»Es scheint doch so.«
»Aber ich habe doch nichts weiter getan, keine Zaubersprüche gesagt oder Zeichen gemacht. Den Teufel habe ich nicht bewusst angerufen. Ich wusste doch noch gar nichts von diesen Dingen.«
»Du hast deinem Cousin von Herzen Übles gewünscht. Du hast in Kauf genommen, dass etwas Derartiges geschieht. Das mit der Wurzel halte ich für heidnischen Aberglauben, aber wer weiß, ob nicht dein konzentrierter Zorn, deine schlechten Wünsche Böses bewirkt haben.«
»Aber es ist doch durchaus möglich, dass das Pferd Frédéric getreten hat, weil er es vorher malträtierte.«
»Schon, vielleicht war es so. Das kannst du nicht wissen. Aber dein schlechter Wille ist ebenso eine Sünde wie eine Tat. Du wirst dafür auf Knien durch die Kapelle rutschen, von der Tür bis zum Altar, und bei jedem Stück vorwärts einen Rosenkranz beten. Das muss ich dir auferlegen. Nimmst du deine Strafe an?«
»Ja.«
»Und verzeihst du Frédéric aufrichtig und von Herzen?«
Manou schwieg. Sie konnte es nicht.
»Das ist schlecht – für dich, nicht für ihn. Zorn befleckt deine Seele. Du leidest selbst am meisten darunter. Geh und bete. Ich werde auch beten für dich, damit der Herr dir hilft, deine Unversöhnlichkeit zu überwinden.«
›Man kann doch seine Gefühle nicht zwingen, auch wenn der Verstand es noch so sehr einsieht. Bin ich deshalb ein Teufelskind?‹
Manou dachte an Kreszentia und ihr schauderte. Was für eine Sze-

ne war das gewesen! Kreszentia machte aus allem eine Szene. Und sie glaubte ihr kein Wort von Vergebung, Verzeihung und schwesterlicher Liebe. Vor ihr würde sie sich in Acht nehmen müssen. Was Frédéric betraf, so war sie nicht mehr zornig auf ihn. Er hatte seine Strafe erhalten. Eine gerechte Strafe. Es tat ihr kein bisschen Leid.

8

»›So! Ihr wollt also doch Gold machen‹, rief ich. ›Ich denke, das ist nur für Spitzbuben?‹
Monsieur de Saignon und sein Gehilfe lachten beide herzlich über meine Empörung. Ich hatte inzwischen mein Latein vervollständigt sowie ein paar Worte des Arabischen, Hebräischen und Griechischen gelernt, da die Texte oft in einem verwirrenden Gemisch geschrieben waren.
›Hier steht sinngemäß: Alsbald bringst du ein Pfund Blei in einem Tiegel zum Kochen, bis es raucht, dann streue ein wenig von der roten Tinktur auf und siehe: Innerhalb einer halben Stunde wird sich das Blei in reines Gold verwandeln, ein Pfund minus einer Unze, die durch Verdampfung verloren gegangen ist.‹
›Und dafür, glaubst du, arbeiten wir wie die Schmiedeknechte Jahre, ein halbes Leben lang, geben all die vielen Taler aus für Schriften, Übersetzungen, Ingredienzen und Apparate, nur um am Ende weniger an Gold zu gewinnen, als der ganze Prozess gekostet hat?‹
›Wofür dann?‹, wollte ich wissen. ›Es steht doch hier: Am Ende ist das Gold!‹
›Das Gold ist ein Symbol für die höchste Reinheit, die Vollendung. Blei ist das unreinste aller Metalle, das dunkelste und dichteste, das mit dem geringsten Wert. Es ist erdgebunden. Gold dagegen, welches, wie du gelernt hast, mit dem Zeichen der Sonne dargestellt wird, ist von allen Metallen das reinste, das wertvollste. Es funkelt und leuchtet, die lichtähnlichste aller Materien, symbolisiert durch die Sonne.‹
Mein Herr schaute heiter drein, er hatte einen weiteren guten, einen schmerzfreien Tag.

›Das aber, was wir suchen‹, fuhr er fort, ›das ist die *Panacée* des Lebens, das Universalheilmittel, das Jugend und Gesundheit wiederbringt.‹
Gold, Weisheit, Erkenntnis – alles schön und gut. Leben wollte er. Wieder jung sein und in der Lage, seine schöne junge Frau, die er abgöttisch liebte, in den Armen zu halten, an der Gesellschaft anderer Menschen sich zu erfreuen, teilzunehmen, Feste zu feiern, nicht abgeschieden, entstellt und verabscheut. Jetzt verstand ich alles. Das Gold in seinem Handelswert bedeutete ihm nichts, nur in seiner Eigenschaft als Symbol für Licht und Leben. Seine Kraft in der reinsten Form sollte ihm bei seiner Wiedergeburt helfen!«

Die Äbtissin hatte während dieses Teils von Manous Erzählung an ihrem Studiertisch gesessen und in einigen heiligen Büchern geblättert.

»Das kennen wir auch«, sagte sie und zeigte Manou einige Bildtafeln. »Auch die Kirche und ihre Künstler verwenden das Gold nicht nur, weil es wertvoll ist. Wir schreiben heilige Worte mit flüssigem Gold auf Purpur und ahmen damit die Fleischwerdung Christi nach. Wort und Bild stehen dabei in einem Verhältnis wie Christus im Himmel zu seiner irdischen Darstellung. Aber sag, wenn die Ziele des Herrn von Saignon so lauter sind, wie passt das zusammen mit der üblen Hexerei seiner Frau?«

»Sehr einfach: Sie ist ungeduldiger als er und ihre Ziele sind keineswegs lauter, aber das wusste sie zu verbergen. Und in seinen Augen konnte sie ohnehin niemals etwas Schlechtes tun oder sagen.«

»Und wenn er betete, betete er zu Gott oder zum Teufel?«

»Zu Gott, obwohl er, wenn von der Schöpfung die Rede war, immer nur von ›dem All‹ sprach. Wir hatten bis vor einigen Monaten auch einen Hauskaplan. Der nahm den Herrschaften wie den Dienstboten und Soldaten der Garnison die Beichte ab und hielt regelmäßig Messen. Als ich neben Madame saß, fiel mir auf, dass sie ihr Gesangbuch verkehrt herum hielt. Ich dachte, es sei ein Versehen, dann aber bemerkte ich viele kleine Zeichen und Dinge, die sie verwendete, um alles Christliche und Gute zu verspotten und ins Gegenteil zu verkehren. Einmal folgte ich ihr nach der Messe in den Hof und sah, als sie sich unbeobachtet fühlte, wie sie

die Hostie ausspuckte. Einer der beiden spitzohrigen, schwarzen Bluthunde rannte eifrig herbei, um die Hostie zu fressen. Angèle lachte und streichelte ihn dafür.«
»Hat der Kaplan davon nichts bemerkt?«
»Ach du lieber Himmel – der! Nein. Er war ein freundlicher alter Herr, blind wie ein Maulwurf, fast blind jedenfalls, und den leiblichen Genüssen zugetan. Entweder er war hungrig oder er schlief. Er sah so schlecht, dass während der Gottesdienste ein Junge neben ihm stehen musste, um ihm alles zuzureichen. Madame spottete, es sei ein Wunder, dass er beim Abendmahl die Münder fand, in die er die Hostien stecken sollte – man musste manchmal regelrecht danach schnappen –, und sie wettete, dass er sie auch einem Esel geben würde, wenn man ihn unter die Wartenden aufreihte. So ein großes Maul sei wenigstens leicht zu finden.«
»Aber ihr seid doch alle zur Beichte gegangen.«
»Na ja, mehr oder weniger. Es hieß, er schliefe in seinem Beichtstuhl. In meiner Frechheit und Hoffart bin ich einmal hineingegangen und habe die Sache mit der Mandragora haarklein erzählt. Nach wenigen Worten meinerseits fing er an zu schnarchen und wachte gerade rechtzeitig auf – dieses Kunststück beherrschte er irgendwie –, um das ›*absolvo te*‹ zu sprechen.
Er starb im nächsten Frühjahr in der Fastenzeit. Der Herr möge mir verzeihen, aber es war besser für ihn. Ich habe ihn gern gemocht, auch wenn er nicht gerade ein seelischer Beistand war. Das, was dann folgte, wäre schrecklich für ihn gewesen, wenn er schließlich doch drauf gekommen wäre. Und wir haben nach ihm auch keinen neuen Hauspriester mehr bekommen. Madame begutachtete mehrere, fand aber an allen etwas auszusetzen: Der eine war ihr zu ungeschliffen, der andere besaß keinen Humor, der Dritte war ein Spion des Bischofs und beim Vierten passte ihr einfach die Nase nicht, bis es dem Herrn zu viel wurde und er sich gar nicht mehr um Ersatz kümmerte. Die Soldaten und die Dienstboten gingen, soweit ich es mitbekommen habe, zu Monseigneur Roux, dem *curé* von Saint-Germain.
Weihnachten auf der Festung Buoux war ein zwiespältiges Erlebnis! In den Wochen vorher freute sich Madame Angèle wie ein Kind. Sie ließ Stoffe aus Lyon und Cavaillon kommen und quar-

tierte nicht weniger als drei Schneiderinnen bei uns ein. Die burgundische Mode war übrigens längst abgeschrieben. Madame kleidete sich jetzt im italienischen Stil, schlichter, weicher, weniger steif und hatte auch den Hennin gegen das Barett eingetauscht, eine Variation der männlichen Kopfbedeckung.

Auch ich sollte ein ganz neues Kleid bekommen, eigens für mich gemacht.

›Rot‹, entschied sie.

›Aber wie kann ich Rot tragen?‹, wandte ich ein. ›Ich bin doch bürgerlich, noch dazu von niedrigstem Stand!‹

›Patati et patata!‹ Dame Angèle legte mir eine lange, weiche Bahn weinroten Samts um die Schultern. ›Du bist, wozu wir dich machen. Ich sage: Du trägst Rot. Das steht dir. Du hast eine warme Natur.‹

Gott möge mir meine Eitelkeit verzeihen, aber was für ein Gefühl war das, dieser weinrote, schwere Samt auf meinen Schultern! Eine Liebkosung, eine wundersame Offenbarung. Ich strich mit den Händen darüber, immer wieder, drückte ihn an meine Haut, konnte nicht genug davon bekommen, mich darin zu bewundern. Es kam mir so vor, als sei ich neu erschaffen worden. Es ist schon erstaunlich, welche Wandlung solch eine Äußerlichkeit an einem Menschen hervorrufen kann. Meine Haut glühte rosig, mein Haar glänzte, ich stand gerader, straffer, stolz. Für sich selbst wählte sie violett.«

»Violett! Die Farbe der Mysterien und der Magie«, bemerkte Eléonore de Castillon.

»Ja. *Dame* Angèle ist eine große Freundin der Details. Für sich wählte sie nach Zeichnungen und nach den Beschreibungen aus Briefen einer Freundin einen Schnitt nach florentinischer Art mit Ärmeln, die sich ab der Schulter gewaltig bauschten und unterhalb des Ellenbogens wieder eng zusammengefasst waren. Daran wollte sie schwarze Spitzen befestigt haben und um die Taille ein schwarzes Band. Das Dekolleté verlief unterhalb der Brüste, ein wahres Höllenfenster, und darin trug sie, um sich einigermaßen zu bedecken, ein blutrotes Unterhemd aus feinstem Taft, das immer noch genug sehen ließ. Allein für den Rock wurden sechs Ellen Stoff verbraucht! Als Schmuck hatte sie sich dazu einen Stirnreif aus Eisen anfertigen lassen mit einem einzelnen Amethyst, Ringe mit ungeschliffenen Amethysten und einen mit einer schwarzen Perle.

›Wie findest du es?‹, fragte sie mich. Ich fand sie zwar etwas düster, aber dennoch wunderschön und sagte ihr das auch.

›Düster – hm? Gut!‹ Sie lachte boshaft. ›Vielleicht sollte ich auf einem Besen zur Christmette geritten kommen. Das würde die Dörfler erschrecken!‹

Wir saßen beisammen, lasen, tranken gewürzten und gewärmten Wein und knabberten *pain d'épices,* während draußen die Winterstürme fegten. Seit jener Nacht hatte sie mir gegenüber nicht wieder von Hexerei oder Magie gesprochen.

Nun legte sie ihre Hand auf meinen Arm und blickte mir in die Augen.

›Sag mir, kannst du meine Zukunft voraussehen?‹

Ich wollte schon verneinen, doch plötzlich war es wie ein Wolkenschleier vor meinem Blick, so wie manchmal aus heiterem Himmel Regenwolken aufziehen und von allen Seiten her rasch ein Tal bedecken. Und ich tauchte tief ein in ihre Augen, sah darin ein Feuer lodern, erst eine Andeutung nur, dann stärker, wilder, höher und höher, bis es meinen Blick und meine Gedanken ausfüllte. Ich konnte seine Hitze spüren und fühlte, wie mein Arm brannte. Dann sah ich sie brennen. Sie schien den Mund zu öffnen, mir etwas zuzurufen, aber ich konnte sie nicht verstehen. In meinen Ohren war nur das Brausen und Brüllen des Feuers.

Hastig zog ich meinen Arm unter ihrer Hand weg. Die Bilder verschwanden.

›Was hast du gesehen?‹, wollte sie wissen.

›Nichts‹, log ich.

›Das ist nicht wahr!‹

›Doch. Es tut mir Leid, es war alles zu undeutlich. Ich kann Euch nichts sagen.‹

Ich rieb mir die schmerzende Stelle auf meinem Arm, und wie ich heimlich den Ärmel hochschob, war die Haut krebsrot verbrüht.

Auf Weihnachten zu wurde sie immer launischer. Monsieur de Saignon tat, was er nur konnte, um sie aufzuheitern. Er ließ Musikanten kommen. Er bestellte einen Maler, um sie zu porträtieren. Er

ließ Leckereien herstellen, die sie kaum anrührte. Er spielte mit ihr Karten, ein Spiel, das sie kokett verlängerte und verzögerte, obwohl sie wusste, dass er unruhig war, weil das Experiment im Laboratorium in eine entscheidende Phase gekommen war. Wir hatten damit begonnen, nach dem Rezept des Razes Quecksilber, Schwefel *und* Salz zu verwenden.
›Ysac, mein Freund, ich hoffe für dich, dass es diesmal funktioniert‹, sagte unser Herr gespielt drohend. ›Aiii‹, schrie der Jude und hob schützend einen Arm vor sein Gesicht, aber er lächelte dabei. ›Er erinnert mich armen Knecht an das Schicksal des Razes, den man auch als Ibn Sîna oder Avicenna kennt‹, erklärte er. ›Als ein von ihm vorgenommener Versuch misslang, ließ ihn sein Auftraggeber, der Fürst von Chorosan, dermaßen prügeln, dass er davon erblindete und, weil er nicht mehr arbeiten konnte, im Elend starb.‹
Nun hatten wir endlich die letzte Stufe erreicht, füllten den verfestigten Stoff – das Ergebnis langwieriger Arbeiten – in ein eiförmiges grünes Glasgefäß, welches Ysac mit einem Pfropfen aus flüssigem Glas verschloss. Ein Jahr lang würde dieses Gefäß gleichmäßiger Wärme ausgesetzt werden müssen, nunmehr nur noch ›Brutwärme‹, wie der Baron erklärte, in jenem Teil des Athanor, wo das Gefäß nicht der direkten Hitze der Flammen ausgesetzt, sondern vielmehr in sehr warmem, aber nicht hitzigem Sand bewahrt wurde.
Ysac schrieb hebräische Buchstaben an die Wand: He, Kaph und Samech.
Nun hieß es geduldig sein.
Wenige Tage vor Weihnachten – Madames Stimmung hatte einen neuen Tiefpunkt erreicht, sie war so übellaunig, dass sie in den Taubenschlag ging und eigenhändig einigen Täubchen die Hälse umdrehte fürs Nachtessen – bekamen wir Besuch. Das war noch nie geschehen, solange ich da war. Die noblen Nachbarn fürchteten sich vor der Krankheit des *Capitaine,* selbst der Seigneur, Marquis de Pontèves, sein Gönner, unter dem er im italienischen Krieg gedient hatte. Monsieur de Saignon und seine Frau wurden weder eingeladen, noch besuchte sie irgendjemand von außerhalb.

›Wer ist es? Wer kann das sein?!‹ Madame de Saignon war wie verwandelt. Sie scheuchte die Mägde umher, verlangte nach ihren besten Roben, nach Schmuck, Parfum, ließ sich frisieren und pudern, schrie nach Parentin: ›Wo ist der Tölpel denn schon wieder? Wenn man ihn braucht, ist er nicht aufzufinden. Parentin!!‹ Sie öffnete zum wiederholten Mal ihre Tür, um hinauszuschreien, und schrie es ihm mitten ins Gesicht, als er gerade eintreten wollte. Der Arme schrak zurück, hielt sich die Ohren.

›Herein mit Euch! Was könnt Ihr mir berichten?‹

Sie zog ihn in ihre Gemächer, in denen es zuging wie im Hühnerstall. Alle Möbel waren mit Roben und Zierrat zugehängt und belegt. Eine Zofe zupfte an ihrem Rocksaum, eine andere an ihren Haaren und eine weitere verstreute Puder im ganzen Raum, weil Madame nicht stillhielt.

Vom Hof unten hörte man das Knarren der Zugbrücke und das Quietschen der Torangeln, dann ertönten Hufschläge – der Gast hatte die Maultiersänfte nicht verschmäht –, Rufe, Gelächter. Doch von hier oben erkannte man nicht, wer es war, nur, dass es sich um einen vornehmen Herrn und seine Begleitung handeln musste. Dieser war bis zum Hutrand in Zobelpelzdecken gehüllt, um sich vor der beißenden Kälte zu schützen, vor und hinter ihm liefen Lakaien und Söldner in großer Zahl. Die Lakaien stolperten geradezu übereinander vor Eifer, ihm aus der Sänfte zu helfen und ihn zu beschirmen und zu beschützen, dass auch ja nicht einer der zart rieselnden Schneekristalle auf ihn fiele oder er sich den Fuß an einem Stein stoßen könnte. Parentin machte einen langen Hals.

›Es scheint sich um einen Kriegskameraden von Monsieur zu handeln, Madame, und er macht sich gar nichts aus dem – äh – Aussehen von Monsieur oder seiner Krankheit. Sie sind sich in die Arme gefallen wie zwei lang verlorene Freunde.‹

›Kriegskamerad? Mein Gott! Werde ich zu Weihnachten auch noch mit dem Neapelfeldzug gelangweilt? Aber natürlich – jeder andere hätte ja wohl nicht die Garnison aufgesucht, sondern die Gastfreundschaft von Chateau de Buoux in Anspruch genommen. Und um wen – *dis donc* – handelt es sich wohl? Kannst du kein Wappen erkennen? Ach was, geh hinunter und erkundige dich!‹

Parentin stürzte in halsbrecherischem Tempo die Treppen hinunter und wieder herauf.
›Ein Monsieur de Commynes ...‹
Angèles Gesicht hellte sich auf.
›Monsieur de Commynes, Philippe de Commynes, der Gesandte des Königs in Venedig, ach, was bist du nur für ein unwissender Tropf, Parentin! Ein Vertrauter von Louis XI. und nach ihm ein guter Freund des jungen Charles! Parentin, das Landleben hat dich dümmer gemacht als ein Puter! Du hast nichts als Stroh im Kopf!‹
Wie gewöhnlich nickte Parentin und sagte: ›Ja, Madame‹, ›Verzeihung, Madame‹ und ›Wie Recht Ihr habt, Madame‹.
Dame Angèle ließ die beiden Männer wohlweislich erst einmal allein. Sie hatten seit Neapel nur noch miteinander korrespondiert und sich zweifellos vieles zu erzählen, was eine Dame wenig amüsiert.
Philippe de Commynes war tief beeindruckt von der alchimistischen Kunst seines Freundes und wie weit er es darin gebracht hatte. Auch um den Vorgang mit eigenen Augen zu sehen, hatte der Gesandte den Umweg durch den Luberon in Kauf genommen. Er ließ sich das Laboratorium erklären, gab gelehrte Kommentare dazu ab, um zu beweisen, dass er in der Sache nicht ganz unwissend war.
›Jedermann interessiert sich ja neuerdings für diese Kunst – und für die Magie, ja ja! Eine Hetze nach alten Geheimschriften hat eingesetzt, es ist unglaublich, was für Unsummen dafür ausgegeben werden!‹
›Wem sagst du das‹, gab Monsieur de Saignon zurück. ›Schließlich muss ich den bitteren Preis dafür bezahlen, dass das Thema so in Mode ist! Reiche Narren machen den wirklichen Gelehrten Konkurrenz. Wer *en vogue* sein will, schwatzt von der Alchimia und das wird nur noch vom Geplapper über Magie überflügelt!‹
›Allerdings! Deshalb, und um dich wiederzusehen, habe ich auch den kleinen Umweg gemacht. Du sollst mir sagen, ob etwas dran ist an all der Aufregung. Ich selbst habe nicht vor, mich damit zu befassen. Du weißt ja, mein lieber Freund, ich bin mehr ein Mann der Feder. Denk dir, ich habe begonnen, meine Memoiren zu

schreiben. Und ich glaube, ich werde sie einem jener neumodischen Teufelskerle übergeben, einem Drucker! Jawohl! Dann muss sich niemand die Mühe machen, den ganzen Unsinn wieder und wieder abzuschreiben.‹

Abends, zum *Grand Repas,* ließ sich *Dame* Angèle dann blicken, sie lieferte einen großen Auftritt und ich durfte hinter ihr her trippeln.

Der Graf Philippe de Commynes tat ihr den Gefallen, sie zu bewundern und artig zu komplimentieren, obschon ich sehen konnte, dass er ein frommer Mann und an weiblicher Schönheit wenig interessiert war. Er sah bei Hofe wohl täglich die schönsten Frauen Frankreichs und hätte doch jeder von ihnen jederzeit ein gutes Buch vorgezogen. Arme Angèle! An ihm prallte ihre Kunst ab.

Er raunte dem Baron aber zu, so dass sie es hören konnte, dass er seine Gemahlin ganz ungewöhnlich und sehr apart fand.

Monsieur de Commynes selbst machte nicht viel her: mittelgroß und zierlich, ein birnenförmiges Gesicht mit den schlaffen Wangen eines alten Hundes, ein kleiner empfindsamer Mund und gütige, haselnussfarbene Augen. Das Haar trug er kinnlang in weichen, gepuderten Wellen. Er wirkte sanft und ein wenig verzagt, was aber sicher täuschte, da er zwei Könige in verschiedenen Kriegen begleitet und sich sogar in Gegenwart des bösartigen Louis XI. durchgesetzt hatte. Er war durch und durch ein Diplomat.

›Voriges Jahr haben wir eine Einladung nach Amboise bekommen‹, plauderte Angèle, ›aber natürlich konnten wir ihr nicht folgen.‹ Sie warf einen kühlen Blick hin zu Monsieur Justin.

›Wie denn auch‹, sagte dieser entschuldigend, fast demütig. Er wies auf sein von der Syphilis zerfressenes Gesicht. ›Ich kann mich nun einmal nicht mehr blicken lassen.‹

›Du hättest Kapuze und Maske tragen können. Du hättest mich allein fahren lassen können!‹

›Unmöglich! Dich allein hätte man niemals empfangen.‹

Sie verzog den Mund. ›Ich weiß, ich weiß: Ich bin nur eine Bürgerliche! Nur von deinen Gnaden darf ich das Haupt aus dem Staub der Straße heben.‹

Er beugte sich zu ihr hinüber, streichelte sie sanft: ›Verzeih, Liebs-

te. Ich weiß, du langweilst dich an diesem abgelegenen Ort. Du solltest bei Hofe sein, du würdest sie alle überstrahlen.‹
›Dann beende doch diesen Zustand. Du weißt schon, wie …‹
Jetzt war sie zu weit gegangen. Der Gouverneur wurde zornig. Doch ehe der Ärger zum Ausbruch kommen konnte, strich sie ihm beruhigend über die Hand, so wie man ein Kind beruhigt, und lächelte dann zuckersüß den Gast an: ›Vergebt uns, Monsieur de Commynes. Alte Eheleute haben so ihre Zwistigkeiten. Aber natürlich will ich nirgends sein, wo mein lieber Mann nicht ist. Und deshalb soll es mir genügen, wenn ich von Euch aus erster Hand erfahre, was bei Hofe vor sich geht. Ich höre, Ihr schreibt Eure Memoiren nieder? Auch über Eure Erlebnisse bei der *Araignée Universelle*? Man hört ja, dieser König soll ein schrecklicher Kerl gewesen sein.‹
›Ach, das fand ich nicht‹, sagte Commynes leichthin. ›Er hat viele Fäden in der Hand gehalten, darauf bezieht sich wohl das hässliche Wort von der ›Großen Spinne‹, und er hat das Land geeint. Aber er hat niemandem vertraut und am Ende fand er es schwer, die Zügel schleifen zu lassen. Wisst Ihr, dass er seinen bemitleidenswerten Sohn, den er nie beachtet hatte, zu seinem Totenbett rufen ließ, um ihm einen mehrstündigen Vortrag zu halten über das Reich und die einzige – seine – Methode, es zu regieren? Der arme Junge musste fortgehen und bekam drei Stunden Zeit, darüber nachzudenken. Dann musste er wieder hereinkommen, sagen, dass er alles verstanden hatte, und schwören, das Reich genauso weiterzuführen, wie sein Vater es getan hat.‹
Angèle kicherte hinter vorgehaltener Hand. ›Was er nicht getan hat …‹
›Was er nicht gut tun konnte, da er ja der Regentschaft seiner Schwester Anne de Beaujeu und seines Schwagers unterworfen war.‹
›Dass Ihr mit deren Maßnahmen nicht allzu glücklich wart, guter Freund, davon haben wir gehört‹, sagte der Baron. ›Sie hat dich 1488 als Aufrührer ins Gefängnis werfen lassen, nicht wahr?‹
›Nun ja, ich habe einmal zu oft und zu deutlich meine Meinung gesagt.‹
›Aber der König, Louis XI., meine ich‹, kam Angèle auf ihr Lieb-

lingssujet zurück, ›man sagt, er sei grausam gewesen und unansehnlich dazu – gar nicht wie ein richtiger Herrscher …‹
›Grausam? Nein. Er war streng und misstrauisch, aber er wäre so gern von seinem Volk geliebt worden. Das hat man nie richtig verstanden. Was seine Unansehnlichkeit betrifft, da muss ich Euch allerdings Recht geben, Madame. Es lag aber mehr an seiner Weigerung, etwas aus sich machen zu lassen. Putz und Prunk waren ihm lästig. Er trug am liebsten Jagdkleidung, je abgewetzter und bequemer, desto besser. Einmal, meine Liebe …‹ Commynes ließ sein juwelenbesetztes Vorlegemesser sinken und beugte sich über die Tafel, ›da sollte er durch die Stadt Abbéville reiten. Viel Volk hatte sich auf den Straßen versammelt, um den König zu sehen. Er aber ritt ganz allein voraus. *Imaginez vous:* Ein Gaffer spricht ihn an: *Heda – Ihr auf dem Pferd! Wisst Ihr, wann denn nun endlich der König kommt?* Er entgegnet: *Ich bin der König, guter Mann.* Darauf sagt ihm der Mann: *Ihr habt wohl Fieber*, dreht sich zu den Umstehenden um und meint: *Seht den* galopin[5], *der behauptet, er wär der König.*‹
Darüber lachten alle und dann sagte *Dame* Angèle: ›Na, besser ein strenger Herrscher als einer, der sich nicht durchsetzen kann. Der junge Charles soll ja ein rechter Schwächling sein, edel und gut, aber ohne Kraft!‹
›René d'Anjou war ein König, wie er sein sollte!‹, platzte ich heraus.
›Ach, und was verstehst du von Königen und ihren Qualitäten, Bauernkind?‹ Monsieur Justin sagte diese verletzenden Worte mit einem Lächeln und in einem Tonfall, der andeutete, dass er meine Meinung hören wollte. Auch Herr von Commynes ermutigte mich.
Mir stieg lästige Hitze in die Wangen, aber ich sagte doch, was ich zu sagen hatte: ›König René hat sich um die Provence gekümmert. Und das hat er selbst getan und nicht an habgierige Beamte delegiert. Er hat den einfachen Leuten zugehört und die Augen aufgemacht, deshalb hat er verstanden, was hier vonnöten war. Er hat den Weinbau gefördert und die Schafzucht, weil auf unserem kargen Boden nichts Einträgliches wächst. Er hat dafür gesorgt, dass Siedler angeworben wurden, damit gutes Ackerland nicht wieder zur Wildnis wurde nach Pestilenz und Krieg.‹

›Gar nicht so dumm! Da habt Ihr's, Commynes, man muss auch mal die Untertanen hören. Und was spricht man denn sonst noch unter Bauern über die Fürsten?‹
›Dass sie eine Bande von Schlitzohren sind, sie und ihre gefräßigen Beamten, nicht besser als die Pfeffersäcke, nur dass diese wenigstens für Wohlstand sorgen, weil sie Kauf und Verkauf in Schwung halten, während jene uns nur das Geld aus der Tasche ziehen mit Kriegssteuer und *gabelle,* der Salzsteuer, und was noch alles‹, erwiderte ich trotzig.
›Und was‹, mischte Monsieur de Commynes sich ein, ›weißt du über König Charles?‹
›Dass er ein Franzos ist und die Provence nur durch die erpresserischen Schachzüge der *Grande Araignée* geerbt hat.‹
›Was sagen denn die Bauern jetzt dazu, dass ein Franzose – ein Valois – die Provence regiert?‹
›Dass er weit weg ist und gar nichts von uns kapiert hat. Die Beamten, die er hierher schickt, bereichern sich hinter seinem Rücken, setzen Leute ab, die von hier sind, und nehmen sich, was sie haben wollen.‹
›*Tiens,* Commynes, die Bauernlümmel sehen mehr, als man denkt. Aber Manon: Das war Palamède de Forbin, den du meinst, und bereits König Louis XI. hat ihm sein Amt entzogen, ihn fortgeschickt und die beschlagnahmten Ländereien an die vorigen Besitzer zurückgegeben.‹
›Nach ein, zwei Jahren war er wieder da!‹
›Aber mit eingeschränkten Machtbefugnissen!‹
›Trotzdem! René de Lorraine war im Verwandtschaftsgrad dem König‹ – ich meinte als Provençalin natürlich den neapolitanischen König, den wir René den Guten nannten – ›näher als die Valois.‹
Commynes hörte sich das kleine Wortgefecht amüsiert an und meinte schließlich: ›Aber, kleine Dame, René de Lorraine ist nicht derselbe René, der euch so wohl getan hat. Ein René ist nicht wie der andere. Und was ist dagegen einzuwenden, einem großen und starken Reich anzugehören, statt einem Kleinstaat, den man von einem Hügel aus überblicken kann?‹
›Da sieht man wenigstens, was los ist‹, war meine Antwort, über die die Herren herzlich lachten.

›Alle denken, sie wären im Kleinen besser dran!‹ Der Herr de Saignon hatte andere Ideen als die meisten von uns. ›Sie denken nur an ihr *domus* oder an ihr Dorf. Oder ihre Region. Das haben einige provençalische Fürsten auch getan. Nicht anders als die ligurischen Schweinefürsten vor ihnen. Und wo sind sie heute? Staub! Von Größeren verschluckt und wieder ausgespuckt, so dass man nicht einmal mehr ihre Spuren findet. Hätten sie sich angepasst und gelernt ... Die Provence ist nur durch Rom groß geworden und diese schöne Kultur ist vergangen. Wir sind in die Barbarei zurückgefallen und so wird es auch bleiben, wenn wir uns nicht Frankreich anschließen, freiwillig, von Herzen, meine ich! Man wäre einig und folglich stark – schau dir doch nur Italien an, in dem ständig gekämpft wird, weil es aus lauter kleinen Fürstentümern besteht!‹
›Und sind die Länder größer, dann sind auch die Kriege größer‹, behauptete ich.
›Ach, kleine Manon‹, sagte *Dame* Angèle amüsiert. ›In dem Punkt bist du eben ein provençalischer Holzkopf, da hilft alles Latein nicht!‹
So vergingen die Feiertage angenehm in Gesellschaft. Monsieur de Commynes unterhielt uns mit Tratsch und Anekdoten, manchmal auch mit gelehrten Diskussionen. Ich war außerordentlich geschmeichelt, dass man mich in die Gespräche mit einbezog. Und *Dame* Angèle trieb am Christfest kaum Schabernack, außer dass sie von den dreizehn Desserts, die die dreizehn Jünger Jesu symbolisieren, schnell eines wegnaschte.«
Manou dachte an die Köstlichkeiten, die man zum großen Weihnachtsmahl serviert hatte: Es gab Eiermus mit Safran und Honig, Kardengratin und Sellerie mit Anchovis, *tarte salée* mit Pinienkernen, Gewürzpulver auf Brot, Stockfischpüree, Trüffelragout, gesottenen Aal mit Pfeffer, Äpfel in Butter gebraten und mit Ingwer und Rhabarbermus gefüllt, Weintrauben in Branntwein und dann den Ölkuchen ... Bei dem Gedanken daran knurrte ihr der Magen.
»Ehrwürdige Mutter, ich habe etwas vor Euch verheimlicht und bitte Euch herzlich, mir zu verzeihen. Ich wusste doch noch nicht, ob ich Euch trauen konnte.«
Die Äbtissin war über diese Eröffnung erschrocken und gerührt zugleich. Was hatte sie ihr denn bislang noch alles verschwiegen?

Und hieß das nicht, dass dieses Mädchen ihr jetzt endlich doch vertraute? Darauf hatte sie lange warten müssen.

»Was ist denn, Kind? Sprich nur frei heraus! Ich verspreche, es dir nicht übel zu nehmen, was es auch sei.«

So furchtbar war es dann gar nicht.

»Ihr denkt, ich bin ganz arm und ohne Vermögen, aber der Gouverneur hat mir an jenem Weihnachtsfest ein wenig Schmuck geschenkt: Eine schöne silberne Halskette und einen Ring mit einer Flussperle. Ich möchte sie dem Kloster schenken.« Eine kleine Silberkette und ein Ringlein! Doch die Äbtissin lächelte nicht darüber. Für so ein Bauernkind war das ein ungeheurer Schatz und nun wollte sie ihn aus freien Stücken hergeben – für die genossene Gastfreundschaft und weil es üblich war, dass man beim Eintritt in ein Kloster alle seine weltlichen Güter demselben überschrieb. Bestand eine Novizin die Prüfung nicht und schied aus dem Konvent aus, dann erhielt sie ihren Besitz zurück. Sonst aber fiel alles an den Heiligen Stuhl und dem Konvent zur Nutznießung zu.

»Es ist recht, dass du es mir gesagt hast, aber du behältst besser deinen Schmuck. Versteh mich nicht falsch! Ich lehne dein Opfer nicht ab, noch schätze ich es gering. Aber ich glaube nicht, dass du für das Klosterleben geeignet bist. Du wirst nicht auf Dauer bei uns bleiben und dort draußen kannst du ein wenig Kapital sicher gut gebrauchen.«

Manou brach in Tränen aus: »Ich soll nicht hier bleiben? Wo soll ich denn hingehen? Ich habe doch keinen Menschen auf der Welt!«

»Ach, nun wein doch nicht! Ich habe ja nicht gesagt, dass ich dich morgen fortschicken werde. Nur, dass du keine Nonne werden kannst. Wir werden schon den richtigen Platz für dich finden. Beruhige dich bitte!«

Und als das Mädchen gar nicht zu weinen aufhören wollte, da zog sie sie von ihrem Schemel hoch und nahm sie in die Arme.

»Wir haben dich doch alle gern. Hör auf zu weinen, es besteht gar kein Grund dazu! Siehst du: Du bist nun einmal ein Weltkind, es fehlt dir an Demut und du wirst dich nicht freiwillig und ohne großen Zwang auf diese Mauern hier beschränken. Dafür bedarf es einer bestimmten charakterlichen Konstitution. Die hast du nicht.

Jetzt meinst du, du möchtest hier bleiben, aber das ist nur, weil du dich geborgen fühlst, nicht, weil du dich Gott schenken willst. Das genügt leider nicht. Aber sorge dich nicht: Ich werde dich nicht in die Welt entlassen, bis wir mit deiner Vergangenheit aufgeräumt und einen Platz gefunden haben, wo du einen neuen Anfang machen kannst.«

9

Der matte Schein von glühender Asche im Herd, eine blakende Öllampe; Bratendunst vom Vorabend vermischte sich mit dem säuerlichen Hefegeruch aufgehender Brote im Trog. Verschwollene Gesichter aus dem Schlaf geschreckt, Hände, die sich den Grind aus den Augen rieben, leises Stöhnen vom Herdfeuer her. Jemand flüsterte: »Kscht! Hinaus! Sucht euch einen anderen Platz für heute Nacht. Fort!«
Murrend erhoben sich die Knechte von ihren Strohsäcken am Boden, rollten sie zusammen und trugen sie an einen anderen Ort, an dem sie wieder einschlafen würden. Von den Frauen mochte bleiben, wer wollte.
Aufbäumen unter einer groben Decke, schweißnasse Stirn, Tränen, unterdrückte Schmerzensschreie, Hände, die stützten, Hände, die beruhigten, eine Schale mit heißem Wasser, in dem Eier gekocht worden waren, Stoßgebete, ein Holzpflock in den Mund, der schreien wollte: »Still, still! Wenn dich die Herrin hört!«
Leise Schritte auf Stein, auf der Treppe, die nach oben führte in den Speisesaal, ein Luftzug, als die Tür geöffnet wurde, ein kühler Hauch nur, eine feine Veränderung der Luft, der Spannung, eine neue Präsenz, stark, kühl, feindselig. Das Rascheln von schwarzer Seide auf den Fliesen.
»Was tut ihr? Eine Kindsgeburt in der Küche, heimlich in Stroh und Asche? Ihr Narren! Macht Licht! Holt heißes Wasser und ruft die Hebamme aus dem Dorf!«, befahl die *Dame* de Saignon. Doch für die Hebamme war es zu spät. Es ertönte ein lauter Schrei, Hände griffen nach dem blutbeschmierten Säugling, rasch, rasch, ehe die Herrin ihn berühren konnte, mit feuchten Tüchern gesäubert, mit geweihtem Wasser übergossen, in wärmende Lumpen gehüllt.

Die Mutter horchte ängstlich auf das erste Wimmern, ein Lebenszeichen: »Ist es gesund? Was ist es?«
Sie verdrehte den Kopf auf ihrem Lager, die Augen folgten jeder Bewegung, folgten dem Bündel.
»Ein Junge. Da hast du ihn. Alles in bester Ordnung, soweit ich sehen kann!«
Madame schaute zu, die Hände ineinander verkrampft.
»Und was soll die Geheimnistuerei? Ihr Narren, gefährdet Mutter und Kind hier in diesem Schmutz, auf den kalten Fliesen!«
Man hatte es doch nicht verbergen können vor ihr. Die Geburt eines neuen Menschen, das Entzünden eines neuen Lichts, das war eine gewaltige Kraft, das verbreitete seine Schwingungen durch das ganze Haus. Sie war davon angezogen worden wie Insekten vom Lampenschein.
»Verzeiht, Madame, Blanchette hat sich in Schwierigkeiten gebracht ...«
»... und ihr dachtet, wir würden sie fortjagen?«
Schweigen, Nicken, gesenkte Köpfe. Blanchette schluchzte.
»Unsinn! Louise, geh, mach ein Lager in der Krankenkammer zurecht! Schüre ein Feuer im Kamin und spar nicht am Holz! Sie soll gewaschen werden und dann bringt sie zu Bett! In ein richtiges Bett, bei Maïa! Und gebt ihr heißen Wein mit Zimt und Honig zu trinken!« Die Herrin sah zu, wie man ihre Befehle ausführte. Ihre Haare waren offen, wirr vom Schlaf. Sie hatte rasch ein Kleid übergeworfen, schwarz wie ein Schatten. Die Seide raschelte wie der nervöse Flügelschlag einer Fledermaus, als sie der Mutter ins Krankenzimmer folgte, sich auf den Bettrand setzte. Unverwandt starrte sie das Kind an. War es, weil sie selbst keines haben konnte?
Blanchette drückte ängstlich ihren Säugling an sich, bis er wimmerte.
»Drück ihn nicht so, dummes Ding! Willst du ihn etwa behalten?«
Blanchette schwieg verstockt, nickte nur.
»*Tant pis!* Und einen Vater dazu gibt es nicht?«
»Doch ...«
»Aber er will dich nicht heiraten?«
»Will schon, aber darf nicht.«
»Wer sagt das?«

»Seine Familie.«
»Wer ist es denn?«
»Pierre, der Sohn des Müllers.«
»Ah!« Die Familie des Müllers gehörte zu den wohlhabendsten am Ort. Reich und geizig. Und darauf bedacht, durch die Heirat ihres einzigen überlebendes Sohns ihrem Besitz etwas hinzuzufügen. Etwas, das Blanchette nicht bieten konnte. Pierre und Blanchette fühlten sich zueinander hingezogen, seit sie Kinder waren, und im Juni des vorigen Jahres endlich war es geschehen, im duftenden Heu der ersten Mahd. Sie hatten sich nicht mehr beherrschen können, nicht beherrschen wollen. Wenigstens dieses eine Mal hatten sie einander haben wollen. Wer hätte gedacht, dass es gleich ein Resultat geben würde, nur wegen dieses einen Mals! Und Blanchette hatte doch das Beutelchen mit Kräutern, dass sie von ihrer Tante Berthe erhalten hatte, dem jungen Mann vorher um den Hals gehängt.
›Heilige Mutter Maria, du hast mich falsch verstanden: Ich hab dich um ’nen Mann gebeten und du hast mir ein Kind geschickt!‹
»Der Gouverneur wird mit dem Müller reden.«
Blanchette bedankte sich, sah aber nicht sehr hoffnungsvoll drein. Der Müller war ein harter Mann und seine Mutter, die das Haus regierte, war ein Biest.
»Oder willst du ihn gar nicht heiraten? Das wäre zu verstehen, bei der Familie! Ich würde dir das Kind abnehmen – einen Platz für es finden. Es bräuchte dich nicht zu kümmern …«
Dame Angèle beugte sich vor und streckte die Hände nach dem Säugling aus. »Komm schon! Je schneller nach der Geburt du es fortgibst, desto leichter ist es! Gib es mir!«
»Nein!«
»Ich geb dir Geld dafür. Dann kannst du was auf die Seite legen für später.«
Der Säugling spürte die Angst seiner Mutter und plärrte los. Die weiße beringte Hand streckte sich nach ihm aus, legte sich ihm auf die Stirn. Heftig zog Blanchette das Kind fort.
»Nein! Nein!« Sie überlegte sich’s, sah ängstlich hoch zu ihr, ob sie die Mächtige verärgert hatte: »Verzeiht, Madame, Ihr meint es gut, aber es ist doch mein Kind und das des Mannes, den ich liebe. Ich kann es nicht hergeben.«

»Bedenke, Blanchette: Selbst wenn du deinen Kopf durchsetzt, du heiratest nicht nur den Jungen, sondern seine Familie mit.«
»Ich würde schon zurechtkommen«, sagte Blanchette fest, so sehr liebte sie ihren Pierre. »Aber sie lassen ihn nicht. Ganz bestimmt nicht, Madame!«
»Das werden wir ja sehen.«
»Danke, Madame, dass Ihr Euch freundlich für mich verwenden wollt. Und danke, dass Ihr mich nicht vor die Türe setzt. Ich werde das Kind in jedem Fall behalten.«
Die Herrin zuckte die Achseln und erhob sich gespielt gleichmütig. »Wie du willst.«
Einige Tage später sprach sich herum, dass der Seigneur der kleinen Blanchette eine gute, fette Wiese übereignet hatte als Mitgift. Aufgeregt, rotgesichtig und mit gewaschenem Kopf und Händen erschien Pierre, der Sohn des Müllers, am Kücheneingang. Man brachte ihn zu Blanchette, die noch bettlägerig war, sich aber gut erholte. Die zwei fielen sich in die Arme unter Küssen und Schwüren. Dann ließ sich Pierre zur Herrschaft führen, fiel vor Madame auf die Knie und dankte ihr unter Tränen, bis es ihr zu viel wurde und sie den Jungen lachend hinausscheuchte.
»Sieh lieber zu, dass deine Großmutter, die alte Vettel, deiner jungen Frau nicht das Leben zur Hölle macht, sonst ist es mit der Liebe bald vorbei«, rief sie ihm hinterher.
Manou war sehr froh über die Geschichte. Sie hatte sich nach der Sache mit der Mandragora in Angèles Nähe nicht mehr recht wohl gefühlt. Doch jetzt sah sie sich in ihrem alten Vertrauen bestätigt: Madame war schön. Madame war klug. Madame war gut wie ein Engel. Man musste den Boden küssen, über den sie ging!
Doch das Jahr, das so gut angefangen hatte, hielt damit nicht einmal bis zur Hälfte durch. Ende April verbreitete sich die Nachricht vom plötzlichen Tod des jungen Königs. Er hatte in Amboise seine junge Frau in eine halb verfallene Galerie in der äußeren Mauer geführt, um Ballspielern im Schlossgraben zuzusehen, eine Galerie, die nach außen offen war und voller Unrat, weil manche dort hineingingen, um sich zu erleichtern. Er stieß sich den Kopf an einem niedrigen Torbogen und brach in dieser Galerie zusammen. Man legte ihn auf einen Strohsack, wo er zwei Stunden später starb.

Der Comte de Commynes schrieb: »So schied dieser große und mächtige König an einem so erbärmlichen Ort aus dieser Welt, er, der so viele schöne Häuser hatte und ein so schönes baute, und er konnte zum Sterben nicht einmal eine ärmliche Kammer finden. Wie sehr kann man an diesem Beispiel erkennen, dass die Macht Gottes groß und unser Leben sehr elend ist, dass wir uns so viel Mühe um die Dinge dieser Welt geben und dass die Könige nicht länger standhalten können als ein kleiner Bauer.«
Der Gouverneur las diese Nachricht nach dem *diner* vor und war darüber sehr betroffen. Er erinnerte sich an den jungen König, mit dem er vor Neapel gekämpft hatte. Charles VIII. war ein beliebter Mann gewesen bei den Noblen sowie auch im einfachen Volk.
Und nun erbte der Herzog von Orléans das Königreich und sollte sogleich darangehen, die garantierte Konstitution, die Privilegien und die Selbstständigkeit der Provence zu untergraben. Er brauchte die Provence als Aufmarschgebiet für seine Truppen, die er alsbald auf das Castello Sforzesco losmarschieren ließ, um Milano für Frankreich einzunehmen.
Auch Ysac befürchtete Unheil: Die Judenfeindlichkeit des Herzogs von Orléans war wohl bekannt. 1500, im heiligen Jahr, sollte er als Louis XII. die Vertreibung aller Juden aus der Provence anordnen. Armer Ysac, arme Provence.
Die kurze Ruhepause für den Baron de Saignon war nun vorbei. Er erlitt einen neuen, bösartigen Ausbruch seiner Krankheit, rasende Kopfschmerzen, Geschwüre am ganzen Körper. Sein Gemüt verfinsterte sich. Es wurde schwer, mit ihm auszukommen. Das Personal, Ysac und Manou inbegriffen, hatte unter ihm zu leiden, sogar Angèle bekam sein böses Temperament zu spüren.
»Ich wollte gerade den Salon betreten, da hörte ich die beiden streiten«, erzählte Manou.
»›Nein! Ich habe nein gesagt, ein für alle Male‹, schrie der Baron. Madames Stimme, insistierend: ›Lehne doch nicht alles von vornherein ab! Warum willst du es nicht wenigstens einmal versuchen? Wozu habe ich sie dir ins Haus gebracht? Doch nicht, um deinen Ofen zu beheizen.‹
›Nein, ich will es nicht. Und ich will auch nicht, dass du es tust.‹
›Warum nicht?‹

›Weil es falsch ist, darum. Die wahre Magie bedarf genauso großer und langwieriger Anstrengungen wie die Alchimie, mehr noch, sie bedarf der Gnade Gottes.‹
›Es gibt einen anderen Weg.‹
›Nicht für mich. Ich habe dazu weder den Willen noch die Gabe.‹
›Dann erbitte doch Hilfe.‹
›O nein! Ich weiß, wovon du sprichst. Diese Hilfe will ich nicht!‹
›Warum bist du so starrsinnig, Liebster? Willst du es nicht wenigstens einmal versuchen?‹
›Angèle, ich sage dir: Du weißt ja gar nicht, worauf du dich da einlassen willst. Und dieses Kind, das uns vertraut, willst du mit in den Abgrund ziehen!‹
Seine Schritte gingen hin und her, hin und her. Dann beruhigte er sich, mäßigte seinen Ton: ›Die Beherrschung der universalen Energie erfordert ein vollkommen reines und geordnetes Leben. Der Körper muss in einer Weise beherrscht werden, die wir uns nicht einmal vorstellen können, du und ich. Askese, die Geduld eines Heiligen sind dafür nötig. Bist du dazu bereit? Auf den hübschen Ysac in deinem Bett zu verzichten, deine Leidenschaften aufzugeben und dich ganz der geistigen Ebene widmen?‹
›Aber Liebster, der lange mühsame Weg, ich würde ihn gern mit dir gehen. Alles, alles würde ich für dich aufgeben …‹
›Lügnerin‹, dachte ich, an die Wand gedrückt lauschend.
›… mein Herz, mein Kluger, mein Bester, doch uns bleibt keine Zeit mehr. Sieh doch, deine Krankheit ist von neuem ausgebrochen und stärker als je zuvor. Willst du warten, bis es zu spät ist, willst du mich allein zurücklassen?‹ Ihre Stimme war klagend geworden.
›Wir sind beide zu schwach für den Weg, den du vorschlägst. Wir würden verschlungen‹, entgegnete der Baron.
›Aber das Mädchen nicht. Sie hat eine ungeheure Kraft, ich kann es spüren. Wir können sie für uns nutzen. Sie wird uns freiwillig helfen, ganz sicher!‹
›Ohne zu wissen … nein. Nein! Ich verbiete dir, mit ihr auch nur darüber zu sprechen! Mein Experiment, der Rote Löwe, das Große Elixier, die *Panacée* des Lebens, diesmal wird es gelingen. Ich fühle es. Hab nur noch ein wenig länger Geduld.‹

›Wie lange?‹
›Noch sechs Monate.‹
Ich glaubte, genug gehört zu haben, und machte mich davon. Wovor hatte Monsieur Justin nur solche Furcht? Natürlich würde ich ihm helfen, wenn es in meiner Macht lag. Wenn es geschah, um zu helfen, zu einem guten Zweck, warum dann nicht ein paar Kerzen entzünden, ein paar Zaubersprüche sagen, einige Kräuter mischen – meinetwegen auch die Bibel verkehrt herum halten, warum denn nicht? Und dass ich etwas hatte, was die wunderbare *Dame* Angèle nicht besaß, dass ich, das einfache Bauernkind, etwas anzubieten hatte, um ihnen die Aufnahme in ihrem Haus, die Erhöhung in den engsten Kreis und die Freundschaft zu vergelten, das machte mich so froh und stolz, dass ich tänzelte und hochsprang wie ein kleines Kind.
Und außerdem war ich von einer verzehrenden Neugier geplagt, seit ich den ersten Schrecken überwunden hatte. *Magie!* Richtige Magie, nicht das Warzenheilen und das Umarmen alter Eichen, Osterwasser und all der dörfliche Humbug, an den ich nie so recht geglaubt hatte. Ob ich doch das Zeug hatte, ein *amarié* zu werden wie der alte Pétoulet? Wahre Magie, weißes Feuer, Macht über Engel, Teufel und Dämonen, alles sehen, alles wissen – die Möglichkeiten schienen grenzenlos.
Ich suchte *Dame* Angèle auf.
›Bitte um Vergebung, Madame, aber ich konnte nicht umhin zu hören … ähm … wie Ihr mit Monsieur Justin gestritten habt.‹
›So? Nun, das kommt vor. Es geht ihm nicht gut.‹
›Ich meine: über die Magie gestritten, und ich glaubte zu verstehen …‹ Es war mir unangenehm zuzugeben, dass ich gelauscht hatte, doch Angèle kümmerte sich nicht darum. Sie sprang auf und fasste Manou bei den Händen.
›Du willst? Sag, dass du willst!‹
›Aber ja, ich tue alles, wenn ich nur helfen kann.‹
›Gutes Kind! Dann wollen wir nicht zögern anzufangen. Entgegengesetzt zu dem, was mein Gatte behauptet, bedarf es auch für meinen kurzen Weg einer gewissen Anstrengung. Du hast einiges zu lernen. Hast du noch viel im Laboratorium zu tun?‹
›Im Augenblick nicht‹, sagte ich. ›Aber Monsieur Justin und Ysac

geben mir weiter viel zu lesen auf ... gerade jetzt die Kabbala nach der Analyse des Pico della Mirandola.‹

›Die Kabbala? Das ist sehr gut! Du wirst so fleißig lernen wie bisher – am Vormittag. Der Nachmittag gehört mir. Ich werde meinem Mann sagen, dass ich deine Gesellschaft wünsche. Das wird er mir nicht verwehren. Du darfst ihm aber unter keinen Umständen sagen, was wir tun und worüber wir heute geredet haben.‹«

»Hattest du keine Angst um dein Seelenheil?«, fragte die Äbtissin.

»Nein. Ich dachte ja nicht, dass es sich darum handelte, dunkle Mächte anzurufen. Und Madame Angèle erklärte mir, dass auch die Kirche Magie betreibe, indem sie Wein und Brot in Blut und Fleisch Christi verwandele.«

»Das ist ein Wunder durch Gottes Gnade, keine Zauberei!« Die Äbtissin war zutiefst verstört.

»Madame hat aber gesagt, es sei eine Transsubstantiation, die Verwandlung von einer Materie in eine andere, und dass die Priester, um das zu erreichen, die gleichen Rituale und Invocationes durchführen wie ein weltlicher Magus.«

»Lüge! Perversion! Gotteslästerung«, schrie die Äbtissin. »Das ist das Perverseste, was mir je zu Ohren gekommen ist. Oh, wie höllisch geschickt diese Frau ist! Der Satan selbst könnte ihr kaum widerstehen, davon bin ich überzeugt. Und wie viel weniger ein Kind!«

»Sie war sehr überzeugend. Wenn ich ehrlich bin, so denke ich immer noch, dass sie zum Teil Recht hatte. ›Genau wie ein Magus‹, setzte sie mir auseinander, ›so bedarf ein Priester langer Studien und der inneren Reinigung. Er muss Prüfungen bestehen, muss sein Wissen über die spirituelle Welt vervollkommnen, muss seinen Körper beherrschen lernen. Sodann bereitet er das Ritual vor mit Gesängen und Gebeten, die nichts weiter sind als Invokationen, die Bitte um göttliche Gegenwart. Wenn es ein Wunder wäre, wie in der Bibel beschrieben, dann brauchte ja der Priester alle diese Vorbereitungen nicht: die Altartücher in festgelegten Farben, die Zeichen, Schrift und Bild, die Kerzen, der Weihrauch, um die Geister günstig zu stimmen und die eigenen Gedanken vorzubereiten auf den kreativen Akt, nicht anders als wir Magier.‹ Und dann tat sie noch etwas, um sich meiner Mithilfe zu versichern.«

Es war später Nachmittag eines heißen Sommertages. Madame ließ die Pferde satteln. Manou wäre viel lieber auf einem Maulesel geritten. Pferde waren so hoch über dem Boden und der Damensattel so unsicher. Man wusste gar nicht, wie man sich halten sollte, hatte keine Möglichkeit, die Bewegungen des Tieres auszugleichen, doch Madame bestand darauf. Ein Maultier? Unmöglich!
Sie ritten in den länger werdenden Schatten durch eine ausgeglühte Landschaft. Türkisgrüne Echsen schnellten rechts und links von ihnen ins hohe Gras. Vipern zischten zwischen den Steinen. Zikaden schrillten zu Tausenden in den Bäumen. Zwischen den grauweißen Felsen blühten Cistusrosen und die Lavendelsträucher färbten sich violett an den rispigen Blütenständen.
Die Luft erschien drückend schwer und der Himmel flimmerte.
Nachdem sie die Hochebene der Claparèdes erreicht hatten, stieg Angèle ab, hieß Manou, mit ihr zu Fuß weiterzugehen und Parentin, ihren schweig- und duldsamen Begleiter, bei den Pferden zu bleiben.
»An einem heißen Sommertag, als wir beide nicht mehr studieren mochten, da nahm sie mich mit zu einem heiligen Ort. Wir ritten durch die Schlucht und hinauf auf den *can.*
Die Claparèdes, ich hatte geglaubt, sie zu kennen, war ich nicht hunderte Male hier gewesen mit den Ziegen? Eine weite, abgeflachte Bergkuppe, über die der Mistral pfeift und die man nachts meidet, weil hier bekanntermaßen Wiedergänger und Hexen ihr Unwesen treiben. Trocken und steinübersät ist sie, die Kräuter drängen sich am Boden. Nur Ziegen und Schafe können hier Nahrung finden. Aber sie kannte sich noch besser aus als ich, kannte Orte, von denen ich noch nie gehört, und Götter, die mir unbekannt waren. Sie brachte mich zu einem verfallenen Tempel aus alter Zeit und dort leisteten wir uns gegenseitig einen Schwur.«
Die Frauen lupften ihre Röcke an, es ging durch niedriges Gestrüpp, über magere Schafsweiden, die jetzt verlassen lagen. Starre blaugraue Thymianbüschel, Dornenranken, die abgeblühten, harten Stängel der *sarriette* hängten sich an die Säume, zupften an Manou, Hunderte kleiner Finger: ›Bleib hier, geh nicht!‹
Manou wäre vorbeigelaufen. Doch Angèle, die sich auskannte,

blieb vor einer Formation zusammengewürfelter Felsen stehen. Sie schob ein paar wilde Feigenbäume beiseite und da, zwischen zwei aufrechten Felsen – wie zwei Stelen – ging es steil bergab in eine Senke. Manou folgte Angèle, sie hatte keine Furcht. Der Ort strahlte nichts Böses aus.

Auf dem Boden der Senke angekommen, erkannte sie, dass hier Steinquader zu einem Viereck gefügt waren. Reste von Mauerwerk und Säulen waren von Brombeeren und Geißblatt überwuchert. Wo früher einmal ein Dach gewesen sein mochte, fiel jetzt Sonnenlicht durch Blätter.

Steinerne Bänke standen zu beiden Seiten, verwittert, aber noch zu erkennen, und an der Stirnseite des Raums befand sich über einem Loch, das tiefer in die Erde hineinführte, eine verwitterte Steintafel. Angèle trat an sie heran und winkte Manou, ihr zu folgen.

»Mithra, *le dieu invainçu*«, erklärte sie und fuhr mit den Fingerspitzen über die Linien im Stein. »Schau genau hin. Das Bild ist über tausend Jahre alt, aber du erkennst es noch: der Gott mit dem Löwenkopf, Wächter über die Vertragstreue. Die Römer haben ihn mit hierher gebracht, aber es ist eine sehr alte Gottheit. Er hat schon in Persien regiert, als Rom noch ein schäbiges kleines Dorf war zwischen den sieben Hügeln. Die Römer haben ihn in ihr Pantheon eingereiht und ihn als römischen Krieger dargestellt, der einen Stier mit dem Schwert tötet. *Le dieu invainçu!* Der unbesiegbare Gott! Ist das nicht ein anderes Bild als der jämmerliche Jesus, der sich ohrfeigen und bespucken ließ? In alter Zeit opferte man ihm Stiere, später ersetzte man ihr Blut durch Wein. Es wird ihm genügen, denke ich.«

Sie zog einen Schlauch roten Weins aus einem Korb, den sie mitgebracht hatte, und ein kleines Brot.

»Mithra soll Zeuge unseres Vertrags sein.« Sie spritzte ein paar Tropfen von dem Wein auf das Bildnis. »Ich schwöre, Manon, dass ich dich wie meine eigene Schwester behandeln will, wenn du uns mit deinen magischen Fähigkeiten zur Seite stehst.« Sie trank einen großen Schluck und gab den Schlauch an Manou weiter. »Jetzt du!«

Manou tat es ihr nach und sagte: »Ich gelobe, Euch all meine Kräfte zur Verfügung zu stellen und Euch zu helfen nach bestem Vermögen.«

»So soll es sein, Mithra ist unser Zeuge! Wenn eine von uns den Vertrag bricht, soll er sie strafen mit seinem Feuer. Mithra ist ein Geschöpf der Sonne«, sie zeigte auf das Loch in der Erde. »Hier muss früher eine heiße Quelle gewesen sein oder es sind Dämpfe der Erde entströmt. An solchen Stellen haben unsere Vorfahren die Tempel des Mithra angelegt. Es gibt auch heute noch viele Leute, die in die Kirche gehen und heimlich den älteren Göttern anhängen, älteren, mächtigeren Göttern! Die Schiffer auf der Rhône zum Beispiel, die haben ihn zu ihrem Beschützer gemacht. Unter ihnen gibt es geheime Gesellschaften, die ihm huldigen.«
Sie kletterten wieder hinauf ins volle Licht und in die Hitze. Oben, auf einem rundbuckeligen Stein, hieß sie Manou Platz nehmen.
»Sitz gerade, nicht angespannt – so gerade, dass dein Körper in sich ruht wie eine Säule. Atme! Fühle, wie der Atem durch dich hindurch geht, wie er deinen Körper nährt und durchfließt, bis in alle Organe, alle Glieder, die Arme, die Handgelenke, die Finger ...«
Manou atmete tief ein, wurde ruhiger, spürte ihren Körper bewusster als je zuvor, »... in den Bauch, die Schenkel, die Waden, Fußgelenke, durch die Füße bis in die Zehenspitzen ... und jetzt fühle weiter in den Stein, auf dem du sitzt, in die Erde, mit der deine Füße verbunden sind. Spüre die Erdkräfte an diesem Ort. Dies ist ein alter, ein heiliger Ort, an dem das All mit vielen Namen und in vielen Formen verehrt worden ist.«
Sie atmete, fühlte.
»Manche Orte haben eine besondere Kraft. Mache sie dir zunutze. Nimm sie in dich auf. Und dann ...«
Da war ein Vibrieren in der Erde, in jeder Pflanze, in jedem Grashalm und aus der Tiefe spürte sie eine Schwingung, der sie sich erst vorsichtig, dann mit wachsender Ekstase hingab. Die Ströme von Leben und Tod, die Wünsche und Gedanken vieler Lebewesen hatten hier Spuren hinterlassen, die plötzlich so klar zu erkennen waren wie Fußabdrücke im Lehm.
»So machte ich an ihrer Hand die ersten Schritte«, Manou öffnete die Augen. Sie hatte sie geschlossen gehalten, die überwältigenden Empfindungen zurückgeholt. »Ich hatte einen Widerwillen gegen ihren Spott, die ständigen Ausfälle gegen die christliche Religion. Aber ich hatte dem wenig entgegenzusetzen. Und dann war da

mein Stolz. Es gefiel mir, das Bild von einem unbesiegbaren Gott an meiner Seite. Die Vorstellung, jemand zu sein, wichtig und einflussreich, die Möglichkeit, diejenigen, welche mich verspottet und betrogen hatten, ein wenig Staub fressen zu lassen, war allzu verführerisch.

Wenig später dann geschah das Schreckliche, das Unbegreifliche – jetzt erst erkenne ich Absicht und Zusammenhang. Mein Herr kam in sein Laboratorium – er betrat es immer als Erster und hatte als Einziger den Schlüssel dazu. Wir hörten sein Wehgeschrei, als wir die Stufen zum Turm hinaufstiegen, Ysac und ich. Wir begannen zu laufen, rannten die letzten Stufen hinauf, und da fanden wir ihn, vor seinem Athanor, das Gesicht ganz versteinert. Das gläserne grüne Ei lag zerborsten im Sand des Athanor, der Inhalt teils mit weichkantigen Bruchstücken von Glas verschmolzen, teils vom Sand aufgesogen, verdorben.

Der arme Monsieur Justin. Die Arbeit von Jahren, all seine Hoffnung war dahin. Er setzte sich in seinen Lehnstuhl, vornübergebeugt, und weinte, so wie ich nie einen Mann habe weinen sehen. Ich ging zu ihm, versuchte ihn zu trösten, zu berühren. Er schob mich fort. Ysac untersuchte die Spuren der Tragödie, den Athanor, prüfte die Temperatur der Kohlenglut, der Lade mit dem Sand.

›Wie ist das möglich? Es ist alles, wie es sein sollte, ich sehe keinen Grund, warum das Feuer derart heiß geworden sein sollte. Es ist ganz unmöglich, bei diesen Temperaturen Glas zu schmelzen!‹

Er untersuchte den Fußboden auf Spuren, das Schloss der Tür zum Laboratorium, fand aber nichts, was ihn weitergebracht hätte. Er ging wieder zum Herd.

›Da sind Rauchspuren, als ob plötzlich Flammen nach außen geschlagen seien, aber die können auch alt sein. Und wie? Wie? Eine Verunreinigung im Glas? Ein Holzkohlenfeuer entwickelt gleichmäßige, lang anhaltende Hitze. Ich verstehe es nicht.‹

›Es ist mir gleich, wer es getan hat oder wie es geschehen ist, Ysac. Das ist das Ende für mich. Ich kann nicht noch einmal von vorn anfangen.‹

Ich hielt es nicht mehr aus. Ich lief hinunter zu Madame Angèle. Als ich den Salon betrat, fiel mir ihr zufriedenes Lächeln auf. Der

Gesichtsausdruck veränderte sich kaum, als ich ihr berichtete, was sich im Labor zugetragen hatte. Wenn überhaupt, dann vertiefte sich dieses geheimnisvolle Lächeln noch. Ich verstand das nicht und so platzte ich heraus: ›Wart Ihr das etwa?‹
›Ich?‹, sagte sie seelenruhig. ›Aber nein, warum sollte ich meinem Liebsten so etwas antun? Im Übrigen war meine Zofe Marie die ganze Nacht in meinem Schlafzimmer. Ich habe mich etwas unwohl gefühlt und sie gebeten, bei mir zu bleiben. Sie kann bestätigen, dass ich meine Räume nicht verlassen habe. Ich habe ohnehin nie an den Erfolg geglaubt‹, fügte sie beiläufig und mitleidlos hinzu. ›Am Ende hätten sie wohl irgendein Pulver aus ihrem Apparat prokuriert. Aber ein universelles Heilmittel? Das Wasser ewiger Jugend? Warum dann, frage ich dich, gibt es so viel Krankheit auf der Welt? Viele haben schon von sich behauptet, das große Geheimnis gelüftet und damit Jahrhunderte überlebt zu haben. Es ist ja keiner von ihren angeblichen Zeitgenossen mehr übrig, um es zu bestätigen oder zu leugnen. Warum nicht? Haben sie es also eifersüchtig gehütet und für sich behalten? Und gleichzeitig brüsten sie sich damit und schreiben darüber lange Abhandlungen. Ich sage: Es sind alles Aufschneider und Stümper. Sie verbergen nur ihre Unwissenheit hinter unverständlichen Bildern und Zeichen und unmöglichen Formeln.‹
›Aber wie könnt Ihr so ruhig sein? Es war doch seine letzte Hoffnung! Monsieur Justin, er muss doch jetzt sterben!‹
›Muss er nicht‹, sagte sie. ›Jetzt wird er leben.‹
Man brachte ihren Gemahl zu ihr. Er ließ sich führen wie ein Schwachsinniger.
Ich glaube, sie wartete anstandshalber und um keinen Verdacht zu wecken zwei, drei Tage, ehe sie ihn fragte: ›Und nun, mein Liebster. Was ist nun mit meinem Weg?‹
Sie hatte begonnen, mich zu testen, im Laboratorium. Den unglückseligen Athanor hatte Madame fortschaffen lassen, um Monsieur nicht an sein Pech zu erinnern. Überhaupt hatte sie das gesamte Labor umgestaltet.
Schwarze Samtvorhänge beherrschten jetzt den Raum, Gefäße mit Kräutern, Gläser mit Schlangen, in Wein eingelegt, Hörner von Tieren, die ich nicht erraten konnte; Steine und ungeschliffene

Kristalle hatten die meisten der Instrumente und Materialien ersetzt. Arabische Teppiche lagen auf dem Boden, einer über dem anderen, so dass die Schritte gedämpft wurden und kaum zu hören waren. Das Tabernakel war fort, statt seiner schmückte ein silberbeschlagener Totenschädel den Altar. Den Totenschädel nahm Monsieur Justin fort.

›Den will ich hier nicht haben!‹

Sie ließen mich magische Gegenstände berühren, Tarotkarten raten – ohne Ergebnis. Ich sollte Madame tief in die Augen schauen. Sie versuchte mit allen ihr bekannten Mitteln, mich einzuschläfern, mich ihr gefügig zu machen. Und obwohl ich es aufrichtig versuchte, gelang es mir nicht, mich von ihr oder ihm in Trance versetzen zu lassen. Nach ein paar Stunden gaben sie auf.

›Ein Medium ist sie nicht‹, stellte Monsieur Justin fest. ›Ihr Wille ist zu stark.‹

Es war spät in der Nacht und ich war sehr erschöpft.

›Versuchen wir etwas anderes. Manon, Mädchen, hör mir zu. Du kannst die Kräfte der Erde fühlen und durch dich hindurchströmen lassen. Das hast du Angèle ja schon einmal bewiesen. Versuchen wir es also mit den Elementarkräften. Schließe die Augen!‹

Ich schloss die Augen.

›Konzentriere dich! Glaube, dass nichts für dich unmöglich ist, halte dich für unsterblich und fähig, alles zu verstehen, die Natur eines jeden Lebewesens. Steige höher als die höchste Höhe; steige tiefer als die tiefste Tiefe hinab. Nimm alles in dich auf, was deine Sinne von allem Erschaffenen wahrnehmen, Erde und Luft, Erstarrung und Ausdehnung, Feuer und Wasser, trocken und feucht … und jetzt … denke an Feuer!‹

Ich dachte an Feuer. Ich sah Feuer. Ich streckte meine Hand danach aus.

Ein unterdrückter Aufschrei von Madame ließ mich die Augen öffnen. Und da, in meiner Hand, tanzte eine einzelne kleine Flamme, bläulich, schwach – ich war schon so müde. Die Flamme verbrannte mich nicht. Sie nahm entfernt menschliche Gestalt an. Ich konnte Leib, Arme und Kopf erkennen, ein winziges Gesicht.

›Ein Elementargeist!‹ *Dame* Angèle war fassungslos, überrascht, triumphierte: ›Siehst du! Ich habe dir gesagt, sie hat besondere

Kräfte. Ein Elemental, wenn auch ein kleines. Aber das beim allerersten Versuch! Denk, was das bedeutet! Ich selbst habe immer nur Larven herbeirufen können, widerliche, schwache, gierige Geschöpfe, die Geister von Selbstmördern, Geschöpfe, die ihr Leben nicht erfüllt haben, unvollkommen und leer. Aber das da!‹

›Psst‹, machte Monsieur Justin.

Mir schien, das Feuergeistlein fühlte sich nicht wohl in meiner Hand. Es wollte nach Hause. Ich beugte mich darüber und sagte zu ihm: ›Ich danke dir, dass du gekommen bist. Komm wieder, wenn ich dich brauche. Und jetzt: Geh, wohin du willst!‹

Ich blies darüber und es verschwand, nicht ohne ein wohliges Gefühl bei mir zu hinterlassen. Magie! Ich besaß Magie! Ich hätte springen und tanzen mögen und fühlte mich ganz unglaublich! Am liebsten hätte ich mich aus dem Turmfenster gestürzt und mich in einen Adler verwandelt, um hoch über der ganzen Welt majestätisch dahinzugleiten, hoch über den Wolken, dem Regen, dem Gewitter und allen Menschen. Doch Monsieur Justin, wie gewöhnlich, fasste mich am Arm und holte mich auf diese Welt zurück.

›Gemach! Das war eine hübsche kleine Vorführung, aber die Magie lässt sich nicht so schnell erlernen. Was hättest du denn mit dem Elemental angefangen?‹

›Ich hätte mich gern mit dem Feuergeistlein unterhalten‹, sagte ich übermütig. ›Ich möchte gern wissen, wie man sich so fühlt, als Feuer. Was sie gern essen, warum sie manchmal hochflackern und manchmal nur stille glühen. Habt Ihr nie bemerkt, dass Flammen sich so verschieden verhalten wie andere Wesen auch? Sie können klein und traurig sein, sanft und hilfreich, wärmend; oder wild und stolz, wütend, tobend, angriffslustig, gierig über alle Maßen. Sie können tanzen und schwatzen, knistern, knacken, rauschen, zischen … und sie können sterben.‹«

10

»Wenn ich nun aber gedacht hatte, gleich mit dem Zaubern anzufangen, dann wurde ich bitter enttäuscht. Ich wollte Kunststücke vollführen, Kochlöffel tanzen und den Ofen singen lassen, wollte den Himmel in einen einzigen Karfunkelstein verwandeln, auf dem Regenbogen wandeln, es Zuckerzeug regnen lassen. Ich wollte Fabelgetier erschaffen und darauf durch die Lüfte reiten, fliegen, schweben über den Dingen, die ganze Schöpfung umarmen und verstehen. Ich war hungrig nach dem Wunderbaren.

Stattdessen bekam ich trockenes Papier zu kauen! Bücher, wieder Bücher und noch mehr Bücher! *Paperasse!* Ach, ich war das Lernen so leid.

Wiederum nahm Monsieur meine Erziehung in die Hand. Hatte ich vorher wenigstens mit duftenden oder übel riechenden Pulvern hantieren, mit ätzenden Flüssigkeiten und glühenden, brodelnden Metallen umgehen können, die manchmal für Aufregung sorgten, weil sie buntfarbige Flammen oder puffende Explosionen erzeugten, so musste ich jetzt stille sitzen und zuhören.

›Ich sehe schon‹, dozierte mein Herr voll ernster Besorgnis, ›dass du am liebsten gleich zur Tat schreiten möchtest und das Wort gering schätzt! Um die Bedeutung des Wortes zu begreifen, musst du dir aber bewusst machen, dass am Anfang nur das Wort war. Das Wort war bei Gott und das Wort war Gott.

Alles ist Wirklichkeit, nicht nur das, was du sehen, hören, schmecken, riechen, ertasten kannst … Wir unterscheiden die sichtbare, körperliche und die unsichtbare, geistige Welt. Und deshalb gib Acht, was du denkst, und noch viel mehr, was du sagst, denn die Idee ist in der geistigen Welt schon Wirklichkeit. *Universalia sunt*

ante rem. Die Idee und der Begriff davon ist nur noch einen Schritt von der körperlichen Welt entfernt.
Anders gesagt: Die Natur ist dreieinig: Es gibt die sichtbare, objektive Natur, sodann die unsichtbare, okkulte Natur, die nach den gleichen Prinzipien geordnet ist wie die Welt, die du sehen und fassen kannst. Und über allem steht der Geist, die Quelle aller Kräfte, ewig und unzerstörbar.[6]
Diese unsichtbare Welt hat ihre Hierarchie, wie die uns bekannte, objektive Welt auch. Sie ist mit Wesen mehrerer Klassen bevölkert und diejenigen, die weder gut noch böse sind, aber imstande, Instrumente des einen oder anderen zu werden, die nennen wir Elementales oder Elementargeister. Die Götter, das sind die Lehrer und auch der Satan ist unter ihnen. Sodann gibt es Dämonen verschiedener Klassen und mit verschiedenen Kräften begabt, das sind Wesen, die zwischen den Göttern und den Menschen stehen. Und schließlich sind dort auch die Geister der Verstorbenen und sie sind so, wie ihre Träger im irdischen Leben waren. Manche sind schwach und unerfüllt, das sind die Larvae, von denen meine Frau gesprochen hat. Sie werden immer versuchen, einen lebenden Menschen zu finden, den sie beherrschen und dessen Körper sie übernehmen können, wenn sie einen finden, der schwach, der unaufmerksam ist. Mit ihnen darf man sich nicht einlassen. Geister größerer Menschen steigen zu Dämonen, Schutzgeistern oder sogar – selten – zu Göttern auf.‹
›Wie kann man sie denn rufen?‹, fragte ich.
›Man muss ihre Aufmerksamkeit wecken. Dazu brauchst du die Zeichen und Worte, die wir dich lehren werden. Sie dienen dazu, deine Kräfte und deinen Willen zu konzentrieren. Komm!‹
Monsieur Justin stand auf, nahm eine Glasscherbe und ein Stück Papier und ging zum Fenster. Ich folgte ihm gespannt.
›Da ist das Sonnenlicht. Es ist eine große Kraft, aber weit weg und überall verstreut. Man könnte sagen: Es ist viel zu groß und zu weit entfernt, um sich für dich zu interessieren. Wie nun kannst du es erreichen und deinen Zwecken nutzbar machen?‹
Er nahm die Glasscherbe und hielt sie so ins Sonnenlicht, dass es sich in der Scherbe fing und an seiner Oberfläche einen funkelnden Punkt bildete. Den eingefangenen Strahl lenkte er in solcher Weise

auf ein Stück Papier, dass es darauf als ein einziger heller Punkt sichtbar wurde. Nach kurzer Zeit begann das Blatt sich schwarz zu färben, zusammenzuschrumpfen, Rauch kräuselte sich und es ging in Flammen auf. Er warf es zu Boden, ehe die Glut seine Finger erreichte, und trat die Flammen aus.

›Das Prinzip des Brennglases ist lange bekannt, manche Alchimisten nutzen es, um damit ihre Apparate zu wärmen und zu betreiben, Sonnenwärme zu erzeugen. Die Glasscherbe diente in diesem Fall als Fokus. Merke dir den Begriff!‹

Wir gingen wieder zu unseren Stühlen und setzten uns. Ich ergriff meine Tafel, denn mein Herr verlangte, dass ich Notizen machte und alles zu einem späteren Zeitpunkt wiederholte.

›Du siehst also, man kann einen an sich harmlosen Gegenstand in gewissem Zusammenhang in einen Fokus und damit ein Ding der Macht verwandeln. Und so wie die Glasscherbe die Energie der großen und gewaltigen Sonne einfing, so können Zeichen, Worte und auch Farben und Gegenstände die Verbindung zur okkulten Welt schaffen, Ideen und Kräfte bündeln und lenken.

Doch die Wesen der astralen Ebene sind eigenwillig und mächtig. Man darf sie nicht aus niederen Beweggründen rufen. Und sie werden für ihre Hilfe auch einen Preis verlangen. Außerdem ist zu bedenken, dass jede Aktion eine Reaktion nach sich zieht, und diese wieder eine, so wie ein Stein, den du in einen Teich wirfst. Das Ende der Kette ist nicht abzusehen.

Du denkst, du wirfst nur einen Stein und er tanzt vielleicht über das Wasser, um dir Freude zu bereiten. Danach versinkt er und liegt am Grund und es ist vorbei. Aber das ist es nicht. Sein Eindringen in das Wasser verursacht Wellen, die sich ausbreiten und schließlich das Ufer erreichen. Sie bewegen Pflanzen und Tiere in und auf dem Wasser und für die ist es wie ein Sturm. Sie bewegen Sandkörner und kleinere Steine am Ufer und verändern ihre Lage. Und der Stein am Grunde – weißt du, wohin er fällt? Auf ein Nest von irgendeinem Tier vielleicht und zerstört seine Brut – und so weiter und so fort. Du kannst diesen Gedanken verfolgen und wirst feststellen, dass, was dir klein, unbedeutend und folgenlos erschien, für andere Wesen und im Rahmen der Gesamtheit der Natur durchaus nicht so ist. Das ist einer von vielen

Gründen, warum es nötig ist, dass wir genau verstehen, was wir tun.
Das Elemental, welches du gerufen hast, erschien dir klein und harmlos. Doch kannst du ihm befehlen? Was würdest du tun, wenn es ihm einfiele, da es nun einmal in der körperlichen Welt ist, einen Schabernack zu spielen? Es hüpft aus deiner Hand und in dein Buch oder das Stroh auf einem Dach. Was dann?‹
›Ich weiß es nicht‹, musste ich zugeben. Es war mir so freundlich vorgekommen, das Feuergeistlein, warm in meiner Hand und hübsch anzuschauen.
›Du weißt es nicht, siehst du! Du bist wie eine Blinde, die mit einem Säbel um sich herumsticht. Und nun denke, du würdest einfach drauflos praktizieren und bekämst einen wahrhaftigen Dämon zu fassen!‹
›Genug!‹ Ich hatte begriffen. Also zurück ans Pult und Papier gekaut!
Weiter ging es mit dem Weltprinzip Zahl, mit Pythagoras: ›Die Elemente der Zahlen sind die Elemente alles Seienden, der ganze Himmel ist Harmonie und Zahl.‹
Da war ich anderer Ansicht. Mit Zahlen stand ich auf dem Kriegsfuß und den Himmel stellte ich mir durchaus angenehmer vor.
›Die Eins steht für Gott, die zwei für die Materie, die Zwölf für das Universum, die Dreizahl regiert. Sodann: Plato und die Musik. Item: Moses und das große magische Agens, dargestellt durch die Schlange Nachasch oder auch die Zeichen Od, Ob und Aur.
Item: Die *Clavicula Salomonis,* so weit vorhanden.‹
Mein Herr hatte davon nur einige zerfledderte und schwer lesbare Einzelteile ergattern können. Ich konnte daraus wenig Nutzen ziehen, außer allerdings dem geheimen Namen Gottes und einigen Schutzzeichen gegen die Geister, die man zu rufen im Begriff war, damit sie nicht die Seele des Magiers verschlängen, falls es sehr starke Geister waren. Diese Zeichen prägte ich mir gut ein.
Kaum war aber mein Herr einmal aus dem Raum gegangen, da musste ich unbedingt das Experiment mit dem Glas wiederholen und verbrannte dabei ein Notizbuch. Zum Glück mein eigenes und keines von den wertvollen Manuskripten, die Monsieur de Saignon

eifersüchtig hütete. Ysac kam herein, gab mir ein paar hinter die Löffel und half mir, die Spuren zu beseitigen.«
»Man kann nur staunen über dein Gemüt, Kind!« Die Äbtissin schüttelte den Kopf. »Da solltest du in die schwärzeste, widerwärtigste und unnatürlichste aller Künste eingeführt werden und hattest nichts als Schabernack im Sinn wie ein gewöhnlicher Bäckerlehrling!«
»Ich verstand immer noch nicht, was vorging. Es war ja immer nur von den natürlichen Kräften die Rede. Und Monsieur Justin versicherte mir, dass ich nichts Unrechtes tue, dass die Kirche zwar eifersüchtig die Magie für sich selbst beanspruche, doch ohne Grund, denn wir beteten auch zu dem Einen Gott.«
»Ihr versuchtet, euch ihm gleichzumachen! Die große, die Ursünde des Menschen seit Adam und Eva!«
»So denkt Ihr denn auch, dass die Frucht vom Baum des Wissens eine giftige, eine schlechte Nahrung sei?«
»Nein, du weißt sehr genau, dass ich dies nicht denke. Warum wohl möchte ich eine Schule für Mädchen eröffnen? Warum wohl bemühe ich mich, den mir anvertrauten Frauen Wissen zu vermitteln? Gelehrsamkeit ist eine Pflicht in diesem Kloster.«
»Das Studium von Heiligen Schriften und Gebetbüchern.«
»Nicht nur. Durchaus nicht. Aber wer Wissen sucht und die Natur erforscht, der muss sich prüfen: Zu welchem Zweck will ich wissen? Was kommt am Ende dabei heraus? Wir leben in einer wenig demütigen Zeit, Manou. Die Menschen heben ihren Blick zum Himmel und vergleichen sich mit Gott. Sie wünschen, alles zu verstehen, alles zu beherrschen, und sie werden stolz. Das neue Denken hat sogar die Klöster erreicht, es mangelt vielerorts an Disziplin. Nicolaus von Cusa hat im Jahre des Herrn 1451 auf der Reformsynode von Magdeburg die Augustiner Brüder und Schwestern dazu aufgefordert, zur Beachtung der alten Regeln zurückzukehren, insbesondere der Regel der persönlichen Armut, doch heute sieht man nicht mehr viel davon. In manchen Klöstern machen sich Verhältnisse breit wie draußen in der Welt. Wer vorher viel hatte, muss auch dort auf nichts verzichten, hat eigene Gemächer, alle Bequemlichkeiten, sogar Bedienstete!«
Eléonore de Castillon merkte, dass sie abzuschweifen begann. Es

lastete auf ihrem Gemüt, dass einige ihrer Schwestern – die aus noblen und reichen Häusern – sich beim Bischof beschwert hatten, weil die Äbtissin ihnen Privilegien verweigerte, andererseits aber ein Übermaß an Toleranz in geistigen Angelegenheiten zuließ.

»Was ich sagen wollte, ist dies: Gelehrsamkeit ist gut, solange sie in Demut und zu einem guten Zweck geschieht. Sich zum Schöpfer aufschwingen zu wollen ist Hybris. Siehe: Für jedes Ding, das du erkennst, gibt es tausend weitere, die folgen und die du nicht erkennst. Der wahrhaft kluge Mensch weiß nur eins: dass er nichts weiß. Und nun genug für heute! Gott mit dir und schlaf in Frieden. Morgen werde ich keine Zeit für dich haben. Morgen erwarten wir den Besuch unseres Klostervogts, bei dem ich Rechenschaft ablegen muss über unsere Wirtschaft und den Zustand der Disziplin.«

Der Defensor, beziehungsweise sein Stellvertreter, erschien in Begleitung zweier Augustinerbrüder zur Zeit der Vesper am nächsten Tag. Eléonore sandte ein Stoßgebet zur Jungfrau Maria, nicht weil ein nicht näher beschriebenes Leiden – sie vermutete Hämorrhoiden – den strengen Bruder Severin am Reisen gehindert hatte, sondern für das Erscheinen seines Stellvertreters, Bruder Eusebius von Metz, eines sanftmütigen und nachsichtigen Mannes.

Die Brüder wurden im wieder hergerichteten Teil des Gästehauses untergebracht und dort auch verköstigt. Einzig der Defensor und der Vize-Defensor durften den Klausurbereich betreten.

Die meisten der Nonnen und Schwestern freuten sich über jeden Besuch. Er brachte Abwechslung und gute Mahlzeiten. Denn wenn hohe Gäste an der Tafel teilnahmen, hatte die Äbtissin das Recht, etwas Besseres als gewöhnlich auftragen zu lassen. So herrschte ausgelassene Stimmung im Refektorium. Es gab Krebspastete, danach Schinken in Brotteig gebacken, eine Auswahl an frischen Gemüsen aus dem Klostergarten und zum Schluss in Honig eingelegte Früchte.

Manou beobachtete Bruder Eusebius: ein grobknochiger Mann von gewöhnlichem Aussehen, doch mit hellen, wachen Augen und einem freundlichen Mund. Er aß und sprach wie ein Bauer, doch seinen flinken Augen entging nichts, auch nicht Manous brütender Blick. Er lachte ihr doch tatsächlich zu, nickte und wandte sich wieder mit großem Appetit seinem Schinken zu.

Ann-Marie, die neben ihr am unteren Ende des Tisches saß, flüsterte ihr zu: »Gut, dass Bruder Severin am Reisen gehindert ist! Er ist immer so streng und feindselig. Ich glaube, er kann Frauen nicht leiden!«

Bruder Eusebius blieb drei Tage, nahm an allen Gottesdiensten teil, besichtigte ausführlich die Anlagen und Ländereien des Klosters. Am dritten Tag wurde Manou zu ihm gerufen.

Schwester Kreszentia war bei ihm und die Äbtissin, Kreszentia mit verheulten Augen und Eléonore de Castillon mit einem Ausdruck von Ärger und Besorgnis im Gesicht.

»Schwester Kreszentia hat eine schwere Beschuldigung gegen dich erhoben«, sagte Bruder Eusebius. »Sie soll sie hier vor dir wiederholen.«

Doch Kreszentia wand sich und konnte es nicht.

»Das spricht gegen Euch«, tadelte Eusebius. »Wenn man eine berechtigte Beschwerde gegen eine Mitschwester hat, dann soll man sie auch offen aussprechen und ihr Gelegenheit zur Erwiderung geben!«

»Aber sie ist doch gar keine Schwester«, giftete Kreszentia. »Sie ist nicht einmal eine Postulantin! Ein Weltkind ist sie und hat hier bei uns nichts zu suchen!«

»Das musst du schon mir überlassen, Kreszentia«, sagte Eléonore kühl.

Bruder Eusebius kratzte sich den geschorenen Schädel. »Also, dann muss ich es sagen: Schwester Kreszentia hat behauptet, du habest versucht, sie zu unkeuschen Handlungen zu verführen.«

»Ich?!« Manou war empört. Diese falsche Schlange mit ihrem frommen Getue! Von wegen Vergebung und schwesterlicher Liebe!

»*Ich* soll *sie …?* Das nenn ich die Wahrheit an der Nase ziehen!« Und dann berichtete sie ohne Umschweife und mit der ganzen Kraft ihres Zorns von der Szene im Dormitorium. »Und dann hat sie mich umarmt und auf die Wange geküsst, ganz feucht und widerlich! Und sie hat ihre Hand in meinen Schoß gelegt und sie hat … und sie wollte …« Vor lauter Ärger bekam Manou keinen ganzen Satz mehr heraus. Das war ja unverschämt, so eine Gemeinheit, die Geschichte einfach umzudrehen!

»Leugnest du das?«, fragte Eusebius Schwester Kreszentia.
»Nein, ich leugne es nicht. Aber es war doch sie! Sie hat mich dazu verführt. Sie hat sich zu mir gesetzt und mir süße Worte ins Ohr geflüstert, sündige Worte …«
»Das hätte sie wohl gern gehabt«, tobte Manou.
Anklagend, mit der Leidensmiene eines jener schmerzzerrissenen Märtyrer von kirchlichen Bildern, den Blick zum Himmel, die Hand anklagend auf Manou gerichtet, rief Kreszentia: »Sie hat mich verhext!« Jetzt war es heraus.
»Wie kannst du das sagen?«, schrie Manou.
»Aber ich muss doch! Ich musste doch beichten«, heulte Kreszentia.
Die Äbtissin sprang auf. »Nun ist es aber genug! Ich habe deine Überspanntheiten lange mit angesehen und angehört. Hoffart! Selbstgefällige Hoffart, Schwester Kreszentia. Sie kasteit und geißelt sich über alle Maßen, Bruder Eusebius! Ich habe viel Mühe mit ihr deswegen. Immer wieder muss sie ins Infirmorium eingewiesen werden, weil sich die Striemen auf ihrem Rücken entzünden oder sie vor Hunger und Schwäche bei der Arbeit umfällt. Und ich sage, das ist kein Dienst an Gott, sondern Stolz: Schwester Kreszentia versucht sich über alle anderen zu erhöhen. Und weil sie ihren Schwächen keinen Raum lässt, weil sie ihre Natur in alltäglichen Dingen unterdrückt, machen sich ihre Gefühle in solchen Wahnvorstellungen Platz!«
Kreszentia schluchzte auf, die gekränkte Unschuld.
Bruder Eusebius neigte der Auffassung der Äbtissin zu. Nur allzu oft hatte er diese Anzeichen an einem Mönch und mehr noch unter den weiblichen Religiosen wahrgenommen. Das ungeheure Ausmaß von Unzucht und Völlerei, das in den unseligen Zeiten der Avignoner Päpste um sich gegriffen hatte, war ein Ärgernis, das andere ein solches Übermaß an Glaubenseifer und Selbstzerfleischung, dass es nur in Hysterie und Wahrsinn münden konnte.
»Schwester Kreszentia, höre mir zu! Der heilige Augustin hat Übertreibungen aller Art verurteilt! Man soll nicht so fasten, dass die Gesundheit darunter leidet. Maßhalten ist die goldene Regel! Bedenke: Wer sich nicht züchtigt für eine begangene Schuld, son-

dern um sich selbst zu heiligen und sich über seine Brüder und Schwestern zu erheben, der hat dies ganz umsonst getan, denn es ist dem Herrn nicht wohlgefällig! Und du, Weltkind, kannst du auf die Bibel schwören, dass du diese Schwester nicht willentlich zu unsittlichem Denken und Handeln verleitet hast und dass du keine *sorcelleries* irgendwelcher Art gegen sie ausgeübt hast?«
Manou ergriff fest die Bibel, die er ihr reichte, legte die rechte Hand darauf. »Ich schwöre es. Ich habe diese Schwester weder begehrt, noch in irgendeiner Weise verführt, noch behext! Die schmiert sich ja mit Eselsschmalz[7]«, schimpfte Manou.
»Manou!« Ein warnender Ruf der *abbesse.*
»Ich bitte um Vergebung«, sagte Manou laut. Und leiser: »... wenn's aber doch wahr ist.«
»Schwester Kreszentia«, sagte streng Eusebius. »Ich ermahne Euch, Eurer Oberin gegenüber gehorsam zu sein. Ihr sollt Euch nicht weiter züchtigen und selbst strafen, aber Ihr sollt in Euch gehen und die Hoffart in Eurem Denken und Verhalten ausmerzen! Und du, Mädchen, du sollst, solange du hier im Kloster zu Gast bist, Nachsicht und Nächstenliebe üben und dieser Schwester verzeihen.«
›Das habe ich schon einmal getan und siehe, was es mir genützt hat‹, dachte Manou wütend.
»Geht, beide!«
»Warum lässt du mich nicht einfach in Ruhe! Ich will doch gar nichts von dir. Ich habe dir nichts Böses getan. Warum beschuldigst du mich so?«, fragte Manou draußen auf dem Gang, doch Kreszentia raffte ihren langen schwarzen Habit und eilte davon, ohne Manou zu antworten oder sie auch nur anzusehen.
»Liebste Schwester Eléonore! Was habt Ihr Euch nur dabei gedacht, dieses Weltkind hier aufzunehmen? Ist es wahr, dass sie keine Postulantin ist, dass sie gar nicht die Absicht hat, irgendwann einmal das Gelübde abzulegen?«, fragte drinnen vorwurfsvoll Bruder Eusebius.
»Sie hat zu erkennen gegeben, dass sie es gern tun würde«, antwortete hinreichend wahrheitsgemäß Eléonore. »Aber ich habe befunden, dass sie zum klösterlichen Leben wenig Eignung hat und habe ihr selbst davon abraten müssen.«

»Und warum ist sie dann noch hier?«
»Sie ist eine Waise. Ihre Verwandtschaft hat sie schlecht behandelt und ich wollte erst einen guten Platz für sie finden, ehe ich sie fortschicke. Sie ist im Herzen ein guter Mensch und sehr begabt.«
»So, aha«, brummte Bruder Eusebius. »Nun gut. Aber beeilt Euch damit, diesen Platz zu finden. Ich werde Bruder Severin über den Vorfall in Kenntnis setzen müssen. Und es wäre besser, wenn Ihr die Situation in den Griff bekämt, bevor er darauf reagiert. Bruder Severin geht beim Bischof ein und aus. Ihr wisst, dass Seine Eminenz Euch nur allzu gern einen *abus* nachweisen würde.«
»So ein Biest«, stimmte Ann-Marie ihrer Freundin zu, als sie sich an der kleinen Grotte im Klostergarten trafen. »Man müsste ihr irgendeinen Streich spielen, dieser falschen Heiligen! Soll ich ihr die Ärmel zunähen, während sie schläft? Dann kommt sie morgens zu spät zum Chorgebet und wird gerügt!«
»Lieber nicht, sie ist so schon bösartig genug. Außerdem wette ich, dass sie in ihren Sachen schläft, um auch ja bereit zu sein!«
»Dann nähe ich sie ihr eben am Leibe zu. Ich kann das! Sie merkt ganz bestimmt nichts. Oder ich nähe ihr den Rocksaum an der Matratze fest, das wäre ein Spaß!« Ann-Marie kicherte, Manou auch, aber dann wehrte sie ab.
»Ach, lieber nicht. Dann wird gefragt, wer das getan hat, und es kommt heraus. Ich will nicht, dass du meinetwegen Ärger kriegst. Aber ich würde sie am liebsten mit ihrem Pharisäergesicht voran in den Mist schubsen.«

11

La fougasse au beurre! Emile bereitete sie höchstpersönlich. Er nahm dazu einen Teig für *pain de miche,* das allerfeinste Brot aus dreimal vermahlenem Weizenmehl. Einfach vermahlenes Mehl, grauschwer und klumpig, voller Spelzen, wie man es für das *pain à tout* verwendet, riecht ein wenig nach Heu, schmeckt nussig und kratzt im Hals. Aber feinst vermahlenes, dreifach gesiebtes Mehl, weiß, rein und süß duftend, leicht wie Staub – das gab es auch auf Fort Buoux nur zu besonderen Gelegenheiten.
Emile hatte seine eigene Art, den Teig zu ›wecken‹, wie er sagte: Er ließ ihn aufgehen in einem Trog nah am Herd, mit einem feuchten Leintuch bedeckt. Es roch bereits unvergleichlich. Nun nahm er davon ein Teil und knetete es mit noch einmal so viel neuer Butter, so lange, bis der Teig glänzend und geschmeidig war, fügte dann Orangenwasser, Safran und eine Andeutung von Zimt hinzu und ließ das Ganze wiederum in der Wärme am Herd einige Stunden vor sich hin träumen.
Wenn er das Gefühl hatte, es sei an der Zeit, dann lupfte er das Tuch und berührte den Teig ganz leicht, betupfte ihn mit den Fingerspitzen. War er so aufgedunsen, weich und nachgiebig wie der Hintern einer schönen dicken Frau – sagte Emile –, dann war er bereit, in eines der dreizehn Desserts verwandelt zu werden, in die Krönung der Dreizehn, ein goldgelb glänzendes, luftiges Wunderwerk.
Er ölte ein Blech, formte einige blattförmige Stücke und ritzte mit einem silbernen Messer Öffnungen wie Blattadern ein. Die zog er zärtlich auseinander und bestrich sie mit geschmolzener Butter, damit sie im Ofen beim Backen nicht wieder zusammenkleben konnten. Während dieser Vorgänge musste man sich fern halten, um kei-

nen Luftzug zu verursachen, durfte nicht fest auftreten und nicht laut sprechen, keine Türen knallen und wehe dem, der es wagte, im Herd herumzustochern und etwa Staub oder Asche aufzuwirbeln, der konnte sich auf eine Tracht Prügel gefasst machen!
Weihnachten 1498, es war das zweite und letzte Mal in Manous Leben, dass sie *fougasse* nach Art von Orange zu schmecken bekam, das letzte Mal, weil sich ihr von da an jedes Mal, wenn ihr der süße Duft warmer Butter in die Nase stieg, der Magen umdrehte. Es war ein trübsinniges, finsteres Weihnachtsfest, das den Namen ›Fest‹ kaum verdiente, ohne Priester, ohne Messe, aber in der kalten Pracht von Madames elegantem Speisesaal. Kerzenlicht schimmerte auf mit grüner Seide bespannten Wänden.
Man hatte gut gegessen und sich dabei von Musikanten aufspielen lassen: *aïgo bollido, céleri à l'anchois,* ein Fischgericht, gefüllte Tauben in Honig und Muskat – Madame scherte sich nicht um das Gebot der Fleischlosigkeit –, Rhabarbermus, Trüffel und noch einiges mehr. Dann kam man zu den dreizehn Desserts: Äpfel, Orangen, getrocknete Feigen, Rosinen, Datteln und kandierte Kirschen, Quittenbrot, schwarzer und weißer Nougat für den Teufel und Gott, Haselnüsse, Walnüsse, geröstete Kastanien und schließlich das, was Manou schon den ganzen Tag in die Nase gestochen hatte: die *fougasse au beurre*.
Die Stücke mussten mit den Fingern mundgerecht zerteilt werden, nicht geschnitten, sondern gerissen. Erst brach die goldene Kruste, darunter quoll der weiche, milchweiße Teig hervor, flockig, noch warm, und ein himmlischer Duft ließ Manou das Wasser im Mund zusammenlaufen. Sie führte das Stück zu den Lippen, öffnete sie, schob das Stück zwischen die Zähne und biss hinein. Oh, dieses sanfte Knistern, wenn die Kruste brach, und dann ... biss sie auf etwas in diesem Gebilde aus Luft und Seligkeit, das dort nicht hineingehörte: Etwas Grobes, Hartes, Scharfkantiges – sie befühlte es mit der Zunge, bevor sie es diskret nach vorn und in ihre Hand beförderte –, etwas Halbmondförmiges: ein abgeschnittener Fingernagel, schmal, spitz zulaufend, rosig, kein abgebrochener von Emile, sondern ein perfekter Halbmond, sauber abgeschnitten und mit Bedacht in den Teig befördert ...
Manou würgte, sie schaute angestrengt auf ihren Teller, damit man

nicht sah, wie ihr die Augen hervorquollen, und ließ das Stück Kuchen unter den Tisch fallen, wo es einer von Monsieurs schwarzen Hunden fraß.
Nun wusste sie es genau: *Dame* Angèle versuchte, sie zu verhexen. Ysac musste es auch bemerkt haben. Am nächsten Morgen nahm er Manou beiseite und sagte: »Manou, Kleines, ich werde bald das Weite suchen. Madame und ich, wir haben uns entfremdet und für Monsieur kann ich nichts weiter tun. Mit den Künsten, die er jetzt praktiziert, will ich nichts zu schaffen haben. Ich gehe fort und dasselbe rate ich dir.«
Doch Manou war noch nicht bereit.
»Ich kann nicht. Ich habe Madame versprochen, zu helfen wie ich kann. Und ich würde mich so sehr freuen, wenn Monsieur Justin wieder gesund werden würde.«
»Wenn er auf diese Weise gesund wird, dann wäre es besser, er würde sterben.«
»Wie kannst du das sagen, Ysac! Ich habe gedacht, du wärest sein Freund!«
»Das bin ich auch. Ich liebe ihn und bewundere seine Gelehrsamkeit, aber es ist nicht immer gut, einem Freund seinen Willen zu lassen.«
»Das glaube ich nicht! Ich tue alles für ihn«, sagte Manou. Ysac schüttelte den Kopf.
»Hast du ihn vorher gekannt?«, fragte sie ihn.
»Nein. Aber man sagt, er war ein schöner Mann, abenteuerlustig und charmant. Ein guter Hauptmann, auch seine Soldaten taten alles für ihn. Ich denke nicht, dass etwas Gutes für ihn dabei herauskommt, was sie jetzt vorhaben, seine Dame und er. Sie gehen den Weg der linken Hand und den will ich nicht mitgehen. Ich will ihn nicht kränken. Ich werde vorgeben, nach Deutschland zu fliehen. Das ist glaubwürdig genug. Vielleicht gehe ich auch wirklich dorthin. Es sind schlimme Zeiten, Manou.«
»Wann verlässt du uns?«
»Bald.«
Sie umarmte ihn. Er war einen guten Kopf größer als sie, ihr Gesicht kam auf den Spitzen seines Hemdes zu liegen, auf seiner harten flachen Brust, und einen Augenblick fühlte er sich so an, wie

sich ihr Bruder Josèphe angefühlt hatte, wenn er sie hochhob und an sich drückte.
»Ich werde dich vermissen!«
»Ich dich auch, Kleines. Vielleicht wird Gott dich beschützen, weil du in guter Absicht an eine schlechte Sache gehst. Wenn du in Not gerätst, denke an seinen heiligen Namen, den ich dir beigebracht habe, *jod he waw he*«, buchstabierte er ihn , »du darfst ihn aber nie laut aussprechen. Wenn du etwas sagen musst, so sage: Adonai. Und nimm dies!«
Er reichte ihr einen eisernen Armreif, der geformt war wie eine Schlange, die sich in den eigenen Schwanz beißt.
»Das ist der Drache Urobos, Symbol der Ewigkeit und der zyklischen Natur des Universums. Er wird dich beschützen, da du eine Affinität zu den Geistern der Natur hast. Trage ihn bei dir, besonders an finsteren Orten. Der Ring ist aus Eisen und die Dämonen der Finsternis scheuen das Eisen. Außerdem ist der Kreis ein Zeichen des Bannes. Und verliere nicht den Mut: Ich habe die Zahl deines Namens errechnet, es ist die Fünf. Menschen mit der Fünf sind unruhig, Abenteurer, doch sie fallen wie die Katzen immer auf ihre vier Füße, wie man sagt. Du bist auch kämpferisch veranlagt, denn der Planet der Fünf ist der Mars. Das kommende Jahr ergibt auch Fünf. Vielleicht hilft dir das. Der fünfte Buchstabe im hebräischen Alphabet ist *he* und das ist Teil des wahren Namens Gottes. Rot ist deine Glücksfarbe und die Tiere, die dir gut sind, sind Schaf und Eule. Leider ist die fünfte Sephira[8] die Gebura, ein zerstörerisches Zeichen, doch es bedeutet auch Stärke – es liegt also an dir.«
Manou fühlte sich wenig ermutigt von diesem Vortrag und sehr allein, als er im Frühjahr verschwand.
Das Jahr 1499. Wahrsager, Handleser und andere Taschenspieler hatten Hochkonjunktur. Ein Borgia saß auf dem Heiligen Stuhl, Vater von Cesare und Lukretia, eine übel beleumundete Brut, ein schlechtes Aushängeschild für die Christenheit. Der König forderte die Juden auf, überzutreten oder das Königreich zu verlassen. Manou vermutete, Ysac würde das Weite suchen, wie er gesagt hatte, denn so locker auch seine Moral, in Glaubensdingen war er sehr ernsthaft und sicher nicht bereit zu lügen, um seine Haut zu retten. Jesus sei ein herausragender Mensch gewesen, einer unter Hun-

derttausenden und ein Prophet, hatte er einmal gesagt, ›doch kein Gott. Es gibt nur den Einen‹.
Es war ein fürchterliches Frühjahr, viel zu kalt und zu nass. Der Marin, gewalttätiger noch als der Mistral, heulte und jaulte um die Mauern wie ein ganzer Friedhof verdammter Seelen. Es regnete wochenlang, so dass man den nächsten Berghang nicht sehen konnte. Das Vieh bekam Huffäule und die Durance trat wieder einmal über die Ufer.
Ende März war es so warm, dass die Obstbäume zu blühen begannen; im April gab es dann plötzlich wieder Frost und die Blüten erfroren, die Äpfel, die Kirschen und die Quitten – Obst würde rar sein in diesem Jahr. Monsieur Justin war lange krank und musste das Bett hüten.
In dieser Zeit lehrte Angèle de Saignon Manou das Instrumentarium und das Bestiarium der Hölle.
»Angenommen, nur angenommen, du willst einen Mann für dich gewinnen. Dann knetest du eine Figur aus Wachs und dein Blut und deinen Speichel mit hinein. Dann vergräbst du dieses Figürchen unter der Schwelle seines Hauses und er wird angerannt kommen wie ein Tier in Hitze.«
Manou schüttelte sich. Das war nun wirklich nicht die Art von Gefühl, die sie sich von einem Mann erhoffte.
»Man kann mit solchen Puppen auch ganz andere Dinge tun! 1315 wurden Hugh Geraud, der Bischof von Cahors und zwei weitere Bischöfe überführt und angeklagt, Papst Johannes XXII. durch Gift und Zauberei angegriffen zu haben. Sie hatten drei Wachsfiguren auf den Namen des Papstes und zweier Angehöriger seines Haushaltes getauft und in Brotlaiben versteckt, dazu Quecksilber, Arsenik, Rattenschwänze, Spinnen, Majoran, Pfefferminz und Haare von einem gehenkten Verbrecher. Doch wurde die Sache entdeckt. Hugh Geraud wurde schuldig gesprochen und hingerichtet, indem man ihm bei lebendigem Leibe die Haut abzog und ihn anschließend verbrannte!«
Angèles Augen leuchteten bei der Beschreibung der Scheußlichkeiten.
»Und weißt du auch, wie die Hexen in den Cevennen dem Teufel huldigen? Sie nehmen einen stinkenden Bock, küssen ihn auf die

Hoden, treten auf dem Kreuz herum, tanzen die *Gigue* um den Bock und treiben Unzucht – unfruchtbare Umarmung! Nun schau nicht so entsetzt. Das verlange ich ja gar nicht von dir. O nein, hier geht es ganz gesittet zu …«

›Aber nur zwangsläufig‹, dachte Manou, ›weil Ysac fort ist.‹

»Warum«, überwand sich Manou zu fragen, »ist die Sexualität bei der Magie so wichtig? Mir ist aufgefallen, dass sie immer wieder vorkommt, Nacktheit, zügellose Tänze, obszöne Handlungen, doch nur in der niederen Magie.«

»Nenne es ja nicht ›niedere Magie‹«, rief Angèle. »Außerdem ist es nicht wahr, nur dass sie es in der Alchimie und der Magie der rechten Hand verbrämen und umschreiben. Wir vom linken Pfad dagegen stellen die Dinge so dar, wie sie sind.«

›Tut ihr nicht‹, dachte Manou. ›Ich kann nicht glauben, dass das alles ist, was zwischen Mann und Weib passiert, tierische Triebhaftigkeit, Gewalt, Unterwerfung. Alles ist auf das Geringste reduziert, nur auf Genuss und Rauschhaftigkeit. Ich habe an meinen Eltern andere Gefühle und einen ganz anderen Umgang wahrgenommen: Zärtlichkeit und Rücksichtnahme.‹

Madame de Saignon sah das zweifelnde Gesicht ihrer Schülerin: »Es geht dabei ja nicht um eine Romanze! Begreife doch: Es geht einzig und allein um die Energien, die dabei freigesetzt werden. Tod, Sexualität, Zorn – das sind starke Gefühle.«

»Liebe doch auch?«

Angèle sah einen Augenblick lang so aus, als sei ihr übel.

»Liebe hat nichts damit zu tun«, sagte sie nur kurz. »Nun lerne die Namen der Geister und Dämonen. Die Elementales hast du ja schon kennen gelernt. Dazu rechnet man aber außer denen des Feuers, Wassers, der Erde und der Luft auch noch die, die unter der Erde leben, die der Menschen Feind sind: Das sind die *lucifugi*, die das Licht fliehen. Es gibt die olympischen Geister, die die Planeten regieren. Das Buch Arbatel[9] nennt die Zeichen, auf die sie hören müssen, sodann die Dämonen, darunter Belial und Choronzon, Rimmon und Tamuz. Von den Teufeln nenne ich dir die vier höchsten: Luzifer, der den Menschen als ein schöner Jüngling erscheint, Beelzebub kommt als riesige Fliege und Aschtaroth als schwarz-weiß gefleckter Mensch, ferner Asmodeus, der Teufel der

Sinnlichkeit und des Luxus. Und hier in diesem Grimorium findest du die Formeln und Sprüche, um sie zu rufen ...«
Manou ergriff das Buch, schlug es auf und begann widerwillig und halblaut, einen der Sprüche zu entziffern.
»Na! Halt!« Angèle schlug ihr das Buch aus der Hand. »Nicht laut lesen! Niemals, niemals, merk dir das, darfst du einen Zauberspruch laut sagen, wenn du ihn nicht anwenden willst und entsprechend vorbereitet bist! Es gibt keine Übungen! Wenn du die Worte aussprichst, dann sind sie Wirklichkeit!«
Sie sah sogar selbst ein wenig erschrocken aus.
›So hat sie denn wenigstens davor Respekt‹, dachte Manou, der Madames Umgang mit der düsteren Seite der Magie bisher allzu frivol vorgekommen war. Manou nahm zwar das Buch, wie es ihr befohlen war, aber sie tat nur, als lese sie darin. In Wirklichkeit hielt sie die Augen geschlossen, umklammerte den Urobos und betete. Es war eine Sache, einen Naturgeist, eine ganz andere, den Satan zu rufen. Ob Ysac doch Recht hatte?
Wenig später, Monsieur Justin konnte sich wieder erheben, aber es ging ihm noch sehr schlecht, hörte Manou das folgende Gespräch. Diesmal hatte sie es darauf angelegt zu lauschen. Sie wollte wissen, woran sie war. »Wir müssen endlich anfangen«, zischte Angèle. »Du behauptest zwar immer, dass unsereins rasch und unsystematisch vorgeht, aber das stimmt nicht. So eine Invokation braucht ihre Zeit!«
»Aber warum Asmodeus und nicht Bethor?«
»Weil er dir ganz sicher helfen wird. Bethor? Du weißt doch, wie launisch die Planetengeister sind. Sie kümmert das Schicksal einzelner Menschen nicht!«
»Aber dafür braucht man ein Opfer und an wen hattest du da gedacht?«
Beredtes Schweigen.
»O nein! Nein! Ich werde Manou nicht so einem Schicksal überantworten. Sie vertraut uns!«
Madame, ruhig und giftig wie eine zusammengerollte Viper vor dem Zustoßen, entgegnete: »Und wenn schon. Ich habe ja auch alles dafür getan. Wozu glaubst du, habe ich dieses dreckige Bauerntrampel aus seinem Loch gezogen, es gekleidet und durchgefüttert,

seine Dreistigkeit und schlechten Manieren ertragen? Es wird Zeit, dass es dafür bezahlt!«

Manou taumelte zurück, als habe ihr jemand einen harten Schlag versetzt. Bevor sie wegrannte, hörte sie noch Monsieur fest sagen: »Nein, Angèle. Das dulde ich nicht.«

Ihr Vorbild, ihre Lehrerin, die Frau, die geschworen hatte, sie wie eine Schwester zu behandeln, die mit ihr gescherzt hatte, sich über Kleider und Frisuren unterhalten und getratscht hatte wie mit einer guten Freundin, diese Frau hatte alles nur vorgetäuscht. Sie hatte sie von Anfang an belogen. Manou war in eine Falle geraten.

Sie fühlte sich so beschmutzt, gedemütigt und einsam, dass sie heulte, bis ihre Augen zu kleinen Schlitzen zusammengeschwollen waren.

Marie, die Zofe von Madame, kam nachsehen, warum Manou nicht zum *diner* erschien. Manou erklärte, sie habe rasende Kopfschmerzen. Marie glaubte ihr kein Wort, schickte aber nach einer Kompresse und einem Aufguss und gab die Notlüge an ihre Herrin weiter. Sie konnte so hochmütig sein wie eine Katze, diese Marie, aber sie war im Grunde kein schlechter Mensch.

»Und warum bist du dann nicht endlich fortgegangen?«

»Wohin? Ich nehme an, es musste noch schlimmer kommen, ehe es mir egal war, was aus mir wurde. Ich hatte mich an das gute Leben gewöhnt, wenn ich mir damals auch nicht eingestehen wollte, dass dies ein Grund für mein Bleiben war. Ich war immer noch gierig nach Wissen. Ich wollte all die dunklen Geheimnisse erfahren, einfach, weil sie geheim waren. Das genügte. Und ich dachte, Monsieur Justin würde mich schon beschützen.«

Die Äbtissin ging zu einer *étagère* aus poliertem Walnussholz, die ihre persönlichen Bücher enthielt, und entnahm ihm die *Civitas Dei* des Sankt Augustinus.

»*Tiens!* Ich habe die ganze Zeit daran denken müssen, wie sehr doch einige Lehrsätze und Behauptungen aus der Alchimie, der Magie und der Christlichen Lehre einander entsprechen! Die Bedeutung der Zahlen etwa findet sich im Werk unseres Schutzheiligen und Gründers unseres Ordens wieder: Gott ist der Anfang, für ihn steht die Zahl Eins. Sein Widersacher hat die Zahl zwei, deshalb sind zweispitzige und gegabelte Gegenstände Symbole des

Bösen. Am zweiten Schöpfungstag sagte Gott nicht: Es ist gut. Und Sankt Augustin schreibt, dass die unreinen Tiere paarweise in die Arche gingen, die reinen dagegen jeweils zu sieben. Ich glaube gar, diese so genannte magische Zahlenlehre, die ist aus den Lehren der Heiligen und der Propheten zusammengestohlen!«

»Eher umgekehrt. Ysac hat mir gesagt, dass die Bedeutung der Zahlen schon lange vor der christlichen Kirche bekannt war, sogar lange bevor die Kabbala, das geheime Buch der Juden, geschrieben wurde. Im Zweistromland gab es vor Tausenden von Jahren Könige, die ließen Tempel und Paläste mit jeweils sieben Toren und sieben Portalen bauen. Der Siegel Salomonis sind sieben und der Zyklus des Mondes, der vier Wochen dauert, besteht aus vier mal sieben Tagen …«

»Die christliche Kirche behauptet ja nicht, alles neu erfunden zu haben, nur weil sie ihre Zeitrechnung mit der Geburt unseres Herrn Jesu beginnt. Was vorher war, muss nicht alles falsch gewesen sein. Die Zahl Sieben, gleichgültig, was irgendwelche Heiden hineingedacht haben, ist für uns die Zahl der Weisheit und des Mysteriums, der Suche nach der inneren Wahrheit. Die Zahl Sieben steht für Vollkommenheit, denn in sieben Tagen wurde die Welt erschaffen. Es gibt sieben Todsünden und das Vaterunser hat sieben Bitten.«

»Und die Zweiundzwanzig«, führte Manou eifrig aus, »die Zahl Zweiundzwanzig ist auch eine heilige Zahl, denn das hebräische Alphabet, in dem die Schöpfungsgeschichte geschrieben wurde, hat zweiundzwanzig Buchstaben. Es heißt, Gott habe sich des hebräischen Alphabets bedient, um zweiundzwanzig Dinge zu erschaffen, die alles darstellten, was existiert.«

»Ja, und die Civitas Dei des Augustinus, wie du hier siehst, umfasst zweiundzwanzig Kapitel. Und es gibt noch viel mehr Entsprechungen zwischen Christen- und Heidentum, Glaube und Magie. Nimm die Farbsymbolik: Die Kirche verwendet die Farbe Weiß, um Unschuld zu symbolisieren, Rot für den Heiligen Geist und Schwarz oder Violett bei Beerdigungen. Es kommt nicht darauf an, woher die Symbole stammen, sondern wofür sie verwendet werden, nicht auf die Art und Weise eines Rituals, sondern auf seinen Zweck und da weist die Vorliebe der Magier für Schwarz und Violett bereits auf ihre Perversion hin: Sie verwenden für sich die Farbe des Todes, der Auflösung, und tun dennoch so, als ob sie kreativ seien. Dabei sind sie nur zerstörerisch.«

»Warum«, fiel es Manou plötzlich ein, »tragt Ihr dann Schwarz, Ehrwürdige Mutter? Warum *Sœurs Noires?*«

»Eine gute Frage. Die Antwort wird dir die Stichhaltigkeit dessen beweisen, was ich gerade gesagt habe: Sinn und Gebrauch macht erst den Wert von Symbolen und Ritualen. Alle Farben außer Schwarz und Weiß, die streng genommen keine Farben sind, stehen für die Welt und die Sinne, die Sinnesfreuden, denen wir entsagt haben. Indem wir das Gebot des Gehorsams befolgen, verzichten wir auf Macht. Indem wir das Gebot der Keuschheit befolgen, verzichten wir auf Lust. Indem wir das Gebot der Armut befolgen, verzichten wir auf Reichtum und Bequemlichkeit. Dass wir Schwarz tragen, soll schon nach außen zeigen, dass wir den Weg der Entsagung gewählt haben und uns von der Welt abwenden. Es gibt aber noch eine weitere Auslegung.«

»Und die wäre?«

»Denk nach, Kind: Wer außer den Mönchen und Nonnen trägt braun und schwarz?«

»Die niederen Gesellschaftsschichten, die Armen.«

»Ja. Und wie Jesus es uns empfohlen hat, gehen wir eine Gemeinschaft ein mit diesen. Indem wir ihre Farben tragen, beweisen wir unsere Verbundenheit mit denen, die wie wir, aber aus anderen Gründen, keinen Anteil haben an Reichtum und Macht. Es mag also sein, dass die Zeichen und Symbole nicht von uns erfunden wurden, denn die Welt hat nur einen endlichen Vorrat davon. Doch findest du nicht, dass wir besseren Gebrauch davon machen?«

12

»*Imaginez vous:* Rauch, fetter tintig-dichter Rauch, der sich träge ausbreitet im Licht, Schwaden und Kräusel zieht, undurchdringlich für den Tag, Rauch wie er bei einem großen und bösen Feuer entsteht, wenn Häuser brennen oder Stallungen mit dem Vieh noch darin. Der Rauch steigt auf in einer finsteren Säule, die man schon aus der Ferne sieht. Er scheint so massiv wie ein lebendiges Wesen, ein maliziöses, ein bedrohliches Wesen; er verdunkelt die Sonne und das Herz. Denn was darunter ist, ein Feuer wie dieses, gibt sich nicht zufrieden, es droht das ganze Land zu verschlingen. Trockene Kräuter, angefüllt mit Ölen, Pinienhaine bedecken die Hänge des Luberon. Ein Funken genügt, um alles zu vernichten. Er frisst sich ins trockene Gras, breitet sich ungesehen aus und endlich schießt die feurige Macht in die Höhe und ist nicht mehr aufzuhalten. Aber die Rauchsäulen wirken schlimmer als das Feuer selbst.
Wenn man von weitem sieht, mit welcher Kraft und Geschwindigkeit dieser Rauch nach oben fährt, spürt man schon, welche Gewalten noch darunter wirken. Das ist kein Herdfeuer, kein friedliches Gekräusel und Gewölk aus einem Kamin. Und kommt man näher, dann sieht man den roten Widerschein der Flammen sich gegen die umliegenden Hügel abheben, flackern und glühen. Erst wenn man sich so weit nähert, wie man es bei einem Feuer dieser Größe gern vermeiden möchte – es zieht einem Herz und Magen zusammen –, dann erst hört man das Fauchen der Flammen, angefacht durch den Wind, dann erst sieht man die Ursache für den bösen, fetten, schwarzen Rauch.
Dieser Art war der Zorn, der in mir schwelte, nachdem ich alle Tränen verbraucht hatte. Das war aus der winzig kleinen Glut geworden, die in mir schwelte von den Demütigungen, die ich zu verges-

sen suchte, aber nicht konnte. Es machte mir Mühe, meine Gefühle vor Madame zu verbergen, gelassen und scheinbar unbefangen Konversation zu treiben. Bei jedem der giftigen Pfeile, die aus meinen Augen schossen, wenn ich mich nicht mehr beherrschen konnte, lachte *Dame* Angèle.

›Welch ein wunderbarer Zorn‹, hat sie wohl gedacht. ›Zu welcher Kraft diese kleine Trine doch in der Lage ist. Herrlich! Außerordentlich zufrieden stellend, wie dieses skrupulöse, langweilige kleine Ding sich verwandelt, geradezu erblüht!‹

Hatte sie mich absichtlich lauschen lassen, waren die Worte geradewegs für meine Ohren bestimmt und ausgewählt gewesen?«

»Das ist schwer vorstellbar. Sie musste doch fürchten, dass du es mit der Angst bekamst und fliehen würdest.«

»Fliehen? Ach nein. Sie kannte mich zu gut. Jetzt stürzte ich mich mit neu angefachtem Eifer in meine Studien. Jetzt würde ich es allen zeigen! Hatte ich ihr denn jemals irgendwelchen Anlass gegeben, mich so zu hassen und zu verachten? Immer war ich friedfertig und hilfsbereit gewesen, Manou hier und Manou da. Damit war es jetzt vorbei.

Wie sie mich alle gequält und gehänselt hatten, Waisenkind, Bastard, Hure, Hexe, Bauerntrampel, und immer hatte ich verziehen, doch das war jetzt vorbei, vorbei!«

Manou war aufgesprungen und lief im Zimmer hin und her. Sie schüttelte die Fäuste. Ihre Augen funkelten.

»Ah! Ich würde eine größere Magierin werden als Madame! Ich würde sie alle bezahlen lassen. Sie sollten bedauern, mich so schlecht behandelt zu haben!«

Sie holte das verachtete Grimorium wieder hervor und studierte es eifrigst. Es strotzte vor Grausamkeiten und Perversitäten: ›Töte eine schwarze Henne mit einem weißen Stock. Fange das Blut auf und schmiere ein wenig davon auf deinen Feind. Wenn es dir nicht gelingt, seinen Körper damit zu beschmieren, dann verschaffe dir ein Kleidungsstück von ihm und tropfe von dem Blut darauf.‹

›Um den Luzifer zu beschwören, schlachte eine junge Ziege und ziehe einen Kreis aus Streifen ihres abgezogenen Fells auf dem Boden. Die Streifen müssen mit Nägeln aus dem Sarg eines Kindes befestigt werden.‹

»So wütend und verletzt war ich, so sehr wollte ich verletzen, dass ich alle diese Schaurigkeiten wie betäubt zur Kenntnis nahm. Ich glaube nicht, dass ich sie hätte in die Tat umsetzen können, doch für den Moment gefiel ich mir darin, all dies in mir aufzunehmen und meinen Hass in unvergossenem Blut zu baden. Ein schmutziges Bauerntrampel, ach ja?! Das würden sie noch sehen ... Ich suchte mit verbissenem Eifer nach der großen Formel, die mich erheben sollte.«

Wenn Eléonore de Castillon je Zweifel an den Hexenverbrennungen gehabt hatte, fühlte sie sich nun in allem bestätigt: ›Widerlich, ekelhaft, widernatürlich! Wie die feigsten Meuchelmörder sind diese Magier, die böse Geister ihre Kämpfe ausfechten lassen, anstatt sich selbst zu stellen. Man muss wahrlich alle Hexen und Zauberer dem Feuer überantworten, um ihre Kunst ganz und gar auszurotten in dieser Welt! Und da sich noch Blut und Knochen für die Magie verwenden lassen, ist es nötig, die Welt ganz von ihnen zu reinigen, so dass nichts übrig bleibt.‹

Manou hatte ihre Zuhörerin vergessen. Sie redete atemlos. Es sprudelte nur so aus ihr heraus, es musste heraus, wie Eiter aus einer Pestbeule.

»Die meisten der Verfahren hatten Quälerei und Tod eines Tieres, manchmal auch von Menschen zum Inhalt. Und alles nur, um an irgendwelche irdischen Güter zu gelangen: einen Schatz zu finden, Reichtum zu erlangen, Gold oder Frauen herbeizuschaffen. Das schienen die zentralen Dinge zu sein, um die sich die Gedanken der Verfasser bewegten. Ich studierte viele von ihnen, zu viele, und am Ende war ich angewidert und enttäuscht. Sollte das alles gewesen sein? Nichts Erhebendes, Macht nur um der Willkür willen, nur für den Augenblick, nur Eitelkeiten, Schmutz und Gier?«

»Was hattest du denn gehofft zu finden?«, fragte die Äbtissin.

»Erkenntnis.«

»Welche Art von Erkenntnis?«

»Ich bin mir nicht so sicher. Was ich fand, war eine Erkenntnis, die ich nicht gesucht und lieber im Dunkeln gelassen hätte: die der absoluten Abgründe, die zu erreichen der menschliche Geist in der Lage ist.«

»Nicht nur im Geist. Erst recht in Taten.«

»Aber ich wollte nichts dergleichen tun. Ich hatte nie die Absicht, mein Wissen anzuwenden«, verteidigte sich Manou und wünschte schon, sie hätte sich nicht dazu hinreißen lassen, von den Grimorien zu erzählen.
»Du wolltest dein Wissen nicht anwenden? Das wäre das erste Mal! Wer sich einen Vorteil verschafft, der will ihn auch für sich arbeiten lassen. Wer eine Waffe in die Hand nimmt, der will töten und verletzen. Du wolltest nicht mehr Wissen um des Wissens willen, sondern wolltest Anerkennung erzwingen. Du hast dich deinen schwärzesten Gefühlen hingegeben, dich hinreißen und verführen lassen.«
»Nein, nein! Ich schwöre …«
»Schwöre nicht! Was ist mit deinem Zorn, von dem du mir erzählt hast?«
Der war rasch abgeklungen, geschrumpft, zu etwas Lächerlichem geworden, als sie in den Spiegel gesehen hatte. Da war dieser mannshohe Spiegel in einer der Galerien, den Madame hatte aufstellen lassen, um sich zu bewundern, bevor sie die Treppe hinunterschritt. Dieser Spiegel hatte Manou eingefangen. Sie sah aus den Augenwinkeln ihr eigenes Bild über die silbrige Oberfläche gleiten, blieb stehen, um sich zu betrachten, wie sie dort vorbeistolziert war, geschwollen von Zorn und Selbstgerechtigkeit. Mit diesem geschmacklosen Frisurungetüm, das ihr so gar nicht stand. Falschen Locken. Geborgte Kleider, geborgte Ideen. Sie ging näher an den Spiegel heran und schnitt sich eine Fratze. Betrachtete sich, wie man eine Fremde betrachtet, musterte sich von oben bis unten, sah sich selbst in die Augen.
»Ich sah mich in einem Spiegel und fand, dass sie Recht gehabt hatte. Was war ich denn anders als ein Landei, das man in feine Kleider gesteckt, dem man ein paar Ideen übergestülpt hatte. Drunter blieb ich, was ich gewesen war. Ich nahm die Nase wieder herunter und mein Feuer war gelöscht.«
»Gut. Dennoch hast du weitergelesen. Hast diese grässlichen Bücher nicht von dir geworfen.«
»Ja. Ich bekenne mich schuldig. Ich habe weitergesucht, eine Weile.«
Einmal, da dachte Manou, sie habe etwas gefunden, etwas wirklich

Bedeutendes: ›Vorbereitungen für die Invokation und Worte der Macht: Um die Mächte der Hölle zu beschwören, spreche man die Worte … Siras Etar Besanar.‹ Manou beugte sich über das Buch und fixierte die Lettern. Dabei presste sie die Lippen zusammen, um nur ja nicht in Versuchung zu kommen.
Madame de Saignon kam herein, leise wie eine Katze, dunkel wie ein Schatten und beobachtete das Mädchen. Manou schrak hoch.
»Ah! Brav bei der Arbeit, wie ich sehe. Und, was hältst du von dem Buch?«
»Es erscheint mir voller Ketzertum und ungereimtem Zeug«, antwortete Manou kurz.
»Ketzertum – weil es nicht dem Brei entspricht, mit dem euch Bauern sonntags der *curé* voll stopft? Ungereimt – weil du den Zusammenhang nicht erkennst?«
Manou legte das Grimorium ärgerlich beiseite.
»Ich dachte, ich könnte etwas lernen daraus.«
»Das kannst du auch. Nur bist du immer noch zu sehr auf den Verstand fixiert.« Angèle lächelte und schnippte mit den Fingern: »Da trifft es sich doch gut, dass ich eine kleine Überraschung für dich habe. Wir werden heute Abend wieder eine Exkursion machen.«
So freundlich, ach so liebenswürdig! Manou glaubte, der finstere Rauch ihres Zorns müsste sichtbar aus ihrem Kopfe aufsteigen.
»Aber ich werde nicht wieder jemandem eine Mandragora unter die Schwelle legen!«
So sehr hasste sie die Dörfler auch wieder nicht.
»Nein, keine Sorge, du wirst gar nichts Beichtenswertes tun, nur ein wenig tanzen.«
»Madame behielt mich im Auge, denke ich, und freute sich ihres Werkes, denn ich tat ja nun genau das, wozu sie mich mit Freundlichkeit nicht hatte bringen können. Eines Abends nahm sie mich zu einem Rendezvous mit, ein seltsames Rendezvous war das! Ein weiterer heimlicher Ausflug in der Nacht. Ich sollte ein paar ihrer Freundinnen kennen lernen und war schon von vornherein voller Verachtung. Was das schon für Freundinnen sein konnten!
Skeptisch folgte ich meiner Herrin durch die vollmondhelle Nacht. Wir warfen so klare und scharf umrissene Schatten auf den Weg wie am helllichten Tage. Ich sagte mir, dass – da ich ja Magie-

rin werden wolle – die Nacht mein Freund sei und es keinen Anlass zur Furcht gäbe, hatte aber für alle Fälle den Urobos in meiner Tasche und ein Gran Salz, welches die Dämonen bekanntlich verabscheuen, weil es konserviert und sie dagegen flüchtige Geschöpfe des Verderbens sind.
Wieder ging es durch den Wald und wieder zu der ›*Ferme de Chantebelle*‹, doch diesmal empfing uns kein Geistertier, keine geheimnisvolle Stille, sondern ein lustiges Feuerchen und Musik. Ein paar Weiber saßen und standen bereits beim Feuer herum, tranken Wein aus Schläuchen von Bockshoden, lachten und kreischten.
Es waren allesamt Schlampen, fand ich, oder jedenfalls so angetan, alte und junge, hässliche und hübsche, mit grauen Zottelhaaren oder braunen Locken. Es war aber keine aus Saint-Germain darunter, niemand, den ich kannte. Sie begrüßten Madame de Saignon wie eine gute Freundin, herzten und küssten sie. Eine baute sich vor mir auf, die Hände in die Hüften gestemmt, und sagte: ›Das Salz in deiner Tasche brauchst du nicht, Schwesterlein. Wir sind hier alle ganz lebendig und uns geht's gut, danke sehr!‹
Errötend drehte ich meine Rocktasche um und leerte den Inhalt auf den Boden.
›So ist es gut‹, sagte die Hexe. ›Nun komm, trink und tanz mit uns!‹
Sie gaben mir zu trinken aus den Schläuchen, keinen gewöhnlichen Wein; es war ein feuriges Zeug.
›Fledermausblut‹, lachten sie, aber es schmeckte nach *farigoule*[10].
Sie zogen mich in ihren Kreis zum Tanz. Dreie spielten auf mit Tamburin, einer kleinen Handtrommel und einem neuartigen Instrument, eines, wie ich es noch nie gesehen hatte: Ein Kasten aus Holz, mit Saiten bezogen wie die Laute, aber es wurde gestrichen und nicht gezupft, wodurch die Melodie eher als Gesang herauskam, lang gezogen und leidenschaftlich.
Quelle musique! Sie begann *piano, piano,* dann *adagio* und steigerte sich vom *allegro* zu einem hypnotischen *furioso*. Es waren fremdartige Melodien, maurische Lieder voller Glut und Verlangen. Die Frauen wiegten sich schwer in den Hüften, klatschten in die Hände, drehten sich, dass die Röcke flogen, stampften die Füße, warfen die Köpfe in den Nacken wie wilde junge Pferde, auch die Ältesten unter ihnen. Und ohne Mann! Ich bekam Lust

mitzutanzen. Erst schüchtern und vorsichtig tanzte ich am Rande des Feuerscheins, ganz für mich. Ich wusste ja gar nicht, wie, doch dann überließ ich mich dem Rhythmus und ich begann Gefallen daran zu finden. Endlich sprang und wirbelte und stampfte ich wie die anderen auch.

Schwer atmend und erhitzt ließ ich mich auf einen Felsbrocken sinken. Schon kam eine der Frauen und brachte mir zu trinken und dann wurde ich wieder in den Kreis gezogen. Ich vergaß den Ort, ich vergaß die Zeit, meine Scheu, meine schweren Gedanken, meinen Namen. Ich tanzte und flog um das Feuer herum, bis die Welt sich im hämmernden Stampfen der nackten Sohlen und des Tambourins auflöste, in Funken und Hitze, einem unbeschreiblichen Wohlgefühl. Die Melodie schien sich unter meine Haut zu graben und sich direkt den Gliedern mitzuteilen. Es war nicht ich, die die Bewegungen plante. Ich ließ es mit mir geschehen. Könnt Ihr Euch das vorstellen, Ehrwürdige Mutter?«

»Wie meinst du? Dass ich … nein«, sagte Eléonore, »das kann ich nicht.«

›Und ich will es auch lieber nicht‹, dachte sie. Es machte ihr Angst. Sie verabscheute die Extreme und suchte die Ausgeglichenheit. Das war sicherer.

»Aber das macht nichts. Du beschreibst es sehr gut. Waren es denn nun Hexen?«

»Ich weiß nicht. Ich glaube nicht. Es schienen mir einfach nur temperamentvolle Frauen zu sein, solche, die Schwierigkeiten hatten, sich unseren strengen Sitten unterzuordnen. Nicht einmal an Sainte Agathe hatte ich solche Gemeinschaft unter Frauen erlebt. Am Anfang hatte ich ihnen ja misstraut, doch dann, als ich sie mir näher ansah und als ich mit ihnen solche Freude hatte, da fühlte ich mich stark zu ihnen hingezogen. Nichts Übleres ist geschehen, als dass ein wenig der Anstand verletzt wurde, keine Beschwörung, kein Reiten durch die Lüfte, keine Huldigung an den Satan. Es war eine Nacht der Wunder und ich werde sie nie vergessen.«

Nach Stunden, so schien es, Manou war erschöpft, Hemd und Haare klebten auf ihrer Haut, verlangsamte sich das Tempo, ein letztes *crescendo* und die Frauen blieben stehen. Sie fassten sich an den Händen, eine von ihnen sagte ein Gebet und machte das Kreuzzeichen über die anderen, allerdings ein Kreuz mit gleichlangen Armen, das die vier Elemente versinnbildlichte. Sie tranken alle noch einmal aus einem Schlauch, den sie herumgehen ließen, küssten und umarmten sich und verschwanden in verschiedene Richtungen.

Schweigend, überwältigt von dem Erlebnis, folgte Manou Angèle zurück nach Buoux. In der Dämmerung fiel sie in ihr Bett, schlief in den Tag hinein, träumte von einem langen Aufstieg in ein schwarzes Gebirge. Sie trug ein weißes Lämmchen auf ihrem Arm. Das gab sie einem Schakal, der es mit den Zähnen packte und forttrug. Alles geschah lautlos, und auch wenn sie das Lamm nicht hergeben wollte, so gehorchten ihr doch ihre Arme nicht und ihre Füße trugen sie nicht, um den Schakal zu verfolgen und ihm das Lamm wieder zu entreißen.

Beim Aufwachen stellte sie fest, dass man mit Kohle ein *Jessod* an die Wand ihrer Kammer geschrieben hatte, die neunte Sephira für die Sphäre des Mondes, die Schwelle, an der das Bewusstsein in die astrale Ebene hinüberwechselt, die Tiefe, in der das wahre Selbst verborgen ist.

Sie stand auf, nahm ein Stück verkohltes Holz aus dem Kamin und malte ein *Tif'ereth* an die gegenüberliegende Wand, die Sephira, deren Gestirn die Sonne ist, für Erleuchtung, Gleichgewicht und Harmonie.

»Wie hat dir unser Ausflug gefallen?«, fragte Angèle, als sie sich wieder trafen.

Manou konnte nicht umhin zu gestehen, wie sehr sie es genossen hatte.

»Siehst du. Wir werden doch noch eine ganze Frau aus dir machen, nicht so einen blassen, gehorsamen Schatten, wie es die Kirche und die Männer gerne hätten. Trau dich, deine Gefühle zu leben und deine Kraft zu nutzen! Und siehst du: Das war also ein Hexensabbat, ach!? Kein Bocksteufel, keine zertrampelten Hostien, alles nur Ammenmärchen, Verleumdungen, mit denen die Priester uns anschwärzen und unseren Mitmenschen ekelhaft machen wollen. Es sind einfach kluge, energische Frauen, die ihre Leidenschaften ausleben und sich nicht einschränken lassen wollen.«

Eines Nachmittags saß Manou auf dem Mäuerchen der Grotte im Klostergarten und beobachtete die Nonnen, die leise plaudernd und Hände haltend zwischen den Rosenbeeten spazierten oder Ball spielten, wie sie dabei kindlich, fröhlich lachten, hüpften und den Habit hoben, um nicht zu stolpern. Drunter hervor blitzte rosiges Fleisch, feine Knöchel, grobe Knöchel, dürre, krumme, gerade, glatte, haarige Beine, auch dicke, vermutlich mit Grübchen an den Knien, weiße Füße in Sandalen. Wie lebendig sie aussahen, wenn ihre Gesichter so erhitzt waren, rote Wangen, blitzende Augen, die Brüste, wenn auch eingebunden und unter brettsteif gestärktem Stoff verborgen, so doch andeutungsweise mithüpfend, wenn die Besitzerin sich hinreißen ließ, nach dem Ball zu springen. Frauen – sie fühlte eine tiefe Verbundenheit mit ihnen, mit allen Frauen.

Die Äbtissin kam durch den Garten geschlendert.

»Darf ich mich zu dir setzen?«, fragte sie höflich. »Worüber denkst du gerade so angestrengt nach?«

»Ich habe über die Frauen nachgedacht. Warum verwenden die Männer nur so viel Mühe darauf zu erklären, dass wir minderwertige Geschöpfe seien und ihnen untertan?«

»Gehorsam ist eine göttliche Tugend und schadet nicht«, antwortete die Äbtissin so salbungsvoll, dass sie gleich darauf über sich selber lachen musste. »Ach was, ich verrate dir ein Geheimnis: Ich habe oft selbst darüber nachgedacht, aber nur so für mich, warum Frauen der direkte Zugang zu Gott verweigert wird. Warum wir hier einen Bruder haben müssen, der für uns die Heilige Messe liest und die Eucharistie vornimmt. Warum Mütter im Verlauf ihres Mutterwerdens ›beschmutzt‹, die Väter dagegen ›rein‹ geblieben sind und durch kein Konzil der Welt wieder in den jungfräulichen Zustand zurücktheologisiert werden müssen. Das alles erscheint mir so unnötig. Aber Vorsicht: Das ist die pure Häresie.

Du hast mich einmal gefragt, warum Frauen ins Kloster gehen. Viele tun es, weil sie sich Jesus schenken wollen, weil sie ein reines Leben in Abgeschiedenheit und Kontemplation suchen. Aber ich will dir nicht verhehlen, dass es oft genug auch ist, um den Fesseln der Männerwelt zu entfliehen. Dort haben wir unsere Daseinsbe-

rechtigung nur als Arbeitstier und Mutter. Hier haben wir einen gewissen Freiraum, unsere Persönlichkeit zu entwickeln, Neigungen nachzugehen, Talente auszuformen, die nichts mit Kind und Küche zu tun haben. Wir dürfen lernen.«
›Freiheit hinter Mauern‹, dachte Manou.
Eben kam Schwester Dominique in den Garten, schaute suchend umher und sah dann die Äbtissin und Manou auf dem kleinen Mäuerchen sitzen. Sie eilte über die Kieswege zu ihnen hin.
Schwester Dominique, immer eilig, immer geschäftig, erinnerte Manou an Wasser, Wasser in einem kleinen Gebirgsbach, hell, türkisfarben, von einem kleinen Becken ins nächste sprudelnd, murmelnd und bunte Kiesel vor sich her rollend.
»Gut, dass ich euch beide hier finde. So muss ich nicht alles zweimal sagen und die Sache ist schneller entschieden!«
Für Schwester Dominique musste immer alles schnell gehen.
»Ist es das, worüber wir vor ein paar Wochen schon einmal gesprochen haben?«, fragte Eléonore.
Dominique nickte. »Es ist so: Ich habe mehr Kranke im Hospiz, als ich allein bewältigen kann. Schwester Hildegard ist alt und kann nicht mehr so viel schaffen und Schwester Eugénie ist selbst erkrankt. Ich könnte eine Hilfe gebrauchen. Und ich habe ohnehin immer gedacht, dass Manou an den Stall verschwendet ist!«
Die Äbtissin wandte sich an Manou: »Wie ist es? Du sagst ja selbst, dass du mit Kranken gut umgehen kannst.«
»Ja, aber ich …«, begann Manou, doch Dominique, die bereits mit ihren Gedanken weit voraus war, winkte ab.
»Du brauchtest ja keine Verantwortung zu übernehmen. Das könnte ich gar nicht erlauben, denn du hast ja keinerlei Ausbildung in der Krankenpflege. Du sollst mir nur helfen, die Kranken zu waschen, zu füttern und ihnen die von mir bereiteten Heilmittel zu verabreichen. Willst du?«
»Ja«, sagte Manou, »gern.«
»Also abgemacht«, rief Dominique und war schon wieder ein paar Schritte entfernt und auf dem Weg zur Pforte. »Komm dann morgen früh nach dem Frühstück in die *charité!*«
Manou fühlte sich in versöhnlichster Stimmung diesen Abend. Sie ging Arm in Arm mit Ann-Marie hinein. Beim Nachtessen hatte

sie Tischdienst. Sie bediente Schwester Kreszentia mit besonderer Aufmerksamkeit, sprang auf und schenkte ihr nach, sobald ihr Becher leer war, schaute sie freundlich an und hoffte, dass keine dauerhafte Feindschaft zwischen ihnen entstanden war.

Die dem Kloster angeschlossene kleine *charité* lag außerhalb des Klaustrums in einem allein stehenden Gebäude mit einem Arzthaus. Es gab zwei Krankensäle, einen mit acht Betten, von denen vier doppelt belegt waren, so dass die Füße eines Kranken neben dem Kopf des jeweils anderen zu liegen kamen. Die Betten waren mit roten Samtvorhängen versehen, so dass man eine Abgeschiedenheit herstellen konnte, wenn nötig.

Zwei weitere Räume enthielten Einzelbetten für besser gestellte Kranke. In diesen Räumen gab es eigens tragbare Kohlepfannen, während der große Saal nur von einem einzigen Kamin gewärmt wurde.

Es gab weitere Räume, die der Behandlung und dem Arzt vorbehalten waren.

Dominique führte sie kurz hinein und Manou schauderte, als sie die Instrumente auf den Tischen liegen sah und die Becken für Blut und Abfall.

»Ekelst du dich vor Blut? Wird es dir schwindelig oder übel, wenn du welches siehst?«, fragte Schwester Dominique.

»Nein, nein, es sind nur all diese Messer und Scheren und spitzen Instrumente und die Vorstellung, was man damit tun kann.«

»Soso. Aha«, lautete Dominiques kühler Kommentar. »Dann kann man dich also nicht bei den Operationen einsetzen. Komm weiter! Dies hier ist die Küche für die Kranken, hier ist die Apotheke untergebracht.«

Ein Raum mit hohen Wandregalen, in denen lange Reihen von glasierten Tonkrügen und Glasgefäßen standen, alle sauber in Dominiques steiler Handschrift ausgewiesen, ebenso wie die vielen kleinen Schubladen in der unteren Hälfte der *étagère*. Auf der anderen Seite waren Tische aufgereiht mit dem Werkzeug zur Verarbeitung der Heilkräuter, Pulver und Essenzen: Mörser, Waage, Mischgefäße und eine Reihe kleiner Schalen, in die die Dosierungen für die einzelnen Patienten abgefüllt wurden.

»Ich bereite morgens und abends die jeweiligen Mittel zu und be-

schrifte die Schalen – du kannst doch lesen, oder?« Manou nickte. »Dem Herrn sei Dank! Dann gehen wir jetzt zu den Kranken!«
Manou folgte ihr, während Dominique die Betten abschritt, ihr die Kranken mit Namen vorstellte und ihre Gebrechen erklärte.
Den Rest des Tages schleppte sie sauberes Wasser herein, schmutziges hinaus, leerte Bettpfannen, fütterte diejenigen, die nicht in der Lage waren, selber einen Löffel zu halten, ließ sich von einer konfektnaschenden reichen, übergewichtigen Bürgersfrau die Geschichte ihrer gesammelten Krankheiten erklären, während sie ausfegte und den Boden wischte – jetzt gerade litte sie an einem übermäßig empfindlichen Magen. Manou schwieg höflich und diagnostizierte insgeheim, die Dame litte an einem Furz im Hirn, und wenn man so schlaffe und kuhige Geschöpfe wie diese kennen lernte, dann konnte man seine Verbundenheit mit dem ewig Weiblichen schnell wieder vergessen.
Ein Zimmer weiter lag ein verwundeter Mann, ein Händler, der auf der Straße durch den wilden Luberon überfallen worden war. Er hatte einen Schlag auf den Kopf und einen Messerstich in den Wanst erhalten und musste einige Tage liegen. Bei ihm war ein verschüchterter, pickliger Junge, sein Sohn oder sein Lehrling oder beides. Der hatte offenbar den unverzeihlichen Fehler begangen, sich unterm Wagen versteckt zu haben und unversehrt geblieben zu sein, wofür der Pfeffersack ihn ausdauernd beschimpfte. Hier war wenig zu tun. Die Bettpfanne konnte auch der Junge wechseln. Manou zwinkerte ihm aufmunternd zu, als sein Dienstherr wegsah, und verdrückte sich.
Dann gab es noch eine uralte Frau, der fehlte nichts weiter, als dass sie alt war. Ihre Schwiegertochter weigerte sich, sie zu pflegen. Da der Sohn Geld genug hatte, war sie eben hier. Sie trug ihr Schicksal aber mit viel Humor und wurde Manous Lieblingspatientin. Sie tat ihr zuliebe alles, brachte ihr eine frische Rose aus dem Garten mit und stibitzte Konfekt bei der Fetten, damit die Alte auch eine Freude hatte. Sie wusch sie mit Lavendelwasser, hörte sich ihre Geschichten an und hielt ihre Hände eine Weile, bis sie eingeschlafen war.
»Kind, was tust du mir gut«, sagte die Alte nach einer Woche. »Ich fühle mich so, als ob ich morgen wieder aufstehen und einen klei-

nen Spaziergang machen könnte! Morgen machen wir uns fein und gehen nach Apt auf den Markt. Da kaufen wir Kuchen, trinken Wein und pfeifen den jungen Männern hinterher, was meinst du?!«
Sie stand aber nicht wieder auf, sondern war am anderen Morgen tot, im Schlaf sanft hinübergegangen. Manou war traurig, aber Dominique sagte, sie solle ihr doch den schönen Tod gönnen und die Ruhe, die sie sich gewünscht hatte. Das konnte Manou nicht verstehen, denn sie hing noch so sehr am Leben und meinte, jeder andere müsse es auch.

Sehr bald begannen die Kranken besonders nach ihr zu verlangen. Sie schworen, dass sie Verbände und Kompressen zu machen verstand wie keine andere und dass schon ihre Anwesenheit das reinste Heilmittel sei.

Das Arzthaus stand die meiste Zeit im Jahr leer, denn der Medicus aus Apt kam nur, wenn es etwas besonders Schwieriges für ihn zu tun gab. Er arbeitete ohne Entgelt für die Augustinerinnen, nur gegen ihren Segen und für den guten Willen des Herrn.

Schwester Dominique kam aber ganz gut zurecht. Gelegentlich rief sie sich aus einem benachbarten Weiler nah bei Lacoste Azima Alzias zu Hilfe. Die war Hebamme und Heilerin. Manou traf sie das erste Mal in der Klosterapotheke, wo sie eine Kräutermischung für einen Umschlag bereitete. Azima hatte dunkle Haut und scharf geschnittene Züge, ihre Haare waren schwarz mit einem Schimmer von Kastanien darin, die Augen von einer ungewöhnlichen Topasfarbe, goldgelb, beinahe wie die einer Ziege, aber nicht unschön. In der Reihe ihrer Vorfahren, nicht allzu weit zurück, hatte es einen Sarazenen gegeben und ihm kam sie nach. Deshalb nannten die Leute sie auch ›die Sarazenin‹.

Azima spannte Manou auch sofort zur Behandlung eines Kranken ein und beobachtete sie dabei, wie sie dem stöhnenden Kranken die Mischung applizierte. Wie gewöhnlich bei den Patienten empfand der Mann Manous Gegenwart als beruhigend und die Berührung ihrer Hände bereits als lindernd und nach anfänglichem Protest – die Mischung musste sehr heiß aufgetragen werden – ließ er sich alles gern gefallen von ihr.

»Du weißt gut mit kranken Menschen umzugehen. Wo hast du das gelernt?«, fragte Azima Manou.

»Hier«, antwortete Manou.
»Ach! Und wie lange bist du schon hier? Ich habe dich noch nie zuvor gesehen.«
»Seit drei Wochen helfe ich jetzt Schwester Dominique. Vorher war ich im Stall. Und gelernt habe ich Ziegenhüten.«
»Ziegenhüten! Sieh an. Das müssen aber gesunde Tiere gewesen sein. Du hast ein Talent für den Heilberuf, so etwas sehe ich gleich.«
Manou freute sich. Das hatte schon ihre Mutter behauptet und es war einmal die Rede davon gewesen, sie, wenn sie älter wäre, in die Lehre einer Hebamme zu geben. Es war nur nichts daraus geworden.
»Kennst du dich mit Heilpflanzen aus?«
»Ein wenig. Was jeder weiß für den Hausgebrauch, nehme ich an. Und was gut ist und was schlecht für die Ziegen.«
Schwester Dominique hatte sich inzwischen daran erinnert, dass Manous Mutter dem Kloster Kräuter verkauft hatte, und erzählte es Azima.
»Also ein wenig mehr als nur ›für den Hausgebrauch‹, wenn du aufgepasst hast«, merkte Azima an. Mehr sagte sie zunächst nicht.

13

Schwerer Schneeregen fiel auf die steinerne Fratze des Wasserspeiers, der halb die Sicht auf den Himmel verdeckte, wenn Manou aus ihrem winzigen Fenster schaute. Ein November, so eisig und nass, wie es schon das Frühjahr gewesen war. Die Bauern von Saint-Germain, so hatte Berthe berichtet, rannten jetzt dreimal so oft in die Kirche wie zuvor. Der *curé* konnte sich darüber nicht beklagen.
Das Wetter war unnatürlich, so schimpften sie – als ob die Bauern jemals mit dem Wetter zufrieden gewesen wären –, so etwas habe man noch nie gehabt, nicht drei Generationen rückwärts gesehen, und es musste einen Grund dafür geben.
Ritt die Frau des Gouverneurs in Begleitung von Parentin und Manou durch das Village, dann sahen sie allenthalben gekreuzte Finger oder das Hörnerzeichen – Zeigefinger und kleiner Finger obszön gestreckt –, und einmal hörte Manou, die zurückgeblieben war, um ein paar Worte mit Dédée, dem Idioten, zu wechseln, wie ein Alter giftig hinter der *Dame* de Saignon herzischelte: *»Puto! Puto! Puto! Que lei trege veno di narro ti peton. Qu'qauélei qu'emmascon que siegon pu puto que t'emmascon!«* (»Hure! Hure! Teufelshure! Die Nase soll dir platzen und du sollst auf noch schlimmere Teufelshuren treffen, als du es bist, damit sie dich selbst verhexen!«)
Monsieur Justin hatte seinen Widerstand endlich aufgegeben und sie bereiteten bereits seit Monaten die Invokation eines Teufels vor. Als Manou einmal wieder allein mit ihm war, da fragte sie ihn: »*Moussou,* habt Ihr mir nicht gesagt, diese Kunst sei für die Dummen und Verzweifelten?«
»Aber siehst du denn nicht? Ich bin verzweifelt!«, hatte er heftig zurückgegeben. »Ich sterbe! Für Skrupel bleibt mir keine Zeit

mehr! Ich verfaule bei lebendigem Leibe, mir selbst und allen Menschen ein Gräuel, sogar meiner eigenen Frau, obwohl sie sich Mühe gibt, es vor mir zu verbergen! Ich habe gebetet und studiert! In allen Dingen bin ich den Geboten der Reinheit und Gottes Gesetzen gefolgt. Ich habe gute Werke getan, meine Bauern verwöhnt; kein Bettler wurde ungespeist und ungekleidet von meiner Tür gewiesen. Und was hat es mir genutzt? Selbst diejenigen, welche meine Spenden und meine Milde gern in Anspruch genommen haben, führen gemeine, lästerliche Reden gegen mich und mein Haus und bekreuzigen sich, wenn sie meiner ansichtig werden! Womit habe ich das verdient? Sag es mir!«

Das konnte sie nicht. Es täte ihr Leid, sagte sie, und das war die reine Wahrheit, denn sie hatte ihn zu schätzen, ja zu lieben gelernt. Er aber wütete weiter: »Aber wie kann ich von dir erwarten, dass du verstehst?! Du bist jung und gesund. Ja, ich weiß, du hast deine Familie sterben sehen auf grausame Weise. Du hast den Tod erlebt, aber es war nicht dein eigener. Das ist nicht dasselbe! Für andere empfindet man Mitleid, anderen hilft man, wenn man kann, so gut es geht, um andere weint man, andere wird man missen. Aber wenn es um dein eigenes Leben geht, da sieht die Sache nicht so aus! Ich bin ... war ... Soldat. Solange ich bei Bewusstsein und fähig war zu kämpfen, solange habe ich gekämpft und mein Leben fortgeführt. Sogar in den letzten Jahren, mit diesen abscheulichen Wunden und mit den Schmerzen, die mir die Ärzte zugefügt haben bei ihren Kuren, da habe ich gekämpft und dem Leben jede Freude abgerungen, die es noch zu geben hatte. Ja, das habe ich. Aber jetzt fürchte ich, mich in ein zitterndes, sabberndes Wrack zu verwandeln, widerlich, verachtenswert, hilflos! Ich will nicht so enden.«

»Aber Monsieur Justin! Es ist keine Schande, hilflos zu sein. Niemand hier wird Eure früheren Taten vergessen und auf Euch herabsehen. Und Ihr seid nicht arm. Ihr habt die Mittel und die Menschen, um Euch helfen zu lassen. Ihr habt Diener und eine Frau, die Euch liebt und ... mich ...«

»Ich danke dir«, entgegnete er, ruhiger jetzt. »Das war schön gesagt und auch gedacht. Nicht notwendigerweise verdient. Ich danke dir. Aber – nein! Ich will stark sein und ganz und gar lebendig oder ganz und gar tot. Nichts dazwischen. Gott hilft mir nicht.

Deshalb werde ich mich an den Anderen wenden.« Er schleuderte ein Tintenfass an die Wand. »Gott?! Gott ist ein Geizhals, Manou, merk dir das! Immer soll man geben, aufgeben, gut sein, brav sein, sich zügeln und für alles wird einem eine Belohnung im Jenseits versprochen! Wer weiß, ob es wahr ist. Wenn Gott so allmächtig ist, warum sorgt er dann nicht besser für seine Kinder? Wo ist er denn in Krieg und Pestilenz und Tod? Er lässt seine Natur über uns herfallen wie tausend bösartige Bestien und legt die Hände in den Schoß. Ich sage: Gott ist ein Geizkragen. Der Teufel ist ein ehrlicher Händler gegen ihn. Seine Hilfe hat ihren Preis, aber den nennt er dir ohne Umschweife und ebenso ohne Umschweife gibt er dir Ware gegen Entgelt. Jetzt und hier und nicht in irgendeinem nebulösen Jenseits.«
»Aber Eure unsterbliche Seele …«
»Die kann er haben, wenn ich nur wieder jung und gesund werde. Dann mache ich alles besser als in meinem jetzigen Leben. Du wirst sehen! Wenn ich nur noch einmal anfangen darf! Alles, was ich will, ist eine Chance! Jetzt, da ich so viel weiß, will ich nicht sterben. Ich will nicht!«, schrie der Gouverneur. Ein Buch folgte dem Tintenfass. Es war das Sechste Buch Moses.[11]
»*Lou marrit libre!* Was ist das wieder für ein lästerlicher Betrug? Moses hat nur fünf Bücher geschrieben!« Eléonore sprang auf und lief, um sich das Handbuch des Bernard Gui zu suchen und zu sehen, ob es darinnen stand: *De Sortilegis et Divinis et Invocatoribus Demonum …*
Manou lachte leise.
»Keine Sorge, Ehrwürdige Mutter, es ist nichts anderes als eine Sammlung jener Art von Rezepturen und abergläubischen Sprüchen, die auf jedem Jahrmarkt feilgeboten werden, und auch etwas Gutes!«
Eléonore brummte abgelenkt, denn sie suchte konzentriert und vergeblich nach einer Erwähnung des Werks.
»Wie findet Ihr denn dieses Rezept: Es steht am Ende des Buches und lässt den Schabernack am Ganzen erkennen.« Manou zitierte auswendig: »Nimm drei Haare aus der Mähne eines Esels, der weder Bekanntschaft mit einer Eselin gemacht noch irgendeine nützliche Arbeit verrichtet hat; drei Zähne von einem trächtigen Schaf,

welches noch nie gelammt hat; drei Federn aus dem Flügel einer weißen Gans, welche noch keinem Scribenten eine Spule geliefert; drei Hobelspäne aus dem Horn eines Ochsen, der noch niemals geliebt, noch geackert hat ... Ihr merkt, worauf das hinausläuft?«
Eléonore schüttelte den Kopf.
»Nun, diese und ähnliche Zutaten soll man am Tage des Heiligen Martin kreuzweise übereinander legen, danach bis zur siebten Stunde warten, sie sich dann in den linken Stiefel stecken, dann allerlei komplizierte Übungen verrichten ...«
Die Äbtissin schaute gespannt von ihrem Verzeichnis der häretischen Werke hoch. »Und wenn man das alles befolgt, falls es überhaupt möglich ist, was hat man dann davon?«
»Dann, wenn man eine Reihe von zeitraubenden, umständlichen und unsinnigen Dingen mit insgesamt fünfzehn solcher Gegenstände vollführt hat, dann heißt es: ›Wer alsdann nach Lösung dieser magischen Aufgabe nicht vollkommen klar einsieht, dass er fabelhaft dumm gewesen, der tröste sich immerhin mit dem Bewusstsein, dass das eiserne Schicksal selbst an seiner Wiege ihn zur ewigen Dummheit bestimmt habe, und gebe sich auch ferner keine Mühe, dem Verhängnisse sich entwinden zu wollen, denn es hat keinen Zweck!«
Eléonore lachte hell auf: »Das ist ja köstlich! In anderen Worten: Wenn du einfältiger Tropf dieses Buch um teures Geld gekauft und ihm auch noch Stück für Stück gefolgt bist, dann bist du der verblödetste Dummbeutel, vom Schicksal mit dem Hirn eines Regenwurms bedacht! Na, ich wette meine unsterbliche Seele, dass der Autor dieses Schmarrens zusieht, dass er weit genug fort ist, wenn der Käufer sein Buch zu diesem Ende studiert hat! Ich wünschte, du könntest diese Stelle bei der abendlichen Lesung vortragen, aber das geht natürlich nicht. Der Bischof würde es kaum amüsant finden, wenn es ihm zu Ohren käme, dass ich hier aus einem Zauberbuche vorlesen lasse.«
Sie lachte noch ein Weile stillvergnügt vor sich hin.
»Da geht Ihr kein Risiko ein«, sagte Manou. »Habe ich Euch übrigens erzählt, wie ich ›Manou mit den zwei Gesichtern‹ wurde, für eine kleine Weile?«, fragte Manou.
»Wie das?«, wollte Eléonore wissen.

»Nachdem ich herausgefunden hatte, was Madame wirklich von mir dachte, da schrumpfte ich sehr schnell auf meine natürliche Größe zurück. Ich legte mir mit der Zeit ein Gesicht zu für meine Herrschaft und ein anderes für die Domestiken; und eine andere Sprache auch. War ich drunten in der Küche, dann fiel ich zurück in die sanfte, rollende Sprache meiner Kindheit, die schöne *langue d'oc*, in der selbst die rauen Worte einfacher Leute klingen wie Gesang und Flüche wie ein Liebesgedicht. Bei ihnen, bei Monsieur Justin und *Dame* Angèle, da benutzte ich den nördlichen Dialekt, den sie so hoch schätzten und den sie mich gelehrt hatten, obwohl ich ihn kalt fand und spröde. Es gibt Dinge, die vermag ich schwer zu sagen in dieser *langue d'oil*, so sagte ich sie überhaupt nicht. Unten in der Küche, da war ich Manou aus den Höhlen, Manou von den Hügeln, Manou, die Ziegenhirtin, Waisenkind. Oben war ich Zauberlehrling und zugleich Homunculus, ein Experiment. Auf diese oder jene Art waren sie entschlossen, von mir zu bekommen, was sie begehrten: meine Kraft, Wesen der astralen Ebene, der geistigen Welt anzuziehen. Ob ich will oder nicht, zum Guten oder zum Schlechten: Die Mauer, die diese Welten trennt, ist dünn und durchlässig für mich.«
»Hast du mir nicht erzählt, dass dir die Dienerschaft misstraute, weil du zwischen den Ebenen standest, weder Domestik noch Herr? Dass sie dich auf Armeslänge hielten?«
»*Eh bè!* Das taten sie, aber irgendwie – Dienende sind aufmerksame Beobachter, wisst Ihr – also irgendwie hatten sie Madames Verrat wahrgenommen, lange vor mir. Also ließen sie mich wieder herunterkommen und ihren Wein und ihre Gedanken teilen und ihre wärmende Familiarität. Ihre Sicht der Dinge, ihre unverwüstliche Lebensfreude und Spottlust hielt mich bei Verstand, glaube ich.«
»Und was hat deine Herrschaft dich gelehrt, was ließen sie dich tun, als sie sich für den Teufel entschieden hatten?«
»Ich musste Zauberformeln und Schutzzeichen auswendig lernen, ein wüstes Zeug«, gab Manou zurück. Sie zögerte, umschiffte die Klippen. »Ich habe das meiste davon schon wieder vergessen.«
Etwas würde sie niemals vergessen. Es fiel ihr so leicht, nachdem man es ihr erst einmal erklärt hatte, als sei es ihre Natur. Es bereitete ihr sogar große Freude und sie erachtete das Wissen darum als gro-

ßen Schatz: das Gestaltwechseln. In Wirklichkeit war es nicht die Veränderung der eigenen Form, keine Transmutatio. Nein, es war pure Illusion. Manou lernte, sich für das Auge eines unbefangenen Betrachters in Dinge oder Tiere zu verwandeln. Es war dazu nur notwendig – und hier halfen ihr ihre vorherigen intensiven Studien der Natur –, sich ein Ding oder ein Lebewesen ganz genau zu vergegenwärtigen: die äußere Form, die Haut, das Haarkleid, die Anordnung der Glieder und ihre Funktion, die Schwellungen der Muskeln, dann den Geruch und das Gefühl, welches eine Berührung dieses Dinges oder Lebewesens auslösen würde. Das biegsam Harte einer Schwanenfeder, von einem talgigen Film überzogen, etwas weißer als ein Hühnerei, aber etwas gelblicher als Schnee; der zarte, feuchte Flaum frisch geschlüpfter Hühnchen, ihre taumelnden, ungeschickten Bewegungen, der Kopf viel zu schwer für das fadendünne Hälschen; der Heuduft eines Pferdes, das langsame, stetige Kreisen des Blutes in dem massigen Körper, Stallwärme; eine Ratte mit nacktem, ledrigem Schwanz und flinken vorstehenden Augen, rastlos, hungrig und angriffslustig, wie sie sich auf die Hinterläufe stellte und witterte; oder einfach ein Stein, so groß wie ein Erntewagen und schwer, doch von den Kräften der Natur, von Wind und Erdbeben aus dem Verbund mit seinem Mutterfels gelöst, wie ein Kiesel herumgerollt und geschliffen von gewalttätigen Fluten, krachend an andere seiner Art geworfen, hart und alt und doch nicht ewig, und endlich auf einer Wiese zur Ruhe gekommen. Sie dachte an den Stein, schloss die Augen, verdrängte das quirlige Leben aus ihren Adern und fühlte sich schwer, rund, grau und still.
Manou liebte dieses neue Spiel, doch der Baron bedeutete ihr, dass es eben nichts als das gewesen sei: ein Spiel, eine Entspannung vor dem nächsten großen Werk.
Es war eine ermüdende Arbeit. Die Übungen umfassten das Herbeirufen kleiner Geister, Kerzen Anzünden ohne Zunder und Flint, Schreiben ohne Tinte, die Beeinflussung körperlicher Dinge rein durch Gedanken, geringe Übungen, geistiges Fingerknacken. Und doch fühlte Manou, dass es sie viel Kraft kostete. Sie war jetzt immer hungrig, auch Madame und dem sonst so appetitlosen, ausgezehrten Monsieur Justin ging es so. Emile hatte plötzlich Mühe, mit der Bereitung von Früchtebrot nachzukommen und Nougat –

dieser nahrhaften Paste aus Honig und Mandeln. In der Küche murrten sie: »Was fressen sie denn auf einmal so viel? Es bleibt ja gar nichts für uns übrig.«
»Du musst bedenken«, sagte Monsieur Justin, »dass auch geistige Arbeit am Körper zehrt, jedenfalls, wenn du die dafür notwendige Energie allein aus dir selbst beziehst. Deshalb müssen wir nach einer magischen Übung schnell Nahrung zu uns nehmen, so viel wie ein Mensch, der schwere körperliche Tätigkeit verrichtet hat, wie ein Holzfäller oder ein Erntearbeiter, was manchem, wenn uns einer zuschauen könnte, erstaunlich vorkäme. Aber du merkst ja selbst, dass es notwendig ist.«
Manou konnte dies bejahen, denn ihr zitterten die Knie vor Schwäche. Dabei hatten sie nur eine Feder durch den Raum schweben lassen.
»Es gibt nun mehrere Arten, die notwendige Energie für größere Operationen zu erlangen. Man entnimmt sie der Erde selbst. Unter der Erde verlaufen Ströme von Kraft, die man mit einiger Sensibilität erspüren kann. Starke Empfindungen schaffen oder hinterlassen solche Kraftlinien. Man sagt, die stärkste Empfindung ist ein gewaltsamer Tod. Deshalb sind Orte, an denen Menschen ermordet oder im Kampf erschlagen wurden, für magische Werke besonders geeignet. Diese Quellen der Kraft kannst du anzapfen wie ein Weinfass. Manche Magier beziehen schnell und direkt große Energien, indem sie anderen Wesen Schmerzen zufügen, sie Angst erleiden lassen und endlich den Tod.«
Das war Manou zuwider und sie machte keinen Hehl daraus.
»Wir werden kein Lebewesen foltern und quälen, das verspreche ich dir«, sagte Monsieur Justin, doch Manou beobachtete aus den Augenwinkeln Angèle und bezweifelte insgeheim sein Versprechen. Sie machte es sich zur Gewohnheit, den Gouverneur und seine Frau zu belauschen, wann immer es ihr möglich war. Hatte sie je daran gezweifelt, dass Madame ihr übel gesinnt und ohne Gewissen war, so erhielt sie in diesem Punkt absolute Sicherheit, als sie Madame sagen hörte: »Ein Tier zu opfern, das ist zu wenig. Du willst einen der Höchsten rufen. Da reicht kein Lamm. Was denkst du dir? Ein Lamm wird alle Tage geschlachtet. Nein! Es muss ein Mensch sein!«

»Und was für ein Mensch?«, fragte Monsieur Justin unwillig.
»Nun, das Mädchen natürlich!«
»Manon? Du willst Manon töten?«
»Ja«, hörte Manou Angèle sagen mit einer Kälte und Gleichgültigkeit, als bespreche sie mit dem Koch Einzelheiten für das Abendessen.
»Sie ist das geeignete Opfer: von großer magischer Energie erfüllt, fantasievoll genug, um Angst zu haben, leidenschaftlich, o ja! Ich habe sie getestet auf mehrere Arten, sie ist ein kleiner Vulkan, auch wenn sie sich nach außen beherrscht gibt. Und sie ist unberührt!«
Manous erster Gedanke war, diesem Umstand schleunigst abzuhelfen – abhelfen zu lassen … doch wieder einmal nahm Monsieur Justin sie in Schutz.
»Nicht Manon. Schlag dir das aus dem Kopf. Ich habe sie gern.«
»Ein Grund mehr! Man muss etwas von großem Wert opfern.«
»Nein. Ich will es nicht und wir müssen gar nicht mehr weiter darüber reden. Außerdem brauche ich ihre Hilfe bei der Anrufung. Du weißt genau, dass wir beide nicht stark genug sind. Ohne sie geht es nicht.«
Das sah Angèle ein – mit Bedauern.
»Und was schlägst du stattdessen vor?«
Der Herr de Saignon schwieg. Angèle hatte ein Geräusch gehört und lief flink zur Tür. Manou presste sich in eine spinnwebenüberzogene Ecke hinter einem Schrank im Flur. Diesmal wollte Madame tatsächlich nicht belauscht werden. Sie lief einige Schritte im Gang auf und ab, hielt den Kopf schräg und horchte, ehe sie wieder in den Salon ging. Manou hielt den Atem an.
Endlich hörte sie wieder Stimmen aus dem Salon, aber so leise, dass sie kaum zu verstehen waren. Sie hörte, wie Madame etwas flüsterte und Monsieur leise protestierte. Dann Madame wieder lauter, ärgerlich: »Willst du nun leben oder nicht? Was ist wohl mehr wert: dein Leben oder das eines Neugeborenen, das noch keinerlei Wissen oder Verdienst erworben hat, ein Fünkchen noch, fast ohne Bewusstsein. Ein Bastard, ein Bettlerkind, welches ohnehin nur eine traurige Existenz zu erwarten hätte, das verhungern oder am Galgen landen würde! Was kann dich das schon scheren?!«

Manou hatte genug gehört. Sie machte sich davon und ging geradewegs in die Küche. Sie hatte das Bedürfnis, die unschuldigen Scherze der Mägde zu hören, all das harmlose, einfältige Geschwätz war wie eine Arznei gegen das schwarze Pestgeschwür der Bösartigkeit dort oben. Emile steckte ihr ein paar Nüsse zu und Rouille setzte sich auf ihren Schoß. Sie kraulte den Kater, vergrub ihr Gesicht in seinem weichen Fell und sog tief seinen süßen Duft nach Milch und Holzfeuer ein.

»Aber ihr müsst euch doch irgendwie auf diesen abscheulichen Akt vorbereitet haben. Du willst mir doch nicht erklären, dass du nichts weiter wusstest?« Die Äbtissin war misstrauisch.

»Ich wusste, wo die Sache stattfinden sollte, und auch, dass ich noch Zeit hatte, mich zu entscheiden, was ich tun wollte. Monsieur Justin beschäftigte sich jetzt intensiv mit der Astrologie und versuchte den günstigsten Tag für sein Vorhaben herauszufinden. Angèle hatte vorgeschlagen, eine schwarze Weihnacht zu feiern, der Geburt des Jesus den Tod eines anderen Kindes entgegenzusetzen. Der Wechsel des Jahrhunderts, *style de nativité,* und Christi Geburt zusammen, das müsse ein mächtiger Zeitpunkt sein.

Aber Monsieur Justin meinte, zu diesem Datum seien die Planeten in einer ungünstigen Konstellation. Ohnehin hielt er es ja mehr mit den französischen Königen, die schon seit langem den Osteranfang als Jahreswechsel vorgeschrieben hatten. Es war aber auch dies noch nicht entschieden.

Währenddessen machte Madame mich mit dem Ort vertraut. Wir gingen zu einem entlegenen Bereich an der alten, teilweise verfallenen Festungsmauer. Es schien nicht notwendig, sie zu reparieren, denn wir hatten etliche Jahre des Friedens erlebt, wenn auch unsere Männer ausgezogen waren, um den Krieg woanders hinzutragen. Die Felsen waren auch so hoch und schroff, dass man aus dem Tal nicht unbemerkt und ohne höchste Gefahr hier herauf hätte gelangen können.

Buoux, früher im Zentrum der alten Salzstraße gelegen und ein strategisch bedeutender Ort gegen die Sarazenen, war inzwischen zu friedlicher Bedeutungslosigkeit verkommen – schlecht für den Herrn, gut für uns Bauern. Die Soldaten, die hier oben stationiert waren, langweilten sich halb zu Tode.

Dort, durch ein niedriges Tor, gelangte man zu der geheimen Treppe, die eng am Felsen steil hinabführte und ein diskretes Verlassen der Burg ermöglichte. Auf halber Höhe führte diese Treppe zu einer Plattform, einem Absatz im Felsen und von dort in eine Höhle hinein. In der Grotte befand sich ein alter Opferstein – Ihr werdet solche schon gesehen haben –, ein massiges abgeflachtes Rund aus Granit mit einer Rinne und einem Ablauf, ganz so wie ein Küchenbrett, auf dem man einen Braten schneidet, um in der Rinne den Saft aufzufangen. Ich besah mir den Stein näher und glaubte Spuren einer dunklen Flüssigkeit in der Rinne und unten auf dem Boden wahrzunehmen.
›Hier haben unsere Vorfahren den älteren Göttern Opfer gebracht, lange vor der Geburt des Monsieur Jesu‹, spöttelte Madame. ›Große Opfer für große Götter, kein Gebimmel und Weihrauchgeschwenke, Blumen und Bildchen, blutleeres Zeug!‹
›Und wem ist hier geopfert worden?‹, fragte ich. Darauf wusste sie ausnahmsweise keine Antwort.
›Wir wissen es nicht. Es muss schon lange her sein, lange sogar vor den Göttern, die die Römer mitgebracht hatten. Aber das ist ganz gleich. Schließe die Augen! Öffne dich den Kräften, die dich umgeben, fühle den Fels, die Erde unter dir, den Fels um uns herum, den Nachhall von inbrünstigen Gebeten und Tod! Dies ist ein mächtiger Ort, den zu erwecken ganz leicht sein wird. Hier werden wir es tun!‹
Ungeachtet dessen, wie sie vorher über Weihrauch gespottet hatte, befahl sie mir, den Ort vorzubereiten: Ich fegte ihn mit einem Büschel Thymian und sie sah zu. Als ich fertig war, stellte sie in allen vier Himmelsrichtungen irdene Schalen auf und verbrannte Lorbeerblätter, Kampfer, Salz, Teufelsdreck und Schwefel. Es stank fürchterlich, aber sie behauptete, nun sei die Atmosphäre gereinigt. Daraufhin begann sie, magische Zeichen auf die Wände zu malen: Das Zeichen für Asmodeus, das ein wenig aussieht wie ein auf dem Schwanz stehender Fisch, ein Pentagramm und ein Doppelsiegel Salomonis, das Hexagramm, mit Worten der Macht in hebräischen Zeichen, von denen ich insbesondere das Tetragrammaton erkannte, den geheimen Namen Gottes.«
»Ist es nicht seltsam«, merkte die Äbtissin an, »wie die bösen Ma-

gier gleichzeitig Gott zu leugnen suchen und ihn doch immer mit hinzuziehen?«

»Vieles, was ich sah und gehört habe auf Buoux, kam mir widersprüchlich vor, doch ich denke, dass gerade die schwarzen Magier eine intensive Beziehung zu Gott haben, eine negative zwar, doch nicht weniger mächtig. Sagt man nicht, dass Luzifer ein Engel war und dass er erst ganz und gar verdorben wurde, als er vom Himmel fiel, verstoßen, verbannt aus dem Licht? Sie begehren göttliche Macht und deshalb hassen sie, was sie nicht haben können.«

»Ich bin sehr froh, Kind, dass du es so siehst«, sagte die Nonne. »Aber war nicht Macht über andere auch das, was du haben wolltest?«

Manou dachte nach.

»Eigentlich nicht. Ich habe nicht das Bedürfnis, mich hervorzutun und anderen Befehle zu geben, denn wer andere anführt, ist auch ständig im Zentrum aller Blicke und aller Aufmerksamkeit. Man zerrt an ihm, verlangt, fordert, drängt und bittet. Wer Macht ausübt, ist auch in der Pflicht. Selbst der schlechteste Herrscher kann sich den Forderungen seiner Untertanen nie ganz entziehen. Und wenn es nur ist, dass er sich darüber ärgert und Ausreden erfinden muss vor sich selbst und anderen, um die Bitten nicht zu erfüllen. Ich habe lieber meine Ruhe und bin allein.

Eher war es der Wunsch, anerkannt und bewundert zu werden, doch dieser Trunk war bereits schal geworden. Ich hatte die Angst in den Gesichtern der Dörfler gesehen. Ich wollte nicht auf diese Weise anerkannt, nicht gefürchtet sein, sondern geliebt. Und das, so hatte ich längst eingesehn, erreicht man nicht mit Gewalt und auch mit keinem Zauberspruch der Welt, gleichgültig, was die Grimorien versprechen.

Auf dem Rückweg hoch zum Donjon, als wir dicht hintereinander die Treppe hochgingen, da fragte mich meine Herrin: ›Nun, kleine Manon, was wirst du dir vom Satan wünschen?‹

Ich war versucht zu sagen: dass er fortgeht und nie wieder kommt!

›Was wünschst du dir so recht aus tiefster Seele?‹

Ich antwortete ihr schnell und ohne weiter nachzudenken: ›Ein kleines Haus für mich und ein Stück Wiese, ein paar Ziegen, einen Hund und ein paar Katzen.‹

Sie lachte mich aus, sie lachte ohne Unterlass, bis wir oben angekommen waren, schrill und hysterisch und lief gleich darauf zu ihrem Mann, um es ihm zu erzählen, als habe sie einen besonders guten Scherz gehört.«

»Und fühltest du dich wieder verletzt? Warst du traurig?«

»Nein. Ich empfand in diesem Augenblick nur, dass ich etwas Rechtes gesagt, dass ich etwas Wichtiges über mich selbst herausgefunden hatte. Sie tat mir Leid. Sie klang, obwohl sie lachte, wie jemand, der Angst hat – wenn Ihr versteht, was ich meine.«

»Sie erkannte, dass du innere Stärke besitzt und unbestechlich bist. Das wollte sie wohl nicht wahrhaben.«

»Vielleicht. Unbestechlich? Ich weiß nicht: Schließlich ist der Wunsch nach einem Häuschen, einem Stück Land und ein paar Ziegen gar kein so kleiner Wunsch.«

»Stimmt«, pflichtete ihr die Nonne bei. »Ist er nicht.«

»Im Januar machten sich die beiden an die Herstellung ihrer magischen Instrumente, die ›jungfräulich‹ zu sein hatten, selbst hergestellt oder eigens zu diesem Zwecke gekauft: einen Ring aus Zinn mit einem Karneol, dunkelrot wie geronnenes Blut für Monsieur Justin, einen ebensolchen mit einem tiefblauen Saphir für Angèle, einen mit einem Amethyst für mich.

Außerdem benötigte man einen Dolch. Der Baron fertigte ihn selbst und die Dienstboten, die von ihrem Herrn allerlei exotisches Verhalten gewöhnt waren, wunderten sich.

Zur Vesperzeit, als die gewöhnlichen Arbeiten des Tages getan waren, ließ er das Feuer in der kleinen Schmiedewerkstatt anheizen, in der sonst Schwerter, Armbrustspitzen, Hufeisen, und seltener Geräte für den häuslichen Gebrauch hergestellt oder instand gesetzt wurden.

Eine Stunde nach Sonnenaufgang am *jeudi,* dem Tag des Jupiter, sah man ihn einen Barren rot glühendes Eisen auf den Amboss legen und mit bedachten, sicheren Hammerschlägen in die gewünschte Form treiben, erneut zum Glühen bringen, in kaltes Fett tauchen, dass es rauchte und zischte, und diesen Vorgang einige Stunden lang wiederholen, bis das Stück die gewünschte Form annahm.

Monsieur Justin bot einen Anblick, der jeden frommen Mann zu

Tode erschrecken musste: Er in seiner schwarzen Kutte, die Kapuze vom Kopf gerutscht, das Gesicht schwarzfleckig von Ruß, die Ärmel hochgekrempelt, so dass man seine ausgezehrten weißen Arme sah mit verkrusteten Schwären fauliger Haut daran, im Hintergrund die Glut des Schmiedefeuers, stinkende Rauchschwaden stiegen auf, als er sein Machwerk aus dem Fetteimer zog.
Der Stallmeister und Schmied bekreuzigte sich, als sein Herr daran ging, magische Zeichen in die Klinge zu ritzen und eine Beschwörungsformel darüber zu sprechen.
Ich dachte an Tubalcain, den Bruder des Noah, den Ersten der Meister in der Kunst der Erz- und Metallbearbeitung, und wie er, da er keine andere Hilfe finden konnte und die Düsternis der Stollen und Höhlen nicht fürchtete, sich mit den Luzifugi verbündete. Er polierte das Werk mit einem Lumpen, prüfte die Schärfe der Klinge an einem Haar und wickelte sie in ein purpurfarbenes Stück Seide.
›Da! Die ist für dich‹, sagte er und reichte sie mir. Das gefiel mir noch weniger als alles, was vorher geschehen war. Ich ahnte, worauf das hinauslaufen sollte. Als er sah, wie widerwillig ich das Ding berührte, ich hielt es mit spitzen Fingern an einem Stoffzipfel, da herrschte er mich ungeduldig an:
›Stell dich nicht so an, Mädchen! Du wirst wohl schon einmal ein Hühnchen geschlachtet haben!‹
Aber ich war sicher, dass es sich nicht um ein Hühnchen und auch nicht um ein Lamm handeln würde. Madame hatte es gesagt.
Dame Angèle beaufsichtigte zwei Näherinnen, die Roben für die Zeremonie herzustellen hatten: schwarz für Monsieur Justin, rot für sie und mich, weite, fließende Gewänder in einem arabisch anmutenden Schnitt, die keine Schnallen, Haken oder Knoten enthalten durften, um den Fluss der magischen Energien nicht zu behindern.
Es gab eine lange Liste der benötigten Gegenstände, die schwer zu beschaffen waren und umständlich geweiht und vorbereitet werden mussten.
›Ach, so wenig Zeit! So wenig Zeit‹, klagte Madame de Saignon, die zum ersten Mal, seit ich sie kannte, aufgeregt, ja furchtsam erschien. ›Und ich weiß nicht, ob es genügen wird! Ich wünschte, ich könnte das Amulett der Lilith verwenden!‹

›Was ist das?‹, fragte ich und zog mir das rote Gewand wieder über den Kopf, das ich eben anprobiert hatte.
›Lilith ist ein weiblicher Dämon, die Mutter des Asmodeus. Man sagt, sie sei Adams erste Frau gewesen, aus Schmutz und Schlamm erschaffen, noch vor Eva, die nur ein Teil und eine Ergänzung Adams war, sein schwächeres Abbild. Lilith war das schönste Wesen der gesamten Schöpfung. Sie soll alle Blumen an Farbe und Duft übertroffen haben und alle Tiere an Grazie und kraftvoller Bewegung, die Katzen an Verführungskunst und die Sonne selbst und die Sterne in ihrem Glanz.‹«
»Ein böses Weib, das von Gott verstoßen wurde und dessen Töchter die Säuglinge aus den Krippen stehlen«, sagte die Äbtissin. »Dornen werden in ihren Palästen wachsen, in ihren Festen Nesseln und Disteln; Schakale werden da hausen, Strauße werden da nisten. Dort werden die Tiere der Wüste den Wölfen begegnen, die Dämonen miteinander verkehren. Dort allein wird Lilith ihre Wohnstatt suchen, ihren Ruheplatz finden«, zitierte sie aus dem Alten Testament.
»Mag sein, dann wäre sie dem gefallenen Engel Luzifer ähnlich, doch soll Gott sie ja gemacht haben. Und kann Er denn so fehlgegangen sein, gleich von Anbeginn? War sie ein falscher Anlauf?«, fragte Manou.
»Willst du mit mir rechten?«
»Ich weiß, Ihr müsst Euch bemühen, alles für bare Münze zu nehmen, was in der Bibel steht, aber ich bitte Euch, überlegt selbst. Hört, was Angèle darüber zu sagen hatte: ›Ist es nicht einmal mehr bezeichnend‹, sagte sie, ›dass der Schöpfergott, den die christliche Lehre uns als männlich vorstellt, ein Weib, das so eigenwillig und schön ist, in die Hölle verbannt und an ihre Stelle ein schwaches Wesen wie Eva setzt?‹
Meine Herrin sprang auf, lief zu dem Schrank, in dem sie ihren Schmuck aufbewahrte, und zog aus der hintersten Ecke ein kleines Päckchen hervor. Sie setzte sich zu mir auf die Bank, gerade jetzt wieder ganz die vertraute Freundin, und wickelte einen Gegenstand aus einem Stück violetter Seide. Es war ein kurzes silbernes Messer, gedrungen und etwas kürzer als eine Handspanne, das heißt: Es war nur ein Teil eines solchen Messers, nur die Klinge

mit einem Bruchstück des Hefts daran, eine rituelle Klinge, die kaum zu schneiden vermochte, denn sie war stumpf und am vorderen Ende zu einem nach oben verlaufenden Bogen gerundet, orientalischen Ursprungs offenbar. Das Metall war mit hebräischen Schriftzeichen bedeckt, jedoch fehlte wegen des fehlenden Griffs jeweils der größere Teil jedes Satzes. Auf der Klinge war eine nackte Frauengestalt zu sehen mit einer tierhaften Fratze und wirrem Haar.

›Soweit ich es entziffern kann, wird hier die schwarze Eva dargestellt; der Schreiber nennt sie: Mutter der Höllenbewohner. Es gab sie übrigens wirklich, nicht nur als Nachtmar und Dämon. Sie war eine Zeit lang Königin, mächtiger und reicher noch als die Königin von Saba wegen ihres vertrauten Umgangs mit den Lucifugi.‹

›Und wie kam dieses Amulett hierher?‹

›Das ist eine seltsame Geschichte. Es wurde nach dem ersten Kreuzzug im Jahr 1102 von Geoffroy de Bioth – Buoux heute – hierher gebracht, vermutlich aus dem geplünderten Jerusalem. In seiner Abwesenheit hatte Geoffroy übrigens das *oppidum* von Bioth den Tempelherren anvertraut und befohlen, auf diesem Felsen eine Festung zu errichten nach dem Plan eines armenischen Architekten, durchgeführt von einem Zisterziensermönch, der im Bau von befestigten Klöstern und geheimen Anlagen erfahren war. Nach seiner Rückkehr aus Jerusalem gründete er in derselben Festung ein Kapitel der Tempelritter. So kam das Amulett nach Buoux.‹

›Aber nur eine Hälfte oder wenigstens nur ein Stück?‹

›Wir glauben, dass zuerst das vollständige Siegel hier aufbewahrt wurde, zusammen mit anderen magischen Gegenständen, für die diese Tempelherren eine Vorliebe hatten. Justin, als es ihm noch besser ging, hat sich für die Geschichte des Forts interessiert, nachdem er erfuhr, von wem es konstruiert worden war. Er erforschte die Katakomben und geheimen Gänge unter den Festungsanlagen und fand dabei eines Tages dieses Stück. Nachdem Justin sich lange damit beschäftigt und viele Dokumente gelesen hatte, kam er zu dem Schluss, dass der andere Teil zusammen mit den Schätzen der *Templiers* in ein Versteck in den Bergen gebracht worden ist.‹

›Warum? Es ist doch nichts wert, nur ein wenig Silber und zerbrochen dazu.‹

›Hast du nichts bei uns gelernt? Dies ist nicht einfach nur ein Bildnis. Es ist ein Fokus, ein magischer Gegenstand, der es einem Dämon oder einem anderen Bewohner der Astralebene ermöglicht, sich in unserer Welt zu bewegen. Zerbricht man ihn, so ist das Wesen gebannt und hat keine Möglichkeit, auf unsere Sphären Einfluss zu nehmen. Fügt man die Teile wieder zusammen … Die Schrift auf der Klinge beinhaltet wahrscheinlich den wahren Namen Liliths und die Formel, sie herbeizurufen! Mit Ysacs Hilfe ist es mir gelungen, sie zu einem Teil zu entziffern. Aber es fehlen entscheidende Worte, um die Beschwörung zu vollenden – ich habe schon alles versucht, aber es ist mir nicht gelungen, es zum Leben zu erwecken! Mit diesem Amulett, Manon, könnten wir das mächtigste weibliche Wesen in Himmel, Erde und Hölle in unsere Dienste stellen! Was könnten wir alles erreichen!‹

Ich habe mir diesen *brèu*[12] aufmerksam angesehen. Er sah eigentlich ganz harmlos aus, wie ein Ziermesser, das eine burgundische Dame am Gürtel trägt.

›Und habt Ihr nicht herausfinden können, wo das fehlende Stück ist?‹

Angèle lachte. Ihre Finger krampften sich um den Schatz in ihrer Hand, so dass die Fingerknöchel weiß wurden und ihre Nägel sich in das weiche Fleisch ihres Handballens eingruben.

›Wäre ich sonst noch hier? In diesem armseligen Drecksloch lebendig begraben mit einem siechen Ehemann am Hals, der sich vor der Welt verstecken muss und ich mich mit ihm?! Einmal, vor Jahren, da war ich so nahe daran! Ich fragte alle Reisenden, die im Schloss gastfreundlich aufgenommen wurden, und da war auch ein Schäfer, der machte mir Hoffnung. Er hatte von meiner Suche gehört und sagte, er hätte so eine Ahnung, wo sich finden ließe, was ich begehrte. Er wollte dafür … was alle Männer wollen, der Unverschämte! Ach‹, rief sie zornig, ›alles, alles würde ich demjenigen geben, der mir den anderen Teil brächte. Und wie würde ich die zahlen lassen, die mich jetzt meiden und verachten!‹«

»Also hast du nun keinen Zweifel mehr haben können an den üblen Absichten und der Natur deiner Herrschaft?«, warf die Äbtissin ein.

»Nein, keine, aber zur Flucht war es nun zu spät. Madame ließ

mich bewachen. In den letzten Wochen – sie waren jetzt übereingekommen, ihre Satansmesse in der Osternacht durchzuführen –, da tauchte plötzlich jedes Mal, wenn ich mich dem Tor näherte, einer von Monsieurs Soldaten auf. Einmal ließ ich es drauf ankommen und tat so, als wollte ich hinausgehen. Da kam er mit raschem Schritt hinter mir her, legte mir seine Hand schwer auf die Schulter, wobei er sich entschuldigte.
›Es tut mir Leid, Demoiselle, aber Ihr dürft das Fort nicht ohne Anweisung von Madame oder Monsieur verlassen. Wir haben unsere Befehle.‹ Er fühlte sich offensichtlich nicht wohl dabei, aber er war der Mann des *Capitaine,* was sollte er tun.
Und dann, wenige Tage vor dem verhängnisvollen Datum, da hörte ich auf einmal ein Kind plärren aus dem alten Turm, aus dem Laboratorium. Was hatte ein Kind im Laboratorium verloren? Wie war es dahin gelangt?
Aus der Festung konnte ich nicht fort, aber innerhalb der Mauern durfte ich mich frei bewegen. Es gelang mir, mich allein in den alten Turm zu schleichen, und ich fand heraus, dass dort tatsächlich ein Säugling gehalten wurde, gepflegt und gesäugt von einer Milchamme. Weiß der Himmel, wo sie dieses Weib aufgetrieben hatten. Sie war keine aus dem Dorf. Keine Frau, die ich kannte, hätte sich so gehen lassen: aufgedunsen und schmutzig, die Haare speckig. Wenn sie sich unbeobachtet glaubte – ich sah es durch das Schlüsselloch –, dann trank sie direkt aus dem Weinkrug, wobei ihr der Wein rechts und links vom Munde über das Kinn und auf den Busen rann. Es störte sie nicht. Der Säugling, klein, rot und verschrumpelt, schien wenige Tage alt.
Alle Lügen, die ich mir bis dahin vorgesagt hatte – dass Madame nur immer so gefährlich tat und eigentlich so schlecht nicht war, dass sie es nicht wahr machen würden, dass sie ein Hühnchen oder ein Zicklein opfern würden, welches hinterher mit Knoblauch und viel Rosmarin den Weg auf unsere Tafel finden würde –, alle diese Hoffnungen, der Selbstbetrug, waren nun null und nichtig. Hier war nun mein Scheideweg.«
»*Facilis descensus Averno, noctes atque dies patet atri ianua Ditis*[13] – der Abstieg in die Hölle ist nicht schwer, denn Tag und Nacht sind ihre Tore offen«, rezitierte die Äbtissin. »Wie gut, dass du dich

für den rechten Weg entschieden hast. Ich sehe jetzt ganz klar. Ich habe mich nicht in dir getäuscht: Du hast gefehlt, du hast gesündigt, doch nicht schwerer als die meisten anderen Menschen. Und du warst schwerer Versuchung ausgesetzt. Doch am Ende hast du es gut gemacht. Der Herr wird dir vergeben. Doch sag, war es nicht schwer zu entkommen, wenn man die Wachtposten auf dich angesetzt hatte? Oder konntest du dich in einen Adler ... ach, nein, es war ja nur Illusion, nicht wahr?«

»Nur Sinnestäuschung. Ich musste mich schon mit meinen eigenen ungeschickten Händen und Füßen herunterlassen an der eiskalten Mauer in der Nacht. Sie wurde nicht bewacht. Noch nie hatte sie jemand bezwungen von unten her. Es war meine einzige Möglichkeit. Wäre ich ein verzärteltes Fräulein gewesen, von Geburt an, dann wäre ich sicher abgestürzt. So habe ich es mit knapper Not und Gottes Hilfe geschafft, von der Festung Buoux zu fliehen. Und so kam ich von der Hütte in den Heuschober, vom Heuschober in eine Höhle, von der Höhle ins Herrenhaus und vom Laboratorium eines Hexenmeisters ins Kloster. Nun wisst Ihr alles.«

Da hatte sie also nun ihr ganzes bisheriges Leben ausgebreitet. Manou fühlte sich nicht so erleichtert, wie sie es erhofft hatte, eher leer. Was sollte nun aus ihr werden?

»Was werdet Ihr mit mir tun?«

Eléonore beugte sich vor und nahm beide Hände des Mädchens in die ihren.

»Ich weiß nun, dass wir dich ohne Bedenken wieder in die Welt entlassen können. Und da wartet auch schon ein Platz auf dich! Vorher, wenn es dir recht ist, wollen wir noch Bruder Eusebius bitten, dir die Beichte abzunehmen, so dass du gereinigt und mit neuem Mut in die Welt hinaus kannst.«

Manou nickte, aber für sich sah sie nicht recht, wo er herkommen sollte, der Mut.

14

»*Absolvo te*«, sprach Bruder Eusebius. Er benetzte Manous Stirn mit Weihwasser, schlug das Kreuzzeichen. »Lass uns gemeinsam beten.«

Sie knieten nieder vor dem Altar der kleinen Kapelle, wo sie beide allein waren.

Nach einiger Zeit meinte Bruder Eusebius, dass es nun genug sei, und erhob sich mühsam.

»Wollt Ihr mir denn keine Buße auferlegen, auf Knien dreimal um die Kapelle rutschen und bei jedem Schritt vorwärts ein Ave, oder den Schwestern die Füße waschen, vielleicht fasten?«

»Nein«, sagte der alte Mönch. »Gefastet hast du schon genug in deinem Leben und auch Füße gewaschen genug im Hospiz. Nach allem, was man hört, warst du dort eifrig. Ich will hoffen, dass du nun, da du reinen Tisch gemacht hast, freiwillig und häufiger als bisher mit deinem Schöpfer sprechen wirst.«

Er bückte sich und rieb sich seine schmerzenden Knie. Manou bot ihm ihren Arm und so wanderten sie hinaus ins Sonnenlicht. Sie setzten sich auf die oberste Stufe der Kirchentreppe. Der Mönch rieb sich wieder die Knie und streckte die Beine in der Wärme lang von sich.

»Aaah! Das tut gut. Wärme ist immer noch die beste Medizin gegen rostige Gelenke. Nein, eine Buße will ich dir nicht auferlegen. Du hattest viel Leid zu ertragen und erhieltest Strafe für deinen Hochmut. Ich bin der Meinung, dass die Menschen von Kasteiungen nicht besser werden. Ich habe mir selbst die Gesundheit ruiniert mit dem ständigen Knien auf harten Bänken. Gesundheit ist ein Geschenk Gottes. Wem soll es nützen, wenn einer sie freiwillig fortwirft? Wärest du eine reiche Bürgerin, dann könnte man von dir eine substantielle Spende für die Armen verlangen, aber du bist ja selbst arm wie eine Feldmaus. Eines musst du mir allerdings versprechen, das verlange ich von dir: Du sollst dich nie wieder mit solchen schwarzen Künsten abgeben. Um keinen Preis der Welt, nicht für Neugier und Abenteuerlust, nicht um deinen Stolz zu befriedigen, ja nicht einmal, um ein Leben zu retten! Um deiner Seele willen bitte ich dich, Kind, fordere den Teufel nicht heraus!«

Das zu versprechen fiel ihr im Augenblick nicht schwer. Sie hatte sich ohnehin geschworen, kein Grimorium mehr anzurühren, und sei es, um *Dame* Angèle zu trotzen. Von der Natur zur Magierin bestimmt sei sie – nein, sie würde beweisen, wie falsch das war, würde es beweisen mit einem einfachen und gottgefälligen Leben.

Azima Alzias kam, um das Mädchen abzuholen. Denn das sollte ihr neuer Platz sein: Schon vor Wochen, gleich nach ihrer Begegnung, war Azima bei der Äbtissin gewesen und hatte sich nach Manou erkundigt. Die Hebamme war seit zehn Jahren verwitwet. Ihre Geschäfte gingen gut und sie konnte sie allein nicht mehr bewältigen. Sie hatte angeboten, falls Manou nicht im Kloster bleiben wollte, sie in die Lehre zu nehmen. Es war nicht viel zusammenzupacken.

Die Kleidung, die sie von der Cellerarin bekommen hatte, durfte sie behalten. Ann-Marie schenkte ihr ein gesticktes Schnupftuch: »Ich habe Eibisch, Alant und Thymian drauf gestickt. Das soll dich vor Erkältungen bewahren.«

»Du meinst, damit ich dein schönes Werk nicht vollrotzen muss«, sagte Manou. Sie lachten beide und lagen sich dann weinend in den Armen, woraufhin das Schnupftuch die ersten Flecken bekam.

Eléonore schenkte ihr ein kleines Medaillon von der Heiligen Magdalena de Sainte-Baume aus Zinn, so wie es die Pilger dort am Grab erwerben konnten.

Die größte Freude aber machte ihr Schwester Scholastika. Die gute Bibliothekarin hatte eigenhändig viele Seiten aus Hildegard von Bingens *causae et curae* abgeschrieben und daraus einen kleinen Kalender zusammengestellt mit Ratschlägen und Rezepturen für jeden Monat. Das ergab nun ein kleines Heft, in grünes Leder gefasst und mit Bast gebunden. Manou bedankte sich tief gerührt und

legte es zu ihren anderen Schätzen, dem Ring, dem silbernen Halskettchen und dem Urobos.
Azima war bereits am frühen Morgen erschienen, damit sie den weiten Weg nicht in der größten Tageshitze machen mussten. Mittags wurde es jetzt unerträglich. Sie ritten langsam auf einem Maultier dahin, Azima vorn und Manou hinter ihr eingezwängt zwischen ihrer neuen Lehrherrin und den harten Beckenknochen des Tieres. Das Schaukeln wirkte einschläfernd. Sie sprachen auf dem ganzen Weg kaum mehr als drei ganze Sätze, aber Manou war es recht. Sie spürte, dass es nicht Unfreundlichkeit oder Desinteresse war, das Azima schweigen ließ.
Sie ritten auf der alten Römerstraße, die das Rhônetal mit den Alpen verband. Im Hinterland des Luberon hatten die Römer viele befestigte Städte gehabt. Man stieß auf ihre Spuren, tat man nur einen Spatenstich, um Rüben auszugraben. Die Pont Julien im Rücken schlugen sie sich in die Hügel, vorbei an den Schnittern, die das Korn mähten, und den Frauen, die es zu Garben banden, vorbei an Kindern, die Lavendelblüten sammelten, und Hirten, die ihre Ziegen zum Calavon trieben. Das alles musste morgens geschehen. Ab Mittag zogen sich die Menschen in den Schatten der Häuser zurück und überließen Felder und Wiesen den Zikaden.
Sie erreichten Hameau des Lumières, das Dorf der Lichter. Es bestand aus einem Dutzend Häusern, dicht aneinander gedrängt, immer wieder ausgebaut und angebaut, so dass sich ein auf den ersten Blick unübersichtlicher Häuserhaufen ergab. Beim Näherkommen erkannte man Einzelheiten: weiß, ockergelb oder rötlich gekalkte Häuser, die Rot-, Orange- und Gelbtöne der Ziegel aus gebranntem Ton, Anbauten mit Wänden aus grünlich braunem Lehm, Wiesen, Gärten, einen Brotofen.
»Das da ist meins«, sagte Azima und wies auf ein gelbes Haus am äußeren Rand in Richtung Lacoste. Es war ein beinahe würfelförmiges Haus, halb in den Hügel hineingebaut, so dass die Fenster im Parterre zum Fluss schauten und die hintere Wand ohne Fenster bleiben musste, während man aus dem ersten Stockwerk direkt in einen ummauerten Garten hinaustrat.
Seitlich angesetzt befand sich ein Stall für das Maultier und zwei Ziegen. Der Stall war aber leer; die Ziegen standen unten auf der

Wiese unter einem Ölbaum und ließen mit trübem Blick die Hitze über sich ergehen. Azima führte das Maultier dazu und befestigte seinen Strick an einem Pflock, so dass es um sich herum einige Ellen grasen konnte.

Es standen zwanzig oder dreißig Ölbäume auf der Wiese, knorrige alte *oliviers.*

»Sie geben in einem guten Jahr vier *muid*[14] gutes Öl, davon verbrauche ich nur den kleinsten Teil für mich und für die Arzneien. Den Rest tausche ich ein gegen Wein, Korn, Obst, Gemüse, auch einmal ein Huhn oder was ich sonst so brauche«, sagte Azima stolz. »Das ist neben den Kranken meine zweite Einnahmequelle.«

Manou folgte Azima ins Haus. Zuerst betrat man einen Ladenraum mit Regalen und vielerlei Flaschen und Gefäßen. Waage, Schalen und Mörser erkannte Manou als Apothekerwerkzeug.

»Das«, erklärte Azima, »sind noch Sachen aus der Apotheke meines Mannes. Da ich bei ihm sozusagen in die Lehre gegangen bin, hat der Seigneur gestattet, dass ich einen solchen Laden führe. Du wirst in der ersten Zeit Botengänge für mich machen oder, wenn ich zu einem Kranken muss, hier bleiben. Aber auf keinen Fall darfst du selber Kräuter ausgeben oder irgendwelche Arzneien mischen, ganz gleich, was dir die Leute sagen. Sie meinen immer, sie wüssten, was ihnen bekommt, und haben doch alles falsch verstanden oder schlucken zu viel. Und wenn ein Unheil geschieht, dann bist du es gewesen. Nun komm weiter – das hier ist die Küche.«

Durch eine Seitentür betraten sie den nächsten Raum, wie schon der Laden mit *tomettes* ausgelegt, sechseckigen Fliesen aus rotem Ton. An der Wand zum Berg befand sich die Feuerstelle, am Fenster ein einfacher Tisch, eine Bank, ein Schemel. Azima zeigte Manou, wo Essgeschirr und Töpfe zu finden waren: im einzigen Schrank des Raumes.

»Die Latrine ist hinten im Garten. Schlafen tun wir beide oben.«

Eine hölzerne Leiter führte ins obere Stockwerk, das halb Heuboden und Kräuterdarre, halb Schlafzimmer war. Es war ein angenehmer Raum, wahrscheinlich warm im Winter, da er der Feuchtigkeit des Hügels entging und die Wärme der Feuerstelle durch den Kamin nach oben stieg.

»Die Truhe dort hat meinem Mann gehört. Die kannst du haben. Meine Sachen sind in der anderen.«

Manous Blick wanderte zum einzigen Bett, über dessen Kopfende ein verschlissener, einst schöner und wertvoller Wandteppich hing.

»Du wirst auf einem Strohsack schlafen. Ich habe schon einen besorgt, wir müssen ihn nur noch herauftragen. Für mich allein war er zu schwer. Nun? Ich hoffe, du hast nicht mehr erwartet.«

Manou sagte, dass sie zufrieden sei, und das war sie auch. Das Haus hatte eine freundliche, gute Atmosphäre. Sie fühlte sich gleich heimisch und angenommen.

»Gut, dass die Lindenblüten schon getrocknet sind«, lachte Azima. »Das ist vorbei! Wenn ich die Lindenblüten hier oben habe, ganz frisch vom Baum, dann verschlafe ich manchmal den halben Tag.«

Manou deponierte ihr mageres Bündel in der ihr zugewiesenen Truhe und folgte Azima nach unten.

»Komm schon! Deck uns den Tisch! Wir wollen zu Mittag essen. Und nicht so schüchtern. Ich möchte, dass du dich hier zu Hause fühlst und nicht herumstehst wie ein Geist, der nicht weiß, ob er in den Himmel oder in die Hölle soll.«

Manou holte das Notwendige aus dem Schrank und Azima brachte aus dem in den Fels gehauenen *placard* Brot und Käse und einen Krug Wein zum Vorschein, dazu ein paar schwarze Oliven und einen Korb Aprikosen.

Sie aßen und schauten dabei aus dem Fenster. Eine wohlige Ruhe legte sich über Manou.

»Jeden Morgen fegst du als Erstes aus«, erklärte Azima ihr ihre Pflichten. »Ich will kein Stroh auf den Boden geschüttet haben. Das wirkt schnell unsauber und macht keinen guten Eindruck in einer Apotheke. Du öffnest Fenster und Türen weit, auch im Winter. Ich halte viel von frischer Luft. Lieber legen wir nachher einen Scheit mehr auf, als dass es so stickig ist wie in den meisten Häusern. Das ist auch nicht gesund, denn es macht müde und schwächt die Lungen. Frische Luft zu jeder Jahreszeit baut Krankheiten vor. Hast du das getan, dann gehst du zum Brunnen und holst Wasser. Einen Eimer zum Trinken und Kochen, das ist der mit dem verzierten Rand, den anderen zum Waschen für uns und zum Säubern von Geschirr und Mobiliar.«

»Und dann?«, fragte Manou.

»Dann frühstücken wir erst einmal. Und dann sehen wir, was der Tag bringt. Du wirst es schon recht machen. Ich habe dich im Hospiz beobachtet. Du bist geschickt und scheust keine Mühe.«

Am Nachmittag zeigte Azima Manou ihre kleine Apotheke, die meist Kräuter, Schmalz und Öle für Salben, Wein und Destillate enthielt, aber gar keine Gifte, Metalle oder Edelsteine. Als Manou danach fragte, erklärte Azima: »Ich halte es mit dem Hippokrates von Kos: ›*Primum nil nocere*‹, das bedeutet …«

»Zuvorderst gilt es, nicht zu schaden«, übersetzte Manou flink.

»Da schau her«, staunte die Heilerin. »Du kannst Latein?«

»Latein, Französisch, etwas Griechisch und die hebräischen Buchstaben«, sagte Manou stolz. »Gott sei Dank habe ich bei meinem Herrn nicht nur Schlechtes gelernt.«

»Das ist schön, es freut mich, dass du gelehrsam bist. Das wird vieles erleichtern für uns beide. Dennoch rate ich dir: Häng es nicht an die große Glocke bei den Leuten hier. Die misstrauen Studierten. Denk dir, als ich nach dem Tode meines Mannes hierher kam, da wurde ich zunächst sehr freundlich aufgenommen. Eines Tages aber, da sah die Frau, von der ich das Haus gekauft habe, meine Bücher stehen und sie sagte mir: ›Hätte ich gleich gewusst, dass du so viele Bücher hast, dann hätte ich dir das Haus nicht verkauft.‹«

Manou schaute entsetzt. Azima musste auflachen.

»Ja, siehst du, also halte ihnen deine Gelehrsamkeit nur nicht unter die Nase. Die Früchte davon ernten sie gern, aber zunächst schaffst du damit einen Abstand, den du als Heilerin und Hebamme nicht gebrauchen kannst. Das war mein erster Fehler. Aber sie haben mir inzwischen vergeben! Zurück zu den Arzneien. Wie du richtig bemerkt hast, so verwende ich nichts Schädliches, das heißt: Alles kann natürlich im Übermaß schädlich sein, sogar Nahrung, wie du weißt. Ich meine damit, dass ich keine Pflanzen nehme, die bereits in winzigen Dosen giftig sind wie Alraune, Fingerhut oder Bilsenkraut. Auch Metalle verwende ich nicht, weil ich der Meinung bin, dass sie dem Menschen schädlich sind, und ich keinen vernünftigen Grund erkennen kann, warum man sie zu sich nehmen sollte. Ich führe auch kein Blut, Eiter oder

Urin, keine gemahlenen Schädelknochen oder Haare von Gehenkten.«
Das war üblich, selbst in den besten und teuersten Apotheken, doch der Gedanke war Azima so widerwärtig, dass sie vor Ekel Gänsehaut bekam. Sie musste über sich selber den Kopf schütteln.
»Mein verstorbener Mann hat immer gesagt, ich sei zu empfindlich für den Beruf. Vielleicht hatte er ja ein wenig Recht, aber ich habe einen Abscheu gegen Schmutz und Exkremente und gegen Zaubermittel aller Art! Edelsteine mögen gut sein, um sie auf der Haut zu tragen, doch die Leute, die zu mir kommen, können sich so teures Zeug nicht leisten. Aus dem gleichen Grunde führe ich keinen Theriak.«
»Ich habe aber schon ganz billigen auf dem Jahrmarkt gesehen«, sagte Manou.
»Dann war es kein echter. Es gibt viele Schurken, die sich als Theriakhändler ausgeben und dann den Leuten Mixturen andrehen aus Kümmel und Entenblut, gemischt mit einfachem Lehm. Der echte Theriak ist außerordentlich teuer und wird deshalb in seriösen Apotheken in vergoldeten Gefäßen aufbewahrt. Er kommt heute fast ausschließlich aus Venedig, das ein Monopol darauf hält, denn sein wichtigster Bestandteil ist das getrocknete Fleisch der *Vipera Aspis*, die nur in Italien vorkommt. Gleichwohl gibt es auch unter den Apothekern und Importeuren Betrüger.«
»Dann kann man ja nie ganz sicher sein, was man da für sein Geld bekommt, selbst wenn man bereit ist, viel dafür auszugeben«, meinte Manou nachdenklich. »Der arme Monsieur Justin, wer weiß, was er alles hinuntergeschluckt hat in seiner Verzweiflung!«
»Richtig.« Azima nahm einige Tongefäße aus dem Regal und begann verschiedene Mischungen getrockneter Pflanzen abzufüllen: »Deshalb, finde ich, ist man besser dran, wenn man nur verwendet, was man selbst hergestellt hat oder aus zuverlässiger Quelle bekommt: Blüten und Blätter, Wurzeln, Samen, Rinden und Schalen – die kenne ich, da kann man mich nicht übers Ohr hauen. Olivenöl, da habe ich mein eigenes, Wachs ebenfalls von meinen Bienen. Dann verwende ich Schafsfett, das bekomme ich vom alten Noé, den wirst du noch kennen lernen. Manchmal nehme ich Butter, aber seltener; des Weiteren, wie du siehst, Alkohol: Wein, Destillat

aus Wein und Essenzen. Da hast du Papier! Ich kaufe beschriebenes, altes Papier bei einem Schreiber in Apt billig auf, daraus machst du mir jetzt kleine Briefchen und ein paar größere Tüten. So, siehst du ...«

Manou begann, nach Azimas Anweisung Tüten und Briefchen zu falten und sie ihrer Lehrherrin zuzureichen.

»Aber wenn man alle diese Dinge selber sammeln kann, warum kaufen dann die Leute die Kräuter bei Euch?«

»Weil ich ihnen nicht einfach nur die Heilpflanzen anbiete. Die Kunst des Arztes – und noch mehr die des Apothekers – ist die der rechten Mischung! Es war der römische Arzt Galenos, der als Erster ein umfassendes Buch der Heilkräuter schrieb und empfohlen hat, sie zu mischen, um bessere Wirkungen zu erzielen. Außerdem ist die Form der Darreichung wesentlich. Es genügt eben nicht, zu wissen, dass – sagen wir – Thymian magenstärkend wirkt, und das Kraut einfach herunterzuwürgen. Man muss auch den Kranken und seine besonderen Bedürfnisse und Umstände kennen, um das richtige Mittel zusammenzustellen, das ihm hilft. Ich besitze Kopien von Schriften des Caius Plinius secundus, des Galenos, des Albertus Magnus und Ibn Sîna.«

»Und ich habe einige Auszüge aus den *Causae et curae* von Hildegard von Bingen«, sagte Manou stolz.

»So? Das ist gut, obwohl sie mir für meinen Geschmack manchmal ein wenig zu bedächtig ist und alles zu sehr mit der Religion verbindet. Vor den Christen hat es auch schon gute Ärzte gegeben – die Besten unter ihnen waren Muslime. Aber in diesem Fall kann ich dir ja ohne Sorge meine wertvollen Bücher zum Studium überlassen. Dominique sagte mir schon, dass du belesen bist und wissensdurstig.« Sie nahm ein neues Briefchen aus Manous Hand entgegen, die ihr fasziniert zusah, wie sie mit sicherer Hand die benötigten Bestandteile für ihre Arzneien aus den verschiedenen Gefäßen entnahm.

»So ist es gut. Ich schreibe dir die Namen darauf und versiegele sie mit Wachs. Dann kannst du Botengänge für mich erledigen und die Arznei zu den Kranken bringen, bei denen meine Gegenwart nicht unbedingt erforderlich ist.«

»Werden sie mir denn vertrauen?«

»Ich gebe dir meinen Siegelring, den hängst du dir an einem Band um den Hals und zeigst ihn vor, wenn es verlangt wird. Den kennen sie und dann wissen sie, dass du von mir kommst. Und nun werde ich dir ein erstes Geheimnis verraten!«
Es bestand in einer Salbenbereitung, die die Haut der Frauen glatt und jung erhalten sollte. Azima war selbst die beste Werbung dafür. Wenn man ihr Glauben schenken sollte, dann war sie schon sechsunddreißig Jahre alt – für jemanden wie Manou ein unvorstellbares Alter – und sie sah noch ansehnlich aus, frisch wie ein Pfirsich direkt vom Baum.
»Du darfst es nicht verraten, denn diese Salbe gehört zu den wenigen Dingen, mit denen ich gutes Geld mache: Du mischst also bitteres Mandelöl mit ein wenig Honig – so! Dazu gibst du diese Menge zerstoßene weiße Lilienwurzel und so viel an Wachs. Das erhitzen wir jetzt …«
Dazu entzündete Azima Holzkohle unter einem kleinen Dreibein, wie es Manou schon im Laboratorium des Herrn de Saignon gesehen hatte. Sie ließ Manou die Salbe in einem langstieligen Kupfertiegel darüber halten, bis das Wachs sich verflüssigte, und die Bestandteile mit einem kleinen Spatel zu einer weißen Paste ohne Klumpen vermengen. Manou hielt die Nase über den Tiegel.
»Hm! Das riecht angenehm.«
»Stimmt und es ist wirklich gut. Ich gebe dir ein Töpfchen davon, wenn du willst. Aber für eine junge Haut wie deine genügt auch Olivenöl mit ein paar Tropfen Zitrone.«
Manou staunte nicht schlecht: Cremes und Salben für das Gesicht, geschweige denn für den Körper zu verwenden, das hatte sie bislang nur bei Angèle gesehen. Es war nicht allgemein üblich.
»Man pflegt doch auch Gegenstände aus Leder, nicht wahr? Tierhaut ist nicht viel anders als Menschenhaut und was passiert mit Leder, wenn man es Wind und Regen aussetzt, ohne es zu fetten?«
»Es wird mürbe und bricht«, sagte Manou.
»*Voilà!* Es ist übrigens gut, in der Heilkunde seine Nase zu gebrauchen. Zum einen erkennst du viele Krankheiten am Geruch: Riecht der Atem nach Honig, so vermute die Neapolitanische Krankheit. Wenn jemand zu Schwindelanfällen neigt und äußerlich keine Ursache festzustellen ist, dann prüfe, ob sein Schweiß nach Heu

riecht. Dann ist nämlich sein Blut zu süß und es ist eine Diät angezeigt. Die Gelbsucht macht, dass der Kranke nach Moschus duftet – nicht jeder, der nach Moschus duftet, ist allerdings gleich krank! Es wird ja auch verwendet, um die Sinnlichkeit anzufachen, aber es ist ein guter Hinweis. Nach dem Gleichheitsprinzip kannst du viele Pflanzen den Krankheiten zuordnen, gegen die sie wirksam sind, nach Form, Fundort und Geruch. Was scharf riecht, kann sich als nützlich erweisen, um Wunden zu heilen, die durch scharfe Gegenstände entstanden sind, oder bei Insektenstichen: Wegerich, Schafgarbe, Lavendel. Und weißt du, welche Bewandtnis es mit dem Johanniskraut hat?«

Das wusste Manou, denn das *oli rouge,* Tüpfeljohanniskraut in Olivenöl eingelegt, das war das gebräuchlichste aller Hausmittel bei den Bauern der Provence.

»Es gibt einen blutroten Saft ab, wenn man es bricht, deshalb soll es gegen Blutungen gut sein. Außerdem stellen die Punkte auf den Blättern Insektenstiche dar.«

»In Wirklichkeit sind es kleine Dampflöchlein, so wie die der menschlichen Haut, aber das macht nichts. Richtig ist, dass du oft genug Gleiches mit Gleichem heilen kannst, *similia similibus curantur,* denn die Natur, die die Ursachen von Krankheiten in sich trägt, bietet nach Gottes Willen und Gnade auch die Kur dafür.«

»Zum Beispiel?«, wollte Manou wissen.

»Zum Beispiel nimm das Gliederreißen der alten Leute. In wenigen unglücklichen Fällen beginnt es auch schon bei Jüngeren. Man hat beobachtet, dass es von einem Übermaß an Feuchtigkeit und Kälte kommt. Also suchen wir eine Pflanze, die offensichtlich mit Feuchtigkeit und Kälte gut zurecht kommt: Ein Aufguss oder ein Bad mit dem Extrakt von Weidenrinde wirkt oft Wunder!«[15]

Am Abend kamen nach und nach die Nachbarinnen, immer unter einem Vorwand: »Azima, ich habe wieder dieses Kopfweh, hast du nicht etwas für mich?«

»Azima, ich wollte dir doch rasch den Topf zurückbringen, den ich mir von dir geliehen habe …«

»Das war im letzten Winter«, erklärte Azima Manou halblaut. »Sie wollen dich anschauen.«

»Azima, ich hab heute gebacken. Ich dachte, ich bring dir mal ein Brot, wo du doch so beschäftigt warst die ganze Woche. Da bist du sicher nicht zum Backen gekommen. Ach! Wen haben wir denn da …«
»Ich habe mir ein Lehrmädchen zugelegt«, antwortete Azima. »Sie heißt Manou. Sie ist Waise, hat ihre ganze Familie bei der Pest von '94 verloren«, gab Azima als nächste Information heraus. Das brachte Manou sofort Mitgefühl ein, *›ah! Pauvre petite‹*, denn es gab kaum jemanden, der nicht mindestens ein Mitglied seiner Familie auf diese Weise verloren hatte.
Nachdem die Frauen von Lumières ihre Neugier befriedigt hatten, gingen sie so plötzlich, wie sie gekommen waren: »*On vous laisse …* jetzt lassen wir euch aber in Ruhe.«
Azima hatte eine Kornsuppe aufgesetzt, das war ihr Nachtessen: Ein Schatten huschte zum Fenster herein und sprang Azima auf die Schulter, quäkte und fiepste – es war ein Siebenschläfer, grau mit weißem Bäuchlein und klugen, schwarzen Knopfaugen. Das kleine Tier keckerte einmal ärgerlich in Manous Richtung.
»Das ist Habibi, das bedeutet ›Liebling‹.«
Manou fand das Tier gar nicht freundlich.
»Es ist daran gewöhnt, mich abends für sich allein zu haben.«
Azima hielt ihm ein Stück Pflaume hin. Der Siebenschläfer hüpfte in ihre Hand, um es dort zu verzehren. Dabei richtete er sich auf, hielt das Stück Frucht mit beiden Händen, wie ein Kind eine Leckerei, und knabberte, während er das Stück in seinen winzigen Händen drehte.
Manou schaute missbilligend, getraute sich aber nicht, etwas zu sagen. Da, wo sie herkam, betrachtete man Siebenschläfer als Schädlinge.
»Ich weiß schon«, sagte Azima leise, um das Tier nicht zu verjagen. »Die anderen sagen mir ständig, ich soll es bloß erschlagen, weil es viel Schaden anrichtet. Aber es ist doch so klein, wie kann etwas so Kleines so bedeutenden Schaden anrichten, dass wir Menschen es zu fürchten haben?«
»Wenn's bei einem bliebe«, murrte Manou.
»Ach was! Der Herrgott hat diese Welt uns allen gegeben, Menschen und Tieren. Wenn ich dabei nicht mehr zu fürchten habe als

den Verlust einiger Kirschen oder Trauben, dann schert es mich nicht und das arme Ding darf bleiben.«
Es war schon ein putziges Tier. Manou hatte noch nie einen so zahmen Siebenschläfer gesehen. Im Allgemeinen waren sie zwar frech und wohnten in menschlichen Behausungen, wenn man sie ließ. Doch waren sie schwer zu fangen und wussten sich zu wehren. Sie waren mitunter angriffslustig wie Ratten. Sogar die Katzen hatten Respekt vor ihren langen Krallen.
»Wie habt Ihr ihn bekommen?«
»Die Nachbarin linker Hand – das heißt, eigentlich ihr Kater – hatte ein Nest gefunden auf ihrem Speicher und ich hörte das Getöse. Sie hat die Tiere mit dem Stiel einer Hacke erschlagen, aber eines habe ich gerettet und mit Ziegenmilch und Brot aufgezogen. Es hat kaum mehr als einen einzigen Tropfen auf einmal trinken können, damals! Nun kommt es mich ab und zu besuchen. *Allez!* Wir gehen auch zu Bett. Ich habe morgen etliche Krankenbesuche zu machen. Du kannst derweil den Laden hüten. Und übrigens sollst du mich duzen. Ich bin keine feine Dame und auch nicht deine Herrin.«
Dem stimmte Manou gern zu.
Während Azima rasch einschlief und Manou ihre gleichmäßigen, ruhigen Atemzüge hörte, lag sie auf dem Rücken und starrte die dunkle Zimmerdecke an, Dachbalken und Ziegelwerk, und überlegte, wie das Schicksal sie am Ende gut geleitet hatte.
›Es muss doch wahr sein, dass ich unter einem guten Stern geboren bin‹, dachte sie. ›Ich habe harte Zeiten erlebt und bittere Trauer, habe Fehler gemacht und fast meine Seele verspielt. Und nun ist es so gekommen, wie es sich meine Mutter von Anfang an für mich gewünscht hätte: Ich bin bei einer Heilerin und Hebamme in der Lehre. Ich werde einen respektierlichen Beruf haben und für mich selbst sorgen können. Ich werde von keinem Mann abhängig sein müssen, es sei denn, ich will es so.«
Sie schloss die Augen und faltete die Hände. ›Wenn du mich sehen kannst von da oben, *maman,* dann sollst du wissen, dass es mir gut geht und ich wieder auf dem rechten Weg bin. Ich werde von nun an nur noch Gutes tun, Menschen helfen und das Leid in der Welt vermindern, wie ich es nur vermag. Das verspreche ich dir, *maman!*‹

Ein paar Tränen rollten über ihre Wangen und sie schnäuzte sich vorsichtig, um Azima nicht zu wecken, in einen Zipfel ihres Nachthemdes.
Sie dachte, sie wäre eben erst eingeschlafen, als sie mitten in der Nacht vom leisen Aufklatschen bloßer Füße auf den hölzernen Dielen geweckt wurde. Sie rieb sich den Grieß aus den Augen und wie es ihr gerade zu Bewusstsein kam, wo sie sich befand, da nahm sie eine schemenhafte Gestalt wahr, die sich über Azimas Bett beugte.
Sie sprang auf, war in zwei Sätzen drüben beim Bett und packte die Gestalt von hinten an der Kehle. Ein erschreckter Aufschrei ertönte, der Eindringling wehrte sich; Manou erfühlte weiches Fleisch, Rundungen, Brüste – es war eine Frau. Sie rangen und fielen quer über das Bett auf Azima. Mit einem Schmerzensschrei fuhr Azima hoch, als sich der Eindringling zu erkennen gab.
»Azima! Ich bin's!«
»Halt, warte, Manou. Es ist Beatrice, die Tochter unserer Nachbarn.«
Manou ließ los. Beide standen auf, ebenso Azima, die sich einen Hauskittel überwarf.
»Psst! Leise«, bat Beatrice. »Wenn meine Mutter merkt, dass ich hier bin, dann schlägt sie mich tot!«
»Na, na«, beruhigte Azima. »Ich kenne deine Mutter doch. Sie tut immer gefährlich, aber sie ist es nicht. Sie hat dich doch lieb, Kind! Nun weine doch nicht, was ist denn so fürchterlich, dass ... ach!«
Wenn eine junge Frau in der Nacht zu einer Hebamme gerannt kam und heulte, dann konnte das nur eine Ursache haben. Sie stiegen alle drei die Leiter hinunter und auf Azimas Zeichen hin schloss Manou die Läden und zündete eine kleine Öllampe an.
»Hast du dich in andere Umstände bringen lassen?«
»Ich weiß es nicht, kann schon sein«, heulte Beatrice.
»Wie lange sind deine Mondtage überfällig?«
»Zwei Wochen!«
»Na, nun warte mal, das kann auch andere Ursachen haben. Hast du mir nicht erzählt, dass sie ohnehin unregelmäßig kommen und dir viel Schmerzen bereiten? – Ich hatte dir doch Mutterkraut gegeben? Hast du es nicht genommen?«

»Doch«, jammerte das Mädchen. »Es ist auch besser geworden und hat nicht mehr so gezogen danach, aber …«
»Aber was? Hast du bei einem Mann gelegen?«
Das Mädchen errötete und nickte.
»Das ist nicht gut. Du sollst das nicht vor der Ehe tun, vor allem zu deinem eigenen Schutz! Aber nun hör schon auf zu plärren. Wir wollen erst einmal feststellen, ob wirklich etwas passiert ist. Erinnerst du dich, wie lange nach deinen Mondtagen du mit dem Mann zusammen warst?«
»Nein«, heulte Beatrice von neuem los.
»*Sapristi!* Erst den Kopf verlieren und dann jammern! Schluss jetzt! Zeig her.«
Azima befühlte den Bauch des Mädchens. »Hm, hm, hm! Ist nicht gesagt, dass … könnte auch … hm!« Sie richtete sich wieder auf.
»Jetzt hör mir zu: Du nimmst einen kleinen Beutel Gerste und befeuchtest ihn täglich mit deinem Urin.«
»Mit was?«
»Vater unser, gib mir Geduld! Du pisst drauf! Verstanden?!«
»Ja.«
»Wenn die Gerste keimt – kannst auch Weizen nehmen, das ist gleich –, wenn sie also keimt, dann bist du schwanger. Wenn nicht – nun, dann eben nicht. Bis dahin würde ich an deiner Stelle das Maul halten. Es braucht ja keiner zu wissen, dass du keine Jungfer mehr bist. Dann jammerst und weinst du eben ein wenig in der Hochzeitsnacht und besprenkelst das Laken mit Hühnerblut. Und alle sind zufrieden. Jetzt geh zu Bett. Und wasch dir das Gesicht am Trog, hörst du?! Sonst fragt dich deine Mutter morgen früh, warum du so verschwollen aussiehst.«
Sie gab dem Mädchen einen Schubs in Richtung Tür.
»Gute Nacht!«
Manou wunderte sich, wie Azima so herzlos sein konnte, doch kaum war das arme Ding draußen, löschte Azima das Licht, stieg wieder die Treppe hoch und legte sich kichernd zu Bett.
»Warum wart Ihr, Verzeihung, warst du – denn so grob zu ihr? Sie hat doch solche Angst!«
»Das tut ihr nur gut! Ich habe schon lange so etwas von ihr erwartet. Sie hatte noch nicht einmal ihre Zeit, da war sie schon hinter

den Männern her. Es konnte nicht lang dauern, bis sie einer flach legte. Und ist erst mal ein Balg da, dann wird es schwer, sie unter die Haube zu bringen. Diesmal ist nichts passiert. Zur Sicherheit kann sie den Test machen, aber ich denke nicht, dass sie schwanger ist. Sie hat bloß Verstopfung, deshalb ist der Bauch so aufgetrieben. Die kann sowieso nicht zählen!«
Azima kicherte schadenfroh.
»Wenn ihr ein wenig der Schreck in die allzu willfährigen Glieder geht, dann ist es nur zu ihrem Besten!« Damit rollte Azima sich auf die Seite und war auch schon eingeschlafen.

15

Am anderen Morgen erhob sich Manou früh und leise, um ihre Pflichten zu erfüllen, ehe Azima aufgestanden war. Es lag ihr viel daran, einen guten Eindruck zu machen. Zuerst suchte sie die Latrine im Garten auf, ein Bretterverschlag über einem Loch in der Erde. Da der Felsen hier überall so löchrig und durchlässig war wie Käse, musste man nur einen halben Eimer Wasser oder, wenn Wasser rar war, etwas ungelöschten Kalk nachschütten, so verschwand der Unrat von selbst. Das mit dem Kalk, das war etwas Neues. Azima bestand darauf, damit man im Garten nicht von unangenehmen Gerüchen belästigt wurde und um Krankheiten zu vermeiden.

Dann holte sie Wasser vom Brunnen des Weilers. Das Wasser aus Azimas *citerne* war fade, zum Trinken ungeeignet. Sie nahm es nur, um den Garten zu bewässern.

Manou fegte aus, wischte die Tische in Küche und Laden mit Lavendelwasser, leerte dann etwas von dem Wasser aus dem unverzierten Eimer in ein Schüsselchen und ging in den Garten, um sich zu waschen. Zuerst wischte sie sich den Belag von den Zähnen mit einem rauen Fetzen Stoff, dann spülte sie sich den Mund und spuckte das verbrauchte Nass in die Beete. Das Waschwasser folgte.

»Gut so. Reinlich bist du also auch«, hörte sie Azima hinter sich sagen. Manou drehte sich um.

Da stand Azima mit Krug und Waschschüssel, bereits gesäubert und frisch und auch sie schüttete ihr Brauchwasser auf die Gartenpflanzen.

»Du kannst dich in der Küche waschen und wenn es einmal etwas gründlicher sein soll, dann stellst du die große Bastmatte dort hinten in der Ecke auf. So hast du Sichtschutz. Die Nachbarskinder kiebitzen nämlich manchmal über die Mauer. Wir müssen noch eine eigene Waschschüssel für dich finden. Ich habe nur die eine. Die, die du da erwischt hast, nehme ich normalerweise für Salat …«

Azima war wirklich sehr eigen. Ihr Haus trug ganz und gar ihre Prägung. Im Gegensatz zu Leuten, die auf engem Raum beisammenleben müssen, hatte sie ihren Geschmack ausleben können. Jeder Gegenstand hatte seinen festen Platz und seine Bestimmung. Azima, das hatte Manou gleich bemerkt, liebte schöne Gegenstände. Jedes Ding war auf irgendeine Art verziert, die Schränke bemalt, die äußeren Ränder der Wandborde endeten in einfachen, aber wirkungsvollen Schnitzereien, selbst die Küchengeräte waren mit geflochtenen Bändern aus verschiedenfarbigen Gräsern an den Haken befestigt. Und der Eimer mit dem Trinkwasser, der ›gute‹ Eimer, besaß ein gehämmertes Muster, das sich wie eine Borte um den oberen Rand zog. Das war augenscheinlich mit einer Ahle gemacht, eine Fertigkeit von Azimas nordafrikanischen Vorfahren.

Manou entzündete ein kleines Feuer, gerade ausreichend, um die *lait de poule* zu bereiten, denn Azima war es gewohnt, auch im Sommer morgens etwas Warmes zu sich zu nehmen: drei frische Hühnereier, roh in eine Schüssel geschlagen und mit kochender Milch übergossen, dazu Brot, um es aufzutunken.

Solchermaßen gestärkt, machte sich Azima daran, eine Ledertasche mit ihren Utensilien zu füllen, und legte für Manou einige der Briefchen auf den Tisch, die sie gestern zusammen gefüllt hatten.

»Ich muss heute ein paar Krankenbesuche machen, Manou. Du sollst inzwischen den Laden hüten, das bitt ich dich. Es kommen wahrscheinlich ein paar Leute, die ihre Arzneien abholen wollen. Du findest die Namen auf den Umschlägen und was sie zu bezahlen haben. Das da ist für die alte Huguette gegen ihre Schwäche und für ihre mürben Knochen. Es ist nur ein wenig Benediktenkraut, sie weiß schon, wie sie es verwenden muss: In Wasser gekocht und so heiß trinken, wie es ihr möglich ist, morgens und abends je eine Tasse. Nicht mehr! Zu viel tut nicht gut.«

»Warum gibst du ihr denn nur so wenig, das reicht doch höchstens für drei Tage?«

»Weil es gut für sie ist, wenn sie ein paar Schritte läuft. Sonst sitzt sie nur den ganzen Tag vor der Tür auf der *ferme* ihres Sohnes und wundert sich, dass es ihr kalt ist und die Beine nicht mehr wollen. Außerdem kann sie auf diese Weise nicht zu viel davon nehmen. Sie denken doch immer alle: Viel hilft viel. Aber im Gegenteil: Sobald es ihr besser geht, soll sie das Mittel fortlassen.«

»Und das hier? Ich kann den Namen nicht lesen.«

»Ja, ich habe eine schreckliche Schrift, weil ich oft so schnell und so viel aufschreiben muss, da wird es krumm und schief. Aber du wirst dich schon bald daran gewöhnen.«

»Meine ist leider auch nicht besser«, sagte Manou.

»Zeig her. Ah das! Das ist eine Mischung für Giles Fontmichel. Der hat ein wenig Herzstechen. Das Briefchen kostet ein Kupferstück. Aber wenn er kein Geld hat, dann kann er uns auch einen Schafskäse dafür geben.«

»Es ist alles nicht teuer. Keines kostet mehr als zwei Sols.«

»Sonst würden sie nicht kommen. Sie nehmen zuerst ihre eigenen Hausmittel, und wenn die nicht helfen, dann kommen sie zu mir. Aber nur, wenn es nicht zu teuer ist.«

»Warum bist du mit deiner Apotheke nicht in einer Stadt, wo es mehr zu verdienen gibt?«

»Das ist eine lange Geschichte. Ich werde sie dir irgendwann einmal erzählen. Aber nicht jetzt. Du kannst dir schon vorstellen, dass ich meine Gründe habe, mich in die Abgeschiedenheit zu verziehen, so wie du schließlich auch.«

»Kann ich sonst irgendetwas tun? Ich möchte nicht den ganzen Tag herumsitzen. So verdiene ich wohl schwerlich mein Brot.«

»Ach, hm – ja. Das ist richtig. Wir müssen dich ja irgendwie beschäftigen. Wobei kannst du denn am wenigsten Unheil anrichten?«

Azima drehte sich und musterte die Apotheke.

»Nun, du kannst aufräumen, unser Geschirr abwaschen, die Betten lüften, die Ziegen versorgen. Du könntest die getrockneten Bertramwurzeln, das sind diese da, im Mörser zu Pulver zerstoßen und dann in ein sauberes Gefäß füllen. Merk dir aber, in welches du das Pulver getan hast – stell es ein wenig beiseite, dass ich es anschauen kann, bevor wir es beschriften. Und … kannst du kochen?«

»Ja.«
»Dann sieh doch zu, ob du uns nicht aus dem, was du in der Kammer findest, etwas Schmackhaftes zum Abendessen bereiten kannst. Das wäre wunderbar, wenn ich zurückkäme und müsste nicht erst kochen. Aber warte nicht auf mich. Nimm dir, was du magst, wenn du hungrig bist. Ich weiß nicht, wann ich zurück sein werde!«
Azima schaukelte gemächlich davon auf ihrem Maultier.
Manou stand erst etwas hilflos herum und machte sich dann ans Aufräumen. Die Speisekammer war fast leer, bis auf etwas Mehl, Brot und einen Krug Öl. Sie verschob das Essenmachen auf später. Es war noch genug Zeit.
Sie ging in den Laden, nahm ein Bündel Bertramwurzeln, die in einem geflochtenen Korb lagen, und machte sich an ihre Verarbeitung, was weniger leicht ging, als sie sich gedacht hatte. Das Zeug war zwar trocken, aber zäh und faserig und hatte ganz und gar nicht die Neigung, sich in ein Pulver verwandeln zu lassen.
Sie fand heraus, dass es einfacher war, Wurzel für Wurzel in grobe Stücke zu zerschneiden und dann mit dem Stößel in einem Steinmörser zu bearbeiten.
Zwischendurch gab sie die vorbereiteten Arzneien an die Leute heraus, die nach und nach eintrafen. Giles Fontmichel brachte tatsächlich einen Käse statt barer Münze, aber im Angesicht der gähnend leeren Speisekammer war Manou das nur recht.
Zwei Frauen versuchten, da sie Azima nicht selbst antrafen, mit Manou zu handeln, öffneten die ihnen zugedachten Tüten, schüttelten sie missmutig, hielten die Nasen darüber und versuchten ihr einzureden, dass die Ware mangelhaft sei.
»*Ah, mais c'est faux!* Da ist ja mehr Minze als sonst was dran! Das kann ich mir auch vor dem eigenen Haus abrupfen, dieses Unkraut.«
»Dann müsst Ihr das wohl tun«, sagte Manou freundlich, aber bestimmt und nahm das Tütchen wieder an sich. »Aber Azima hat ihre eigenen Mischungen, die keiner so einfach nachahmen kann. Der Apotheker aus Apt hat viele Male versucht, ihr gerade dieses Rezept abzuschwatzen, um es dann selbst gegen Silber verkaufen zu können! Doch sie gibt es nicht her. Euch, Madame, kostet es

nur vier Sols und wird Euch gesund erhalten. Wenn Ihr meint, Ihr könnt denselben Nutzen auch aus einer Hand voll Poleiminze ziehen, noch dazu bei abnehmendem Mond gepflückt, dann gratuliere ich Euch, dann braucht Ihr keine Arznei. Dann seid Ihr von unverwüstlicher Natur.«

Auf den Tütchen stand etwas Halbleserliches, das wohl zwei heißen sollte, aber Manou fand Azima zu bescheiden. Rasch verwischte sie die Zahl mit dem Daumen. Schließlich und unter Murren zahlte die Frau vier.

Die andere, eine der Nachbarinnen, brauchte etwas für ihre entzündeten Augen. Es war ihr das Samengefäß eines Löwenzahns hineingeflogen beim Heuen. Auch sie versuchte, Manou herunterzuhandeln, doch nicht aus Geiz, das konnte man an ihrer abgetragenen und vielfach geflickten Kleidung sehen. Und so sagte Manou: »Azima wird mir den Kopf abreißen, wenn ich gleich am ersten Tag ihre Anweisungen nicht befolge! Aber gut: Wenn Ihr mir ein paar Eier gebt, dann kann ich Azima wenigstens mit einem ordentlichen Essen wieder beruhigen.«

Froh über den Handel nahm die Nachbarin die Kräuter an sich und ging, um wenig später wieder zu erscheinen, sechs frische Eier in der Schürze, noch warm vom Nest.

Manou bedankte sich und legte sie zu dem Mehl in die Kammer.

Sie setzte die mühselige Arbeit des Wurzelmahlens fort.

Als ein Karren viel zu schnell die einzige Straße heraufgefahren kam, sah sie kaum auf. Die hölzernen Räder rumpelten nur so über die Steine und Grasbüschel. Direkt vor der offenen Tür kam der Karren zum Stehen, wobei er Manou das Licht nahm. Unwillig schaute sie von ihrer Arbeit hoch.

Den Mann, der hereingestürmt kam, hatte Manou noch nie gesehen, ein Töpfer, wie an seinen lehmverschmierten, sehnigen Armen zu erkennen war. »Wo ist sie?«, verlangte er ohne Einleitung zu erfahren. »Wo ist Azima? Wer bist du? Was hast du in ihrem Laden zu suchen?!«

»Wer seid denn Ihr, Monsieur?« Manou war leicht pikiert und fand den Mann auf Anhieb anmaßend und unangenehm.

»Ich bin Sylvain, der Töpfer von Lacoste. Meine Frau hat hohes Fieber. Azima muss sofort kommen!«

Daher die Schroffheit und das schlechte Benehmen: Der Mann hatte große Angst und war in Eile. Er hatte auf die Anwesenheit der Heilerin gehofft und nun fand er nur ein ihm unbekanntes junges Ding vor.

»Ich heiße Manou und bin Azimas neues Lehrmädchen, Monsieur Sylvain. Leider ist Azima nicht hier. Sie besucht Kranke auf den abgelegenen Höfen. Wie lange hat Eure Frau denn das Fieber schon?«

»Drei, vier Tage, eine Woche – ich weiß es nicht. Sie hat mir zuerst nichts davon gesagt.«

»Habt Ihr ihr irgendetwas gegeben? Hat sie etwas eingenommen?«

»Nichts«, sagte der Mann aufgebracht. »Stattdessen hat sie auf irgend so ein Hexenweib gehört, hat sich mit Mehl bestäubt, aus dem Mehl eine Kugel geformt und es einem Hund zu fressen gegeben. Der Hund sollte dann das Fieber bekommen und daran sterben und meine Frau genesen. Aber der Köter ist immer noch quietschfidel und meiner Frau geht es jetzt so schlecht, dass ich fürchte, ich verliere sie. Demoiselle«, er fasste sie am Arm. »Bitte, könnt Ihr mir nicht irgendetwas geben, das meiner Frau hilft? Ich weiß nicht, was ich tun soll! Ich habe solche Angst um das dumme Weibsstück!«

Azima hatte zwar gesagt, sie solle keine Arzneien herausgeben, außer denen, die sie vorbereitet hatte. Aber der arme Kerl – jetzt gar nicht mehr grob und unsympathisch, einfach nur ein Mann in Sorge um die Frau, die er liebte – tat ihr Leid.

»Sagt mir zuerst, was für ein Fieber das ist: Ist sie rosig oder hat sie Flecken auf der Haut, irgendeinen Ausschlag, Schmerzen in der Leistengegend?«

»Keine Flecken, sie ist rosig, rosenrot! Die Wangen glühen. Sie hat keine Schmerzen an einzelnen Stellen, sondern sagt nur, dass ihre Haut brennt.«

»Husten? Hautjucken?«

»Nein und nein! Was kann es denn sein, was hat sie nur?«

»Das kann ich nicht sagen. Ich wollte es nur etwas eingrenzen. Ihr müsst wirklich einen Arzt rufen oder warten, bis Azima kommt. Ich sage Ihr sofort, dass Ihr hier gewesen seid. Und bis dahin …«

Sie stellte sich auf Zehenspitzen vor das hohe Wandregal und nahm eine halb volle Flasche mit Essig herunter. Dann lief sie rasch in den Garten, wo sie blühenden Eibisch gesehen hatte, eine halbe Elle hoch, mit graugrünen, behaarten Blättern und weiß-rötlichen Blüten. Sie riss eine der Pflanzen aus, wusch die Wurzel mit Wasser aus der Zisterne und lief wieder hinein. Während sie Blätter und Wurzel zerstieß und in die Flasche mit dem Weinessig gab, erklärte sie dem Töpfer: »Ich werde Euch etwas gegen das Fieber mitgeben, das Eurer Frau auf keinen Fall schaden kann. Ich weiß aber nicht, was es kostet …«

»Das ist mir gleich«, sagte der Mann aufgeregt und griff nach dem Fläschchen. »Keine Sorge! Ich habe Azima noch nie betrogen! Aber sagt ihr bitte, sie soll sofort kommen. Meine Frau will den Arzt nicht sehen. Sie hat ausdrücklich nach der Sarazenin verlangt. Das Geld für die Arznei gebe ich ihr dann gleich!«

Er wollte schon hinausrennen.

»Halt! Monsieur! Ihr wisst doch gar nicht, was damit zu tun ist: Wenn Ihr nach Hause kommt, dann füllt Ihr die Flasche mit gutem, reinem Trinkwasser auf. So kann sie es nicht zu sich nehmen! Gebt der Kranken gleich ein kleines Glas davon zu trinken, ein kleines, hört Ihr? Nicht mehr! Und dann noch einmal abends, bevor Ihr Euch schlafen legt, dann morgens und abends immer ein kleines Glas, bis das Fieber gewichen ist. Und Ihr solltet Umschläge mit kalten, feuchten Tüchern um ihre Waden legen, sie aber sonst warm halten, auch wenn sie über die Hitze klagt und sich lieber aufdecken will! Ich schicke meine Herrin zu Euch, sobald sie eintrifft!«

»Wasser dazu. Ein kleines Glas, Umschläge, warm halten – jawohl«, sagte der Töpfer, wendete das Gefährt und trieb die Maulesel derart mit dem Stecken an, dass der Staub aus ihrem Fell stob. Sie protestierten lauthals, zogen aber ohne weiteres Mucken an, als ob sie die Dringlichkeit der Situation erfasst hätten.

›Hoffentlich habe ich jetzt nichts Falsches getan‹, dachte Manou. ›Azima hat mir ausdrücklich verboten, Arzneien auszugeben, aber es war ja nur ein Mittel, das ich kannte.‹

Als Azima kurz darauf zurückkehrte, fing Manou sie an der Tür ab und berichtete hastig von dem Besuch und was sie ihm gegeben hatte.

»Es tut mir Leid, ich sollte nichts geben, was du nicht bereit gelegt hattest, aber der arme Mann hatte solche Angst, ich konnte ihn doch nicht mit leeren Händen fortschicken!«

»Und was sagst du, hast du ihm mitgegeben? Eibisch in Essig? Nein, da hast du nichts falsch gemacht, das ist ein gutes Fiebermittel. Doch nun muss ich sofort zu der Kranken und sehen, was ihr fehlt. Warte nicht mit dem Essen auf mich!«

Azima nahm sich nur Zeit, um einen Becher Wasser zu trinken, und ritt dann auf dem Maulesel Richtung Lacoste davon.

Manou wartete aber doch mit dem Essen. Als es Abend wurde, ging sie auf die Wiese und sammelte Sauerampfer, Senfkraut, Rauke und was sie sonst noch an *salado fero* fand. Dann bereitete sie einen dünnen Teig aus Mehl, Wasser und Öl, machte daraus kleine Teigtaschen und füllte sie mit einer Paste aus Wildgemüsen, Eiern und gerebeltem Schafskäse. Die buk sie im neu angeheizten Herd in einem Tontopf mit einem Deckel darauf. Sie häufte die glühende Holzasche darüber und schlief prompt vorm Herd ein. So fand sie Azima bei ihrer Rückkehr. Sie fuhr ihr mit einer Hand durch das Haar, mit der anderen langte sie schon nach einem Fetzen Stoff, um den Topf aus der beinahe erloschenen Glut zu ziehen.

»Hmmm! Das riecht gut! So kommt man gern nach Hause. Was ist das? *Tartes salées*? Wie lange habe ich so etwas schon nicht mehr gegessen!«

Manou rieb sich den Schlaf aus den Augen. Azima deckte den Tisch.

»Da! Einen Schlauch besten Weins hat mir der Töpfer gegeben für das bisschen Essig und eine Eibischpflanze. Das nenn ich ein gutes Geschäft!«

Sie biss herzhaft in eines der Törtchen hinein und spülte mit einem tiefen Zug Wein nach.

»Und«, fragte Manou, die noch nicht mit rechter Freude essen konnte. »Wie geht es der kranken Frau?«

»Gut, gut – den Umständen entsprechend. Das war ein guter Einfall, das mit dem Eibisch. Und die Wadenwickel haben Wunder gewirkt. Es war ganz, wie ich's mir gedacht hatte. Sie hatte wieder eine Fehlgeburt.«

»Das kommt doch vor«, meinte Manou erstaunt. »Warum hat sie es ihrem Mann nicht gesagt?«
»Weil es schon mindestens die vierte war. Es ist kaum anzunehmen, dass sie in der Lage ist, je ein gesundes Kind zur Welt zu bringen. Das letzte Mal, da hat ihr Mann in seiner Enttäuschung harte Worte gegen sie gebraucht und ihr Vorwürfe gemacht. Deshalb wollte sie es ihm diesmal verheimlichen und wäre daran fast gestorben! Es war etwas in der Gebärmutter zurückgeblieben, das hat dort eine Vergiftung bewirkt. Wäre sofort nachgespült worden, dann wäre es nicht erst so schlimm geworden. Aber nun ist sie auf dem Weg der Besserung.«
Manou musste daran denken, wie der Töpfer hereingestürmt war, verzweifelt und voller Sorge um seine Frau. »Aber er liebt sie doch trotz allem, oder?«
»Ja. Es fallen manchmal in der ersten Aufwallung böse Worte zwischen Eheleuten, Worte, die man gar nicht so meint und gleich darauf wieder vergisst. Doch beim anderen können sie Dinge in Bewegung setzen, von denen man nichts ahnt. Es ist gut, seine Zunge im Zaum zu halten oder, wenn man einmal über die Stränge geschlagen und sich wieder beruhigt hat, zuzugeben, dass man im Unrecht war, und es wieder ins Reine zu bringen.«
»Es geht doch aber ungerecht zu auf der Welt: Die einen haben zu viele Kinder und können die Mäuler nicht stopfen, oder Kinder verlieren ihre Eltern und sind ganz allein …« Wie gut wäre es gewesen, wenn sie jemanden gefunden hätte, der sie an Kindes statt angenommen hätte. Vieles wäre dann wohl anders gekommen. »Und andere wiederum können gar keine Kinder haben.«
»Ich habe dem Töpfer schon geraten, dass er ein Waisenkind oder zwei annehmen soll – es gibt ja genug, leider. Ich glaube, jetzt ist er auch so weit und wird es tun. Hat er dir das mit dem Hund erzählt?«
Manou nickte und kaute, nun mit wieder hergestelltem Appetit.
»Es ist manchmal kaum zu fassen, auf was die Leute verfallen. Sie versuchen, einen Stellvertreter für ihr Leiden zu finden, ein Tier oder eine Pflanze. Am beliebtesten sind Bäume, in die der Blitz gefahren ist. Was du da in den Spalten alles finden kannst! Oder sie ritzen die Rinde von Bäumen ein und stopfen sie mit abgeschnitte-

nen Nägeln und ähnlichem Unrat voll. Das Ganze muss nach einem komplizierten Muster geschehen, erst einen Fußnagel links, dann einen Fingernagel rechts und so fort! Und wenn sich der Spalt dann schließt, soll der Kranke gesund sein. Na!«

»Aber wenn er doch daran glaubt«, wandte Manou ein. »Heißt es nicht, dass der Glaube Berge versetzen kann?« Sie dachte an ihre Lehre der Magie: Eine Idee ist nur die Vorstufe der Wirklichkeit. Sie wirklich werden zu lassen, dazu bedarf es nur einer gewissen geistigen Konzentration, wobei die Gerätschaften und die Rituale dazu dienen, die Kraft der Gedanken, den Willen zu verstärken. Und es ist eigentlich unwichtig, welches die Mittel und welches die Verfahren sind. Je komplizierter der Mensch oder schwerer das Leiden, desto komplizierter und langwieriger die Rituale ...

»Richtig. Bei gewissen harmlosen Beschwerden wende ich selber solche Methoden an. Um Warzen zu entfernen beispielsweise, lasse ich den Betreffenden die Warze mit etwas in Berührung bringen, vor dem es ihn fürchterlich ekelt. Dann ›erschrickt‹ die Warze und geht fort – oder wird übertragen, wie man will. Doch ist es verantwortungslos, Menschen, die wirklich ärztliche Hilfe nötig haben, mit solchen Scharlatanerien zu vertrösten. Inzwischen kommt dann die Krankheit an einen kritischen Punkt, an dem auch ein guter Medicus nur noch auf Gott hoffen kann. Siehe die Frau des Töpfers. Hätte sie nicht versucht, den armen Hund zu vergiften, sondern wäre gleich zu mir gekommen, dann wäre alles besser gegangen. Aber sie hat ja noch einmal Glück gehabt, und du auch! Wenn nämlich einer stirbt, den du behandelt hast, dann sind sie schnell dabei, dich anzuzeigen!«

An Mariä Himmelfahrt gingen sie Kräuter sammeln, besonders solche gegen Frauenleiden, die bei stechenden Monatsschmerzen und Geburtsschwierigkeiten helfen sollten: Kamille, Schafgarbe und Weinraute. Im Garten musste die Melisse geerntet werden. Die Kammer oben konnte man nur noch gebückt betreten, weil inzwischen alles voller Sträuße hing. Stieß man mit dem Kopf dagegen, so rieselte es trockene Blätter und Blüten.

Eines Abends, als Azima und Manou sich gerade auf die Bank vor dem Haus zum Abendessen setzen wollten, kamen vier kleine Kinder angestürmt.

»Azima, *Tante* Azima! Vater sagt, du musst gleich kommen. Mama soll uns ein Brüderlein schenken, aber es will nicht heraus!«
»So? Ist es störrisch wie ein Eselein, euer Brüderchen! Na! Dem werden wir auf die Sprünge helfen«, sagte Azima lustig. »Setzt euch her, ich will nur schnell meinen Korb packen. Manou gibt euch inzwischen Milch und ein Honigbrot zu schlecken!«
»Lenke die Kleinen etwas von ihrem Kummer ab, ich denke, es ist so eilig nicht. Sonst wäre der Vater selber gekommen und hätte mich mit dem Karren abgeholt. Wahrscheinlich wollten sie gern die Kleinen aus dem Weg haben.«
Azima stand aber doch gleich auf, aß im Hin- und Herlaufen ein paar Bissen, packte Nadel und Zwirn, Hanfstoff und Schere ein, Salbfläschchen und ein Päckchen armenische Erde.
Die Kinder saßen derweil mit ängstlichen stillen Gesichtern bei Manou und redeten kein Wort mehr, nachdem sie ihre Nachricht losgeworden waren. Manou ging in den Stall und molk etwas Milch von den Ziegen, röstete Brotscheiben und bestrich sie dick mit Honig. Darüber fielen die drei her, kauten und schlürften mit Eifer. Es hatte wohl in der Aufregung daheim keiner daran gedacht, ihnen zu essen zu geben.
Als Azima fertig gepackt hatte, machten sie sich auf den Weg, zu Fuß. Das Maultier führten sie am Seil hinter sich her. Die Kinder, Angst und Kummer vergessend, spielten Fangen und sangen ihnen Lieder vor. Als sie den Hof erreichten, kamen ihnen zwei ältere Sprösslinge entgegen.
»Mutter geht es ganz gut«, sagte das Mädchen. »Aber sie meint, sie hätte Euch lieber dabei, *tante* Azima, weil es ihr beim Letzten doch schwer fiel.« Sie nahm ihnen die kleinen Kinder ab und führte sie fort.
»Macht Wasser heiß, lasst es aufkochen«, rief Azima hinter ihr her. »Und bereitet rasch einen Aufguss aus Brombeerblättern, das werdet ihr wohl haben!«
Die Helferinnen betraten das Schlafzimmer, wo die Hochschwangere sich an einem Bettpfosten festhielt.
»Es hat sich schon lange gesenkt und ich habe das Fruchtwasser verloren, aber …« Sie stöhnte laut und umklammerte den Pfosten. »Es kommt nicht!«

»Leg dich hin, Adrienne. Lass mich fühlen, wie es liegt. Vielleicht liegt es quer und kann nicht heraus.«

Azima tastete den Leib ab. Es war, wie sie angenommen hatte. Das älteste Mädchen kam herein mit einem Kessel heißen Wassers und dem verlangten Kräutersud. Man gab der Gebärenden davon zu trinken. Dann legte sie sich mit Azimas Hilfe erst auf die eine, dann auf die andere Seite.

»Die Ärzte behaupten, man soll eine Schwangere mit einer Querlage heftig – heftig sagen sie! – auf dem Lager hin- und herwälzen! Stell dir das vor! Man darf eben Männer nicht in die Nähe von Gebärenden lassen!«

Als das Auf-der-Seite-Liegen aber nichts half, wusch sich Azima gründlich die Hände im heißen Wasser, ölte sich die Rechte mit *oli rouge* ein und griff in den Uterus, um die Lage des Kindes zu richten.

Sodann setzte sie mit vier Stichen eine Naht über den Damm. »Damit will ich verhindern, dass der Damm reißt, wie schon die letzten Male«, erklärte sie. Sie setzten die Schwangere auf den bereit stehenden Stuhl, einen mit Armstützen, an denen sie sich festhalten konnte. Azima saß davor auf einem Schemel, ermunterte sie zum Pressen und versuchte zwischen den Wehen vorsichtig den Muttermund zu weiten. Als die arme Frau vor Schmerzen schrie, massierte ihr Manou die Bauchdecke. Schließlich, es waren wohl zwei Stunden vergangen, da zeigte sich der Kopf des Kindes.

Azima machte das Kreuzzeichen und sagte: »Geschöpf Gottes, ich rufe dich!«

Und als das Kind dann ganz heraus war, durchtrennte sie die Schnur mit einer Lämmernabelschere und reichte es Manou zum Waschen. Manou wollte mit ihm den Raum verlassen, wurde aber von Azima heftig angezischt: »Psst! Halt! Hier geblieben! Dort stehen die Badekufe und der Krug.«

Manou leerte heißes Wasser aus dem Krug in die Kufe, badete den Säugling und gab ihn der Mutter, die nun im Bett lag, zugedeckt, Schweiß und Tränen aus dem Gesicht gewischt.

Sie strahlte, alles Leiden bereits vergessen in diesem seligen Augenblick. Und Manou strahlte mit.

Azima wusch sich die Hände und rief den Vater herein.

»Ist alles in Ordnung? Lebt es?«, rief er angstvoll. »Ich habe es gar nicht schreien hören.«
»Ist eben ein friedlicher kleiner Gesell!«
»Ein Junge?«
»Ja, mein Lieber«, sagte die Mutter stolz.
Der Vater setzte sich auf den Bettrand und streckte vorsichtig, ganz vorsichtig seine Hand aus nach diesem winzigen, runzligen Geschöpf.
»Komm!« Azima zog Manou mit sich hinaus. Draußen auf dem Hof standen die restlichen Sechse und bedrängten sie auch gleich.
»Es ist ein Brüderchen, ganz wie Mama es versprochen hat, aber lasst sie noch ein wenig allein. Sie sind beide ganz müde von der Anstrengung, *maman* und das Brüderlein.«
Azima war es gewohnt, zu jeder Tages- und Nachtzeit unterwegs zu sein und in jedem Wetter. Zum Glück war es ja aber Hochsommer, der Abend angenehm und es war noch leidlich hell.
Auf dem Heimweg, sie ließen sich vom Maultier tragen, erklärte Azima ihrer Schülerin einige der Risiken des Hebammenberufs: »Niemals darfst du mit dem Neugeborenen den Raum verlassen, sonst heißt es nachher, du hättest es dem Satan geweiht.«
Manou sagte darauf nichts, denn nach ihren Erfahrungen hielt sie nichts mehr für ausgeschlossen.
»Angeblich gewinnen die Hexen-Hebammen aus geopferten Säuglingen Fett, mit dem sie ihre Besenstiele einreiben, die dann besser fliegen!« Azima redete sich in Harnisch: »Als Hebamme, merk dir das, bist du immer mit einem Fuß schon auf dem Scheiterhaufen. Die Hexenbulle von Papst Innozenz hat dem Hebammenstand besondere Aufmerksamkeit zuteil werden lassen. Aufmerksamkeit, auf die wir gut hätten verzichten können! Wenn es nach den beiden Dominikanern geht, dem Henricus Institoris und dem Jacobus Sprenger, die in ihrer unendlichen Gelehrsamkeit und durch Gottes Gnade mehr über die Frauen wissen als jede von uns, dann besitzen Hebammen die Macht, Fehlgeburten herbeizuführen oder die Empfängnis ganz zu verhindern. Ach, ich wünschte oft, ich könnte es! Und dann wollen sie uns zu Hilfspriestern und Spitzeln machen!«
»Ich dachte, Frauen können kein Priesteramt ausfüllen.«

»Ja, wie es ihnen gerade passt. Wenn es darum geht, die Seele eines Kindes für die Kirche einzuheimsen, dann dürfen wir plötzlich doch. Man hat sogar eigens die Taufformel in die jeweiligen Landessprachen übersetzen lassen, damit wir Nottaufen machen können, wo kein Priester erreichbar ist. Und wir haben bei Strafe über jede Geburt der Obrigkeit zu berichten, insbesondere über uneheliche! Das Leben des Kindes hat immer vor dem der Mutter zu gehen. Wir sollen keine Schnitte in den Leib machen, das Kind darf nicht zerstückelt werden, auch wenn die Mutter daran stirbt! Ich schere mich nicht drum! Ich schneide, wenn es nötig ist, und ich werde dich lehren, wie. Dann nähst du und drauf kommt ein Pflaster aus drei Eiern und armenischer Erde auf Hanf. Na, aber heute ist alles gut gegangen und ich bin froh darüber!«
Sie drückte dem Maultier die Fersen in die Flanken und schnalzte mit der Zunge.
»Tsk! Tsk! *Allez!* Ich will heim zu meinem unterbrochenen Abendessen. Ja! Damit musst du auch rechnen. Die Kinder nehmen keine Rücksicht auf deine Schlaf- und Essenszeiten. Doch was gibt es Schöneres auf der Welt, als dabei zu sein, wenn ein neues Leben geboren wird?«

16

»Mein verstorbener Mann war Apotheker in Carpentras. Er war ein guter Mann, obgleich sehr viel älter als ich.«
Manou und Azima walkten ihre Wäsche auf den flachen Steinen am Calavon im Schatten der alten Römerbrücke. Flussaufwärts und flussabwärts sah man noch mehrere Frauen der gleichen Beschäftigung nachgehen, ganz so, als ob sie sich verabredet hätten. Der größte Teil der Ernte war eingefahren. Man hatte nun Zeit, sich weniger dringenden Angelegenheiten zu widmen.
Azima wusch häufiger als die meisten Leute, die Manou kannte, häufiger auf jeden Fall als die *Sœurs Noires*. Sie hielt es mit der Schule des Griechen Hippokrates, nach der Reinlichkeit und ausgewogene Ernährung Krankheiten am besten vorbeugen.
»Wie viel älter?«, fragte Manou und krempelte sich einen Ärmel hoch, der hartnäckig immer wieder herunterrutschte.
»Oh – zwanzig Jahre … vielleicht mehr. Ich war ein junges Ding wie du und er hatte schon graues Haar. Aber er gefiel mir sehr. Meine Eltern waren erst dagegen und die Frauen in unserem Viertel rieten mir von der Verbindung ab. ›Es tut nicht gut, junges Blut und weißes Haar‹, sagten sie. ›Jetzt ist er noch gesund, doch warte nur, wenn du noch in der Blüte deiner Jahre bist, dann ist er ein Greis und du musst ihn füttern und ihm den Hintern abwischen!‹ Sie versuchten alles, mir die Verbindung auszureden. Teils war es aufrichtig gut gemeint, teils sprachen sie so, weil sie neidisch waren und ihn selbst gern gehabt hätten. Er sah sehr gut aus, mein Francis, und er war wohlhabend – weshalb dann letztendlich auch meine Eltern zustimmten. Mein Vater konnte sich mit seiner Hilfe ein neues Haus bauen.
Sie lachte ohne Bitterkeit. Eine nasse Haarsträhne hing ihr ins Ge-

sicht. Sie trocknete sich die Hände an ihrer Schürze und steckte sie wieder unter das Tuch, das sie zu einer Art Turban um den Kopf gewickelt trug.

»Er wollte mich unbedingt gewinnen, sobald er mich zum ersten Mal gesehen hatte. Da war ich fast noch ein Kind. Drei Jahre lang hat er um mich geworben, meine Eltern hofiert, mir Kleider und kuriose Gegenstände geschenkt, weil er wusste, dass er mich am ehesten für sich einnehmen konnte, wenn er meine Neugier weckte, meinem Hunger nach Neuem und Unbekanntem Nahrung gab. Meine Eltern waren sehr streng und ließen mich kaum aus dem Haus und meine drei Brüder wachten so eifersüchtig über meinen guten Ruf, dass ich mit keinem Fremden reden durfte, geschweige denn vorwitzige Fragen stellen. Wie – frage ich dich – kann ein aufmerksamer junger Mensch zufrieden sein, wenn es ihm nicht erlaubt ist, hinauszugehen, zu sehen, zu berühren, zu erfahren und Fragen zu stellen?!

Er hatte mich mit meinen Eltern beim Kirchgang gesehen. Wie Monsieur Francis es damals fertig brachte, in unserem Haus zu verkehren, weiß ich nicht. Eigentlich gab es da gar keine Verbindung. Aber er stand in hohem Ansehen im Viertel und in der ganzen Stadt. Man konnte ihm schlecht die Gastfreundschaft verweigern. Er hatte Verbindung zu den Flussschiffern, die auf Durance, Saône und Rhône verkehrten, nach der Handelsmetropole Lyon und zu den Kapitänen der großen Schiffe in Marseille, die mit Venedig und Orten der Levante Handel treiben. Von ihnen hörte er viele interessante Dinge, wenn sie ihm brachten, was er für seine Apotheke benötigte. Auch später noch, als ich bereits mit ihm arbeitete, konnte ich nie genug davon bekommen, mit den Augen die Regale abzusuchen nach all den Seltsamkeiten, die dort aufbewahrt wurden; Büchsen, Fayencen und Gläser mit den Händen zu streicheln mit Besitzerstolz und Sehnsucht nach dem, was diese Waren bedeuteten. Mich interessierte nicht allein ihre Funktion als Heilmittel für die Kranken, sondern was sie symbolisierten, verstehst du, woher sie kamen, wie sie gewonnen worden waren und wie sie den Weg zu uns gefunden hatten über das endlose Meer, über die Seidenstraße, durch heiße Sandwüsten und über Berge, die das ganze Jahr über mit Schnee und Eis bedeckt sind.

Wir führten die üblichen Kräuter, Mineralien, zerstoßene Edelsteine, Weine und Essige, Fette, Wachse, Salben, Stückzucker, Aqua rosarum und liliorum, Theriak, Goldwasser, Silber und dergleichen gebräuchliche Drogen; wir hatten auch Ambra, eine wundersame, wachsartige Masse, die von einem riesigen Fisch stammen soll, einem Fisch, der ein Boot verschluckt, als wäre es ein Krümel Brot – wie man so ein Tier fangen und erlegen kann, das habe ich mich immer schon gefragt. Weiterhin gab es Balsamholz und Aloe von der Insel Socotra, byzantinische Muschelschalen – mein Mann ließ ein Konfekt verfertigen in der Form dieser Muscheln, er konnte es gar nicht so schnell herbeischaffen, wie es die Damen verschlangen, gebrannte Seidenraupenkokons aus China, getrocknete Skinks – eine Echsenart –, geraspeltes Elfenbein aus Afrika, Moschus electus, Elefantenläuse und am seltsamsten von allem: Mumienteile aus Ägypten! Die meisten Apotheker täuschen ihre Kundschaft ja mit geformtem Asphalt oder Teilen von Leichen Hingerichteter. Die echten Mumien aber werden in mondlosen Nächten unter großer Gefahr aus Königsgräbern beschafft. Man muss darauf achten, dass man nicht bloß dürres Gebein bekommt, sondern es sollte außen noch Fleisch und Fett daran sein und innen kräftiges Mark!«

Manou war der Mund offen geblieben bei dieser Aufzählung. Mit einem hörbaren Klappern der Zähne schloss sie ihn wieder und fragte: »Wozu soll das gut sein?«

»Man schreibt der Mumie erwärmende und balsamische Kräfte zu. Das Einbalsamieren ist eine vergessene und hohe Kunst. Man behandelte nur Könige und hoch gestellte Personen auf diese Weise und glaubte, sie damit für das ewige Leben zu erhalten. Dementsprechend kaufen nur sehr reiche Kunden diesen seltenen Stoff, solche, deren Lebenskräfte schwinden und die sich davon eine lebensverlängernde Wirkung erhoffen.«

»Und ist das so?«

»Ich weiß es nicht. Ehrlich gesagt: Ich glaube nicht, dass es gut sein kann, Leichenteile zu sich zu nehmen, ganz gleich, wie alt sie sind. Aber das mit der Beschaffung verbundene Abenteuer hat mich immer gereizt.

Francis ließ sich aber auch immer wieder Geschenke für mich mitbringen, die von weit her stammten: Glasperlen aus Venedig; Bernstein aus Polen, in dem Insekten eingeschlossen waren, die vor unvorstellbar langer Zeit gelebt hatten; einmal einen bronzenen Spiegel aus Schweden, einem kalten Land, in dem nachts der Himmel brennt; bizarre Figuren, Puppen und Gefäße; einen seidenen Teppich und aus Konstantinopel einen seltsamen kleinen Tisch, dessen Gestell sich ganz zusammenklappen ließ, mit einem fein ziselierten goldfarbenen Teller als Platte. Und zu jedem Gegenstand hatte er mir eine Geschichte zu erzählen, die so wundersam war, dass ich es kaum abwarten konnte, ihn wiederzusehen und seine Stimme zu hören. Zuerst schätzte ich die Geschenke, darauf die Geschichten, die dazu gehörten, und am Ende ihn.«

»Was hättest du getan, wenn deine Eltern dir den Umgang verboten und in die Ehe nicht eingewilligt hätten?«

»Ich wäre weggelaufen, wäre zu ihm gelaufen, im Nachthemd und mit offenem Haar durch das ganze Viertel. Ich hätte mich zum Skandal gemacht, so dass sie froh sein konnten, dass er mich ihnen aus den Händen nahm – das hatte ich mir schon genau überlegt!«

Manou musste lachen, das konnte sie sich gut vorstellen. Azima hatte eine ganz eigene Art, ihren Kopf durchzusetzen.

»Aber es war nicht notwendig, weil mein Vater mich schließlich verkauft hat. Es war gut von Francis und anständig, dass er den Brautpreis bezahlt und mich geheiratet hat. Denn er wusste genau, er hätte mich auch umsonst haben können!«

Manou schaute ihre Freundin entgeistert an. Konnte man denn einen Mann so sehr begehren, dass einem das restliche Leben, die ganze Zukunft gleichgültig war? Ihre bisherigen, wenigen Erfahrungen mit Männern, alles, was sie gehört und beobachtet hatte, vermittelten ihr keinen so günstigen Eindruck vom anderen Geschlecht. Gut, ihr Vater, der war anders gewesen, aber ein Vater ist auch immer eine Ausnahme und kommt gleich nach dem lieben Gott.

»Ach ja, ja!«, sagte Azima. »Ich hätte und habe alles für ihn getan und keine Minute bereut. Es war eine gute Ehe. Ich wünsche dir wirklich sehr, dass du so einen Mann findest, Manou, mein Mädchen. Ein guter Mann oder keiner, das sage ich dir! Er war nicht eifersüchtig auf meine Jugend noch auf meinen Verstand, sondern

machte mich bald zu seiner Gefährtin im wahrsten Sinne des Wortes, nicht nur im Bett, sondern auch im Geschäft. Er hatte in Toledo studiert und hätte mich auch dorthin geschickt, wenn es möglich gewesen wäre. In Salerno, da waren früher Frauen zum Studium zugelassen, die *mulieres Salernitae.* Sie waren im ganzen Römischen Reich bekannt und geehrt, lehrten selbst an Universitäten hier und da, doch die Kirche hat dem ein Ende gesetzt. So habe ich von meinem Mann das Handwerk gelernt, er wollte mich auch ungern von seiner Seite lassen –: die Arzneikunde und die Medizin. Von der Seite meiner maurischen Verwandtschaft habe ich auch einiges an arabischer Heilkunst mit auf den Weg bekommen, die viel weiter und besser entwickelt ist als die europäische, weil dort die Forschung nicht solcher Angst vor der Körperlichkeit unterworfen war. Die Europäer nennen uns gern schmutzige Wilde und Barbaren, dabei kommt all ihr Wissen, all ihre Forschung und Gelehrsamkeit aus dem Orient. Die Orientalen sagen, die abendländischen Hunde seien unrein, und ekeln sich vor ihrem Geruch!«
Manou schaute beleidigt drein.
»Na, verzeih, nicht du natürlich, aber es ist eben eine verbreitete Meinung unter den Anhängern Mohammeds und sie haben auch zum Teil Recht damit. Sieh nur die vielen Krankheiten, die das Abendland verheeren, alle durch Unsauberkeit verursacht. Aber ich schweife ab.
Ich bekam keine Gelegenheit, meinen lieben Mann zu pflegen und zu füttern, denn er wurde eines Tages von seinem Pferd abgeworfen und so schwer verletzt, dass er die Nacht nicht überlebte. Von meiner Trauer und meinem Verlust will ich nicht reden. Ich war so verzweifelt, dass mir mein Francis auf dem Sterbebett – noch bevor er einen Priester an sich heranließ – aber das Versprechen nehmen musste, ihm nicht sofort zu folgen. Er hatte es an meinen Augen abgelesen, dass ich entschlossen war, Gift zu nehmen. Es war ja genug davon vorhanden in unserer Apotheke.
Ich musste ihm schwören, ein Jahr und einen Tag am Leben zu bleiben und mir in dieser Zeit nichts anzutun. Danach, so dachte er wohl, hätte mein Lebenswille über meinen Schmerz gesiegt, und er hatte Recht: Ich blieb auf dieser Welt.
Doch viel größer noch wurden mein Schmerz, mein Entsetzen und

meine Abscheu, als ein hoher Magistrat, der mir bereits zu Lebzeiten meines Mannes schöne Augen gemacht hatte, kaum wartete, bis derselbe begraben war und in mein Haus kam!«
Azima walkte die Wäsche und schlug sie auf den Stein, so wütend, dass Manou ihr in den Arm fiel, da sie den Stoff sonst ganz sicher zerschlagen und zerfetzt hätte.
»Ja, danke. Du hast Recht. Ich sollte mich mäßigen! Aber weißt du, ich bin selbst heute, nach so vielen Jahren noch so voller Zorn, dass ich mich kaum beherrschen kann. Er kam also am helllichten Tag und machte mir ein unzüchtiges Angebot. Ich sei nun allein und ohne Schutz und er böte mir gegen gewisse Gegenleistungen den seinen an. Merke wohl: Es ging ihm nicht um die Ehe. Er hatte ja schon eine Frau. Nein! Ich sollte seine Geliebte werden, seine Mätresse, seine Hure! Dafür sollte ich seinen Schutz haben und den Laden meines Mannes weiter führen dürfen. Tagsüber im Laden stehen, nachts die Beine breit machen!«
Er bedrängte mich mit seinem massigen hitzigen Körper und bot mir an, seinen Einfluss geltend zu machen, damit ich das Geschäft allein weiterführen könnte. Ich lachte ihm ins Gesicht und sagte, die Apotheke halten in meinem Namen, das dürfe ich ohnehin. Dazu brauchte ich seine Hilfe nicht. Alles, was nötig war, hatte mein verstorbener Mann mir beigebracht. Ich konnte die notwendige Anzahl an Lehrjahren nachweisen und er hatte mich ordnungsgemäß bei der Zunft gemeldet. In seinem Testament, das wusste ich, war ich zu seiner Nachfolgerin bestimmt. Er hatte mir alles vermacht, was er besaß.
Der Magistrat warnte mich: Hochmut käme vor dem Fall und dass es einem Weib nicht gezieme, ganz allein ein Geschäft zu führen. Ja, wenn es sich darum handele, Käse zu verkaufen ... aber nichts von solcher Bedeutung und Gefährlichkeit wie eine Apotheke, nein! Das würde man nicht zulassen. Sie müssten es aber zulassen, weil alles seine Ordnung habe, und das könne ich beweisen, entgegnete ich. Er ritt davon.
Ich wusste das Testament in der Schublade von Francis' Schreibtisch bei seinem Geld. Als ich aber ging, um es hervorzuholen, fand ich das Fenster aufgebrochen, die Lade und die Papiere meines Mannes durchwühlt. Das Testament war fort. Das Geld auch,

wahrscheinlich, damit es wie ein normaler Diebstahl aussah. Aber ich wusste Bescheid. Kein Zweifel: Während der Schurke mit mir sprach, hatte er einen seiner Hörigen oder vielleicht sogar jemanden aus meinem eigenen Haushalt dazu angestiftet, ihm eine Handhabe gegen mich zu verschaffen.

Und dann, am nächsten Tag, kam er wieder hereinmarschiert. So sicher war er sich seiner Sache, dass er meine Dienstboten herumkommandierte. Er ließ sich süßen Wein bringen und fläzte sich bereits im Sessel meines Mannes, als ich ins Zimmer kam. ›Nun, wie steht es mit uns?‹, fragte er und wedelte mit einem Pergament, das, wie ich ahnte, nichts anderes sein konnte als das verschwundene Testament. Ich stand starr vor Schreck und Ärger. Da erhob er sich, durchquerte mit drei Schritten den Raum, packte mich und versuchte mich zu küssen. Ich ohrfeigte ihn und ließ ihn hinauswerfen wie einen gewöhnlichen Lumpen, den Herrn *Viguer*.«

»Und?«, fragte Manou. Sie hatten beide mit dem Bearbeiten der Wäsche innegehalten und knieten auf den nassen Steinen.

»Und das war mein Ende in der Stadt Carpentras. Die Zunft wandte sich plötzlich von mir ab und bestritt, je von mir gehört zu haben. So konnte ich den Laden nicht selbst weiterführen. Das Testament war fort. Der Notar, der es aufgesetzt hatte, konnte sich nicht mehr genau erinnern. Ich rannte von einem Beamten zum nächsten, ging vor Gericht, konnte aber nichts beweisen. Am Ende musste ich den Laden verkaufen. Was ich übrig behielt – nachdem ich Notare gemästet, Steuern und Abgaben gezahlt und die Familie meines Mannes abgefunden hatte –, reichte gerade, um mir hier draußen ein Häuschen zu kaufen und etwas für Notzeiten zurückzulegen. Ich hoffe, der Lump brennt in Schaitans siebter Hölle!«

»Du hättest doch auch in der Stadt bleiben und einen Teilhaber nehmen können. Selbst für deine Kräuter hättest du dort, mit deinem Wissen, bessere Preise erzielen können als hier!«

»Vielleicht. Aber wieder heiraten wollte ich nicht, und was einer jungen Witwe in der Stadt passiert, das hatte ich schnell gelernt. Im Übrigen«, Azimas Gesicht verzog sich zu einem gehässigen Grinsen, »war mein Ruf nicht mehr der Allerbeste, nachdem derselbe

Magistrat, der mir so übel mitgespielt hatte, erkrankte und unter fürchterlichen Qualen starb. Er verblutete innerlich.« Sie schnipste mit den Fingern: »Einfach so. Einen Tag gesund und verfressen wie ein Schwein, am nächsten Tag tot. So kann's gehen auf der Welt! Man vermutete, ich hätte ihn vergiftet, es war aber kein Gift nachzuweisen. Außerdem war ich nie in der Nähe seines Hauses gewesen. Und er nicht mehr bei mir. Meine Dienstboten zeugten allesamt für mich.«

»Und, hast du ihn vergiftet?«

»Vergiftet, ich – nein«, sagte Azima mit Unschuldsmiene.

»Was dann?«

»Bah – so etwas fragt ein braves junges Mädchen nicht! Ich sage dir, ich hab ihn nicht vergiftet, und damit Schluss. Außerdem hat er mir in gewisser Weise das Leben gerettet.«

»Wie das?«

»Wäre er nicht gewesen, so wäre ich gewiss meinem Mann in den Tod gefolgt, trotz des Versprechens, das ich ihm gegeben hatte. Jener Widerling aber gab mir ein Gefühl, das stärker war als die Trauer: Der Hass hielt mich am Leben. Doch, wie gesagt, ich verlor meinen Prozess, mein Feind das Leben und damit war dieser Abschnitt zu Ende. In Carpentras wollte ich ohnehin nicht bleiben. Von den Städten hatte ich genug, wo die Menschen aufeinander hocken und sich gegenseitig böse machen. Ich hatte erlebt, wie schnell all die Freunde meines Mannes, die gute Gesellschaft, die in den Jahren davor so gern von unserer Gastfreundschaft profitiert hatte, sich zurückzogen, als ich ins Unglück geriet.«

Sie wrangen die Wäsche aus und legten sie über Sträucher und auf das Gras zum Trocknen und Bleichen. Während die Sonne ihre Arbeit tat, setzten sich die beiden Frauen in den Schatten unter der Brücke, ließen ihre Füße ins Wasser baumeln und aßen, was sie sich mitgebracht hatten.

Manou warf Azima nachdenkliche Blicke zu. Da saß eine Frau, eine zierliche, schwache Frau, Witwe dazu, mit der nicht gut Kirschen essen war, wenn man ihr in die Quere kam. Wie hatte sie sich wohl an dem Magistraten gerächt? Zu Tode gebracht hatte sie ihn, da war sich Manou ganz sicher. Aber weder durch Hexerei noch durch Gift, sonst hätte man es herausgefunden. Gift war auch zu nahe liegend bei der Besitzerin einer Apotheke. Aber wie sonst?

Azima biss herzhaft in das Brot, von Manou am Morgen frisch gebacken, und in den geräucherten Schinken, den sie einer Kundin gegen eine Hand voll Pillen abgehandelt hatte. »Sehr gut! Ich hätte es nie fertig gebracht, einen ganzen Schinken zu verlangen! Seitdem du bei mir bist, fange ich richtig an, Speck anzusetzen.«

»Aber du darfst deine Arzneien nicht so billig hergeben«, verteidigte sich Manou. »Sonst denken die Leute, sie taugen nichts. Du hast viel gelernt und Zeit daran gegeben. Das muss entlohnt werden. Die Kräuter müssen zur richtigen Zeit gesammelt und auf die richtige Weise getrocknet und verarbeitet werden. Die Öle und Fette und den Weingeist gibt es auch nicht umsonst!«

»Ja, ja – du hast ja Recht«, wehrte Azima lachend ab. »Ich bringe es einfach nicht fertig, mehr als ein paar Sols für meine Arbeit zu verlangen oder einen Käse oder ein Maß Korn von Zeit zu Zeit.«

›Du bringst es nicht übers Herz, den Leuten Geld abzunehmen für ordentliche Arbeit, aber du kannst einen Mann zu Tode bringen, ohne mit der Wimper zu zucken‹, dachte Manou für sich.

»Ja, du hast eben das Händlerblut der Provençalen«, meinte Azima zufrieden. »Sparsam und immer auf einen Vorteil bedacht! Aber es ist mir recht. Mit dir als Lehrling habe ich einen guten Griff getan. Das habe ich gleich gesehen.«

Manou war auch zufrieden mit ihrer neuen Stelle und mit ihrer Lehrherrin. Doch ihre Grundsätze waren ein wenig ins Wackeln gekommen. Sie war fest davon überzeugt, dass die Sarazenin einen Weg gefunden hatte, sich an dem Ratsherrn zu rächen, aufgrund ihrer Kenntnis der Körperfunktionen und Wirkstoffe der Natur. Also stimmte der Satz nicht, dass man Gut oder Böse der puren Wissenschaft nach ihrem Zweck und Ziel beurteilen konnte. Das Wissen über die Heilkunde trug sein Gegenteil in sich: Wer zu heilen wusste, konnte auch verderben. Das Wissen an sich war nicht schlecht. Sie konnte lernen, so viel und was sie wollte, wenn sie es nur zum Guten verwandte. *Primum nil nocere!* Der Wahlspruch des Hippokrates ließ sich auf alle Wissenschaften anwenden. Ihr Wissendurst war neu geweckt.

»Woran erkenne ich denn, was gesund und was krank ist? Und was

macht einen Menschen krank, abgesehen von dem Offensichtlichen und Augenfälligen wie eine Verletzung, ein Schnitt, Stich, Bruch, Verbrennung, Verätzung, Blutverlust?«
»Gesundheit«, dozierte Azima, »ist ein Zustand absoluten Gleichgewichts. Wir kennen im menschlichen Körper vier Kardinalsäfte, auch *humores* genannt: Blut, das kommt aus dem Herzen; Schleim, der kommt aus dem Kopf; schwarze und gelbe Galle aus der Gallenblase. Ist, was zutage tritt, schwarz, dann ist der Mensch krank, ist es gelb, ist er gesund; dann ist da noch das Wasser, das kommt aus der Milz. Diese Säfte haben elementare Eigenschaften. Wird die Mischung durch falsche Ernährung, Verletzung oder sonst etwas verändert oder ein bestimmter Saft verlässt den Körper, dann ist seine Funktion gestört. Weiterhin kannst du an dir selber beobachten, wie elementare Eigenschaften im Körper wirksam werden: heiß, kalt, trocken, nass, süß, bitter – meist findest du ein Begriffspaar von Extremen, zwischen denen sich der Zustand bewegt. Also müssen wir auf Ausgleich und Mäßigung bedacht sein. Es gibt auch, so dachten vor allem die arabischen Ärzte, einen Einfluss der Gestirne auf bestimmte Körperteile. Da, schau!«
Sie holte aus dem Schrank, in dem sie ihre Bücher und Pergamente verschlossen hielt, ein Bild hervor. Es zeigte einen Menschen mit aufgeschnittenem Bauch und Brustkorb, in welchem die Organe zu erkennen waren. An jeder Seite waren sechs Tierkreiszeichen gemalt und diese wiederum durch Striche mit bestimmten Organen verbunden.
»Dies«, sagte Azima, »ist ein Lassmännlein. Das habe ich von einem reisenden Bader bekommen. Es ist eines der selteneren Lassmännlein, denn die Kirche hat das Aufschneiden der Leichen bei Todesstrafe verboten.
Die Tierkreismännlein zeigen uns, wo die Organe liegen und welches von welchem Himmelskörper gefördert wird. Man darf bei entsprechenden Beschwerden also nur zur Ader lassen, wenn die Konjunktur günstig, keinesfalls, wenn der Mond in diesem Zeichen steht. Der Aderlass wird von den Badern jedoch ein wenig freigiebig angewendet. Oft schwächen sie damit den Kranken nur noch mehr. Ich mache ihn nicht. Doch die Zeichnung, die behalte ruhig eine Weile und präge sie dir ein, damit du weißt, wo beim

Menschen Herz, Lunge, Magen, Darm, Galle und Milz zu finden sind. Der Uterus ist da!«
Sie piekte Manou in den Bauch, so dass diese aufquiekte.
»Deshalb sind auch Männer und Frauen unterschiedlich in der Form: Weil sie eine andere Funktion haben. Der Körper der Frau ist um den Uterus herum gebaut. Er bildet ihr Zentrum und ihren Schwerpunkt. Frauen bewegen sich anders als Männer – um ihren Mittelpunkt herum, und das ist ihr Bauch.
Bei Männern liegt der Schwerpunkt höher. Probier es aus! Schau genau hin! In der Heilkunst lernst du das meiste aus genauer Beobachtung!«
Manou sprang von der Bank auf und lief ein paar langsame Schritte, beugte sich, drehte sich, ging in die Knie.
»Stimmt«, rief sie begeistert und dann lief sie durch den Weiler, um einen Mann zu finden, den sie studieren konnte. Der arme Kerl staunte nicht schlecht, als sie sich ein Stück weit entfernt aufstellte und ihm beim Mistschaufeln zusah. Er wurde rot im Gesicht, weil er glaubte, Manou sei an ihm interessiert und zeige es ihm auf eine schamlose Weise.
»Nein, nein«, rief sie ihm zu. »Ich will nichts von dir. Ich will dich nur ansehen. Es ist etwas wegen deiner Bewegungen.«
»Was ist denn mit meinen Bewegungen?«, fragte der Ärmste, nun vollkommen irritiert, und ließ die Schaufel sinken.
Manou stampfte mit dem Fuß auf.
»Nichts Verkehrtes. Arbeite weiter, damit ich beobachten kann!«
Als er immer noch stocksteif stand und glotzte, rief sie: »Es ist wegen etwas, das Azima gesagt hat, dass Männer und Frauen sich anders bewegen.«
»Das weiß ich schon«, gab er zur Antwort. »Das wäre ja noch schöner, wenn es nicht so wäre!« Manou drehte sich frustriert um und ging zu Azima zurück, die auf der Bank saß und lachte. Der junge Mann sah nun seinerseits sehr genau dem Mädchen hinterher und beobachtete den Schwung ihrer noch schmalen Hüften.
Dann schlug er sich die flache Hand vor die Stirn, schüttelte den Kopf und nahm von neuem den Misthaufen in Angriff.
Ein paar Tage später kam eine der Nachbarinnen schreiend aus der kleinen Hütte am unteren Ende der Dorfstraße gerannt.

»Azima! Azima! Komm schnell! Der alte Noé ist tot!«
Azima sprang auf die Füße und rannte los, Manou dicht auf ihren Fersen.
Der alte Schäfer bewohnte eine winzige Kate mit nur einem fensterlosen Raum und lehmgestampftem Boden. Als sie eintraten, nahmen sie zuerst Qualm und einen beißenden Gestank wahr. Noé lag reglos auf seinem Strohsack. Neben ihm am Boden schwelte etwas in einer Tonschale.
Azima schnüffelte daran, begann zu husten.
»Helft mir, ihn an die frische Luft zu tragen! Rasch! Manou, du nimmst die Beine!«
Zu dritt schleiften sie den Alten hinaus. Sie legten ihn in den Schatten unter eine Kastanie. Azima befühlte seinen faltigen, hühnerartigen Hals, um festzustellen, ob sein Puls noch ging.
»Er lebt, Gott sei Dank! Er ist nur betäubt. Bilsenkraut, dieses Teufelszeug! Manou, lauf, hol mir das Fläschchen mit dem Riechsalz und setze ein wenig Wein auf.«
Manou rannte nach dem Riechfläschchen, dann zurück in Azimas Küche, wo sie Funken schlug und mit Spänen und Zweigen ein Feuer entzündete.
Als der Wein kurz vor dem Sieden war, lief sie schnell wieder auf die Wiese.
»Er kocht. Was soll ich jetzt tun?«
»Jetzt kochst du in dem Wein Wermut und Eisenkraut zu gleichen Teilen, füllst damit einen Becher, mengst eine gute Portion Honig dazu und bringst es mir! Mit dem ausgekochten Kraut machen wir ihm nachher noch einen Umschlag.«
»Was hat er denn?«, wollte die Nachbarin wissen, die immer noch dabei stand. Noé begann aus seinem Rauschzustand zu erwachen und stöhnte fürchterlich.
»Zahnschmerzen«, sagte Azima. Und tatsächlich: seine linke Wange war stark angeschwollen und gerötet. Man hatte es nur unter dem langen, filzigen Haar nicht gleich gesehen.
»Noé! Wach auf, du alter Ziegenbock!« Azima rüttelte ihren Patienten unsanft. »Hoch! Hoch mit dir, Dummbeutel! Habe ich dir nicht vom Bilsenkraut abgeraten?!«
Er nuschelte etwas Unverständliches aus seiner geschwollenen

Backe und schlürfte den Tee sorgsam mit der anderen Seite, damit das heiße Getränk nicht mit dem wunden Zahn in Berührung kam.
»Er glaubt, sein letzter Backenzahn sei von Würmern zernagt und die hat er mit dem Rauch von Bilsenkraut verjagen wollen. Bilsenkraut ist schlecht, es betäubt zwar etwas den Schmerz, aber macht auch schlechte Träume und mancher verliert das Bewusstsein davon. Noé! Ich hab dir doch gesagt, der Zahn muss raus!«
»Anschu as ich ach'ng?«, fragte Noé.
»Nein. Das mache ich nicht. Ich habe ja gar keine Geräte dazu und es braucht auch einen kräftigen Mann, um einen Backenzahn auszureißen. Er will nicht zum Bader nach Lacoste«, erklärte sie zu Manou gewandt. »Dabei ist der wirklich recht ordentlich! Wenn man zu einem Bader muss, dann soll man immer zu einem ortsansässigen gehen. Diejenigen, die herumziehen, die haben meistens Grund dazu. Nimm zum Beispiel die, die den Star stechen auf Jahrmärkten! Zuerst wird's besser und dann entzündet sich das Auge, weil die Instrumente schmutzig waren und sie sie ohne groß zu reinigen gleich wieder beim Nächsten verwenden. Wenn sich dann die Linse wieder trübt oder gar entzündet und der Patient sein Augenlicht ganz verliert, dann sind sie weit weg und können nicht belangt werden!«
»Hnnngnnnn«, schrie Noé, aber Azima tätschelte ihm die Hand.
»Na, na! Du wirst doch nicht empfindlich werden auf deine alten Tage! Heute Nacht bekommst du einen Umschlag und noch mehr von dem Wein, damit du schlafen kannst, und morgen früh, da geht Manou mit dir nach Lacoste zum Bader!«
»Hnghnnn!«
»Denke doch, wie dich die anderen beneiden werden, wenn du mit einem hübschen jungen Ding am Arm in die Stadt spazierst! Und hinterher führst du sie dann zum Essen aus zu meiner Freundin Cathi!«
»Hng!«
Am nächsten Tag begleitete also Manou den alten Noé nach Lacoste. Da er einen Fuß verloren hatte, in den nach einer Verletzung der Brand geraten war, liehen die Nachbarn ihnen einen kleinen Karren. Auf dem ganzen Weg saß Noé hinten im Karren zusammengekrümmt, wimmerte und jammerte und hielt sich die schmerzende

Wange. Sie ließen Maulesel und Karren in einem Mietstall stehen und liefen in die Stadt hinauf. Noé humpelte mit Hilfe von selbstgeschnitzten Krücken. Die Krücken und der Tritt seines einsamen Holzpantoffels machten ein unregelmäßig klapperndes und klickendes Geräusch auf den Steinen.
Lacoste lag auf einem Hügel, wie die meisten Städte am Luberon, umgeben von einer Stadtmauer. Bei Tage waren die Tore offen und nicht bewacht. Sie gingen hindurch und Noé hatte seine Mühe, in den steilen, gewundenen Gassen auf dem unebenen Kopfsteinpflaster vorwärts zu kommen. Er ächzte und blieb alle paar Schritte stehen. Doch musste er zu Fuß gehen. Reittiere oder Karren mit ins Village zu bringen war verboten worden, weil die Einwohner sich über den Mist in ihren Straßen und über das rücksichtslose Fahren beklagt hatten.
Beim Bader André mussten sie warten, denn da waren noch andere Patienten. Von drinnen erscholl ein entsetzlicher Schmerzensschrei. Daraufhin erhob sich einer, der vor ihnen gewartet hatte, und ging. Er hatte seine Meinung geändert und die Wartezeit war nun erheblich verkürzt. Manou trommelte mit den Fingern auf ihren Knien. Das Warten gefiel ihr nicht. Und so fing sie mit den verbleibenden Zweien ein Gespräch an.
»Was habt Ihr denn, gute Frau?«
Sie hatte, wie sie gern, ausführlich und farbig beschrieb, einen Abszess am Hintern. Der Mann, der neben ihr saß, litt unter Podagra – Gicht der großen Zehe.
»Und was hat Euer Großvater?«, fragten sie höflich zurück.
Manou zog ein tragisches Gesicht und trat dem Alten heimlich auf den Fuß. »Mein armer, alter *pépé!* Wir haben erst gedacht, es sei ein Zahnwurm. Das passiert ja nun mal in seinem Alter, dass die Zähne schlecht werden. Aber dann hat er angefangen zu husten und wir fürchten, es hat auch auf sein Herz übergegriffen – ein Hexenwurm vielleicht, aber einer, der sich schnell vermehrt! Meine Mutter hustet jetzt auch schon und ist ganz geschwollen im Gesicht!«
Der alte Noé fing an, ganz erschrecklich zu husten und zu röcheln, immer mit offenem Mund und weit vorgebeugt.
Es dauerte nicht lange und die Wartestube gehörte ihnen allein.

Noé drohte Manou mit seinem knochigen Zeigefinger und musste trotz seiner Schmerzen lachen.
Der Bader erschien. Wenn er erstaunt über das leere Zimmer war, so sagte er jedenfalls nichts darüber und nahm den Alten mit hinein.
»Du kannst helfen, ihn festzuhalten«, sagte er zu Manou, die gehofft hatte, dem zu entgehen.
Aber es ging am Ende leichter als gedacht. Es stank fürchterlich, als Noé das Maul aufsperrte. Er holte tief Luft, um ordentlich zu schreien, und Manou stemmte sich mit ihrem ganzen Gewicht auf seine Schultern, um ihn daran zu hindern, der Zange nach oben zu folgen. Doch der Zahn war durch einen darunter liegenden Eiterbeutel bereits so weit gelockert, dass der Bader ihn leicht mit einer Zange fassen und mit einem kräftigen Ruck herausreißen konnte. Der Schrei kam viel zu spät. Es blutete ein wenig, und das war gut so. Damit wurden die Gifte herausgespült. Anschließend bekam Noé ein Glas Branntwein, damit sollte er sich den Mund ausspülen und ihn wieder ausspucken. Er schluckte den Alkohol aber schnell hinunter und sah den Bader schelmisch an.
»So verbrennt der Weingeist auch gleich noch die Gifte in meinem Magen!«
Umständlich fingerte er eine abgewetzte Börse aus seinem Kittel und begann zu jammern, wie arm er sei und dass er sich so eine Behandlung kaum leisten könne und wie Madame Alzias ihn dazu gezwungen hatte herzukommen unter der Androhung, ihn in einen Frosch zu verwandeln.
»Das hätte schon geholfen«, sagte der Bader kühl und hielt die Hand auf. »Frösche haben keine Zähne. Einen Sou provençal, wenn ich bitten darf.«
Draußen auf der Straße wandte sich der Alte an seine junge Begleiterin.
»Haschu nisch irgendwasch tschu beschorgen, K'eine? Jetsch wo isch einmal hie' bin, möchte isch insch Badehausch gehn un' misch menschlisch he'ichten laschen!«
Manou bejahte, sie hatte eine Anzahl Dinge für Azima zu besorgen. Der Alte ließ sich von ihr zum Badehaus begleiten, drückte ihr ein Kupferstück in die Hand und nuschelte, sie solle sich etwas

Süßes davon kaufen und in einer Stunde wieder da sein. Als sie wieder erschien, erkannte sie Noé kaum wieder. Er war frisch gebadet, die Haare sauber gekämmt, der Bart gestutzt, die Wange einigermaßen abgeschwollen. Sein Gesicht war zum Vorschein gekommen, nussbraun gebrannt von Sonne, Wind und Wetter, die Haut faltig und gegerbt, die Nase so knollig wie ein Trüffelpilz, ein breiter, lustiger Mund und zwei graublaue Augen, die jetzt, da sie nicht von Schmerz und Betäubungsmitteln getrübt waren, hell und wach blickten.

Er drehte sich einmal um sich selbst, machte ein paar angedeutete Tanzschritte trotz seiner Krücken und rief: »*Voilà-voilà!* Ein ganz neuer Noé! Ach, was bin ich erleichtert. Was hat mich dieser dreimal verfluchte Backenzahn gequält und geärgert! Nun, junge Dame, darf ich Euch zum Essen ausführen?«

Er bot ihr seinen Arm und humpelte zielstrebig ein paar Gassen weiter zu einem kleinen, von Platanen überdachten Platz, wo eine Wirtschaft zum Mittag geöffnet hatte. Draußen in dem blauen Schatten waren Tische und Bänke aufgestellt und es war auch schon Betrieb: Reisende und Händler hauptsächlich, ein Bauernpaar mit etlichen Körben unverkaufter Zwiebeln, das staunend solch mondänes Treiben in sich aufnahm, um daheim davon zu berichten. An einem langen Tisch saßen *gens d'armes,* Männer von der Stadtwache.

Sie setzten sich zu den Bauersleuten dazu, aber Noé meinte leise, mit einem Kopfnicken zu den *gens d'armes* hin: »Wenn du solche in einer Wirtschaft sitzen siehst, dann kannst du beruhigt dort einkehren. Wo die essen, ist es gut und preiswert.«

Catherine kam heraus, die Wirtin des Etablissements, und begrüßte Noé mit Küssen und Umarmungen.

»Noé, lässt du dich auch mal wieder blicken! Und eine neue Freundin hast du am Strick, schau an! Du alter Gauner!«

Doch sie zwinkerte Manou freundlich an dabei und die spielte brav mit, senkte verschämt die Augen …

»Heehee«, lärmte fröhlich Noé. »Jung und frisch, wie man sich's nur wünschen kann! Alter Wein und junge Frauen! Wer sagt, dass einer wie ich nicht auch noch was zu knabbern findet?!«

Cathi lachte und zog den großmäuligen Alten am Bart.

»Ja, sicher, und was nehmt ihr? Nur vom Besten, wie gewöhnlich, nicht wahr?«
»Genau!« Noé hieb mit den Faust auf das Holz, dass die Schüsseln ihrer Tischgenossen hüpften. »Und beeil dich, wir sind hungrig!«
»Kommt sofort, ich eile, *Moussou*«, lachte Cathi, bewegte sich aber keinen Deut schneller als vorher. Die *gens d'armes* schrien nach Wein; drinnen hörte man einen Krug zu Boden fallen und zerschellen und etwas, das deutlich nach einer Ohrfeige klang; ein Gast rief nach Brot und wieder einer verlangte, sofort zu zahlen. Cathi erledigte alles gelassen und ruhig.
Manou fand sie beeindruckend. Alles an ihr war üppig: Die Brüste, die Hüften, der Hintern, die dunkelroten Haare ... Sie hatte flinke muskulöse Beine, große Füße wie ein Mann und Arme, die aussahen, als könnten sie mit einem Randalierer kurzen Prozess machen.
»Ihr Mann steht in der Küche und sie hält hier draußen die Zügel in der Hand. Sie haben zwei Schankmägde und eine elfjährige Tochter, die schon mithilft, aber die lässt sie nicht so gern heraus, wenn Soldaten da sind«, erklärte Noé.
»Und Ihr, womit habt Ihr Euren Unterhalt verdient?«, fragte ihn Manou.
»Ich? Ich bin Schäfer gewesen«, sagte Noé stolz. »Ich war einmal Schäfer beim Guten König René.«
Manou zog ungläubig die Augenbrauen hoch.
»Du glaubst mir nicht? Ich hab zu Haus ein Dokument, das beweist, dass ich in seinen Diensten war. Unter Peyre Barruel, da war ich *pastihoun*. Das war einmal ein Prinzipal, der Herzog René d'Anjou! Der hat nicht nur den Thron gewärmt mit seinem Hintern und Papierkriege geführt! Er ist hinausgegangen in die Felder und auf die Wiesen, hat sich alles zeigen lassen, hat gefühlt, gerochen, gekostet, geschmeckt, hat sich Aufwand und Profit erklären lassen – aber von uns, nicht von irgendeiner dieser Hofschranzen, die doch nur darauf bedacht sind, sowohl die Bauern als auch den Seigneur zu betrügen und ja genug in die eigene Tasche umzuleiten. König René de Naples, der hat sich in alles eingemischt: Dass man selbst Wein anbaut und nicht so viel von außerhalb kauft, wollte er. Und dass man hier bei uns die Seidenraupen hält. Dafür hat er eigens bestimmte Bäume aus Persien holen und hier ein-

pflanzen lassen, weil nämlich die Raupen nur die Blätter dieses ganz besonderen Baumes fressen. Und weißt du auch, was er in seiner freien Zeit am liebsten gemacht hat?«

»Gemalt und gedichtet«, sagte Manou, die das so vom Herrn de Saignon gehört hatte.

»Tsss! Gemalt! Gedichtet! *Couyonados!* So einer war das nicht. Der besaß zwar sein schönes Schlösschen in Tarascon, aber im Garten, da hatte er seine Schafe und wenn er von den Regierungsgeschäften genug hatte und ihn die Lust ankam, dann hat er am liebsten Schafe gehütet, jawohl! Mit solchen wie mir«, er schlug sich mit der Faust vor die Brust, »hat er im Gras gesessen und Wein getrunken. Er hat uns was über seine Muskatellertrauben erzählt und wir mussten ihm alles über die Schafzucht erklären.«

Manou dachte an den Franzosenkönig Louis XI., den man die Große Spinne nannte, und wie sich Madame Saignon über ihn mokierte, über seine grobe Kleidung und sein bäuerliches Wesen – der hätte es bestimmt auch gern so gemacht!

»Er sah übrigens gar nicht so recht königlich aus, der Gute René, er hatte ein Gesicht wie ein Metzger, weißt du, so rosig und fleischig – mit Verlaub, wie ein prachtvolles Mastschwein. Aber die Augen – *vaï,* welcher Humor! Er lachte gern, wollte immer unsere derbsten Scherze und Geschichten hören und sprach die Langue d'oc fast so wie wir. Seine Frau, *Dame* Jeanne de Laval, die war fein und fromm und ganz, wie man sich eine Fürstin vorstellt. Aber er, weißt du, dieser Mund, leicht geschürzt, die Unterlippe, das dicke Kinn vorgeschoben, die Lider leicht hängend wie bei einem Bauern, der einem einen lahmen Gaul aufschwatzen will.«

»*Paraoulos longos fan lei jour court* – lange Worte machen kurze Tage! Stopf dir was ins Maul, Noé, dass die Fliegen nicht reinfinden!«, rief Cathi, indem sie die Schüsseln vor sie hinsetzte, dazu Brot und zwei Zinnbecher. »Armes Ding! Da hast du dich auf was eingelassen! Wenn er jemand gefunden hat, der seine Geschichten vom Guten König René noch nicht kennt, dann hört er nie mehr auf! Wenigstens kommst *du* dabei zum Essen.« Und war schon wieder halb davon: »Wein bringe ich gleich! Oui, Monsieur«, zum Gast am nächsten Tisch: »Zum Dessert empfehle ich Euch gern den frischen Apfelkuchen, den hat mein Mann heute Morgen erst ge-

backen – *c'est délicieux!*« Und ungeduldig: »Cécile! Die Herrschaften warten immer noch auf ihren Wein! Und wo bleibt das Brot, *allez!* Bei dem Tempo von diesem Mädchen, da verhungern mir ja die Gäste!« Es erwies sich, dass Noé mit wiederhergestelltem Mundwerkzeug sowohl erzählen als auch essen konnte und sie taten dem guten Essen von »Monsieur Cathi«, wie Noé Cathis Mann spöttisch titulierte, alle Ehre an.
Es war gewiss nicht vom Besten, wie Manou wohl wusste. Die wohlhabenderen Gäste aßen Lammbraten oder Kuttelwürste, aber teuer oder billig: Es ging doch nichts über eine feine *tian,* »aus der Erde genommen, in Erde zubereitet«, eine im Tontopf zart gegarte Komposition aus den Feldfrüchten der Saison, manchmal mit Speck, manchmal mit Fisch: Die Aromen der fruchtbaren Erde, der dunklen Felder, Ocker und Siena auf den Hügeln, Torfschwarz am Fluss, das Rauchige des Holzfeuers vermischte sich mit dem Gemüse: dunkelgrün und bitter der Mangold, rotviolett und beißend die Zwiebeln, gelbe Rüben, süß-erdig, rostgesprenkelt der Sauerampfer, dazu *pèbre d'ai,* scharf und parfumiert, ein Kraut für die Liebe, eingesalzener Fisch, *morue;* alles zusammen mit lichtgrünem Olivenöl und sonnengelben Eiern gebunden, abgeschmeckt mit dem Steinsalz der Salinen von Aigue Morte und dem Knoblauch von hier, papierspröde blättrig die Hülle, innen butterweich, zartweiß, ein Stich ins Rosé. Und obendrauf eine großzügige Schicht geriebenen Schafskäses, der härter und mürber war als der Ziegenkäse und weniger Eigengeschmack besaß, so dass er sich vortrefflich zum Abrunden einer *tian* eignet, weil er nicht die Neigung hat, sich vorzudrängen im Orchester des Geschmacks.
Die im Stück gegarten Knoblauchzehen angelten sie mit den Fingern heraus und aßen sie genüsslich zum Brot. Mit Brot putzten sie die Schüsseln aus, bis sie ganz blank waren. Noé rülpste laut, lang rollend und zufrieden. »Dein Mann ist ein Künstler, Cathi«, ließ er die Wirtin wissen, auch nicht zum ersten Mal. »Er weiß aus wenig viel zu machen«, mit einem ganz und gar neidlosen Blick auf die Nachbarn zur rechten Hand, die an Markknochen saugten. »Er weiß zu würzen und zusammenzustellen wie kein anderer. Ich schmecke alles, was gut und schön ist in der Provence, in seinen Gerichten. Und wenn König René …«

»Genug, genug«, rief Cathi und hielt sich die Ohren zu. »Ich spendiere euch beiden noch von dem Apfelkuchen, ganz umsonst, wenn du nur diesen Menschen nicht wieder erwähnst. Wenigstens heute nicht mehr.«
»Einverstanden«, grunzte Noé zufrieden und streckte seine Beine unter dem Tisch aus, während sie auf den Kuchen warteten.
»Cécile? Wo steckt das Mädchen denn schon wieder? Wenn man nicht alles selber tut!« Cathi stürmte los, um Kuchen zu holen.
»Wart Ihr je verheiratet, habt Ihr Kinder?«, fragte Manou.
»Nein. Schäfer sind unterwegs, solange sie jung sind. Darauf lässt sich kaum eine Frau ein. Kinder? Vielleicht. Aber keine, die ich kenne oder die mich kennen möchten, fürchte ich.«
»Und wenn Ihr wirklich für den König gearbeitet habt, warum seid Ihr dann nicht wohlhabend, mit einer fetten Pension, wie alle königlichen Beamten?«
»Na, ein Beamter war ich nicht gerade. Und der König, der hätte wahrscheinlich schon für uns gesorgt, aber als er dann starb, haben sich die Erben gestritten und keiner hatte ein Ohr für ein paar verlauste *bergers*. Wir wurden wie Kuriositäten behandelt, die der Verstorbene sich zugelegt hatte und mit denen nun niemand mehr etwas anfangen konnte. Seine Söhne, Charles de Maine und der andere, René de Lorraine, die fielen übereinander her und dann kam auch noch das Heer der Großen Spinne herbeigeeilt, angeblich um Ordnung zu schaffen. Doch für die Hilfe des Franzosen, da musste Charles de Maine die Provence an ihn vererben, na, den Rest kennst du. Wir Schäfer jedenfalls haben uns davongemacht, in alle Winde verstreut. Ich habe noch dreißig Jahre oder länger die Herdenwanderungen mitgemacht, im Mai hinauf in die Berge, im September wieder hinunter in die Crau, so lange, bis ich meinen Fuß verlor.«
»Ich bin auch Schäferin«, warf Manou ein, stolz, ein wenig mitreden zu können. »Im Dorf meiner Eltern habe ich die Ziegen gehütet, wohl an die drei Dutzend, ganz allein, jeden Sommer!«
Aber Noé winkte ab. »Ziegen, nimm's mir nicht übel, Mädchen, aber das ist eine Sache, und Schafe, das ist eine ganz andere. Ein paar Ziegen hüten am Dorfrand oder in der *colline*, gut und schön. Aber Schafe, weißt du, das sind die *bêtes précieux* unter den Nutz-

tieren. Sie richtig zu behandeln, so dass ihr Fell lang und gleichmäßig wächst, dass sie gesund bleiben und ihre Milch wohlschmeckend, der Käse aromatisch ist und ihr Fleisch, das ist eine Kunst! Sie im Frühjahr aus den warmen Tälern in die Berge zu führen, fünf-, sechstausend und mehr, und im Herbst wieder herunter, wer das einmal getan hat, den nenne ich einen Schäfer. Ach, ich wünschte, ich könnte noch einmal los, noch einmal die Sonne über den schneebedeckten Bergen untergehen sehen, dass man meint, die Gipfel brennen, und die klare Luft dort oben atmen. Ich sage dir: Wenn du da oben stehst und auf alles hinunterschaust, dann bist du der Herr der Welt. Aber das geht ja nun nicht mehr, da mir eine Haxe fehlt.«

Er leerte den letzten Becher Wein in einem Zug und wischte sich die Lippen am Ärmel seines Kittels ab. »Es ist wahr: Vom Schafehüten wird man nicht reich. Am Ende hat man ein krummes Kreuz und Löcher in den Sohlen. Aber den einen oder anderen Sou, den habe ich schon noch beiseite tun können, auch mal ein Silber- oder ein Goldstück von damals – der König hat uns manchmal welche geschenkt! Und so habe ich jetzt wenigstens meine eigene Hütte, in der ich in Ruhe mein Leben beenden kann, und bin nicht auf andere angewiesen wie die meisten Schäfer, wenn sie alt und hinfällig werden.«

Da Noé ein frommer Mann war, gingen sie noch in die Kirche von Lacoste zum Beten.

Manou fiel auf, dass das Château de Sade höher lag und bei weitem größer und schöner war als die Kirche. Sie hielt das für kein gutes Zeichen.

Auf dem Rückweg war der alte Schäfer aufgekratzt und lustig. Mit einer Hand pfiff er auf einem *galoubet,* alle Melodien, die Manou sich wünschte, und hielt mit der anderen Hand die Zügel. Im Hameau des Lumières angekommen, zog er aber wieder ein trauriges Gesicht, jammerte, dass der Bader ihn ruiniert habe, sowohl finanziell als auch körperlich, dass er keinen Bissen herunterbringen könnte, so sehr schmerze ihn das Maul – Manou guckte empört. Er jammerte so lange, bis ihm die mitleidige Azima ein Bündel getrockneten Salbei schenkte für eine *tisane* zum Mundspülen und ein Pulver gegen die Schmerzen.

Die Nachbarin versprach, ihm einen Brei zu kochen, dem armen, alten Noé, der doch nicht kauen konnte ... Der hinkte auch gramgebeugt davon, aber als Manou sich nach ihm umschaute, grinste er ihr zu und vollführte einen zufriedenen kleinen Bocksprung in der Luft.

17

»Wie die Vögel in der Luft emporgehalten werden und sich überall in der Luft aufhalten, so wird auch die Seele, solange sie an den Körper gebunden ist, von ihren Gedanken emporgehoben und breitet sich überall aus«, hatte Schwester Scholastika Manou in ihr Heft geschrieben, als Sinnspruch für den Monat September, den Monat, in dem die Schwalben fortziehen.

Manou liebte die Schwalben von allen Vögeln am meisten, mehr noch sogar als die Nachtigall, vielleicht weil sie sich gern bei den Menschen aufhielten, halbwilde Gefährten, unabhängiger als die Katze noch, nahmen keine Nahrung von den Menschen und bauten doch ihre Nester unter ihren Dächern. Kleine Baumeister: Ähnlich den Menschen, verwendeten sie keine Zweige, Gräser, Federn oder Rindenstückchen, um ihre Jungen aufzunehmen, sondern bewohnten wahrhaftige kleine Häuser aus Lehm und Speichel, so wie die Maurer Lehm und Wasser zum Bauen vermengten.

Manou liebte sie, weil sie so klein und leicht und so graziös waren, so flink aufstiegen und fielen, der aufsteigenden Wärme und den Lüften folgend, unsichtbaren Wegen im Himmel, die sie so sicher beschritten, wie Manou einen Pfad oder eine gepflasterte Straße. Hierhin und dorthin flitzten sie, schneller und leiser und leichter als ein Pfeil oder ein Kiesel von der Schleuder, so schnell, dass das Auge ihnen kaum folgen konnte.

Sie sangen nicht, sie schalten nicht, krächzten oder schrien nicht wie all die anderen Vögel, sondern man hörte von ihnen nur manchmal, bevor der Regen kam, wenn sie tief flogen und Jagd auf Insekten machen, feine, leise Pfiffe. Und jetzt pfiffen sie sich gegenseitig zu und versammelten sich, um fortzufliegen, und nie-

mand konnte ihr sagen, wohin. Nur, dass sie wiederkommen würden im nächsten Jahr, so sicher, wie das Gras wieder grün werden und die Zikaden wieder schrillen würden, so sicher wie der Schnee im Winter auf dem Mont Ventoux.
Sie hätte aber gern gewusst, wo sie alle blieben während des Winters und ob es dieselben waren, die wieder zurückkamen, oder andere Schwalben, vielleicht ihre Kinder. Wie lange lebte eine Schwalbe?
Abends saßen die Frauen des Weilers zusammen und schabten Kerne aus den Kürbissen. Kürbissuppe, Kürbiskuchen, Kürbisbrot, Kürbisauflauf, Kürbis getrocknet, in Essig eingelegt, überall Kürbisse. Die Kerne konnten geröstet und verzehrt werden zum Zeitvertreib und zur Linderung gewisser Altersbeschwerden.
Und die ersten Quitten waren reif. In allen Häusern hingen die großen Wasserkessel über den Feuern, wo Quitten zu einem dicken Mus gekocht wurden, das sich auf fettbestrichenen Blechen oder Holzbrettern ausstreichen und trocknen ließ für den Winter. Azima würzte ihr Quittenbrot mit Rosenwasser, Zimt und Honig, denn es war ein gutes, ein ertragreiches Jahr gewesen bisher, dank ihres geschäftstüchtigen Lehrlings.
Im Oktober folgten die Nüsse und die Esskastanien, Kastanien, das wichtigste Lebensmittel neben dem Korn. Azima ließ die letzten Fenchelknollen im Garten jetzt ausreifen und sammelte deren Samen ein, dem sie große Kräfte zuschrieb: »Fenchel, Korn und Kastanien halten dich im Winter gesund.«
Habibi verkroch sich in irgendein Loch im Mauerwerk, wo er sich fett und voll gefressen mit seinen Artgenossen zu einem ausgedehnten Schlummer zusammenrollte, um erst mit den wärmenden Strahlen der Aprilsonne wieder zu erwachen.
Im November wurden die letzten Kräuter geschnitten und eingesammelt, die Stauden mit Stroh bedeckt, um sie vor dem Frost zu schützen. Der Garten ging schlafen, sie deckten ihn zu. Es galt jetzt, Hagebutten zu sammeln und Schlehen nach dem ersten Frost, aus denen Azima einen Saft gegen Erkältungskrankheiten bereitete.
Manou und Azima waren im Laden und sahen systematisch die Vorräte durch, ersetzten Überaltertes, füllten Frisches nach und

trugen zusammen, was sie an Arzneien für die kalte Saison brauchen würden: Pelargonienpulver, Kranichschnabel, der warm war und etwas feucht und gut bei Heiserkeit, Halsweh und Erkältungsschmerzen; Ysop, der von trockener und ebenfalls warmer Natur war, sowohl gegen Husten als auch gegen Wintertraurigkeit; Tausendgüldenkraut und Brombeerblätter für Honigwein.
Azima betrachtete wohlgefällig, mit welchem Geschick Manou bereits die Arzneien bereitete.
»Vielleicht sollte ich dich an eine der großen Apotheken in einer Stadt weiterempfehlen. Ich habe Verbindungen nach Apt. Hier auf dem Land kriegst du nicht viel zu sehen und zu schmecken vom Leben für einen jungen Menschen.«
Manou schaute mehr erschrocken als erfreut drein.
»Aber nein«, fuhr Azima fort, die es nicht wahrgenommen hatte. »Wie schade: Du bist ja ein Mädchen – obwohl man es leicht vergessen kann, wenn man dich sieht. Ein Mädchen würde nicht als Lehrling genommen werden, höchstens als schlecht bezahlte Hilfskraft.«
»Ach, das macht nichts«, sagte Manou mit hörbarer Erleichterung. »Ich will gar nicht in die Stadt.«
Der einzige Besuch in Apt, damals mit ihrer Mutter, hatte sie für lange Zeit verschreckt: all diese Menschen, das Gedränge und Geschiebe, der Gestank, die Halsabschneider und die schmutzigen Bettler … Inzwischen ging sie ganz gern einmal in eine Stadt, aus Schaulust und Neugier, aber leben wollte sie dort nicht.
Es kam eine angsterfüllte Mutter mit einem schreienden Säugling, vor Atemnot vom Plärren schon ganz blau im Gesicht. »Er hat irgendetwas! Er stirbt mir noch, hilf, Azima!«
»Lass sehen, was hat er denn, was meinst du?«
»Ich glaubte, dass er nur eine gewöhnliche Kolik hätte, und dann bekam er plötzlich blaue Flecke am Bauch …«
»Bekam plötzlich? Hat dein Mann ihn wieder misshandelt? Wenn er das noch einmal tut, Marie, dann schwöre ich, ich zeige ihn an. So ein kleines Geschöpf ist doch noch ganz weich und empfindlich. Es hat noch nicht so feste Knochen wie wir und verträgt keine rohe Behandlung.«
»Es stört ihn, wenn es schreit in der Nacht. Ich renne meistens los,

so schnell ich kann, um ihm die Brust zu geben, damit es still ist. Aber manchmal schlafe ich zu fest und dann komme ich nicht schnell genug hoch und dann …«

»Ich werde mit deinem Mann reden«, sagte Azima und ihr Gesichtsausdruck verhieß, dass der nichts Gutes von ihr zu erwarten hatte. »Jetzt zeig mal her.« Sie legte den Säugling auf den Tisch und nestelte seine Kleidung auseinander.

»Was ist das? Ein Zugpflaster?«

»Ja, ich habe ihm ein Zugpflaster auf den Nabel gemacht, mit Senf und Knoblauch, um die Entzündung herauszuziehen.«

»Das war auch gut so.« Azima wandte sich an Manou:

»Bei kleinen Kindern ist die Nabelröhre noch eine Weile offen, während sie bei älteren fest zugewachsen ist. Dort können bei den Säuglingen widrige Einflüsse eindringen, aber auch Heilmittel schnell in den Körper gelangen.«

Sie nahm das Pflaster ab. Darunter war die Haut gerötet, was zu dem Unwohlsein des Kindes beigetragen haben mochte. Doch an den Seiten und auf dem Bauch waren bläuliche Fingerabdrücke zu sehen.

»Er schüttelt es nur ein wenig …«

»Schütteln?! Ist der Mann wahnsinnig? Er wird ihm noch den Hals brechen damit!«

Azima tastete den Säugling ab, das Becken, die Gelenke, die winzigen Rippen.

Währenddessen betrachtete Manou verstohlen die Mutter. Ihr Gesicht war gelblich und von alten und neuen Blutergüssen gezeichnet. Über eine Hand verlief eine frische Peitschenstrieme. Als sie bemerkte, dass sie gemustert wurde, versteckte sie rasch die verletzte Hand hinter dem Rücken.

»Und? Azima, so sag doch etwas!«

»Beruhige dich, Maria. Deinem Kind fehlt weiter nichts. Zumindest ist nichts gebrochen. Nur die Haut ist jetzt gereizt von dem scharfen Mittel. Es ist noch einmal gut gegangen.« Sie ging zum Wandschrank und holte ein Salbentöpfchen hervor.

»Hier, Manou, das kannst du besser als ich!«

Manou, von der Mutter misstrauisch beobachtet, nahm etwas von der weißen Salbe auf die Fingerspitzen und begann vorsichtig, die gerötete Haut des Kindes damit einzureiben. Schon während sie das Mittel sanft massierte, beruhigte sich das Kind, hörte zu schreien auf, gluckste zufrieden und sein kleines, pausbäckiges Gesicht nahm eine bessere Farbe an.

»Das ist Fett, das aus Schafswolle gewonnen und gut gereinigt ist, vermischt mit Auszügen aus römischer Kamille«, erklärte Azima. »Das Töpfchen kostet dich – beziehungsweise deinen Mann – drei Liards.«

»Das ... das ist teuer«, stammelte die Mutter. Aber sie war froh, dass ihrem Kinde nun geholfen war, wickelte es ein und nahm es so zärtlich in den Arm, wie man es nur wünschen konnte.

»Nicht teuer genug«, sagte die sonst freigiebige Azima, »wenn es deinen Mann nicht davon abhält, noch mehr solchen Schaden zu verursachen.«

Als sie aber zum Haus des Mannes gingen, um ihn ihre scharfe Zunge spüren zu lassen, da wurde Azima von ihm, einem Fuhrunternehmer, schroff abgefertigt: »Halte dich da raus, Weib! Es ist mein Kind und ich kann damit machen, was ich will!«

Manou baute sich vor ihm auf. Er war zwei Köpfe größer als sie und stark wie einer seiner Ochsen. Sie lächelte ihn an, nahm seine Peitsche, die am Karren lehnte und machte einen Knoten hinein.

»Eins: Wenn du deinen Sohn oder deine Frau noch einmal schlägst, dann wirst du mit dem Wagen einen Unfall haben.«

Er erschrak, versuchte nach seiner Peitsche zu greifen, aber sie tat rasch einen Schritt zurück.

Noch ein Knoten.

»Zwei! Wenn du irgendeiner Seele davon erzählst, dann stirbt dein bestes Tier. Das wird dich lehren, denn du behandelst, wie ich sehe, ja deine Tiere besser als Frau und Kind.«

Noch ein Knoten.

»Und drei! Wenn du versuchst, die Knoten zu lösen, dann tritt Fall eins ein.« Jetzt gab sie ihm die Peitsche zurück. Er nahm sie, als handele es sich um eine Giftschlange. Mit der anderen Hand wollte er das Zeichen gegen den bösen Blick machen, doch Manou hob nur warnend die Hand.

»Denke an den zweiten Knoten! Im Übrigen: Ich habe dir nichts Böses getan noch gewünscht. Es liegt allein bei dir. Wenn du es fer-

tig bringst, deine groben Pfoten bei dir zu behalten, dann geschieht dir nichts. Ich wünsche einen guten Tag.«
Damit drehte sie ihm den Rücken zu und zog Azima davon. Auf dem Weg nach Hause bekamen sie ihren ersten Streit: »Was hast du getan?«, fragte Azima streng.
»Ich habe ihm einen Schrecken eingejagt.«
»Waren das etwa Hexenknoten?«
»Nein, nur ganz gewöhnliche. Aber er glaubt, dass es Hexenknoten sind. Wenn ich mich nicht sehr in ihm täusche, wird die gute Frau jetzt ihre Ruhe vor ihm haben.«
»Du gehst ein großes Risiko ein. Nicht nur deinetwegen – auch für mich: Ich will nicht, dass man mein Geschäft mit *sorcelleries* in Verbindung bringt!«
»Sollte ich etwa dabeistehen und nichts tun?« Manou war ärgerlich. Sie hatte doch etwas Gutes bewirkt. Warum schalt Azima sie jetzt aus? »Auf dich hat er ja nicht hören wollen. Und ich habe vorausgesehen, dass er das Kind totschlägt, im Suff.«
»Da kann man eben nichts tun! Solche Dinge passieren eben.«
»Wie kannst du nur so herzlos sein«, schrie Manou.
»Ich bin nicht herzlos. Ich finde mich nur ab mit der Welt, wie sie ist. Du – jung, wie du bist – glaubst, sie um jeden Preis verändern, verbessern zu müssen. Aber mit welchen Mitteln? Kannst du die Folgen übersehen? Nein! Außerdem, wenn du es gesehen hast, wird es dann nicht auf jeden Fall eintreten?«
»Wird es nicht! Nicht, wenn ich es ändere! Wozu lässt mich Gott die Dinge sehen, wenn ich sie nicht ändern soll?«
»Wenn er wollte, dass sie anders sind, würde er sie dann nicht selber ändern? Wie kannst du sicher sein, dass deine Visionen von Gott kommen und nicht aus einer ganz anderen Quelle? Um dich in Versuchung zu führen, um dir ein Gefühl von Macht vorzugaukeln?«
Das ernüchterte Manou schlagartig.
»Daran habe ich noch nie gedacht. Es war immer so, dass ich Schlechtes verhindern konnte, warnen, helfen, zur richtigen Zeit zur Stelle sein. Wenn es … aus anderer Quelle käme, müsste daraus nicht Böses entstehen?«
»Vielleicht. Ich hoffe, dass du Recht hast. Ich sage ja auch gar nicht, dass du deine Hände im Schoß falten und deinen Mund verschlie-

ßen sollst, wenn du einen Unfall vorhersiehst. Aber überlege, ob es dir erlaubt ist einzugreifen und mit was für Mitteln – das ist wichtig, Manou! Und was glaubst du, wie weit kannst du die Zukunft beeinflussen? Wie stellst du sie dir vor, die Zeit, die noch nicht vergangen ist?«

»Ich stelle mir die Zukunft vor«, sagte Manou, »wie einen Weg, der sich verzweigt und immer weiter verzweigt. Ständig steht man an Kreuzungen und muss wählen. Und je nachdem, welchen Weg man wählt, ergeben sich hundert neue Kreuzungen und Möglichkeiten.«

»Aber dann könnte man doch sein Leben genau bestimmen und immer nur dorthin gehen, wo es gut ist?«

»Wenn es so einfach wäre. Ich denke, man kann nur Ereignisse in der allernächsten Zeit verändern und hoffen, dass der Rest dann folgt. Wissen kann man das nie – es könnte auch sein, dass der Weg, den du jetzt wählst, weil er dir Gutes bringt, später einen schlechten Verlauf nimmt. Dennoch würdest du doch auch nicht daneben stehen und darauf warten, dass ein Kind einen Felsen herunterfällt, wenn du siehst, dass es gleich auf einen losen Stein treten wird.«

»Wohl wahr«, lenkte Azima ein. »Trotzdem war es nicht recht, dass du den Mann hast glauben machen, du könntest ihn verhexen. Da, wo du herkommst, hast du schon einen schlechten Ruf. Willst du den hier auch erwerben? Ich dachte, du wolltest ein neues Leben anfangen?«

»Ja! Das will ich, aber wie kann ich denn ändern, was ich bin? Ich bleibe dieselbe, auch wenn ich den Ort wechsle. Wie kannst du mich dafür schelten? Die Äbtissin hat dir doch gesagt, woher ich komme und was mit mir ist. Hat es dir da nicht ganz gut gepasst?«

»Und was bist du?«

»Ich weiß es nicht«, sagte Manou nach einer langen, lange Pause.

Azima nickte zufrieden. »Also, dann denke nach und finde es heraus. Und wenn du weißt, wer du bist und was du bist, dann handele danach – nicht vorher. Und solange du in meinem Haus bist, will ich keinerlei Magie, weder echte noch vorgetäuschte.«

»Aber du hast doch selbst gesagt, dass du Warzen auf diese Weise behandelst.«

»Das ist etwas ganz anderes, als wenn ich einen Menschen verfluche! Ich rege ja nur die Vorstellungskraft des Kranken an, der mehr, als er selber begreift, in der Lage ist, sich selbst durch seine Gedanken zu heilen.«

›Und nicht anders arbeitet der Magier‹, dachte Manou, ›nur auf einer höheren Ebene und im vollen Bewusstsein dieser Kräfte.‹

Azima nahm das Mädchen in ihren Arm und drückte sie kurz, halb raue Liebkosung, halb liebevolle Züchtigung.

»Lass uns nicht streiten wegen diesem Nichtsnutz. Vielleicht war es ja zum Guten, was du getan hast. Es sollte mich freuen, wenn die arme Frau weniger zu erdulden hätte von ihm. Wie oft schon habe ich ihre Blutergüsse, lockere Zähne, Beulen und Brüche kurieren müssen.«

»Verzeih, Azima«, Manou schämte sich für ihren Ausbruch. »Ich habe dich herzlos genannt, dabei bist du nur klüger und bedächtiger als ich. Und ich war respektlos gegenüber meiner Lehrherrin. Es tut mir Leid.«

»Es ist schon vergessen«, meinte Azima. »Ich war wie du in deinem Alter. Aber sag: Kannst du dein eigenes Leben nicht beeinflussen? Kannst du nicht sehen, wohin die Kreuzwege führen, an die du kommst?«

»Ich sehe nicht weit und nicht oft und gar nichts für mich selber. Und ich bin recht froh darüber.«

Sie dachte an Angèle de Saignon, die Hexe, deren Zukunft sie in Flammen gesehen hatte. Wie, wenn man für sich selbst eine solche Zukunft vorhersähe – könnte man ihr entgehen?

»Meine maurischen Vorfahren dachten, dass alles vorherbestimmt sei. Sie sagen: ›Es steht geschrieben‹«, sagte Azima.

»Aber wozu dann noch kämpfen, wozu sich bemühen?«

»Weil Allah von den Menschen verlangt, dass sie sich nach Kräften bemühen und dass sie seine Gesetze achten, ebenso wie der Christengott. Doch die Anhänger Muhammeds wollen nicht die Natur beherrschen, in der Weise, in der es die Christen tun. Sie lehnen sich nicht ständig gegen das Schicksal auf.«

»Die Kirche in Rom verlangt auch Demut und Gehorsam vor allen Dingen. Doch es ist wahr, dass dies den Menschen am schwersten fällt, besonders jetzt, da man die Weisheit der alten Völker wieder entdeckt und die Natur der Dinge erforscht, da man sich nicht mit

Vorstellungen und Symbolen zufrieden gibt, sondern einen direkten Zugang erhält.«

»Für die einfachen Menschen hier draußen«, sagte Azima nachdenklich, »macht das alles keinen Unterschied. Ihr Leben hat sich nicht verändert. Doch die gebildeten und hohen Herrn, die fühlen sich Gott näher. Sie heben ihr Haupt und wollen von Demut nichts mehr hören. Es ist gut, die Welt und ihr Wirken zu verstehen, aber ich frage mich, wohin das alles führen wird. Die Kirche unterdrückt die Forschung aus Angst, die Macht zu verlieren, denn sie regiert mit Hilfe der Unwissenheit. Doch ohne die Kirche, die uns Menschen ständig an Gottes Gesetze erinnert, was wäre das für ein Leben?«

Sie waren an Azimas Haus angekommen und setzten sich auf die Bank. In der Mittagssonne war es warm wie im Frühling. Wären die Bäume nicht kahl, man hätte für ein paar Stunden vergessen können, dass es auf den Winter zuging.

»Was denkst du, Azima: Wenn Gott zu groß und zu weit entfernt wäre, als dass er uns wahrnehmen könnte, wenn er den Menschen keine Vorschriften mehr machen würde oder herauskäme, dass diese Vorschriften in Wahrheit alles nur Menschenwerk wären, würden sie sich dann immer noch bemühen oder fielen sie übereinander her, die Starken über die Schwachen, die Jungen über die Alten, so dass man nicht in Frieden leben könnte, noch weniger als heute?«

»Man sollte denken«, sagte Azima grüblerisch, »dass es im eigenen Interesse der Menschen liegen würde, einen geregelten und zivilisierten Umgang miteinander zu pflegen, doch sehe ich jetzt schon nicht, dass Gottes – oder Allahs – Gesetze befolgt werden. Weder von den Kleinen noch von den Großen dieser Welt.«

Die Nächte wurden kühl jetzt. Die meisten Bauern ernteten die Trauben früh, so dass sie ein saures und trübes Alltagsgesöff ergaben, das schnell getrunken werden musste, bevor es in Essig umschlug, wegen der Unreinheiten in den selten gesäuberten Fässern. Einige aber waren dazu übergegangen, die dunklen Sorten so lange wie möglich hängen zu lassen. Ende Oktober lag dann der Geruch von Trester, fruchtig und gärig, über dem ganzen Tal von Apt bis Cavaillon. Was von den Traubenschalen und Kernen nicht zur

Destillation bestimmt war, bekamen die Schweine vorgesetzt, die davon eine fröhliche Zeit hatten, quiekten und grunzten und allerlei Kapriolen schlugen.

Im November fiel der Regen tagelang, unaufhörlich, dicht wie eine graue Wand. Trat man vor das Haus, so lag der Weiler auf seiner Anhöhe in einem Meer von grauem Dunst. Das Lederzeug setzte Schimmel an, die getrockneten Kräuter klumpten. Azima saß hinter ihrem Ladentisch und überlegte, ob sie sich den Luxus erlauben sollte, jetzt schon – bei hellem Tage – ein Feuer anzuschüren, entschied sich aber dagegen. Die Geschäfte liefen miserabel. Während der Erntezeit hatten die Bauern keine Zeit, krank zu sein, und bei diesem Wetter setzte ohnehin keiner, der nicht dringende Geschäfte außerhalb zu erledigen hatte, einen Fuß vor die Tür.

Zum Pflügen war es zu nass. Die Erde klebte und klumpte derart, dass man nach ein paar Schritten auf der Dorfstraße schon dicke Klumpen aus Lehm unter den Sohlen mit sich herumtrug. Seit drei Tagen schon hatte Azima nichts eingenommen, kein Korn, keinen Liard, nicht einmal ein paar Hufnägel, die man später hätte eintauschen können – gar nichts. Sie fing schon an zu überlegen, ob es klug gewesen war, einen Lehrling ins Haus zu nehmen. Wie sollte sie sie beide durchbringen, wenn es so weiterging?

Manou kam vom Stall herein, wo sie ausgemistet und den Tieren Heu gegeben hatte. Sie ließ den Kopf hängen und schüttelte die Wassertropfen aus den Haaren wie ein Hund. »Immer noch nichts?«

»Nein, dabei weiß ich, dass ein paar von den Leuten dringend ihre Arzneien brauchen. Nur kommen sie nicht bei diesem Wetter!«

»Ich könnte hingehen und die Sachen ausliefern«, bot Manou an.

»Du wirst selbst krank werden und dann muss ich dich auch noch pflegen«, knurrte Azima. Sie hatte so schlechte Laune, dass sie hätte mit einem stinkigen Knall zerplatzen mögen wie ein alter Bovist.

»Ach was«, Manou war unternehmungslustig. »Ich ziehe mir warme Wollsachen an, eine lange Weste aus Schafsfell, die hält die Feuchtigkeit ab, und borge mir Noés Schlapphut. Also? Wer braucht was?«

Widerwillig ließ sich Azima von ihrem hohen Schemel gleiten und packte eine Tasche aus Öltuch mit ein paar Briefchen und Tontöpfen. »Also gut, wir können es ja versuchen: Hier ist ein Kräuterbeutel für Jehanne, den soll sie in heißem Wasser befeuchten und dann auf ihren Abszess legen, um ihn aufzuweichen. Das ist eine Gichtsalbe für Jaume – der wird dafür besonders dankbar sein, bei dieser Feuchtigkeit. Eine Flasche Bruchkräuterwein, Beinwell und Efeu für Gratte-Semelle, denn dort hat sich der Großknecht einen Bruch gehoben, als er ganz allein ein Wagenrad gewechselt hat. Ach, das ist die Strafe für ihren Geiz! Wie oft habe ich gesagt, sie sollen ihn nicht allein so schwer heben lassen, aber nein: ›Er ist doch ein großer starker Kerl‹, haben sie zurückgegeben, und jetzt fällt er für lange Zeit ganz aus. Das haben sie nun davon! Benediktenkraut und Melisse für Huguette, Herzstärkung für Giles. Das hier bringst du nach Les Courtois zur *ferme* Pontet. Dort lass dich in Korn bezahlen! Ach, und von Gratte-Semelle bringst du Wein mit. Sie schulden mir noch zwei Schläuche. Wir haben fast keinen mehr!«

Manou, die es bei keinem Wetter im Hause hielt, zog sich so gut es ging regenfest an und holte das Maultier aus dem Stall, das mehr als unwillig war. Sie stieg auf seinen Rücken, schnalzte mit der Zunge, ruckte mit dem Hinterteil, schlug ihm leicht die Fersen in die Flanken. Nichts. Sie schlug ihm rechts und links die Zügel um den Hals, »tsk, tsk! Ho!« Nichts rührte sich außer ein paar Muskeln, die unter der Schwarte zuckten. Der ganze Rest blieb stocksteif stehen und stemmte die Hufe in den Matsch, drehte den Kopf nach Manou um, als wollte es sagen: »Bist du ganz verrückt geworden?!«

Sie musste schließlich den dornigen Zweig einer Schlehe zum Einsatz bringen, ehe sich das Tier unter bösem Gegrunz und viel Blasen und Geschnodder aus seinen Nüstern in Bewegung setzte. Es schaukelte und schwankte, dass man meinen konnte, es mache den Ritt mit voller Absicht unbequem für seine Reiterin. Die Knochen seiner Wirbelsäule drückten sich durch die Satteldecke wie die Rückendornen eines Drachens.

Bei Noé blieben sie vor der Tür stehen. Manou traute sich nicht abzusteigen und hineinzugehen, weil sich das störrische Biest sonst auf den Heimweg gemacht hätte, also trat sie gegen die Tür.

»Noé! He! Noé! Mach auf!«

Das verdrießliche Gesicht des alten Schäfers erschien in der nur einen Spaltbreit geöffneten Tür.
»Borg mir deinen Hut, *pépé!* Ich muss bei dem furchtbaren Wetter hinaus, meine Herrin hat es befohlen.«
»Pah«, machte Noé. »Du willst es doch selber, ich kenne dich! Und dabei willst du meinen guten Hut verderben, ja? Was kriege ich dafür?«
»Ich backe am Sonntag Quittenkuchen. Davon bring ich dir ein Stück.«
Der Alte grinste erfreut.
»Sofort, du sollst den Hut haben …« Er kramte in seiner Hütte und erschien mit dem guten Stück, welches so speckig war, dass es sicher keinen Tropfen Nass durchließ. Manou drehte ihre Haare zu einem Knoten und stopfte sie unter den Hut.
»Siehst aus wie ein Kerl«, kicherte Noé. »Na dann viel Spaß, und vergiss nicht den Quittenkuchen!«
»Hätt dir sowieso was davon gebracht«, rief Manou und ließ das Maultier die Dornen spüren. Es schlug aus, schnaubte und trabte los.
Zuerst ging es recht gut. Manou liebte Regenwetter. Die Luft war weich und angenehm zu atmen. Es roch intensiv nach Erde und nassem Laub. Unterwegs fand sie ein paar überfrorene Wildäpfel und füllte ihre Taschen damit, ohne abzusteigen. Die aß sie auf dem Weg nach Les Courtois, benannt nach den Trüffelmaklern, die dort wohnten. Der Regen fiel gerade vom Himmel herunter und tropfte von der Hutkrempe. Ihre Wangen wurden rot und warm, die Hände eiskalt. Sie verschränkte die Arme und steckte die Hände in den jeweils anderen Ärmel. Das Maultier, spürend, dass sie sich nur mit den Beinen über seinem Fassbauch festklammerte, versuchte sie abzuwerfen. Doch Manou kannte seine Schliche, schrie ihn an und hieb ihm die Faust zwischen die Ohren. Da lief es brav weiter.
Mit der Zeit wurden die Kleider immer feuchter, der Umhang aus Schafsfell hatte sich vollgesogen und hing an ihr schwer wie ein Stein. Sie war froh, als sie Gratte-Semelle erreichte, ihren letzten Bestimmungsort. Dort bestand man darauf, dass sie abstieg und hereinkam, reichte ihr heißen Wein, schüttelte ihren Umhang aus,

setzte sie nah ans Feuer und ließ sie nicht eher gehen, als bis ihre Kleidung einigermaßen getrocknet war.
Das arme Maultier war äußerst erbost, als es nicht nur den warmen Stall wieder verlassen und seinen Menschen durch den Regen nach Hause tragen musste, sondern auch noch zwei Fässchen Wein zusätzlich aufgeladen bekam. Erst ging es so langsam, als sei es zu Tode erschöpft, dann – als es erkannte, dass es nach Hause ging – begann es zu rennen, so dass es Manou alle Knochen im Leib durchschüttelte. Endlich machte es vor Azimas Tür so plötzlich Halt, dass Manou und eines der Weinfässer heftig dagegen rumpelten.
Die Tür öffnete sich und ließ einen freundlichen Streifen warmen Lichts in die nasse, dunkle Gasse fallen. Azima half rasch, das Tier zu entladen und im Stall unterzubringen, wo es mit Stroh abgerieben wurde, eine trockene Decke übergeworfen und einen Eimer heiße Grütze vorgesetzt bekam.
Manou zitterte am ganzen Körper. Sie musste sich sofort die nassen Kleider ausziehen. Azima brachte ihr trockene und setzte sie dann mit einem Becher honiggesüßten Lindenblütentees, der Erkältungen vorbeugt, in ihren eigenen, bequemen Lehnstuhl ans Feuer. Es dauerte eine Weile, ehe ihre Zähne aufgehört hatten, ganz gegen ihren Willen aufeinander zu schlagen.
»Ich habe alles erledigt, Azima! Und nicht nur das: Ich habe auch eine Menge neuer Aufträge. Morgen kann ich gleich wieder los!«
»Wir wollen erst einmal sehen, wie es dir morgen geht. Ich habe mir schon Vorwürfe gemacht, dass ich dir eine so große Runde aufgegeben habe! Das nächste Mal sollst du weniger auf einmal erledigen, nur was dringend ist. Die anderen können warten, bis das Wetter besser wird.«
Doch das Unternehmen erwies sich als voller Erfolg. Die Leute gewöhnten sich schnell daran, nicht mehr selbst bei Wind und Wetter zu Azimas Laden kommen zu müssen, und nahmen Manous Botendienste gern in Anspruch.
Das machte Azima frei, soweit ihre Anwesenheit nicht vonnöten war, im Laden zu bleiben und sich um die Zubereitung der Arzneien zu kümmern, während Manou sie austrug. Spätherbst und Winter waren sonst immer eine magere Zeit gewesen, doch mit Manous

Hilfe verdiente Azima so gut, dass sie im Dezember zu ihr sagte: »Zieh dir deine besten Sachen an! Heute gehen wir nach Lacoste auf den Markt, kaufen uns etwas Hübsches für Weihnachten und gehen zu Cathi essen!«

Waren im Spätherbst die Märkte fast zum Erliegen gekommen, so wurde es Anfang Dezember wieder lebendig auf den Plätzen der größeren Villages: Es wurde Gewürzbrot – *pain d'epices* – verkauft, Mandeln, Trüffeln, Nougat, Zitronen und Orangen aus dem Süden, in Honig eingelegte Früchte, getrocknete Datteln und Feigen, duftende Essenzen, Körbe, besonders schöne Töpferwaren – die Töpfer waren im Winter arbeitslos, bei Frost konnten sie den rohen Ton nicht trocknen; dazu Stoffe, Felle, Leder, gefärbte Wolle und Zierrat.

Azima kaufte eine Tüte gebratene Maronen. Sie verbrannten sich fast die Finger daran, als sie sie aus dem Papier holten und schälten. Doch die Sonne schien, und das bedeutet in der Provence, dass man ohne Mantel gehen konnte, solange man sich im Licht aufhielt, sogar im tiefsten Winter.

Sie schlenderten durch die Gassen der dicht an dicht aufgestellten Marktbuden. Azima tauschte ungefärbte Wolle für gefärbte ein, krapprot und indigo leuchtend für sich und Manou. Sie berieten, was man daraus machen könnte, das Zeug war fein gesponnen und schön genug für Röcke oder Leibchen. Und wie sie so an den Ständen vorbeigingen, da blieb Manou plötzlich wie angewurzelt stehen und die Tränen schossen ihr in die Augen. Sie konnte es nicht verhindern.

Da saß in einer Auslage mit anderem Kinderspielzeug aus Holz und Leder eine Puppe, genau so eine, wie Péro sie ihr einmal gemacht hatte, dieselbe, die sie auf dem Scheiterhaufen ihrer Kindheit verbrannt hatten, zusammen mit allen Dingen aus dem Pesthaus.

Es war nicht viel mehr als ein länglicher Ledersack, handlang, mit Erbsen gefüllt, darauf ein kugeliger Kopf mit einem aufgemalten Gesicht und Haaren aus Werg, Schlenkerarmen und Schlenkerbeinen und einem zeltartigen Kleidchen aus einem Stoffrest, der bessere Zeiten gekannt hatte, aber weich und rosenfarben war. Sie hatte lange nicht mehr daran gedacht und jetzt saß sie dort, die Puppe. Da war der Geschmack von gerösteten Kastanien auf ihrer Zunge

und das Lachen der Menschen um sie herum und zu allem noch, ja, dort von den Kirchenstufen her, der Klang eines *galoubet*.
»Was hast du, Mädchen?«, hörte sie von weit her Azima fragen, riss sich rasch los von dem Anblick, von der Puppe und den Erinnerungen, wollte sich wegdrehen, weitergehen. Doch Azimas Augen waren flink ihrem Blick gefolgt, hatten die Puppe erspäht, die Tränen, die in Manous Augen schwammen, obwohl sie heftig schluckte und sie zurückdrängte.
»*La poupée*? Sie erinnert dich an etwas?« Manou schüttelte den Kopf.
»Hattest du so eine, ja?« Man konnte Azima nicht belügen.
Manou schluckte wieder, nickte heftig. »Ja, mein Bruder hatte so eine für mich gemacht, aber sie haben sie mir weggenommen, als …«
»Und jetzt hast du gar nichts, um dich an die guten Tage zu erinnern, an das Schöne aus deiner Kinderzeit? Und sie war so wie diese?«
Azima nahm sie vom Tisch, hielt sie ihr hin. Manou biss die Zähne aufeinander, nickte wieder. Sie war ganz genauso, in jeder Einzelheit, wie sie sie in Erinnerung gehabt hatte. Als sei sie nie verbrannt worden. Nur ein so schönes Kleidchen hatte sie nie gehabt, das alte war aus einem Hanfsack gefertigt gewesen.
›Dummes Ding‹, beschimpfte sie sich selber. ›Bist erwachsen, längst eine Frau und heulst beim Anblick eines bemalten Ledersacks mit ein paar Erbsen drin!‹
Doch Azima bestand darauf, die Puppe zu kaufen. Manou versteckte sie verschämt unter ihrer Jacke, wo sie sie an sich drückte, selig, ein Stück wiedergewonnenen Glücks.
Wenig später tat sie so, als habe sie etwas verloren, und als Azima eine Bekannte sah und mit ihr im Gespräch vertieft war, lief sie schnell zu einem Händler zurück, den sie sich zuvor bereits ausersehen hatte. Er verkaufte Wunderarzneien, ein rotes Pulver, das er laut als »Stein der Weisen« anpries und das doch sicher nur aus gefärbtem Knochenmehl bestand, dazu wundertätige Steine. Angeblich waren es Diamanten, Saphire, Rubine und Smaragde. Manou wusste, wie man Glas zu behandeln hatte oder einfache Bergkristalle färben konnte, um sie Narren als Edelsteine anzudrehen.

Doch war unter dem Tand auch Echtes und sie hatte einen hellblau geäderten, polierten Chalzedon erspäht, Azimas Glücksstein – sie war im Juni geboren, ein Zwilling.
»Monsieur, ich habe kein Geld, aber etwas anderes, das Euch interessieren wird.«
Sie klopfte auf ihre Jacke, deren Tasche sich verheißungsvoll wölbte.
»Was kannst du schon haben, Mädchen, was mich interessiert, außer deiner Unschuld, hm?«
Sie überhörte die Unverschämtheit und beugte sich vor. »Eine weiße Mandragora, Monsieur. Wisst Ihr, was sie für Euch tun kann?«
Er fuhr zurück.
»Eine Man...«, er senkte seine Stimme zu einem Flüstern, »eine echte Mandragora? Lass sehen!«
Sie ging um die Auslage herum, zog ein Päckchen aus ihrer Jackentasche, wickelte ein Stück Tuch auseinander und da lag sie, geputzt und in Essig gebleicht, deutlich von menschlicher Gestalt, ein Wurzelweiblein mit Armen, Beinen und einem verschmitzten Runzelgesicht, komplett mit Nase und schwarzen Punkten für Augen. Im Gegensatz zur schwarzen Mandragora sollte die weiße ihrem Besitzer Glück und Reichtum bringen. Manou lachte in sich hinein. Lange genug hatte sie gebraucht, um eine Rübe von solcher Form zu finden.
Die Augen des Mannes verengten sich zu gierigen Schlitzen.
»Woher soll ich wissen, dass sie echt ist?«
»Monsieur! Wollt Ihr ein armes Kind an der Nase herumführen? Ihr seid doch selbst ein Kräuterkundiger, wie man an Euren Waren sieht. Also wisst Ihr auch ganz gut, was Ihr vor Euch habt. Ihr wollt bloß den Preis drücken!«
Er mochte nun nicht gut zugeben, dass er eine Zaunrübe nicht von einer Alraune unterscheiden konnte. Doch Manou hatte es vermutet. Er war ja ein Betrüger, ein Scharlatan, seine Waren nichts als Ramsch, sogar venetianischen Theriak bot er an, der Lump!
»Was willst du dafür?«
»Oh, weiter nicht viel als diesen Chalzedon dort. Aber beeilt Euch mit der Entscheidung! Wenn Ihr nicht wollt, dann finde ich einen anderen Abnehmer. Weiße Alraunen sind selten!«

Er überlegte nicht lang. »Gib her! Nimm den Stein und verschwinde!« Manou schlug die Wurzel wieder in ihr Tuch ein: »Ihr müsst sie jeden Tag in gutem Weißwein baden! Viel Glück, Monsieur!«

Sie griff sich den Chalzedon vom Tisch und rannte davon, während sie ihn in die Tasche gleiten ließ.

Azima hatte gerade begonnen, nach ihr zu suchen. »Da bist du ja. Komm, ich habe Hunger. Lass uns zu Cathi gehen! Wenn wir nicht frühzeitig dort sind, kriegen wir keinen Platz am Markttag!«

Als sie die Tür zum Goldenen Lamm öffneten, schlug ihnen bereits der mittägliche Dunst aus Essensgeruch und Menschengedränge entgegen: Schweiß, Zwiebeln, Knoblauch, verschütteter Wein, trocknende Wollsachen am Kamin, Holzfeuer, Braten, frisches Brot.

Cathi, strahlend, die roten Locken um ihren Kopf abstehend wie eine flammende Aura, kam ihnen entgegen, nahm Azima in die Arme, küsste sie auf beide Wangen, küsste Manou und führte sie zu einem kleinen Tisch in einer Ecke, nahe der Küchentür. »Hier habt ihr eure Ruhe beim Essen, werdet nicht angerempelt, und ich kann zwischendrin immer mal zu euch kommen und ein wenig schwatzen, wenn sie mich lassen.«

»Cathi«, schrie es vom anderen Ende der Schankstube. »Cathiii! Wein! Brot! *Vite! On n'a pas toute la journée!*«

»Ts! Eile beim Essen! So was ist ungesund und beleidigt den Koch«, zischte Cathi, war aber schon davon. Kurz darauf stand sie wieder bei ihnen am Tisch, stellte einen Krug warmen Gewürzwein vor sie hin und zwei Becher.

»Wir essen Suppe und Brot«, sagte Azima, aber davon wollte Cathi nichts wissen.

»Suppe kannst du zu Hause jeden Tag haben. Heute gibt es als Spezialität *daube maison*, geschmortes Lamm mit Anchovis und Kapern, dazu Fenchelmousse. Vorher Wintersalate und drei verschiedene Sorten Wurst: Wildschwein mit Trüffeln, Esel mit Oliven und Stier. *Voilà!* Und zum Dessert Quittenkompott. Nein, nein – ich nehm kein Geld von dir, Azima«, sagte sie rasch, als diese Einwände erheben wollte. »Du isst, was auf den Tisch kommt, und ich will keine Reste wieder mit hinaustragen, hörst du?«

Azima gab sich geschlagen. Es war ein Mahl, an das sich Manou noch lange erinnern würde. Emile hätte wohl viel gegeben, das Rezept zu erfahren.

Gegen Ende, als die Mittagskundschaft langsam ans Aufbrechen dachte und es allmählich etwas ruhiger wurde, fand Cathi endlich Zeit, sich zu ihnen zu setzen und ein wenig zu schwatzen. Während eine der Schankmägde bei den letzten Gästen kassierte, aß Cathi eine Schüssel von ihrem Quittenmus und trank auch einen Becher Wein dazu.

»Na – und, Azima? Immer noch kein Mann in Sicht?«

»Will gar keinen«, lautete die Antwort.

»Ach geh! So ein kaltes Bett, jahrein, jahraus ...«

»Ja, wenn's nur wegen des Bettes wäre«, sagte Azima mit einem Seufzer. »Das wär schon schön von Zeit zu Zeit. Aber dabei bleibt es ja nicht. Dann hast du einen Kerl am Hals, den du bedienen sollst, der dein Geld versäuft und dich betrügt dazu, der dir Unordnung in dein Haus bringt und dein Leben bestimmen will.«

»Na, na – so schlimm sind sie aber nicht alle!«

»Du hast eben Glück gehabt mit deinem, Cathi, der ist ein feiner Mensch und liebt dich aufrichtig. Ich habe auch Glück gehabt, aber zweimal in einem Leben, das wäre zu viel verlangt. Außerdem bin ich zu alt, um mich wieder zu verheiraten!«

»Unsinn! Du bist noch keine 35! Warte nur, du findest auch noch einen, der dich glücklich macht!«

»Ich bin glücklich«, knurrte Azima, mit einem Blick zu ihrer Begleiterin. »Immer will sie mir einen Mann aufreden! Wer ist es denn diesmal, Cathi?«

»Was? Ich wollte doch gar nicht – also, na gut, ich kenne da einen ganz reizenden Witwer mit zwei fast erwachsenen Kindern, die bald aus dem Haus sind. Ist ein Goldschmied, wohlhabend, von angenehm mäßigem Temperament, sieht noch fabelhaft aus ...«

»In anderen Worten: eine lahme Schnecke, geizig, eitel, mit zwei Kindern, die auf sein Erbe lauern und alles tun werden, um eine neue Ehe zu verhindern. Geh! Bleib mir weg, Cathi!«

Die Wirtin lachte gutmütig. Sie redeten eine Weile über die neuesten Ereignisse in Dorf und Stadt, über den Herrn de Sade, der seinen Bauern verboten hatte, Klaubholz in seinem Wald zu sammeln, was als Skandal empfunden wurde, da es von alters her ihr gutes Recht gewesen war.

Die große Politik interessierte die Frauen weniger, nur die Kriegssteuern, die König Louis XII. wieder erhoben hatte, um Mailand zu gewinnen, was ihm auch gelungen war. Ludovico Sforza, »El Moro«, kam in den zweifelhaften Genuss französischer Gastlichkeit, an der er nach acht Jahren starb. Jetzt ging es gegen die Spanier. Die Rückeroberung Neapels sollte an Aragon scheitern. Was die Provence davon hatte, waren durchziehende Truppen und das Parlament von Aix, das die stolzen Fürsten des Südens entmachtete und die Provence Schritt für Schritt an Frankreich anglich.

»Hast du gehört, dass sie die *coutumes* hier einführen wollen?«

»Dis donc!«

»Ja«, sagte Azima, die auch in ihrer Abgeschiedenheit Wege fand, sich über Dinge zu informieren, die ihr Interesse fanden. »Das wird ein Schritt zurück, meine Liebe. Seit römischer Zeit haben wir hier bereits ein *droit écrit,* und diese Barbaren im Norden müssen nach gewohnheitsmäßigen und lokal ganz unterschiedlichen Gebräuchen leben. Was Recht und was Unrecht ist, entscheidet der jeweilige Seigneur!«

»Nein!«

»Doch! Und es kommt noch schlimmer: Während hier im Süden eine Frau erben und auch ein Lehen haben kann, wenn es ihr durch Erbe zufällt, wollen die Beamten des Königs uns dies jetzt verweigern. Man will uns Frauen wieder unmündig und abhängig machen!«

»Das schaffen sie nie!«

»Ich will's wohl hoffen!«

Am Weihnachtstag schien warm die Sonne. Mittags saßen sie draußen. Es war die Zeit der großen *réunions de famille,* und wer keine hatte, so wie Manou und Azima, der besuchte Nachbarn, wurde bewirtet und herumgereicht. Am Weihnachtsabend machte sich dann der Weiler gesammelt auf nach Lacoste, wo sich die Gläubigen zur Mitternachtsmesse trafen.

Welch ein Unterschied zu den Weihnachtsnächten vorher, die Manou erlebt hatte! Allein in ihrer Höhle, nur mit Ziegen und Katzen als Gesellschaft, später dann beim Baron de Saignon, reich und reichlich, aber düster, überschattet von Madames Spott und makabren Scherzen. Jetzt aber war da etwas Tiefes und Wunderbares: Die Nacht bitterkalt, man hatte alles übereinander gezogen, was man an Kleidungsstücken besaß. Zu Fuß, in Karren oder auf Eseln kamen die Bauern aus der Umgebung, teils von weit her, um sich am Fuße des Hügels mit den Bürgern der Stadt zu treffen, wo man die mitgebrachten Öllampen und Harzfackeln entzündete und unter dem Lärm von Pfeifen und Tamburinen den Berg hinauf zur Kirche schritt. Vor der Kirche setzte man die Lampen nieder, gelbe Lichtpfützen im weißen Schnee, dazwischen ein paar qualmende und herb duftende Fackeln, die abgebrannt waren, wenn man die Messe verließ, während die Öllampen noch lange weiter ihr ruhiges, warmes Licht verbreiteten.

Manou war still auf dem Heimweg. Doch in Azimas Haus erwartete sie Noé, der vorausgeritten war, um den Herd zu schüren und ein Festessen aufzusetzen. Noé, der als Schäfer gelernt hatte, mit wenigen Mitteln auszukommen, hatte Tauben in Wein vorbereitet mit einer Füllung aus Äpfeln und Salbei. Der Tisch war mit dem Grün gekeimter Linsen geschmückt, Schalen voller Grün, Zeichen der Wiedergeburt und der Hoffnung. Die Frauen schleppten den *bûcher* herein, ein Scheit Obstholz aus dem Vorjahr, das kaum im Kamin Platz hatte. Azima begoss ihn mit drei Löffeln Olivenöl, sagte den Segensspruch und entzündete ihn: *»Alegre, diou nous alegre …«*

In den anderen Häusern wurden Stücke des verkohlten Weihnachtsscheites als Glücksbringer aufbewahrt und zum Schutz vor Hexen.

Die drei saßen um den Kamin herum, aßen *pompe à l'huile,* den traditionellen Weihnachtskuchen mit Orangenessenz und Honig gewürzt, *lou poumpo,* wie Noé sagte, schlürften heißen Wein. Noé holte seine Pfeife hervor und ein kleines Tamburin und spielte. Die Frauen sangen dazu, bis sie müde waren.

Am Weihnachtsmorgen gab Manou Azima ihr Geschenk, den Chalzedon, ein feines, glatt geschliffenes Stück von besonders klarer Farbe. Azima freute sich und verbarg ihre Rührung wie gewöhnlich hinter einer groben Bemerkung: »Du hast doch kein

Geld, kleine Gans. Was soll denn das! Du sollst mir doch nichts schenken!«

Im Januar begann erst richtig der Winter, der Winter, den Manou fürchtete, weil man kaum hinaus konnte. Sie machte weiter ihre Botengänge in Schnee und Eis, doch konnte sie nicht zu lange ausbleiben und litt drinnen in den eng gewordenen Räumen wie ein eingesperrtes kleines Tier. Sie dachte voller Neid an Habibi, der den langen, langweiligen Winter einfach verschlafen konnte.

Azima, wenn nicht gerade irgendwo eine Kindsgeburt einzuleiten war, saß am Herd und kämmte Kletten und Grassamen aus der Wolle, von den Vliesen, die sie als Bezahlung erhalten hatte, eine Arbeit, die Manou immer gehasst hatte, schon als Kind.

»Mich macht es ruhig. Die Bewegung der kleinen Kämme ist eine Erleichterung, wenn meine Muskeln von gröberen Arbeiten verspannt sind, und das Fett aus dem Schafsfell pflegt meine Hände. Sie werden ganz zart davon, schau! Ein Kissen, mit Schafswolle gefüllt und am Herd erwärmt, wirkt Wunder bei Gliederreißen und Rückenschmerzen, wenn man es sich über Nacht ins Bett legt und darauf schläft.«

Um Azima herum entstand ein halbes Dutzend weißer Haufen. Sie sortierte die Wolle nach Feinheit, Länge und Struktur der Haare, ob sie stark oder weniger gelockt waren, und als sie damit fertig war, begann sie sie zu spinnen, zu Fäden von verschiedener Qualität, wobei sie leise vor sich hin summte.

Das Weben erledigte eine Frau im Dorf, die dafür wieder einen Teil der Wolle nahm und, was sie nicht selbst brauchte, mit Gewinn weiterverkaufte.

Manou half wohl beim Auskämmen, hatte aber keine Ruhe dabei. Sie sprang auf, sah zum hundertsten Male nach den Ziegen und dem Maultier, die wohl versorgt, faul und schläfrig im Stall standen, stapfte ungeduldig über Felder und Wiesen, sammelte Klaubholz, kickte Steine, als ob sie damit den Frühling zur Eile antreiben könnte. Und sie gewöhnte sich an, Tag für Tag wenigstens einmal beim alten Noé vorbeizuschauen und das war dessen Glück.

An Sankt Agathe fand sie den alten Noé bewusstlos in seiner Hütte liegen, das Wasser im Krug war gefroren und hatte den Ton gesprengt. Er musste also schon die ganze Nacht so gelegen und nicht geheizt haben. Sie rief Azima.

Noé hatte diesmal nichts so leicht Behebbares. Ein Winterfieber hielt ihn gepackt und Azima fürchtete wegen seines alten und schwachen Herzens und weil der Beinstumpf weiß und kalt geworden war.

Während Manou einheizte und Lindenblütentee aufsetzte, rieb Azima dem Alten die Glieder mit Weingeist ein, in dem Melisse eingeweicht gewesen war. Als er zu sich kam, sagte Azima: »Noé! Du kannst dich nicht allein versorgen und es sollte doch immer jemand bei dir sein. Ich würde dich gern in die *charité* bringen zu den Augustinerinnen oder ins Hospiz Sankt Castor nach Apt.«

»Nein! Nicht ins Armenhospital«, schrie der alte Noé. »Lieber sterb ich! Ich will da nicht hin! Die lassen mich nicht wieder heraus und der Seigneur nimmt mir meine Hütte weg. Nein! Nein!«

Er schrie und jammerte so sehr, dass er anfing zu husten und einen neuen Schwächeanfall erlitt. Nicht ins Hospital, nein, nicht! Sie sollten ihn in Ruhe sterben lassen. Wozu sie ihn geweckt hätten? Er sei ohnehin schon fast hinüber gewesen.

Azima sah sich hilflos nach Manou um und zuckte die Achseln.

»Lass mich herziehen!«, rief das Mädchen. »Ich bin dir ohnehin zur Zeit nicht von großem Nutzen. Ich kann hier bei ihm bleiben, bis es ihm wieder besser geht.«

Azima winkte Manou hinaus. Draußen sagte sie zu ihr: »Höre, das ist nicht so leicht, wie du es dir vorstellst. Du würdest ihn füttern und waschen müssen, verstehst du, alles müsstest du für ihn tun. Und es ist gar nicht sicher, ob er dieses Mal wieder aufsteht. Wenn nicht, dann muss er am Ende doch ins Hospital …«

»Ich weiß. Aber ich will es versuchen! Du siehst doch, wie sehr er Angst hat. Er will nicht fort.«

»Wie du meinst. Ich werde täglich nach ihm sehen. Aber wenn es dir zu viel wird oder wenn es ihm schlechter geht, dann kommt er ins Hospital. Die Schwestern kümmern sich dort sehr gut um die Armen und Alten, das weißt du doch!«

»Ja.« Aber Manou dachte an die freundliche alte Frau, die so schnell gestorben war, obwohl sie gar nichts hatte, und meinte bei sich: ›Es ist nicht recht, jemanden, den man gern hat, unter Fremde zu geben. Noé würde sterben, wenn man ihn aus seinem eigenen Haus fortschleppt. Er ist zu alt, um versetzt zu werden wie eine Staude im Garten. Er würde seine Wurzeln verlieren.‹

»Ich bleibe hier. Ich versuche es.«

Manou wurde schnell klar, dass der alte Noé schon länger krank war, als er zugegeben hatte. Seine Hütte, vorher einfach, aber sauber, war völlig verwahrlost. Sie fegte gründlich aus, wusch die Wände und das wenige Mobiliar mit Lavendelwasser und schüttete frisches Stroh auf den Boden. Sie räucherte das Ungeziefer mit brennenden Thymianbüscheln aus und stellte Fallen für die Ratten auf, die Noés magere Vorräte aufgefressen hatten.

Den Strohsack, auf dem er gelegen hatte, voller Läuse und Unrat, verbrannte sie auf der Wiese und erbat sich bei den wohlhabenden Nachbarn einen neuen. Sie half Noé, sich zu erleichtern, was dem Alten zuerst sehr unangenehm war, wusch ihn, fütterte ihn, rieb den Stumpf mit Branntwein, machte ihm Umschläge und flößte ihm Kräuteraufgüsse ein.

Er ließ alles teilnahmslos über sich ergehen. Manou richtete es so ein, dass sie tagsüber in kleinen Portionen schlief und nachts bei ihm wachte. Jeden Tag schien es ihr, als sei sein Gesicht noch eingefallener, die Konturen von Nase und Wangenknochen schärfer, die Haut wächserner als vorher.

»Lass ihn gehen«, sagte Azima, die mittags vorbeikam, um nach den beiden zu schauen. »Er ist alt. Vielleicht will er gar nicht mehr leben. So etwas gibt es. Da hat einer irgendwann einfach genug und lässt sich fallen und du kannst nichts dagegen tun.«

Doch Manou blieb hartnäckig, flößte ihm Hühnerbrühe ein und fütterte ihn mit in Milch geweichten Stücken Weizenbrot. Er schien zu treiben, sprach im Fieber mit Personen, die nicht da waren und deren Namen das Mädchen nicht kannte. Sie konnte nicht glauben, dass er sich aufgegeben hatte, wie Azima meinte, erinnerte sich an das Vergnügen, mit dem er eine gute Mahlzeit genoss, seine Liebe zur Natur und wie sehr er sich auf den Frühling gefreut hatte. Nein, das war kein Mann, der sterben wollte. Trotzdem fürchtete sie für ihn, besonders gegen Morgen. Das war die Zeit, in der die Seelen der Menschen gelöst waren und frei, die Zeit,

in der die Lebensenergie jeder Kreatur auf Erden am schwächsten war und in der sie am ehesten dazu neigten, ihren Körper zu verlassen.
Und dann endlich, eines Nachts, in der vierten Stunde – es war so still und sie war kurz eingeschlafen –, da fühlte er sich kalt an und starr und sie fürchtete, sie hätte Noés Tod verschlafen. Sie rüttelte ihn und streichelte seine Wangen und legte ihre Hände auf seine Schläfen, aber es war zu nichts nutze. Er bewegte sich nicht. Die Haut war kalt und bleich und gespannt wie altes Leder auf einer Trommel über den Backenknochen. Der Mund stand offen, und als sie sich darüber beugte, konnte sie keine Atmung mehr wahrnehmen.
Sie hielt lange Zeit seine Hände und merkte gar nicht, dass sie weinte. ›Warum bist du traurig‹, schalt sie sich selbst. ›Es ist doch nur, weil du etwas verloren hast, einen Freund. Es ist die reine Selbstsucht. Azima hatte wohl Recht: Er wollte nicht länger leben und es ist besser, du findest dich damit ab.‹
Lange saß sie so. Graues Morgenlicht fiel in die Hütte durch die Ritzen der Tür und der Dachsparren. Sie stand auf und öffnete den Verschlag, um den Tag und frische Luft hereinzulassen, als sie hinter sich ein Geräusch hörte, ein Krächzen und Knarzen.
»Was … Wer ist da?! Wer lässt die Wärme aus dem Haus fahren! Tür zu!« Sie ließ sie aber offen stehen und war in zwei Schritten am Bett.
Da lag Noé und hatte die Augen geöffnet. Sie waren ganz klar und hell. Er griff nach ihrer Hand und drückte sie schwach. Da wusste sie, dass sie gewonnen hatte.
»Lindenblüten und Honig! Honig und Lindenblüten! Geh!«, schimpfte er, als es ihm wieder besser ging. »Ich werde in meinem Leben nie wieder unter einer Linde sitzen können, ohne zu kotzen! Wann kriege ich endlich etwas Richtiges zu trinken?!«
Als Azima am Nachmittag kam, sagte sie, er könne jetzt kräftigere Kost bekommen und auch Wein trinken, aber verwässert und in Maßen.
Am Mardi Gras konnte er zwar noch nicht wieder stehen, aber es ging ihm deutlich besser und er verlangte nach seinem *galoubet*. »Wenn ich schon nicht tanzen darf, so will ich wenigstens pfeifen!«

Zur *Fête de l'Annonciation,* bei schönstem Sonnenwetter, feierten die Leute im Weiler ein erstes Fest im Freien. Man stellte Tische und Bänke hinaus, aß und trank, wenn es auch Fastenzeit war und die Scheuern ziemlich leer. Da wurde eben zusammengebracht, was man noch hatte. Und man wunderte sich über Noé, der sich von zwei jungen Männern hinaustragen ließ und dabei sein wollte. Er hatte so lange in seiner Hütte gelärmt, bis man ihn holte. Da saß er in Decken und Felle gehüllt und strahlte und freute sich, denn das Leben hatte ihn wieder.

»Es ist ein Wunder«, sagten die Leute. »Er ist bestimmt schon hundert. Jeden Winter denkt man, er stirbt, und jeden Frühling steht er wieder auf.«

»Ein Schäfer ist eben nicht so schnell umzubringen«, sagte Noé, aber unter dem Tisch drückte er Manous Hand und raunte ihr leise zu: »Ohne dich hätt ich's diesmal nicht geschafft, mein Mädchen. Das vergess ich dir nicht.«

»Wolltest du nicht sterben?«, flüsterte Manou zurück.

»Wo denkst du hin?! Ich habe mein Geld noch nicht versoffen.«

Zu Ostern war er wieder ganz auf den Beinen, *dem* Bein, und unterwegs. Er stand an den Feldern herum und ›sprach mit den Pflanzen‹, wie Azima es nannte, ›überredete sie, herauszukommen‹. Er stellte Fallen und brachte Azima und Manou manches Kaninchen für die Mühe, die sie im Winter mit ihm gehabt hatten.

18

»Ils me l'ont pris! Ils me l'ont pris!«

Es dauerte eine Weile, ehe sie mehr aus ihr herausbekommen konnten. Cathi, die große starke Cathi, war plötzlich schwach und verzagt wie ein Kind, ganz aufgelöst, das Gesicht rotfleckig und die Augen dick geschwollen vom Weinen, der sonst so lustige, mutwillige Mund zu einer tragischen Maske verzogen, die Lippen bebten.

So war sie vor Azimas Haus angekommen. Auf ihrem Maultierkarren stob sie durch Hameau des Lumières, dass Hühner und Katzen Mühe hatten, den Rädern und Hufen zu entgehen. Rücksichtslos vor Kummer, blind vor Tränen, ganz gegen ihre Gewohnheit, saß Cathi auf dem Bock, drosch auf die armen Maultiere ein, denen Schaum aus dem Maul troff. Es war ein Wunder, dass der Karren nicht umgefallen war, dass sie kein Rad gebrochen hatte bei dem mörderischen Tempo. Die Tochter Margaux saß bleich und mit weit aufgerissenen Augen hinten auf der Ladefläche und hatte sich so festgeklammert an einer Verstrebung, dass sie ihre Finger mit sanfter Gewalt lösen mussten.

Schlampig gekleidet war Cathi, sie hatte notdürftig übergeworfen, was ihr an Kleidung unter die Finger gekommen war, die Haare waren ungekämmt und offen, ohne Haube – es war ihr alles gleich.

»Sie haben ihn mir weggenommen! Sie haben mir meinen Mann weggenommen«, heulte sie, als Azima und Manou herausgestürzt kamen. Sie halfen ihr und dem jungen Mädchen vom Karren, stützten sie, führten sie zur Bank und gaben ihnen einen Trunk Wasser zur Beruhigung.

Es war früher Morgen. Manou führte Margaux, das Töchterchen, mit sich, brachte sie hinauf in die Schlafkammer und steckte sie in

ihr eigenes Bett auf dem Strohsack. Azima blieb bei Cathi, hielt sie in den Armen und schaukelte sie dabei. »Sososo! Na, was ist denn, sososo …« Allmählich entlockten sie ihr, was geschehen war.
Am Abend zuvor hatte man ein gutes Geschäft gemacht, wie gewöhnlich am Markttag. Die Wirtschaft war voll gewesen bis in die Nacht. Man hatte einen Musikanten spielen lassen gegen eine Mahlzeit und einen Platz am Herd. Gewöhnlich mussten solche Musikanten einen Teil ihrer Einkünfte an den Patron abgeben, doch Cathi, der die Musik zusagte, hatte sogar darauf verzichtet. Es war ja wenig genug, wovon die Händler sich trennten: ein paar Kupferstücke, ein paar Hufnägel, mehr Hufnägel als Geldstücke; die tauschte Cathi ihm nachher gegen ein Wegbrot ein. Hufnägel konnte man immer gebrauchen.
Und dann, in der Nacht, die Wirtschaft war geschlossen und ausgefegt, die Stühle und Bänke zusammengestellt, Töpfe und Geschirr gewaschen und säuberlich aufgereiht für den nächsten Tag, im Herd glühten ruhig ein paar mit Asche bedeckte Scheite, plötzlich hörte man laute Stimmen in der Gasse, Hufschlag, Fausthiebe und Tritte gegen die Tür. Pierre wälzte sich schwerfällig aus dem Bett, sah oben aus dem Fenster, begriff, dass der Lärm ihm galt. »Heda! Messieurs! Ihr braucht mir nicht die Tür einzutreten. Ich komm ja schon, einen kleinen Augenblick! Ich komm schon!«
Er fuhr in die Hosen, zog sich den Kittel an, rannte, während er die Beinkleider zunestelte – sie hörten nicht auf, die Tür zu malträtieren –, die enge, verwinkelte Stiege hinunter, stolperte im Dunkeln über die Katze, fluchte, die Katze quiekte und war mit einem Satz zum hinteren Fenster hinaus.
Pierre schob den schweren Riegel zurück, da drängten sie auch schon herein, Soldaten von der Stadtwache und ein paar fremde *gens d'armes* darunter. Zwei packten den Wirt des Goldenen Lamms, beschimpften ihn und stießen ihn herum, ein paar taten, als durchsuchten sie das Lokal, aber es ging wohl weniger darum, etwas zu finden. Einige fingen gleich an, das Geschirr an die Wand zu werfen, Stühle und Bänke zu zerschlagen, andere liefen in die Küche und man hörte sie dort ihrer Zerstörungslust freien Lauf lassen. Draußen auf der Straße versammelte sich jetzt wütendes

Volk. Steine, faules Gemüse und stinkender Unrat hagelten gegen Türschild, Mauer und in die Stube hinein, Fenster barsten.
Rufe wurden laut: »Mörder! Giftmischer!«
»Hängt ihn auf!«
»Brennt ihm das Haus ab!«
»Spießt ihn auf seinen eigenen Bratspieß!«
»Her mit dem Küchenmesser! Macht ihn zum Kapaun!«
Pierre, schwitzend vor Angst, sank auf die Knie, als er endlich einen Hauptmann erspähte: »Monsieur! Ich flehe Euch an! Zerstört doch nicht mein Haus! Habt Ihr nicht oft genug hier gegessen? Wart Ihr nicht immer zufrieden?«
»Ein paar von unseren Kameraden haben zum letzten Mal gespeist, du Hund«, war die Antwort. Dazu gab es einen Faustschlag ins Gesicht. Doch der Offizier rief widerwillig seine Untergebenen zur Ordnung. »Schluss mit dem Unsinn! Durchsuchen, nicht zerstören! Reißt euch zusammen, Männer!«
»Bitte, sagt mir doch, Monsieur, was wird mir denn vorgeworfen?«
»Du hast deine Kundschaft vergiftet, Schuft! Alle, die gestern hier gegessen haben, sind sterbenskrank, von dreißig Leuten sind neun schon tot, darunter vier von unseren Kameraden! Was hast du ihnen ins Essen gemischt?!«
Noch ein Fausthieb. Pierres rechtes Auge war zugeschwollen, die Lippen zerschlagen, er hustete Blut. Einer der Gesellen kam die Treppe herunter und schleifte Cathi an den Haaren hinter sich her, im Hemd und barfuß. Sie kratzte, trat und biss. Als sie Pierre knien sah mit dem zerschlagenen Gesicht, riss sie sich los, lief zu ihm hin, schlang schützend die Arme um ihn: »Ihr seid ein schlechter Mensch, *Monsieur le Capitaine*. All die Jahre habt Ihr unsere Gastfreundschaft genossen und gern den einen oder anderen Krug Wein auf Kosten des Hauses geleert. Da waren wir Freunde und wohlgelitten! Und ihr alle! Ich kenne euch.« Mit wildem Blick sah sie sich um und nannte einige mit Namen: »Jean, Eugène, Fabrice, Jacques! Schämt ihr euch gar nicht, uns so übel mitzuspielen?! Wer sagt denn, dass wir es waren, die unsere Kundschaft vergiftet haben? Wozu sollten wir so etwas tun? Was sollte uns das nützen – selbst wenn ihr uns für so verdorben halten könnt, dass wir imstande wären, so etwas zu tun!«

Einige von den Gesellen ließen verschämt ab von ihrem Werk der Zerstörung. Doch die Menge draußen wurde lauter, ihre Rufe bösartiger. Die Tochter schaute vom oberen Treppenabsatz mit verschlafenem Blick wie eine kleine Eule, vor Entsetzen ganz still.

»Was weiß denn ich«, murrte der Hauptmann. »Vielleicht habt Ihr schlechtes Zeug verwendet, um es billiger zu bekommen, um Euren Profit zu vergrößern, ein krankes Tier geschlachtet? Woher soll ich wissen, was so einem wie dem da«, er wies auf den armen Pierre, »im Kopf herumgeht.«

Pierre verteidigte sich wütend: »Niemals, nicht einmal in meinem ganzen Leben, habe ich schlechte Waren verwendet! In meine Küche kommt nur das beste Gemüse und das frischeste Fleisch! Das schmeckt man doch! Noch nie habe ich meinen Gästen etwas vorgesetzt, das weniger als makellos gewesen wäre. Ihr müsst das doch wissen! Habt Ihr jemals auch nur einen unruhigen Magen gehabt, nachdem Ihr hier gegessen?!«

Köpfe wurden geschüttelt, auch der Hauptmann musste verneinen.

»Vielleicht war es der Musikant? Vielleicht hat der etwas in den Topf getan, als keiner hinschaute, als er seine Suppe aß in der Küche«, warf Cathi ein, verzweifelt. Warum ein fahrender Musikant so etwas tun sollte, wollte ihr auch nicht einfallen, zumal sie ihn gut behandelt hatte.

»War's ein *gitan*«, fragte der Offizier, »oder ein Jud?«

»Ich weiß es nicht«, antwortete Cathi unter Tränen. »Ich hatte ihn noch nie zuvor gesehen. Ihr wisst doch, wie die sind, diese Leute, heute hier, morgen dort, keiner kennt sie, nirgends bleiben sie lange, nur so lang wie die Leute ihre Lieder noch bezahlen. Wenn der Reiz des Neuen verblasst, dann ziehen sie weiter. Sonst weiß ich nicht, wer es gewesen sein könnte.«

»Wer?!«, wiederholte Cathi wieder und immer wieder auf Azimas Bank. »Ich versteh's einfach nicht. Ich weiß genau, dass nichts Verdorbenes unter den Speisen war. Wir kaufen unser Gemüse und unser Fleisch seit Jahren bei denselben Bauern, unser Salz und unsere Gewürze bei demselben Händler. Das sind alles gute und ehrliche Menschen. Ich kenne sie doch, solange ich lebe! Wer tut uns so etwas an und warum?!«

Azima gab Manou ein Zeichen. Die stand auf, brachte eine Schüssel mit kaltem Wasser und ein Tuch, mit dem Cathi sich das Gesicht waschen konnte. Und während sie sich das feuchte Tuch auf die Augen presste und sich bemühte, die Fassung wiederzugewinnen, während Azima ihr die Haare auskämmte und hochsteckte, bereitete Manou einen Aufguss von Melisse und Johanniskraut, beide von Natur aus warm, von einer Wärme, die beruhigt und die Stimmung hebt.

»Wo ist dein Pierre jetzt?«, fragte Azima, als Cathi sich etwas beruhigt und hergerichtet hatte.

»Sie …«, Cathi unterdrückte einen Schluchzer, »sie haben ihn nach Apt gebracht, weil es in Lacoste kein richtiges Gefängnis gibt. Sie fürchteten um sein Leben durch die aufgebrachte Menge. Zu denken, dass es alles Nachbarn waren, Freunde, hatte ich gedacht, und gute Bekannte, und jetzt das …« Sie konnte es nicht verhindern, die Tränen kamen wieder. Sie presste das Tuch ins Gesicht und beugte sich vornüber, vom Weinkrampf geschüttelt.

»Wer es getan hat, womit und warum, das wird man schon noch herausfinden, Madame«, sagte der Offizier, bereits wesentlich respektvoller. »Und wenn sich herausstellt, dass Ihr und Euer Mann unschuldig seid an dem Unglück, dann wird man Euch auch Gerechtigkeit widerfahren lassen. Aber fürs Erste müssen wir ihn mitnehmen, Madame.«

Er befahl seinen Männern, die Menge draußen zu zerstreuen und sich an der Tür zu postieren. »Wir bringen ihn besser nach Apt in sichere Verwahrung. Das Haus lasse ich bewachen, damit kein Feuer gelegt wird, das auch auf andere Häuser übergreifen könnte.«

»Vielen Dank, dass Ihr so besorgt seid um unser Hab und Gut«, sagte Cathi bitter.

»Bislang ist Euer Mann der Tat verdächtig. Und so lange, bis die Angelegenheit geklärt ist, rate ich Euch, woanders Unterschlupf zu suchen. Hier kann niemand für Eure Sicherheit garantieren. Habt Ihr Verwandte außerhalb der Stadt?«

»Werd schon was finden! Aber was wird nun weiter? Was geschieht mit meinem Mann?«

»Er wird vernommen werden. Es wird eine Untersuchung geben.

Mehr kann ich dazu nicht sagen. Und jetzt lasst mich meine Arbeit tun, Madame, und – bei allem Respekt – seht lieber zu, dass Ihr hier wegkommt, solange noch Soldaten da sind, um für Euren freien Abgang zu sorgen. Gibt es eine Hintertür?«
»Ja, durch die Küche und den Stall …«
»Jean! François! Ihr begleitet die Dame zu ihrem Wagen und sorgt dafür, dass sie bei der Abfahrt nicht belästigt wird.« Er wandte sich wieder Cathi zu, löste ihre Arme von ihrem Mann und sagte: »Ihr könnt jetzt nichts für ihn tun. Geht! Bringt Euch und das Kind in Sicherheit! Bei Nacht sind die Menschen wie wilde Tiere, wenn sie sich erst einmal zusammengerottet haben. Tagsüber, bei hellem Sonnenschein, da verkriechen und schämen sie sich. Aber jetzt sind sie gefährlicher als ein Rudel Wölfe! Kommt morgen auf die Präfektur nach Apt, dann wird man weitersehen.«
Aber Cathi sträubte sich. Sie wollte ihren Pierre nicht allein lassen mit dem Pack hier und dem schlimmeren Gesindel da draußen.
»Geh, Liebes«, murmelte Pierre. »Ich werd's schon überleben! Mach dir keine Sorgen. Es wird sich herausstellen, dass wir unschuldig sind. Es geht ja gar nicht anders! Nun tu mir den Gefallen und mach, dass ich mich nicht um dich und die Kleine ängstigen muss! Es wird alles gut! Geh bitte!«
Und sie küsste ihren Pierre, ihren Monsieur Cathi, und ging, warf sich ein Kleid über, irgendwie, nahm ihre Tochter an die Hand und rannte durch die Küche in den Stall.
Der Pöbel hatte an den Stall nicht gedacht. Die Hintertür war frei. Die Wachen halfen ihr, zwei Maulesel vor einen leichten Karren zu spannen, sie hatte ja nichts zu transportieren außer sich und ihren großen Kummer, der schwer auf die Seele drückte, aber nicht auf die Achse.
»Hüah! He! He«, trieb sie die Tiere an, ließ sie die Peitsche spüren, hetzte sie über Landstraße, Brücke und Feldweg, durch lehmige Pfützen, über Steine und bucklige Soden, dass der Dreck spritzte und die Bretter ächzten, die Beschläge der Räder Funken schlugen auf den Steinen, bis zum Dorf der Lichter.
»Wie konnten sie uns das nur antun, Azima? Pierre ist in dieser Stadt aufgewachsen und ich in Menerbes, das ist auch nicht weit. Man kennt uns von Kindheit an. Wie kann man nur von uns glau-

ben, dass wir unsere eigenen Kunden vergiften? Wie können sie bloß so über uns herfallen, ohne auch nur zu fragen? Als seien wir Fremde, Feinde. Ach, Azima, was soll ich nur tun?«

»Zuerst einmal musst du dich beruhigen. Du hilfst deinem Pierre nicht, wenn du dir die Augen ausheulst, und für dein Töchterchen ist das alles auch nicht gut. Dann legst du dich eine Stunde aufs Ohr. Du hast kaum geschlafen, bist ganz durcheinander. In dem Zustand kann man keinen klaren Gedanken fassen.«

Cathi nickte zu allem, ließ sich wie ein krankes Kind nach oben führen und in Azimas Bett legen. Die kleine Margaux schlief bereits.

»Aber Pierre – was werden sie mit ihm tun?«, jammerte die rothaarige Wirtin unter der Bettdecke hervor.

»So schnell einmal gar nichts. Er wird ein paar Tage schlechter essen als gewohnt, aber im Gefängnis von Apt kann ihm die Meute nichts tun.«

Das war maßlos untertrieben, aber Cathi klammerte sich für den Augenblick daran. Man würde ihn ›befragen‹, erst im Gespräch und wenn er nichts gestand – was auch –, dann unter Folter. Das galt es zu verhindern.

»Ruh dich aus. Manou und ich gehen inzwischen nach Lacoste zum Richter des Seigneur. Ich kenne ihn. Er ist ein vernünftiger Mann. Vielleicht lässt er mich an der Untersuchung teilhaben. Sie werden einen Arzt oder Apotheker brauchen, um das Gift aufzufinden und zu bestimmen – wenn es wirklich welches gegeben hat.«

Cathi ergriff Azimas Hände. »Das würdest du tun für uns? Ach, Azima! Ich danke dir so sehr. Ich habe so gehofft, dass du das sagen würdest.«

»Danke mir nicht zu früh, aber ich werde mein Bestes tun. Beschreibe mir noch einmal den Musikanten!«

»Jeh! Wie sah der nun aus? So wie alle fahrenden Leute eben: schlecht gekleidet, mager, mit langen schwarzen Locken und braunen Augen. Ein buntes Wams hatte er an, aus vielerlei Stoffresten zusammengesetzt, Troddeln an den Ärmeln und am Barett, Strümpfe, einer rot, einer grün … bunt eben, so wie sie sich alle aufputzen, um die Aufmerksamkeit auf sich zu ziehen! Ein Musikant eben!«

Azima tätschelte Cathis tränenüberströmte Wange und stand auf, ihre Röcke ausstreichend. »Nun gut, Cathi. Wir werden ihn schon finden. Ich wette, die Männer der Stadtwache sind ihm längst auf den Fersen, haben ihn vielleicht schon am Schlafittchen. Ich bin gespannt, was er zu sagen hat. Selbst wenn er's nicht war, so haben diese Zigeuner doch flinke Augen und sehen vieles, was in einem Raum vor sich geht. Vielleicht kann er sogar helfen.«

Cathi schlief erschöpft ein. Manou hatte ihr etwas Schlafmohn in den Aufguss gegeben. Sie ritten auf Azimas Maultier nach Lacoste. Die von Cathi waren fast zuschanden getrieben. Sie standen apathisch im Stall, zu müde und verschreckt zum Fressen.

Azima hatte ihre besten Kleider angezogen und Manou angewiesen, dasselbe zu tun. In Lacoste angekommen, ließen sie das Reittier im Mietstall und kletterten die steilen Gassen zum Haus des Advokaten empor, den der Seigneur zu seinem juristischen Vertreter bestimmt hatte, ein gewisser Jean Paul Bérenger, der in Bologna Jurisprudenz studiert hatte. Sie hatten Glück. Monsieur Bérenger befand sich in seinem Atelier und sie wurden augenblicklich vorgelassen.

»Madame!« Monsieur Bérenger erhob sich andeutungsweise hinter seinem Schreibtisch, massig, grauhaarig, Respekt gebietend mit seiner goldenen Kette auf der Brust und einem Ring an jedem Finger, verbeugte sich und setzte sich wieder, wobei er den beiden Frauen Plätze ihm gegenüber anbot.

»Guten Tag, Maître Bérenger. Es ist gut von Euch, dass Ihr uns Eure wertvolle Zeit widmet. Das hier ist mein Lehrling, Manou aus Pertuis.«

»*Enchanté!* Aber lasst uns gleich zur Sache kommen, beste Frau Alzias. Ich hatte schon daran gedacht, Euch rufen zu lassen, da Ihr vor ein paar Jahren schon einmal durch Eure Geistesgegenwart die Stadt vor einer Seuche bewahrt habt. Ihr kommt doch in dieser schrecklichen Angelegenheit mit dem Goldenen Lamm, nicht wahr?«

»Ja, Monsieur. Und ich würde gern meine Hilfe bei der Aufklärung anbieten.«

»Gut! Sehr gut! Wir haben alle Essensreste sicherstellen lassen und die Küche versiegelt.« Er rieb sich zufrieden die Hände. »Den

Apotheker von Lacoste konnte ich nicht anstellen in der Sache, da der Wirt bei ihm die exotischen Gewürze kauft …«
»Da wären möglicherweise Eigeninteressen im Spiel. Sehr umsichtig von Euch, Maître Bérenger.« Der Advokat war eitel genug, dass ihm das Kompliment süß durch die Kehle glitt.
»Hat man sich des Musikanten versichern können? Die Wirtin meinte, er sei der einzige Fremde gewesen an diesem Abend.«
»Wir haben ihn gefunden – leider tot. Wie die anderen. Zwölf Tote inzwischen, Madame Alzias! Das ist eine schlimme, eine üble Sache!«
»Darf ich den Ort des Geschehens sehen?«
»Ich bitte darum.« Er stand auf, ging zur Tür und rief: »Honoré!« Wenig später hörten sie Schritte auf der Treppe, die Zimmertür wurde aufgestoßen und ein junger Mann erschien, ein Assistent des Richters, dem es unter dem geizigen Marquis de Sade oblag, sowohl die Schreibarbeit als auch die Recherchen zu übernehmen. Honoré Arnaud sah aus wie einer aus dem Norden: blass und helläugig – er hatte etwas definitiv Fischiges an sich –, doch schien er freundlich und bemüht. In Begleitung dieses Ehrbaren gingen die Frauen zum Wirtshaus, das immer noch bewacht wurde, mehr gegen Plünderer, als um Beweisstücke zu sichern, denn wie sich in der Küche zeigte, war die Verwüstung so weit fortgeschritten, dass es schwer werden würde, etwas Verwertbares aufzufinden.
Azima schritt zwischen all den Scherben und am Boden liegenden Töpfen, aufgerissenen Kornsäcken und dem zertretenen Gemüse umher, bückte sich, hob Dinge auf und ließ sie wieder fallen, nahm die Deckel von Gewürzgläsern, die heil geblieben waren, roch am Zimt, am Muskat, am Pfeffer, ließ das Salz durch ihre Finger rinnen, prüfte Wacholder, Lorbeer, weiße Zwiebeln, violetten Knoblauch, die getrockneten Sträuße von Thymian und Rosmarin, die von der Decke hingen.
»So kommen wir nicht weiter«, sagte sie. »Zu dumm, dass dieser Musikant – halt! Was hat Cathi noch gesagt, was hatte er zu essen bekommen?«
»Suppe«, sagte Manou.
»Suppe – hm. Und einige hatten *daube,* andere *tian* oder Braten,

andere wieder nur Käse und Oliven … Die einen tranken Wein, andere Wasser oder *julep rosat* … was aber war allen gemeinsam? Was haben alle zu sich genommen?«

Sie standen alle in der Mitte der Küche und schauten um sich her. Was konnte es nur gewesen sein? Etwas, das alle zu sich nahmen, Arm oder Reich, Jung und Alt, zu jedem Gericht …

»Brot«, riefen Manou und der fischige Honoré gleichzeitig.

»Brot! Ja«, sagte Azima und machte sich sogleich auf die Suche. Honoré fand ein Stück Brot und hielt es mit spitzen Fingern hoch, betrachtete es durch seine farblosen Wimpern hindurch.

Azima nahm es ihm ab, roch daran, brach es. »Ah – *voilà!* Da haben wir schon das Mittel, wenn auch noch nicht den Schuldigen. Seht ihr diese schwarzen Pünktchen hier? Es scheint etwas ins Brot geraten zu sein, das dort nicht hingehört. Kräuter sind es nicht und auch keine Asche … Wie waren die Symptome bei den Erkrankten noch einmal, Monsieur Honoré?«

»Ameisenlaufen, Krämpfe, Fieber, Schüttelfrost – diejenigen, die noch in der Nacht starben, klagten über Taubheit in den äußeren Gliedmaßen.«

»Und was hat Euer Bader dagegen getan?«

»Er gab ihnen rohe Bohnen zu essen und in Wein gekochte … was war das doch gleich, eine rötliche Blume, wie eine kleine Sonne …«

»Calendula!«

»Ja, das war's: Calendula, Ringelblume. Und er empfahl, damit auch Umschläge auf den Bauch zu machen.«

»So«, sagte Azima befriedigt. »Er hat also gleich auf Vergiftung behandelt. Euer Bader ist ein tüchtiger Mann, besser als mancher Medicus, den ich kennen gelernt habe!«

»Ja, das ist wahr. Dennoch haben wir zwölf Tote zu beklagen. Dafür werden sie den Wirt aufs Rad flechten!«

»Nicht so eilig, Herr Gerichtsdiener! Man kann nicht sicher sein, dass er der Schuldige ist. Ja, ich bin mir noch nicht einmal sicher, dass die Leute mit Absicht vergiftet worden sind.«

»Wie das?!«

»Nun …« Azima drehte das Stück Brot in ihren Händen, während sie weiter in der Küche herumlief und die Blicke scheinbar ziellos schweifen ließ. »Zum einen kommt dieses Gift ganz natürlich vor, zum anderen ist ja kaum bekannt, dass es sich dabei überhaupt um eine schädliche Substanz handelt.«

»Ihr wisst also, worum es sich handelt?«

»Ich denke schon.« Sie bohrte mit dem Fingernagel eine kleine Krume aus dem Teig heraus, die aussah wie ein Stück von einem Gerstenkorn, nur länglicher und schwärzlich. »Da! Ich wette, das ist Hexenkorn, auch Mutterkorn genannt.« Auf Honorés fragenden Blick hin führte sie aus: »Ein Kornschädling, eine Pflanze, die in den Kornähren wächst. Wir alle nehmen es ständig in kleinen Mengen zu uns und es schadet uns nicht. Nur ab einer gewissen Konzentration führt es zu den Symptomen, die der Bader beschrieben hat. Man nennt die Krankheit ›Heiliges Feuer‹. Der Zusammenhang mit dem Hexenkorn ist nicht einmal allgemein bekannt, sonst würde man es sorgfältiger aussieben. Normalerweise sind hier und da ein paar schlechte Körner in jeder Ernte, aber nicht so viel auf einmal.«

»Dann könnte es sein, dass der Wirt in gutem Glauben verdorbenes Mehl gekauft hat?«

»Das nehme ich an, denn ich kenne Pierre. Welchen Grund sollte er denn gehabt haben, seine Gäste zu vergiften? Im Übrigen würde ich empfehlen, schleunigst die Quelle ausfindig zu machen. Wenn einer der Müller hier in der Umgebung derart verdorbenes Getreide vermahlt und weiter verkauft, dann habt Ihr bald mehr als nur ein Dutzend Tote zu beklagen!«

»Dazu brauchten wir den Wirt. Er muss uns sagen, bei wem er sein Mehl gekauft hat.«

Azima durchsuchte noch einmal die Vorräte. »Hier ist ein Mehlfass, drei viertel voll …! Es scheint gerade frisch geliefert worden zu sein.« Sie rollten es unter das Fenster, so dass etwas Licht darauf fiel, und hoben den Deckel ab. Auch im Mehl entdeckten sie die feinen schwarzen Punkte.

»Was mich wunder nimmt«, grübelte Azima, »ist die Menge, die in diesem Mehl ist. *C'est fou!* Das ist doch verrückt.« Sie ergriff eines der flachen hölzernen Paddel, mit denen das Brot in den Ofen hinein- und wieder herausbefördert worden war, und rührte damit in dem Mehlfass herum. »Und da, schaut: Obenauf ist viel von der schwarzen Substanz und weiter unten kaum noch etwas. Hm!«

»Dann könnte das – wie habt Ihr es genannt? Hexenkorn? Mutterkorn? – nachträglich untergemischt worden sein«, schloss Honoré. »Also, ich werde – mit Eurem Einverständnis, Madame – Monsieur Bérenger vorschlagen, umgehend nach Apt zu reiten und den Wirt zu befragen. Wir müssen feststellen, wer alles mit dem Mehl in Berührung gekommen ist, von der Mühle bis zum Brotofen. Möglicherweise hat doch eine andere Person als der Wirt Lafitte es vergiftet und er ist unschuldig. Es muss allerdings noch festgestellt werden, ob er seine Sorgfaltspflicht verletzt hat. Er ist schließlich gehalten, das Mehl zu prüfen, bevor er es verarbeitet. Ich denke, es ist in seinem Interesse, uns schnell zu sagen, wer ihn beliefert hat. Auf Folter kann ganz sicher verzichtet werden.« Darüber schien der empfindsame Honoré besonders froh zu sein.
»Ganz recht, Monsieur. Ich sehe, Ihr seid ein kluger junger Mann von hoher Moral und lobenswerter Entschlusskraft. Ich bin ja so froh, Monsieur, dass der Fall gerade in Euren Händen ist.«
Manou fielen fast die Augen aus dem Kopf: Azima raffte prätentiös ihre Röcke, hängte sich bei dem Gerichtsdiener ein und ließ sich von ihm auf den Platz hinausführen.
Da es bereits Mittag war, führte Honoré die beiden Frauen zum Essen in das Weinfass, das zweite Wirtshaus der Stadt, das nunmehr das Einzige war. Es war eigentlich mehr ein Trinklokal, eine dunkle und schmierige kleine Kneipe. Honoré entschuldigte sich bei Azima: »Verzeiht, *Dame* Alzias, dass ich Euch an einen solchen Ort bringe, um Euer Mittagsmahl einzunehmen, es ist nicht besonders gut hier, aber nun, nachdem das Goldene Lamm geschlossen ist, ist es das Einzige. Ich selbst bin Junggeselle und habe leider niemanden, der für mich kocht.«
Manou sah sich verstohlen in der Wirtsstube um. Es war schmutzig, das Stroh am Boden sicher mehrere Tage nicht gewechselt, in den Bechern klebte der Bodensatz vielfachen Gebrauchs und die Tische waren mit Fettflecken und Weinringen überzogen. Azima schwenkte etwas Wein in ihrem Becher, goss ihn verstohlen auf den Boden und wischte den Rand mit ihrem Taschentuch, ehe sie sich erneut von Honoré einschenken ließ und daraus trank.
Sie bestellten Lammbraten. Der kam auf Scheiben von Brot, *tran-*

choirs, nicht in Schüsseln, was ein Segen war. Als der Braten aufgetischt wurde, war er zäh, innen blutig, außen verbrannt und das Brot war grob und klumpig. Dennoch war der Raum prasselvoll. Und es gab nur ein Thema.

»Habt Ihr gehört, Nachbar, der Wirt vom Goldenen Lamm soll seine Gäste vergiftet haben!«

»Wie? Pierre?! Das glaub ich nicht.«

»Doch, doch, es ist wahr: Zwanzig Leute tot, die bei ihm zu Mittag oder zu Abend gegessen hatten, darunter eine seiner Schankmägde, Agnes, die nette Blonde!«

»Gott! Wie schrecklich! Das arme Mädchen! Trotzdem, dass Pierre das absichtlich getan hat kann ich nicht glauben. Überlegt doch: Seine Gäste umbringen, das wär ja, als ob sich einer den Ast abschneidet, auf dem er sitzt!«

»Wer weiß schon, was dem Kerl ins Hirn gefahren ist.«

»Tiens, Marc – c'est fou!«

Der Wirt stand die ganze Zeit hinter dem Tresen, die Ellbogen aufgestützt, das Gesicht auf die Fäuste gelehnt, und machte einen sehr zufriedenen Eindruck.

Der Gerichtsdiener machte eine Bewegung mit dem Kopf in Richtung des Wirts. »Der hat gut grinsen jetzt. Das Goldene Lamm war seine größte Konkurrenz. Doch bei der Küche werden die Einheimischen trotzdem nicht bei ihm bleiben. Die sind nur heute hier, weil es was zu tratschen gibt. Nachher essen sie doch lieber daheim. Dann hat er nur noch die Saufbrüder, die Durchreisenden, die's nicht besser wissen, und die Händler am Markttag. Na, besser als vorher sieht es auf jeden Fall aus für ihn.«

»Das bleibt noch abzuwarten. Wenn Pierre freigesprochen wird, dann wird alles wieder wie vorher«, meinte Azima.

»Das sollte mich freuen«, nickte Honoré. »Für solche wie mich, die keine Frau haben und kein rechtes Zuhause, ist es hart, wenn man nicht einen Ort hat wie das Goldene Lamm, wo man wenigstens einmal am Tag was Gutes in den Bauch kriegt und ein paar freundliche Worte hört. Das mit der Agnes ist wirklich traurig. War ein reizendes Mädchen. Die andere, Cécile, um die hätt's mir weniger Leid getan, Gott möge mir verzeihen. Die hat einem die Schüssel hingeknallt, dass die Suppe übergeschwappt ist, wenn sie

schlechte Laune hatte, und das war oft. Dann hatte sie einen Blick, da konnte die Milch von sauer werden.«
»Aber warum war sie denn so übellaunig?«, wollte Manou wissen.
»Was weiß ich«, meinte Honoré. »Manche Leute sind halt so, nie zufrieden mit dem, was sie haben. Immer sind die Trauben süß, an die man nicht herankommt, und die unten sauer.«
Azima sagte selbst nicht viel, sondern hörte aufmerksam zu.
Nach dem Essen ging es gleich los nach Apt. Richter Bérenger hatte freundlicherweise seine Kutsche zur Verfügung gestellt, so dauerte die Fahrt über die Via Domitia nur eine gute Stunde.
»Gut, dass wir die römischen Straßen haben, die immer noch fast wie neu sind, nach fünfzehnhundert Jahren, jedenfalls dort, wo man sie nicht aufgehackt und zu Barrikaden gegen die Sarazenen verbaut hat«, bemerkte Honoré. »Wären wir auf unsere eigenen angewiesen, kämen wir wohl kaum voran. Das war ein Volk, die Römer! Die konnten organisieren, die hatten einen Lebensstandard!«
»Na, zur Bequemlichkeit der Bürger ist sie nicht gebaut worden, die *Domitienne,* sondern zum Truppenaufmarsch. Auf ihr marschierten die Legionen von Rom nach Spanien!«
»Richtig. Dennoch hat es auch den Handel erleichtert und sie haben viele Dinge geschaffen, die das Leben verbessern: Bewässerungssysteme, Bäder, eine gute Verwaltung und Kunstwerke haben sie uns hinterlassen, Statuen und Bauwerke von großer Erhabenheit.«
»Ja«, sagte Azima. »In allen Dingen waren sie den nördlichen Völkern weit überlegen, auch in der Krankenpflege. Ich behandele immer noch nach den Anweisungen und Rezepten von Plinius und Galenus. Es scheint, dass wir in all den Jahren wenig dazugetan haben, nachdem das Römische Reich zerbrochen ist. Ironischerweise übrigens durch eine Massenkrankheit, ähnlich der Pest, wusstet Ihr das, Monsieur Honoré?«
»Tatsächlich? Was war es denn?«
»Es soll unter dem Kaiser Diokletian eine Seuche gegeben haben, die man Anthrax nannte. Sie zerstörte die Milz und dann den ganzen Körper und soll maßgeblich zur Schwächung des Römischen Reiches beigetragen haben.«
»Und wie äußerte sich diese Krankheit?« Manou grinste verstohlen.

Der fischige Honoré sah immer fischiger aus, als Azima die Einzelheiten und Auswirkungen zu beschreiben begann. Er hätte wohl lieber nichts davon erfahren, aber Azima war bei ihrem Lieblingsthema und nicht zu bremsen.

»Interessant finde ich das Ganze deshalb, weil die Römer auch in der Hygiene so viel weiter waren als wir. Sie hatten Bäder, Dampfbäder, wuschen sich täglich am ganzen Körper, verwendeten eine Vielzahl an Duftwassern, Räucherwaren und Waschkräutern. Galenus schrieb, dass man die Ausbreitung gewisser Krankheiten durch Sauberkeit verhindern kann. Ich glaube das auch. Ebenso muss man die Ratten von den Häusern fern halten. Sie haben etwas mit der Ausbreitung der Pest zu tun, davon bin ich fest überzeugt. Sie breitet sich nicht nur von Mensch zu Mensch aus, wie es jetzt heißt. Wo es Ratten gibt, da gibt es auch die Pest und hinterher gibt es noch mehr Ratten, das habe ich selbst beobachtet.«

Inzwischen hatten sie Apt erreicht und dem allzu empfindsamen Gerichtsdiener entfuhr ein Seufzer der Erleichterung. Hoch über der Stadt erhob sich ein schroffer Felsen. Von weitem konnte man ihn leicht für eine Burg halten, doch war es nur eine Laune der Natur. Darunter, in die Arme des Calavon schmiegte sich *Ate* auf seiner Insel, die Bischofsstadt Apt mit ihren dicken Mauern und den Türmen der Kirchen, *Horloges* und befestigten Stadttoren.

Sie rumpelten über das Kopfsteinpflaster durch die Porte de la Bouquerie, vorbei am Palais Episcopal mit seinen Fontänen, Überbleibsel römischer Thermen, und durch die Canorgue ins Quartier St. Pierre, fuhren am Hôtel de Justice vor, wo sie der *Geôlier* zu dem Gefangenen Pierre Lafitte führte.

Er befand sich in einer Zelle mit vier anderen Gefangenen, groben Kerlen, Räubern und Mördern, davon war Manou sofort überzeugt. Man hatte zum Glück seine Wunden versorgt. Das Gesicht war geschwollen, grün und blau, die Unterlippe gespalten und frisch verschorft. Ein Arm hing in einer Schlinge.

»Gebrochen?«, fragte Azima und betastete den Arm, als sie Pierre ins Verhörzimmer geführt hatten.

»Nein«, sagte Pierre, »nur ausgerenkt. Wie geht es Cathi und Margaux?«

»Ganz gut. Sie sind bei mir, mach dir nur keine Gedanken! Cathi

ist eine tapfere Frau.« Das war nun im Augenblick ziemlich weit von der Wahrheit entfernt, denn Cathi saß vor Azimas Haus und heulte den Nachbarn die Ohren voll. Dass man ihr ihren Pierre genommen, das hatte die sonst so formidable Wirtin vollkommen aus der Fassung gebracht.
»Sie wird alles daran setzen, dir zu helfen. Tatsächlich hat sie mich darum gebeten, in dem Fall zu recherchieren. Da es sich um eine Vergiftung handelt, ist Monsieur Bérenger, der Richter, damit einverstanden. Siehst du: So werde ich sogar dafür bezahlt, dir zu helfen!«
Pierre grinste schwach. Das Lächeln verlor sich aber gleich wieder, als er an die Toten dachte. Er vergrub das Gesicht in den Händen. »Mein Gott! Azima! Wie konnte das nur geschehen, zwölf Tote oder mehr, darunter die liebe kleine Agnes, die fleißige, hübsche Agnes, frisch verlobt! Und es ist meine Schuld!«
»Möglicherweise nicht Eure Schuld, wenigstens nicht ganz und gar, Meister Lafitte«, warf mitleidig der Gerichtsdiener ein. »Wir haben bisher herausgefunden, dass das Mehl, welches Ihr zum Brotbacken verwendet habt, mit einem schwarzem Korn verdorben war, das war es doch, nicht war, Madame Alzias?«
»Ja, Pierre, Hexenkorn! Allerdings in einer solchen Konzentration, wie ich es noch nie gesehen habe. Das kann nur Absicht gewesen sein. Sag uns: Wer liefert dir das Mehl, Pierre?«
»Henri *la belette*.« Henri, das Frettchen, trug zwar einen gefährlichen Namen, aber mehr wegen seiner mangelnden Körpergröße und seiner hastigen Art, als dass von ihm irgendwelche Arglist zu erwarten gewesen wäre. »Aber Henri, der tut doch keiner Fliege was zuleide! Der hat sicher nichts damit zu tun. Ich weiß wirklich nicht … Mein Korn kaufe ich seit Jahren immer von Gratte-Semelle und es war immer gut. Henri *la belette* fährt es zur Mühle des Seigneur. Da wird vielleicht manchmal mit falschen Gewichten gearbeitet und sie zweigen was ab für sich selber, aber es ist nicht viel und sie sieben gewissenhaft. Ich mache doch kein *pain à tout*[16], Azima! Bei uns gibt's immer *pain de miches* aus sorgfältig ausgemahlenem, zweimal gesiebtem Weizenmehl. So etwas würde denen nicht durchgehen.«
»Wurde das Mehl an diesem Tag frisch geliefert?«

»Nein, am Abend vorher. Wir haben noch in der Nacht davon das Brot für gestern angesetzt.«
Azima überlegte.
»Nehmen wir also an, dass das Mehl gut war, als es bei dir ankam. Dann muss jemand das Gift dazugemischt haben, als es schon bei dir war. Aber wer? Und warum, Pierre?«
»Ich weiß es nicht, Gott helfe mir! Ich weiß es nicht!«
»Wer hat das Brot angesetzt, du?«
»Nein. Agnes sollte es tun. Die hatte ein Geschick dafür. Bei der ging es immer gut auf. Agnes sollte Brot ansetzen und Cécile ausfegen und die Tische sauber machen. Danach sind sie nach Hause gegangen wie jeden Tag.«
»Sie wohnen beide im Ort«, erklärte Honoré. »Deshalb haben sie nicht in der Wirtschaft übernachtet.«
»Am nächsten Morgen haben wir das Brot gebacken und mittags angefangen, davon zu servieren. Und jetzt ist Agnes tot!«
Dem Koch standen die Tränen in den Augen.
»Wir werden den Müller, Henri *la belette* und das Mädchen Cécile befragen«, sagte Honoré. »Seid guten Mutes, Meister Lafitte, ich denke, dass wir Euren Hals retten können!«
Pierre nickte, sah aber nicht froh aus. Er wusste nicht, wie er mit dieser Schuld leben sollte. »Hätte ich doch nur das Brot selbst gemacht! Dann wäre nichts geschehen! Mir wäre bestimmt aufgefallen, wenn etwas mit dem Mehl nicht stimmte! Ach! Zwanzig Jahre habe ich für andere gebacken und gekocht und niemals hatte jemand auch nur Magenkneifen, und jetzt …«
Azima umarmte ihn kurz und stand auf. »Du kannst nicht alles selber tun. Wir werden herausfinden, was geschehen ist. Ich habe da schon so eine Vorstellung. Adieu!«
»Adieu! Und grüß Cathi von mir! Sag ihr, dass ich sie liebe, und gib Margaux einen dicken Kuss von ihrem Papa!«
»Das werd ich!«
»Lebt wohl, Monsieur«, sagte der Gerichtsdiener mit großem Ernst, doch als Pierre abgeführt werden sollte, drehte er sich noch einmal um: »Sagt, Meister Lafitte: Warum habt Ihr selbst denn nichts von dem schlechten Brot gegessen, Ihr, Eure Frau und Euer Töchterchen?«

Pierre wurde ein wenig rot. Er schämte sich.
»Wir ... ähm ... wir haben immer das alte Brot vom Vortag gegessen, um es nicht zu verschwenden. Das frische war nur für die Gäste.«
»Aha. Lebt wohl.«
Draußen wartete bereits die Kutsche. Azima und der Offizier stiegen ein, doch Manou musste warten und einen Augenblick zur Seite treten, da eine andere Kutsche passierte und die Straße zu eng wurde, um den Schlag zu öffnen.
Sie stand und blickte zu der anderen Kutsche, die vorbeifuhr. Da traf es sie wie ein Blitz. Sie drehte sich rasch fort und verbarg ihr Gesicht. Es war eine Kutsche mit dem Wappen des Baron de Saignon. Ja, sie befanden sich auf demselben Platz, wo die Grafen Buoux-Pontèves ihr Stadthaus hatten. Und war das nicht Parentin gewesen, der auf dem Kutschbock gesessen hatte? Und hatte sie nicht – rasch im Vorüberfahren – ein Blick getroffen aus dem Guckloch im Wagenschlag, ein Blick aus violetten Augen? Nein! Es war nicht möglich. Madame de Saignon wurde doch nicht von den Pontèves empfangen – oder doch?
Ach was! Die Kutsche war so schnell vorüber gewesen und gewiss hatte sie sich abgewandt, bevor man sie erkennen konnte. Warum auch sollte ein Mensch in einer vorbeifahrenden Kutsche – man hatte genug zu tun, sich auf der Bank zu halten bei dem Gepolter auf dem groben Pflaster – nach einem Mädchen auf der Straße schauen, in einfacher Kleidung und nicht besonders auffallend von Statur. Nein, es war gewiss nicht Angèle de Saignon gewesen. Sie hatte sich getäuscht.
Dennoch hatte Manou ein schlechtes Gefühl, als sie zum Tor hinausfuhren. Sie schwitzte und es war, als sei ihr Inneres ganz kalt und zusammengeschrumpft.
»Was hast du?«, fragte Azima. Sie strich mit der Hand über Manous bloßen Unterarm, wo noch immer die feinen Härchen aufrecht standen.
»Es ist wohl jemand über mein Grab gelaufen«, antwortete Manou leichthin.

19

Da sich die allgemeine Meinung in Lacoste zugunsten von Meister Lafitte zu wenden begann, wurde Pierre aus Apt zurückgeholt und auf Anordnung des Landvogts in einem der Schlossverliese untergebracht. Da hatte er es nicht schlechter als in denen der Bischofsstadt, obwohl oder vielleicht weil die Verliese hier lange nicht benutzt worden waren.

Honoré Arnaud hatte den Müller und den Fuhrmann befragt. Beide hatten entsetzt und glaubwürdig bestritten, etwas mit der Sache zu tun gehabt zu haben. Weder in der Mühle noch auf dem Wagen oder in anderen Mehlfässern von Gratte-Semelle fand sich etwas von dem schwarzen Pulver. Auch die Getreidevorräte waren in Ordnung. Henri *la belette* schwor, die Fässer selbst kontrolliert und verschlossen zu haben, bevor er sie von der Mühle auslieferte: »… und da war das Mehl blütenrein!«

Man hatte endlich des Mädchens Cécile habhaft werden können. Die Mutter der jungen Magd hatte sie drei Tage lang nicht vorgelassen, da das Mädchen krank zu Bett läge, wie alle anderen Besucher der Wirtschaft auch. »Gott strafe diesen Mörder«, zischte sie. »Ich hoffe, sie vierteilen ihn für das, was er getan hat. Meine Tochter und ich werden da sein, um zuzusehen!«

Endlich musste aber Cécile der Vorladung folgen. Richter Bérenger schickte einen Boten zum Hameau des Lumières und bestellte Azima und die Ehefrau des Beklagten nach Lacoste. Manou, die Azima einen Einfall eingegeben hatte, wollte auch dabei sein.

Die kleine Margaux ließen sie bei Noé. Cathi, die sich so weit gefangen hatte, dass sie auch wieder an ihr Kind dachte, wollte nicht, dass dieses seinen Vater in solchem Zustand sah und in Ketten, nicht noch einmal. Als freien Mann sollte sie ihn sehen oder nie wieder.

Aber das sagte sie dem Kind nicht. Sie sagte: »Schau, das ist der Onkel Noé. Der kann mit den Zicklein und den Lämmlein sprechen und die haben ihm allerlei tierische Geschichten und Abenteuer erzählt. Sei lieb zu ihm, dann erzählt er sie dir vielleicht weiter.«
Die Kleine hatte zu dem alten Schäfer aufgeblickt und gesagt: »Ach, das ist doch gar nicht wahr! Zicklein und Lämmlein können nicht sprechen!«
»So! Meinst du? Na, dann brauche ich dir ja nicht zu sagen, was mit dem jungen Bock geschah, der ein Ritter werden wollte …«
»Doch, o doch, was war denn mit ihm«, hörten sie Margaux fragen, die sich willig von Noé wegführen ließ.
»Sie ist noch so ein Kindskopf«, bemerkte Cathi und wischte sich eine Träne aus dem Augenwinkel. »Da seht ihr, warum ich sie nicht in der Gaststube bedienen lassen will.«
Sie bestiegen den Karren – die Maultiere hatten sich von der nächtlichen Schreckensfahrt erholt – und rumpelten nach Lacoste.
Cécile saß bereits im Richterzimmer, stocksteif aufgerichtet auf einer Bank, die Lippen zu einem harten Strich verkniffen, quetschte sie eine Träne heraus und rieb sich den Leib. »Herr Richter, mir ist immer noch ganz schwach und ich habe Bauchweh. Muss ich hier bleiben in einem Raum mit einem Mörder? Ich habe doch gesagt, dass ich kein Gift ans Essen getan habe. Kann's auf die Bibel beschwören.«
»Ihr bleibt«, sagte Monsieur Bérenger knapp. Pierre sah gekränkt drein. Was hatte er nur dem Mädchen getan, dass sie so von ihm denken konnte. Hatte er nicht bisher eher das Gefühl gehabt, dass sie ihn gern mochte, ihm oft schmeichelte, immer bei der Hand war, ihm einen Trunk Wasser zu reichen oder die Ärmel hochzukrempeln, die Stirn zu wischen – und jetzt das?
Endlich erschienen Manou, Cathi und Azima.
Cathi fiel über ihren Mann her, drückte und herzte ihn und küsste ihn viele Male auf seine blauen Flecke und Wunden, bis er sie abwehrte und schrie: »Au! Au! Erbarmen, Weib! Hör schon auf. Was die Soldaten nicht zerbrochen haben, das schaffst jetzt du!«
Cécile besah die Szene mit giftigen Blicken. Der Richter räusperte sich. Cathi errötete, ließ von Pierre ab und setzte sich auf eine Bank gegenüber ihrer ehemaligen Magd.

»Wenn die Herrschaften dann bereit wären ... Alles spricht also dafür, dass ein giftiges Pulver dem Mehl zugesetzt wurde, und zwar erst, nachdem es in der Küche vom Goldenen Lamm abgeladen wurde. Hatte jemand von Eurem Personal oder von den Stammgästen einen Groll gegen Euch?«

»Nein«, sagte Pierre.

»Doch«, sagte Cathi. »Pierre ist immer so gutmütig. Der lässt den Mädchen alles durchgehen, aber ich nicht. Cécile, die war mir zu langsam und unfreundlich mit den Gästen. Ich habe ihr gesagt, dass sie zu Johanni gehen muss.«

»Davon wusste ich nichts«, protestierte der Wirt.

»Nein, sicher nicht. Sie hätte dir nur was vorgeheult und du hättest sie in Schutz genommen!«

Cécile sprang auf und rief: »Das war die da! Die rothaarige Hexe! Sie wollte uns alle umbringen!« Sie zeigte mit ausgestrecktem Arm auf Cathi. »Wie sie da sitzt, fett und bräsig und glaubt, alles auf eine arme Magd abwälzen zu können. Sie hat uns herumgeschubst und uns für drei arbeiten lassen gegen einen Hungerlohn. Und geschlagen und beschimpft hat sie mich!«

Cathi sprang ebenfalls auf, empört.

»Was redest du da, du bösartige kleine Schlampe! Einmal – ein einziges Mal – habe ich dir eine Schelle gegeben, weil du einen guten Weinkrug zerbrochen hattest! Dabei hättest du viel mehr Schläge verdient. Aber mein guter Pierre hat dich ja immer in Schutz genommen. Und wie hast du es ihm gedankt. Da! Schau ihn dir an!«

Cécile sah verstohlen auf Pierres zerschlagenes Gesicht und rasch wieder fort. Manou beobachtete die Regungen, die über ihre Züge flogen: Wut, Mitleid, Neid, Verlangen? Aber ja: Cécile liebte ihren Patron und hasste seine Frau, das konnte doch jeder deutlich sehen.

»Silence«, donnerte der Richter. Die Frauen setzten sich und warfen sich gegenseitig hasserfüllte Blicke zu.

»Demoiselle Cécile: Ihr wart doch auch an dem verdorbenen Brot erkrankt, nicht wahr?«, fragte Azima.

»Ja! Ja! Mir tut immer noch der Leib weh. Schneidende Schmerzen, fürchterlich!«

Cathi schnaubte verächtlich.
»Und hattest du auch Fieber?«
»Ja, schlimmes, hohes Fieber!«
»Und Schüttelfrost?«
»Ja!«
»Und kleine schwarze Flecken überall auf der Haut?«
»Ja! Ja! Ich war ganz übersät davon!«
»Das wundert mich aber«, sagte Azima genüsslich. »Solche Flecken hatte nämlich sonst keiner. Nur du!«
Einen Augenblick lang war das Mädchen aus dem Konzept gebracht. Doch dann rief sie rasch: »Ich bin eben besonders empfindlich. Das hat meine Mama immer schon gesagt. Es ist ein Wunder, dass ich noch lebe!«
»Wer von euch beiden hat das Brot gemacht?«
»Agnes, wie es ihr aufgetragen war.«
Honoré meldete sich zu Wort. »Das ist nicht wahr. Die Mutter von Agnes hat ausgesagt, dass ihre Tochter sich an dem Abend mit ihrem Verlobten treffen wollte und dass das andere Mädchen ihr die Pflichten abgenommen hatte, damit sie früher fortkam.«
»Na schön! Dann habe ich es eben gemacht. Was beweist das schon? Bin ich gleich eine Verbrecherin, weil ich einmal einer Freundin einen Gefallen tat? Konnte ich denn ahnen, dass sie Gift ins Mehl gegeben hatten?«
»Tss! Freundin«, zischte Cathi. »Du warst nicht ihre Freundin. Eifersüchtig warst du, weil sie immer mehr Trinkgeld gekriegt hat als du! Und eine Arbeit hast du ihr nie abgenommen, eher noch mehr aufgebürdet mit deiner Faulheit!«
Die Magd vergaß ihre Leibschmerzen und sprang auf: »Ich kratz dir die Augen aus, du Hexe! In der Hölle sollst du schmoren!«
»Mademoiselle!« Honoré drückte sie an den Schultern wieder auf die Bank.
Und nun war es an der Zeit für Manou. Sie griff hinter sich und holte eine Schürze hervor, so eine, wie sie sie die Mädchen im Goldenen Lamm hatte tragen sehen. »Schau her«, sagte Manou. »Hier ist deine Schürze. Monsieur Honoré war so freundlich, sie für uns sicherzustellen.«
Honorés Augen quollen ein wenig weiter hervor. Davon wusste er

nichts. Aber er verhielt sich still und war gespannt, was nun kommen sollte.
Cécile beobachtete Manou unsicher. »Und, was ist damit?«, fragte sie.
»Nun, wir haben in der Tasche ein schwarzes Pulver gefunden, sieh her!« Manou drehte die Tasche um und ließ ein wenig Holzkohlenstaub in ihre Hand rinnen. Sie ging damit zum Schreibtisch des Richters, wo eine Karaffe mit Wein und ein Zinnbecher standen.
»Mit Eurer gnädigen Erlaubnis, Exzellenz?« Sie schüttete das schwarze Pulver aus ihrer Hand in den Becher, gab ein wenig Wein dazu, schwenkte ihn und hielt Cécile den Becher hin.
»Nun werden wir ja sehen. Wenn das da aus deiner Schürze gewöhnlicher Dreck ist, dann kannst du das schon vertragen. Der Wein macht so ein bisschen Dreck unschädlich, nicht wahr, Madame Alzias?«
»Ganz und gar unschädlich! Er ist sogar gut für die Verdauung.«
»Siehst du. Madame Alzias ist Heilerin, wie du weißt. Du kannst ihr also vertrauen. Wenn allerdings es sich bei diesem Pulver aus deiner Schürze um Gift handelt, dann sag ein Gebet, bevor du trinkst. Wohl bekomm's!«
Sie hielt dem Mädchen den Becher dicht unter das Gesicht. Cécile starrte darauf, kämpfte mit sich, die Zunge fuhr über trockene Lippen, und schlug ihn Manou dann mit einem Aufschrei aus der Hand. Sie sprang auf, stieß Manou beiseite und versuchte zur Tür zu kommen, doch Monsieur Arnaud war schneller und packte sie am Arm, so dass sie aufschrie.
»Warum hast du das getan?«, fragte Richter Bérenger. »Wer hat dir das Pulver gegeben? Darauf bist du doch nie von allein gekommen! Sag schnell die Wahrheit oder ich lasse die Wasserfolter anwenden: Erst flößen sie dir vier Pinten ein für die einfache Befragung, danach acht für die außerordentliche Befragung. Und wenn du dann noch weiter lügst: die Schnürstiefel!«
Da brach Cécile zusammen.
Es stellte sich heraus, dass sie schon lange einen Hass auf ihre *patronne* genährt hatte und sich einbildete, Pierre liebe in Wahrheit sie, dass sie nur die *patronne* aus dem Wege haben müsse, um ihn

zu gewinnen und selbst Chefin zu werden. Sie war nicht ganz richtig im Kopf, Cécile, und neigte zu überzogenen Gefühlen: Liebe, schlechte Laune, Freude, Zorn, alles geriet ihr aus dem Lot, so sagte man später von ihr. Sie konnte über Winzigkeiten in Wut geraten oder ins Schwärmen. Und sie dachte selten über die Folgen ihres Handelns und ihrer Launen nach.

»Aber ich wusste doch nicht, dass sie alle sterben würden«, rief sie weinend. »Ich dachte, sie würden etwas Bauchgrimmen haben und die da würde dafür verantwortlich gemacht wegen ihrer roten Haare. Hexe! Aber das, das wollte ich nicht! Der Wirt vom Weinfass hat mir das Pulver gegeben. Er hat gesagt, es wäre ohnehin etwas davon in jedem Brot. Ein wenig mehr könne nicht allzu viel Schaden anrichten. Ich wollte Euch doch nicht schaden«, bettelte sie Pierre an. »Ich liebe Euch doch! Ich wollte nur die da weghaben!«

Pierre wurde freigelassen. Cécile wurde zum *carcan* verurteilt, ein Tag und eine Nacht am Schandpfahl von Lacoste, mit einem Halseisen gefesselt, wo sie die wütende Meute, die Verwandten und Freunde der Verstorbenen anspucken und nach Herzenslust mit Dreck bewerfen konnten. Danach wurde die Schankmagd Cécile öffentlich erwürgt. Der Wirt des Weinfass aber gestand erst unter Folter und was von ihm noch übrig blieb, wurde von vier Pferden in Stücke gerissen: *écartèlement.*

Cathi und ihre Familie kehrten ins Goldene Lamm zurück.

»Unser ganzes Geschirr ist zerschlagen, die Einrichtung ruiniert! Und du willst wirklich dort wieder anfangen, wo sie vor deiner Tür nach deinem Kopf gebrüllt haben? Wo deine Freunde und Nachbarn dich als Mörder beschimpft haben? Dorthin willst du zurück?«, schrie sie.

»Es waren ja längst nicht alle«, antwortete Pierre ruhig. »Jeder macht mal einen Fehler im ersten Schreck oder im Zorn. Und die da vor unserer Tür randaliert haben, unsere Freunde waren gewiss nicht darunter.«

»Aber Leute, die bei uns gegessen haben, Nachbarn!«

»Und wenn schon. Sie hatten es eben mit der Angst bekommen. Denk doch, Cathi: Wenn du jemand dein Essen bereiten lässt, dann ist das ein Akt des Vertrauens. Sie haben uns vertraut und mussten

glauben, wir hätten sie fürchterlich enttäuscht. Was mir viel mehr Sorge macht als das bisschen Geschirr, das ist, wie wir die Gäste wieder zurückgewinnen.«
»Zurückgewinnen? Wie meinst du das?«
»Natürlich müsst ihr sie zurückgewinnen, Cathi«, erklärte Azima. »Wahrscheinlich schämen sie sich jetzt so sehr, dass sie sich allein deshalb nicht getrauen, einen Fuß in eure Wirtschaft zu setzen. Sie müssten sich ja entschuldigen, zugeben, sich geirrt zu haben. Das vermögen die wenigsten, selbst wenn es ihnen in der Seele Leid tut.«
Pierre stand auf, nahm seine Cathi an der Hand und seine kleine Tochter an die andere.
»Kommt, meine beiden Täubchen! Wir haben viel zu tun: aufräumen, putzen, neue Möbel und Vorräte besorgen, und dann veranstalten wir ein Aïoli für unsere Freunde in Lacoste und die ganze Nachbarschaft.«
»Auf unsere Kosten?!«
»Ich halte das für einen guten Einfall«, sagte Azima. »Es ist eine Geste der Versöhnung, die sie gerne annehmen werden. Ihr macht es ihnen leichter dadurch, verstehst du nicht? Willst du nun in gerechtem Zorn in einer leeren Wirtschaft verhungern oder möchtest du deine Kundschaft wiederhaben und rasch Gras über die Sache wachsen lassen?«
Cathi gab sich geschlagen. »Also schön, werfen wir mit Geld nach ihnen und halten, das wird dem Priester gefallen, auch noch die andere Wange hin.« Sie schüttelte den Kopf und lachte schließlich. »Das ist so recht mein Pierre. Ach, ich würde alles falsch machen. Ich würde einen kleinen Krieg entfesseln und bitter und vereinsamt sterben!«
»Einsam? Du? Niemals«, sagte Pierre und küsste seine Frau auf den Mund.
An Sankt Johannis feierte Lacoste ein großes Aïoli im Goldenen Lamm und die Nachbarn waren erleichtert, *ihre* Cathi und *ihren* Monsieur Cathi wieder in die wandelbaren Herzen schließen zu dürfen.
Auch im Dorf der Lichter fand man Zeit zum Feiern, obwohl die Junitage niemals lang genug waren, um alles zu schaffen, was zu

tun war. Auf der Nordseite des Luberon war jetzt Kirschenernte. Gleichzeitig mussten die wilden Pflaumen gepflückt und getrocknet werden; die flachen Stalldächer lagen voll mit Pflaumen, dunkelviolett und süß, die in der Sonne dörrten, auf Wiesen und Wegrändern lagen sie auf Hanfsäcken ausgebreitet und zogen die Wespen an. Doch das war ein Übel, dem man ebenso wenig entgehen konnte wie den Bienenstichen bei der Ernte der Lindenblüten. Wieder verbreiteten die *tilleuls* in Azimas Schlafkammer ihren schweren, betäubenden Honigduft und sie hatten beide Schwierigkeiten, morgens aus dem Bett zu finden: wegen der Lindenblüten und auch, weil Habibi und seine Gefährtin sich nächtens schrill quiekend verlustierten und die acht Siebenschläferkinder kreuz und quer über die Schindeln tobten, so dass man erst die Augen zutun konnte, wenn Siebenschläfers zu Bett gingen. Die Nachbarn beschwerten sich bereits und endlich hatte Manou genug davon. Sie machte das Nest ausfindig und brachte bei Tag, als die Tiere schläfrig und leicht zu ergreifen waren, wenigstens die Kleinen fort.

Die zweite Heumahd stand an, man musste Käse machen, Gemüse ernten und für den Winter trocknen oder einsalzen, was man nicht essen oder verkaufen konnte. In der Johannisnacht zogen die Frauen aus zum Kräutersammeln, weil man in dieser Nacht gepflückten Pflanzen besondere Heilkraft zuschrieb.

Azima hielt das zwar für einen dummen Aberglauben, ging aber trotzdem mit, denn es war eigentlich mehr ein nächtliches Picknick unter den strahlenden Sternbildern des Sommers, die laue Nacht wie ein weicher Mantel, der Duft von frisch geschnittenem Heu und Honig in der Luft. Glühwürmchen flogen in glitzernden Wolken auf, wenn die Frauen mit ihren Laternen über Wiesen und Hügel gelaufen kamen. Man hörte Schwatzen und leises Lachen, traf sich in kleinen Gruppen, um die mitgebrachten Leckereien zu verzehren. Weinschläuche gingen von Hand zu Hand.

Anderntags kamen die Frauen mit ihrer Ausbeute zu Azima, die sortieren half, was sie in der Nacht halb blind gerupft hatten: Schafgarbe hauptsächlich, Olivenblätter, Kamille, *Chèvrefeuille, Farigoulo* und *Millepertuis*. Die letzteren, sagte Azima, seien besser vor der Blüte gesammelt, aber die Frauen hielten fest an der

Johannisnacht, und so sortierte Azima nur heraus, was ganz wertlos oder gar schädlich war.
Im Sommer vermehrten sich die Feste und die Feiern wie die Siebenschläfer.
Azima hatte in dieser Zeit alle Hände voll zu tun, weniger mit Geburtshilfe – das kam neun Monate später, nachdem sie dem ersten Schwung von Früchten winterlicher Langeweile, wie sie es nannte, auf die Welt verholfen hatte. Mit den Festen kam es immer wieder zu Ausbrüchen von Gewalt und sie hatte Stichwunden und Knochenbrüche die Menge zu versorgen.
Stichwunden behandelte sie je nach Ausmaß mit Schafgarbe, um die Blutungen zu stillen, infizierte Wunden mit Kompressen aus Eisenkraut.
»Was hat er dir denn Böses getan oder du ihm, dass ihr gleich mit dem Messer aufeinander einstechen musstet?«, fragte sie einen jungen Kerl, dem der Schädel noch brummte, während sie ihm eine handlange Schnittwunde am linken Oberarm vernähte.
»Ich weiß auch nicht«, war die Antwort. »Der Wein hat mir das Blut erhitzt und dann gab ein Wort das andere …«
»Kannst froh sein, dass keiner von euch Hitzköpfen zu Tode gekommen ist, sonst würden sie dich hängen dafür. Und du weißt nicht einmal einen guten Grund.«
»*Hélas,* Madame Alzias, so ist es nun mal. Männer müssen sich prügeln, so wie die Stiere und die Ziegenböcke sich die Köpfe aneinander schlagen, das ist eben ihre Natur.«
»Wenn du dich mit einem Ziegenbock vergleichst, da will ich nicht widersprechen. So! Bist vernäht wie ein alter Strumpf, kannst gehen bis zum nächsten Mal. Wenn's schwillt und rot wird an den Rändern, dann lege eine Paste aus schimmeligem Brot auf. Wenn die Rötung weitergeht als nur zu den Wundrändern, dann komm gleich her! Es sollte sauber verheilen. Aber den Arm musst du ein paar Tage stillhalten!«
»*Eh bè!* Da würde mein Vater mir schön was erzählen, wenn ich ihm so käme: Abends saufen und tags den Arm stillhalten, mitten in der Erntezeit! Wo kämen wir da hin?« Kopfschüttelnd ging er davon.
Manou lachte in sich hinein. Für sich musste sie dem jungen Mann

Recht geben, das war bei ihr daheim auch nicht anders gehalten worden. Man hatte eine nie unterbrochene Schlacht zu schlagen, Hunger und Kälte kannten keinen Waffenstillstand. Da blieb keine Zeit zum Kränkeln. Wer's nicht aushielt, starb. Nur die Robusten überlebten.

Sie hatte mit Azima einmal ein Streitgespräch geführt, als diese von einer missglückten Geburt kam. Schweigend und traurig, nein, mehr zornig als traurig nach Hause zurückgekehrt, hatte Azima ihre Tasche in eine Ecke geworfen und sich einen heißen Wein gemacht.

»Was ist geschehen?«, fragte Manou.

»Ich habe sie beide verloren, Mutter und Kind!«

Manou zuckte die Achseln. Es war nicht, dass sie kein Mitleid empfand. Hätte sie die Frau gekannt, hätte sie sicherlich geweint.

»C'est comme ça à fois …«

»Nein! Es ist nicht ›so‹! Sie sind gestorben, weil wir unwissend sind, dumm und hilflos wie die Tiere im Wald! Ich hätte sie retten können, wenn man mir erlauben würde, die Kopfzange zu verwenden, die diese englische Hebamme erfunden hat. Doch die Kirche hat sie als Teufelszeug verdammt. Gott habe die Frau zum Gebären eingerichtet und wenn es nicht gelinge, so sei das auch sein Wille. Wir dürfen nicht schneiden, wir dürfen keine mechanischen Hilfsmittel verwenden und wir wissen nicht einmal genau, was im Körper einer Frau vor sich geht! Die arme Frau: Ihr Bekken war ein wenig zu eng. Ich hatte schon gefürchtet, dass sie Schwierigkeiten haben würde! Bei anderen Malen habe ich Frühgeburten gesehen, die man hätte retten können, wüsste man nur ein wenig mehr! Ich konnte keinen Grund erkennen, warum sie zu atmen aufhörten, da sie doch so weit glücklich in die Welt gelangt waren. Kinder mit kleinen Fehlern – gut, die wären vielleicht nicht perfekt gewesen, aber doch bereits als kleine Menschen erkennbar mit einem Recht auf Leben, um das sie nun betrogen waren.« Die Hebamme stürzte ihren Becher Wein hinunter und schenkte sich gleich nach.

Manou fühlte das Bedürfnis, sie zu trösten, und wagte es einzuwerfen: »Das ist bei den Tieren genauso und da nennen wir es Zucht und Auslese. Wir wollen schließlich nicht, dass Tiere mit

Schwächen und Fehlern überleben, um ihre Fehler weiterzugeben an die nächste Generation und so die ganze Rasse nach und nach zu schwächen.«

Aber damit kam sie schlecht an bei Azima. »Wie kannst du so sprechen? Menschen sind keine Tiere, das ist nicht dasselbe.«

»Warum nicht? Sind nicht Tiere und Menschen gleichermaßen von Gott gemacht? Und hat Gott nicht auch den Tod und das Leid für beide gleichermaßen gemacht? Ich fühle mich nicht in der Lage, sagen zu können: Das hätte leben sollen und das nicht. Ich bin froh, dass ich es nicht muss! Manchmal nimmt uns die Natur eben die Entscheidung ab. Und hätten wir die Mittel, ihr ins Handwerk zu pfuschen, wer weiß, was daraus entstehen würde.«

»Ach! Hättest du deine Eltern und deine Brüder nicht gern gerettet, wenn du eine Möglichkeit gehabt hättest? War es gut, dass du allein überlebt hast?«

Manou schossen die Tränen in die Augen. Sie senkte den Kopf. Azima sprang auf, lief zu ihr hin, wiegte sie in ihren Armen und strich ihr über die Haare. »Verzeih! Verzeih! Wie grausam von mir! Ich habe ohne Bedacht gesprochen in meinem eigenen Kummer und Zorn. Natürlich hättest du! Wenn man dem Leidenden nahe steht, dann möchte man helfen, ganz gleich, welche Folgen es mit sich bringt. Gerade du leidest doch immer so furchtbar mit. Wenn man einen Heilberuf ausübt, dann ist es schrecklich, den Kampf um ein Leben zu verlieren. Doch wenn man es von einer höheren Warte her betrachtet, ist es wahr, was du sagst. Würden alle Schwachen überleben, so würde das Leid vervielfacht. Liebes Mädchen, hör bitte auf zu weinen, es tut mir so Leid! Verzeih! Ich war nur im Augenblick gefangen, verbittert gegen den Sensenmann, der doch auch nur seine Aufgabe zu erfüllen hat. Das geht mir manchmal noch so. Mit den Jahren bin ich härter geworden, kann das Leid betrachten, ohne davon so schlimm berührt zu werden. Aber manchmal holt es mich ein. Ich kannte die junge Frau gut. Sie war so liebenswert ...«

Schwester Dominique hatte lange nichts von sich hören lassen. Im vorigen Herbst vor Weihnachten waren sie mehrmals im Kloster gewesen, danach aber nicht mehr. Jetzt schickte sie nach Azima,

ließ ihr eine Notiz überbringen von einem der Bauern, die dem Kloster hörig waren.
»Geschätzte Freundin. Ich wäre froh, wenn Ihr mir etwas von Eurer Zeit erübrigen könntet. Wir haben hier einen Fall im Hospiz, über den wir uns ganz und gar nicht einig werden können. Euer Urteil wäre hoch geschätzt. Ich schließe Euch und Manou täglich in meine Gebete ein. In christlicher Liebe, Schwester Dominique.«
»Was kann das nur sein?«, fragte sich Azima. »Und mit wem liegt sie da im Streit? Komm, es ist weiter nichts zu erwarten. Wir wollen uns gleich auf den Weg machen.«
Und so holten sie die Maultiere von ihrer schattigen Wiese – sie hatten inzwischen ein zweites anschaffen können – und begleiteten den Boten nach Sainte-Catherine.
Die Schwester Pförtnerin, immer noch dieselbe, verschlafener und grantiger denn je, schaute durch das Guckfensterchen und ließ sie dann ins Parlatorium. Die Äbtissin kam selbst und begrüßte Manou herzlich, fragte Azima, wie sie sich denn mache, und lud die beiden ein, zum Abendessen zu bleiben.
»Ihr könnt im Gästehaus übernachten. Ann-Marie würde sich sicher freuen, Manou!«
Schwester Dominique wurde gerufen und brachte sie hinüber in die kleine *charité,* die außerhalb des eigentlichen Klosters und des Klausurbereichs lag. Auf dem Weg berichtete sie von dem gewissen Fall, der ihr solche Sorgen bereitete.
»Es ist wohl zwei Wochen her, da brachte man uns einen Pilger aus Savoyen, der war in St.-Maximin-la-Sainte-Baume, um das Grab der Heiligen Magdalena zu besuchen. Man wusste es sogleich, dass er von dort kam, weil er zu Fuß und im Pilgergewand war und einen Ring von Sainte-Baume am Finger trug. Er lag bewusstlos am Wegesrand. An ihm war keine Wunde oder sonstige Verletzung zu entdecken. Ein Getreidehändler, der ohnehin auf dem Weg nach Apt war, lieferte ihn bei uns ab. Als er zu sich kam, da war er zunächst ganz wild und kaum zu beruhigen. Als er aber begriff, dass er sich in einem Hause Gottes befand, da fing er an zu weinen, sagte, er sei unwürdig, und wir sollten ihn sterben lassen.
Nach und nach kam heraus: Auf dem Weg zurück von seiner Pilgerfahrt, nahe dem *Rocher du Mauvan,* der bei den Leuten in der

Umgebung in schlechtem Ruf steht, da sei ihm der Teufel Matagon erschienen. Es war in der Abenddämmerung des August, die zwar kaum in völlige Dunkelheit übergeht, aber dennoch durch die Unschärfe der Wahrnehmung ihre Schrecken bereithält. Der Pilger schlug seine Kapuze zurück, um besser sehen zu können, und beschleunigte seinen Schritt. Er hatte vorgehabt, längst in einer Herberge zu sein, aber ein verstauchter Knöchel hielt ihn auf. Er hinkte unter Schmerzen und umklammerte mit der Linken den gesegneten Ring an seiner rechten Hand.
Ein Nachtvogel streifte ihn mit seinem Flügelschlag und er fuhr zusammen. In der Büschen raschelte irgendwelches Getier. Bäume am Wegrand nahmen ihm seltsame Gestalt an, in seiner Erschöpfung begann er in ihren Rinden und Kronen Gesichter zu sehen. Sein Blick fiel auf den Felsen von Mauvan, der sich einsam aus der Garrigue erhebt wie ein Riesenfinger, drei oder vier Mann hoch ...
»Und er schwört, dort sei aus dem Nichts ein junger Mann vor ihm erschienen, mitten auf dem Weg, schön von Angesicht und von schlanker Gestalt, mit einem Bocksfuß, Schwanz und Hörnern. Und der habe sich ihm auch gleich als der Teufel Matagon vorgestellt, habe ihm Schätze, Macht und Ansehen unter seinesgleichen angeboten, wenn er nur vor ihm auf die Knie fallen wolle und ihn als seinen König und Fürst Matagon anerkenne, ganz ähnlich, wie es der Satan mit unserem Herrn Jesus in der Wüste getan hat. Vor lauter Angst sei er auch wirklich auf die Knie gefallen, vor Angst und nicht, um den versprochenen Schatz zu erlangen. Doch danach habe ihn der Teufel nicht gehen lassen, sondern ein Dokument hervorgezogen, das musste er mit seinem Blut unterschreiben. Was nun besonders seltsam scheint: Er hatte dieses Dokument bei sich. Ich habe es hier, seht selbst!«
Dominique holte aus ihrem Habit ein schmales, zusammengerolltes Stück Papier hervor und reichte es Azima.
»Hm«, sagte diese. »Es scheint, der Teufel ist ein Geizkragen und von diesem Matagon sind kaum große Schätze zu erwarten, denn er verwendet altes und schmutziges Papier – gebraucht, da: Auf der Rückseite steht eine Bekanntmachung des Magistrats von Menerbes. Der Teufel hat, scheint's, einen Anschlag abgerissen für

seine Zwecke und …« Sie zeigte es Manou und lachte laut auf dabei, »… seine Orthographie ist beklagenswert! Aber vielleicht lernt man das eben so in der Hölle: Matagon schreibt er mit zwei ›t‹ und ›prince‹ gar mit einem ›x‹ am Ende.«

»Das ist in der Tat ein merkwürdiger Teufel«, sagte Manou, die sich mit den Bewohnern der Hölle dank *Dame* Angèle besonders gut auskannte. »Man sollte auch meinen, dass einem Savoyarden ein allgemein bekannter und kein speziell provençalischer Lucifugus erscheint, den er gar nicht hat kennen können. Im Übrigen ist dieser Matagon einmal ein heidnischer Gott gewesen hier in der Gegend und gehört gar nicht in das höllische Register.«

»Denkt Ihr auch, was ich denke?«, fragte Dominique.

»Ganz sicher«, antwortete Azima, »denn Ihr seid wohl zu dem Schluss gekommen, dass dem armen Mann ein übler Streich gespielt worden ist und dass unser Teufel jetzt in irgendeinem Wirtshaus sitzt und sich mit seinen Saufkumpanen amüsiert, statt armen Seelen einzuheizen, wie es seine höllische Pflicht wäre.«

»Er ist aber nun leider, liebste Azima, zu einem juristischen Problem geworden und weniger ein krankenpflegerisches.«

»Wie das?«

»Der Teufel hatte dem armen Mann befohlen, den Akt von einem Notar registrieren zu lassen. Darauf hat er bestanden und da ist Bruder Severin …«, sie verdrehte die Augen angewidert, »… darauf verfallen, die Sache nicht nur dem Bischof, sondern der weltlichen Justiz zu melden. Nun ist der arme Mensch nicht nur in tiefster Seele verstört, sondern auch noch der Gotteslästerung *und* der Majestätsbeleidigung angeklagt: Er soll Gott und den französischen König beleidigt haben, indem er diesen Matagon als seinen Fürsten und Herrn anerkannte. Es streiten sich nun Bischof und Seigneur, auf dessen Grund der Vorfall geschah, um die Zuständigkeit, und der Richter hat das ganze Verfahren an das neugegründete Parlament von Aix zur Entscheidung weitergeleitet.«

»Aber das Ganze ist doch wirklich albern«, fand Manou. »Er ist ja doch nur ein Feigling und kein Verbrecher. Was wollen sie denn mit dem?«

»Ihn schinden und die Zunge herausschneiden vermutlich. Sie veranstalten doch gern einmal eine saftige Vollstreckung, um das Volk

zu unterhalten und es an seine Pflicht zu gemahnen. Letztes Jahr hat die Stadt Apt sogar einen verurteilten Mörder von Gordes gekauft, nur damit sie einen zum Schinden hatten.«
Sie gingen durch den Krankensaal, in dem der Pilger lag, und traten an sein Bett. Er lag dort allein, denn sein Bettgenosse, den er erst gehabt hatte, hatte sich sein Gejammer nicht lange angehört: »Ich will hier weg«, hatte er getobt. »Bei Gott! Ich will lieber bei einem Pestkranken liegen als bei dem!«
Azima untersuchte den Pilger, was er sich zitternd und mit glasigen Augen gefallen ließ, nahm Dominique beiseite und befand: »Dem Mann fehlt nichts außer einem Quäntchen Vernunft. Hätte der Missetäter geahnt, dass er auf einen so leicht zu beindruckenden und zu verschreckenden Menschen trifft, dann hätte er auf den dummen Scherz vielleicht verzichtet. Ich halte den Patienten – mit Verlaub gesagt – für überspannt und würde in diesem Fall sogar zum Aderlass greifen, damit er sich beruhigt. Eine zeremonielle Teufelsaustreibung wäre sicher gut.«
»Wir haben ihn schon zur Ader gelassen und ich bin davon überzeugt: Er ist körperlich völlig gesund. Er wollte auch beichten, bereut seine Feigheit aus ganzem Herzen und meint, er könne nur weiterleben, wenn er vom Teufel befreit würde durch den Segen eines Priesters. Nur Bruder Severin verweigert ihm den seelischen Beistand, weil er den Teufel als seinen Fürsten anerkannt hat. Was kann man denn tun? Es ist doch nur ein naiver Trottel, der in der Angst einen Fehler gemacht hat. Man hält uns immer vor, wie tadellos die Heiligen allen Teufeln und Versuchungen widerstanden haben, doch ob man selber solche Kraft aufbrächte, darum kann man nur beten.«
»Im Übrigen bin ich fest davon überzeugt, dass er ja nichts Verwerfliches tat, da er nicht wirklich einem Teufel gehuldigt hat, sondern nur dem schlechten Scherz eines Menschen von Fleisch und Blut zum Opfer gefallen ist«, sagte Azima.
»Wie wäre denn Folgendes«, schlug Manou vor. »Zum Glück habt Ihr ja noch das Dokument. Wir machen davon eine Kopie, damit Ihr nicht in Schwierigkeiten kommt, tauchen sie vor den Augen des Kranken in Säure und behaupten ihm gegenüber, dass es Weihwasser sei. Dann glaubt er, der Vertrag mit dem Teufel sei nichtig.

Dagegen könnt Ihr doch nichts haben, Schwester Dominique. Es ist doch tatsächlich nur Menschenwerk und so eine kleine Schwindelei – das könnt Ihr getrost mir überlassen – wäre nur eine Therapie.«
Schwester Dominique bekreuzigte sich, immerhin war hier von einer bewussten Lüge die Rede, musste aber sehr lachen.
»Ich darf aber nicht dabei sein und wenn man mich nicht direkt danach fragt, weiß ich von nichts!«
»Schon recht.«
»Und wenn er dann genesen ist von seiner Angst, denn das ist alles, was ihn plagt, dann wär's das Beste für ihn, wenn er sich aus eigenem Antrieb davonmachte, ehe sich die Herren geeinigt haben, wer ihn denn nun aburteilen darf und wofür.«
»Von mir aus – versucht es«, sagte Dominique und sperrte ihnen die Klosterapotheke auf, wo alles vorhanden war, was Manou für ihr »Weihwasser« benötigte. Dann verschwand die Nonne und ließ die beiden Frauen mit dem Patienten allein.
»So ist es doch zu etwas gut, dass ich bei einem Alchimisten gelernt habe«, meinte Manou zufrieden, während sie in den Vorräten herumstöberte.
»Ich werde etwas bereiten, was die Alchimisten ›Königswasser‹ nennen, angeblich ein universales Lösungsmittel. Aber das ist natürlich Unsinn, denn eine solche Flüssigkeit würde auch die Wandung eines jeglichen Behältnisses auflösen, in welchem man es aufbewahren wollte. Es wäre also gar nicht zu gebrauchen.«
Manou lachte und spann den Gedanken weiter, während sie vor Azimas erstaunten Augen verschiedene Pulver und Flüssigkeiten in einem dickwandigen Glasgefäß mischte: »Als Monsieur Justin mir davon erzählte, musste ich mir vorstellen, wie so ein universales Lösungsmittel, einmal fertig angerührt, sein Behältnis zerfressen würde, dann den Tisch, auf dem dieses stand, dann den Boden des Zimmers und immer weiter so, durch alle Stockwerke des Hauses und die Erde selbst, bis es in der Hölle ankommen würde. Ha! Das wäre vielleicht eine Überraschung für die Teufel da unten. Damit würden selbst sie nicht fertig werden! So – *voilà*.«
Sie hielt ihre Nase darüber und fuhr zurück, so stechend war allein

der Geruch. Azima wollte nach der gläsernen Schale greifen, doch Manou verwehrte es ihr. »Nein, vorsichtig, lass mich die Schüssel tragen! Es darf davon nichts auf die Hände schwappen. Ein universales Lösungsmittel ist es zwar nicht, aber es löst Metall. Haut und Knochen bieten ihm also gar keinen Widerstand!«

Azima hatte inzwischen das Dokument, so gut es ging, auf die Rückseite eines Salbenrezeptes kopiert. Schwester Dominique war nirgends zu entdecken, als die beiden Frauen zu dem Kranken gingen. Mit einem Ruck zog Azima den schweren Vorhang zurück. Dem Armen quollen fast die Augen aus dem Kopf, als er das Pergament erblickte. Zitternd wich er bis ans Kopfende seines Bettes zurück.

»Nein! Nein! Nehmt das weg! Wozu wollt Ihr mich noch quälen? Verloren! Ich bin verloren und in Ewigkeit verdammt!« Er saß mit dem Rücken an der Wand, die Knie angezogen, die Decke vor dem Gesicht, so dass nur noch sein wirrer Haarschopf und die irren Augen hervorschauten, zusammengekauert, ein erbärmlicher Anblick.

»Sieh her, du armer sündiger Mensch«, intonierte Azima feierlich. »Gott in seiner unendlichen Gnade hat uns einen Weg gewiesen, dich aus den Klauen des Satans zu befreien!«

Die Decke senkte sich ein wenig, das Gesicht des Pilgers kam zum Vorschein, die bebenden Nasenflügel, der Mund. »Wie ist das möglich?!«

»Sieh her und freue dich: In dieser Schüssel hier ist geweihtes Wasser …« Der Mann richtete sich noch etwas weiter auf und reckte den Hals, um besser sehen zu können.

Manou unterdrückte ein Lachen, er sah doch gar wie ein gerupfter Hahn aus. Der Adamsapfel hüpfte in seiner mageren Kehle auf und ab.

»Hier ist der infame Vertrag – und jetzt schau!«

Azima zerriss das Papier in Stücke und ließ sie in das Gefäß fallen, wo sie sich mit einem wirkungsvollen Zischen, unter wahrhaft höllischem Schwefelgestank und leichter Rauchentwicklung – Manou musste ein wenig husten – auflösten.

»*Deo gratias*«, rief der Kranke aus. »Ein Wunder! Der Herr hat mir vergeben. Halleluja!«

Er bekreuzigte sich mehrmals, sprang aus dem Bett und fiel vor

den beiden Frauen auf die Knie. »Wie kann ich Euch danken?! Ihr habt eine schwere Last von meiner Seele genommen!«
Manou konnte gerade noch die Schüssel mit der dampfenden Säure vor ihm in Sicherheit bringen. Sie trug sie rasch aus dem Raum, um sich ihres Inhalts draußen vor der Tür zu entledigen. Das Gras, auf welches sie die Flüssigkeit schüttete, wurde braun und es qualmte ein wenig, aber mehr geschah nicht.
»Universal … *ma foi*«, murmelte Manou und eilte schnell wieder hinein, um auch noch den Rest der Veranstaltung zu erleben.
»Dankt nicht uns, dankt Gott«, sagte Azima eben. »Euer Vertrag mit dem Matagon ist nun gelöst und Ihr seid frei, guter Mann. Es wäre sicher das Beste, wenn Ihr so schnell wie möglich nach Sainte-Baume zurückkehren würdet, um Buße für Eure Schwäche zu tun. Den Segen, den Ihr dort erworben, den habt Ihr wohl vertan, indem Ihr dem Teufel nachgegeben habt.«
»Ja meint Ihr denn, die Heilige Magdalena wird mir auch vergeben?«
»Ganz sicher wird sie das, wenn Ihr aufrichtig darum bittet.«
Der Pilger sah zweifelnd drein.
»Sie war doch eine schwache Frau und hat selbst in Sünde gelebt, bis Jesus sie in seine Schar aufnahm. Sollte ich da nicht lieber zu einem männlichen Heiligen gehen statt zu einer Frau?«
»Monsieur! Jetzt lästert Ihr! Frau oder nicht, sie ist schließlich heilig gesprochen worden! Betet, dass sie Euch verzeiht, nicht nur Euer Geschäft mit dem Bösen, nachdem Ihr gerade von ihr gekommen seid, sondern auch das, was Ihr eben gesagt habt«, sagte Azima streng.
Der Mann bekreuzigte sich hastig.
»Und wählt dann lieber einen anderen Rückweg in Eure Heimat, um dem Matagon nicht noch einmal in die Quere zu kommen.«
»Ja! Das will ich!« Und der Mann stand auf, zog sich rasch an und eilte davon.
Azima und Manou ließen der Äbtissin ausrichten, dass sie leider nicht zum Abendessen bleiben könnten, und verschwanden gleichfalls. So konnte Schwester Dominique dem gestrengen Bruder Severin auch später nichts darüber sagen, wo denn der Pilger, dieser Teufelsanbeter, abgeblieben sei.

Er war einfach fort und da er ja – wie alle einsahen – doch nur ein erbärmlicher Jammerlappen gewesen sei und kein brauchbarer Hinrichtungsgegenstand, ließ man die Sache auf sich beruhen. Manou aber meinte auf dem Heimweg verächtlich zu Azima: *»Se fassi lou cuou eme de busco!«* – »Der wischt sich den Hintern mit Holz«, wie man in der Gegend von einem sagt, der nicht ganz bei Verstand ist.

20

»*A Sant Martin, tapo ta bouto, tasto toun vin* – an Sankt Martin stich dein Fass an und probier deinen Wein.« Es folgte, als letzte, wichtigste und abschließende Ernte im Jahr an Sankt Andreas die Olivenernte: »*Per sant Andriéu, la lato sus l'ouliéu* – An Sankt Catherine ist das Öl in der Olive, an Saint André[17] geht der Stock zum Baum.« Im Hameau des Lumières hatte jeder ein, zwei oder drei Olivenbäume für den eigenen Bedarf, aber es war Azima, die auf diesem Feld die Unternehmerin war, sie, die Einzige, die so viel besaß, dass sie davon verkaufen konnte gegen bares Geld. Es war gut, das Öl ihrer Oliven: feinfruchtig, nicht zu herb, nicht zu schwach, blond und golden wie flüssiges Licht, nicht zu schwer. Es hinterließ keinen fettigen Belag auf den Lippen, wenn man es vom Löffel kostete. Ihre Olivenbäume waren alt; es gab Leute im Dorf, die behaupteten, dass sie schon zu Hadrians Zeiten gepflanzt worden seien. Sicher war, dass es Bäume aus der Gegend von Florenz waren, *lucques,* von wo ein Öl kam, feiner als das hiesige, für die Tafel von Fürsten geeignet. Azima erzielte einen guten Preis dafür. Es gab Neider, die sagten, es sei ihnen nicht gehaltvoll genug, es schmecke fade und sie würden diese Bäume nicht geschenkt haben wollen, nicht, wenn man ihnen etwas dazu bezahle, sie zögen das kräftige dunkelgrüne Öl der heimischen Früchte vor, der *nustrales, tanches* meist, grasig im Geschmack vorne auf der Zunge, erdig voll in der Mitte und manchmal mit einem scharfen Nachklang von Nussschalen hinten im Gaumen, wenn man es herunterschluckte. Pierre Lafitte verwendete in seiner Küche mindestens fünf verschiedene Öle, je nach Gericht. Grobe Öle für handfeste Kost, wie er sagte, jedes wo es hinpasst und die Aromen abrundet und ergänzt, statt sich vorzudrängen wie ein allzu hungriger Gast. Azi-

mas Öl, von dem er sich jedes Jahr einige Krüge reservieren ließ, verwendete er für *fougasses, tartes* und zarte Frühlingssalate.
Zur Ernte der Oliven also, Azimas Oliven – die der anderen waren schnell eingesammelt –, traf sich der Weiler auf der Wiese vor Azimas Haus, auf dem Hang, der in bester Sonnenlage sich zum Calavon hin senkte, Männer, Frauen und Kinder, mit Tüchern und Stöcken bewaffnet. Die niedrigsten Äste wurden von Hand geleert und das ergab das beste Öl. Azima ließ die *alla pettinatura,* mit dem Kamm und der Hand gepflückten Früchte in eigens bereitgestellte Körbe geben. Danach wurden die oben mit Stöcken vom Baum geschlagen, wobei man darauf zu achten hatte, dass die Triebe nicht verletzt wurden, die im nächsten Jahr die Früchte tragen sollten. Die Kinder beeilten sich, die länglichen, daumennagelgroßen Beeren aufzusammeln. Und Azima, bei dieser einen Gelegenheit ganz *patronne,* patrouillierte ihren Hain und achtete darauf, dass ja keiner zu heftig vorging oder etwa Früchte am Baum zurückgelassen wurden. Der allergrößte Teil war der Mühle in Lacoste vorbehalten, die Ölmühle des Seigneurs de Sade, der dafür seinen Anteil vom gepressten Öl erhielt. Ein kleiner Teil war für *Dame* Alzias Hausgebrauch bestimmt. Manou und Azima würden sie mit einem nagelbesetzten Brettchen anstechen und anschließend einsalzen oder in Lake legen, mit Fenchelgrün und Zitronenscheiben abgeschmeckt.
Aber das, das hieße vorgreifen auf den Winter. *Les Olivades,* das war die Krönung des Herbstes, das letzte der Feste unter freiem Himmel, eines, das jedes Dorf und jeder Weiler für sich veranstaltete. Da man versuchte, die Feste so zu legen, dass auch Nachbardörfer sich dem eigenen Vergnügen anschließen konnten und umgekehrt, gab es kaum Sonntage genug, um den Ereignissen Rechnung zu tragen.
Lumières allerdings war zu klein, um viele Gäste anzuziehen, was gut war für Azima, denn sie war in diesem Fall die Reichste und die Gastgeberin. Honoré, der Assistent des Richters aus Lacoste, kam mit seiner jungen Braut, Pierre und Cathi mit der kleinen Margaux und ein paar Freunde von den umliegenden Höfen.
Die Ernte war abgeschlossen, das Wetter so schön, wie man es sich nur wünschen konnte, die Bäume nicht allzu gerupft, silbergrau die

fein gefiederten Zweige gegen den klaren Novemberhimmel, Körbe und *charettes* beladen. Die jungen Leute hatten auf der Wiese eine hohe Stange eingepflanzt, an deren Spitze bunte Bänder befestigt waren, um die *courdello* zu tanzen, bei der jeder Tänzer ein Band ergriff, mal mit der Rechten, dann wechselnd in die Linke; und dann tanzten sie komplizierte Muster und Schritte, einer um den anderen und immer im Kreis um den *mai* herum, bis er ganz eingeflochten war. Der alte Noé spielte Tamburin und Flöte dazu.
Die Kinder, auf Steckenpferden und mit ebensolchen Degen, spielten *»Arlequin et le Roi Maure«*. Das Spiel war alt und der Schlacht von Marseille nachempfunden, in welcher die provençalischen Prinzen die bösen Mauren besiegt hatten. Natürlich musste Azima einmal mehr den Maurenkönig geben und sterbend in den roten Staub unter den Ölbäumen sinken, von wo sie sich erhob, um ihre Gäste mit Essen und Trinken zu versorgen.
Nicht ohne Hilfe: Die Nachbarinnen hatten Tische und Bänke zusammengetragen, so dass im Augenblick die Häuser bar von Möbeln und Geschirr waren. Man hatte Kaninchen gejagt und ein kleines Wildschwein, das von Pierre fachgerecht am Spieß bereitet wurde. Es gab Aïoli, geröstetes Brot, Früchte in Honig, *crespeu*. Man tanzte und sang und aß abwechselnd über mehrere Stunden hinweg, bis die Sonne hinter dem Luberon verschwand und es schlagartig kalt wurde. Tische, Sitze und Geschirr verschwanden von der Wiese, als sei sie leer gewesen und alles nur ein Spuk. Das war das Ende des Herbstes.
Manou fürchtete den Winter, aber wie gewöhnlich ging auch dieser vorbei mit Botengängen, gemeinsamen *ballades* an den schönen Tagen, Geschichten Erzählen am Feuer, Wolle Auskämmen und Spinnen.
Vor Weihnachten schlenderten sie über die *foire d'Apt,* einen schönen Weihnachtsmarkt, noch größer und mit schöneren Waren als der von Lacoste. Manou sah zwar immer wieder über ihre Schulter, es begegnete ihnen aber niemand, den sie aus ihrem früheren Leben kannte. Der Hexenspuk blieb gebannt.
Sie gingen zu den Ruinen des *Cirque romain,* der inzwischen als Steinbruch diente, das Denkmal des Pferdes Boristhène anzuschauen, das Pferd des römischen Imperators, welches bei der Jagd

in der Gegend der Stadt Apta Julia von einem Wildschwein getötet worden war.

›*Römische Offiziere hoch zu Pferd, eine wilde Hetze durch die lichte Garrigue. In einem kleinen Hain von Liguster, da hatten sie den Eber gestellt, ein riesiges schwarzes Vieh. Drei Hunde hatte er bereits zerrissen, die anderen Köter jappten und winselten um ihn herum, getrauten sich aber nicht mehr, ihn anzugehen.*

Hadrian selbst, der damals noch ein junger und draufgängerischer Mann war, gab seinem Pferd die Fersen und ritt dem Eber entgegen. In die Enge getrieben und verwundet stürzte das Tier vorwärts auf den Feind zu, den Peiniger. Der Imperator war vom Pferd gesprungen, einige Offiziere schrien auf und wären gern dazwischen gegangen, doch Hadrian litt es nicht. Er stand, die Knie leicht gebeugt, und hielt ruhig den Sauspieß vor sich her. Der schwarze Eber rannte geradewegs in sein Verderben, von der eigenen Wut getragen, halb blind, warf im Todeskampf den Jäger um, quiekte, strampelte ein letztes Mal, schwarzes Blut ergoss sich über die grauen Steine und er lag still. Und dann, gerade als Hadrian im Begriff war, sich aufzurichten – seine Soldaten schwangen ihre Waffen hoch in die Luft, jubelten ihm zu –, da kam die Gefährtin des Ebers durch das dichte Wacholdergebüsch, rasend vor Wut, ein Monstrum noch größer, als der Eber es gewesen war, den Geruch von Blut und Angst in den Nüstern und das Todesgeschrei des Gefährten im Ohr, stürzte sich auf den noch am Boden Knieenden, Pfeile flogen, doch sie verfehlten ihr Ziel.

Der Imperator warf sich beiseite, sein Kurzschwert, unzulänglich, streifte das Tier und wurde aus seiner Hand gerissen, der Spieß steckte fest in dem erlegten Eber und ließ sich nicht herausziehen, der Kaiser aller Römer war nun unbewaffnet. Es gelang ihm aufzustehen, doch keiner seiner Offiziere hatte die Geistesgegenwart, ihn zu decken, bevor die Bestie sich herumgeworfen hatte und ein zweites Mal angriff.

Der große Hadrian sah sich in Todesangst um, floh, suchte Schutz hinter seinem Pferd. Das Pferd stieg hoch, wieherte schrill vor Angst, verdrehte die Augen und wurde niedergerammt. Die Bestie riss ihm die Bauchdecke auf, bevor sie endlich von Pfeilen und Spießen getroffen selbst zusammenbrach und verendete. Und Hadrian,

der den Tod von Tausenden befehlen konnte, der zusah, wie Sklaven in den Arenen geschlachtet, zu Tode gepeitscht, gefoltert, gekreuzigt, verbrannt wurden, vergoss bittere Tränen über sein armes sterbendes Pferd, versuchte weinend die Eingeweide wieder in den Leib zu stopfen.
Das treue dumme Tier, da lag es schwerfällig, warm und hilflos auf der Seite, reckte unter Anstrengung den Hals, hob den Kopf, um seinen Herrn anzusehen, schnaubte und atmete heiß. Es stand unter Schock und fühlte keinen Schmerz. Den Schmerz, den fühlte der Beherrscher der römischen Welt, Schmerz der Scham, Schmerz eines sinnlosen Todes, betrogenen Vertrauens. Aus Zeitvertreib, aus Lust und Langeweile war er auf Eberjagd gegangen und um seine Geschicklichkeit, seine ungebrochene Kraft zu beweisen. Das Pferd, das ihn so lange begleitet hatte von Rom über die Alpen und in dieses heiß-kalte Land, hatte mit seinem Leben bezahlt für sein Vergnügen.
Und die Bürger von Apta Julia, die Grund hatten, die schlechte Laune des römischen Herrschers zu fürchten, ließen eilends und um sich bei ihm einzuschmeicheln ein Grabmahl für das Pferd errichten.
Er dankte es ihnen mit Stadtprivilegien, ein sentimentaler Mann, Hadrian.‹
Azima schüttelte Manou: »Was ist? Wo bist du schon wieder mit deinen Gedanken, was siehst du, Kind?«
Manou sah nur noch ein paar Säulen, ein paar rissige Steinplatten, eine verwitterte Inschrift, die sie nicht lesen konnte. Der Römer und sein schönes Pferd, wo waren sie hin?
Der Januar war ungewöhnlich mild. Manou nahm ihre Botengänge wieder auf und vertrieb sich die Zeit damit. Sie hatte einiges mit sich auszutragen und wollte gern für sich sein.
Ende Februar war es schon warm genug, dass sie die ersten Wildsalate fand an den Ufern der kleinen Bäche, die aus dem Luberongebirge mit Schmelz- und Regenwasser angeschwollen sich dem Calavon zustürzten. Azima, die selbst lieber am Feuer sitzen blieb und es Manou überließ, durch die lehmigen Wiesen zu stapfen, war gleichwohl dankbar für diese Bereicherung des spätwinterlichen Speisezettels. Man war ja so ausgehungert nach frischem Grün jetzt

und ohnehin: »Wer aus seinem Magen einen Garten macht, braucht keinen Arzt«, das war ihr Wahlspruch.
Einen Arzt – oder vielmehr eine Hebamme – würde Beatrice nun doch brauchen. Sie besuchte heimlich Azima, um Gewissheit zu haben, und diesmal war kein Zweifel: Arbeit für Azima in etwa einem halben Jahr.
»Hast du doch die Knie nicht beisammenhalten können«, beschimpfte Azima die arme Beatrice, wie sie da auf dem Bettrand hockte und sich die Röcke wieder herunterzog, weich, rund und appetitlich, die Augen groß und feucht wie die einer Kuh.
»Aber er hat doch gesagt, er liebt mich«, verteidigte sich Beatrice.
»*Eh bèh,* und?«
Beatrice schüttelte den Kopf.
»Wer war's denn?«
Sie schnäuzte sich in einen Rockzipfel und murmelte etwas, das Manou nicht verstand.
»Heilige Maria, Mutter Gottes«, rief Azima. »Weiß es deine Mutter schon?«
Noch ein Trompetenstoß in den Unterrock: »Nein!«
»Könnt Ihr's denn nicht – na Ihr wisst schon, Madame Azima …«
»Kommt nicht infrage! So was mach ich nicht. Du musst schon mit dem zurechtkommen, was du dir da eingebrockt hast. Aber ich kann ja mal mit ihm reden, wenn du willst.«
»O ja, bitte, Madame Azima! Ich liebe ihn doch auch so sehr!«
»Erstaunlich!« Azima schüttelte den Kopf. »Also geh erst einmal heim, Beatrice, und sage deiner Mutter noch nichts von der Überraschung – obwohl, so überraschend sollte es auch für sie nicht sein, es sei denn, sie ist blind wie ein Maulwurf, was dich betrifft. Man sieht es noch nicht. Wenn du aber auf dumme Ideen kommst, etwa dich körperlich so zu überanstrengen, dass du eine Fehlgeburt provozierst, oder Petersiliensaft trinkst oder sonst eine Schweinerei veranstaltest, dann, mein Mädchen, hast du nicht nur deine Mutter gegen dich, das schwöre ich dir!«
Beatrice ging mit hängendem Kopf.
»Und was war das nun wieder?«, fragte Manou.
»Pah! Eine verfahrene Situation, wie ich selten eine gesehen habe! Beatrice hat sich in Robert Malet verguckt, ein Kerl, so hässlich

wie die sieben Todsünden. Er sieht aus wie eine Kröte, kaum zu glauben. Aber wie es scheint, liebt sie ihn und will keinen anderen. Deshalb hat sie ihm nachgegeben, weil sie hoffte, ihn und seine Familie endlich rumzukriegen, und weil, das wett ich, das Gras so schön weich war und die Nacht so lau – tralala – und weil sie dann nicht gewusst hat, wann es Zeit war aufzuhören mit der Balgerei. Das wäre vielleicht alles nicht so schlimm, wenn's nicht gerade ein Malet gewesen wäre und eine Ferrier. Da kann leicht Blut fließen, wenn wir nicht aufpassen!« – Romeo und Julia auf dem Lande.

Die Capulets hat man sich hier so vorzustellen: kleinwüchsig, die Männer von schmächtiger Statur, was sie durch Unverschämtheit und Lautstärke wettmachten, ihr Palazzo ein aneinander geklebtes Gewirr von Waben, hier und da ein Raum, ein Trakt angebaut in jeder Generation, nicht von der mathematischen Schönheit der Bienenwaben, sondern krumm und schief, treppauf, treppab, verwinkelt zum Verlaufen, wie es eben gerade kam; Feldsteine mit Lehm verschmiert, winzige Fenster ohne Glas – dafür war der alte Malet zu geizig –, mit Tierhäuten zugehängt und im Winter mit schweren Holzläden verschlossen. Der Marin trieb den Regen durch die Ritzen, der Schirokko den roten Staub aus Afrika, nur der Mistral wurde durch eine geeinte Front von Mauern abgewehrt – nach Norden gab es keine Fenster.

Das stolze Haus der provençalischen Montagu dagegen erhob sich zweistöckig aus der geduckten Reihe seiner Nachbarn und konnte sich eines gotischen Bogens, eines Portals aus Sandstein rühmen. ›Gotischen – was?‹, sagten die Capulets, ›was bilden die sich ein?‹

Die edlen Capulets von der Bastide hatten in ihrem Leben noch nie eine einzige Münze besessen, sie lebten vom Tauschhandel, aber sie gingen ein gutes Stück über eigenes Land in ihren selbst gefertigten Holzpantinen. Die anderen hatten nur ein paar verstreute Fleckchen, gerade genug, um Kohl und Zwiebeln für den Hausbedarf zu ziehen.

Dafür besaß die Mutter von Beatrice eine Truhe aus Ebenholz, die war aus sarazenischer Zeit übrig geblieben, und darin befanden sich nicht nur einige Stücke echter Seide und ein Weinkrug aus Zinn, sondern auch wahrhaftige Münzen, eine ganze Menge davon, die diese Patriarchin regelmäßig aus der Truhe holte und streichelte. Sie liebte sie mehr als ihre Kinder, *les jolies sous*.

In ihrer freien Zeit warfen diese Edlen mit Kanonenkugeln zum Spaß, zerhackten Baumstämme um die Wette oder soffen sich gegenseitig unter die Tische.

Trafen sich nun die Capulets und die Montagues auf dem Marktplatz von Lacoste oder beim Kirchgang, dann flogen böse Worte und mehr. Sie hatten sich schon oft duelliert mit Dreschflegeln und Mistforken als Degen, weniger elegant, aber ebenso tödlich. Es hatte Opfer gegeben über die Jahre. Das letzte lag allerdings seit sechzehn Jahren auf dem Friedhof unter schwarzen Zypressen mit einem Feldstein auf der Brust. Man sollte meinen, es sei einmal genug. Und nun hatte Amor sich in Angelegenheiten eingemischt, die ihn nichts angingen, hatte unbedingt Frieden stiften wollen, was nun wirklich nicht seine Aufgabe war.

Beatrice und Robert … Gedichte verstanden sie nicht zu machen und niemand würde eine Ballade über sie singen zur Laute und bei Fackelschein, doch war ihr Schmerz darum nicht weniger überwältigend. Die Gefühle waren groß und heftig, nur ließen sie sich nicht in Worte zwängen.

Es hatte mit heimlichen Blicken begonnen, mehr war zunächst nicht geschehen. Nachdem das aber eine ganze Weile so ging, war absehbar, dass es nicht dabei bleiben konnte. Eines Tages beschloss Robert daher, das Herz voller Frühlingsgefühle, sich den verhassten Ferriers in Freundschaft zu nähern – Beatrice zuliebe.

»Kannst du nicht bei der alten Ferrier ein gutes Wort für mich einlegen?«, fragte Robert beim *voto* einen Cousin von Beatrice, einen, mit dem er immerhin beim letzten Waldbrand Schulter an Schulter die Schneise geschlagen hatte.

»Ich kann dir eins aufs Maul hauen«, war die Antwort.

»Können wir nicht Freundinnen sein?«, flüsterte Beatrice Roberts Schwester zu beim Tanzen um den Maibaum – und bekam dafür einen Tritt vors Schienbein.

Und endlich, als alle Andeutungen und Annäherungsversuche auf Umwegen nichts fruchteten: »Mutter, was ist eigentlich so Furchtbares an den Malets, dass ich nicht einmal mit ihnen sprechen darf?«, fragte Beatrice.

»Vater, wenn du nicht mal weißt, warum du die Ferriers nicht leiden kannst, wär's dann nicht an der Zeit, einen Strich darunter zu ziehen, unter diesen alten Streit? Schließlich ist Madame Ferrier ohne männlichen Beistand und die Beatrice, die ist ganz nett ...«, bemerkte Robert.
»Untersteh dich, Bube! Ich will davon nichts hören!«
»Die Malets sind Mörder und Verbrecher, ein übles Gesindel mit einem Sündenregister so lang, dass du darauf von hier nach Apt schreiten könntest! Eine Ferrier spricht nicht mit denen, nicht einmal einen Blick darf man ihnen gönnen«, stellte Mutter Ferrier fest.
Als also an die Familienoberhäupter kein Herankommen war, da ging Robert, der es nicht länger aushielt, verstohlen diese weichen, schaukelnden Hinterbacken anzubeten und in der Kirche beim Aufstehen der Beatrice in das Mieder zu gaffen, zum direkten Angriff über.
Er verstand es so einzurichten, dass er pissen gehen musste, gerade als auch Beatrice kurz in die Büsche verschwunden war. Und dann stand er da, auf dem Weg im Schatten der Pinien, an einen Stamm gelehnt, die Arme verschränkt, und fragte sie, ob sie nicht ein kleines Stück mit ihm spazieren wollte. Und Beatrice, die wollte schon. Er gefiel ihr, der Robert, trotz der verhunzten Visage. Da war etwas an ihm, etwas Warmes, Zuverlässiges, so eine Sehnsucht in seinen Augen, die Einsamkeit des Straßenköters, eine Traurigkeit, die sie dazu veranlasste, ihn trösten zu wollen. Die hübschen jungen Böcke, die waren sich selbst genug. Hier war einer, der brauchte sie.
Sie gingen ein Stück fort von dem fröhlichen Lärm. Beide hatten weiche Knie und feuchte Hände. Auf einer grasigen Lichtung im Schutz der Garrigue auf den bitter-süßen Kräutern, da setzten sie sich und bald lagen sie, Robert knüpfte Beatrice das Mieder auf, küsste und beleckte ihre Brüste, saugte an den braunen Brustwarzen, die hart wurden und sich aufstellten, und Beatrice wurde es schwach und heiß. Und Robert wurde frecher, aufdringlicher, wunderbar aufdringlich, seine rechte Hand verirrte sich unter den Rock des Mädchens, die linke nestelte an seinem Hosenbund.
»Nein, nicht ...«, flüsterte Beatrice.
»Doch! Lass mich ...«, raunte heiser Robert.

Als sie aber nachgab, da wurde er plötzlich verlegen: »Ich habe noch nicht … ich weiß nicht, wie …«
»Aber ich weiß«, flüsterte Beatrice und zeigte es ihm.
Danach schworen sie sich Liebe und Treue und dass sie keinen Tag ohne einander mehr sein könnten und dass sie Gott und der Welt und insbesondere ihren Familien trotzen würden.
Und dann kamen die guten Freunde: »Bist du verrückt? Deine Mutter bringt dich um. Was willst du mit diesem *carêmentrant*[18]? Und alle Malets sind sowieso Schweine. Sieh lieber zu, wie du's losbekommst! Der heiratet dich nie, wirst sehen«, sagten die Freundinnen von Beatrice.
»Was denn, hat sie dich schon rangelassen? Was machst du dann für ein Wesen? Liebe? Ha! Die Weiber tragen Herz und Verstand zwischen den Beinen. Willst du dich für so was mit deinem Alten anlegen?«
»Jeder im Dorf hat die schon gehabt. Ich auch«, behauptete einer und da er gut aussah, glaubte es ihm Robert.
»Es ist nicht wahr, kein Wort davon«, rief Beatrice. Der einzige Mann, bei dem sie gelegen hatte – außer Robert –, war nicht aus dem Dorf gewesen. Wie konnte der Kerl nur so was Gemeines sagen?
Es folgten heimliche Treffen, Zweifel, Streit, Eifersucht und dieses unstillbare Brennen im Herzen und dann, als Beatrice ahnte, dass sie einen kleinen *batard* trug, da kriegte sie plötzlich Robert kaum noch zu sehen.
»Romeo und wer?«, fragte Manou.
»Eine alte Geschichte, die sich in Verona zugetragen haben soll, kennst du sie nicht? Na macht nichts, sie ging aber schlecht aus und das will ich hier nicht haben. Also, es ist nämlich so: Die Malets von Gratte-Semelle und die Ferriers aus Lumières, die sind verfeindet seit Generationen. Keiner weiß mehr so recht, wann und warum es angefangen hat. Es heißt, dass es um ein Kalb ging bei der Sache. Na, das passt ja auch!«
»Ein Kalb?«
»Richtig: ein einzelnes kleines Kalb. Man sagt, die Malets hätten einen schönen Stier gehabt, ein gutes, wertvolles Tier, aber halb verwildert. Und weil sie zu geizig waren, ihre Zäune instand zu

halten, da ist der Stier öfter mal ausgebüchst. Na, und bei der Gelegenheit, da hat er wohl eine Kuh, die den Ferriers gehörte, bestiegen. So weit schön und gut. Als aber die Kuh ihr Kalb bekam, zwei Kälber, da beanspruchten die Malets eines davon für sich. Sie sagten, die Ferriers hätte ihre Kuh mit Absicht im Freien stehen lassen, auf der einzigen Weide angrenzend an ihr Terrain, um die Gebühr für den *service* zu sparen, was ich für sehr glaubhaft halte, wenn man die Ferriers kennt. Wenn die dir ein Ei verkauft, die alte Ferrier, dann sieh nach, ob sie nicht vorher das Eigelb entfernt hat!

Die einen also sagten: *Bon,* wenn ihr euren Stier frei herumlaufen lasst – und mit einem halb wilden Stier ist ja nicht zu spaßen, wie leicht hätte jemand zu Schaden kommen können –, dann könnt ihr keine Gebühr erheben, wenn er irgendeine Kuh besteigt, die da so herumsteht. Im Gegenteil: Ihr solltet uns Schadenersatz bezahlen. Die anderen sagten: Ein *service* von einem guten Stier wie unserem, den gibt es nicht umsonst. Geld oder Kalb! Die waren also auch nicht großzügiger als eine vertrocknete Nuss.

Und seitdem gehen sie sich aus dem Weg und haben sich schon manchen Streich gespielt. Die Jungen der Familien, die haben sich gegenseitig in die Brunnen gepisst, die Obstbäume umgehackt und das Korn angezündet, haben sich geprügelt auf jedem Fest, solange man denken kann. Es ist ein Wunder, dass nur ein Einziger tatsächlich zu Tode gekommen ist bisher. Nur in dieser Generation war einigermaßen Ruhe, weil die Ferrier Witwe ist und nur noch die eine Tochter hat, ihr Sohn ist zur See gegangen. Wenn der aber zurückkommt oder die Verwandtschaft oben aus Sault erfährt, dass ausgerechnet ein Malet die Beatrice geschwängert hat, dann gibt es bestimmt ein Unglück!«

Azima fand Gelegenheit, sich den jungen Robert vorzuknöpfen: »Robert! Du weißt, dass du Beatrice in andere Umstände gebracht hast?«

»Ja.«

»Und? Willst du sie nicht heiraten?«

»Nein.«

»Wieso nicht?«

»Na, eine wie die, die setzt mir doch Hörner auf, ehe ich bis drei

gezählt habe. Das Geschirr war schon angeschlagen, bevor ich davon gegessen habe. Ich bin doch nicht blöd!«
»Na, also hör mal!«, mischte Manou sich ein. »Die Beatrice ist nicht die Erste und Einzige, die Ostern vor dem Palmsonntag gefeiert hat. Da gehören doch wohl zwei dazu. Und sie liebt dich doch. Ganz unter uns, mein Lieber: Du bist so hässlich wie ein *crapaud*. Da kannst du froh sein, wenn du so ein hübsches, rundes Weibsstück in dein Bett gelegt kriegst.«
Robert war gewohnt, dass man ihn als Kröte beschimpfte, und er war sich durchaus bewusst, dass er keine Schönheitskonkurrenz gewinnen würde, aber ... »Ein Mann muss nicht schön sein.«
Manou schüttelte sich sichtlich.
»Schön vielleicht nicht ...«
Da war Robert nun doch ein wenig gekränkt. »Na, und du siehst aus wie ein Brett! Auf dir holt sich noch einer blaue Flecken!«
»Tsk! Tsk! Kinder«, machte Azima. »Na, Robert, ich kann dich schon verstehen, aber hast du dir auch überlegt, was die anderen über dich sagen werden, wenn du sie nicht nimmst, die Beatrice?«
»Na, was denn schon?«
»Dass du nicht Manns genug bist für ein feuriges Weib wie die!«
Das schreckte ihn. »Meint Ihr wirklich, Madame Alzias?!«
»Und ob! Um ein Weib wie die zu halten, da braucht es einen wirklichen Kerl. Bist du das nicht? Ich glaube fast, du hast Angst, dass du's nicht aufnehmen kannst mit ihr, hm? Ist dir vielleicht eine Hässliche lieber, die sonst keiner will? Oder eine, die immer unpässlich ist oder Kopfweh bekommt, wenn du deine ehelichen Rechte zu beanspruchen versuchst? Na ja, mach was du willst. Meine Tochter ist es ja nicht. Ich habe mich sowieso gewundert, wie sie auf dich verfallen ist.«
Damit machte Azima auf dem Absatz kehrt und ging davon.
Roberts Gesicht bot eine Studie von widersprüchlichsten Gefühlen. Er liebte sie ja und wollte sie schon gern haben, aber da waren die Freunde und ihre Ratschläge und der Zorn des Vaters, der zu erwarten war, und nicht zuletzt die Sault-Ferriers, die geschworen hatten, jedem Malet, der auch nur in die Nähe einer Ferrier käme, die Eier abzuschneiden. War es das wert?
»*Ma foi!* Wenn das Denken Geräusche machen würde, dann müss-

te sich jetzt jeder in einer Meile Umkreis die Ohren zuhalten. Mach wenigstens den Mund zu, sonst siehst du noch schlimmer aus«, versetzte Manou. »Du kannst wirklich froh sein, dass eine wie die Beatrice ihr Herz an dich hängt. Sie muss blind sein, aber wo die Liebe hinfällt …« Und hinterhältig fügte sie hinzu: »Ich wette, das alles ist nicht der wahre Grund dafür, dass du sie sitzen lässt. Du bist ganz einfach ein erbärmlicher Feigling. Du hast Angst vor deinem Alten.«

Robert hob die Fäuste. Manou sprang davon, Azima hinterher.

Er war ja schon fast ganz überzeugt, es hatte nur der richtigen Worte bedurft: Sie war es wert. Zum Teufel mit den Freunden, den Sault-Ferriers und seinem Alten. Er würde sie schon zur Freundschaft zwingen, diese Ferriers, und wenn nicht, dann würde er fortgehen mit seiner Beatrice – irgendwohin.

Den Rest erledigte der *curé* von Lacoste, ein vernünftiger Mann, dem die Familienfehde längst ein Dorn im Auge war. Er reiste so lange zwischen Gratte-Semelle und Lumières hin und her – in diplomatischer Mission auf seinem Esel –, bis endlich Frieden geschlossen wurde, besiegelt mit einer Hochzeit, rasch, rasch, ehe man etwas sah. Beatrice bekam die Wiese als Mitgift, genau die, auf der nach Überlieferung der Stier damals außer der Reihe tätig geworden war, genau wie Robert.

Auf der Feier gab es den nächsten Streit. Zu fortgeschrittener Stunde prügelte sich der aus Marseille heimgekehrte Sohn Ferrier mit einem von Roberts jüngeren Kröten, Verzeihung – Brüdern, aber Beatrice, die jetzt ja die Seiten gewechselt hatte, zog ihrem Bruder einen Krug über den harten Seemannsschädel. Damit war sie endgültig auf Gratte-Semelle aufgenommen. Die Fehde ging weiter. Robert und Beatrice rieben fröhlich die Schwarten aneinander und produzierten in schneller Folge erstaunlich hübsche Kinder. Es hatte also alles wieder seine Ordnung.

21

1502 machte Columbus seine vierte Reise und Amerigo Vespucci seine zweite, die ihn nicht nach Indien brachte, wie er meinte, sondern nach Südamerika. Die Welt wurde zwar immer noch als Kleeblatt dargestellt: ein Blatt für Europa, eines für Asien, von dem jener Genueser Lügenbold so farbenfroh berichtet hatte, und eines für Afrika, das man kannte, weil von dort die Sarazenen gekommen waren. Jerusalem war der Stempel, die Krone, das Zentrum der christlichen Welt.

Diese Welt wurde größer und größer, die Seefahrer brachten fabelhafte Kreaturen und Pflanzen von ihren Fahrten mit, Mais, Melonen, schwarze Eierfrüchte, blutrote *pommes d'amour, lignum sanctum* gegen die Syphilis, Tabak und vieles mehr. Doch nichts davon erreichte Lumières, auch nicht die technischen Visionen des Leonardo da Vinci, nicht die Taschenuhr des Peter Henlein, die englischen Schreibstifte mit Graphit oder das farblose Glas, dessen Herstellungsgeheimnis die Glasbläser von Murano entdeckt hatten.

Sogar in Lumières hatte man jedoch von den großen Entdeckungen gehört, von Städten aus Gold, Vögeln, so bunt wie das Kleid einer Kurtisane, behaarten kleinen Menschen, die auf Bäumen lebten, und auch von den Ungeheuern, die ganze Schiffe verschlangen, gewaltige Fische, Seeschlangen und Drachen.

»Warum«, grübelte Manou, »bleiben die einen zu Hause und beunruhigen sich, wenn auch nur ein einziger Tag nicht verläuft wie der andere, lehnen alles Fremde und Neue ab, während andere es nicht am Herd aushalten und das Ungewohnte suchen, sogar unter Gefahr für Leib und Leben. Die einen suchen die Ordnung und die anderen das Chaos.«

»Es ist nicht das Chaos, das sie suchen, sondern nur eine größere

Ordnung. Es ist wie mit denjenigen, die zufrieden sind, in ihr kleines Gärtchen zu gehen und sich daran erfreuen, und den anderen, die auf den Berg steigen und den größeren Zusammenhang betrachten wollen: das Gärtchen, das Village, in dem es liegt, und die Welt darum herum bis zu den Bergen, bis zum Meer, bis zum Rand des Himmels.«

»Und würde man wohl hinterher noch mit dem Garten zufrieden sein, wenn man einmal gesehen hat, wie klein er ist und was es sonst noch alles gibt?«

»Warum denn nicht – vielleicht umso mehr noch. Es ist eben einfach so, dass es rastlose Menschen gibt, Abenteurer, die bringen das Wissen fremder Völker mit und neue Arzneien, Erfindungen, Reichtümer und Genüsse. Es muss aber auch welche geben, die zu Hause bleiben und das Feld bestellen, denn wohin sollten die Abenteurer sonst zurückkehren?

Es ist mit den Menschen wie mit den Vögeln: Es gibt Schwalben, die fliegen hoch und weit fort, und es gibt Spatzen und Finken, die bleiben hier das ganze Jahr, auch wenn sie den ganzen Winter lang aufgeplustert in den Bäumen hocken müssen.«

›Dann bin ich wohl mehr ein Spatz‹, dachte sich Manou. ›Ich habe nie was anderes gewollt als einen Ort, wohin ich gehöre. Mir würde es genügen, von den Abenteuern zu lesen oder erzählt zu bekommen. Obwohl – andererseits hatte ich ja auch wenig Einfluss auf mein Leben bisher. Ich hatte immer so sehr an das Nächstliegende zu denken, dass ich nie planen konnte. Mein Leben war schon abenteuerlich genug.‹

Louis XII. verlor Neapel an die Spanier, die gleichen Aragonesen, die schon dem Guten König René sein Erbe verweigert hatten. Sie besiegten die Franzosen, darunter einige provençalische Fürsten bei Cerignola.

Das war schon eher von Interesse für die Leute von Lumières, wenn auch nur von geringem, denn die besiegten und entlassenen Truppen hielten sich mehr unten an den Küste auf, *làbas*. Allenfalls kamen sie bis nach Aix, plünderten gelegentlich noch auf der Südseite des Luberon, im reichen Vallée d'Aigues, doch auf diese Seite gelangten sie selten. Alles blieb, wie es war.

Es kam der April und dann der Mai, in dem alles so hastig und eifrig grünte und blühte, als ahnten sogar die Pflanzen, dass ihnen wenig Zeit bliebe, bis die große Trockenheit einsetzte. Zuerst die wilden Tulpen in den Feldern, dann Iris, Veilchen, Flieder, Hundsrosen, Thymian, Rosmarin, Eselspfeffer, Ginster, Klee, die wilden Zwiebeln, die Judasbäume mit ihren roséfarbenen Blüten direkt aus dem Holz, die Quittenbäume, Kirschen, Aprikosen, die Kastanien und Robinien und zum Schluss die kleinen Zistusrosen, die der ersten Honigtracht die Bitterkeit mitgaben.
Azima und Manou kamen vom Kräutersammeln aus der Garrigue auf den Weiler zu, prall gefüllte Tücher über den Rücken geschlungen, da sahen sie von weitem eine schwarz gekleidete Gestalt auf einem Esel, ein Augustinermönch. Er stand im Schatten einer großen Eiche. Offenbar hatte er es darauf angelegt, sie vor dem Ort abzupassen, und setzte sich jetzt in Bewegung. Die Frauen blieben stehen und warteten.
»Wer kann das sein?«, fragten sie sich. Schwester Dominique? Nein, die Nonnen durften ja das Kloster nicht verlassen. Sie schickten immer einen der Leibeigenen, um eine Nachricht zu überbringen, wenn Azimas Anwesenheit im Hospiz notwendig wurde. Beim Näherkommen erkannte Manou Bruder Eusebius, den guten Pater, der ihr die große Beichte abgenommen hatte. Rasch lief sie zu ihm hin, stellte ihren Korb auf die Erde, half ihm von dem grauen Buckel herunter und ergriff seine Hände.
»Ehrwürdiger Vater Eusebius. Wie schön, Euch zu sehen! Wie geht es Euch? Wie geht es allen im Kloster Sainte Catherine? Was führt Euch her?«
Azima war inzwischen herangekommen. »Aber warum habt Ihr es Euch nicht vor meinem Haus bequem gemacht? Die Nachbarn hätten Euch sicher einen Trunk angeboten. Ich hoffe, Ihr habt nicht zu lange auf uns warten müssen!«
Bruder Eusebius rieb sich seinen Rücken, dem das verkrümmte Sitzen auf dem Esel nicht gut getan hatte. »Vielen Dank, aber es ist besser, man sieht mich nicht im Dorf. Ich musste Euch dringend sprechen, und das ohne Zeugen. Lasst uns ein Stück zusammen gehen!«
Sie liefen langsam vom Ort weg bis zu einer Lichtung, wo ein um-

gefallener Baum lag. Darauf setzten sich Azima und Bruder Eusebius, Manou vor ihnen ins Gras.

»Liebes Kind, ich bringe leider schlechte Nachrichten für dich.«

»Soll ich Euch allein lassen?«, fragte Azima.

»Nein, nein, sie wird Euren Rat benötigen, und ich weiß von Mutter Eléonore, dass Ihr in alles einigermaßen eingeweiht seid, Madame Alzias. Manou, wenn es dir recht ist – sie kann dir vielleicht raten, was zu tun ist.«

Manou nickte, schluckte, die Kehle wurde ihr sehr eng. Was konnte denn nun noch sein? Weshalb sollte ein Geistlicher sie aufsuchen? Sie hatte doch bereits ihre ganze Familie verloren. Was konnte noch geschehen?

»Vor ein paar Wochen ist der Baron Justin de Saignon nach langer Krankheit gestorben.«

›Ach!‹, dachte Manou mit einem gewissen Bedauern. Sie hatte den Gouverneur von Fort Buoux gern gehabt, trotz seines unheimlichen Aussehens und seiner finsteren Art. »Ich hätte nicht gedacht, dass er so lange durchhält, so krank, wie er war. Er muss sehr am Leben gehangen haben. Der Herr sei seiner Seele gnädig.«

»Ich sehe, du bedauerst ihn.«

»Ja. Er war gut zu mir und ich habe nie einen Grund gehabt, ihn zu fürchten.«

»So! Dann wird es dich vielleicht wundern, dass die Baronin Anzeige gegen dich erhoben hat vor dem Kirchengericht des Bischofs. Du sollst ihren Mann verhext haben.«

»Das habe ich nicht«, rief Manou aus. »Wie kann sie das nur sagen!«

»Sie hat eine Puppe als Beweis gebracht, ein unförmiges Ding aus Stroh, das war mit Fetzen von der Kleidung des Grafen angetan und hatte von seinen Haaren auf dem Kopf. Es war mit Nadeln durchbohrt an vielen Stellen, furchtbar! Entsetzlich anzusehen!«

»Das muss sie selbst gewesen sein! Ich habe niemals so etwas getan! Warum sollte ich denn? Er hat mich in seinem Haus aufgenommen und mich fast wie eine Tochter behandelt. Ich war niemand, lebte allein in einer Höhle, hatte Hunger im Winter und fror. Er gab mir zu essen, kleidete mich und mehr noch: Er lehrte mich lesen und schreiben. Ich durfte an seiner Tafel sitzen wie ein Mit-

glied der Familie! Warum, frage ich Euch, sollte ich so einem Mann übel wollen?«
»Immerhin bist du in aller Heimlichkeit von der Festung geflohen. Du hast dieses Kind mitgenommen. Und das bringt jetzt die Gräfin auch gegen dich vor. Sie hat ein altes Weib aufgetrieben, das behauptet, es wäre ihres.« Er hob beschwichtigend die Hand. »Ich weiß, ich weiß! Ich glaube dir und deshalb bin ich auch gekommen, weil ich fest davon überzeugt bin, dass es alles Lügen sind. Jedermann weiß schließlich, woran Monsieur de Saignon gestorben ist. Das Weib war viel zu alt, um noch Mutter zu sein. Nein, schau nicht so: Wir haben ihr das Kind nicht ausgehändigt. Aber für dich sieht es nicht gut aus.«
Manou vergrub das Gesicht in den Armen. Azima legte ihr die Hand auf die Schulter.
Das gab Manou die Kraft, auch noch den Rest zu hören und nicht gleich auf und davon zu laufen in wildem Schrecken.
»Zudem haben sie auch noch einen jungen Mann aus Saint-Germain aufgetrieben, frisch verheiratet, der schwört, du habest bei seiner Hochzeit in der Kirche einen Hexenknoten gemacht und eine Münze geworfen, und davon sei er unfruchtbar geworden.«
Das konnte niemand anderes sein als Frédéric und da hatte sie kein reines Gewissen, da war die Sache mit der Mandragora ... aber davon konnte er gar nichts wissen!
»Ich wusste gar nicht, dass er sich verheiratet hat. Ihr sprecht von meinem Vetter Frédéric, nicht wahr?«
Der Mönch nickte.
»Dann ist es gelogen! Er ist unfruchtbar, weil ihn vor Jahren ein Tier – war's nun ein Pferd oder ein Esel? – getreten hat, Ihr wisst schon, wohin. Berthe kann das bestätigen. Und als er geheiratet hat, ich weiß nicht einmal, wann, da war ich nicht dabei, weder in der Kirche noch sonst wo. Da war ich weit fort von Saint-Germain. Ich habe ja seit damals keinen Fuß mehr in den Ort gesetzt!«
»Das mag alles sein, wie du sagst. *Ich* glaube an deine Unschuld, aber nun ist es einmal vor dem Kirchengericht und Bruder Severin reibt sich die Hände. Denn es käme ihm gut zupass, wenn es sich herausstellte, dass das Kloster Sainte Catherine eine Hexe beherbergt und geschützt hat.«

»Ah! Er will Eléonore de Castillon schaden mit der Geschichte!«
»Leider! Ich muss zugeben, dass mein Bruder im Herrn, Severin, eine unchristliche Abneigung gegen die Äbtissin von Sainte-Catherine gefasst hat. Und nun kommt eben eines zum anderen. Sicher wird sich mit der Zeit deine Unschuld erweisen, aber schleift man dich erst einmal zur Befragung …«
Der gute Eusebius sah sehr bedrückt und kummervoll drein. Er mochte gar nicht weiter reden. Azima tat es für ihn.
»Wenn man dich erst einmal befragt, dann wird es für dich auf keinen Fall gut ausgehen. Dazu darf es gar nicht erst kommen. Wir müssen dich von hier fortbringen. Du darfst nicht auffindbar sein, bis deine Freunde genug Beweise für deine Sache zusammengetragen haben, und ich muss bei der Bibel beschwören können, dass ich nicht weiß, wo du bist!«
»Aber warum denn?«, schrie Manou auf. »Ich habe doch nichts Böses getan! Ich bin unschuldig! Ich werde mich nicht vertreiben lassen!«
Eusebius senkte den Kopf. Er schämte sich für das, was seine Brüder bereit und im Begriff waren zu tun. Azima sagte: »Begreifst du nicht? Es wird nicht genügen, dass du schwörst, du seist unschuldig. Sie werden die Folter anwenden. Ich habe gesehen, was sie anrichten! Glaube mir: Du darfst dich dem nicht stellen. Ein Engel würde alle Verbrechen der Hölle gestehen, nur damit sie aufhören, ihn zu quälen. Und selbst wenn du es durchstehst, wenn du die Kraft eines Märtyrers hast und sie dich hinterher freilassen, wird deine Gesundheit ruiniert sein. Du wärest verkrüppelt und für dein Leben gezeichnet!«
Bruder Eusebius murmelte leise ein Gebet. Manou begann zu weinen.
»Aber wo soll ich denn hin? Muss ich denn wieder fort? Nimmt man mir wieder alles weg, das Dach über dem Kopf, meine Sicherheit, meine Freunde, meine Zukunft?«
»Nun warte einmal, liebes Mädchen! Du verlierst deine Freunde nicht. Sieh: Bruder Eusebius sorgt sich um dich. Er riskiert einiges, um dich zu warnen! Und mich verlierst du nicht. Wir werden uns eben einige Zeit nicht sehen, das ist alles.«
Azima wandte sich an den Mönch.

»Wir danken Euch für Eure Mühe und Eure Barmherzigkeit. Gott möge Euch segnen dafür. Ich bin sicher, dass er es tut. Doch jetzt geht Ihr besser. Wir haben einiges zu besprechen und in die Wege zu leiten, von dem Ihr besser keine Kenntnis habt.«
»Gut. Dann lasse ich Euch jetzt allein. Es tut mir sehr Leid, der Überbringer solcher Nachrichten zu sein. Aber es ist mir eine große Last vom Herzen genommen, da ich jetzt weiß, dass du entfliehen kannst. Geh mit Gott! Ich werde für dich beten, Mädchen. Und wenn die Sache geklärt ist – ich bin fest überzeugt, dass Eléonore und ich den Bischof zu deinen Gunsten umstimmen können mit der Zeit –, dann werde ich einen Weg finden, es dich wissen zu lassen, und du kannst zurückkehren.«
»Ja – danke«, schluchzte Manou. Sie hätte ihm gern besser gedankt und ihm nicht das Herz schwer gemacht mit ihrem Weinen, aber es war ihr nicht möglich.
Der Mönch stand auf, sah etwas hilflos auf die junge Frau herunter. Azima nickte ihm zu und nahm Manou in die Arme. »Geht nur und seid ganz ruhig, Bruder Eusebius. Ihr habt Eure Christenpflicht getan. Es wird alles gut werden.«
Manou hätte schreien mögen: ›Gut?! Wie denn? Ich hatte einen neuen Anfang gefunden, den dritten in meinem kurzen Leben! Ich hatte ein Handwerk und eine Zukunft und ein Heim – und jetzt ist alles verdorben und dahin! Wofür kämpfe ich und arbeite und lerne, wenn es doch am Ende gar nichts nützt!‹
Eusebius bestieg seufzend seinen Esel und ritt davon. Azima ließ ihre junge Freundin so lange weinen, bis keine Tränen mehr nachkommen wollten. Dann stand sie auf und half ihr hoch.
»Genug geheult! Jetzt müssen wir zusehen, wie wir dich in Sicherheit bringen. Ich weiß schon etwas. Komm!«
Sie zog Manou hinter sich her. Sie luden ihre Kräuterbündel ab und gingen zum alten Noé.
»Noé! Wo steckst du?«
Er kam herausgehumpelt auf seinen Krücken.
»Komm mit! Wir brauchen deine Hilfe. Das besprechen wir beim Abendessen.«
»Abendessen bei Euch? Manou kocht?« Er grinste breit. »Dafür könnt Ihr alles haben, Madame Alzias. Ich bin Euer Sklave!«

Während Manou eine *tian* aus Frühlingsgemüse und Speck bereitete, schmiedeten Noé und Azima Pläne für sie. Zuerst hörte sie teilnahmslos zu.
»So, jetzt kennst du die Geschichte, Noé. Und du wirst begreifen, dass Manou von hier verschwinden muss. So schnell wie möglich und ohne eine feste Adresse, so dass man weder etwas verraten noch sie sonst finden kann. Aber sie soll auch zurückkommen können von dort, wohin sie geht, und sie darf nicht allein gehen – was fällt dir dazu ein, alter Gauner?«
Noé brauchte nicht lange, ehe ihm einfiel, worauf Azima hinauswollte.
»Ihr meint doch nicht ... doch ... genau das meint Ihr ... aber ... aber sie ist ein Mädchen! Mehr als das: Sie ist eine junge Frau, sie kann doch nicht ... das geht doch nicht!«, protestierte er.
»Warum nicht? Es ist die beste Lösung!«
»Aber eine Frau in dem Alter, allein mit lauter Kerlen! Azima! Was soll das werden?!«
»Es muss ja keiner merken. Wir schneiden ihr die Haare ab und sie bindet sich die Brüste ein – wenig genug hat sie ja sowieso und eine Figur wie ein schmächtiger Bursche, schau sie dir an! Kannst du es dir nicht vorstellen?«
Noé nippte an seinem Wein, kniff die Augen zusammen und begutachtete Manou, die am Herd stand, als sei sie zu verkaufen.
»Hm, na ja, also, na ja ... starke Knochen, schmale Hüften ... hm, hm ... Man könnte es versuchen. Aber der *capoulié* muss Bescheid wissen! Und wenn es die Männer herausbekommen, na also!«
»*Eh bè!* Die Hirten sind doch anständige und gottesfürchtige Leute. Sie werden ihr doch nichts tun!«
»Tun – nein, sie werden ihr nichts tun. Aber ich sag dir: Das gibt Ärger!«
»*Vaï!* Das eine Mal, die paar Wochen, das werden sie schon aushalten, ohne dass ihre Tugend gefährdet wird. Du tust ja geradezu so, als sei ein junges Mädchen mehr zu fürchten als eine Meute Wölfe.«
Noé wackelte mit dem Kopf.
»Ist es auch! Ist es auch! *C'est n'est pas fait!* Aber gut, gut! Sieh mich nicht so an! Ich sehe die Zwangslage ja ein. Gleich morgen

früh geht's los. Sie werden schon unterwegs sein jetzt. Da habt ihr gerade noch den richtigen Moment abgepasst! Ich denke, ich weiß, wo wir ihnen den Weg abschneiden, und der *capoulié* ist ein guter Freund von mir. Der wird nicht nein sagen. Der ist mir noch was schuldig.«

Manou erwachte schlagartig aus ihrer Benommenheit.

»Wie?! Ihr meint, ich soll mit den Hirten in die Berge gehen auf die *mounta,* die *transhumance d'été,* die große Herdenwanderung von der Crau in die Alpen? Ich?«

Ihre Augen leuchteten vor Aufregung und Abenteuerlust. Der Kummer war schon fast vergessen.

Von wegen Spatz, es steckte doch etwas von einem Wandervogel in ihr. In die Berge, hohe Berge, solche, die sie bisher nur von weitem gesehen hatte, von denen die Hirten wunderbare Geschichten erzählten, von Sonnenuntergängen, die den Schnee rosenrot färbten, von Alpenglühen, von Kristallen, die man in den Felsen hoch oben fand, richtige Edelsteine, nicht die Gips- und Salzkrusten, die sie hier von den Grottenwänden geschlagen hatte, und auch schreckliche Geschichten, aufregende Geschichten von Adlern, die so groß waren, dass sie ohne Mühe ein Schaf davontrugen …

»Ja, das wird dir gefallen, mein Mädchen«, nickte Noé, der sich nach anfänglichem Widerstand für den Plan zu begeistern begann, »ich kann schon sehen, du bist dafür gemacht, obwohl du eine Frau bist. Du hast das im Blut! Wirst sehen, es wird schön. Wie ich dich darum beneide! Komm! Komm mit!«

Jetzt war er nicht mehr zu bremsen; halb hinkte, halb hüpfte er vor ihr her zu seiner Hütte. Sie war ja nicht allzu geräumig, hier drinnen kam er ohne Krücken zurecht, stützte sich mit unwillkürlich gewordenen Bewegungen auf den wenigen Möbelstücken ab, an einem niedrigen Dachbalken, durchstöberte seine Truhe, den *placard,* ein Bündel, das unter der Leiter zum Dachboden an einem hölzernen Haken hing, und kam mit einem Packen Kleider zurück.

»Da! Ist alles sauber, nur ein wenig muffig vom langen Liegen in meiner Truhe: zwei Paar Hosen – die müssten dir passen. Vielleicht sind sie ein wenig weit, aber das ist besser als andersrum. Kittel, *roupo,* der Umhang der Schäfer und dazu die *barrette brune!* Hast du ja auch schon aufgehabt, im Winter. Ist dir ein wenig zu groß.

Aber wenn wir den Rand mit Stroh auspolstern, dann passt sie dir einigermaßen. Es wäre auch nicht normal, wenn ein armer *pastihoun* neue Sachen hätte! Zieh's an, lass sehen!« Sie gingen mit den Schätzen zu Azima zurück und Noé gab nicht eher Ruhe, bis er die Verkleidung gesehen hatte. Manou musste hinauf in die Schlafkammer gehen und sich umziehen. Azima zeigte ihr, wie sie sich die Brüste einbinden müsste, damit sie vornherum recht flach aussah und man nicht gleich erkannte, dass es sich um eine Zicke handelte und nicht um einen Bock.

»Hm! Hm! Na – es wird wohl gehen«, sagte der alte Schäfer, als sie wieder herunterkamen. »Jetzt noch herunter mit der Wolle!«

Während der Eintopf in der Glut schmorte, schnitt Azima Manou die Haare kinnlang ab, stufte und zauste sie, bis sie gar nicht mehr weiblich aussahen. Und bitte sehr: Ein junger Mann, ein sehr junger Mann mit glatten Wangen, ohne Bartwuchs.

»Du bist dann ein Schäferlehrling, musst ganz von unten anfangen, wie überall, aber ich werde meinem Freund, dem Eliah, schon sagen, dass er dich nicht so hart rannehmen darf wie die Jungen.«

»Ich kann genauso arbeiten wie jeder Mann«, rief Manou und stemmte die Arme in die Seiten.

Azima und Noé lachten.

»So ist es recht! Nur nicht zimperlich und empfindlich tun, sonst riechen sie den Braten zu schnell.«

»Sie werden es doch merken, irgendwann«, meinte Noé, als Manou nach oben verschwunden war, um sich wieder umzuziehen. »Aber je später, desto besser.«

Sie aßen und gingen bald zu Bett, denn Noé wollte schon in der Dämmerung aufbrechen. Es war besser, nicht auf die Häscher des Bischofs zu warten.

In dieser Nacht wälzte sich Manou auf ihrem Strohsack hin und her und glaubte nicht schlafen zu können, aber dann schlief sie doch ein und träumte wirres Zeug. Als Azima sie wachrüttelte, da war es noch dunkel, und sie wusste zuerst gar nicht, wo sie war.

»Steh auf und zieh dich rasch an, so wie wir es gestern gemacht haben. Reib dir ruhig etwas Asche ins Gesicht. So fällt deine zarte Haut nicht auf. Und dann komm! Noé ist schon fertig und will los.«

Als Manou sich angezogen hatte und herunter in die Küche kam, bekam sie einen Sack mit ihren paar Sachen, eine Wolldecke, Essgeschirr, Löffel, Messer und einen Beutel Proviant in die Hand gedrückt, einen Kuss auf die Stirn …

»Pass gut auf dich auf, mein Mädchen, und komm gesund wieder! Im Herbst, wenn ihr herunterkommt, dann wird die Aufregung vorbei sein und du kannst wieder bei mir einziehen, ganz sicher!«

Schon war sie draußen und bevor sie noch wusste, wie ihr geschah, schaukelten sie auf den Maultieren zum Dorf hinaus. Das war auch gut, denn so blieb ihr keine Zeit für Abschiedstränen. Es war ein hastiger, unerwarteter Abschied gewesen von einem Ort, von Menschen, die sie in ihrem Kopf bereits eingeordnet hatte als die Ziegel, den Mörtel, die Tragbalken, die das Haus ihrer Zukunft bildeten, ein Haus, in dem sie altern würde. Bei Azima hatte sie eine Freundschaft und eine Sicherheit erlebt, die zu empfinden ihr seit ihrer plötzlich unterbrochenen Kindheit nicht mehr erlaubt gewesen war. Sie hatte ihr Misstrauen abgelegt, die Zurückhaltung, die sie vor neuen Enttäuschungen hatte schützen sollen. Und nun war alles in wenigen Stunden zusammengebrochen.

Angèle de Saignon musste sie doch gesehen haben an jenem Tag in Apt. Und sie war keine, die sich eine Gelegenheit der Rückzahlung entgehen ließ. Sie hatte sie gesehen und von da an war es nur eine Frage der Zeit gewesen, wann sie das Mädchen finden würde.

Hameau des Lumières lag für den Augenblick noch dunkel und still. Niemand sah sie fortreiten. Als die Sonne aufging, waren sie schon an Bonnieux vorbei und halb durch die Schlucht. Ausgerechnet durch das Tal der Aigue Brun, nicht weit von Buoux entfernt, doch war dies der einzige Weg.

Lourmarin, Cadenet, Villelaure.

Es versprach, ein heißer Tag zu werden. Manou ließ sich von der Bewegung des Tiers einlullen. Sie fühlte seine Wärme unter ihrem Gesäß und an den Innenseiten ihrer Schenkel. Das Tier stolperte und verlangsamte seinen Schritt, versuchte stehen zu bleiben und Blätter von einem Feigenbusch zu rupfen. Sie ließ es zu. Noé dreh-

te sich nach ihr um und zischte: »Tsss! Ho! Nicht stehen bleiben. Wir haben einen langen Weg vor uns!«
Manou ruckte an, hieb dem Tier ihre Fersen in die Kuhle zwischen Flanke und dem harten, grasgeschwollenen Bauch. Es wedelte ungehalten mit den Ohren und setzte sich wieder in Marsch.
Mittags machten sie Rast an der Durance bei Pertuis, da, wo sie sich durch sanft abfallende Wiesen schlängelte, durch feuchtes Schwemmland mit Weiden und Schilf. Sie nahmen den Maultieren die Satteldecken ab und breiteten sie in der Sonne zum Trocknen aus.
Die Tiere stiegen gemächlich hinunter zum Fluss und tranken, machten sich dann gleich dort, wo sie standen, ans Grasen, rupften Bachbunge, Klee und Löwenzahn. Sie war bereits seicht, die Durance, die noch im März über die Ufer getreten war, Mensch und Vieh mitgerissen hatte. Träge floß ihr Wasser jetzt dahin. Helle Inseln aus angeschwemmten faustgroßen Kieseln ragten hier und da heraus.
Noé suchte den Sack mit dem Proviant aus dem kleinen Haufen Gepäck hervor und teilte die Ration zu: Brot und Käse. Manou pflückte sich dazu eine Hand voll Sauerampfer, sie war es gewohnt, viel Grün zu essen.
Die Nacht verbrachten sie in einem Heuschober, bei einem Bauern, den der Alte von früher her kannte.
»Die Herden sind noch nicht über den Fluss gekommen«, erfuhren sie. »Es ist aber an der Zeit.«
Sie trafen sie am Nachmittag des folgenden Tages. Man konnte schon von weitem sehen, wo sie waren: Eine Staubwolke umgab sie, darunter tauchten beim Näherkommen schmutzigweiße Rükken auf, Tausende dicht aneinander gedrängt, Kopf an Schwanz, vorwärts rollend wie eine einzige zähe Masse, ein träger, lehmiger Fluss, stetig und, wie es schien, unaufhaltsam. Für einen Augenblick konnte Manou, Kind eines Kornbauern, den Schrecken verstehen, der die Besitzer der Felder ergriff, sahen sie diese biblische Plage auf sich zurollen. Sie, die aus dem Luberongebirge stammte, hatte noch niemals eine solche Ansammlung, eine so überwältigende Menge von Tieren auf einmal gesehen. Es verschlug ihr die Sprache.

»Hee-hee«, der alte Noé ließ ein zufriedenes Gemecker hören. »Da guckst du, was? Siehst du, da: Das nenne ich eine Herde! So etwas in den Griff zu bekommen, das nenne ich hüten, das sind *bergers!* Warte, bleib ein wenig zurück, ich will voranreiten und sehen, wer dabei ist und ob mein alter Freund Eliah immer noch Hauptmann ist in der Armee!«

Und dann stürzten sich Tausende von Schafen ins flache Wasser der Furt, eine Welle nach der anderen, unwillig blökend. Der Fluss verschwand unter den weißen Rücken, Peitschen knallten. Kaum hatten die Schafe das andere Ufer erreicht, versuchten sie, stehen zu bleiben. Doch sie wurden weitergetrieben, weiter, ho! *Aqui!* Hinter ihnen drängten noch Aberhunderte nach, dann die Karren, die Pferde, die Esel. Noé richtete sich im Sattel auf und klatschte seinem erstaunten Maultier die Zügel um die Ohren, »ho! ho!«, so dass es wider Willen in Trab verfiel, so gut, wie ein Maultier eben zu traben vermag.

Manou sah von oben, von ihrem Hügel aus, wie er auf die Herde traf, darin bis zu den Schenkeln versank, wie die Hunde hochsprangen, als er wieder auftauchte aus dem Staub, wie die Männer grüßend die Hände hoben und einer sich aus dem Gewimmel und Geschiebe der Tierleiber löste und auf ihn zuging. Noé stieg ab, stützte sich auf das Tier. Der andere Mann warf beide Hände in die Luft, Geste der Freude; sie umarmten sich, beklopften sich, dass der Staub in Wolken aus ihrer Kleidung aufflog. Der andere ging einen Schritt zurück, betrachtete Noé von oben bis unten, nahm ihn wieder in die Arme.

Danach sah Manou sie eine Weile palavern, Noé zeigte in ihre Richtung, der Fremde schüttelte den Kopf. Noé zeigte noch einmal, dringlicher, der andere hob beide Hände, abwehrend, *»non! non! pas possible!«*, Manou konnte es fast hören jetzt.

Endlich schien der andere nachzugeben. Noé winkte sie heran. Sie beeilte sich, wollte nicht gleich am Anfang träge erscheinen, sprang ab und führte das Maultier hinter sich her.

Neugierige Blicke empfingen sie, vereinzeltes Kopfnicken.

Der Schäfer Eliah, *baïle pâtre* und *capoulié,* war eine beeindruckende Gestalt. Hoch gewachsen, breit, bärtig wie Moses stand er da in seinem braunen Umhang, dem *roupo,* den er trotz der Hitze

trug, ebenso Zeichen seiner Würde wie der eisenbewehrte Krummstab, ein sorgfältig geschnitztes und beschlagenes Stück, das viele Tage Arbeit gekostet haben mochte.
Das Gesicht wie aus Stein gehauen, sympathisch auf den ersten Blick, ein König in seinem Reich: dem gehorchte Mensch und Tier und was er sagte, hatte zu geschehen, da war kein Widerspruch möglich. Er musterte sie schweigend. Die Herde durfte nicht stehen bleiben. Eliah winkte Manou, neben ihm herzulaufen, und begann ihr Fragen zu stellen.
»Hast du schon mal gehütet?«
»Ja, die Ziegen meiner Eltern und später die vom ganzen Dorf.«
»Wie viele?«
»Bis zu vier Dutzend, mal mehr, mal weniger, und da war ich noch ein Kind!«
Sie hatte die genaue Anzahl stets gewusst. Wie oft hatte sie sie gezählt am Abend! Das musste sein, denn wenn eine sich absonderte und verwilderte, waren sie nicht mehr zu bändigen. Abends kamen sie in den Stall oder eine Koppel zum Melken und die Besitzer zählten ebenfalls nach und achteten eifersüchtig darauf, dass sie abends zurückerhielten, was sie morgens herausgegeben hatten. Da gab es viel zu schreien und zu laufen bei so vielen Tieren.
Und Ziegen, die waren schnell und mutwillig. Das war immer das Erste, was sie taten: herausfinden, was sie sich erlauben konnten bei einer neuen Aufsicht. Aber Manou, so jung wie sie gewesen war, hatte ihnen den Stock gezeigt.
»Schafe?«
Sie musste verneinen.
»Hm.« Er war nicht zufrieden. »Schafe, das ist etwas ganz anderes als Ziegen. Die sind mehr wert und brauchen mehr Pflege. Und sie benehmen sich ganz anders. Jeder kann Gänse hüten oder Ziegen, aber Schafe – das ist ein eigenes Geschäft!«
Noé, der nicht marschieren konnte mit nur einem Fuß, war aufgesessen und trottete hinter ihnen her.
»*Eh bè,* wirst sehen, Eliah, sie lernt schnell – ähem … er.« Noé sah sich rasch um, niemand außer dem Capo hatte es gehört.
»Wie nennst du dich?«, fragte Eliah am Schluss des Verhörs.
»Marius.«

»Eh bien, Marius. Du kannst bleiben. Zahlen kann ich dir nichts, nur die Kost hast du frei. Ich brauche eigentlich keinen weiteren Jungen und du bist ganz neu. Wirf dein Bündel in den Wagen dort und dann halte dich an Bélibaste.« Er zeigte ihr, wer das war. »Der wird dir sagen, was du zu tun hast.« Als er den Ausdruck von Furcht, das plötzliche Heimweh in ihrem Gesicht sah, das Zähnezusammenbeißen und die krampfartig schluckende Bewegung ihrer Kehle, da streckte er die Hand aus, tätschelte ihr halb tröstend, halb ermutigend die Wange, lächelte und sagte: »Keine Sorge, wir beißen nicht. Willkommen!«

Sie bekam einen kleinen Schubs, lud den Hanfsack ab, der ihren ganzen Besitz enthielt, gab Noé den Strick ihres Reittiers in die Hand und sagte ihm Adieu.

Der Alte grinste, als sie sich noch einmal umschaute nach ihm, wendete sein Maultier, hob die Rechte zur geballten Faust: *»Bon courage! Allez!«* und zuckelte schon davon.

Manou suchte den Karren am Ende des Zuges, der die persönlichen Dinge der Schäfer trug sowie das Kochgeschirr und andere Gerätschaften, Decken, Vorräte, Arzneien für Mensch und Tier, Salz, Lampen, Öl dazu und Dochte, denn man hatte eine Strecke vor sich und eine Zeit fern aller menschlichen Gesellschaft. Hatte man etwas vergessen, dann musste man ohne es zurechtkommen.

Sie schluckte noch einmal, atmete tief durch, bemühte sich, einen männlichen Gang und Gesichtsausdruck anzunehmen, und bahnte sich durch Esel, Hunde, Ziegen und Schafe einen Weg zu dem Leutnant, den sie Bélibaste nannten.

22

Die Schafe rupften die Weiden leer, bissen Gras, Kräuter, Büsche ab, knapp über der Wurzel, und zogen weiter. Sie hinterließen eine kahl gefressene Ödnis.

Anfang Juni, wenn das Gras der Flachlandweiden niedergemacht war und Ruhe brauchte, um nachzuwachsen, wenn die Bäche und Flüsse zu Rinnsalen und Pfützen geschrumpft waren, die Sonne das Wasser aus den Felsspalten, aus jeder Ritze sog, die Hitze sich über die Täler zu senken begann, wenn die Luft erfüllt war vom Schrillen der Zikaden, die man nicht sah – nur hörte –, dann war es Zeit für den Auftrieb. Der Pelz begann nachzuwachsen und die Tiere brauchten die kühle Luft der Berge, die Kräuter, an denen sie sich fett fressen würden, monatelang. Das war die Zeit, in der die Hirten begannen unruhig zu werden. Sie hatten es im Blut. Endlich, Anfang Juni, rief der *capoulié* seine Truppe zusammen.

Es begann mit nur ein paar tausend Tieren. Man traf sich an seinem *mas,* dem *mas* von Eliah knapp zwei Meilen vor Aix, nicht immer der gleiche Ausgang, aber immer der gleiche Beginn: Mensch und Tier versammelten sich am Hof, Schafe, Hunde, Pferde, Esel, Wagen, unter dem *chardon magique,* der magischen Silberdistel mit ihren sternförmigen Blättern, angenagelt am Tor der Schäferei.

Die Truppe formierte sich: Am Kopfende ein einzelner Widder, der größte von allen, majestätisch, der Chef aller Tiere. Man nannte ihn *flocat,* weil er vier Büschel von Wolle trug, stehen gelassen zwischen Hals und Rücken, in einer Linie, die den Weg repräsentierte, den sie vor sich hatten. Drei *floques,* genau gesagt, auf dem Rücken; den Vierten bildete der Schopf, den die Scherer hatten stehen lassen auf dem Schädel, zwischen den Hörnern, gedrehte Hörner, mächtige Hörner, noch einmal so schwer wie der ganze Schädel selbst.

Die Schäfer wussten es nicht oder wussten es vielleicht, dass sie es genauso machten wie andere lange vor ihnen. In Ägypten und überall in Afrika hatten die Seher und Geomanten der Nomadenvölker diese vier Punkte markiert: Kopf, Herz, Bauch und Füße, sei es auf Bildern, abstrakt oder der Realität angenähert, sei es auf den Rücken ihrer Herdentiere. Das stand für den Weg, *la Voie,* auch *el Thariq.* Das war so gewesen von tiefer Vorzeit bis heute, man machte es so von Ägypten bis Zentralafrika, an den Küsten und in Madagaskar, von Arabien bis ins Abendland, bis nach Irland. Die einen sagten, es sei der Weg, die anderen meinten, es leite die *familiers,* die guten Geister, die über die Herde wachten. Niemand wusste mehr, warum und weshalb, aber keinem Hirten wäre es wohl eingefallen, den *chef-bélier* glatt zu scheren, keiner hätte es gewagt, sich mit einem solchen schlechten Omen auf die lange Reise zu begeben.

Der *flocat* also stand ruhig an der Spitze des Zuges, sich seiner Führungsposition bewusst, dahinter die *ménouns, béliers castrés,* dann der Rest: die Mutterschafe, die Lämmer, so weit sie laufen konnten, die kleinsten von ihnen waren in geflochtenen Tragekörben rechts und links der Eselsrücken untergebracht. Schafe, ein paar Milchziegen darunter, auch junge Böcke, Esel und Hunde drängten sich.

Endlich kam der lang erwartete Augenblick: Der *capoulié* hob seinen Stock. Hoch reckte er den Arm und rief: *»Aqui, ménouns!«*

Die Leittiere lösten sich bei diesem Ruf aus der Herde, die erfahrenen Böcke und die *cadettes,* die weiblichen Schafe, die den Weg und die Prozedur kannten, und kamen zu ihrem Herrn.

Der *flocat* nahm seinen Platz hinter dem *capoulié* ein und alles setzte sich nach und nach in Marsch. Welch köstlicher Lärm: Blöken, Gebell, Protestgebrüll von den Eseln, Hufschlag, das Schaben der Wänste gegen Mauerwerk, das Klacken der Hörner, wenn sich zwei Ziegen in die Quere kamen, Peitschenknallen, Glockengeläut von schweren großen Bronzeglocken mit hölzernen Klöppeln, die der *méneurs,* die kleineren der Mutterschafe, *cloches, clappes, clochettes, grelos, sonnailles, sonnettes et clarines,* hundert Glocken

und Glöckchen, die Schäfer pfiffen ihren Hunden. Gibt es Schöneres als das?
»Aqui! Ménouns!«
Einige Hundert zu Beginn, und wie ein Strom von vielen Zuflüssen gespeist anschwillt, so würden auf dem Weg dem weißen Strom der Wolltiere weitere Herden zugefügt, dem Schafsvogt anvertraut für die Dauer eines Sommers. Die Pompons wippten. Farbige Wollbüschel, die den Widdern und den schönsten Mutterschafen auf den Rücken geflochten worden waren, im Winter am Herdfeuer, da wurden die sehnsuchtsvollen Gedanken nach den Bergen mit eingeknüpft, nach der Freiheit da oben. Man hatte *colliers* gefertigt, handbreite Halsbänder aus dickem Spanholz, in kochendem Wasser geweicht, über dem Knie gebogen, geglättet, durchbohrt und liebevoll bemalt. Man schnitzte die *clavette,* den hölzernen Dübel, mit dem das Band zum Rund geschlossen wurde, und an solchen *colliers* hingen die monströsen *sonnailles,* die Wegglocken, viel größer als die Weideglocken, das waren die Kirchenglocken der Straße, magisch in Kraft und Klang.
»Die Schafe, die Pferde, die Esel und die Ziegen laufen länger und ermüden nicht so schnell, wenn sie von Musik begleitet werden«, behaupteten die Schäfer. Wer wollte es widerlegen? Das war kein wildes Gebimmel und Gebammel, kein wüster Lärm, das hatte Musik und Harmonie. Ein jeder Patron legte es darauf an, mit seinem Trupp eine eigene Melodie zu erzeugen. Die Auswahl und Fertigung der Glocken war eine Wissenschaft für sich, ebenso ihr Kauf, eine Beschäftigung, auf die viel Zeit und Gedanken verwendet wurden.
Vor ihnen lag ein langer, beschwerlicher Weg. Eliah trug ein kleines Heft bei sich, einige Seiten Pergament, mit Hanfschnur gebunden, darin trug er Abend für Abend seine Beobachtungen ein, über die Strecke und wie sie sich verändert hatte, über die Villages, die Seigneurs, die Auftraggeber, die Zahl der Schafe, die sie ihm anvertraut hatten, die Steuern und Wegegelder, wem man etwas schuldete und wer noch zu geben hatte, die Hindernisse und das Verhalten ausgesuchter Tiere, die ihm am Herzen lagen.
Das gefiel Manou. Im nächsten Dorf, durch das sie kamen – noch waren sie in dicht besiedeltem Gebiet –, besorgte sie sich Feder und einen Tintenstein, den sie mit Wasser anreiben konnte.

Sie ging zu Eliah, unsicher, was er zu dem Ansinnen sagen würde, und bat um etwas Pergament. Pergament wurde aus Schafshaut hergestellt und sie vermutete, dass Eliah sich seines selber machte.
»Sieh an, du kannst lesen und schreiben? Das ist gut. Ich sage den Bengeln immer, dass es eine erstrebenswerte Fähigkeit ist, sehr nützlich auch für unseren Stand. Wenn man es nämlich mit den Seigneurs und ihren Notaren zu tun hat, dann muss man wissen, was sie hingeschrieben haben, bevor man sein Zeichen und Siegel darunter setzt. Warum nicht, du sollst dein Pergament haben, daran ist kein Mangel. Und du brauchst mir auch nichts dafür zu geben, da du sonst keine Bezahlung erhältst. Bisher stellst du dich besser an als erwartet. Ich bin zufrieden mit dir.«
Doch nachdem die anderen sie verspottet hatten und aufgezogen damit ... »Ah! Schaut den Marius! Ein Gelehrter unter uns! Was schreibst du – Gedichte?« ... »*Eh bè!* Tust du es dem Hauptmann nach? Da gehört mehr dazu, um Capo zu werden, als ein paar Zeilen aufzukritzeln, was glaubst du denn!« ... da schrieb sie insgeheim, im schwachen Licht des Lagerfeuers, eingehüllt in ihre Dekke, und konnte es kaum lesen hinterher:
»Ich bin jetzt eine Woche unterwegs mit den Männern. Da ist Eliah, der Chef. Er zählt wohl schon an die fünfzig Jahre oder mehr, aber er ist stark und groß und läuft den anderen immer noch davon. Er hat ein gutes Gesicht – was man davon sieht unter dem Bart –, freundliche Augen, aber bestimmt. Man gehorcht ihm, ohne zu fragen. Ich fühle, wie er mich im Blick behält. Es passt ihm nicht, dass er eine Frau dabei hat, und er will sehen, ob ich es durchhalten kann.
Noé hat ihm gesagt, weshalb ich fort muss. Eliah ist ein guter Christ, aber er liebt die Priester nicht. Deshalb hat er zugestimmt, mir zu helfen. Und wie Noé gesagt hat: Da war noch eine alte Schuld zu begleichen. Die Leute hier bei uns nehmen es mit solchen Dingen sehr genau.
Da ist Bélibaste, sein Leutnant. Er ist ein grober Mensch, vierschrötig, mit breiten, eckigen Schultern und einem ebenso breiten Hinterteil. Wenn er läuft, sieht er aus wie ein Kasten mit Beinen untendran. Sein Gesicht ist so rund wie der Vollmond oder ein Käse, die Haut dick und ledrig und voller Falten, obwohl er noch

so jung ist. Die Haut glänzt wie frisch angeschnittene Speckschwarte und er hat abstehende Ohren. Ich muss immer lachen, wenn ich sehe, wie die Sonne hindurchscheint, ganz rot. Obendrauf sind sie verbrannt, weil sie unter der Kappe vorschauen. Hände hat er wie Lehmklumpen, schwer und ungeschlacht. Der ganze Mann ist so, als hätte ein Töpferlehrling sein erstes Modell geformt, unfertig und rau, die Fingerabdrücke des Schöpfers sind noch auf ihm zu sehen. Aber er ist kein schlechter Kerl, lacht gern, macht mit allen seine Scherze. Seine Stimme ist furchtbar laut, sie dröhnt mir im Schädel, wenn ich neben ihm stehe.

Da ist Guillaume, das Gesicht gefurcht wie bei einem alten Mann, aber das macht das Leben auf der Weide. Er ist gewiss nicht älter als 35 Jahre und hat ein lustiges, freundliches Gesicht, einen langen Schädel, die Furchen ziehen sich längsseits der Wangen und des Mundes wie *ravines* an einem Berg. Er hat braunes Haar, graue Augen und Zähne wie ein Pferd, was man sieht, wenn er lacht. Lachen tut er gern und oft und über jede Kleinigkeit. Dennoch meine ich, dass man auf der Hut sein muss bei ihm, denn er hat ein verborgenes Temperament. Ich denke mir, dass er genauso schnell zornig werden kann, wie er lacht. Er ist ein Mann von tiefen und schnell wechselnden Gefühlen. Wenn er sich gehen lässt, tut es ihm hinterher Leid, aber das mag wenig helfen, wenn man mit ihm in ernsthafte Händel gerät.

Da ist Raoul, mittelgroß, sehnig-schlank und flink, mit dunklem, welligem Haar und schwarzen Augen, immer der Erste auf den Beinen, seine Hände ruhen niemals: Wenn er nicht läuft oder abends die Schafe untersucht, ob sich nicht eines wund gelaufen oder sonst wie verletzt hat, wenn er nicht die Lämmer füttert, Wasser schleppt, kocht, dann flicht er Stricke oder schnitzt eine Kleinigkeit. Ich glaube fast, seine Hände und Füße zucken im Schlaf wie bei einem Hund, der von der Jagd träumt. Im Winter arbeitet er in einer Ölmühle.

Léon ist Katalane, zierlich, schwarzhaarig, dunkelhäutig und stolz. Er erinnert mich an einen schwarzen Hahn. Manchmal beobachtet er mich unter halb geschlossenen Lidern. Er ist mir ein wenig unheimlich und ich halte mich fern von ihm, wenn es möglich ist. Aber er hat eine schöne Stimme und manchmal lässt er sich abends

dazu drängen, am Feuer, wenn wir beisammensitzen, uns etwas vorzusingen, wenn er nicht zu heiser ist. Wir sind alle heiser am Abend vom Rufen und brüllen, um die Herde beisammenzuhalten und in Trab und die Packesel zu dirigieren.
›Passt auf‹, sagt der *baïle* zu uns, ›wir kommen jetzt nach Gréoux. Da wollen sie uns schröpfen.‹ Wir können nicht außen um die Stadt herum. Es ist ein Talkessel, den sie verstopft wie der Pfropfen einen Weinschlauch. Und das heißt die Augen hinten und vorne gleichzeitig haben und vier Arme statt nur zwei, den Stock schwingen und brüllen, brüllen, wenn wir den Ort passieren, denn wenn auch nur ein Schaf stehen bleibt, dann folgen ihm gleich zehn weitere und schon ist die Katastrophe da: ein Feld leergefressen, eine Hecke, ein Salatgarten, und schon sind die Besitzer da und schreien und jammern, und dann kommen die *estimadors communals,* den Schaden zu schätzen. Eliah, der schon zwanzig oder dreißig Jahre diese Reise macht, kennt sie alle. Es ist Sitte, ihnen bei der Ankunft ein paar Eier zu schenken. Pierre oder ich werden losgeschickt, rasch welche zu besorgen. Ich kaufe sie, aber ich weiß, dass Pierre, die kleine Ratte, sie stiehlt und das Geld einsteckt. Also kommen dann die *estimadors* und konfiszieren ein oder zwei Tiere von etwa dem doppelten Wert des angerichteten Schadens, so dass der *baïle* zurück muss, um die Tiere auszulösen gegen Silber oder Korn, während die Herde ohne ihn weiterzieht, weiter, hinaus aus dem Ort, nur nicht anhalten, und das hat er nicht gern. Dann notiert er sich die Summe, die zu berappen war, und schreibt daneben den Namen des Besitzers der Tiere, die sich schlecht benommen haben. Er führt über alles Buch, über jede Kleinigkeit.«
Über Grambois ging es, wo Eliah Tiere aufnahm und noch einmal über den Fluss, wo der Verdon auf die Durance traf. Sie führten die Herden nach Gréoux hinein, Gréoux mit seinen heißen Schwefelquellen, schon bei den Römern geschätzt. Diese huldigten den Nymphen von Gréoux, *Nymphis grisellicis.* Die Inschrift im Stein war immer noch da, nur von den Nymphen keine Spur. Sie hatten sich vielleicht zurückgezogen vor der Geschäftigkeit und dem Lärm derer, die das ›Schmerzenswasser‹ suchten, und denen, die es verkauften.
Ohne Zwischenfall erreichten sie die *couchade,* den Platz, den viele

Städte, die an der *draille* lagen, für die Herden bereithielten. Ein großes Areal, das sonst als Marktplatz diente, mit einem Brunnen in der Mitte, wo die Tiere saufen konnten. Die Benutzung der *couchades* war frei, denn am folgenden Morgen, wenn die Herde weiterzog, würden die Bewohner der Stadt und die Bauern aus der Umgebung kommen und den Mist einsammeln, die Bohnen der Ziegen und die größeren Haufen der Schafe, der Esel, der Pferde. Das gab einen hoch geschätzten Dünger ab und war Bezahlung genug.

Hier kauften die Schäfer ihr Brot frisch vom Bäcker und aßen Trockenwurst dazu. Nicht weit von hier, so erzählte Raoul, als sie zusammensaßen, begann die Schlucht des Verdon. Zwei oder drei volle Tage brauchte man, um von einem Ende zum anderen zu gelangen. Es gäbe Höhlen, in denen man Knochen fände von Tieren, die längst nicht mehr existierten, von denen man kaum ahnen konnte, wie sie einmal ausgesehen hatten, außer dass sie ungeheuer groß gewesen sein mussten.

»Drachen vielleicht! In der Mitte der Schlucht treffen sich zwei Flüsse, unten, wo die Wildwasser die Felsen so ausgespült haben, dass kein Tageslicht mehr den Boden erreicht. Pflanzen mit schwarzen Blättern wachsen hier, von bitterem Geruch, und Tiere leben in ewigem Schatten. Es gibt Fische, die sind weiß und durchscheinend, weil sie nie das Sonnenlicht erblicken! *Gouffres* öffnen sich unvermutet vor dem Wanderer, Löcher im Felsen, aus denen im Frühjahr, wenn der Fluss voll und reißend ist, plötzliche Fontainen aufsteigen und in denen der Wind zu anderen Zeiten eine unheimliche Musik erklingen lässt wie Stimmen von weit her. Unsere Vorfahren vermuteten hier den Eingang zur Hölle.«

So erzählte Raoul und freute sich am Grausen seiner Begleiter.

»Raoul ist ein Schelm«, notierte Manou. »Und doch einer, dem ich vertrauen könnte. Sein offener Blick gefällt mir. Er ist ein grundanständiger Mann und immer bereit zu helfen, da braucht man gar nicht lange zu fragen. Fehlt oder klemmt es irgendwo, dann ist Raoul auch schon zur Stelle. Er lacht gern und sucht das Gespräch, für alles interessiert er sich. Es steckt ein guter Teil von einem Geschichtenerzähler in ihm. Ich freue mich schon auf das Garn, das er an langen Abenden spinnen wird. Dann gibt es noch zwei Jungen,

die sind *pastihouns* wie ich, Pierre *le petit,* der ist vielleicht elf oder zwölf Jahre alt, immer auf Streiche aus. Es ist nicht so, dass er sich vor der Arbeit drücken würde. Doch weiß er sich ins rechte Licht zu rücken: Strengt er sich besonders an, dann nur, weil Eliah oder Bélibaste ihn im Auge haben. Fühlt er sich unbeobachtet, macht er langsamer.
Der andere heißt Olivier und der gefällt mir gut. Er hat ein feines Gesicht, oval, helle blasse Haut, die von der Sonne nur rosig wird, aber nicht dunkel. Sein Mund ist fein geschwungen wie die Flügel eines Vogels. Es sieht aus, als ob er beständig lächelt, aber das tut er gar nicht. Er ist eher nachdenklich und still. Seine Augen sind braun wie Haselnüsse und seine Haare dunkel und gelockt. Olivier muss wohl so alt sein wie ich oder ein wenig jünger.
Da sind außerdem Jean-Paul, Florentin, noch ein Pierre, ein Zidore, Jacques und Hervé – das sind Zwillingsbrüder, man kann sie nicht auseinander halten und wir nennen einfach beide Jacques, was ihnen viel Vergnügen macht. Denn unweigerlich, wenn man den einen Jacques nennt, dann behauptet der: ›Ich bin Hervé‹, und grinst dabei. Man weiß also nie, mit wem man es tatsächlich zu tun hat. Hat einer von beiden etwas angestellt, so heißt es unweigerlich: ›Das war Hervé, ich bin Jacques.‹ So haben sie es schon seit ihrer Kindheit gemacht. Erst ist der Vater fast verzweifelt, danach hat er einfach beide verprügelt, so sagen sie.
Und dann ist da auch ein Alter, Thaddé. Er spricht kaum, hat graues Haar und die Augen liegen tief in schwartigen Falten, aber er hält so gut mit wie jeder von uns Jüngeren, besser als ich.
Das werden also meine Gefährten sein in den kommenden Monaten, und oben auf der Alm werde ich mit ihnen allein sein, zum Guten oder zum Schlechten.«
»Brr! Brrr! Beyci! Bien«, riefen sie. Im Augenblick, da die anderen Marius »Bibi! Bibi« rufen hörten, da war sie schon fast verraten.
»Gott schütze uns – ein Ziegenhirte«, riefen sie spöttisch, aber gutmütig.
»Na was denn – jeder fängt mal klein an«, gab sie zurück, doch von da an war sie für die Lämmer zuständig, für die, die schon neben ihren Müttern herlaufen konnten, und für die ganz neuen, die im Korb auf dem Esel mitreisten. Sie war jetzt der *›berger d'agneaux‹*,

der Lämmerhirte, eine Position, die Pierre *le petit* ihr gerne abtrat. An einem Abend schrieb sie:

»Wir sind jetzt schon weit fort vom Luberon, meiner Heimat. Zuerst sah es so aus, als ob wir uns kaum von der Stelle bewegten. Und nun, da ich mich umwende, sieht man auf einmal keine Einzelheiten mehr. Verschwunden sind die Dörfer und Städte und Straßen, verschwunden und von den Falten der Landschaft verschluckt ist alles, was mir bekannt war und vertraut.

Seltsam, den Berg aus der Entfernung zu sehen. Ich sah ihn ja noch nie ganz, nur immer von nahem ein kleines Stück von ihm, weil ich so klein war und er so groß. Jetzt liegt er hinter mir, blauschwarz im Dunst, lang hinggestreckt wie ein Luchs, der im Gras lauert, zum Sprung gespannt, seine Hinterflanken, das Rückgrat, die Schulterblätter, Kopf, Vorderpfoten, alles ist da. Nur der Ventoux, der meine Kindheit beherrscht hat mit seinen verschiedenen Gesichtern je nach Wetter, Jahreszeit und Richtung, der schnee- und geröllbedeckte Kegel, den ich für riesig und bedeutend hielt, der ist ganz fort. Seit Tagen habe ich ihn nicht mehr erblickt. Er versteckt sich hinter der Montagne de Lure und will nichts mehr von mir wissen.«

Wohlwollend nickte der Capo, als er sah, wie sie Holunderdolden abrupfte im Laufen, die hier oben noch in Blüte standen, wo sie unten im Tal schon Beeren angesetzt hatten, und sie in einen Hanfsack stopfte zum späteren Trocknen, um sie gegen Euterentzündungen zu verwenden. Noch kannte sie die Pflanzen und ihre Eigenschaften, doch die Landschaft veränderte sich mit jedem Tag, den sie aus der Ebene hinaus und höher Richtung Berge strebten.

Eine Weile folgten sie der Durance. Der Capo schimpfte und beschwerte sich, dass die *draille* jedes Jahr enger würde. Die Bauern nähmen jedes Frühjahr ein bisschen mehr davon unter den Pflug, zweigten sich eine Elle und noch eine ab und wieder eine, rechts und links des Weges, langsam, aber sicher, so dass es erst auffiel, wenn die Schneise zu eng wurde. Er würde sich bei den Seigneurs beschweren, wieder einmal, denn die *draille* sollte unantastbar sein. Die Hirten hatten schließlich auch Rechte.

»Und dann, wenn die Tiere die Saat zertrampeln, weil sie gar nicht anders können, sollen wir auch noch zahlen!«

Regelmäßig, Jahr für Jahr, beschwerten Eliah und die anderen Capos sich bei den Seigneurs, doch die beschwichtigten nur und taten gar nichts, brachten doch Mehrernten ihnen schließlich höhere Abgaben ein.
»Vor dreißig Jahren, als ich *pastihoun* war«, polterte Eliah bei solchen Gelegenheiten vor sich hin, »da gab es so was nicht! Damals waren ihnen die Schafe heilig! Die Ländereien waren ja entvölkert von Krieg und Pest und die *routiers* ließen die Leute nicht in Frieden leben. Wo Dörfer leer standen und das Land brachlag, da stellten Schafherden ein hoch geschätztes Einkommen dar und wir Schäfer waren Könige! Heute – da seht, was man sich gefallen lassen muss!«
»Nahe Grambois«, notierte Manou, »in Oraison und Les Mées und an drei kleinen Orten dazwischen haben wir jeweils Herden zwischen 600 und 1700 aufgenommen, so dass wir jetzt an die 12 000 Tiere haben. Noé hat Recht gehabt. Es würde ihn freuen, wenn er mein Gesicht jetzt sehen könnte! Die schiere Masse ist beängstigend und doch sind die Männer ruhig, als sei es gar nichts, und der Capo kennt jedes einzelne Tier.
Geld und Korn wechseln scheffelweise die Hand, wir zahlen für *droits de passage,* für Schäden, die immer wieder angerichtet werden. Manche Seigneurs sind übermäßig gierig und haben sich sogar ein ›Staubgeld‹ ausgedacht, doch deren Ländereien werden jetzt von den Capos gemieden, zu ihrem eigenen Schaden. Wir dagegen erhalten Korn, Salz und Silber für die Herden, die wir in unsere Obhut nehmen, einen Teil jetzt, einen Teil auf der *descente,* auf dem Rückweg.
Und dann sind da die Düngenächte. Jetzt, da wir nicht mehr in größere Städte kommen mit *couchades,* stellen uns die Großbauern ihre unbestellten Felder oder Magerwiesen zur Verfügung, auf denen wir nächtigen dürfen und wo es Wasser für die Tiere gibt. Mit den Düngenächten können die Wegerechte teilweise abgegolten werden. Doch das bedeutet Nächte mit wenig Schlaf für uns. Die Herden müssen stetig und langsam bewegt werden, denn wenn die Düngung nicht gleichmäßig erfolgt, dann weigern sich die Seigneurs und die Kommunen allzu oft, den vereinbarten Preis anzurechnen.
Tags heißt es Staub schlucken. Der Capo geht vorn, solche wie ich

hinten und ich sehe den ganzen Tag nur *culs* und Pompons und habe den warmen, leicht buttrigen Duft der Wolle in der Nase, ein wenig süß, ein wenig scharf wie gemahlener Bocksklee, und dazu den Geruch von zertretener Erde. In der Nacht gibt es höchstens drei oder vier Stunden Schlaf. Es ist eine Plackerei, aber ich beklage mich nicht. Es ist alles neu und aufregend. Das hält mich vom Trübsinn ab und im Übrigen habe ich jetzt auch einen Hund.«

Eine Nacht Ende Juni, hoch über Malmoisson: Die Luft war bereits freier, leichter und klarer, jedenfalls nachts, wenn die Herden standen. Manou war zusammen mit dem Katalanen zur zweiten Wache eingeteilt. Man hörte einzelne Grillen, deren hohe Töne sich allein gegen das allgemeine Schnaufen, Schnauben, Rupfen und Malmen durchsetzen konnten.

Plötzlich setzten sich einige Tiere mit einem Ruck in Gang, man hörte ängstliches Blöken. Der Katalane pfiff nach seinen Hunden, er hatte davon zwei. Die Herden flossen auseinander, breiig, formlos in ihrem hirnlosen Voranstreben. Léon versuchte die Flut einzudämmen, die da ins Rollen kam, denn sie hatten die geflochtenen Zäune, die sie auf dem zweiten Wagen mitführten, gefährlich nahe an einem Abhang aufbauen müssen. Kämen sie ernsthaft in Panik, dann würden die ersten Tiere, von hinten angeschoben, vorn die Zäune niederwalzen und hinunterstürzen. Weiter oben befand sich ein *abreuvoir,* ein natürliches Regenauffangbecken, flach, in den glatten Fels geschliffen von einem längst verschwundenen Fluss der Vorzeit. Der Capo ging nach Wasser jetzt, da sie den Fluss hinter sich gelassen hatten.

Manou rannte um die Herde herum, sprang über einzelne Rücken, stieß, schob, bahnte sich einen Weg zum Ursprung der Unruhe hin. Und da stand ein riesiger weißer Hund, ein *mastin,* ein *chien de défense.* Es war keiner von ihren. Sie hatten nur zwei davon, kleiner, eine andere Rasse als dieser, dazu Treibhunde, Hütehunde, die waren kaum höher als Manous Knie, zutraulich und ließen sich gern streicheln. Sie hetzten sich ab, dass man fürchten musste, sie würden in der Hitze zusammenbrechen, nur für ein gutes Wort, ein Tätscheln des Kopfes. Es war noch nicht lange, dass man diese flinken *chiens de conduite* sah. Sie waren etwas Neues, das sich aus der Notwendigkeit ergeben hatte, immer mehr und umfangreiche-

re Herden zu führen. Die meisten Capos verwendeten noch Jungen für die Aufgabe, kleine, drahtige Burschen, die den ganzen Tag von einem Ende der Herde zum anderen zu hetzen hatten, aber Eliah war, wie so oft, seiner Zeit voraus und hatte diese neuen Hunde angeschafft für die Arbeit. Manou und Pierre waren ihm dankbar dafür.
Die zwei Wachhunde, große, schwere Tiere, *patous,* trotteten tagsüber gemächlich neben den Schafen her. Nachts umkreisten sie die Herde und waren eine tödliche Gefahr für Räuber.
Doch so ein Untier wie diese Bestie hatte Manou noch nie gesehen. So hoch wie ein Flocat war er und breiter, ein halbes Pferd. Dicke Muskelstränge spielten unter dem kurzen weißen Fell. Der Kopf saß massig auf einem Hals, nicht viel geringer im Umfang als der Schädel, die Schnauze flach und abgerundet wie die eines Bären und voller fast fingerlanger Zähne. Er hob die Lefzen, als er sie sah, knurrte, tief gurgelnd, grollend, hungrig.
Er hatte hingestreckt gelegen, mit angespannten Flanken gelauert, und erhob sich nun langsam, setzte sich in Bewegung, ging zielsicher auf ein Mutterschaf zu mit seinem Lamm. Der junge Mensch stellte kein Hindernis dar für ihn.
Ängstlich blökte das Lamm und suchte Schutz unter dem Bauch seiner Mutter. Da war kein Fluchtweg: Die Herde gab nach, zäh, viel zu langsam und zu träge. Sie waren Gott sie Dank noch nicht in Panik, aber unsicher. Hunde waren sie gewöhnt. Was sie von diesem zu halten hatten, wussten sie nicht. Ein Schritt, noch einer, die Zähne gefletscht, der Hals gesenkt, in Angriffsposition. Gleich würde er springen.
Doch Manou sah trotz der Muskeln, wie schlecht genährt er war, sah das matte, struppige Fell, die Peitschenstriemen, die Hungerkuhlen in den Flanken, sah das Zögern, die schrägen Blicke von unten herauf nach dem Menschen.
Das war keine blutrünstige, wilde Bestie, das war einfach ein hungriger Hund, einer, dem nichts anderes übrig blieb als zu töten, obwohl sein Instinkt ihm sagte, dass es falsch war, dass dies nicht seine Beute war. Noch ein Schritt. Da stellte sich Manou ihm in den Weg. Er blickte zu ihr auf, weit nach oben hatte er nicht zu schauen: Er ging ihr bis zur Brust.

»Nein«, sagte Manou. »Nein. Tu das nicht. Du willst das nicht wirklich. Komm! Armer Hund. Guter Hund.« Er knurrte, drohte, grollte, wich einen Schritt zurück. »Ja. So ist es gut. Siehst du. Du willst doch gar kein Schaf töten. Du willst nur etwas zu essen. Man hat dich schlecht behandelt. Man hat dir unrecht getan. Komm her. Komm, komm!«

Er winselte verwirrt, setzte sich auf seine Hinterläufe, wandte den massigen Schädel zu Seite. Das Menschenjunge ging auf ihn zu. Er knurrte wieder, warnend, aber nicht mehr so giftig und lang anhaltend wie vorher. Langsam, langsam ließ Manou sich auf die Knie nieder, reichte ihm ihre Hand zum Beriechen, legte sie ihm an den Hals, langsam, vorsichtig, begann ihn zu streicheln. Und mit einem Laut der Zufriedenheit ließ das Riesenvieh sich auf die Seite fallen und bot seinen ungeschützten Bauch dar.

Manou streichelte und liebkoste ihn, sprach mit ihm, eine ganze Weile, ehe sie bemerkte, dass sie Zuschauer hatten. Die Hirten standen alle um sie herum, alle, von Pierre *le petit* bis Eliah, und schauten groß. Léon, der Katalane, nickte anerkennend. »Es scheint, wir haben nun noch einen *chien de défense*«, sagte Eliah. »Gut gemacht. Jetzt gib ihm das.« Er reichte Manou mit einer langsamen und bedächtigen Bewegung ein Stück Brot aus dem Beutel. Kein Fleisch, schon gar nicht jetzt. Manou hielt es dem Hund hin. Das Biest zögerte trotz seines großen Hungers, schnupperte, überlegte und fraß ihr dann aus der Hand. Sie molk ihm auch eine Schüssel fette Ziegenmilch, die der *mastin* gierig aufleckte. Milch und Brot war die Grundnahrung für Mensch und Tier auf dieser Reise, auch für die Hunde, die ohne sie nicht hätten überleben können.

Der Katalane sagte, er müsse das Vieh den anderen Hunden vorstellen, nicht anders als in der menschlichen Gesellschaft. Die kleinen Hütehunde kniffen die Schwänze ein und schlichen davon, die zwei größeren Tiere legten sich vor dem Neuen flach auf die Erde und wedelten mit den Schwänzen, bis er sie berochen hatte. Es war weniger eine Frage, ob er aufgenommen wurde, denn ob er es wollte. Das alles fand schweigend statt. »Da sieht man gleich, wer der neue Chef ist«, sagte Léon.

Und als Manou sich am Ende ihrer Wache am Feuer in ihre Decke

einrollte, da legte der weiße Hund sich neben sie an die Außenseite, so dass sie von zwei Seiten gewärmt und beschützt war. Beim Einschlafen legte sie eine Hand auf den Rücken des großen Hundes. Dieser ließ es sich gefallen.
»Traust du dir zu, ihn bei der Stange zu halten?«, fragte Eliah am nächsten Tag.
»Ich will's versuchen.«
»Versuchen reicht nicht. Das Biest ist ein Mörder, wenn's drauf ankommt. Kannst du's? Ja oder nein. Wenn nein, dann müssen wir ihn töten. Ich will nicht sagen, dass ich ihn nicht gerne bei uns hätte. Aber solche wie den da, die muss man ständig im Auge behalten. Die sind *féroce!* So einer gehorcht nur einem einzigen Hirten und der ist für ihn verantwortlich. Kannst du das auf dich nehmen?«
»Ja«, sagte Manou.
»Er ist *fada«*, sagten die anderen Schäfer mit Respekt. »Unser Kleiner, er ist von den Feen gesegnet.«
Pierre wurde zu seinem großen Kummer wieder *berger d'agnaux.* Eliah nahm »Marius« jetzt häufiger zu sich nach vorn, an die Spitze des Zuges. Es war aber keiner neidisch, denn *fada,* das war etwas von großem Wert für alle. Hatte man so einen mit auf der Reise, dann war man gesegnet. *Les fada,* die hatten eine eigene Art mit Tieren, die konnten sich mit allen Kreaturen verständigen, die hatten die Gabe zu heilen und konnten den bösen Blick abhalten.
»Noé hat schon so was vermutet. Er hat es mir gesagt, aber ich wollte es nicht glauben«, sagte Eliah zu ihr. »Wann bist du geboren?«
»Ich weiß es nicht genau«, antwortete Manou. »Meine Mutter hat immer gesagt, ich sei am Heiligen Freitag geboren.«
»Ganz sicher. Und die Kräuterheilkunde hast du gelernt bei einer Sarazenin? Gut! Bist du auch *démascaire?«* Manou wusste, er wollte damit fragen, ob sie Hexen aufspüren könne und sich auf Gegenzauber verstünde.
»Hab's nie gemacht. Ich weiß es nicht.«
»Ich glaube schon, dass du es kannst. Sag, wie hast du deine Ziegen geschützt?« Manou versuchte sich zu erinnern, es war so lange her.

Wie sie als kleines Ding von sechs oder sieben Lochkiesel im Bach gesucht und diese an einem Wollfaden den *brebis* an den Hals gehängt hatte.
Péro hatte das Kind ausgelacht, hatte gesagt, es spiele Hexe. Doch ihre Mutter hatte es ihm untersagt und die Steine blieben, wo sie waren.
»Hatten deine Ziegen je Unfälle? Hast du je eine verloren?«
»Nein.«
»Da siehst du es. Was habt ihr sonst noch verwendet?«
»Nichts Besonderes, das, was jeder tut: Buchszweige an der Tür, im Stall nur Geräte von Birnbaumholz, ein Stück vom verkohlten *bûcher* das ganze Jahr lang aufgehoben … das Übliche eben.«
»Wenn du willst, lehre ich dich unsere geheimen Sprüche und Zeichen. Brauchst keine Sorge zu haben, es ist nur zum Schutz. Es gibt viele Gefahren da oben, solche, die man sieht, und solche, die man nicht sieht. Ich habe auch die Gabe, sonst wäre ich nicht Capo geworden, aber nicht sehr entwickelt. In dir ist sie so stark, dass ich sie spüren kann, wenn ich neben dir laufe, weißt du das? Aber das ist nur, weil ich *démascaire* bin.«
Manou wusste nicht recht, ob sie darüber nun froh sein sollte. Doch als sich das Verhalten der anderen ihr gegenüber nicht änderte, beruhigte sie sich wieder. Sie blieb weiterhin ›Marius‹ und ›der Milchbubi‹ und wurde freundschaftlich herumgeschubst, bekam die unbequemsten Wachen und die schmutzigsten Arbeiten. So gehörte es sich für einen *pastihoun.*
Der Hund knurrte jeden Fremden an, der sich ihr zu nähern versuchte. Zu seiner neuen Herrin aber war er zahm und so freundlich, wie man es nur wünschen konnte. Manou nannte ihn *boule de neige – Schneeball,* wegen seines weißen Fells und seiner rundlichen Form. Daraus wurde bald ›Boule‹. Die anderen nannten ihn *boulet* – Kanonenkugel. Eliah half ihr, dem *mastin* ein Halsband zu machen, das außen dicht mit langen Nägeln besetzt war.
»Das schützt ihn, wenn er gegen wilde Bestien kämpft, wenn ihm die Wölfe an die Gurgel wollen.«
Manou rieb ihren Tintenstein mit Spucke an und schrieb:
»Ich hatte gedacht, oben in den Bergen würde es wie zu Hause sein, nur eben höher. Aber die Landschaft ändert sich, wie ich es

nicht für möglich gehalten habe, Tag für Tag. Zuerst nicht so sehr, aber nun, nach zwei Wochen der Wanderschaft, deutlich sichtbar. Die Pflanzen, die ich kenne, haben eine andere Form, die Blätter sind ungewohnt in Größe und Farbe und riechen anders, wenn ich sie zwischen meinen Fingern zerreibe. Und es gibt Pflanzen, die ich noch nie gesehen habe: Eine blaue Blume, etwa daumenlang und auch so geformt, ein wenig so wie ein Sack, der an der unteren Seite ganz und an der oberen Seite nur halb zugeschnürt ist. Und diese Blüten wachsen flach am Erdboden und sind von einem unglaublichen Blau, so wie ich es bisher nur auf den Bildern in der Kathedrale Sainte-Anne gesehen habe, aber noch niemals in der Natur, ein Blau wie vom Mantel der Muttergottes.

Gelegentlich übernachten wir in einem Haus, bei einem Freund oder Verwandten von Eliah auf dem Weg. Er hat überall Verwandte, die für ihn verhandeln und Erkundigungen einziehen. Und sogar die Häuser sind anders als daheim am Luberon. Die Dächer sind spitz zulaufend und ziehen sich fast bis auf den Boden herunter und sie sind auch nicht mit rot-gelben Tonziegeln gedeckt, sondern mit Schindeln aus Holz. Es sieht aus wie bei dem Fisch, den einmal einer im Ganzen mitgebracht hat von Marseille, ein Seefisch: Das Haus hat lauter Schuppen.

Die Form der Dächer, sagt Eliah, sei dem Wetter angepasst. Bei uns, da sind die Dächer flach, weil sie die Sonne abhalten sollen, und darunter muss es luftig sein. Hier macht man sie spitzer und tief bis an die Erde, weil ein flaches Dach die Schneelast im Winter nicht tragen könnte und weil das Dach die Mauern vor Wind und Regen schützen soll. Auch die Kleidung der Leute ist ganz anders als unsere und ich verstehe ihre Sprache nicht.

Bei Maligai haben wir an die zwanzig Schafe verloren. Sie sind mit einer Steinlawine einen Abhang hinuntergezogen und erschlagen worden. Das heißt, einige haben noch gelebt, aber mit gebrochenen Gliedern. Bélibaste musste sie töten, ihnen mit dem Messer die Halsschlagader durchschneiden. Eines hat laut geschrien vor Schmerz. Ich war ganz entsetzt und habe mir Vorwürfe gemacht, denn ich hatte Eliah so verstanden, dass ich ab jetzt für die Sicherheit und das Wohlergehen der Tiere verantwortlich sei. Raoul und Léon haben die Tiere alle geborgen, als die Lawine herunter war und nur noch vereinzelt Steine rutschten oder rollten, obwohl es gefährlich war. Das haben sie getan, weil wir die Häute brauchen, um den Besitzern zu beweisen, dass wir sie nicht einfach verloren oder gar auf eigene Rechnung verkauft haben. Das Fleisch der Tiere kam uns auch zupass. Es wurde teils über dem Feuer geröstet, damit es sich besser hielt, teils mit Salz eingerieben und unter der Plane im Wagen zum Trocknen aufgehängt.

Die Hunde, insbesondere Boule, fressen auch eine Menge weg und sie haben während des Auftriebs keine Zeit und keine Kraft übrig, um für sich zu jagen und für sich selbst zu sorgen. Eliah sah, dass ich bedrückt war, und nahm mich beiseite: ›Es war nicht deine Schuld. Ich habe nicht gemeint, dass du uns jetzt vor jedem Unglück beschützen kannst und musst. Auch ein *fada* kann nichts gegen die Dummheit und Gier der Menschen tun. Dieses ganze Gebiet hier, was du vor dir siehst, baum- und strauchlose Kuppen, nackte Felsen und Geröll, nur mit einer oberflächlichen Schicht niedriger Kräuter bedeckt, das war einmal dichter Wald. Und der Wald hält den Boden fest. Was tut ein guter Kräutersammler?‹

›Er nimmt nie das Ganze, sondern wir achten darauf, wenn wir Wurzeln ausgraben, dass immer einige zurückbleiben, damit neue Pflanzen nachwachsen können.‹

›Richtig. Und so ist es mit den Bäumen. Man kann hier und dort ein paar ausschlagen, aber das hier…‹

Er wies auf die Öde um uns her.

›*Pour commander la nature, il faut commencer par lui obéir!* – Um die Natur zu beherrschen, muss man ihr erst einmal gehorchen.‹«

23

Sie trieben die Herde auf St. Estève zu. Man hatte eine gute Strecke des Weges hinter sich gebracht. Die schlimmsten Tage, die im Staub und in der Hitze der Ebenen, hatten sie hinter sich. Alle liefen mit leichterem Schritt, sogar die Tiere, als könnten sie bereits die Sommerweide riechen und freuten sich darauf, sich den Wanst mit den saftigen Kräutern bis zum Bersten voll zu stopfen. Raoul sang und Pierre *le petit* fiel ein. Pierres Stimme brach, er wurde rot und ärgerlich, hörte auf zu singen und kickte einen Stein. Raoul lachte.
Manou schnitzte sich im Laufen eine kleine Pfeife aus einem Holunderzweig. Eliah hatte sie gelehrt, dass die großen Hunde besser auf Pfeifen hörten als auf menschliche Stimmen, und daher wollte sie sich eine eigene Tonfolge ausdenken, an der Boule sie überall erkennen konnte. Es stimmte, dass die Tiere die Harmonie der Töne ebenso liebten wie die Menschen, mehr noch als die Stille, die auch schön sein kann auf eine majestätische Weise. Aber Stille hatte auch etwas Bedrohliches, das einem manchmal in den Ohren dröhnte, etwas Unvollendetes. War es ganz still, dann folgte etwas nach und oft nichts Gutes. Menschen, und wie es schien auch Schafe, empfanden das Bedürfnis, Geräusche um sich zu haben. Waren keine vorhanden, dann machte man welche. Das Geklimper und das Schellen der Glocken gab Hirten und den Schafen ein heimisches Gefühl. Es war eine Form der Inbesitznahme der Umgebung, ein warmes, ein gutes Geräusch, hell wie das Licht.
Sie schnitt drei Löcher in das untere Ende ihres Pfeifchens, holte ein weiches Stück Mark aus der Hosentasche, um das Ende des Pfeifchens zu verschließen, und probierte es gleich aus. Boule spitzte die Ohren, sah sie erwartungsvoll an. Sie spielte versuchsweise einen Dreiton, eine andere Kombination, die ihr besser ge-

fiel, sah den Hund an, beugte sich ein wenig zu ihm herunter, um seine ganze Aufmerksamkeit auf sich zu ziehen, wiederholte die Folge.

»Hör zu, Boule!« Sie spielte die Melodie noch einmal.

»Das ist unser Zeichen, verstehst du? So!« Der *mastin* hob den Kopf, nieste. Boule war ein schweigsamer Hund, aber der fröhliche Vielklang der Glocken und auch das Pfeifchen gefielen ihm, das konnte man sehen an der Art und Weise, wie er die Ohren bewegte.

Wenn man Licht in Musik übertragen könnte, überlegte Manou weiter, so wie man im alchimistischen Labor feste Stoffe in Luft verwandelte, dann müssten wohl Glockentöne die andere Form, eine andere Schwingung von Sonnenlicht sein, jedenfalls die der kleinen, der *sonnailles, clappes, redons, cliquettes, clavelas und piques*. Kirchenglocken waren zu schwer, sie waren so wie Licht, das durch Wasser fällt, träge und matt. Was für ein Geräusch passte zur Dunkelheit? Ein tiefes Horn? Nein, das war die Dämmerung. Zur Dunkelheit passte nur Stille. War es darum, dass Menschen gleichermaßen Dunkelheit und Stille schwer zu ertragen vermochten?

Ihre Gedankengänge wurden unterbrochen. Langsam wälzte sich die Herde auf einen langen, sanft ansteigenden Hügel zu, als eine einzelne Figur auf deren Kuppe erschien, ein Mann, der beide Hände hoch in der Luft schwenkte. Er rannte den Hügel hinunter, auf sie zu. Sein Mund war geöffnet; was er rief, war noch nicht zu verstehen.

Manou ging am hinteren Ende. Sie sah, wie der Mann auf Eliah zueilte und anhielt. Auch Eliah bleib stehen und dann, nach kurzem Palaver, der *flocat*, die *meneurs*. Nach und nach geriet die ganze Herde ins Stocken, verformte sich wie ein weich gekochtes Ei, das man oben und unten zusammendrückte. Die Tiere strebten sofort auseinander, glaubten, eine Rast sei gekommen, wollten sich zum Grasen verteilen, doch die Männer und ihre Hunde ließen sie nicht. Sie blökten dumpfes Unverständnis. Plötzlich gab Eliah das Signal zur Umkehr. Der Katalane, der ihm am nächsten war, ging zu ihm, lauschte einer kurzen Erklärung, ein Wort nur, das alles sagte: ›Soldaten!‹, und gab das Wort weiter.

Das mit dem Umkehren ging nicht so ohne weiteres, das dauerte seine Zeit. Jedes Tier hatte seinen eigenen Platz. Man musste einen weiten Bogen schlagen, hügelauf und wieder herunter, bis alles war, wie es sich gehörte. Eliah fluchte ausdauernd und fantasievoll.

»Olivier! Was ist los, warum kehren wir um«, rief Manou.

Olivier formte einen Trichter vor seinem Mund: »Krieg«, schrie er zurück. Es hatte keinen Sinn, leise zu sein, die Glocken der Herden waren ohnehin meilenweit zu hören.

»Der Seigneur von St. Estève und sein Nachbar bekriegen sich. Da sind Söldner vor uns auf dem Weg!«

Das war schlecht! Manou hoffte inständig, dass man sie noch nicht gehört hatte.

Wenigstens hinterließen sie hier oben keine Staubwolke wie im Tal, die weithin wahrzunehmen und lange zu verfolgen war. Peitschen knallten, die Glocken und Glöckchen bimmelten im raschen Zuckeltrab. »Klonk, klonk! Klonk!«, machten die großen *sonnailles de draille* mit ihren penisförmigen Holzklöppeln, »Ding, ding, ding, ding«, die Glöckchen der Mutterschafe. Bélibaste ging zu jedem einzelnen Hirten hin und sprach mit ihm.

»Höre, Marius. Halte deinen Hund nahe bei dir. Es sind *gens d'armes* auf dem Weg und wenn sie uns einholen, dann werden sie sich an unserer Herde freihalten. Es hat aber keinen Zweck, sich ihnen entgegenzustellen. Es sind viele, berufsmäßige Mörder, vergiss das ja nicht. Wir haben keine Waffen außer unseren Messern und Steinschleudern. Wer sich wehrt, den hauen sie nieder ohne Erbarmen. Wir können also gar nichts tun.«

»Aber die Tiere! Es sind nicht einmal unsere eigenen!«

»*Tant pis!* Es wird eine Menge Ärger geben, wenn wir sie verlieren. Und ich sage dir: Ich habe so was schon mal erlebt, da kannst du dich glücklich schätzen, wenn sie vernünftig bleiben und uns nur ein paar Hundert oder Tausend wegtreiben, statt aus reinem Vergnügen die halbe Herde niederzustechen und uns dazu.«

»Aber das ist Diebstahl!«

»Und, wen kümmert das schon? Es ist ein Krieg, wenn auch ein kleiner. Da haben Bauern und Hirten zu leiden. Die Seigneurs, ja sicher, die haben selber Herden und die wissen, wie das ist. Doch in der Not ist sich jeder selbst am nächsten und ich wette, die 600 Tiere, die wir in St. Estève aufnehmen sollten, die sind längst weggefressen. Soldaten, Junge, die sind schlimmer als Wölfe, das ist der Wolf, der in jedem Menschen steckt, der da geweckt wird. Zieh einem braven Mann eine Uniform an, gib ihm ein Schwert in die Hand und schon ist er in eine reißende Bestie verwandelt. Also, hilf mit, dass wir von hier verschwinden, so gut du kannst. Erst mal zurück bis kurz vor Thoarel, dann geht's in die Berge. Der Capo kennt da einen Weg.«

Es war keine Straße und kein Weg, sondern ein Pfad, ein *carreiro*, keine *draille*. Die *drailles* waren breit ausgetretene Schneisen, jahrhundertealt, so dass niemand mehr wusste, wer sie angelegt hatte. Sie folgten den natürlichen Gegebenheiten, den Flusstälern, Einschnitten zwischen den Bergen, um Hügel herum immer dort entlang, wo es breit und bequem war, so dass die Schafe sich in sie ergießen konnten wie in ein Flussbett.

Die Hirtenpfade dagegen gingen quer durch das Gelände über Stock und Stein. Man betrat sie nur mit kleinen Herden von unter hundert Stück, nicht mit einer Masse von Leibern wie dieser. Doch es blieb ihnen nichts anderes übrig, als es zu versuchen. Die zwei Karren hatte man vor St. Estève zurückgelassen. Der Mann, der sie gewarnt hatte, würde versuchen, sie für die Hirten zu verstecken und bis zu ihrer Rückkehr aufzubewahren oder gegen bares Geld zu verkaufen.

Das bedeutete doppelte Last für die Esel und die kleinen, robusten Pferde, denen Proviant und Gerätschaften aufgebürdet wurden. Ihre Besitztümer trugen die Hirten auf dem Rücken – zum Glück war es nicht viel, was sie besaßen – und noch jeder einen Sack Korn, einen Krug Öl, ein Lämmchen oder etwas anderes dazu. Die geflochtenen Gatter mussten ebenfalls aufgegeben werden. Die konnte man neu flechten im Sommer.

Und hinunter ging es von der breiten Schneise mit ihrer platt getretenen Oberfläche ins Gestrüpp. Lose Steine und Kaninchenlöcher lauerten unter den blaugrauen Grasbüscheln. Dornranken, an denen die Wolle büschelweise hängen blieb, versperrten immer wieder den Weg. Manou, Olivier und Pierre zupften die Fäden im Vorübergehen ab. Die Herde, *aver de pas*[19], war wie eine Flut im

Frühjahr, wie die Durance, wenn sie über die Maßen gespeist und geschwollen vom gewöhnlichen Schmelzwasser aus den Bergen und dazu noch von heftigen Regenfällen, Stürmen, Gewittern aus ihrem angestammten Bett gedrängt wurde und die Ufer überschwemmte, sich ausbreitete, wo kein Fluss sein sollte, und alles mit sich riss auf ihrem Weg: Ackerboden, Büsche, Bäume, Mensch, Tier und manches Haus dazu.
12 000 Tiere breiteten sich aus und strömten vorwärts. Angetrieben von Hunden und Hirten und deren Furcht, die sich auf die Tiere übertrug, trampelten sie eine Schneise von vielleicht einer halben Meile, eine Schneise der Zerstörung, wo vorher fruchtbare Wildnis gewesen war. Sie blökten verwirrt und unzufrieden, denn sie waren solches raue Gelände nicht gewohnt. Schafe sind keine Klettertiere und vertragen steinigen Boden und allzu steile Pfade schlecht. Nur die Ziegen, die hatten damit keine Schwierigkeiten und sprangen munter voran.
Es war hart, auch für die Hirten. Die Tiere liefen immer wieder auseinander oder blieben stehen, man konnte sie nicht zusammenhalten und in diesem unebenen Gelände nicht überblicken. Am Abend hatten sie keine zwei Meilen zwischen sich und die *draille* gebracht. Sie ließen das Gepäck von ihren geschundenen Rücken gleiten, auf einen Haufen, geschützt von einem Überhang. Stöhnend rieben sie sich ihre Schultern, den Rücken. Sie hatten, während sie den Tieren nachkletterten, die sich verstiegen hatten oder zurückblieben, ihren gesamten Hausrat auf dem Buckel tragen müssen. Manou und Pierre warfen sich auf den Boden, überzeugt, nie wieder einen Schritt tun zu können.
Sie kampierten in einem engen Tal. Es hatte den Vorteil, dass man es leicht an beiden Seiten bewachen konnte. In der Mitte lief ein flaches Rinnsal, Tränke für die Tiere. Eliah sah forschend zum Himmel auf: »Gott schütze uns vor einem Gewitter hier drinnen. Wenn es stark regnet, dann schwillt der Bach schneller an, als man den Hügel hinaufkommt, dann werden die Schafe weggerissen und ersaufen jämmerlich.«
An diesem Abend fiel das Essen mager aus und kalt. Sie wagten es nicht, Feuer zu machen. Es hätte ohnehin keiner von ihnen mehr die Kraft gehabt, Holz zusammenzusuchen oder eine warme Mahl-

zeit zu bereiten. Sie tranken frisch gemolkene Milch, aßen trockenes Brot dazu und Käse und teilten die Wachen ein. Die Glücklicheren unter ihnen durften sich schlafen legen. Manou sorgte dafür, dass die Tiere, die hinkten, für einige Zeit im kühlen Wasser standen und rieb ihnen dann die Fesseln mit Salbeibüscheln ab. Das war alles, was sie an Nützlichem finden konnte.
Vier Tage lang kämpften sie sich durch die Garrigue der Voralpen, um die streitenden Parteien zu umgehen und ihren Weg wieder zu finden.
»Um diesen Berg herum«, hatte Eliah gesagt und es hatte zuerst auch ganz einfach ausgesehen, aber dann erwies sich, dass das Gelände buckelig und faltig war, Falten so tief, dass einige hundert Schafe darin verschwanden, und – wie aus böser Absicht, so empfanden es jedenfalls die Hirten – immer quer zur angestrebten Richtung verlaufend. Die Steine, die Felsen, ganze Berge sahen aus wie zusammengeschobener Stoff, manche Platten von mehrfacher Haushöhe einfach senkrecht aufgestellt oder umgeworfen, als hätten Riesen gepflügt.
Es war eine elende Plackerei. Als sie endlich wieder auf die *draille* gelangten – Eliah hatte den Katalanen auf einem Esel vorausgeschickt, um zu erkunden, ob man die Gefahr glücklich umgangen hatte –, zählten sie die Tiere und waren froh, nicht einmal ein Dutzend verloren zu haben. Das war ein kleines Wunder und Eliah versprach dem heiligen Rochus und dem heiligen Blasius jeweils eine dicke Kerze aus reinem Bienenwachs.
Als sie ihr Nachtlager bei Esparron aufschlugen, waren Männer und Tiere gleichermaßen erschöpft. Es gab geringe Verletzungen zu behandeln, Schürfwunden, geschwollene Knöchel bei den Menschen, Vipernbisse bei den Tieren, die die Schäfer innerlich mit den Beeren des Besenginsters behandelten. Eliah zog eine Flasche aus seinem Beutel, darin war eine junge Viper in Branntwein eingelegt. Damit rieb er den Tieren die Bisswunden ein. Ein *estropier* musste niedergelegt werden, ein alter Bock, der dazu neigte sich abzusondern und der auf dem Umweg noch schwächer geworden war.
»Es ist traurig«, sagte Eliah, »aber ich habe dem Besitzer gleich gesagt, dass es nicht gut gehen würde und dass er kaum erwarten könne, ihn wieder zu sehen.«

Esparron war ein *point de péage.* Am anderen Morgen gingen Eliah und Raoul in das Village, um über den diesjährigen Preis zu verhandeln. Zahlen konnten sie unter diesen Umständen nicht, doch der Vikar des Ortes setzte sein Siegel unter den Vertrag, zwanzig *gros* Gerste für das Recht der Passage, Auf- und Abtrieb und Eliah zeichnete einen Schuldschein. Sie kamen mit einem neuen Karren zurück, so dass man das Gepäck wenigstens zum größeren Teil wieder aufladen konnte.

Mittags, als sich Manou von den anderen entfernte, bemerkte sie, dass eingetroffen war, womit zu rechnen gewesen war. Sie hatte mitgezählt und es erwartet. Ihre Mondtage waren gekommen. Dafür hatte sie Vorsorge getroffen, eine Anzahl Lumpen mitgenommen, aber es würde schwierig werden, sie zu waschen und zu trocknen, ohne dass es auffiel. Wo möglich würde sie für den Zweck auf Moos und Flechten zurückgreifen müssen, die einfach vergraben und zurückgelassen werden konnten. Es war so schon schwer genug.

Die Männer hänselten sie, weil »Marius« sich immer schamhaft entfernte und die Deckung von Büschen und Bäumen suchte, um sich zu entleeren. »Er« blieb nie stehen und schlug sein Wasser am nächsten Baum ab, wie es die anderen taten.

»Oh, là, là! Unsere kleine Jungfrau«, spotteten sie und wussten nicht, wie nahe sie der Wahrheit gekommen waren. Boule folgte ihr überall hin und so kam ihr niemand nach, um sie zu necken oder zu beobachten. Sie benutzte die Nachtwachen dazu, sich an den Viehtränken zu waschen oder an einem Bach. Manchmal schabte sie sich das Gesicht mit einem scharfkantigen Feuerstein, so dass es aussah, als schabe sie sich die ersten mageren Barthärchen weg. Pierre ließ seine stehen und sah lächerlich genug aus mit diesem Kükenflaum. Bislang war alles gut gegangen. Sogar der Katalane hatte aufgehört, Manou argwöhnisch zu mustern. Das war wohl die Geschichte mit dem Hund gewesen. Er fand das männlich und damit gut.

Nach Esparron waren noch einmal 800 Tiere aufzunehmen, danach ging es hoch auf die Sommerweide. Hier trennten sich die Herden. Je 2000 Tiere gingen mit einem oder zwei Schäfern, auch die *pastihouns* wurden aufgeteilt: Zur großen Erleichterung sollte Manou zusammen mit Olivier und der größten Herde bei Eliah und Raoul bleiben, das behagte ihr sehr, denn sie waren ihre liebsten Gefährten geworden auf der Reise.

Auf der *draille* war Manou mal neben dem einen, mal neben dem anderen gelaufen, und wenn man so nebeneinander herläuft, den ganzen Tag, da beginnt man mit der Zeit sich gegenseitig alle Sorgen, Pläne und Hoffnungen zu erzählen. Und so kannte sie die Männer jetzt schon recht gut, wenn ihnen auch noch eine Überraschung bevorstand, was sie selbst betraf. Sie schrieb:

»Eliahs Familie ist von der Inquisition ruiniert worden. Sie waren Ölmüller und wohlhabend, eine Familie von fünfen, nicht zu viele, nicht zu wenige. Das Geschäft ging gut, die Mühle gehörte ihnen und war schuldenfrei. Doch irgendwie, mag sein durch Denunziation eines Konkurrenten – Denunziation ist bei den kirchlichen Gerichten erlaubt und man erfährt niemals, wer es gewesen ist –, wurden sie der Ketzerei angeklagt: Eliahs Vater sollte am Sonntag gearbeitet und seine Mütze nicht gezogen haben vor der Muttergottes am Wegesrand.

Sei es nun so oder auch nicht, Eliah war wortkarg, was das betraf, und man konnte es ihm nicht verdenken: Vater und Mutter wurden befragt, gestanden unter Folter alles, was man von ihnen hören wollte, und wurden hingerichtet, die Mühle wurde eingezogen, die Kinder auf die Verwandtschaft verteilt. Diese Verwandten waren zwar freundlicher als meine, aber Eliah hielt es nicht bei ihnen, so ohne jede Aussicht auf eine gesicherte Zukunft, als fünftes Rad am Wagen, für immer Knecht und der Wohltätigkeit anderer unterworfen. Das passte ihm nicht. Eliah ist ein stolzer Mann und schon als Junge so gewesen. Und so verdingte er sich als Schäfer. Erst gab man ihm Gänse zu hüten – was viel Gelächter gab in der Runde.

›Gänse sind Mistviecher‹, sagte Eliah, ›ich war froh, als man ihnen zu Sankt Martin den Hals umdrehte.‹ Weil man mit ihm zufrieden war, gab man ihm eine Herde Ziegen und als nächstes sechzig Mutterschafe. Zu den Schafen fühlte er sich hingezogen. Das war das Richtige für ihn. Es wundert mich nun gar nicht mehr, dass Eliah mich mitgenommen hat und auch, dass er den Waldenser unter uns duldet.

Guillaume hatte von Anfang an als Schäfer gearbeitet, wie schon sein Vater und Großvater vor ihm, doch nur am Ort für seinen Sei-

gneur. Dann geriet er in Streit mit einem Erntearbeiter, ein Wort gab das andere, die Fäuste flogen und plötzlich war sein Gegner tot. Guillaume hatte das nicht gewollt, es tat ihm sehr Leid, aber Tote werden von Tränen nicht lebendig. Die Büttel des Seigneurs waren hinter ihm her und seitdem war er auf der Wanderschaft. *Voilà.* Ich hatte mich also nicht getäuscht in ihm. Dennoch ist er ein angenehmer Gefährte. Er weiß um seine Schwäche und bemüht sich nach Kräften, sein Temperament im Zaum zu halten. Und niemals habe ich ihn ein Tier misshandeln sehen, selbst wenn es widerspenstig war und ihn verletzte. Guillaume verdient sein Brot als Korbflechter im Winter und er repariert Stühle. Er wird uns neue Gatter machen. Die Ruten junger Laubbäume dafür, die wir weiter unten noch gesammelt haben, wird er in einem Wassertrog einweichen und danach werde ich ja sehen, was er weiter damit anfängt. Vielleicht kann ich es mir ja von ihm abgucken oder er bringt es mir bei. Wenn ich an die Körbe denke, die ich mir damals in der Höhle gemacht habe, die waren zum Lachen. Ich könnte ein wenig Unterweisung gebrauchen. Ich habe festgestellt, dass einem jedwede Fertigkeit, die man erwerben kann, und jede Erfahrung, die man macht, willentlich oder erzwungen, irgendwann im Leben einmal gut zupass kommt.
Danach ging ich einen Tag mit Raoul und er sprach ganz frei über seinen Glauben. Dass er begründet sei auf die Vision eines reichen Kaufmanns in Lyon, der all sein weltliches Gut verschenkte, wie es Jesus seinen Jüngern befohlen hatte und ebenso – nach dem Wort Jesus – losgezogen war und das Evangelium gepredigt hatte. Vorher hatte er es übersetzen lassen, so dass auch ein einfacher Mann es verstehen könne und nicht auf die Auslegung der Priester angewiesen wäre. Denn deren Auslegung und Wiedergabe sei oft falsch und nur zu ihrem eigenen Nutzen, sagte Raoul. Und so wie dieser Kaufmann aus Lyon taten es auch seine Anhänger, wurden dafür als Ketzer verurteilt, verfolgt und umgebracht, denn die Kirche verbietet, dass andere lehren und predigen, die nicht zu ihr gehören.
Ebenso verbietet sie ja auch, dass andere außerhalb der Kirche Magie betreiben, sei es zum Guten oder zum Schlechten. Sie wollen diese große Macht für sich behalten und kontrollieren. Deshalb nennen sie das eine Wunder und das andere Hexerei.

Raoul also, der ebenfalls Verfolgung zu fürchten hatte, mochte ungern an einem Ort bleiben, wo er sich verstecken und verstellen musste unter den Nachbarn. Die meisten der Waldenser sind sesshaft, sagt er, und besonders hart arbeitende Leute. Aber Raoul, der war ein Zugvogel von seiner Natur. So kam alles gut zusammen für ihn und er war zufrieden. Wenn die anderen in der Stimmung sind – meistens sonntags –, dann holt er seine französische Bibel hervor, die, für deren Besitz er unten im Tal verbrannt werden würde. Er liest uns daraus vor und wir beten mit ihm, als ob er ein richtiger Priester sei. So kommen wir hier oben auch zu unserer Seelsorge, die wir sonst den ganzen Sommer über missen müssten, es sei denn, einer hätte ein so dringendes Bedürfnis danach, dass er drei Tagesmärsche hin und drei zurück dafür in Kauf nähme, denn so weit ist die nächste Pfarrei entfernt. Ich nehme aber an, es ist besser, auf waldensische Art zu beten als gar nicht.

Der Katalane war ganz ohne Zwang zur Schäferei gekommen. Er stammte aus einer Familie der unteren Noblesse, war dritter Sohn und hatte an Erbe nicht viel zu erwarten, was er aber nicht bedauerte. Das habe ihn von der Verantwortung befreit, heiraten zu müssen und sich um Abhängige jeglicher Art zu kümmern und zu sorgen. Er hatte also ganz im Reinen mit seinen Brüdern den Ranzen gepackt und war losgezogen, um Schäfer zu werden, erst *pastihoun,* dann weiter hinauf die Leiter. Er hoffte, eines Tages *maîtreberger* zu werden, und Eliah versicherte ihm, dass er das Zeug dazu hatte. Er war von uns allen der Einzige, der ein richtiges Heim hatte, zu dem er eines Tages zurückkehren konnte, wenn seine Sache schlecht laufen sollte. Sollte er einmal krank oder alt und hilflos werden, dann wären seine Brüder für ihn da.

Bélibaste war Schäfer, weil sein Vater es gewesen war, und zufrieden damit. Er sagte, das Einzige, was ihm auf der Alm fehle, seien die Weiber. Es sei schon hart, so ein halbes Jahr ohne der Natur folgen zu können. Es würde ihm jedes Mal heiß zwischen den Beinen, wenn er einen Bock bei der Arbeit sähe.

Die anderen lachten dazu, wie Männer eben sind. Sie lachen, wenn von Frauen die Rede ist, als sei die Liebe etwas Komisches oder etwas Schmutziges, wovon man nur herablassend oder heimlich reden könne. Danach kam das Gespräch auf Frauen. Ich fand etwas

auf der Weide zu tun, stand auf und sagte, ich hätte etwas gehört. Die anderen lachten noch mehr und verspotteten mich: Ich sei wohl schwul, alle außer Eliah, der mich unter seinen buschigen Augenbrauen musterte und mir mit einem Nicken Recht gab. Es war besser, dass ich mich entfernte. Wie ein Vertrauensbruch schien es mir, dass ich da in meiner Verkleidung und unter dem Vorwand, einer von ihnen zu sein, ihre vertraulichen Gespräche mit anhörte. Frauen sprechen auch anders unter sich und möchten dabei nicht belauscht werden. Nur habe ich noch nie ein Mädchen oder eine Frau so abfällig und herabwürdigend vom anderen Geschlecht schwatzen hören. Das scheint den Männern vorbehalten zu sein. Und die einzige Erklärung, die ich mir dafür geben kann, ist die, dass sie Angst vor uns haben. Es muss wohl so sein, wie Angèle es behauptete, dass wir Frauen zwar körperlich schwächer – und das auch nicht immer –, vor allem aber moralisch, seelisch und geistig höher entwickelt sind. Und das wollen die Männer als die Unterlegenen gern verdrängen. Jedes noch so unsinnige Argument ist ihnen dazu recht. Die klügsten Männer verlieren im wahrsten Sinne den Verstand und werden zu lallenden Kretins, wenn sie von Frauen reden. Das ist wahr. Ich habe es mit eigenen Ohren vernommen. Die dümmeren unter ihnen, die nicht zu argumentieren vermögen, begnügen sich eben mit schmutzigen Verslein und Prügel.
Es ist nicht, dass sie nun ununterbrochen über Frauen und deren Geschlechtsteile reden, ganz und gar nicht. Dieser Abend, das war sogar das erste Mal innerhalb von sechs Wochen. Es ist sogar so, dass die meisten Schäfer schamhafter und weniger rüde sind als die Männer im Dorf. Aber es sind dennoch Männer und sie können eben weniger gut als Frauen ihre Natur beherrschen. Als wir auf der Wanderung waren, sahen wir in den Dörfern manches hübsche Mädchen oder manche gut erhaltene Witwe, die uns zuwinkten und den Schäfern gewogen waren.
Die Schäfer sind gefürchtet unter Vätern und Ehemännern, und das mit gutem Grund. Bélibaste schlich sich ein paar Male davon in den Nächten, in denen wir in der Nähe eines Village übernachteten, und ich wette, er hat mehr als einen Bastard entlang der *draille*. Und keine Chance auf Heirat für das dumme Ding, welches sich mit ihm eingelassen hat. Schäfer heiraten selten. Sie sind

ja zu unstet, um eine Familie zu unterhalten, und meistens auch zu arm.
Florentin und Zidore, das sind die Einzigen, die Ehefrauen und Kinder haben, die sie im Sommer zurücklassen, und das auch nur, weil man sie erwischt und zur Ehe gezwungen hat. Das muss hart sein für die Frauen, denn sie müssen sich und ihre Kinder ja praktisch selbst erhalten. Viel ist es nicht, was so ein Schäfer am Ende eines langen Sommers mit nach Hause bringt. Im Winter macht Florentin Stühle und Zidore arbeitet in einer Ölmühle, genau wie Raoul.
Warum eine Frau sich mit einem Schäfer einlässt, das werde ich nie verstehen.
Eine kleine Schwarzhaarige, die hat sogar mich angelacht, lief eine Weile neben mir her und schenkte mir Kirschen. Es scheint, ich sehe als Marius besser aus denn als Manou. Ich muss lachen bei dem Gedanken an die Enttäuschung, die sie erleben würde!
Männer unter sich reden ganz normales Zeug, sind fast angenehmer als in weiblicher Gesellschaft. Sie spreizen sich nicht wie die Gockel und der Wettbewerb hält sich in vernünftigen Grenzen. Sie sind friedfertiger allein. Es herrscht eine gewisse Wärme, eine Kameraderie unter ihnen, um die ich sie ein wenig beneide, denn in aller Gerechtigkeit: Unter Frauen ist die eine der anderen Konkurrentin, *c'est comme ça.*
Es ist sicher nicht die Schuld der Frauen, dass sie untereinander so garstig sind zuweilen. Sie haben ja nicht dieselbe Freiheit, sie sind ans Haus gebunden, dürfen kein ordentliches Handwerk erlernen oder ein Geschäft innehaben, nur wenige sind wie Azima. Man hat es so eingerichtet, dass sie zu ihrer Versorgung ihr Leben lang auf Männer angewiesen sind, dass sie im Nest hocken bleiben müssen, und die Männer sind die, die fortgehen und wiederkommen nach Belieben. Für uns gibt es Freiheit nur unter den größten Schwierigkeiten oder, wie bei den guten Nonnen, hinter Mauern. Die Tochter gehört dem Vater, die Frau dem Ehemann, nur die Witwe ist frei, sagt man. Und das trifft auch nur dann zu, wenn ihr Ehemann für sie Vorsorge getroffen hat. Vor Nachstellungen ist sie nie sicher.
Ein unfreies Leben macht einen unfreien Geist. Deshalb wohl sind

die Männer in ihrer ganzen Denkweise, in ihrer Art, das Leben zu nehmen, anders als wir. Für solche wie die Schäfer, da gibt es mit Frauen nur flüchtige Liebschaften, mit anderen Männern dagegen tiefe Freundschaft. Und in diese Vertraulichkeit, diese selbstverständliche, leichtfüßige Umgangsweise, da habe ich mich eingeschlichen, die Gans im Fuchspelz, könnte man sagen. Könnte ich nur immer so leben! Doch irgendwann wird herauskommen, wer ich bin, und dann ist es damit vorbei.«

Die Herden wurden also aufgeteilt, jede auf einen anderen Berg mit ihren *bergers,* und sonntags würden sich die Männer treffen zu einem gemeinsamen Abend, mal bei dem einen, mal bei dem anderen, meistens aber beim Capo.

Eliah, Raoul, Olivier und Manou hatten 2567 Schafe, darunter 32 *béliers,* dazu 321 Ziegen und ein paar Ziegenböcke, zwei Esel und ein Pferd, drei Hütehunde und Boule. Sie erreichten ihr Ziel am späten Nachmittag, ein weites *can*, kahlgefegt und kahl gefressen im letzten Sommer. Außenherum erhob sich ein grüner Wall aus Besenginster, Eichen, Tannen und kleinen Kiefern, krumm und niedergedrückt von den Winden, die von den Höhen mit Macht herunterpeitschen konnten. Sie waren noch unterhalb der Baumwuchsgrenze, über ihnen wurde der Baumbestand niedriger und mager und dann kamen nur noch saftige Kräuterwiesen, Bäche mit Schmelzwasser und schneebedeckte Gipfel.

Es war Brauch, für die Herde in der ersten Nacht die geflochtenen Gatter aufzustellen, damit sie sich beruhigten und an die neue Umgebung gewöhnten. Da sie keine Gatter mehr hatten, musste es ohne gehen. Doch die Wegglocken, die *sonnailles de draille,* würde man den *meneurs* erst am nächsten Tag abnehmen. Sie zu früh abzunehmen brachte Unglück. Manou dachte, dass es lediglich dazu diene, die erschöpften Tiere nicht zu früh ungewohnten Klängen auszusetzen, doch man konnte ja nie wissen.

Raoul und Eliah schritten das Gelände ab und kamen befriedigt zurück: Keine schädlichen Pflanzen hatten sich in ihrer Abwesenheit ausgebreitet – keine Luzerne und nur wenig gelber Klee –, welche den Tieren die Mägen auftreiben konnten, so dass sie manchmal daran starben, wenn man nicht schnell genug mit Essig und Öl bei der Hand war! Es waren aber reichlich schotentragende

Kräuter vorhanden, die besonders nährreich sind, und Küchenschelle, die die Galle der Milchtiere pflegt.
Pierre, Olivier und Manon hatten das *cabanon* auszufegen und das Ungeziefer auszuräuchern, das sich in den Monaten des Leerstands hier eingefunden haben mochte. Es war nur eine Feldhütte: ein großer Raum um eine Feuerstelle herum gebaut, deren Schlot die Mittelsäule bildete, auf der wiederum ein Heuboden ruhte, der über eine Leiter zu erreichen war.
Außen, in einigem Abstand um das Haus herum, gab es eine Mauer, aufgeschichtet aus trockenen Steinen ohne Lehm oder Mörtel, die zusammen mit der Hausfront einen Innenhof bildete. Ein Teil davon konnte bei Bedarf mit einem Dach aus Zweigen bedeckt werden. Der Hof und die Nische dienten zur Absonderung kranker Tiere und Lämmer. Es gab auch noch einen kleinen Anbau, halb in die Erde eingegraben und in den Fels gehauen, da war es kühl. Dort würde man Vorräte aufbewahren und Käse machen. Oben sollten die Lehrlinge schlafen, unten die Hirten. Manou kratzte sich etwas altes Heu vom letzten Jahr zusammen und breitete ihre Decke darüber. Olivier neben ihr im Heu – das war etwas, was ihr ein wenig Herzflimmern bereitete. Das war etwas anderes als im großen Kreis am Feuer mit all den anderen Männern.
An diesem Abend machten sich die Schäfer große Mühe mit ihrem Nachtessen. Es gab Forellen, am Stecken geröstet, die hatten sie von ihrem letzten Auftraggeber mitbekommen, dazu frisches Brot aus dem Dorf, den letzten Käse aus ihrem Proviantsack und Wein. Sie waren zum Umfallen erschöpft, aber froh. Vor ihnen lag die Zeit, die schöne Zeit, um die das ganze Leben der Schäfer sich drehte, die, für die man auf Besitz, Geld und Ansehen in der Welt verzichtete: *l'estivage* – die Sommermonate in den Bergen, wo das Leben leicht war, die Schafe sich fast ohne ihr Zutun voll fraßen, in denen man in vollen Zügen die Natur genießen und seinen Gedanken nachhängen konnte.
Manou notierte:
»Es war mir unterwegs nie aufgefallen, doch jetzt, da wir eng beieinander am Herdfeuer saßen, da konnte ich nicht umhin zu bemerken, dass Raoul unser Brot brach und segnete.

›*Eh bè,* er ist Waldenser, die machen das so‹, sagte Eliah, als er meinem Blick folgte.
›Mich stört es nicht, wenn er unser Brot segnet‹, entgegnete ich. ›Das mag auch nicht schlechter sein, als wenn ein Priester es tut‹, entgegnete ich. ›Er ist ein frommer Mann, Raoul, und ich habe großen Respekt vor einem wie ihm.‹
Die Kirche nennt sie Ketzer, diese Waldenser, und Hexer. Man wusste auch bei uns im Dorf, dass sie unter uns lebten, so unsichtbar wie Zikaden auf der gefleckten Rinde der Platanen, dass sie wie unsereins zur Messe gingen und ihre eigenen Zeremonien heimlich abhielten. Ich habe niemals geglaubt, dass es schlechte Menschen sind, aber ich hatte auch noch nie – meines Wissens – mit einem zu tun gehabt. Raoul kann beten, wie er will, es ist mir gleich.«
Nach einem bequemen und ausgedehnten Frühstück, so wie man es sich auf der Wanderung nie hatte erlauben können, nahmen sie den Leithammeln und den *cadettes* die *sonnailles de draille* ab und ersetzten sie durch Weideglocken, die leichter waren und einen sanfteren Ton gaben. Die Tiere verstanden auch gleich, dass dies das Zeichen war für ihre lange Ruhepause, zerstreuten sich, soweit man es zuließ, und grasten zufrieden.
Ein Stück weiter oben war ein weißer Fleck inmitten des Grüns und dann noch einer und weiter oben noch mehr. Manou fragte Eliah ungläubig, ob das etwa Schnee sei so spät im Jahr. Eliah lachte und sagte ihr, sie solle ruhig nachsehen gehen, er brauchte sie für heute nicht mehr. Tatsächlich brauchte Manou den halben Nachmittag, um den ersten der weißen Flecke zu erreichen. Es war weiter, als sie gedacht hatte, und in der dünneren Luft konnte sie nicht so schnell steigen wie gewohnt. Und dann war sie oben und berührte den Fleck und es war tatsächlich Schnee, keine feinen weißen Kristalle wie unten, wenn er am Luberon fiel, einmal in sechs Jahren, kein Puder oder Klumpschnee, sondern Harsch, getaut, gefroren und wieder angetaut und dadurch von nahem eher durchsichtig denn weiß, raukörnig in der Hand wie grobes Salz.
Kalter Schnee und darüber die glühend heiße Sonne. Der Blick von hier oben war berauschend. Man konnte alles sehen, die Alpen, die sich unerwartet lang und weit ausbreiteten mit immer hö-

heren Gipfeln, gezackt gegen den Himmel und weiß, ein so klares, reines Weiß, wie man es sonst niemals sah, ein Weiß, das in den Augen schmerzte. Nach der anderen Seite klein wie Spielzeug die Pyrenäen und dahinter das Meer. Es musste das Meer sein, Manou hatte davon sprechen hören: eine unvorstellbar weite Wasserfläche, die endlich tosend über einen Rand hinunterfiel. Dazwischen Berge und Hügelketten, deren Namen sie kannte, die Dentelles, der Croix de Provence, die Alpilles, die Montagne de Lure, und sie sah die Berge, die sie so gut kannte, den Berg der Winde, Mont Ventoux, und den Luberon, winzig jetzt, kaum wahrzunehmen. Zwei Wochen blieben sie auf dem Plateau, so lange, bis die Schafe alle Wiesen in der Umgebung nach oben und nach unten und nach allen Seiten hin abgefressen hatten mit Stumpf und Stiel. Was die Schafe nicht erreichten, das erwischten die Ziegen, die sogar auf Bäume stiegen, um an das frische Eichengrün zu kommen. Sie fraßen auch die jungen Triebe der Kiefern und Tannen, davon aber nicht viel.

»Eine Näscherei – sie wissen genau, wie viel ihnen gut tut«, sagte Eliah. Es war auch nötig, eine Ruhepause einzulegen, da sie etliche Schafe mit wunden und entzündeten Füßen hatten. Schafe haben weichere, empfindlichere Füße als Ziegen und der Umweg durch die Wildnis war ihnen weniger gut bekommen als jenen. Diejenigen Schafe, die Abszesse zwischen den Klauen hatten, da, wo sich spitze Steine oder Dornen eingedrückt hatten, wurden abgesondert. Man öffnete die Abszesse mit dem spitzen Messer, so dass sie sich reinigen konnten, und rieb die Wunden mit dem Saft von Schafgarbe ein.

Nach einer gewissen Zeit begann sich die Herde aufwärts zu bewegen zu immer neuen Weiden und die Schäfer folgten ihnen. Den Karren hatten sie unten bei der Feldhütte gelassen und auch viele ihrer Vorräte, denn noch war es nicht zu weit, um in ein oder zwei Stunden hinunter- und wieder hinaufzulaufen und das Gewünschte zu holen. Sie trugen nur ihren wenigen Besitz mit sich, Kleidung zum Wechseln und für schlechteres Wetter, eine Decke und die lederne Tasche mit den Arzneien und dem spitzen Schäfermesser sowie einem Messer zum Essen.

Bevor sie den Platz verließen, brannten sie den Ginster ab, der un-

nütz war, weil er den Kräutern Platz und Boden nahm. Nach dem nächsten Regen würde dort wieder sattes Grün entstehen. Man hatte nun nichts weiter zu tun, als der Herde zu folgen, sie zusammenzurufen, wenn sie sich allzu weit zerstreute.
»Vivivivi!«
»Vé! Vélà! Vé!« und
»Heppalà! Vélà, vélà, véj!« hallten die Rufe über den Hang. Von den benachbarten Bergen schallte es ähnlich zurück. Man konnte einander weit hören hier oben. Am Sonntag kamen die anderen herüber zu Eliahs Lagerplatz. Raoul hielt einen schlichten Gottesdienst, brach das Brot und verteilte es unter seinen Genossen, segnete den Wein und las ein Stück aus der Bibel vor, die er immer bei sich trug, eine Bibel in französischer Sprache, vermischt mit etwas Italienisch und der *langue l'doc.* Für Manou war es ein tiefes Erlebnis, die Lehren der Propheten einmal aus erster Hand zu erfahren und nicht zurechtgelegt und verbogen durch einen Priester der Kirche. Sie nahm Pergament und Tintenstein mit auf die Weide und mittags, während die Tiere im Schatten standen und wiederkäuten, legte sie ihre Gedanken und Beobachtungen schriftlich nieder:
»Die Schäfer sind sehr fromme Leute. Sie führen ihren Stand und ihre Sitten auf die Bibel und die älteren Schriften zurück. Abraham war der erste Schäfer und wenn die Menschen die Erde bevölkern und sich untertan machen, wie es geschrieben steht, so tun sie es zuerst, indem sie Tiere an sich gewöhnen, sie pflegen und vermehren und aus ihrem Besitz Macht und Ansehen ziehen und vielerlei Nutzen.
Alle Patriarchen und Anführer der alten Zeit waren Schäfer: Abraham, Isaak und Jakob, Moses, David und lange vor ihnen schon der persische König Cyrus, der Babylon zerstört hat, und Agamemnon, König der Griechen. Von ihm leitet sich sogar unser Wort für die Anführer unter den Widdern her, *menouns.*
Wolle Gott, dass auch heute noch die Könige und Fürsten und die großen Anführer der Menschheit Schäfer wären: Sie hätten dann sicher mehr Ehre im Leib und ein Gefühl der Verantwortung für ihre Untertanen, die ja nicht anders als Herden sind. *›Lou bon pastre fa lo bon tropèl‹*[20], ein guter Schäfer macht eine gute Herde, sagt man, und ist es nicht wahr? Wenn die Fürsten sich nur um ihr eige-

nes Wohl kümmern und es ihnen nur um ihre Bequemlichkeit und um Gold und Ansehen zu tun ist, dann machen es die Untertanen genauso. Ist ein Fürst hartherzig und angriffslustig, dann weckt er ebensolche Untugenden in seiner Herde und sie werden anfangen, sich gegenseitig zu stoßen und zu bedrängen, denn der Mensch ist eine schlimme Bestie, die teils durch Zucht und mehr noch durch gutes Beispiel erzogen und im Zaum gehalten werden kann. Aber wehe, man gibt ihnen böses Verhalten vor, dann geht die Saat des Teufels auf, von der jeder ein Stück in sich trägt. Ist der Fürst ein guter Schäfer, dann fühlt er Verantwortung und Liebe für seine Tiere, die ihm anvertraut sind. Er wird sie leiten und das Beste für sie tun, was ihm möglich ist. Wenn er nicht versteht, sie zusammenzuhalten und sie auf eine gute Weide zu führen, dann zerstreuen sie sich und jeder macht, was ihm beliebt, auch wenn es ihm am Ende schadet.

Sie haben eine lange und ehrenvolle Geschichte, die Schäfer, und ich bin froh, unter ihnen zu sein, auch wenn die sesshaften Bauern und die Stadtleute sie verachten und sie zum untersten Stand gehören, warum, weiß ich nicht, denn sie tun eine gute und notwendige Arbeit, von der alle Menschen profitieren, hoch oder niedrig.

Die Schafe sind die besten unter allen Herdentieren. Sie sind sanft und gut zu hüten, wie jeder weiß, der es einmal mit Ziegen, Pferden oder Kühen versucht hat. Ich kannte einen, der war von einer Kuh niedergestoßen und mit den Hörnern schwer verletzt worden. Und einem anderen hatte ein Pferd, das er gehütet, den Fuß ganz zertreten.

Die Schafe sind auch die besten aller Tiere, weil man mehr Nutzen von ihnen hat als von jedem anderen Tier: Hildegard von Bingen schreibt in dem Traktat, das mir Schwester Scholastika so freundlich kopiert und überlassen hat: ›Schaffleisch ist für gesunde und kranke Menschen gleichermaßen gut zu essen. Und wenn jemand sehr schwach ist und welke Adern hat, soll er oft Suppe aus Schaffleisch essen. Schaffleisch ist besonders gut im Sommer zu essen, weil die Hitze es wärmt.‹

Die Ärzte wissen es wohl. Sogar an der Tafel des Königs, habe ich gehört, essen sie mehr und öfter von dieser gesunden Nahrung als vom Fleisch anderer Tiere. Die armen Leute, die sich keinen Bra-

ten leisten können, essen die Leber, die Innereien und die Füße und es tut ihnen gut.
Aus Talg und Fett der Schafe macht man Kerzen und Salben. Die Salben sind gesucht, insbesondere von den Chirurgen. Die Därme nimmt man, um Saiten und Bänder zu fabrizieren; die dicken für Bögen, die etwas weniger starken für die Instrumente, auf denen man die Wolle schlägt, um sie weich zu machen; des Weiteren die feinen, die nimmt man für Lauten, Harfen, Zithern, Leiern und andere Musikinstrumente, die mit dem Finger gezupft werden.
Ihre Wolle kleidet uns und schützt uns vor Krankheit und sogar noch das, was sie ausscheiden, nützt dem Menschen, wie es heißt im Buch Hesekiel: ›Nach den Schafen kommt der Pflug.‹«
Solche Gedanken bewegten Manou zu dieser Zeit. Der Sonntag war für die Männer die einzige Unterbrechung ihrer Einsamkeit. Sie nutzten sie zum Schwatzen und zum Spielen. Es wurde gut gekocht und reichlich gebechert, und am Abend gingen sie wieder jeder zu seiner Herde, hoffend, dass sie sich nicht zu weit zerstreut hatte.
Am Montag war Manou vor allen anderen wach, ging zum Bach und wusch sich das Gesicht, spülte den Mund aus und legte sich für kurze Zeit die Blätter wilder Rosen, die es jetzt im Überfluss gab, auf die Augen. Ein Mann, der sich Rosenblätter auf die Augen legte, statt sich den Bart zu schaben …
Es würde wieder ein heißer Tag werden, aber hier oben litt man nicht so sehr unter der drückenden Hitze. Durch die Frische und den Wind war man versucht, sich ohne Scheu der Sonne auszusetzen, wenn man im Tal längst den Schatten aufgesucht hätte. Aber Eliah hatte sie schon gewarnt, dass sie sich vor allem zu Beginn vorzusehen habe und immer den Hut aufhaben solle.
»Wir werden ohnehin alle schwarz wie die Mauren sein, wenn wir wieder herabsteigen«, sagte er. »Daran erkennt man den Schäfer zuerst.«
Manou begrüßte Raoul und sah sich um, sah die Welt von oben, weit, weit, mit einem unendlichen Himmel darüber. Es war so schön, dass sie nicht wusste, ob sie weinen oder laut lachen sollte. Raoul stellte sich neben sie und nach einem langen, tiefen Atemzug sagte er: »Ja, das geht ans Herz, Kleiner, nicht wahr? Es packt mich

auch jedes Mal von neuem, so lange wie ich schon mit dabei bin, jedes Jahr wieder.«

»Die Lämmer ebenso wie kleine Kinder«, schrieb Manou auf ihr Pergament, »sind noch sehr zart und schwach. Man soll sie nicht schlagen oder ihnen die Ohren markieren oder Hörner und Schwanz abschneiden. Man muss sie sanft erziehen mit Freundschaft und Zuneigung, und wenn man sie bestrafen muss, dann genügt es, sie mit einer kleinen Hand voll Erde zu bewerfen. Man darf ihnen überhaupt kein Leid tun bis zur ersten Schur. Bis dahin lässt man ihnen ihren Willen, soweit es möglich ist.

Es gibt hier oben einiges wilde Getier, dass die Kühle der Berge braucht, um zu gedeihen, wie mir Olivier erklärte. Wir beginnen uns anzufreunden, er und ich. Es macht ihm Freude, mich mitzunehmen zu seinen Lieblingsorten und mir alles zu zeigen, was es zu sehen gibt auf diesem Berg, der für die nächsten Monate unser Heim sein wird.

Olivier hat ein besonderes Interesse an allen Bestien: Schlangen und andere Tiere von kaltem Blut, Käfer, Schmetterlinge, Vögel. Er zeigte mir eine Art von wilden Ziegen, grau und zottelig mit gedrehten Hörnern, auch *marmottes,* die sind wie Riesenmäuse, halb armlang und fett mit kurzen Beinen. Sie geben eine gute Mahlzeit ab. Die erlegt er mit seiner Steinschleuder.

›Warum bist du Schäfer geworden? War dein Vater auch einer?‹, fragte ich ihn.

›Nein‹, lautete die Antwort, ›er war Großknecht bei einem reichen Bauern, mein Alter. Aber ich wollte lieber mein eigener Herr sein und nicht geduckt und eingesperrt. Du hättest sehen müssen, wie unser *patron* sein Essen hinunterschlang, rasch, rasch, damit wir nur nicht zu viel wegfressen konnten. Und wenn er fertig war, dann klappte er sein Messer zu und das war für uns alle das Zeichen, mit dem Essen aufzuhören, ob wir nun noch hungrig waren oder nicht. Ich ertappe mich heute noch manchmal beim Schlingen!‹

Ich musste ziemlich lachen daraufhin und sagte ihm, dass ich diese Sitte selbst gut kannte. Aber Onkel Guillaume redete gern und das war unser Vorteil bei Tisch. Meist gelang es einem von uns, ihn mit einer wohl überlegten Frage in Fahrt zu bringen, einer, die sich

nicht mit ja oder nein beantworten ließ, und schon klapperte seine Mühle und wir konnten in Ruhe essen.
›Schade, dass unser *patron* mit Worten so geizig war wie mit der Suppe, oder vielleicht auch nicht, denn sonst wäre ich jetzt nicht hier und hier ist mir am wohlsten‹, meinte Olivier. Er ist ja beinahe zu ernsthaft. Erzählt man ihm etwas Lustiges, dann muss man gleich miterklären, warum es lustig ist, sonst lacht er nicht. Na, macht nichts. Ich habe ihn trotzdem gern in meiner Nähe.
Es kamen einige Adler, große Vögel, deren ausgebreitete Flügel mindestens vier Ellen messen würden, wenn sie sich messen ließen. Die vertrieben wir mit Stöcken, weil sie darauf aus sind, Lämmer zu entführen.«
Die Männer begannen Käse zu machen. Das war hauptsächlich die Aufgabe von Raoul, denn er verstand sich gut darauf.
»Wir tragen die Milch in *sibres* nach unten, das sind hölzerne Gefäße mit Löchern an den oberen Rändern. Durch die Löcher steckt man einen kräftigen Stecken und trägt dann das Gefäß jeweils zu zweit, den Stock auf den Schultern. Die Milch ist warm und riecht süß und wenn einer stolpert, dann schwappt sie uns über die Füße, Olivier und mir, und wir bekommen Kopfnüsse von Raoul.
Die frische Milch lässt er über Nacht stocken. Anderntags misst er dann Salz und Lab dazu, von dem er einen getrockneten Vorrat mit sich führt. Lab, erklärte er mir, sei ein Stoff aus dem Magen der Kälber, der macht, dass die Milch gerinnt und gut verdaut werden kann. Ist dann die Milch geronnen, dann füllt Raoul sie in Gefäße aus Span, die schon die Form haben, die der Käse später annehmen soll, nur dass diese Gefäße, die *faisselles* genannt werden, unten lauter kleine Löchlein haben, durch die die Molke ablaufen kann. Die Molke geben wir den Hunden zu trinken. Bei uns im Dorf mästete man damit Schweine.
Dann, wenn eine gewisse Festigkeit erreicht ist, müssen die Käselaibe getrocknet und täglich gewendet werden. Jetzt kann man sie auch mit Eselspfeffer belegen oder in Asche wälzen, je nach Geschmack. Das Wenden dürfen Olivier und ich übernehmen, weil wir die jüngeren Beine haben, sagt Raoul, und er so nicht mehr täglich hinunter muss. Beim Wenden können wir nicht viel falsch machen. Sollten wir aber die Türe offen lassen, so dass die Fliegen

hereinkommen können und mit ihren Eiern und Larven die Käse verderben, haben sowohl der sonst so freundliche Raoul als auch Eliah uns die Prügel unseres Lebens angedroht. Eliah hat noch leise, nur für meine Ohren, hinzugefügt: Auch wenn du ein Mädchen bist!

Raoul macht aber auch an Ort und Stelle *brousse* für uns alle zum Abendessen, so wie es meine Eltern gemacht haben und danach ich selbst für mich und zuletzt für Azima: Man kocht die Milch in einem Kessel und gibt dann hellen Weinessig hinzu, so dass sie zu Wolken und Bröckchen gerinnt. Das Dicke schöpft man ab, lässt es auf Haarsieben abtropfen und isst es, wie man mag: geüßt mit Honig oder gesalzen. Es ist aber am besten frisch und nicht das gleiche wie Käse.

Tagsüber folgen wir den Tieren auf die Berghänge zum Weiden und es ist eine Pracht, wie grün und fett die Kräuter hier oben werden. Ich kann darüber gar nicht genug staunen. Wo ich herkomme, da sind nur die Felder mit dem Klee von solchem Grün, und das auch nur bis Ende Mai oder wenn sie bewässert werden. Sonst ist alles gelb und braun und die Garrigue hauptsächlich blau, staubig mattblau, weil die Blätter der Pflanzen dort hart und bläulich sind zum Schutz gegen die Hitze. Deshalb erschien mir auch der Luberon so blau, von weitem, als ich endlich einmal das Ganze sah und nicht nur ein kleines Stück vor meiner Nase.

Hier oben blüht alles. Es gibt einen niedrigen Busch mit roten Blüten wie Rosen, der überzieht ganze Hänge, die davon rot sind, nicht blutrot und auch nicht von der Farbe, die die Sonne hat, kurz bevor sie untergeht, sondern ein sanftes Purpur.

Ich bewundere am meisten von allem die Blumen, aber ich sage nichts darüber, damit ich nicht weibisch erscheine. An den Farben kann ich mich nie satt sehen. Wir sitzen im Gras und strecken die Beine aus. Olivier schnitzt sich einen Löffel aus einem Stück von einem alten Baum, der umgefallen ist.

Man hört das Sausen des Windes oben in den Felsen und die Schreie der Adler weit entfernt, nahe die Glöckchen und Glocken, nicht hastig im Rhythmus der Straße jetzt, sondern gemächlich, hier oder da einmal eine, wenn eines der Tiere einen Schritt vorwärts tut, um sich über den nächsten grasigen Flecken herzumachen. Entfernt sich eines der Glöckchen zu weit, dann schauen wir uns wortlos an: ›Gehe ich oder gehst du?‹, und einer von uns springt auf und holt den Ausreißer zurück. Die Hütehunde umkreisen die Herde. Boule liegt friedlich bei mir und verschläft den Tag im Schatten unter einem Felsüberhang oder einem Baum. Leider ist Pierre für ein paar Tage zu uns herübergekommen. Er ist eigentlich Bélibaste zugeteilt und die zwei passen gut zueinander, wie ich finde. Aber er muss lernen, wie man ein Schaf richtig und sauber zur Ader lässt, und das kann nur Eliah ihn lehren. Hoffentlich lernt er schnell. Ich bin lieber mit Olivier allein.«

24

Im August erreichten sie eine zweite Berghütte. Man trieb die Tiere unter Mittag in den Schatten von Felsen und kleinen, verkrüppelten Bäumen. Oder, da Schatten hier oben schwer zu finden war für fast 3000 Tiere, suchte man die Nordhänge auf, die *ubacs.* Dort standen die Tiere unbeweglich in der Mittagshitze und ruhten, gemächlich wiederkäuend. Nur eine vorwitzige *vasseoù,* ein junges weibliches Schaf, das noch keine Bekanntschaft mit Bock oder Trächtigkeit gemacht hatte, noch voller Energie und Unsinn im Schädel, so wie die jungen Mädchen angeblich sind, hatte sich trotz des Sengens hoch hinaus gewagt. Manou hörte, wie der Klang eines Glöckchens sich über Gebühr entfernte, und kletterte ihr nach, um sie zurückzuholen. Die *vasseoù* spielte Fang-mich-doch mit ihr und machte es den Gämsen nach, bis sie nicht mehr weiterkonnte.
Da stand sie nun an einem Steilhang aus blättrigem Schiefer und stellte fest, dass sie die Füße nicht mehr setzen konnte, ohne dass der Boden darunter ins Rutschen kam, und sich umwenden konnte sie auch nicht. Mit den Hinterläufen stand es, halb lag es auf dem prallen Wanst, das dumme Tier, und blökte und schrie, angstvoll und dringlich: ›Hol mich hier runter, komm, hol mich! Komm schnell!‹
Manou kam auch schnell und während sie sich an einem abgestorbenen Wacholder festhielt, hievte und schob sie das vor Angst steife Tier in die richtige Lage, damit dieses sich wieder auf den Weg abwärts machen konnte. Sie ließ es los und wollte hinterhersteigen, da fühlte sie, wie der Blattschiefer nachgab, griff nach dem Zweig, nach einem Grasbüschel, verfehlte beides, rutschte und fiel. Alles, was sie noch sah, war der blauschwarze Schimmer der Felsen, die an ihr vorbeisausten, dann kam Dunkelheit.

Manou erwachte mit dröhnendem Schädel, gerade rechtzeitig, um den empörten und entsetzten Aufschrei zu hören: »Aber das ist ja gar kein Junge, das ist ein Mädchen!«
Sie fühlte, dass ihre Brust entblößt war, und tastete halb blind vor Schmerzen und Verwirrung nach ihrem Kittel, um sich zu bedecken. Doch ihre Hand wurde sanft fortgeschoben und sie hörte Eliah sagen: »Ob Junge oder nicht, ein Verletzter muss versorgt werden. Fort mit euch. Ich mache das.«
Olivier hatte sie fallen sehen. Er und Raoul waren sofort herbeigerannt, um Manou zu bergen und sie zum Lagerplatz zu tragen, wo sie sie auf einen Strohsack legten und ihr die Kleider öffneten, um nachzusehen, ob sie sich etwas gebrochen hatte. Und das war das Ende von Marius, dem *pastihoun.*
Eliah beugte sich über sie und tastete ihre Arme, Beine, den Hals und die Rippen ab. Als er mit seinen Händen zu ihren Brüsten kam, flach, aber doch deutlich weiblich, da tat er es so ruhig und sachlich, als behandele er irgendein Schaf.
Sie schrie kurz auf, als er eine bestimmte Stelle berührte. Er nickte nur, aha, soso. »Na, das ist ja noch einmal glimpflich abgegangen. Du hast zwei Rippen gebrochen, das ist nicht weiter schlimm. Ich werde dir einen Umschlag aus Tonerde machen und danach bindest du dir einfach weiter die Brust, so wie bisher. Das hält die Rippen am Platz, bis sie wieder zusammengewachsen sind. Wärest du ein Mann, dann würde man es genauso machen. Du hast einen ordentlichen Rumms auf den Schädel bekommen, aber der ist hart – ich dachte es mir schon.«
Er lachte leise. »Das hat ja kommen müssen, früher oder später, obwohl ich sagen muss, Kompliment, Demoiselle: Du hast dich besser gehalten als vermutet. Wärest du nicht gefallen, nun ja. Ich werde mit den Männern sprechen.«
Olivier, Pierre und Raoul standen ein Stück weit entfernt, entsetzt über den Unfall, aber empört ob der Entdeckung.
»Wir reden später über alles«, sagte Eliah zu ihnen. »Es gibt einen guten Grund dafür, dass sie hier ist, und ihr sollt ihn auch erfahren. Olivier! Lauf und sammle Tausendgüldenkraut. Das bring schnell her! Pierre, du suchst nach Arnika. Ich habe dort oben an dem Felsen, der wie ein Widder aussieht, welches gesehen. *Allez!*«

Er trug Manou behutsam in die Hütte, legte sie auf ein Schaffell, holte Wasser vom Bach und setzte es im Kessel auf. Es begann gerade zu kochen, da kam Olivier zurückgerannt, hielt ein gutes Stück von der offenen Tür entfernt inne, und näherte sich so zögernd, wie man sich einem Aussätzigen nähern würde, ein erstes Zeichen dafür, wie sich die Dinge ändern würden. Vorher wäre es nie einem von ihnen eingefallen, solcherart Diskretion zu üben. Er räusperte sich, um sich bemerkbar zu machen.

»Eliah! Ich habe das Kraut.«

Eliah nahm es entgegen und ließ es in dem Wasser ziehen. Olivier ging hinaus und vermied dabei sorgfältig den Blick in Manous Richtung. Wenig später kam Pierre. Und Pierre, die kleine Ratte, wie Manou ihn immer noch bei sich nannte, obwohl er kein so übler Kerl war, der kündigte sich natürlich nicht an, sondern nutzte die Gelegenheit, um sich hereineinzuschleichen und einen Blick auf die Liegende zu erhaschen. Pech für ihn: Sie war zugedeckt.

»Pierre!«

»*Oui, chef!* Ich habe ganz schnell gemacht, so wie Ihr gesagt habt. Ich bin den ganzen Weg gerannt. Da ist von der Arnika!«

»Hm, ja. Gut, und jetzt verschwinde! So. Davon mache ich dir einen Aufguss zum Trinken, Mädchen, das wirst du ja selbst wissen, Bergwohlverleih ist die beste Arznei gegen Entzündungen und um die Heilung zu fördern.«

Manou versuchte sich aufzurichten und hätte fast gespien, so übel wurde es ihr davon. Eliah eilte herbei und drückte sie auf das Lager.

»Nicht aufrichten. Wo willst du denn hin? Du bist doch Heilerin, da solltest du selbst wissen, dass man liegen bleiben muss, wenn man sich den Schädel derart angeschlagen hat! Was ist denn? Musst du dich entleeren?«

»Nein, das nicht. Ich habe in meinem Sack ein Briefchen mit etwas ... au ...! Pelargonienmischpulver«, brachte Manou unter Keuchen und Stöhnen hervor. Ihr Kopf schmerzte mörderisch, innen und außen. »Seid doch so gut, es mir zu holen, bitte.«

Eliah stand auf, sah sich in der Hütte um und kam mit Manous Knappsack zurück. »Ist es das?« Er hielt ein Briefchen hoch.

»Ja«, stöhnte Manou. »Pulver von Kranichschnabel, gemischt mit wenig Bertram und Muskatnuss. Es ist ein gutes Mittel bei Kopfschmerz und … noch für einige andere Sachen.«
»So. Ich sehe, ich kann von dir auch einiges lernen. Aber nicht gerade jetzt. Wie willst du es einnehmen? Etwas davon in den Tee?«
»Ja.«
»Wie viel?«
»Eine Messerspitze …«, murmelte Manou mühevoll. Selbst das Sprechen tat ihr weh. Eliah maß mit seinem Schäfermesser die Portion ab und rührte den Kräuteraufguss mit einem Stöckchen um. Er hielt ihn ihr hin und stützte geschickt ihren Kopf und Nacken.
»Gut. Hier: Trink das und sprich so wenig wie möglich. Halte die Augen geschlossen. Schlaf, wenn du kannst. Wenn du dich entleeren musst, dann rufe mich oder lasse mich rufen. Du brauchst dich nicht zu genieren vor mir, ich habe schon Kranke versorgt, meine eigene Schwester, bevor sie gestorben ist, und wenn es mir nichts ausmacht, dann soll es dich auch nicht zu sehr genieren. Ich schicke dir Olivier, der soll bei dir sitzen bleiben und aufpassen, wie es mit dir geht. Ist es recht so?«
Manou gab ein zustimmendes Zeichen, indem sie die Wimpern senkte. Sie war zu benommen, um noch etwas zu sagen. Olivier kam und setzte sich zu ihr. Er legte einige Male schüchtern seine Hand auf ihre Stirn, streichelte ihre Wange, aber sie merkte es nicht.
Hier mussten sie nun etwas länger verweilen als geplant. Die Männer schlichen auf Zehenspitzen im Lager herum. Pierre *le petit* wurde zu Bélibaste geschickt, um ihn davon zu informieren, dass er ein paar Tage mehr bei Eliah bleibe, da er für »Marius, von wegen!«, aushelfen sollte. So sprach sich die Sache schnell herum. Die Männer wussten schon Bescheid, als sie am Sonntag einer nach dem anderen eintrafen. Manou ging es besser, aber sie hatte sich ein Stück weit entfernt gesetzt, mit dem Rücken gegen einen Felsen, in ihre Decke gehüllt, da sie das Gefühl hatte, die Schäfer wollten sie nicht mehr bei sich haben. Oder wenigstens sollten sie die Gelegenheit erhalten, die Sache untereinander zu diskutieren und zu klären, bis sie sich dazugesellte.
Sie hörte sie reden …

»Eine Frau allein mit uns hier oben! Wie soll das gehen? Sie ist kein Kind mehr, das ist eine richtige Frau.«
»Und?« Das war Eliahs Stimme. »Ihr werdet euch anständig benehmen ihr gegenüber!«
»Aber das gehört sich einfach nicht, eine Frau ... *Cela n'est pas fait!*«
»Es ist ja nur für diesen einen Sommer. Sie wird dir schon nichts tun, Léon!«
»Aber wir können gar nicht reden, uns gar nicht frei bewegen, jetzt, wo sie da ist.«
»Wieso denn nicht? Du hast die ganze Zeit frei geredet und dich benommen wie immer, solange sie ›Marius‹ war. Warum sollte das jetzt anders sein?«
»Weil man jetzt weiß, dass sie eine Frau ist, deshalb. Das ändert alles!«
»Wenn du dich anständig betragen und keine schamlosen Reden geführt hast, dann hast du auch jetzt keinen Grund, dass du ihr nicht in die Augen blicken kannst!«
»Da habe ich mir nichts vorzuwerfen. Aber es ist doch *gênant.*«
»Gerade du solltest doch verstehen, wie es ist, das Kirchengericht fürchten zu müssen, Raoul. Und ich habe auch erfahren, wie das ist. Da kann man sie doch nicht so einfach im Stich lassen.«
»Und wenn sie wirklich eine Hexe ist?« Das war jetzt Piere *le petit.*
»Unsinn! Noé hat gesagt, sie ist keine, dann ist sie keine. Sie hat die Gabe, sie ist *fada.* Ihr wisst doch, wie das den Schwarzröcken in der Nase stinkt. Das wollen sie nicht haben. Wer weiß, wie viele die Dominikaner schon verbrannt statt heilig gesprochen haben, nur weil sie nicht auf demselben Schifflein fuhren.«
»Ja, aber hätte sie nicht woanders Zuflucht suchen können? Warum ausgerechnet bei uns?«
»Aus dem gleichen Grunde, aus dem auch du auf die Wanderschaft gegangen bist, gerade mit uns, mein Lieber. Wer unterwegs ist, der ist weniger leicht aufzuspüren!«
Das saß. Eine Weile war Ruhe. Dann ging es wieder los.
»Es ist trotzdem nicht gut. Eine erwachsene Frau, das macht einem das Blut heiß. Da hat man keine Ruhe und ich sag's euch: Sie wird

unsere Freundschaft zerstören. Es wird ihretwegen Streit geben«, sagte Bélibaste.
Léon entgegnete selbstbewusst mit einem herausfordernden Unterton: »Nur, wenn du ihn anfängst, Dicker!«
Bélibaste nörgelte: »Es wäre besser, wenn sie sich gleich für einen von uns entscheidet. Dann wüsste man wenigstens, zu wem sie gehört!«
»Das wirst aber nicht du sein.«
»Wird man sehen!«
Olivier, der bislang schweigend dabeigehockt hatte, um eilig sein Abendessen in sich hineinzuschaufeln und dann zu der Patientin zurückzukehren, mischte sich ein: »Jetzt ist es aber genug! Ihr redet ja über sie, als wäre sie ein Stück Vieh, das unbedingt einen Besitzer haben muss. Sie ist ein Mensch wie wir und ein guter dazu. Hat sie nicht ihre Arbeit getan wie jeder von uns? Warum soll sie nun auf einmal jemandem gehören und nicht mehr frei sein? Das ist ungerecht!«
Manou hörte es und dachte für sich: ›Das ist ein Mann, dem du vertrauen kannst. Solche sind schwer zu finden.‹
Es war, wie es war, und da der Capo es befohlen hatte, mussten die Männer sich damit abfinden. Manou war traurig wegen der verlorenen Harmonie, der unbefangenen Kameradschaft, doch auf der anderen Seite war dieser Zustand ohnehin nur auf Trug und Schein gebaut und es war ihr wohler, nun, da es heraus war. Mochten die anderen sie doch meiden, wenn sie so hartherzig waren.
Olivier tröstete sie: »Warte nur, sie werden sich schon beruhigen, ein, zwei Sonntage und ein paar Becher Wein, dann ist alles wieder gut. Sie mögen dich ja. Jetzt ärgern sie sich erst einmal, dass du sie an der Nase herumgeführt hast. Und dann müssen sie es nur erst einmal in ihre dicken Schädel hineinbekommen, dass du dich nicht verändert hast. Du hast ja schließlich nicht über Nacht Hörner auf dem Kopf bekommen.«
Und so war es auch. Bald konnte Manou wieder aufstehen und mit der Herde weiterziehen. Langsam, langsam, jeden Tag nur ein kleines Stück. Wollte man abends die Herde anhalten, dann brauchte man nichts weiter zu tun, als eine Linie Salz ins Gras zu streuen, und sofort hielten sie an, um es aufzulecken. Das war das Zeichen

zum Halt, ein Dessert nach all den fetten Kräutern dieses Tages, *la soupade.*

Pierre, die kleine Ratte, war zu Bélibaste zurückgekehrt, tief beleidigt und in seiner Ehre gekränkt. Manou hatte ihn, als sie sich waschen wollte, beim Kiebitzen erwischt und ihm eine gewaltige Schelle gegeben. Von einer Frau verprügelt zu werden, wo er doch schon einen Bart hatte, welche Schande! Wehe ihm, wenn das einer von den anderen gesehen hatte! Das würde ein Gelächter geben. Also machte er lieber kein Aufhebens darum, hoffte insgeheim, dass Manou ebenso diskret sein würde, und fraß seine Wut in sich hinein.

Raoul ging alle paar Tage auf seinen langen Beinen hinunter zur Feldhütte, um die Käse zu überprüfen. Manou und Olivier folgten ihm mit der letzten Ausbeute an Milch im *sibre.*

»Weißt du, du gefällst mir viel besser als Mädchen«, sagte Olivier schüchtern.

»Warum?«

»Na, vorher hast du versucht, wie ein Mann aufzutreten. Jetzt bist du natürlich und gelöst und viel mehr du selbst. Es steht dir gut.« Er wurde rot dabei. Es hatte ihn viel Überwindung gekostet, damit herauszurücken.

»Das ist lieb von dir. Ich dank dir, Olivier. Ich war mir so unsicher in letzter Zeit, weißt du – wie ich mich nun benehmen sollte und ob die anderen mich auch so akzeptieren würden …«

»Aber ganz sicher tun sie das!«

Raoul, der vor ihnen herging, wandte den Kopf und sagte über die Schulter: »Na, was willst du? Es war eben ein Schrecken, auch für mich. Und dann war es die Sensation. Man hatte halt was zu diskutieren. 's gibt ja wenig genug zu reden hier oben.« Er lachte. »Da sind Männer auch nicht anders als Frauen. Alles wird durchgekaut, zweimal, dreimal und dann noch mal von vorne, bis es keinen Geschmack mehr hat. Bald wird sich was Neues finden, pass nur auf. Dann bist du gar kein Thema mehr.«

Und so bekam Manou die Chance, voll innerer Zufriedenheit ihrem Journal folgendes Malheur anzuvertrauen:

»Raoul sollte Recht behalten. Es waren diesmal die Zwillinge, die für Abwechslung sorgten, aber Abwechslung von der Sorte, die man am wenigsten brauchen konnte. Es war ihnen zu langweilig geworden, da oben, so ganz allein. Kurz: Sie hielten es nicht mehr aus. *Bon.* Also, an einem schönen warmen Abend mit einer Luft so fein und cremig wie ein Gala-Aïoli guckten sie so über die Berge; Alpenglühen, gut und schön, hatte man alles schon tausendmal gesehen, die Schafe standen faul und voll gefressen, dass man meinen musste, sie würden gleich platzen, so breit waren ihre Wänste. Die konnten sich ohnehin keinen Schritt weit mehr bewegen. Man hörte nichts außer dem mahlenden Geräusch ihres Wiederkäuens und gelegentlich einen lauten Kracher, mit dem sie überschüssige Luft nach hinten hinausließen.

Ein sehnsüchtiger Blick ins Tal. Zwei sehnsüchtige Blicke ins Tal! Brennend, sozusagen. Da unten, nur einen kleinen Fußmarsch von zwei, drei Stunden entfernt, da gab es ein Wirtshaus, ein kleines, da gab es Musik, lustige Saufkumpane, Weiber auch und Kartenspiel.

›Nein, das können wir nicht machen.‹

›Ach was, *vaï!* Wer soll schon was merken? Zum Glück haben wir ja nicht so einen Trottel von Lehrling am Hals, der uns verpetzt. Der Hund wird schon aufpassen.‹

›Und der *baïle?*‹

›*Je m'en fou du baïle!* Sind wir *babous* oder was? Los Bruder, nimm die Beine in die Hand und abwärts ins Tal! Um Mitternacht sind wir zurück. Bis dahin haben die blöden Viecher gerade mal verdaut und sich nicht von der Stelle bewegt.‹

Sie spazierten also von ihrem Berg herab und rein in die Wirtschaft. Es ist nicht direkt eine Wirtschaft, sondern das Haus von einem der Dörfler, von einem, der es sich zur Aufgabe gemacht hat, Wein aus dem Tal heraufzuschaffen, um ihn dann hier oben für ein Vielfaches dessen, was er bezahlt hat, in seinem Haus auszuschenken, damit er auch was hat für die Mühe. Es sind schon fünf, sechs *compadres* da. Alle Augen richten sich auf die Tür, als die Zwillinge erscheinen.

Da gibt es ein Hallo!

›Na, ist es euch zu einsam geworden da oben?‹

›Fangt ihr schon an *mouton* zu reden oder könnt ihr noch *provençou?*‹

Können sie schon und das erste Wort, das herauskommt, ist: ›Durst!‹

›Ah! Schau, schau! Sie können reden. Können sie auch Würfel spielen?‹

Können sie auch. Sollten sie aber nicht.

›Der Capo sagt, Schäfer spielen nicht!‹

›*Eh bè!* Der Capo ist oben auf seinem Berg und sieht es nicht. Ein Spielchen und einen Becher Wein und dann gehen wir wieder hinauf. Was kann das schon schaden?‹

Asmodeus, der Teufel der Spieler, grinst sich eins.

Der Wein, den man ihnen kredenzt, ist von der übelsten Sorte, trübe und stark. Er kratzt in der Kehle und zieht einem alles zusammen. Wenn man Socken mit Löchern anhätte, dann würden sich die Löcher jetzt von allein schließen. Na, macht nichts. In Gesellschaft trinkt es sich gut und nach dem dritten Becher ist es auch gleich, wie der Wein schmeckt.

Ach, die Gesellschaft anderer Menschen ist so wohltuend! Nach all dem Schafsgeblöke und Ziegengemecker menschliche Stimmen zu hören und die heimelige Enge des Schankraums nach der Weite da oben! Also haben sie keine Lust, schon so bald wieder zu gehen. Es wird doch nichts passieren. Die Wölfe sind tief in den Bergen, weit weg, jetzt im Sommer, Bären haben sie keine gesehen, also was soll sein? Die Hunde und der liebe Gott werden es schon richten. Nach ein paar Bechern kommt einer auf den Einfall, man sollte um etwas spielen. Einfach so, wie die Kinder, wenn es um gar nichts geht, das macht keinen Spaß. Da ist kein Nervenkitzel dabei.

Jacques und Hervé gewinnen ein paar Runden, noch geht es um Wein. Dann beginnt eine Pechsträhne. Sie verlieren ihre Flöten. Das tut weh. Ein Schäfer ohne Musik, das kann einem Kummer bereiten. Also spielen sie weiter, um ihre Flöten zurückzugewinnen. Und verlieren nacheinander ihre Mäntel, ihre Hüte, ihre schönen Stöcke aus Kirschholz geschnitzt, mit Tierköpfen versehen und auf einen feinen, speckigen Glanz poliert, die Arbeit langer Tage und Abende, ei verflucht! Dann ihre Äxte.

Jacques schaut Hervé an und Hervé den Jacques. ›Pech, *hein?* Lassen wir es jetzt gut sein?‹

›Kommt nicht infrage.‹
Der Schweiß steht ihnen auf Oberlippe und Stirn.
Sie verlieren auch noch ihre Hosen. Stehen nur noch in Kitteln da, darunter ihre behaarten Beine. Und wie die anderen lachen! ›Könnt euch ja in Schafsfelle hüllen! Haben eure Vorfahren auch getan! Was ist, gebt ihr schon auf oder macht ihr weiter?‹
›Weiter? Womit denn? Wir haben nichts mehr, was wir einsetzen können.‹
›Spielt doch um eure Schafe.‹
›Geht nicht, sind doch gar nicht unsere.‹
›Dann um die Hunde!‹
›Um die Hunde? Niemals. Dann schon lieber um die Schafe, ein paar mehr oder weniger bei 2000, wer wird das merken?‹
Aber sie verlieren so viele, dass es ein gewaltiges Loch in die Herde reißen wird, und was wird der Capo sagen, wenn er sieht, wie da Männer aus dem Dorf kommen und die halbe Herde wegtreiben?
›Das hättet ihr euch vorher überlegen sollen! Aber wir sind ja keine Unmenschen. Ein Vorschlag: Alles oder nichts. Ihr gewinnt alles zurück mit dem nächsten Wurf, eure Hosen, Mäntel, Hüte, Flöten, Stöcke, Schafe – oder wir gewinnen die ganze Herde.‹
Die Zwillinge ziehen sich zu einer geflüsterten Beratung zurück. Sie gehen nach draußen vor die Hütte, und während sie an der Hauswand Wasser abschlagen, sagt Jacques: ›Jetzt ist alles gleich. Hör mal, Bruder: So wie es jetzt steht, können wir ohnehin einpacken und es wäre besser, wir tauchten gar nicht mehr auf. Wenn wir wieder verlieren, verschwinden wir einfach auf die andere Seite der Rhône. Im Languedoc, da kennt uns keiner.‹
›Stimmt‹, meint Hervé, ›also auf unsere Zukunft, Bruder, jetzt muss es klappen!‹
Sie gehen wieder hinein und verkünden: ›Wir sind einverstanden: alles oder nichts, außer unseren Kleidern und unserer Ausrüstung und den Hunden. Die behalten wir in jedem Fall. Wir setzen die ganze Herde ein.‹
›Wie viele sind es denn genau?‹
›Keine Ahnung, es sollten 1788 sein und wir zählen sie jeden Abend, aber bei 200 schlafe ich immer ein.‹ Gelächter.

›*D'accord!* Auf! Die Würfel entscheiden!‹

Es dämmert schon. Graues Licht dringt durch die kleinen Fensteröffnungen und auch ein wenig von der kühlen Morgenbrise, was gut ist, weil der Angstschweiß schwer im Raum steht.

›Wer spielt? Du oder ich, Bruder? Du! Nein, du! Aber die anderen zuerst, wir zuletzt, das ist nur gerecht, wir tragen das höchste Risiko.‹

Einer nach dem anderen macht seinen Wurf. Die Würfel rollen über den Tisch, trudeln aus, die Hände schweißig und verkrampft, ein Schluck direkt aus dem Krug, um die Nerven zu beruhigen, während das Auge am Rand vorbei auf die Zahlen schielt.

Merde! Das war wohl nichts. Lauter Einser und Zweier.

Der nächste hat einen Vierer dabei, aber nichts drüber. Hervé hat begonnen vor Anspannung zu kauen ohne was im Maul; die Zähne klappern aufeinander. Jacques ist an der Reihe. Er greift die Würfel, schickt ein Stoßgebet zum Himmel: ›Hilf, bitte hilf, ich will es auch nie wieder tun! Eine Kerze, ein ganzes Pfund reines Bienenwachs, ein Ex Voto, ein Lamm, eine Messe, alles, was du willst, lieber Jesus, aber hilf uns jetzt!‹

Er schließt beide Hände um diese kleinen, heimtückischen Würfelchen, nichts als ein paar Bröckchen bemaltes Holz, und doch hängt ihre ganze Zukunft daran. So was Blödes, kaum zu fassen!

Jacques öffnet die Hände, spuckt auf die Würfel, macht einen Hohlraum mit den Handflächen, schüttelt, schüttelt und schüttelt.

›Na, was denn? Nun wirf schon!‹

Er schluckt. Er kann nicht, er kann sie einfach nicht werfen, loslassen, zusehen, wie sie rollen, unaufhaltsam, und sein Leben zermalmen. Sie fühlen sich so leicht an in seiner Hand. Sie wirbeln nicht richtig. Das kann nichts werden. Einer der Kumpane stößt ihn in die Seite.

›Wirf jetzt oder du hast verloren, so oder so! Deine Schafe sind unser!‹

›Sind sie nicht!‹

Jacques öffnet die Hände und lässt die Würfel über den Tisch hüpfen, einer fällt herunter und bleibt auf dem Boden liegen, aller Augen richten sich darauf: eine Zwei.

›Gilt!«, ruft einer lachend. Dann schauen sie auf den Tisch. Und da, da liegen zwei Sechser. Hervé bekreuzigt sich. Jacques sitzt da und glotzt, einen langen Augenblick lang, glotzt, ohne zu begreifen. Hervé haut ihm auf den Rücken.

›Gewonnen, Bruderherz! Du hast alles zurückgewonnen! Wir sind gerettet!‹

Jacques steht auf, stützt sich mit den großen Händen auf der Tischplatte ab, die Knie zittern.

›So, das war's, Freunde. Wir gehen.‹

›Könnt ihr doch nicht machen, jetzt, wo's grad spannend war …‹

›Und ob!‹

Hervé führt seinen Bruder hinaus, der läuft wie ein uralter Mann. Diese Nacht wird er nie vergessen. Vom Spielteufel ist er kuriert. *Lou Rei dei jugados pouarto lei brayos de papier* – Der König der Spieler trägt Hosen aus Papier.

Sie wanken auf die Alm hoch mit schmerzenden Köpfen und einem Geschmack im Mund, als hätten sie Mist gefressen. Und als sie da ankommen, wo sie ihre Herde zurückgelassen haben, da ist keine Herde zu sehen. Sie reiben sich die Augen. Das muss ein böser Traum sein, die Nachwirkungen des schlechten Weins. Sie pfeifen ihren Hunden. – Nichts! Kein Gebimmel, keine Glocken, keine Schafe, keine Ziegen, keine Hunde – nichts!

Öd und leer ist der Berg. Nur ein einsamer Adler kreist hoch oben, lässt sich von den aufsteigenden Lüften tragen, segelt, kreist, dreht ab, schlägt einige Male mit den Flügeln und verschwindet, ein winziger Punkt im unendlichen Blau. Und wie sie da stehen, da schallt ein Ruf vom nächsten Berg: ›*Véeeee-là! Vé! Aqui!*‹

Es ist Bélibaste. Er schwenkt seinen Hut und sie begreifen: Ihre Herden, allein gelassen, haben sich davongemacht und sich einen anderen Hirten gesucht, die ungetreuen Bestien. Sie sind drüben bei Bélibaste und Pierre *le petit* und das bedeutet Ärger.

Die Herden haben sich vermischt. Beim Auftrieb auf der *draille,* da laufen sie hintereinander, die Herden der verschiedenen Besitzer einigermaßen getrennt, aber hier im Verlauf einer Nacht, da ist geschehen, wovor jeder Schäfer sich fürchtet. Nicht weil es nicht wieder gutzumachen wäre, sondern weil es eine Schande ist, eine große Blamage. Es kommt vor, dass einer eine kleine Freundin hat im Dorf und sich wegschleicht und dass dann so etwas passiert. Jacques und Hervé sind da nicht die Ersten, doch wenn es mehr als einmal passiert, dann ist dein Ruf zerstört und du brauchst dir gar nicht erst die Peitsche unter den Arm zu klemmen[21] auf der *foire de Saint Valentin.*

Bélibaste hat seine Freude. Als die zwei heraufgeschlichen kommen zu ihm wie geprügelte Hunde, da steht er, breitbeinig in die Erde gepflanzt, die Arme verschränkt, auf einem Grashalm kauend. Er sagt gar nichts, weist nur mit einem Rucken seines breiten Schädels zu den Schafen hin. Ein schönes Durcheinander ist das: Sechs Herden ineinander verknäult, ockerrote Markierungen auf den Rücken, gelbe, weiße, eingekerbte Ohren, Brandzeichen, hüpfende Pompons, *brébis, broutards, béliers* auch noch dazu, *crestats, agneaux, cabris,* gut 4000 Tiere.

Die Hunde kommen angeschlenzt mit eingekniffenen Schwänzen, die Verräter. Die Zwillinge haben nur Verachtung für sie übrig.

Es hilft nichts. Man wird den ganzen Trupp hinunter ins Tal treiben müssen und durch die *triage* treiben, eine Koppel, die in einen Gang mündet, der sich immer weiter verengt wie eine Fischreuse, bis am Ende nur noch ein einziges Schaf hinter dem anderen gehen kann. Am Ende befinden sich Klappen, acht oder zehn an der Zahl, und einer hat die undankbare Aufgabe, jedes einzelne Schaf, jedes einzelne verfluchte von 4000 Schafen durch die richtige Türe zu schieben, während hinter ihm die anderen nachdrängen und blöken, als sei das Jüngste Gericht gekommen.

Es dauert einen Tag, sie hinunterzutreiben, einen, sie zu sortieren – Bélibaste steht dabei und tut gar nichts und Pierre *le petit* grinst so schadenfroh, dass sie ihm am liebsten eins aufs Maul geben würden, Jacques und Hervé, aber sie wagen es nicht, denn es war ja ganz klar ihr Fehler und sie haben den Spott verdient –, dann einen Tag, sie wieder hinaufzuführen in die jeweiligen Reviere.

Wir haben alle erfahren, was passiert ist. Wir verständigen uns recht gut, von einem Berg zum anderen, aber die Zwillinge können mir jetzt schon Leid tun, wenn ich an Sonntag denke.«

Der folgende Sonntag, das war Canossa für die beiden und der Spott wollte nicht enden, nicht an diesem und nicht an den folgenden. Olivier setzte sich neben Manou und raunte ihr ins Ohr: »Da

siehst du's. Jetzt ist was anderes dran und sie reden gar nicht mehr von dir.«
Die Dinge hatten sich verändert, seit den Männern bewusst war, dass sie eine Frau unter sich hatten. Sie waren bedächtiger in ihren Äußerungen und nahmen mehr Notiz von ihr auf die eine oder andere Art. Es wäre Manou lieber gewesen, sie hätte ihre relative Anonymität behalten können.
Raoul war freundlich, vermied aber jede körperliche Nähe, als habe sie plötzlich Aussatz bekommen. Léon und Zidore warben um sie, Bélibaste beglotzte sie verstohlen, Pierre *le petit* trug die Nase hoch und Thaddé brummte: »Zu meiner Zeit ...!« Guillaume, Florentin, Pierre und die Zwillinge, jeder reagierte auf seine Art, mit Herausforderung oder übertriebener Rücksichtnahme. Nichts war mehr selbstverständlich.
An einem heißen Mittag, Raoul und Eliah waren ins Tal gegangen, um Lämmer und Schlachtvieh zu verkaufen, saßen Olivier und Manou friedlich beieinander. Sie hatten die Herde zum Abkühlen und Ruhen in den Schatten der Nordseite geführt.
Es gab dort Stühle und Tische, die sich vor langer Zeit schon andere Schäfer gebaut hatten aus Schieferplatten, Sitzflächen und Rükkenlehnen. Manou kaute Minze, die sie am Bach gefunden hatte, ließ ihren Blick über die Wiesen schweifen. Die Luft war erfüllt vom sauberen Duft sonnenwarmer Wolle und vom Harz der Kiefern und Tannen. Sie beobachtete die Tiere, von denen sie viele so gut kannte wie inzwischen ihre Mitmenschen, insbesondere die *brébis* und einige der Ziegen, *chèvres de Rove,* eine Rasse mit langen, gedrehten Hörnern wie die der Berggämsen, schöne Tiere mit glänzendem Fell. Sie waren um so vieles sanfter als die Ziegen, die sie in Saint-Germain zu hüten gehabt hatte, kaum dass eins das andere stieß oder mit den Hörnern verletzte. Im Dorf brannte man schon den Zicklein die ersten Ansätze von Hörnern ab, damit sie sich nicht gegenseitig und ihre Besitzer verletzten, denn sie waren angriffslustig. Es konnte leicht geschehen, dass sie während des Melkens wegsprangen oder nach dem Menschen stießen.
›Das ist, weil sie den größten Teil ihres Lebens eingesperrt sind‹, dachte Manou. ›Es ist wie bei den Menschen: Unglück macht bösartig. Die *avers du pas,* die Wanderherden, die können so leben,

wie es die Natur vorgesehen hat. Sie sind frei, und das macht einen ganz anderen Charakter.‹

Diese Tiere, obwohl von verschiedenen Besitzern, waren brav und gut. Die Ziegen wandten den Hals, während sie gemolken wurden, und schmiegten ihre Köpfe dem Melker unter den Arm. Es war ein zärtlicher, der intimste Moment des Tages und auch die *brébis* ließen sich alles gern gefallen, was gut war für sie, denn beim engen Kontakt mit dem Tier entdeckte man am ehesten, wenn etwas nicht war, wie es sein sollte, und konnte eine eventuelle Behandlung gleich anschließen.

Eine junge Ziege, eine *cabris,* kam zu ihr, Zärtlichkeiten erbettelnd. Sie war während des Auftriebs geboren worden, spät, und Manou hatte sie ›Azima‹ genannt. Es war Brauch, diejenigen Tiere, die man behalten wollte, zu benennen. Manou konnte sich nicht genug wundern, wie viele Namen Eliah im Kopf behalten konnte. Man konnte meinen, er kenne sie alle. Nur diejenigen Tiere, die zum Schlachten bestimmt waren, die erhielten keinen Namen. Manou holte ihr Heft heraus, Feder und Tinte. Ihr war ein Gedanke gekommen, den sie sofort notieren wollte.

»Es ist doch seltsam, das mit den Namen. Es ist, als ob allein schon ein Name uns daran hindert, einem Tier etwas zuleide zu tun. Man tötet kein Tier, wenn es erst einmal einen Namen hat. Das wirkt als ein Hemmnis, eine unsichtbare Grenze. Und ist es nicht genauso bei uns Menschen? Im Krieg oder wenn es gegen die Juden geht, dann scheint die Grausamkeit leichter von der Hand zu gehen, wenn man dem Feind, oder wen man dafür hält, keine Individualität zugesteht. Dann sind es plötzlich nicht: Ysac, Rachel, Leah, Aaron, Lazare; dann sind es plötzlich keine Nachbarn mehr, sondern ›die Juden‹. Ebenso ging es mit ›den Katharern‹ und wird es mit ›den Waldensern‹ gehen.«

Ihr Packen Pergament war angeschwollen mit der Zeit. Sie hatte an einer Seite Löcher hineingebohrt und die beschriebenen und noch etliche freie Seiten mit einem Hanfstrick zu einem kleinen Buch zusammengefasst. Und seit sie dies getan hatte, veränderten sich allmählich Stil und Inhalt. Es waren einige kleine, sorgfältig ausgeführte Zeichnungen dazugekommen. Es war jetzt ein Buch, wenn auch ein grobes, und das hatte ihr in den Kopf gesetzt, dass die Seiten nicht für Banales verschwendet werden sollten. Sie schrieb langsamer und sorgfältiger, bemühte sich um schöne Initialen, so gut dies eben auf dem rauen Pergament möglich war. Das Schreiben sollte eine Qualität haben, die den Aufwand rechtfertigte, fand sie auf einmal. Es hatte sich von flüchtigen Äußerungen wie dem Sprechen oder dem Denken zu unterscheiden, da es für eine längere Zeit und immer von neuem nachvollziehbar dort stand, unveränderlich und befestigt. Sie hatte bislang, bis zu diesem Akt des Bindens, der aus ein paar losen Blättern ein Buch machte, nur aufgeschrieben, was ihr eben so in den Kopf gekommen war. Jetzt las sie es und fand es unerheblich.

So dachte sie länger nach und schrieb nur auf, was ihr festhaltenswert erschien, kam zu neuen Gedanken und Einsichten dadurch.

Manou kniete, ihr ›Buch‹ vor sich auf einem Felsblock mit einer einigermaßen ebenen Oberfläche, den Tintenstein in einem verschließbaren Döschen verwahrt. Sie schrieb mit einer Adlerfeder, die sie auf der Weide gefunden und angespitzt hatte. Olivier beobachtete sie gespannt. Er hatte sein Schnitzwerkzeug sinken lassen und schaute ihr über die Schulter, sah zu, wie flink die geschnörkelten Linien und Zeichen aus ihrer Feder auf das Pergament flossen, fast ebenso schnell, wie einer einen Gedanken fassen konnte, ein Rinnsal, ein Bach, ein Strom von Gedanken, festgehalten, gebannt für lange Zeit, wo man sie wieder hervorholen konnte und wieder und wieder lesen, auch nach Jahren noch. Vorausgesetzt, man war des Lesens mächtig.

»Wie machst du das nur? Wo hast du das gelernt? Ich kann gerade mal meinen Namen unter einen Vertrag setzen. Zu mehr reicht es bei mir nicht«, sagte er bedauernd.

»Ich kann es dir beibringen, wenn du willst.«

»Ach nein, danke«, antwortete Olivier. »So bin ich nicht gemacht, es liegt mir nicht, hab's schon versucht.«

»Dann versuch es noch einmal, es ist ganz leicht, komm!« Sie reichte ihm ihre Feder und das Heft, aber er winkte ab.

»Ach lass nur. Wozu? Ich werde nie in meinem Leben in die Verlegenheit kommen, ein Buch lesen zu müssen. Was ich zu wissen habe, das kann ich ebenso gut im Kopf behalten, und«, er lachte ein wenig, »wenn ich anfangen würde, alles aufzuschreiben, dann würde ich wahrscheinlich das Wenige, was ich weiß, auch noch vergessen, weil ich anfinge, mich auf meine Notizen zu verlassen. Es ist gut, wie es ist. Schreibe du nur, wenn es dir Freude macht, aber lass mich damit in Ruh.«

Um seine Worte abzumildern, nahm er sein Schnitzwerk wieder auf und zeigte es ihr: »Schau, ich mache einen schönen Stock für dich. Willst du einmal ausprobieren, ob die Länge so recht ist? Ich habe es nur geschätzt.«

Manou war einen Augenblick sprachlos. Das sollte für sie sein? Es war der schönste Wanderstock, den sie je gesehen hatte, jetzt, da sie ihn in die Hand nahm und aus der Nähe betrachten konnte. Bewundernd ließ sie ihre Finger über die Reliefs gleiten. Um das obere Drittel schlang sich eine Blätterranke, Knauf und eine Handbreit darunter waren als Schwalben ausgearbeitet, drei Schwalben, deren Flügel übereinander verliefen in einem komplizierten Muster. Woher hatte er nur gewusst, dass Schwalben ihre Lieblingstiere waren?

»Hab schon unterwegs bemerkt, dass du sie magst«, lächelte Olivier, zufrieden, dass sein Werk so gut aufgenommen wurde. »Und in der Länge habe ich mich auch nicht getäuscht. Ich habe auch gleich gewusst, dass du ein Mädchen bist.«

Manou machte große Augen. »Wie? Warum? Und du hast es für dich behalten?« Er zuckte die Achseln. »Der Capo wusste es offenbar und wenn er es guthieß, dann sollte es meine Sorge nicht sein. Außerdem war es mir gerade recht.« Seine Wangen färbten sich bei den Worten. Manou tat, als habe sie seine Verlegenheit nicht bemerkt, und fragte nicht weiter. Es war etwas zwischen ihnen, das langsam wuchs und kein Drängen vertrug, etwas Schönes, Warmes und Ruhiges.

Einige Tage später war Manou am Vormittag allein, dort, wo sie ihr Lager aufgeschlagen hatten. Boule verschlief irgendwo den Tag. Guillaume hatte einige geflochtene Stellwände gebracht, die er gefertigt hatte. So konnte man wenigstens für kranke Tiere rasch einen *parc* errichten, wo sie abgesondert und behandelt wurden. Diese Aufgabe fiel Manou zu, da sie dafür besonderes Geschick besaß. Sie hielt dort einige Tiere, die humpelten. Man erkannte sie im

Meer der Rücken daran, dass sie den Fluss störten. Ihre Rücken buckelten sich leicht nach oben, sie tauchten aus der wolligen Masse auf und ab, fügten sich nicht ins Bild und in den Rhythmus.
Bei einer Ziege hatte sich lediglich ein Schlehendorn zwischen den Vorderzehen verklemmt und war in die Hornhaut dazwischen eingedrungen. Da war nichts weiter zu tun, als ihn zu ziehen, und man konnte sie wieder laufen lassen.
Bei zwei Tieren mussten die Hufe geschnitten werden. Sie hatten eine Anomalie, nicht weiter tragisch, war der Schäfer aufmerksam: Die Hornsubstanz wuchs nach innen und drehte sich gegen den weichen Teil des Fußes. Üblicherweise mussten die Schafe dafür umgeworfen und auf ihr wolliges Hinterteil gesetzt werden. Packte man sie dann bei den Vorderhaxen, so saßen sie still wie ein dickes Kind und man konnte alles mit ihnen tun. Doch bei Manou war nicht einmal das notwendig; sie hielten ihr die Füße hin, als verstünden sie, dass ihnen geholfen werden sollte. Noch nie hatte ein Tier sie getreten oder verletzt, nicht einmal aus Versehen.
Da war auch ein Lamm, welches Manou auffiel, weil es zu mager war und so gar nicht zulegen wollte. Als sie es einfing und näher betrachtete, fand sie seine Lippen und die Zunge entzündet. Eliah gab ihr Venushaar, das sollte sie dem Lamm zu fressen geben, wobei es einige Schwierigkeiten hatte, weil ihm das Kauen und das Schlucken Schmerzen bereitete. Sie hatte ihm außerdem das Maul mit bitterer Kamille gespült und bald war es auf dem Weg der Besserung und sprang munter im Pferch herum. Sie brachte ihm zweimal täglich einen Strauß ausgesuchter Kräuter, die es ihr aus der Hand fraß.
Es gab so vieles, worauf ein guter Schäfer zu achten hatte: Da waren Hautkrankheiten, Durchfall, Verstopfung, Kropf, der mit ranzigem Fett kuriert wurde, das man dem Tier zu fressen gab, vermischt mit Schwefel und Ruß, es gab tödliche Blähungen, Vergiftungen, *bruma* – Weißauge –, Entzündungen, insbesondere der Euter und Zitzen, Würmer und andere Parasiten und Seuchen, das Schlimmste von allem. War ein einziges Tier von Schafspocken oder der Zitterkrankheit – *tremblante du mouton* – befallen oder von der Moderhinke, so mussten diese Tiere sofort ausgesondert und behandelt oder getötet werden. Oft verlor man Hunderte von

Tieren, ganze Herden, den gesamten Besitz durch diese schrecklichen Seuchen, die unter den Woll- und Milchtieren wüteten wie die Pest unter den Menschen.
Es gab Parasiten, die von den Hunden auf die Schafe übersprangen und Hirnkrankheiten verursachten. Das Schaf musste in solchem Fall geopfert, die Hunde aber konnten gerettet werden, wenn man ihnen mit Kürbissamen den Darm reinigte. Doch die meisten dieser Krankheiten traten in feuchtem Gelände auf und nahe menschlichen Behausungen, so dass hier oben, hatte man gesunde Herden heraufgeführt, wenig zu befürchten war außer kleinen *malheurs,* Brüchen, Vipernbissen, Entzündungen und Erkältungen, wenn etwa im Herbst kalter Regen auf die dicke Wolle fiel und die Tiere zu lange durchnässte.
Und Manou war froh darüber, denn sie hasste es ebenso sehr ein Tier leiden und unnütz sterben zu sehen wie einen menschlichen Gefährten. Manche Menschen waren grob zu den Tieren, die sie ja doch bald essen würden. Die Schäfer liebten und respektierten sie, es waren sanfte Menschen, diese *bergers.*
Schon als Kind hatte Manou gelernt, sogar Pflanzen mit Respekt zu behandeln. Sie erinnerte sich, wie ihre Mutter bei der Entnahme bestimmter seltener Wurzeln an der Stelle Weizenkuchen hinterlassen hatte, um die Erdgeister, denen sie gehörten, zu besänftigen.
Manou war eben dabei, einem Schaf ein wenig Wolle abzuscheren, um es gegen Krätze mit Wacholderöl einzureiben, da spürte sie hinter sich jemanden stehen. Rasch drehte sie sich um, aber es war nur Bélibaste.
Leise wie eine Katze musste er sich herangeschlichen haben, schon fast bewundernswert für einen so schweren Kerl, und Manou hatte es nicht wahrgenommen, so sehr war sie auf das Tier konzentriert, so wenig hatte sie damit gerechnet, eine andere Person zu sehen zu dieser Zeit.
Ihr Herz schlug schnell und hart von innen gegen den Brustkorb, ihre Kehle wurde eng. Aber warum denn nur? Das da, das war doch Bélibaste, den sie gut kannte, der Leutnant des *baïle-pâtre,* die Nummer zwei. Er stand einfach nur da und fixierte sie mit diesem Blick, einem halben Grinsen, das ihr bekannt vorkam. Es erinnerte sie an Frédéric. Sie hatte weite Hosen und einen Kittel an, der

ihr zu groß war, nichts war zu sehen von ihr außer Händen, Hals und Gesicht – und sie fühlte sich dennoch nackt. Ein rascher Blick über den Zaun – Olivier war nirgends zu sehen, die beiden älteren Männer immer noch unterwegs. Die kämen nicht vor morgen zurück.

»Ich dachte, ich sehe mal nach, wie es dir geht, so ganz allein«, sagte Bélibaste.

»Ganz gut, danke. Ich komme zurecht. Olivier ist da oben irgendwo.« Sie drehte sich um und befasste sich weiter mit dem Schaf. Schade um die Wolle. Die würde weniger wert sein, wenn man das Vlies so zerschnitt, aber es half nichts. Ihr Rücken und der gesenkte Kopf besagten deutlich, dass sie keine Gesellschaft wünschte. Hoffentlich ging er jetzt.

Bélibaste aber blieb und machte einen zielstrebigen Schritt auf sie zu, noch einen. Und schon hatte er sie gepackt, umgedreht und an sich gezogen. Sie fühlte seine derben Hände auf ihrem Rücken, seinen warmen Weinatem auf ihrem Gesicht. Er versuchte sie zu küssen, sie drehte das Gesicht weg, wehrte sich, versuchte loszukommen. »Ach, stell dich nicht so an. Ich weiß doch, dass du es auch willst. Alle Weiber mögen es gern, sie tun nur zuerst so, als gefiele es ihnen nicht, damit man nicht schlecht von ihnen denkt, komm! Komm!«

Sie wehrte sich weiter. »Hör auf, Bélibaste! Ich will nicht! Lass mich los!«

Doch gegen seine eisenharten Armmuskeln vermochte sie nichts auszurichten. Er drängte sie in eine Ecke, wo etwas Stroh auf der harten Erde lag.

»Los, komm schon! Es wird dir gefallen. Du wartest doch nur drauf! Warum sonst bist du mit lauter Männern auf die Alm gegangen?«

»... Na, na! Bist du etwa noch eine *vasseoù*? Das macht nichts. Ich werd sanft mit dir sein beim ersten Mal. Ich sehe zwar nicht nach viel aus ...« Manou strampelte, sie rangen miteinander, er keuchte ein wenig ... »aber, he! Gib Ruhe! Ich weiß, wie man einer Frau Freude bereitet. Die Weiber im Dorf sind ganz verrückt nach mir ... pssst! Ist ja gut! Komm! Du wirst schon merken, wie gut das ist!«

Ihre Gegenwehr ließ ihn nur noch umso mehr den Kopf verlieren. Er war doch nicht so weit gelaufen, den Berg hinunter und den nächsten wieder hinauf, um sich unverrichteter Dinge wieder fortschicken zu lassen. Lange genug hatte er sie von drüben beobachtet und sich so seine Gedanken gemacht, und jetzt, da die beiden Männer fort waren … Er presste seine dicken, rissigen Lippen auf ihre. Sie biss ihn in die Unterlippe. Er gab ihr eine Ohrfeige.
»Was fällt dir ein, du Miststück! Willst du wohl still halten! Ich will dich haben. Mach es dir nicht schwer! Ich kriege immer, was ich will. Besser, du machst mit. Dann ist es schöner für dich!«
»Schluss damit! Sofort lässt du sie los«, hörten sie die Stimme von Olivier, jung und leicht überkippend, aber voller Zorn. Der Sauspieß in seiner Hand verlieh ihm die Autorität, die er aufgrund von Alter und Körpergröße nicht besaß.
Bélibaste ließ Manou los und trat einen Schritt beiseite, ernüchtert.
»Geh! Man wird doch mal sein Glück versuchen dürfen. Du wirst doch nicht einen alten Kameraden totstechen wegen einer wie der.«
Oliviers Gesicht und Haltung besagten: Doch, er würde.
»Sie hat es doch herausgefordert.«
»Hat sie nicht! Sie hat deutlich genug ›nein‹ gesagt. Verschwinde und lass sie in Ruhe, sonst sag ich es Eliah und dann kannst du deinen Ranzen packen!«
»Ach so ist das also. Sie ist dein Liebchen!«
Er musterte die beiden jungen Leute mit einem gemeinen Blick.
»Ich habe ja gesagt, sie will einen Bock. Na schön. Ich weiche. Aber wenn dir der Kleine zu unerfahren ist, wenn er dir langweilig wird, Mädchen, dann weißt du, wo du einen richtigen Mann finden kannst. Ich stehe zu Diensten, Mademoiselle.« Er zog seinen Schlapphut und machte eine spöttische Verbeugung, bevor er ging.
Manou stand einfach nur dort, wo Bélibaste sie stehen gelassen hatte, mit hängenden Armen und zitternder Unterlippe. Lang verdrängte Wut und Scham wollten sich einen Weg bahnen, aber es ging nicht. Die Schluchzer blieben ihr in der Kehle stecken und sie bekam keine Luft.
Olivier warf den Sauspieß zur Seite und nahm sie in die Arme, un-

geschickt, schüchtern, unendlich zart. Er klopfte ihr sanft auf den Rücken wie einem Baby oder einem Lamm, das sich verschluckt hat.

»Schon gut. Es ist vorbei. Er ist fort ...« Und als sie gar nicht aufhören konnte zu zittern und nach Luft zu ringen: »Dir ist so etwas schon mal passiert, nicht wahr? Ich weiß Bescheid. Meine Schwester ist von Soldaten ... na, es ist ihr etwas zugestoßen. Daher weiß ich, wie das ist. Nicht wie die meisten Männer denken, sondern es ist etwas sehr Schlimmes, viel ärger noch als ein Hieb oder ein Schnitt ins Fleisch. Es ist ein Schnitt in die Seele.«

Sie waren zusammen auf das Stroh gesunken und er wiegte sie in seinem Arm. »Wein doch! Du sollst es nicht zurückhalten. Du erstickst mir ja daran! Lass es heraus. Wein doch! Ich sage es niemandem, wenn du nicht willst. Weine ruhig, meine Liebste, meine Süße ... Ich bin ja bei dir.«

Und nach einiger Zeit, als sich Manou ausgeweint und beruhigt hatte, da stand er auf, gab ihr die Hand und zog sie hoch. Sie ging sich das Gesicht waschen am Trog. Gemeinsam beendeten sie die Arbeit, die Manou angefangen hatte. Gemeinsam gingen sie den Berg hinauf zur Herde, Hand in Hand.

25

Mitten in der Nacht fuhr Manou hoch von ihrem Lager aus Zweigen und Blättern.
Sie schlief schlecht in den Nächten, wenn der Mond sich rundete. Sie hatte seltsame Träume und es schien ihr oft, dass sie ihren Namen rufen hörte, aber des Morgens konnte sie sich an nichts mehr erinnern. Sie war sehr still tags darauf und zermarterte sich das Hirn, um sich zu erinnern, ein Bild, einen Laut, irgendetwas, einen winzigen Zipfel ihres Traums zu erhaschen und ihn daraus wieder zusammenzufügen. Es wollte ihr aber nie gelingen.
Es war Anfang September und man hatte die letzte Feldhütte oben auf dem Berghang erreicht, die Mauern aus trockenen Steinen gefügt und aufgeschichtet, das Dach mit hölzernen Schindeln gedeckt. Sie schliefen jetzt immer in der Hütte, da die Nächte begannen, empfindlich kalt und feucht zu werden. Am Morgen fand sich Raureif auf den Blättern und Halmen.
Verwirrt blickte sie um sich. Da war nur der schwache Schein der letzten Glut vom Herdfeuer, über dem sie sich am Abend Käse und altes Brot geröstet hatten. Im Schein des Vollmonds, der einen hellen, kühlen Streifen herausschnitt aus der Dunkelheit und Wärme der Hütte, durch die Türöffnung bis zur Hälfte des Raumes, konnte sie die liegenden Gestalten ihrer Gefährten erkennen, die ruhig schliefen, in ihre Decken eingerollt. Eliah und Olivier atmeten ruhig, Raoul schnarchte ein wenig und schmatzte im Schlaf. Es war niemand sonst da.
Und dennoch hörte sie ein helles, klares Singen, ähnlich dem von Kristallglas, wenn man mit einem befeuchteten Finger um den Rand herumfuhr, aber feiner, leiser, lang anhaltend, zerbrechlich. Es schien von draußen zu kommen und lockte sie. Sie erhob

sich vorsichtig, um die anderen nicht zu wecken, und trat hinaus. Die Hänge waren überzogen von einem weißen Licht. Eigenartig, dachte Manou schläfrig, wie der Mond allen Dingen die Farben entzog, sie leersaugte, ihnen Substanz entzog. Der Mond trank Farben wie eine Fledermaus das Blut von Mensch und Tier. Was übrig blieb, waren leblose Schemen, erstarrt, unwirklich, kalt. Halb im Traum verfangen, schritt sie langsam, ohne den Boden zu spüren unter ihren baren Füßen, und folgte dem Klang.

Die Herde war unruhig heute Nacht. Sie scharrten und drehten sich, hoben die Köpfe, warfen der Schäferin ängstliche Blicke aus weiß geränderten Augen zu.

Doch die Tiere gaben keinen Laut von sich, nicht einmal die Hunde. Da war nur das feine, hohe Singen und Klingen, dem Manou folgte, hinauf auf den Hang, immer weiter und weiter, fort von der Hütte und fort von der lebendigen Wärme der aneinander gedrängten Schafe.

Eine Gestalt schien sich vor ihr zu formen und wieder zu zerfließen. Sie streckte die Hände aus.

»Maman«, flüsterte sie, *»Maman?«*

Das Geräusch veränderte sich, schwirrte, vibrierte, ein maliziöses Kichern.

»Komm«, rief es, »komm, folge mir!«

Und sie ging weiter und folgte ihm, was immer es war.

Ein wohltuend mattes Gefühl umfing sie, ein Vergessen, Selbstvergessen. Sie war eine Brise, ganz leicht, kein schwerer Körper mehr, kein Kummer, kein Leid, keine Hoffnung, keine Angst. Sie lief, schwebte, löste sich auf im silbrigen Licht, in den Nachtschatten, in den Tauftropfen, die sich zu formen begannen und bereits an den Sträuchern gefroren.

Ihre Füße machten kein Geräusch auf den grauen Steinen, dunklen Klumpen, die ihre scharf umrissene Schwärze dem fließenden Licht entgegenstellten. Ihre Ohren waren taub für alles andere außer der nächtlichen Musik.

Keine Manou mehr.

Leere.

Nichts.

Es war sehr angenehm.

Plötzlich fühlte sie sich von hinten gepackt, gehalten, zurückgerissen, wehrte sich.
»Nein! Lass mich gehen! Lass mich! Ich muss … ich muss …!«
Und da war Olivier, der sie hielt und dessen Körper warm war und lebendig.
Plötzlich fühlte sie, dass ihre Füße eiskalt waren und die Hände auch. Die Augen, die weit offen waren, nahmen auf einmal die Umgebung wahr und sie sah vor sich die tiefe Schwärze einer Felsspalte, ein Abgrund ohne Boden. Da hörte sie auf zu zerren und sich zu wehren, drehte sich um und legte Olivier ihre Arme um den Hals.
Er hob sie auf, trug sie auf seinen Armen hinunter, zurück zur Hütte. Eliah kam ihnen entgegen und nahm sie ihm ab, denn sie hatte schwere Knochen und war nicht leicht. Raoul war dabei, Zweige auf die Glut zu werfen und das Feuer neu zu entfachen. Ein Feuer, gegen dessen roten Schein der Mond nichts auszurichten vermochte. Farben und Wirklichkeit kehrten zurück, schüchtern wie Gäste, die einmal vertrieben worden waren, und Manou hörte das Singen nicht mehr.
Eliah kramte in seiner Tasche und entnahm ihr ein Bündel Kräuter, welches er in die Glut warf, ölige Kräuter, die pufften und knackten, als sie verbrannten. Ein scharfer, würziger Rauch verbreitete sich in der Hütte.
Raoul zog einen kleinen Krug hervor. »Trink«, sagte er. »Es ist geweihter Wein vom letzten Osterfest. Wir geben ihn den Kranken oder heben ihn auf für besondere Gelegenheiten.« Dankbar nahm sie einen Zug. Die Schärfe des Weins auf ihrer Zunge tat ein Übriges, um sie zu sich zu bringen.
»Ich weiß nicht, was mit mir geschehen ist.« Fragend blickte sie in die Runde.
»Es scheint, dass ein *armetto* an diesem Ort wohnt«, sagte Eliah ernst, »eine kleine Seele, ein Irrlicht. Hast du ein Licht gesehen?«
»Nein. Kein Licht. Da war nur dieser Klang, schön! Wunderschön! Wie singendes Eis. Ich habe noch nie etwas so Schönes gehört.«
»Ja, das sind die kleinen Seelen, die so etwas tun. Wer ihnen folgt, den führen sie in den sicheren Tod. Wir glauben, dass es Seelen sind von Wesen, die einen gewaltsamen Tod gefunden haben, oder Erd-

geister, die den Menschen nicht freundlich gesinnt sind. Sie neiden uns unser Leben, weil sie davon nur sehr wenig haben, und sie werden manchmal angezogen vom Klang der Glocken. Manchmal entführen sie ein Tier, seltener Menschen. Du bist *fada.* Du bist dafür empfindsamer als wir.«

»Heiliger Rochus, beschütze uns«, brachte Olivier hervor. »Dann bin ich froh, dass ich nur ein ganz einfacher Mann bin, wenn das der Preis sein soll. Was können wir tun, dass es nicht wieder geschieht?« Er schaute Manou an und hatte Angst um sie.

»Für den Rest der Nacht haben wir Ruhe, denke ich«, sagte Eliah. »Und morgen werde ich etwas dagegen unternehmen. Es ist nicht nur Manou, die in Gefahr ist, sondern auch unsere Tiere. Ich wusste nicht, dass hier so etwas existiert, sonst wären wir nicht hergekommen. Ganze Herden sind schon durch so ein *armetto* verloren gegangen.«

Nachdem sie geredet hatten und nach einigen Bechern Wein fühlten sich alle hinreichend ermüdet, so dass sie es wagten, sich wieder hinzulegen, Manou dicht bei Olivier, den Kopf in seine Armbeuge geschmiegt. Raoul schaute etwas missbilligend, sagte aber nichts dazu.

Am Tag danach machte Eliah sich an die Arbeit. Die anderen drei hatten sich zu entfernen, denn er musste dazu allein sein, sonst würden seine Beschwörungen nicht wirken.

Im Licht des Tages hatte Manou Mühe, das Geschehen der letzten Nacht zu begreifen. Es erschien ihr unsinnig und irreal, wie sie da in der Sonne saß, um sie herum das Bimmeln der Glöckchen, das friedliche Mahlen und Rupfen und gelegentlich das explosive Geräusch, das die Ziegen machen, um Fliegen aus ihren Nasenlöchern zu befördern.

Sie sahen von weitem, wie Eliah über die Wiese ging, den Blick auf die Erde gerichtet, und etwas suchte. Später lief er einige Male um die Hütte herum, hinein und wieder heraus, wobei er die Hände und Arme in einem bestimmten Muster bewegte, die Hauswände beklopfte, über die Schindeln strich. Als er sich zu ihnen gesellte, wirkte er zufrieden. »Wir werden jetzt Ruhe haben«, war alles, was er sagte.

Bei der Rückkehr bemerkte Manou, dass Sträuße von Johannis-

kraut unter den Schindeln hervorlugten und eine Silberdistel über dem Eingang befestigt war. Die Träume kehrten nicht wieder für einige Zeit, ebenso wenig der Gesang des *follet.*
Am Sonntag, als die Hirten sich trafen, wurde über nichts anderes geredet. Jeder hatte etwas zu dem Thema beizutragen. Es schien aber, dass keiner von ihnen am eigenen Leibe so eine Erfahrung gemacht hatte.
»Im Crau, da wandern viele Schatten. Da sind viele schlimme Dinge geschehen, die bis heute ihre Nachwirkung haben«, erzählte Zidore. »Ich kannte mal einen Mann, der war nachts unterwegs. Er hatte den Weg verfehlt und ging an einem trockenen Flussbett entlang, weil er meinte, dass er auf diese Weise bald auf eine menschliche Behausung stoßen müsse. Da begegnete ihm ein Schäfer, der war recht freundlich und bot ihm an, ihn zu führen. Es fiel ihm an dem Schäfer weiter nichts Besonderes auf, so dass er sich später, als er nach seinem Erlebnis befragt wurde, auf keine Weise mehr an das Gesicht des Mannes erinnern konnte.«
Zidore nahm einen tiefen Zug aus dem Weinschlauch. Es war heller Mittag, da ließ sich leichter von solchen Dingen reden.
»Also, der Reisende folgte dem unbekannten Schäfer und wunderte sich schon, dass sie so lange gingen, ohne zu dem Haus zu gelangen, in dem ihm Aufnahme und Gastfreundschaft versprochen war. Und siehe da: In der Morgendämmerung, noch ehe die ersten Sonnenstrahlen hinter den Bergen hervorkamen, löste sich die Gestalt des Schäfers plötzlich in Dunst auf, weißer Nebel, wie der, den man frühmorgens über den Flüssen und Feuchtwiesen sieht, und flog davon. Und der Reisende fand, dass er weit in die *colline* geleitet worden war, heiß und trocken, fern jeder Quelle, und dass er ganz allein war. Wie er dann wieder zurückgefunden hat, daran erinnere ich mich nicht mehr. Er hatte wohl Glück oder einen guten Stern, dass er von dem Erlebnis berichten konnte, denn er wäre fast verdurstet.«
»Ja«, warf Florentin ein, »davon habe ich auch schon gehört. Man sagt, das sind Wesen, die zu Engeln bestimmt waren, sich aber als unwürdig erwiesen hatten und jetzt in der Garrigue umherirren, Opfer suchen für ihren Hass und ihre Enttäuschung und uns Schäfern einen schlechten Namen machen!«

Die anderen schwiegen daraufhin eine Weile und jeder hing seinen Gedanken nach, bis Léon, der Katalane, zu erzählen begann.
»Ich habe mal einen getroffen, dem ist die Ziege des Teufels begegnet. Es war ein Trödler, der durch die Pyrenäen zog mit seinem Maulesel. Ihr wisst, solche, die alles mögliche Zeug mit sich führen, das die Leute in einsamen Dörfern missen: Kessel, Nadeln, ein paar Bahnen bunten Stoffs, billigen Schmuck und Kämme, Tand für die Weiber, manchmal auch ein paar gute Klingen aus Toledo, aber die können die Dörfler kaum bezahlen. Jedenfalls – es ist sehr einsam da in den hohen Pyrenäen –, er schaukelt so dahin, im Quersitz auf seinem *mulet,* ist etwas eingenickt im Schatten unter seinem Hut. Und da kommt er zu einem Felsen, ganz kahl und nackt, braun und rotgeädert, wie die Felsen dort sind, kein Kraut wächst auf ihm, nicht einmal ein Kaktus, und da springt plötzlich eine Ziege vor ihm auf den Weg.
Er steigt ab, *claro que si,* weil eine Ziege, das wäre was gewesen, damit hätte er ein gutes Geschäft machen können. Und es war eine schöne Ziege, groß und kräftig, mit einem feinen rostfarbenen Fell. Die Hörner glänzten wie reines Silber, er schwor, es war welches! Und wie er vor ihr steht, da stellt sie sich auf die Hinterbeine und tanzt um ihn herum, die Lippen geschürzt, die gelben Zähne entblößt, es ist, als ob sie lacht. Und ihre Augen glühen wie Kohlen!«
»Wie will er das wissen?«, unterbrach ihn Florentin. »Das kann er gar nicht gesehen haben, denn wer der *chèvre du diable* in die Augen blickt, der ist verloren. Sie fasziniert ihre Opfer mit ihrem Blick und tanzt mit ihnen, zwingt sie zu tanzen, bis sie vor Erschöpfung umfallen und sterben.«
»Na, er wird eben einen ganz kurzen Blick durch die Finger getan haben und dann hat er sich schnell wieder die Augen zugehalten und angefangen zu beten. Er musste ja auch erst sehen, womit er es zu tun hatte. So wird es gewesen sein. Er hat mir selbst erzählt, wie es war, Wort für Wort, wie ich es euch jetzt wiedergebe. Er hat gebetet, so lange, bis sie aufgegeben hat und fort war.«
»Dann war es eine dumme Ziege«, meinte verächtlich Jacques. »Wäre sie klug gewesen, dann hätte sie weder getanzt noch Lärm gemacht, sondern sich vor ihn hingestellt und keinen Mucks von

sich gegeben, und wie er dann die Augen öffnet, weil er denkt, sie ist weg – hee-hee! –, da erwischt sie ihn *face en face* und er muss mit ihr tanzen!«
Er warf die Arme in die Luft und gab ein meckerndes Geräusch von sich, alle lachten. Das tat gut, so ein Lachen, das reinigte die Luft und trieb die Furcht davon. Danach diskutierten sie lange über die verschiedenen Arten und Methoden, wie man sich vor solchen Geistern schützen könne.
»Wenn man weiß, dass ein *armetto* da ist, dann stopft man sich einfach Wachs in die Ohren, Wachs von einer Kerze, die in einer Kirche gebrannt hat, damit man seine Flötenstimme nicht hört«, sagte einer.
»*Tiens!* Wie willst du das denn wissen, ob eines da ist, wenn du es nicht gehört hast! Und wenn du's hörst, dann ist es zu spät.«
Darauf lachten alle. Aber das Lachen kam nicht ganz von Herzen. Sie wurden bald wieder ernst.
»Dann vielleicht sollte man sich die Ohren bei Vollmond überhaupt verschließen. So was passiert immer bei Vollmond – *le mauvais soleil, soleil des loups!*«[22]
»*Eh bè,* das kann schon sein. Man sagt ja, dass die Wölfe die Wächter und Begleiter toter Seelen sind. Vielleicht nennt man den Mond deshalb so.«
»Warum es so heißt, das weiß heute kein Mensch mehr, es ist schon lange so.«
Pierre *le petit* versuchte seine Furcht zu verbergen, rutschte aber die ganze Zeit ungemütlich auf seinem Hosenboden herum und warf Blicke über die Schulter, in die Richtung, aus dem das *armetto* nachts gekommen war.
»Ja, manchmal hat man das Gefühl, dass die Alten mehr wussten als wir, einerseits weniger, andererseits viel mehr. Das kommt, weil geheimes und besonders wertvolles Wissen oft nur von einem, der sich kurz vor dem Ende fühlt, an einen Jüngeren weitergegeben wird. Und wie viel ist dadurch verloren gegangen«, fing von neuem Zidore an. »Erinnerst du dich an die Geschichte mit Jean-Marie, Eliah?«
Eliah nickte und kraulte sich den Bart.
»Hm, ja, das war eine seltsame Sache, das! *Bizarre!*«

»Was? Was war damit?«, drängten ihn die anderen, die noch nie von Jean-Marie hatten sprechen hören.
»Jean-Marie, das war ein Schäfer, ein *capoulié*, und ein guter dazu, besser als jeder, den ich gekannt habe, mich selbst eingeschlossen. Er war auch *fada*, wie unsere Manou. Hm, ja ...«
»Und? Was ist mit ihm passiert?«
»Eines Tages hat er was gefunden, in einer Grotte nicht weit von hier. Er hat gern lange Wanderungen gemacht, allein. Wenn er einen guten Kameraden dabei hatte und einen ordentlichen Lehrling, dann konnte er ihnen schon mal die Herde anvertrauen«, ein scharfer Blick traf die Zwillinge, »und sich umsehen im Gebirge. Er brachte manchmal Bergkristall mit herunter oder Amethyste, die er gegen Gewinn im Tal verkaufen konnte. Und manchmal fand er Scherben oder Werkzeug von unseren Vorfahren, als sie noch kein Eisen kannten: Pfeilspitzen aus Feuerstein, das Blatt einer Steinaxt, oder er sah seltene Tiere und erzählte uns davon.«
»Und, was hatte er diesmal aufgetrieben?«
»Es sah so aus, als sei er einem Schatz auf die Spur gekommen. Er fand ein paar Münzen, sehr alte Münzen, schon ganz dünn und abgegriffen, mit fremdländischen Zeichen und Schriften darauf. Keiner von uns konnte sich ein Bild davon machen, wo sie herstammten und welchen Wert sie besitzen mochten – aber es war reines Silber. Und dann zeigte er uns noch einen Siegelring, da war ein Ritter drauf zu sehen und zu seinen Füßen ein Wolf. Das alles hatte er in einer Höhle gefunden. Er war aber nicht weit hineingegangen, weil er kein Licht dabei hatte und es außerdem schon zu dunkeln begann. Also kehrte er zu uns zurück und zeigte uns seinen Fund.
Ich erinnere mich genau: Er saß mit uns am Feuer, so wie wir alle jetzt zusammen sitzen, und die Fundstücke gingen von Hand zu Hand. Wir beneideten ihn, denn mit dem Silber allein war sein Alter gesichert und er hatte nichts mehr zu fürchten. Aber er war nicht zufrieden. ›Wo ich das gefunden habe, da ist noch mehr‹, sagte er und er ging, sobald es das Wetter und die Arbeit erlaubten, die Grotte noch einmal besuchen, ausgerüstet mit Stricken aus Hanf diesmal und mit einer Öllampe und einem Vorrat an *huile de cade*.«

Sie rückten näher zusammen bei diesen Worten, vergaßen ihren Wein und das Brot, das sie in Händen hielten, starrten mit offenen Mündern, alle außer Bélibaste, der die Arme verschränkte und skeptisch dreinblickte.
»Seltsamerweise fand er den Ort nicht wieder, und das, obwohl er einen ausgezeichneten Orientierungssinn hatte und sich auskannte auf allen Wegen. Wie auch immer, das war im Oktober. Es kam ein früher Kälteeinbruch und wir mussten uns an den Abtrieb machen. Jean-Marie war ganz verändert, unwillig, fortzugehen und seine Suche aufzugeben.
Wir sagten zu ihm: ›Vaï, Jean, so eine Grotte, der wachsen schließlich keine Beine. Die wird auch im nächsten Sommer noch da sein. Im Winter kommt kein Mensch hier herauf, es kann dir also keiner zuvorkommen.‹
Als wir die Sommerweide verließen, da blieb sein Herz hier oben, vielleicht seine Seele. Es war ihm etwas begegnet dort oben, ich weiß nicht, was.«
Eliah machte eine vage Geste in einer Richtung, die Manou sich merkte. Konnte es sein? War das möglich? Ein Schatz mit fremdländischen alten Münzen, hebräischen, arabischen vielleicht, der Siegelring eines Tempelritters – die Agoult-Simiane führte den Wolf im Wappen!
»Und hat er die Höhle wieder gefunden?«
»Ich nehme es an, ja. Den Winter verbrachte er bei seinem Bruder in Lourmarin, auf der Südseite des Luberon …«
Manous Puls setzte einen Schlag aus.
»Nach der Schur zogen wir dann wieder zusammen los, er und ich und so ziemlich dieselbe *équipe* wie im letzten Jahr. Aber ihn kannte ich kaum wieder. Er erzählte mir, er habe den Siegelring an eine noble Dame verkauft und die hatte es ihm angetan. Der Dummkopf. Als ob unsereiner für sie mehr sein könnte als Vieh. Er fantasierte immerzu von ihr – einen Engel mit schwarzem Haar nannte er sie. Wer weiß, was sie ihm vorgelogen und versprochen hat. Sie wollte unbedingt, dass er noch einmal in die Höhle ginge. Er sollte etwas Bestimmtes für sie finden.«
»Was denn?«
»Wer war sie?«

»Ich weiß es nicht. Er wollte ihren Namen nicht sagen«, meinte Eliah.
›Aber ich ahne es‹, dachte Manou. ›Jetzt passt alles zusammen. Wie seltsam, dass mich mein Lebensweg hierher geführt hat, ausgerechnet! Vielleicht hat Azima doch recht: Es steht geschrieben …‹
»Unser Freund Jean-Marie war also nicht mehr recht bei seinem Geschäft und er ließ mir den Vortritt. Ich wurde *baïle pâtre* in diesem Jahr, zum ersten Mal. Ich hatte bei ihm gelernt. Und dann, in einer Vollmondnacht im August, unter der Wolfssonne, da verschwand er mitsamt seiner Ausrüstung, die er sich für die Suche zurechtgelegt hatte. Ich fürchte, er hat gefunden, was er gesucht hat. Aber es wäre besser für ihn gewesen, hätte er sich beim ersten Mal zufrieden gegeben.«
»Er ist nie wieder aufgetaucht? Vielleicht hatte er einfach genug vom Schäferleben und hat sich davongemacht mit seinem Silber und dem, was er von der Dame bekommen hatte.«
»Nein, so war es nicht. Das hätte er nicht getan. Er war kein Geizkragen, wisst ihr. Von seinem Geld, da hat er seinen Freunden Geschenke gemacht. Und er hatte davon gesprochen, sich niederzulassen, einen Hof zu kaufen ganz bei mir in der Nähe. Nein! Ich bin sicher, es ist ihm etwas zugestoßen.«
»Kann sein«, sagte der Katalane, »dass er auf einen bösen Geist gestoßen ist, der den Schatz bewacht. Ich habe einmal reden hören von einer Dämonenkönigin, schön wie ein Engel und schamlos, um einem Mann das Blut heiß zu machen.«
Er brach ab und warf einen verstohlenen Blick zu Manou hin. Man konnte über solche Dinge nicht sprechen, wenn eine Frau dabeisaß.
›Immer, wenn es interessant wird‹, dachte diese erbost. ›Ich bin doch nicht aus Luft und Zucker gemacht und sehe jeden Tag, was vorgeht. Da brauche ich nur die Böcke anzuschauen!‹
Bélibaste kannte da weniger Feingefühl.
»Hehe! Wenn das so ist, dann mache ich mich gleich morgen auf die Suche nach ihr. So was käme mir gerade recht. Ich würde es ihr schon zeigen!«
Strafende Blicke trafen ihn. Manou lachte laut auf. Sie hatte sich schon längst mit ihm versöhnt.

Er war selbst zu ihr gekommen, hatte sorgfältig darauf geachtet, dass Olivier bei ihr war und sie nicht allein, damit es keine weiteren Missverständnisse gab.
»Hör mal, Mädchen«, hatte er hinreichend zerknirscht und verlegen in seinen Bart gebrummt. »Ich möchte mich bei dir entschuldigen für das, was vorgefallen ist. Es war nicht recht. Bitte glaube mir, ich hatte nicht vor, dir Gewalt anzutun. Es ist nur einfach mit mir durchgegangen. Es ist schwer für einen leidenschaftlichen Mann wie mich so allein hier oben, und dann ist man sich ständig bewusst, dass da eine Frau ist, nur ein paar Schritte entfernt. Also, ich möchte dich um Verzeihung bitten und dich auch, Olivier.«
Da stand er, dieser Klumpen von einem Kerl, und schämte sich. Sie konnte nicht anders, als ihm zu vergeben. Das war etwas ganz anderes als die Sache mit Frédéric damals, das spürte sie, nachdem der erste Schrecken verflogen war. Er hatte es versucht, da er sich eingeredet hatte, dass sie es auch wollen müsse, aber er hätte die Sache sicher nicht gegen ihren Willen zu Ende gebracht.
»Es ist gut, Bélibaste. Wir wollen Freunde sein, so gut das eben möglich ist zwischen Frau und Mann. Ich bin sehr froh, dass du es gesagt hast.«
Es musste ihn einiges an Überwindung gekostet haben und sie zollte dem Anerkennung.
Olivier war weniger leicht zu beruhigen, aber schließlich war sie angegriffen worden und nicht er, und so war es ihre Sache, zu vergeben oder nicht.
»Gut. Dann ist es erledigt«, hatte Bélibaste gesagt und war davongestampft, zwei oder drei Stunden Fußmarsch zurück auf seinen Berg. Das schlechte Gewissen hatte ihn so gedrückt, dass er es nicht hatte aushalten können bis zum folgenden Sonntag.
Manou war ein paar Tage lang hinter Eliah her und drängte ihn, ihr zu sagen, wohin dieser Jean-Marie verschwunden war, in welche Richtung, wie weit? Hatte er Wegzeichen beschrieben, irgendetwas von Bedeutung?
Doch Eliah bekreuzigte sich und weigerte sich, es ihr zu verraten. »Hast du von dem einen Erlebnis nicht genug? Glaubst du wirklich, ich würde noch jemanden in sein Verderben laufen lassen, nach allem, was geschehen ist? Nein, Mädchen! Lass es ruhen. Da ist etwas

Böses in dem Berg und es ist besser, wenn wir uns davon fern halten. Denke nicht einmal daran. Schon Gedanken können solche Wesen anlocken. Ach! Ich wünschte wirklich, ich hätte nichts davon erzählt!«
Er fasste sie bei den Schultern und schaute ihr in die Augen: »Versprich mir, dass du Ruhe gibst und mich nicht weiter damit quälst. Versprich mir, dass du nicht losrennst wie eine wildernde Ziege und mich hier zurücklässt mit schwarzen Gedanken und einer solchen Schuld im Herzen! Noé hat dich mir anvertraut.«
»Ich werde nicht heimlich gehen.« Das war alles, was sie ihm zusagen mochte. Aber sie sprachen eine Weile nicht mehr davon.
Es kamen längere Nächte, verzauberte Nächte mit Olivier vor der Hütte, beide in Felle gehüllt, den sternübersäten Himmel über sich: *Jean de Milan, lou Panard, lis Ensigne* und den Großen Bären, den die Leute im Süden *char des âmes* nannten, den Seelenwagen. Dort wo sich die Sterne häuften, wo der Himmel hell war wie ein erleuchteter Pfad, das war der *camin de Santa-Jacques,* den Gott geschaffen hatte, um den Weg zu erleuchten, den der Heilige Jacques genommen hatte von Galizien nach Saint-Jacques de Compostelle. Und dann war da der Stern der Schäfer, der erste, hellste und schönste. Er hieß einfach Estelle, aber Olivier sagte leise, für ihn hieße er ab heute Manou.
Er baute ihr Zweighütten, um sie vor der Sonne zu schützen, und brachte ihr Blumen, die verwelkten und die sie an die Lämmer verfütterte. Sie fütterten sich gegenseitig mit in Milch getunktem Weißbrot, spielten Fangen im Gras. Ihr Gelächter schallte bis zu den gegenüberliegenden Hängen und die anderen Hirten schüttelten gutmütig und mit einer Portion Sehnsucht die Köpfe. Manou und Olivier, Olivier und Manou … sie hielten einander an den Händen und verbrachten den Sommer in Glanz und Rausch. Noch nie waren die Kräuter so grün und voller Saft und die Sonnenuntergänge so rot gewesen. Die Welt war Klang und Duft und Jubilieren.
Nicht einmal Bélibaste mochte ihnen ihre Freude mit derben Scherzen verderben. Sie sprachen vom Heiraten, beide Schäfer! Welch ein Glück! So konnten sie immer beisammen sein.
Es geschah weiter nichts zwischen ihnen als das Verschränken

feuchter Finger, ganz sacht, lange Blicke, ein Kuss hier und da, ein Küsschen eher.
Sie waren beide nicht sehr körperlich und hatten es nicht eilig.
»Wir machen es so, wie sich's gehört«, erklärte Olivier dem erstaunten Bélibaste.

26

Sie wartete. Schlief. Nährte ihren Zorn. Erinnerte sich gelegentlich an ihren Ursprung, ihre Heimat. Ein mächtiges Königreich im fetten, grünen Land zwischen den zwei Strömen, ein herrliches Land, ein großes Reich, alle umliegenden Völker unterworfen und ins Joch gespannt, konnten sich die Menschen des Landes den Vergnügungen hingeben, der Kunst und den Studien der Natur von Himmel und Erde.

Sklaven taten die tägliche Arbeit, Sklaven und Tiere. Die Menschen hatten Zeit, schöne und sinnreiche Dinge zu erschaffen, so wie die Götter, und zu feiern. Indem sie Schöpfer waren und keine niedere Arbeit taten, waren sie den Göttern nah in ihrem Wesen.

Es war eine reiche Kultur, gespeist von Sitten, Künsten und Wissen nicht nur eines Stammes, sondern vieler. Die Sklaven vermischten sich mit ihren Herren, ihre Sprache, ihre Sichtweise der Welt, ihre Kunst, ihre Gebräuche, Gewürze, Farben, Gesänge, sogar ihre Götter brachten sie ein in den großen Schmelztiegel der Stadt, und die Menschen nährten ihre Seelen an der Vielfalt.

Ihre Stadt war in sieben Stufen gebaut, zu Ehren der Götter, jede Stufe eine Stadt für sich, jede gestaltet mit anderen Pflanzen, Bildern, Farben, Edelsteinen und Metallen, jede enthielt das Wissen und die Kunst eines besiegten Volkes, eines Stammes, derjenigen, die sich jetzt ebenfalls Menschen nennen durften. Handel wurde in der Stadt getrieben mit fernen Ländern; Gelehrte tauschten sich aus; Worte und Sprachen schwirrten durch ihre Gassen wie Bienen durch ein Blütenfeld. Und man hoffte und betete, da man sich den Göttern ähnlich machte, dass sie eines Tages über die sieben Stufen vom Himmel herabsteigen würden, um bei ihren Kindern zu sein.

Sie träumte von ihrer Stadt mit den hängenden Gärten, in den Jahrhunderten, die sie verschlief, träumte von den schwer herabhängenden Fruchtständen der Dattelpalmen, mit Früchten süß und bernsteinfarben, von den Granatäpfeln, rubinrotem Fleisch, duftend und säuerlich-süß unter harter Schale, mit dessen Kernen man nach der Liebe den Gefährten füttern konnte, dass einem der klebrige rosenrote Saft über Hände und die Glieder rann, dem schweren Duft des Jasmins am Abend; sie träumte von den sieben Toren und den Brücken, die mit kühnem Schwung die Straßen überspannten, von Mosaiken an den Wänden, leuchtend grün und azur wie das Meer, von den Statuen, den Friesen, dem goldenen Geschirr, alles war Perfektion: Perfektion, Harmonie, Weisheit und Schönheit waren das Ziel des Lebens – das und die Lust. Die höchste aller Götter, aller Baalim, war Ishtar, die Göttermutter, die so viele Götter zu Geliebten nahm, wie es ihr passte, sogar ihren eigenen Sohn Tammuz.

Das Mädchen wurde Lil genannt, nach dem heißen Wüstenwind, und Har geweiht, der Emanation von Ishtar, die man als barmherzige Prostituierte bezeichnete.

Als sie sehr jung war, ein Kind noch, da war das Leben schwer gewesen, denn sie war ein Nachkömmling. Ihre Mutter war gestorben und ihre älteren Brüder ständig hinter ihr her, um sie zu hänseln und zu drangsalieren. Einer von ihnen – war es Marduk gewesen? –, schon längst zu Staub zerfallen jetzt und seine erbärmliche kleine Seele in alle Winde zerstreut, der packte sie bei den Fußknöcheln, wenn er sie zu fassen bekam, und ließ sie aus einem der obersten Stockwerke baumeln mit dem Kopf nach unten. »Ich sollte sie fallen lassen, das wäre eine gute Tat«, schrie er lachend seinen Kumpanen zu, die weiter unten standen. »Sie ist so hässlich, was soll man nur mit ihr anfangen?«

Einmal, da hatte sie in ihrer Angst die Kontrolle über ihre Blase verloren und Marduks feine Freunde waren nass geworden. Von da an hatte er sie in Ruhe gelassen. Und später dann hatte sie sich zu einer mandeläugigen Schönheit entwickelt, die Haut golden, die Haare schwarz und glänzend wie Antimon, die Lippen voll und leicht geschwungen, die Glieder wohlgeformt. Ihre Bewegungen waren wie Sonnenlicht, das durch Blätter fällt. Von da an gehörte sie zu den Menschen und das Leben war schön.

›Preiset Ishtar, die fruchtbarste aller Göttinnen, verehret die Königin der Frauen, die größte aller Gottheiten. In Freude und Liebe ist sie gehüllt. Voll des Lebens, der Wollust und der Anmut ist sie. Süße ist auf ihren Lippen, in ihrem Mund liegt Leben. Ihre Erscheinung macht das Vergnügen erst voll. Sie ist ruhmreich. Ein jedes Schicksal hält sie in der Hand. Ishtar – wer käme ihrer Größe gleich? Mächtig, erhaben und glänzend ist ihr Ratschluss. Ohnegleichen ist ihr Rang unter den Göttern. Geachtet ist ihr Wort.‹

Sie träumte von einem Blick von hoch oben, herunter vom Tor der Götter, Ba-bel, über die reifenden Felder, gelb und rostbraun von Sorghum und Hirse, dahinter das sich schlängelnde Band des Euphrat und dahinter die Wüste. Und wie aus der Wüste ein Volk von Nomaden gekommen war, roh und voller Verachtung für die Weisheit und Schönheit der Stadt.

Und wie sie ihm dann aus Liebe gefolgt war, dem Nomaden mit Namen Adam, in sein Zelt unter den Sternen, ein Zelt ausgestattet nur mit stinkenden Tierfellen, Gefäßen aus Ton, die Nahrung so unfein wie die Sitten: Kamelmilch und getrocknete Datteln und Fleisch, viel zu viel Fleisch – sie fraßen wie die reißenden Tiere, diese Nomaden. Statt im grünen Flussdelta zu bleiben, zogen sie weiter. Sie fühlten sich in Sand und feuerroten Felsen daheim. Vipern und Skorpione waren gute Bekannte für sie; hartschalige schwarze Käfer schrieben ihnen nachts vergängliche Botschaften auf die sandigen Hänge der Dünen.

Das Wüstenvolk wusch sich nicht, außer mit Sand. Wasser war zu kostbar. Sie weinte, wenn sie an die Springbrunnen, die künstlichen Bäche und Kaskaden der Zikkurat dachte.

Alles das hätte sie hingenommen, ertragen, sich dazu gebracht, diesem Leben eine eigene Harmonie abzugewinnen, so sehr liebte und begehrte sie den Mann Adam. Aber er, sobald er sie zu seiner Frau genommen hatte, behandelte sie wie eine Sklavin und nicht als die Prinzessin, die sie war. Er verlangte von ihr, sich für die körperliche Vereinigung auf den Rücken zu legen, so dass er sich auf sie werfen konnte. Er sagte: »Verflucht ist der Mann, der die Frau zum Himmel und sich selbst zur Erde macht.« Vorher hatte er sich mit Tieren gepaart.

Es kümmerte ihn nicht, dass sie auf diese Weise keine Lust empfand. Sprach sie von ihrer Lust, so schlug er sie mit Fäusten und nannte sie eine Hure. Und als sie keine Kinder gebar, weil sie es verhinderte, da beschimpfte er sie und die anderen Frauen bewarfen sie mit Kameldung. Sie verhinderte, dass sie schwanger wurde, denn sie hatte kein Verlangen danach, Jahr für Jahr zu werfen wie ein Tier und rasch zu altern dabei, bis ihr Mann sich eine neue, eine jüngere nahm und sie beiseite warf wie ein abgelegtes Gewand.

Endlich verstieß er sie und ließ sie allein in der Wüste zurück, mit nichts als ihren Kleidern auf dem Leib und dem Wenigen, was er ihr an Schmuck geschenkt hatte. Sein Gott, so sagte er, habe ihm eine bessere, eine gefügigere Frau geschenkt. Sie verfluchte ihn und seinen gesamten Stamm und alle seine Nachkommen.

Verdurstet und verhungert wäre sie an diesem schlimmen Ort ganz allein. Da sie aber Zauberei gelernt hatte, beschwor sie den Baalzebub, der sich mit ihr paarte und ihr Lust bereitete. Sie gebar ihm Dämonen und er schenkte ihr ein Königreich in der Wildnis dafür und ewige Jugend. Dort hatte sie ihre eigene Zikkurat; die war aber nicht in den Himmel gebaut, sondern in umgekehrter Richtung, damit die Teufel heraufsteigen konnten auf die Erde. Dort lebte sie, vervollkommnete ihre Magie und sah zu, wie ihre Brüder und Verwandten alt wurden und starben, nach ihnen ihre Kinder und Kindeskinder, und wie endlich die Quellen versiegten, die sieben Gärten vertrockneten und die Lehmziegel zerfielen, aus denen die Stadt ihrer Jugend gemacht war.

Die Männer der Nomadenstämme, die in der Wüste überlebten und gediehen, erzählten ihre Geschichte weiter und nannten sie ›Babalon‹, die große Hure und Ba'alat. Aus ihrem Kindernamen Lil wurde schließlich Lilith, ein lüsternes Nachtgespenst, vor dem die Mönche sich fürchteten und mit dem man Kindern Angst einjagte.

Lilith, die immer noch so schön war wie an dem Tag, als sie Ba-bel verlassen hatte, lächelte im Schlaf. Sie lächelte auch, wenn sie zornig war, denn sie war auf Anmut bedacht.

Die Nachfahren Adams waren schließlich sesshaft geworden und hatten ein eigenes Königreich errichtet. Und ausgerechnet einer von diesen hatte sie eingefangen und überlistet. Man hatte sie ein-

gesperrt, ihre Kräfte gebannt mit mächtigen Zaubersprüchen und einem Siegel aus Silber.
»Warte nur, Adam! Du und alle deine Nachfahren! Eines Tages werde ich befreit und dann wird die Macht der Männer gebrochen sein auf dieser Welt. Dann ist die Frau der Himmel und sie sind Erde und Staub!«.
Und Lilith wartete.
Anfang Oktober gingen die *troupeaux* wieder bergab, jeden Tag ein Stück. Während man in der Hitze des Sommers schon in der Dämmerung aufstand, um die Tiere von der morgendlichen Kühle profitieren zu lassen beim Weiden und mittags abzukühlen, konnte man jetzt länger schlafen. Der Tagesablauf verschob sich mit dem Licht. Eliah begann noch aufmerksamer als bisher den Himmel zu beobachten. Er wollte gern so lange wie möglich auf der Alm bleiben, damit die Schafe lange fressen und gute Wolle entwickeln konnten, und in der Hoffnung, dass der Seigneur de St. Estève die Streitigkeiten mit seinem Nachbarn inzwischen geregelt hatte, so dass man ungehindert die *draille* benutzen konnte.
Es gab jetzt Frost in der Nächten. Eines Morgens hatte Manou sich die Haare gewaschen, die sie nun wieder wachsen ließ und die ihr bis zu den Schulterblättern herabhingen. Im Laufen bergab dann hörte sie hinter sich ein ungewohntes Geräusch: Ein leises Klicken und Klacken im Takt ihrer Schritte und als sie schnell den Kopf wandte, um die Quelle der seltsamen Töne zu erfassen, fühlte sie auch schon, was geschehen war: Ihr feuchtes Haar war gefroren und die Strähnen schlugen als feine Eiszapfen aneinander.
Olivier, der neben ihr ging, schüttelte den Kopf und schlug sich mit der flachen Hand vor die Stirn: »Verrücktes Weibsbild! Haare waschen! Ich hab dir gleich gesagt, dass es nicht gesund ist! Wozu soll das gut sein?«
Seit September hatte man die Böcke wieder unter die Schafe gelassen und die Ziegen; September, Oktober, da mussten die Böcke arbeiten, *ils font la nature,* wie die Schäfer es umschrieben.
Die Wolle war inzwischen lang und dicht genug gewachsen. Doch mussten sie vor dem ersten Schnee die Berge verlassen haben. So wie Jehan de Brie geschrieben hatte: »In dieser Zeit sind die Tiere noch in Hitze, wie es natürlich ist, und das Fleisch ist

noch nicht gut zu essen. Das Aderlassen ist jetzt verboten sowie überhaupt alle Medizin. Wenn sie keinen Appetit haben, dann muss man ihnen eben die besten Kräuter suchen, um ihn wieder herzustellen.«

Man hatte im ganzen Sommer kaum einmal einen Wolf oder Bären zu Gesicht bekommen. In einer Nacht erschien eine kleine Gruppe von Wölfen. Es war windig nach einem Gewitter mit Regen. Wind und Dunkelheit boten ihnen Schutz, bis sie ganz nah an die Herde herangekommen waren. Eliah nahm als Erster die Unruhe wahr und schon sprang auch Boule auf und rannte um die Herde herum zum Ausgangspunkt. Die Schäfer eilten hinterher, Raoul und Eliah mit ihren eisenbewehrten Krummstäben, Olivier mit dem Sauspieß und Manou mit nichts als ihrer Peitsche in der Hand – was man eben gerade zu greifen bekommen hatte.

Die zwei Patous standen nur mit gesträubtem Nackenhaar und grollten, versperrten ihnen den Weg, aber Boule stürzte sich ohne Zögern auf die Räuber. Es gab einen kurzen Kampf, wobei man sehen konnte, wofür das breite Stachelhalsband gut war. Mehrere Wölfe hingen in den großen weißen Hund verbissen. Jedes Mal, wenn einer von ihnen versuchte, dem Hund an die Kehle zu gehen, biss er auf spitzes Eisen, jaulte und sprang verwirrt zurück, ein Moment, den der *mastin* dazu benutzte, seinem Opfer mit einer mühelosen Bewegung seiner mächtigen Kiefer das Rückrat durchzubeißen und es durch die Luft zu schleudern. Am Ende lagen drei der Räuber leblos am Boden, die anderen machten sich davon.

Es kostete Manou einige Mühe und Überredungskunst, um den nun mordlustigen *mastin* wieder zu beruhigen. Hatte er einmal Blut geschmeckt, dann war er wie im Rausch und gestattete niemandem, ihn zu berühren. Er lag über einem seiner Opfer, das weiße Fell blutbespritzt, Schaum triefte ihm von den Lefzen und er knurrte sogar Manou an. Nun erst musste sich erweisen, ob das Band zwischen ihnen stark genug geworden war. Endlich gelang es ihr, ihn mit einem Stück Trockenfleisch und einer Schüssel Milch zu sich zu locken.

Eliah nahm die Kadaver der Wölfe weg, um sich ein gutes Stück fernab der Herde damit zu befassen. Die Schafe ängstigten sich vor ihrem Geruch. Ausgeweidet würde ihr Fell eine gute Prämie bringen bei den *louvetiers,* den Beamten des Königs, die offiziell damit beauftragt waren, der Wolfsplage Einhalt zu gebieten, die es sich aber lieber in ihren Stadthäusern gemütlich machten, als sich Wetter und wilden Bestien auszusetzen. Es war ein Amt wie jedes andere, eine Pfründe, weiter nichts. Die Jäger und die Schäfer taten weiterhin die ganze Arbeit.

»Hör mal, Eliah«, sagte Manou eines Abends. »Ich muss mit dir reden.« Olivier und Raoul saßen auf der anderen Seite des Feuers und Manou hatte sich mit einem entschuldigenden Blick zu Olivier hin zu Eliah gesetzt. Da flüsterten die beiden nun miteinander und der arme Junge ahnte Übles.

»Ich weiß schon, was du willst. Aber ich habe dir gesagt, es kommt nicht infrage. Ich habe Noé versprochen, dich gesund wieder mit herunterzubringen und bei Verstand. Und ich werde nicht zulassen, dass du dich auf so eine gefahrvolle Schatzsuche begibst und in irgendeine Felsspalte stürzt wie der arme Jean-Marie.«

»Er ist nicht in eine Felsspalte gestürzt und das weißt du so gut wie ich, Capo.«

»Umso schlimmer! *Fada* oder nicht, ich lasse dich nicht gehen. Du wüsstest ja nicht einmal, wo du anfangen solltest, und ich werd's dir nicht sagen.«

Es war wie bei zwei Widdern, die sich die Hörner aneinander stoßen, sie ineinander verkeilen, dann stehen und trotzen, so dass keiner von beiden vor oder zurück kann. Sie diskutierten und stritten mit leisen Stimmen. Olivier schaute bedrückt zu. Er hatte gelernt, dass man Manou schwer etwas verweigern konnte, wenn sie es unbedingt wollte.

»Schau, Eliah, es geht mir nicht um einen Schatz, obwohl ich gerne zugebe, dass uns der helfen würde, unsere eigene *cabane* zu gründen, Olivier und mir. Ich muss dir was von mir erzählen, was du noch nicht weißt und Noé auch nicht. Im Vertrauen …«

Sie saßen lange beisammen, Raoul und Olivier hatten sich bereits in ihre Decken gerollt. Olivier machte lange Ohren, verstand aber nur Bruchstücke. Was er zu seinem Entsetzen verstand, das war, dass Manou dabei war, den Alten umzustimmen. Da stand er auf und setzte sich zu den beiden.

»Ihr dürft mich nicht ausschließen, gleich, was du vorhast, Manou. Wir gehören zusammen, oder nicht?«
Eliah nickte. »Nimm ihn mit. Es wäre mir lieber, wenn du nicht allein gehst. Und deinen Hund auch.«
»Da wo ich hingehe, kann mir ein Hund nichts nützen.«
»Ich auch nicht?«, fragte traurig Olivier.
»Du kannst mich bis zum Höhleneingang begleiten, aber ich muss allein hineingehen. Das, was ich suche, ist für Männer ... verboten.«
»Das verstehe ich nicht, aber ich komme mit. Ich tue, was du sagst. Wenn es sein muss, warte ich am Höhleneingang, bis ich alt und grau geworden bin!«
Manou fuhr ihm zärtlich durch die Haare.
»So lange wird es schon nicht dauern. Ich glaube auch nicht, dass es sehr gefährlich werden kann, nicht für mich. Sieh: Ich weiß genau, was ich suche, den fehlenden Teil zu einem *brèu.* Solange er nicht mit dem anderen Teil zusammengefügt ist, kann nichts geschehen. Mir ist aber bekannt, wo der andere Teil ist. Und deshalb muss ich ihn haben. Da ist noch eine Rechnung offen. Ich habe einen Feind, und bevor ich mit dem nicht reinen Tisch gemacht habe, werden wir nicht in Ruhe leben können, Olivier, glaube mir.«
»Es kann nichts geschehen, sagst du? So wie Jean-Marie nichts geschehen ist?«
»Ich denke, ich weiß, was dem Schäfer zugestoßen ist, und das ist etwas, vertrau mir, das mir nicht geschehen kann. Beim ersten Mal ist er ja ungeschoren davongekommen. Aber beim zweiten Mal, da hat er etwas berührt, das er niemals hätte berühren dürfen ... Silber und Gold hätte er eher nehmen können als das.«
Eliah, nach all der heftigen Gegenwehr, rückte endlich mit dem Rest der Geschichte heraus, konnte ihnen aber nur wenige Hinweise geben: Dort entlang, über den Kamm, dann durch dieses und jenes Tal, da ist ein kleiner Fluss in der Form einer Schlange – *voilà* –, alle Flüsse hatten die Form einer Schlange, mehr oder weniger; viele Löcher im Fels, Höhlen über dem Boden des Wasserlaufs. Man muss nach dem Zeichen suchen, hat Jean-Marie gesagt. Welches Zeichen? Ein Zeichen, das die Templer verwendeten.
Am Ende war es ganz einfach. Sie gingen bergauf in die gewiesene

Richtung, in die der unglückliche Jean-Marie verschwunden war, und fanden einen einzelnen Felsen, der ein Bachbett zerteilte, eine Basaltsäule, die allein der Gewalt des urzeitlichen Schmelzwassers standgehalten hatte. Und darin eingekratzt das occitanische Kreuz, gleichschenkelig und mit Querbalken an allen vier Enden.
Es war hier. Manou wusste es. Es war, als ob sie gerufen wurde. Sie gingen ein Stück weit in die Schlucht hinein und fanden den Eingang. Nur ein Loch in einem Steilhang, mitten in den glatten Felsen, im Schatten von uraltem Efeu mit armdicken Zweigen. Über ihnen hörten sie das Gesumm und Gebrumm von tausend wilden Bienen.
Es war nur ein halbmannshohes Loch, eine natürliche Öffnung, vergrößert und verziert, ein *trou des fées* nannte man so etwas, wulstige Ränder wiesen es als Menschenwerk aus: ein Mund aus Stein mit aufgeworfenen Lippen. Die Natur schuf keine solche Ebenmäßigkeit. Das waren ihre Vorfahren gewesen, vor langer, langer Zeit. Man sagte, es seien Zwergengräber, aber wahrscheinlich waren alle Menschen damals kleiner gewesen als heutzutage. Jemand hatte diese uralte Wohnung als Versteck für einen Schatz genutzt.
Manou ging vorsichtig darauf zu, ließ ihre Handflächen über den Rändern und der Öffnung schweben, ohne sie zu berühren, erfühlte die Energie, die davon ausging. Da sie nichts Bedrohliches spüren konnte, wagte sie es, ihre Öllampe anzuzünden, und leuchtete hinein. Ein paar verschreckte Fledermäuse schlugen ihr die Flügel um die Ohren. Sieben Stufen führten hinunter, weißlich glitzernd, Sinterterrassen, von Menschenhand bearbeitet und wieder überwachsen, schlüpfrig von Wasser und Moos. Auf der obersten Stufe eine Sephira: *pechad,* die Furcht. Es war ganz so, wie sie es sich gedacht hatte.
Olivier sah nach den Bienen, kratzte sich im Nacken, wartete auf den ersten Stich.
Manou stand ungerührt, setzte sich auf einen Stein im trockenen Flussbett und starrte den Eingang der Höhle an.
»Was ist?« Olivier räusperte sich nervös und wiederholt. »Ist das der Ort? Wollen wir nicht hineinsteigen und es hinter uns bringen?«

»Sag nicht wir! Du kannst nicht mit hinein. Und ich will nicht unversehens in etwas hineinrennen, so wie der Schäfer Jean-Marie und andere vor ihm! Hast du nicht die Knochenreste gesehen?«

Um den Eingang der Höhle herum, wohl von wilden Tieren herausgeschleppt und blank genagt, lagen Reste von früheren Besuchern verstreut – soweit sie nicht vom Wasser davongetragen waren.

»Wenn da wirklich ein Schatz der Tempelritter ist, dann ist er mit einem Schutzzauber versehen. Da sitzt das Silber drin wie der Speck in einer Mausefalle.«

»Und warum sollte das, was sie getötet hat, wenn das hier wirklich Menschen waren, dich verschonen? Ach ja, ich weiß: Weil du eine Frau bist.«

»Genau.«

»Aber dennoch kannst du nicht einfach hineinspazieren.«

»Nein.«

»Und wie willst du herausfinden, was zu tun ist?«

»Indem ich nachdenke – wenn du mich lässt«, sagte Manou leicht gereizt.

Boule, unbeeindruckt von Zauber und Würde der Stätte, von der Feierlichkeit und Gefahr des Augenblicks, schlappte Wasser aus einer modrigen Pfütze mit seiner langen Zunge und hielt nur inne, um ärgerlich nach einer Pferdebremse zu schnappen, die ihn seit Stunden treu begleitet hatte. Die wilden Bienen summten und schwirrten über ihren Köpfen.

Sieben Stufen führten nach unten zu einem Schatz oder wahrscheinlich eher zu einem weiblichen Dämon, der gebannt bleiben sollte. Die Tempelritter waren in der Magie des Orients bewandert gewesen. Manou versuchte sich zu erinnern an das, was sie über die Macht der Zahlen gelernt hatte, über ihre tieferen Bedeutungen: Augustinus, Plato, Pythagoras und Averroes von Babylon – hätte sie doch bei den Zahlen besser aufgepasst! Also wie ging das noch?

Eins: Die Einheit, Gott, Luzifer, unteilbar, Quelle der Macht.

Zwei: Die erste weibliche Zahl, Zwietracht, Uneinheit, Unreinheit – die Einheit war Gott, die Zweiheit der böse Dämon. Aber auch Genesis, Anfang und Ende – für welche Auslegung hatten die Schöpfer dieses Schutzbanns sich entschieden?

Drei: Die Heilige Zahl, Schicksal, Notwendigkeit und Ordnung.
Vier: Tetractys, Grundlage und Wurzel aller übrigen Zahlen. Der Hochheilige Göttliche Name hatte vier Buchstaben.
Fünf: Bestehend aus einer männlichen und einer weiblichen Zahl. Das Siegel des Heiligen Geistes, Dämonenbann.
Sechs: Zahl der Vollkommenheit, Siegel der Welt.
›Wie kann das sein?‹, fragte sich Manou, ›wenn doch die geraden Zahlen weiblich und daher schlecht sind? Die christliche Lehre bringt alles durcheinander, würgt Halbverdautes herunter und spuckt einen schrecklichen Unsinn aus!‹ Sie würde sich an die älteren Auslegungen halten. Schließlich handelte es sich um einen Dämon aus vorchristlicher Zeit.
Sieben: Zahl der Götter, Zahl des Eides. Sieben Stufen hatte der Tempel von Babylon, nach sieben Tagen fielen die Mauern von Jericho, sieben Siegel kennt die Apokalypse. Sieben ist die Zahl der Suche nach der Inneren Wahrheit und des Mysteriums.
Sie konnte sich zu keiner Vorgehensweise entschließen. Zu unterschiedlich waren die Deutungsmöglichkeiten und zu wenig wusste sie über die Geschichte und die Erbauer dieser Stätte. Also würde sie sich auf ihre Intuition verlassen müssen.
»Ich gehe jetzt hinein, Olivier«, sagte Manou. Sie stand auf und suchte aus ihrer ledernen Umhängetasche ein paar Gegenstände heraus. »Wenn ich bis zur Dämmerung noch nicht zurück bin, dann geh und hol Eliah, wenn er kommen will. Er weiß, was dann zu tun ist. Aber betritt du auf keinen Fall die Höhle!«
Olivier stand gleichfalls auf, nahm ihre Hände in seine und drückte sie.
»Du bist das seltsamste Mädchen, das mir je begegnet ist. Ich will glauben, dass du weißt, was du tust, und dass es notwendig ist. Gott schütze dich!«
Sie streifte den Urobos über ihr linkes Handgelenk und stieg über die Schwelle.
Olivier hatte draußen Funken geschlagen mit Zunder und Flint und die Öllampe von neuem entzündet. Er reichte sie ihr durch die Öffnung hinein und entfernte sich dann. Sie sah, wie er das Kreuzzeichen hinter ihr schlug und seine Lippen sich in einem stummen Gebet bewegten.

›Lieber Olivier!‹ Sie wandte sich ihrer Aufgabe zu.
Vor der ersten und jeder nächsten Stufe hockte sie sich hin und ließ wiederum ihre linke Hand über dem Stein schweben, bevor sie weiterging.
Auf die erste Stufe legte sie ein Espenblatt, die zweite übersprang sie, ließ aber ein wenig Eisenkraut darauf zurück. Auf die dritte Stufe legte sie eine Haselnuss, auf die vierte ein Rosenblatt. Die fünfte übersprang sie wieder und legte eine getrocknete Geranienblüte darauf, auf die sechste Stufe eine Malve und auf die siebente eine kleine braune Orchidee.[23]
»Ah – endlich!«
Lilith öffnete Augen aus Obsidian. Undurchsichtig und tief. Sie verschluckten das schwache Licht der Öllampe. Manou glaubte im Halbdunkel Säulen wahrzunehmen, bogenförmige Öffnungen und Gänge, eine aufgebrochene Truhe unter einer kleinen Statue, der Statue einer schönen Frau mit fremdartigen Zügen. Sie ähnelte vom Typus her ein wenig Azima.
Die geschwungenen Lippen öffneten sich.
»Wirst du mich befreien?«
»Was muss ich dafür tun? Und was tust du für mich?«
Lilith lachte, das erste Mal seit 1000 Jahren.
»Du bist mutig und du bist unverschämt. Warum fragst du nicht, was ich *nicht* tun werde, wenn du mir zu Gefallen bist?«
»Du hast keine Macht. Das Siegel ist zerbrochen.«
»Das ist wahr. Dennoch habe ich getötet.«
»Mit Illusionen. Deine Opfer sind vor Angst gestorben.«
Ein helles Lachen ertönte in der Höhle und wurde vielfach zurückgeworfen.
»Du bist klug, aber du weißt nicht, wie erschreckend und realistisch eine Illusion sein kann.«
»Du wirst mir nichts tun. Ich bin eine Frau wie du. Du hast keinen Groll gegen mich.«
»Ich bin keineswegs eine Frau wie du, kleines Mädchen. Aber es ist wahr: Wärest du ein Mann, so hätte ich dein kleines Herz zum Stillstand gebracht – nach ein paar amüsanten Spielen vielleicht. Ich traue keinem Mann mehr. Sag, welches Jahr haben wir?«
»1503.«

»Ah. Interessant! Und haben sich die Männer inzwischen verändert? Kann man mit ihnen unter einem Dach leben?«
»Ich weiß nicht«, sagte Manou, »wie sie zu deiner Zeit waren. Es ist nicht leicht mit ihnen. Die Priester behaupten, Frauen hätten keine Seelen, wären unrein. Man verlangt, dass wir gehorchen. Für manche Männer sind wir Tiere, ein Besitz, Zuchtstuten, Gefäße, Werkzeug, um sich selbst zu verewigen, ihre Kinder zu tragen, ihr Haus zu führen, auf sie zu warten und ihnen angenehm zu sein.«
»Ha!«
»Nicht alle! Ich habe einen gefunden, der anders ist ...«
»Ha!« Lilith lachte noch einmal böse auf. »Das habe ich auch einmal gesagt. Das haben wir alle einmal gesagt.«
»Aber er ist es wirklich. Er versteht mich. Er wird mich nicht enttäuschen, nicht unterjochen, unsere Liebe nicht verraten. Nicht er. Sie sind nicht so schlecht, die Männer, die meisten von ihnen sind es nicht. Sie leiden selbst in dem Käfig, den sie sich gemacht haben, einem Käfig aus Schein und Trug: Stark sein, niemals Schwäche zeigen, nicht zeigen, dass man Angst hat, Schutz braucht. Niemals zurückweichen, immer der Erste, der Beste zu sein, der Nährer, der Beschützer, für alle verantwortlich – darunter zerbricht manch einer und fängt dann an, um sich zu beißen wie ein gefangenes Tier.«
»Was schert es mich, wenn sie unter ihren eigenen Gesetzen leiden. Wer mehr leidet, sind die Frauen, Frauen, die geschlagen, vergewaltigt, gedemütigt, geknechtet und gesteinigt werden. In Unwissenheit gehalten, verbrannt, wenn sie dennoch klug sind; in eiserne Käfige gesperrt, bis sie verschmachten, wenn sie sich eines Kindes entledigt haben, das sie nicht haben wollten und nicht ernähren konnten – nicht wahr, das macht man immer noch so?«
»Ja«, musste Manou kleinlaut zugeben.
»Ich werde das alles ändern, wenn du mich freilässt. Alles, was ich brauche, ist die andere Hälfte des Amuletts. Ein verfluchter israelitischer Magier hat es gemacht, um mich damit zu bannen. Es war mein Focus, mein Weg in die irdische Welt, die Verbindung, verstehst du? Und er hat es zerbrochen, weil ich ihm nicht gehorchen wollte. Lass mich wieder in die Welt kommen!«

»Klinge und Heft zusammenfügen – das ist alles?«
»Nun, ich brauchte dann noch einen Körper – einen … verzeih bitte, aber du bist nicht gerade ein exquisites Exemplar. Du hättest nicht zufällig etwas Besseres für mich?«
»Doch. Vielleicht. Ich möchte meinen Körper auch lieber für mich allein haben, exquisit oder nicht. Aber wenn ich dir einen gebe, was wirst du dann tun?«
»Ich werde die Welt verändern. Ich werde das Gleichgewicht wieder herstellen. Das ist es doch, was du willst, nicht wahr, Bauernkind, Hexe, Heilerin, Schäferin, ja? Und nebenher willst du eine Rechnung begleichen, ein Übel aus der Welt schaffen. Das kann ich leicht für dich tun. Es soll mir recht sein.«
Manou dachte an Angèle.
»Ja! Ja«, flüsterte die Dämonin. »Wunderbar! Sie ist perfekt. Die will ich haben.«
»Was bedeutet das? Verliert sie ihre Seele?«
»Seele verlieren – wovon sprichst du?« Und dann nahm Lilith die Bilder ihrer Gedanken in sich auf, begriff ihr Konzept von Hölle und Fegefeuer, so wie sie auf den Bildern in den Kirchen die Gläubigen schreckten: Folterknechte mit Tierfratzen, Drachen, Schlangen und Salamander, froschbäuchige Teufel mit spitzen Zähnen und langen Krallen, Stacheln und spindeldürren Beinen, Hufe, Pfeilschwänze, peitschend, feuriger Atem, erigierte Glieder, obszön herausgestreckte Zungen, Mäuler, grässlich nach unten verzerrt, hässlich, buckelig, zerfressen, pestbeulig, eiterig, schleimig, narbig, unförmig, unfarbig, verletzt, verletzend …
»Ach was! Ihr seid immer noch so simpel, ihr Menschen, so kindlich«, lachte die Dämonin. »Aber es macht nichts, ich war ja genau wie du einmal – ich habe vergessen, wann. Immer die Dualität und nichts dazwischen: schwarz – weiß, hässlich – schön, Licht – Dunkel, weiblich – männlich, gut – schlecht und man hat euch beigebracht, das Ganze auch noch zuzuordnen zur Sicherheit, statt es einfach sein zu lassen, was es ist: schwarz, dunkel, schlecht, weiblich und hässlich gleich böse. Schön gleich gut. Schau mich an! Und?«
Manou dachte an eine alte Frau im Dorf, ein armes Ding mit einem Buckel und haarigen Warzen auf der Wange. Wie hatten sie

sie gescheucht und gequält als Kinder. ›Die hat den bösen Blick‹, hatten die Leute im Dorf gesagt. Und dann war sie plötzlich selbst so eine gewesen. Sie wusste, sie war nicht schön. Madame Angèle dagegen … ›Warum suchen wir die Schönheit?‹, dachte Manou. ›Aus Angst vor dem Tod? Was schön ist, das trägt in sich eine Harmonie, geschaffen oder gewachsen, es ist ebenmäßig und gesund. Was verletzt ist, unvollständig, verbraucht, das scheint uns hässlich und macht uns Angst, weil wir wissen, dass es das Schicksal aller irdischen Dinge ist zu schrumpfen, zu zerfallen, zu verfaulen und zu vergehen. Deshalb suchen wir in der Schönheit eine Ruhe, die unvergänglich ist. Wir suchen die Ewigkeit im Augenblick. Ob ein Mensch, eine Rose, frisch erblüht, oder ein Bildnis aus Marmor. Alles vergeht, und das wollen wir nicht wahrhaben.‹
»Du hast es verstanden, Respekt, du kleines Ding! Du bist also eine von den Klugen. Schau, dass sie dich nicht erwischen, die Männer deiner Welt. Ich weiß, sie sind schon hinter dir her. Lass mich frei und ich werde dich beschützen, das schwöre ich auf den Morgenstern, der gefallen ist. Doch sag, was hast du denn da an deinem Arm? Ein unansehnliches Ding. Willst du es nicht ablegen? Ich gebe dir dafür etwas viel Schöneres!«
Sie ließ ein helles Licht aufleuchten am hinteren Ende der Grotte und Manou sah, dass die Nischen und Spalten überquollen von Gold und Juwelen, Kelchen, Kreuzen und Leuchtern – Schmuck und Kultgegenständen, die aus dem Orient stammen mochten. Da war ein herrliches Armband, mit Rubinen und Perlen besetzt, und eine passende Halskette dazu – aber da waren auch Menschenknochen und Stoffreste, die aussahen wie ein Schäfergewand, und das da, das war ein Krummstab aus Olivenholz und ein lederner Hut. Der Urobos summte leise an ihrem Handgelenk, schloss sich ein wenig enger darum. Der Rubinreif glänzte prächtig im Sand.
»Danke, nein. Ich bin dafür nicht geschaffen – du sagst es ja selbst.«
Und siehe da, in demselben Atemzug verschwanden die Schätze vor ihren Augen, es waren nichts als Gipsrosen und Kiesel gewesen und Adern von metallhaltigem Gestein im Fels. Es blieb nur die eine zerbrochene Truhe.
Von draußen drangen die Töne von Oliviers Flöte herein, der eine

einfache Melodie spielte. »Komm zurück, Liebchen, vergiss mich nicht, komm zu mir«, sang die Flöte.

Liliths Lachen sprang durch die Grotte wie perlendes Wasser, hallte in den Nischen und Gängen wider. Die Augen aus Obsidian erloschen.

»Man kann es ja versuchen«, hörte Manou sie wispern und sie klang ein ganz klein wenig wie der lüsterne Bélibaste. Zu ihren Füßen lag das fehlende Stück des Amuletts. Sie hob es auf und steckte es in die Tasche ihres Umhangs.

Jean-Marie hatte Silber gefunden ... sie zögerte, leuchtete mit ihrer Öllampe in die Nischen und Seitengänge. Glitzerte doch etwas dort hinten? Nein, das war ein Schatz der Hölle und sie wollte ihn nicht haben. Nur den Krummstab nahm sie mit, und nach einem nicht geringen Kampf gegen das Grauen, das sie dabei verspürte, las sie auch die Knochen des Schäfers auf und wickelte sie in die Reste seines Umhangs, damit seine Freunde ihm ein christliches Begräbnis zukommen lassen konnten.

»Dummes Ding«, flüsterte der Dämon, »ding...ing ...ing...«, hallte es von der Decke wider. Gerade als Manou sich über die glatten Stufen zum Tageslicht emportastete, stolperte sie und sah vor ihrem linken Fuß einen großen Saphir, dunkelblau wie der Sommerhimmel in der Dämmerung, hoch oben, wenn die Wolken am Horizont noch leuchten von den letzten Sonnenstrahlen. Zu einem Prisma geschliffen gab er hundertfach den Glanz ihrer Lampe zurück: das Lösegeld einer Königin. Er lag auf der Fünf, dem *he,* dem Fenster, Dämonenbann – Lilith lachte.

Manou griff nach dem Juwel, erwartete halb und halb, dass auch er sich in einen Kiesel verwandeln würde, aber er blieb solide in ihrer Hand und wog schwer in ihrer Tasche, als sie ihn einsteckte.

Wie viel Zeit hatte sie hier drinnen verbracht? Draußen wurde es bereits Abend. In die Schlucht drang längst kein Lichtstrahl mehr. Die wilden Bienen waren in ihre Waben zurückgekehrt und ruhten sich aus in den Felsspalten, wo sie im Schlaf umeinander krochen, von innen nach außen und von außen nach innen, um sich im Knäuel zu wärmen.

Olivier sprang hoch von dem Stein, auf dem er Wache gehalten hatte, und lief zu ihr hin, als ihr Kopf in dem Loch auftauchte. Sie

reichte ihm ihre Hand, er zog sie hoch, so heftig, dass er ihr beinahe das Schultergelenk ausriss, nahm sie in die Arme, drückte sie fest an sich und wollte sie gar nicht wieder loslassen.
»Manou, meine kleine Schwalbe, Manou! Ich dachte, ich hätte dich verloren. Ich habe mir solche Vorwürfe gemacht, dass ich dich allein da hinuntergelassen habe.«
»Hast du uns nicht gehört?«, fragte Manou.
»Euch ... gehört ... nein. Wer war denn dort außer dir?«
»Ach, weiter niemand. Ich habe nur aus Furcht mit einer Kröte gesprochen.«
Das Stück geschmiedeten Silbers gab ihr einen kleinen Stich in die Seite und sie glaubte von weit entfernt eine protestierende Stimme zu hören: »Eine Kröte? Also wirklich!«
Sie eilten dem Ausgang der Schlucht zu. Boule folgte ihnen und knurrte ein paar Mal. Er witterte ein wildes Tier, einen Luchs oder einen Bären vielleicht. *L'estello,* der Schäferstern, ging auf und leuchtete ihnen den Weg. Eliah und Raoul standen an einem großen Feuer, das sie entfacht hatten, damit die beiden leichter zurückfinden sollten. Schweigend übergab Manou Eliah das Tuch mit den Knochen darin und den Krummstab. Eliah, der den Stab erkannte, weinte, weil er nun sicher wusste, dass sein Freund und Lehrmeister nicht mehr am Leben war.
»Es wäre mir wahrhaftig lieber gewesen, wenn er uns im Stich gelassen hätte und irgendwo seinen Reichtum genießen würde. Es wäre besser als zu wissen, dass er durch bösen Zauber an einem gottlosen Ort zu Tode gekommen ist!«
»Es ist nicht gesagt«, versuchte Manou ihn zu trösten, »dass es eine Teufelei war. Vielleicht ist er auch nur ausgeglitten und hat sich den Hals gebrochen. Die Stufen waren steil und glatt vom Wasser, das von der Höhlendecke tropft. Ich bin ganz sicher, dass er seinen Frieden finden wird, wenn ihr seine Überreste christlich begrabt.«
Das taten sie an Ort und Stelle, weil Jean-Marie im Tal weiter keine Verwandten mehr hatte. Sie häuften Steine über sein Grab, steckten seinen Krummstab an das Kopfende und Raoul sprach ein Gebet für ihn.
Später, als Manou mit ihren Freunden und Gefährten am Feuer saß,

die Glocken und Glöckchen der Herde hörte, als sie in das frische Brot biss, welches Raoul gebacken hatte in der Glut, und ihren Käse auf einem Stecken röstete, da fühlte sie sich – heimgekehrt.
»Wir wollen niemandem davon erzählen«, bat Eliah, den Blick auf das frische Grab gerichtet. »Auch unseren Kumpanen nicht. Es soll keiner in Versuchung kommen und dort sein Glück auf die Probe stellen.«
»Ich würde auf keinen Fall dorthin zurückkehren, nicht für alles Gold der Welt«, sagte Olivier. »Was sollte ich auch damit anfangen? Ich will nichts weiter als meine Freiheit und mit den Tieren zusammen sein. Wenn Gott mir nur meine gesunden Glieder erhält, so bin ich zufrieden.«
»Das ist gut«, sagte Manou. »Dann bist du vor den Anfechtungen sicher.«
Und für sich notierte sie:
»Die Schäfer sind ein ganz anderer Menschenschlag als die Bauern und die Städter. Sie sind wie die Nomaden aus der Bibel. Mancher würde es nicht glauben, aber sie sind wahrhaftig mit wenig zufrieden, weil sie ihre Besitztümer gegen Beweglichkeit eingetauscht haben. Es macht sie frei von Gier und Habsucht. Sie kämpfen weder gegen ihre Mitmenschen im Wettbewerb um Gut und Einfluss noch gegen die Natur, weil sie nicht versuchen, ihr mehr abzuringen, als sie freiwillig gibt und ohne Schaden zu nehmen. Und sie haben eine unmittelbare Verbindung zum Schöpfer, weil sie sein Wirken täglich sehen und spüren, nicht wie in den Städten, wo alles Menschenwerk ist, so dass man meinen muss, der Mensch und nicht Gott sei der Herr der Welt.«
»Mir scheint, du hast gefunden, was du haben wolltest. Und? Was wirst du nun damit anfangen?«, fragte Eliah Manou, als sie am nächsten Tag allein waren.
»Ich weiß es noch nicht. Das hängt von ihr ab, von derjenigen, die mich angezeigt hat und die mich zu Unrecht verfolgt. Wir müssen ja einmal ins Tal zurückkehren und ich habe nicht die Absicht, meine Heimat, den Luberon, für immer zu verlassen. Ich werde nicht fliehen. Vor der Inquisition, ja – aber nicht vor ihr. Lässt sie mich in Frieden, dann tue ich gar nichts. Wenn nicht, dann habe ich wenigstens ein Unterpfand für meine Sicherheit.«

27

Sie waren zu ihrem Ausgangspunkt zurückgekehrt, zu der ersten großen Feldhütte.
Eliah machte seine Runden, besuchte alle seine Hirten, schätzte, zählte und begutachtete die Herden. Auf dem Weg brachte er ihnen die Pompons mit, die während des Sommers auf Schnüre gezogen, geordnet nach Farben und Besitzern, in Hanfsäcken gelagert ihren erneuten Einsatz abgewartet hatten. Die Markierungen auf den Rücken der Schafe waren teils arg verblichen und mussten erneuert, mit Ockerkreiden ins Fell gebürstet werden. Leichter war es mit denen, die gebranntmarkt oder an den Ohren kupiert worden waren, doch Eliah hielt mehr auf sein sicheres Auge. Er liebte es nicht, wenn die Tiere verletzt oder verstümmelt wurden um der Bequemlichkeit willen.
Bald würde es so weit sein.
Die *meneurs* und *cadettes,* die männlichen und weiblichen Führungspersönlichkeiten, ahnten, dass es bald bergab gehen sollte. Dazu hätte es der Pompons nicht bedurft. Sie hatten ebensolch einen Wettersinn wie Eliah und der meinte, es gäbe einen frühen und harten Winter. Morgens und noch den ganzen Vormittag lang war es jetzt bitterkalt, bis die Sonne die Luft gewärmt hatte und man nach und nach die übereinander gezogenen Kleidungsstücke bis auf den Kittel ablegen konnte. Ihr Atem machte sichtbare Dampfwölkchen in der klaren Luft.
»Nachts gefroren, tags gebraten«, hieß es.
Den Hirten war das Herz schwer, da sie den langen Winter vor sich hatten, eingesperrt in einer Winter-Cabane, fensterlos, durch dicke Mauern von der Natur getrennt, die sie so liebten, oder schlimmer noch: unter der Fuchtel eines Patrons. Ja sicher, die Ziegen gingen

selbst bei Schnee und Eis hinaus und fanden noch etwas zu fressen. Es war schön und lustig anzusehen, wenn sie auf die Bäume kletterten, um die dünnen Zweige und die Knospen abzubeißen; auch im Winter mussten die Tiere gepflegt werden und im Januar begann das Lammen, und das war eine große Freude. Aber es war nicht dasselbe. Den ganzen langen Winter über würden sie sich an den Sommer erinnern, die Einzelheiten aus der Schatztruhe ihres Gedächtnisses hervorholen und sie betrachten, sie drehen und wenden wie kostbare Münzen, würden Kraft und Geduld aus ihnen ziehen. Das war die Münze, mit der ihre Arbeit bezahlt wurde, das Glück, das war der Lohn ihres Lebens. Man erinnerte sich an den Sommer wie an eine Nacht mit einer Frau, man vergaß nie ihren Duft und die Weichheit ihres Fleisches, die Lust und das Entzücken.

Einzig Zidore und Florentin waren froh, da ihre Familien sie erwarteten.

Die Berge verabschiedeten sich von ihnen mit herbstlichem Leuchtfeuer aus Gelb und Rot.

»Da seht ihr es«, sagte Eliah. »Und wie dick die Eicheln an den Bäumen hängen! Das gibt einen bösen Winter!«

Die Ziegen und die Schafe mussten jetzt morgens gleich von den Bäumen weggetrieben werden – *»beyci! Vé là! Vé!«* –, sie sollten sich erst mit grünen Kräutern füllen und bekamen die Eicheln zum Nachtisch vorgesetzt. An Eicheln überfraßen sie sich gern, wenn man sie ließ, ohne die Konsequenzen zu bedenken, die dummen Tiere. Eicheln in großer Menge auf leeren Magen, das trieb die Bäuche auf, so dass ein Tier leicht daran sterben konnte. Auch war es jetzt Zeit für Pilze und man hatte darauf zu achten, dass keine giftigen sich auf den Weiden befanden und mit allem anderen verschlungen wurden.

Das war auch die Zeit, da die wilden Tiere zurückkehrten aus den höheren Regionen, den Weiten der Alpen. Sie näherten sich den Behausungen der Menschen. Und die Räuber unter ihnen waren darauf bedacht, sich einen Wanst anzufressen für harte Zeiten.

Es war eine Nacht, klar und kalt, samtschwarz in einem funkelnden Meer aus Sternen und einem Schwarm von Meteoriten, die ihre feurigen Bahnen zogen, da schraken die Hirten hoch von plötzlichem und hastigem Geläut der Glocken und ängstlichem Blöken.

Diesmal waren es nicht Wölfe, mit denen die großen *chiens de défense* fertig wurden, solange es sich um kleine Rudel handelte. Es war etwas Großes, etwas Gewaltiges am Werk, man hörte es am Jaulen der Patous.
Die Schäfer sprangen auf, geschlafen hatten sie ohnehin angekleidet. Raoul pfiff seinen Hütehunden und bemühte sich, die panischen Tiere aufzuhalten, die nach den Seiten hin ausbrachen.
Wieder versuchten die Herdentiere auszuweichen, zähflüssig, langsam, aber die Masse der Tiere war zu groß; einzelne sprangen in Panik über andere hinweg und auf die Rücken ihrer Vorderen. Auf der einen Seite kam die Flut ins Rollen, doch das andere Ende der Herde bewegte sich noch nicht. So waren die Tiere am äußeren Rand dem Räuber hilflos ausgeliefert.
Es war ein riesiger, zottiger Bär, ein mordlustiger Einzelgänger, der sich nicht damit begnügte, ein Tier für seinen Hunger zu reißen und es davonzutragen. Er biss und schlug in wütendem Rausch ein Schaf nach dem anderen. Die breiten Stachelhalsbänder nutzten den Hunden diesmal wenig. Er erwischte die beiden Patous mit den Pratzen, schleuderte sie durch die Luft wie Lumpen, so dass sie nicht wieder aufstanden.
Nun war nur noch Boule übrig, der arme, treue Boule. Wieder und wieder warf er sich auf den Bären, wich geschickt den Krallen aus, biss ihn in die Lenden, sprang fort, außer Reichweite der mörderischen Krallen, biss wieder zu, schweigend. Der Bär schrie vor Wut und endlich bekam er den Hund zu fassen; sie wälzten sich im frostglitzernden Gras, ineinander verbissen, weiß und dunkel, der Hund saß dem Bären an der Kehle.
Doch dann bekam der Bär die Oberhand, blutend aus vielen Bisswunden und außer sich. Mit einem einzigen Streich seiner Pranken brach er dem Hund das Genick und schleuderte ihn von sich. Hoch richtete er sich auf und verkündete seinen Sieg, wandte sich wieder den Schafen zu.
Eliah, Léon, Olivier und Manou rückten gemeinsam vor, schrien und warfen mit Steinen. Die Bestie brummte nur, schüttelte die Steine wie Dreck aus dem Fell, änderte aber die Richtung und wandte sich den lästigen menschlichen Angreifern zu. Manou brach der Schweiß aus, ihr Herz pochte im Hals, der Magen

krampfte sich zusammen, die Beine wurden schwer und zu schwach zum Laufen. Die Schäfer wichen langsam zurück. Ein gewöhnlicher Bär hätte sich jetzt davongemacht, mit einem gerissenen Schaf im Maul, aber dieser nicht. Er suchte ein Ziel für seine Wut. Laufend konnten sie ihm nicht entrinnen, das wusste Manou. Dafür war er zu flink und schon zu nah.

Olivier hatte einen brennenden Ast aus dem Lagerfeuer geholt und stellte sich dem Bären ganz allein in den Weg. Noch einen Schritt, noch einen Schritt. Er schwenkte seinen Feuerbrand. Funken flogen und brannten sich dem Tier in den Pelz. Einen Atemzug lang war der Bär zu überrascht, um anzugreifen. Er hielt inne, erwog vielleicht den Rückzug. Doch Olivier, der auf den Bären sah und nicht auf den Weg, stolperte über einen toten Hund, ging zu Boden. Die Bestie stieß ein triumphierendes Grollen aus und stürzte sich auf ihn.

»Nein!«

Manou vergaß ganz ihre Angst, lief auf den Bären zu, rasch, entschlossen. Das kam für ihn unerwartet. Er hielt inne, hob den Kopf, witterte, sah ihr in die Augen. Sie hatte seine ganze Aufmerksamkeit, dachte an …

… heißen würzigen Raubtieratem. Die Lefzen hochgezogen; schaumiger Speichel triefte bitterätzend, spitze weiße Zähne, gebogene Dolche, gefletscht; der Geschmack von Blut und lebendigem Fleisch auf der Zunge, der Wind ein Freund, in dem man sich verbarg, der einem die Düfte der Wildnis zutrug, Mondlicht, Gesang: man legte den Kopf in den Nacken und heulte lang gezogen; ersehnt: der Geruch von Angst; die Welt schrumpfte auf Schafshöhe, war erfüllt davon, Hunger, Beute, Gier! Laufen schwerelos, aufspüren, jagen, einkreisen, stoppeliges Gras unter vier Pfoten, harte ledrige Ballen, Gelenke geschmeidig, ölig glänzendes Fell, im Nacken gesträubt, die Ohren angelegt, Flanken zum Sprung gespannt, der Rücken gebogen, Augen gelb glühend, Wutgrollen tief in der Kehle, ›mein, du kannst ihn nicht haben, er ist mein! Mein!‹

Eliah, Raoul und Léon sahen plötzlich dort, wo vorher Manou gestanden hatte, einen Wolf, riesig, pechschwarz, größer und wilder als jeder Wolf, den sie in ihrem Leben gesehen hatten, eine unmögliche Bestie, kein natürliches Tier seiner Art konnte so gewaltig sein. Fast so groß wie der Bär, unirdisch, teuflisch, stand der Wolf über Olivier, beanspruchte ihn für sich, stand über ihm mit stachelig gesträubtem Nackenfell und giftig hochgezogenen Lefzen.

»Mein! Mein!«

Die Schafe rasten in Panik davon, sie waren nicht zu halten. Olivier hatte die Augen geschlossen, wollte nicht sehen, nicht begreifen, hatte sich aufgegeben. Eliah stöhnte leise, aber von den Räubern kein Laut. Sie fixierten sich – der einsame Bär den Wolf, der Wolf den Bären. Ein lautloser Austausch fand statt, ein Abschätzen. Der Bär aufgerichtet auf den Hintertatzen, sein massiger Schädel pendelte hin und her, die Zunge beleckte die Nase. Er greinte verwirrt, da seine Sinne einander widersprachen. Die Augen sagten: Wolf, Feind, Gefahr! Die Nase sagte: Mensch, schwach, Opfer. Und endlich wandte der Bär den Kopf zur Seite, winselte, ließ sich auf die Vorderpfoten fallen, drehte sich um und trollte sich eilig ohne einen Blick zurück.

Es dauerte eine Weile, ehe die Schäfer sich so weit fassen konnten, um auf Olivier zuzugehen, ihm zu helfen, wenn noch zu helfen war. Als sie einen Schritt auf ihn zu taten, da war da plötzlich gar kein Wolf, sondern es war nur das Mädchen Manou. Sie stand ganz still vor der liegenden Gestalt und sie sahen, dass ihr Schweißtropfen auf der Stirn glänzten.

Eliah berührte sie an der Schulter, ganz leicht. »Manou?«

»Ja?« Sie drehte sich um, ihre Miene war die von einem, der aus tiefem Schlaf erwacht und nicht weiß, wo er sich befindet. Dann rief sie: »Olivier!«

Sie bückte sich und reichte ihm die Hand. Er wich ihr aus, rappelte sich allein hoch, brachte einen Abstand zwischen sich und das Mädchen. Léon sah es, schüttelte den Kopf. Raoul kam mit seinen kleinen Hütehunden zurück zum Rest der Gruppe. Er hatte von weitem beobachtet, was geschehen war. Auch er hielt Abstand zu Manou.

»Es hat keinen Wert, sie in der Nacht zusammentreiben zu wollen. Sie sind zu weit verstreut. Aber ich kann die Glocken hören, schon langsamer, ruhiger. Es ist kein Abgrund in der Nähe. Sie werden von allein zu sich kommen.«

Er sagte seinen Hunden etwas und sie rannten davon. Mit ein we-

nig Glück würden sie die *meneurs* finden. Der größere Teil der Herde würde ihnen folgen und im Lauf der Nacht von allein zurückkommen. Die Nähe der Menschen bedeutete Sicherheit.
Die Hirten kehrten in die Feldhütte zurück, wo die Asche des Herdfeuers noch glühte. Einer legte ein paar neue Scheite auf. Sie hatten jetzt ein Bedürfnis nach Licht und Wärme. Ein Weinschlauch machte die Runde. Manou sah die schweigenden Männer an, die ihrem Blick auswichen, alle, auch Olivier.
»Aber ich bin doch kein Wolf«, versuchte sie zu erklären. »Es war nur eine Illusion – ein Jahrmarkts-Kunststück, weiter nichts!«
»Bären fürchten sich nicht vor einem Jahrmarktstrick«, sagte Raoul düster.
»Es ist ganz leicht! Ich kann es euch zeigen. Man muss sich nur ein Tier ganz genau vorstellen, man muss es kennen, wissen, was es denkt und fühlt, seinen Geruch, seinen Geschmack, seine Zusammensetzung, seine Essenz erfassen ... Eliah! Du! Du kannst es sicher. Soll ich es dich lehren?«
»Nein«, antwortete Eliah rasch und hielt abwehrend die Hände hoch. »Nein.«
Sie sagte sich, dass es die Dunkelheit war, die die Männer so furchtsam machte, und bei Olivier der überstandene Schrecken. Kein Zweifel, bei hellem Sonnenlicht würden die Dinge anders aussehen, würden ins rechte Maß gerückt. Kein Wunder, dass Olivier schwieg. Einem blutrünstigen Bären ausgeliefert zu sein, die Zähne bereits an der Kehle zu spüren, das würde dem Mutigsten die Sprache verschlagen. Mut, ach! Eine Dummheit war es gewesen, eine gewaltige Dämlichkeit, sich dem Vieh in den Weg zu stellen mit nichts als einem glühenden Holzscheit in der Hand. Morgen würde er sich beruhigt haben. Morgen würde alles besser werden.
Sie trank ihren Anteil vom Wein, rollte sich wieder in ihre Decke ein und suchte den Schlaf.
Als sie erwachte, war alles anders, aber nicht wie erwartet. Das erste, was ihr auffiel, war die Entfernung zwischen ihr und den anderen. Sie lag allein auf ihrem Häufchen Stroh, in ihre Decke gehüllt. Die Männer lagen mehr oder weniger in einer Gruppe auf der anderen Seite der Hütte, an der gegenüberliegenden Wand. Auch Olivier.

Es wurde wenig gesprochen an diesem Tag. Jeder ging seinen üblichen Tätigkeiten nach, so eingeübt und eingeschliffen, dass es nur weniger Worte bedurfte, um alles am Laufen zu halten. Man trieb die Herde zusammen, suchte nach Verirrten.
Olivier mied es, mit ihr allein zu sein, und es gelang ihm, sich darin durchzusetzen, so sehr Manou es auch versuchte. Sie verfolgte ihn mit der Beharrlichkeit eines Hundes, der ein entlaufenes Schaf belauert, um es zur Herde zurückzutreiben. Er klebte entweder an Raoul oder an Eliah, wie eine Klette in der Wolle. Es war nicht möglich, mit ihm unter vier Augen zu sprechen. So wie er vorher ihre Nähe gesucht, so mied er sie jetzt.
Léon, der am vorigen Abend gekommen war, um seine Wegglocken zu holen, die großen *sonnailles de draille,* warf ihr einen mitleidigen Blick zu, als er ging. Manou, den Kopf hoch erhoben, tat, als gäbe es gar keinen Grund. Sie behandelte die kranken Tiere wie gewohnt, wenig genug zum Glück, bereitete ein Essen für den Abend aus getrocknetem Gemüse und vom Fleisch der gerissenen Schafe. Dann ging sie zur Herde, setzte sich abseits auf einen Stein in die warme Oktobersonne, verschränkte ihre Arme und tat nichts.
Eliah hatte bereits am Morgen den gerissenen Tieren die Häute abgezogen, sie geschabt und aufgespannt. Er ging jetzt, um das Fleisch in Streifen zu schneiden und zum Räuchern aufzuhängen. Sie hatten nicht mehr genug Salz, um es zu pökeln.
Kein Einziger von den großen, starken Hunden hatte überlebt.
Über dem Leichnam des armen treuen Boule hatte Manou ein Grabmahl aus Steinen aufgeschichtet. Die Aasvögel sollten ihn nicht bekommen. Und sie sagte sogar ein Gebet für ihn, als niemand hinsah. Nur ein Hund, ein Tier und doch – sie konnte nicht glauben, dass man ihn so abtun sollte, dass er keine Seele gehabt hatte, wie es die Kirche lehrte. Eine kleinere Seele vielleicht, dachte sie sich, aber er hatte doch eine. Sie hatte es in seinen Augen gesehen. Wenn das Leben aus den Augen eines Tieres wich, genau wie bei einem Menschen, das war, als ob ein Licht erlosch. Das war die Seele, die fortging. Ein halbes Jahr nur, einen Sommer lang, war er ihr Gefährte gewesen, und dennoch fühlte sie Trauer über seinen Tod. Sie hasste den Tod. Wieder hatte er sie allein zurückgelassen.

Sie saß auf ihrem Stein und hatte aufgehört, ihre Umgebung wahrzunehmen, da kam Olivier. Sein Schatten fiel auf ihre Knie. Sie sah zu ihm hoch. Er setzte sich neben sie.
»Manou, ich …«
Sie sah ihn an, sah, dass er weinte vor Scham.
»Schau, ich … ich wollte dir sagen, wie dankbar ich dir bin. Du hast mein Leben gerettet.«
»Ja. Aber das ist kein Grund, mich zu lieben.«
»Das meine ich nicht. Ich meine …« Er brach ab, fuhr sich über die Augen, drehte sein Gesicht von ihr weg.
Manou verstand.
»Ich kann dir alles genau erklären, so dass du verstehst. Du wirst sehen, es ist gar nichts Fürchtenswertes daran. Es ist nur eine Fähigkeit, so wie einer gut rechnen kann und ein anderer aus bunten Pasten Landschaften, Häuser und Menschen entstehen lässt. Wie ein Bildhauer Figuren macht aus Stein, so dass du denkst, sie gehen gleich los und sprechen zu dir, so lasse ich Bilder entstehen, nicht mit den Händen, sondern kraft meiner Gedanken. Und sie haben weniger Bestand als alles andere, was der Mensch schafft, weil Gedanken eben flüchtiger sind als die greifbare Materie. Ich war niemals wirklich ein Wolf.«
Olivier hörte ihr zu, doch sie sah, dass er ihr nicht folgen konnte.
»Vielleicht kannst du es nicht sofort verstehen. Ich gebe zu: Da du nicht weißt, was ich weiß, und nicht gelernt hast, was man mir beigebracht, ist so eine Vorstellung neu und erschreckend für dich. Ich hätte dir vielleicht schon früher davon sprechen sollen. Aber meinst du nicht, dass du deinen Schrecken überwinden könntest mit der Zeit?«
Er schüttelte traurig den Kopf. »Ich weiß, es ist so furchtbar ungerecht! Es tut mir so weh! Du hast mir das Leben gerettet und zum Dank … aber es ist … ich kann einfach nicht, verstehst du? Es hat mir nichts ausgemacht, dass du lesen und schreiben kannst und viel klüger bist als ich. Es hat mir nichts ausgemacht, dass sie sagen, du seist *fada.* Dass du in eine Höhle gegangen bist, in der Teufel wohnen – ich habe es hingenommen Aber nun … ein *loup garou …*«
»Aber versteh doch endlich, Olivier! Ich bin kein *loup garou,* kein

Wolfsmensch, der nachts umhergeht und Kinder frisst. Ich habe mich nicht in einen Wolf verwandelt. Nur für einen Augenblick lang hat der Bär und habt leider auch ihr geglaubt, einen zu erblicken! Bei Gott schwöre ich dir, ich bin ein ganz normaler Mensch wie du!«

»Das bist du nicht!«

»Ich ... doch! Ich war kein Wolf! Ich habe mir nur sehr stark vorgestellt, wie es wäre, einer zu sein. Und deshalb haben die Tiere sich täuschen lassen und ihr auch. Es war eine Illusion, die nur so lange anhält, wie meine Konzentration ungebrochen ist. Hättest du mich berührt oder eines der Tiere, dann hätte man ganz klar sehen können, dass da gar kein Wolf war, sondern nur ich, Manou, ein Mensch, eine Frau, die sehr große Angst hatte – um dich.«

Er dachte eine Weile darüber nach.

»Vielleicht ist es, wie du sagst. Ganz sicher ist es so. Du würdest mich nicht belügen. Aber ich glaube nicht, dass ich dich heiraten kann. Es liegt nicht an dir. Es liegt allein an mir. Sicher bin ich deiner unwert. Aber es ist nun einmal so, dass ich nicht mit dir zusammen sein kann. Du bist zu viel für mich. Du machst mir Angst. Es tut mir Leid, Manou.«

Da wusste sie, dass sie ihn gerettet hatte, um ihn zu verlieren. Besser, als wenn er vor ihren Augen zerrissen worden wäre, sagte sie sich, doch ihr Inneres fühlte sich klein, hart und zusammengeschrumpft an. Sie hatte einen bitteren Geschmack im Mund. ›Männer!‹, sagte Lilith in ihrem Kopf.

›Ach, halt den Mund‹, antwortete Manou in Gedanken und die Dämonin schwieg, erstaunt, dass ein Mensch so zu ihr zu sprechen wagte.

Olivier stand auf. »Glaubst du, dass wir Freunde sein können? Ich würde ... es sehr schätzen.«

›Freunde‹ ... ›schätzen‹ ..., was für eine armselige Melodie diese Worte machten gegenüber der Musik dieses Sommers, ein Vergleich wie zwischen dem Liebeslied eines Troubadours und dem Klang eines Blechnapfes, der zu Boden fällt. ›Wenn du älter bist‹, flüsterte die Dämonin, ›dann wirst du feststellen, dass Freundschaft mehr wert ist als Liebe.‹

»Wir werden sehen«, sagte Manou.

Er ging mit gebeugten Schultern, den Kopf gesenkt. Er war auch traurig; auch er empfand Schmerz, Schmerz über seine eigene Unzulänglichkeit, auch er hatte verloren.
»Ganz sicher«, rief Manou hinter ihm her, »mit ein wenig Zeit …!«
Dann begann der Abstieg, *la descente:* Wie im Frühjahr versammelte sich das weiße Heer, an der Spitze der *baïle-pâtre,* Eliah, mit den Leitböcken und den *cadettes,* hinter ihm die Herden, eine nach der anderen aufgereiht, so gut es ging, die Hunde, die Esel, der Karren, die Packpferde. Die großen Glocken verkündeten: *»Dong! Dong! Dong! Revien-drons! Revien-drons!* Wir kommen zurück!«
Fett waren die Schafe, die Wolle dick und reichlich, die Ziegen voll gefressen bis zum Bersten, die Gesichter ihrer Hüter dunkel gebräunt und unter Pfeifen und Peitschenknallen, Gebimmel und Geblök setzte das Heer sich in Marsch, wälzte die Flut sich von der Alm herunter auf die Dörfer zu.
Hier und dort ging jetzt ein Teil des Stroms zurück an die Besitzer. Die Herde schmolz zusammen unterwegs. Das hieß, jedes Mal einen großen Teil der Tiere durch die *triage* treiben, um sie zu trennen und die richtigen Tiere dem rechtmäßigen Besitzer zuzuführen. Manches Schaf wollte nicht wie der Schäfer und musste dann ›Schubkarre laufen‹, an den Hinterhaxen gepackt und in eine hilflose Stellung verfrachtet.
Der Seigneur von St. Estève hatte seinen kleinen Krieg beendet. Das Dorf sah traurig aus, die Felder unbearbeitet, die Tiere aufgefressen, es würde ein Hungerwinter werden. Eliah verkaufte den Leuten, was er konnte und durfte, an Ziegen und Schafen mit reichlichem Gewinn. Ihr Geld hatten sie vor den Soldaten versteckt, doch konnten sie es nicht essen.
Manou und Olivier gingen ganz manierlich nebeneinander her und unterhielten sich freundlich, doch die alte Wärme wollte sich nicht wieder einstellen.
An den Abstieg konnte sie sich später kaum erinnern. Sie notierte: »Es ging alles so schnell, der Sommer war so plötzlich vorbei wie mit einem Donnerschlag. Wir hatten unterwegs einige Lämmer und tragende *brebis* zu versorgen. Die Beschäftigung mit den jungen Tieren – Lämmer und Zicklein sind immer wieder aufs Neue

entzückend – half mir über die schlimmste Traurigkeit hinweg. Sie lagen in den großen Tragekörben der Esel, so winzig wie Spielzeug, und ließen sich schaukeln wie in Mutters Bauch. Abends nahm ich sie dann heraus und trug sie zu den jeweiligen Müttern, wo sie sofort zu stoßen und zu säugen begannen. Eine *brebis* hatte zwei Lämmer, eine andere hatte ihres verloren. Ich teilte die Tierkinder unter ihnen auf, ohne Eliah zu fragen. Der Verlust der einen und der Überfluss der anderen kam mir besonders ungerecht vor, jetzt, da ich selbst wieder einmal alles verloren hatte, wie ich meinte.
In St. Estève bekamen wir unsere Wagen wieder. Es war Eliahs Kompagnon gelungen, sie zu retten, was sehr angenehm war, da wir uns nun nicht mehr krumm schleppen mussten.
Abends wurde meistens gezählt, an den Triagen: Eins, zwei, drei, vier, fünf, sechs, sieben, acht, neun, Schnitt! Und dann machte einer, der oben auf der Koppel saß, einen Schnitt in einen Stock, so dass man am Ende nur noch einmal die Schnitte zählen musste, um sie mit der Eintragung zu vergleichen, die Eliah auf dem Hinweg gemacht hatte. Es war ein mühsames Geschäft.
Und jeder Schritt brachte mich einem ungewissen Schicksal näher, das ich lange hatte verdrängen können. Was mir vorher wie ein ganz neuer Anfang erschienen war, das war jetzt nur eine Unterbrechung. Das Blatt meines bisherigen Lebens war zusammengerollt worden und wurde jetzt wieder aufgerollt; Stück für Stück kamen die Gegenden wieder zum Vorschein, die ich kannte, und die Erinnerungen, die sie bargen. Wir kamen um eine Biegung und da lag in der Ferne der Luberon, *lou Leberoun,* schwebend über den Morgennebeln. Als ich mich umdrehte, sah ich auf den Bergen hinter uns den ersten Schnee. Ende Oktober hätte es noch schön und ruhig sein sollen, aber das Wetter verschlechterte sich zusehends. Der Wind pfiff uns um die Ohren. Wolken ballten sich zu bleiernen Haufen am Himmel. Eliah ist froh, dass wir von den Bergen herunter sind, denn bei Unwettern scheuen die Schafe und es kann leicht geschehen, dass sie sich in großen Mengen von irgendwelchen Klippen stürzen, ehe man sich's versieht.«
Nach vierzehn Tagen hatten sie den Verdon erreicht. An der Furt trennte sich Manou von ihren Gefährten. Jeder Einzelne kam zu ihr hin. Sie drückten ihr die Hände und wünschten ihr Glück.

Eliah nahm sie beiseite und meinte: »Es steht wohl außer Frage, dass du wieder mitkannst im nächsten Jahr und es tut mir Leid zu sehen, dass es nichts wird mit Olivier und dir. Aber ich kann mich umhören, wenn du willst. Vielleicht brauchen sie irgendwo einen Hirten – fest. Ich würde für dich bürgen. Du hast eine natürliche Begabung für den Beruf und du liebst die Tiere, das kann jeder sehen. Gelernt hast du alles, was zunächst nötig ist. Den Rest bringt die Erfahrung. Du würdest eine gute Schäferin abgeben, auch wenn die Transhumance nichts für Frauen ist. Na ja – es wär' vielleicht schwierig für eine Frau, vielleicht wären es auch nur Ziegen … Aber ich werde gern für dich sprechen. Wärst du interessiert?«

»Ja, schon«, sagte Manou.

»Hm! Ich merke schon, du bist nicht mehr bei der Sache. Bist du schon auf Rachefeldzug in deinen Gedanken? *Tiens!* Was glaubst du denn, was du ausrichten kannst gegen solche mächtigen Herrschaften? Es wäre gut, wenn du diese Dame miedest, die dir übel will. Ich verstehe nichts von höherer Magie, aber es scheint mir besser, wenn du die Finger davon lässt. Sei vernünftig! Du bist eine von uns. Das ist nichts für dich!«

›Eine von uns‹, das wärmte ihr das Herz und sie brachte ein Lächeln zustande.

›Vielen Dank für alles, Eliah! Wenn du etwas hörst, dann lasse mir über Noé Bescheid geben. Er wird wissen, wo ich bin. Ich weiß ja noch gar nicht, wie es jetzt mit mir weitergeht.«

Er gab ihr einen freundschaftlichen Puff in die Seite.

»*Eh bè!* Nun mach nicht so ein Gesicht! Du bist noch jung und das ist doch ein Glück! Du hast bereits viel gelernt, was dir nützlich werden kann. Es wird sich schon finden. Und wenn du willst, dann werde ich jederzeit für dich Zeugnis ablegen. Gott segne dich!«

›Jung! Was ist schon so wunderbar daran, jung zu sein‹, dachte Manou düster. ›Alle Welt versichert einem, dass man noch alles vor sich hat, wie glücklich man sein sollte und wie schön die Welt doch sei und dergleichen billiger Trost mehr. Dabei bedeutet es nur, dass man umso länger im Joch gehen muss!‹

Olivier bot ihr seine Begleitung an bis nach Apt. Es war ihm nicht wohl dabei, dass sie die ganze Strecke allein gehen sollte ›als Frau‹.

»Ich könnte dann den Weg abschneiden und Eliah bei Pertuis wieder treffen.«
»Es ist nicht notwendig. Schau mich doch an. Ich bin als Frau nicht zu erkennen! Ihr habt alle Wochen dafür gebraucht, mein Geheimnis herauszufinden, und wäre ich nicht so unglücklich gestürzt, dann wäre ich heute noch Marius für euch.«
Sie zog trotzig den Rotz durch die Nase hoch und spuckte wie ein Kerl. Und wenn Fremde dabei waren, dann vermochte sie, ihre Stimme zu verstellen, sprach tiefer als sonst. Manou war wieder ganz ›Marius‹, mit eingebundener, flacher Brust, in weiten Hosen und Kittel, darüber jetzt auch noch Umhang und Schlapphut – wer sollte da noch etwas Weibliches wahrnehmen?
»Mag sein – für andere. Mir fällt es schwer, dich nicht als Frau zu sehen. Und es ist auf jeden Fall nicht recht, dass wir dich einfach so gehen lassen.«
Er wollte sich nicht von ihr trennen; einen Augenblick lang zauderte Manou, war gerührt, doch hätte sie es nicht ertragen können, allein mit ihm zu sein. Wenn schon Schluss war, dann lieber gleich und richtig, als dass er ihr das Herz scheibenweise in Stücke schnitt.
»Nein, lass nur, es ist ja nicht weit und ich finde sicher eine Gelegenheit zum Mitfahren. Es verkehren viele Karren auf diesem Weg. Geh, Schäfer! Deine Herde läuft dir davon.«
Olivier schaute der sich entfernenden Truppe nach und seinen Kameraden und war innerlich ganz zerrissen.
»Darf ich dich in Lumières besuchen?«
»Ja. Irgendwann, aber nicht bald. Außerdem bin ich gar nicht sicher, ob ich dort bleiben werde. Ich lasse dir Nachricht zukommen über Eliah, wenn ich weiß, wie es mit mir weitergeht. Lebe wohl, Olivier!«
Der arme Junge schaute ganz verzweifelt drein. Er öffnete den Mund, aber Manou legte ihre Hand darüber.
»Nicht! Was immer du jetzt sagen könntest, es würde alles nur noch schlimmer machen für uns beide.«
Damit drehte sie sich abrupt um und marschierte los, weg von ihm, schnell, ehe ihr Entschluss ins Wanken geraten konnte. Vielleicht, nach einiger Zeit, wenn sie sich wieder sahen …

Lumières machte seinem Namen keine Ehre, als sie bei Azimas Haus ankam, zu Fuß, durch und durch nass. Sie hatte Glück gehabt. Tatsächlich durfte sie auf einem Karren mitfahren, die ganze Strecke bis Apt und die Nächte bei dem freundlichen Kesselflicker und seiner Frau und drei Kindern am Feuer verbringen. Sie teilten sogar ihr Brot und ihre Suppe mit der Schäferin.

Es war später Nachmittag, als sie bei Azima ankam, doch war es bereits dunkel. Regen fiel in Schnüren, Donner und Blitz wechselten sich in solcher Unmittelbarkeit ab, dass sie glaubte, die Haare müssten ihr sichtbar zu Berge stehen, und ihre Haut kribbelte, als stünde sie in einem Ameisenhaufen.

Gerade als sie angeklopft hatte, ertönte ein neuer, noch heftigerer Donnerschlag. Azima riss die Tür auf, rief: »Heilige Mutter Gottes«, und zog Manou hinein, durch den Laden hindurch und in die warme Küche. Dort gab sie nicht eher Ruhe, bis Manou ausgekleidet, abgerieben, neu und trocken eingekleidet war und mit den Füßen in einem dampfenden Fußbad, die Hände um einen Becher heißen Kräutertee gelegt, vor dem Herdfeuer saß.

»Suchen sie mich noch?«, war ihre erste Frage, nachdem ihre Zähne aufgehört hatten aufeinanderzuschlagen und sie einen klaren Satz herausbringen konnte.

»Ich glaube nicht. Zuerst war große Aufregung, sie waren bei mir und haben im ganzen Dorf herumgefragt. Aber ich konnte ihnen ja wahrheitsgemäß sagen und auf die Bibel schwören, dass du fortgegangen seiest und ich nicht wisse, wohin. Der *greffier* von Lacoste, der gute Honoré, hat sich bemüht, unauffällig herauszufinden, was vorging in Apt. Und sie haben es ihm auch gesagt, von einem Gerichtsdiener zum anderen. Es scheint, dass man sich besonnen hat. Einige Leute in Saint-Germain haben ausgesagt, dass du gar nicht in der Nähe gewesen seiest an Frédérics Hochzeitstag und dass er sich die Verletzung selbst zugezogen habe, die zu seiner Unfruchtbarkeit führte, wie grausam er im Allgemeinen zu Tieren war und dass er das Pferd gequält hatte.«

»Ah? Das wundert mich aber, dass sie sich so weit bequemt haben, ein gutes Wort für mich einzulegen!«

»Ach Kind! Du denkst immer, die Welt sei gegen dich. Das sieht manchmal so aus, aber es ist nicht wahr. Die Leute haben eben alle

ihre eigenen Sorgen und ihr Leben zu meistern. Sie haben vor vielen Dingen Angst und sind manchmal vorschnell in ihrem Urteil. Manche sind einfach kleine Geister, sie kreisen in Gedanken nur um sich selbst, aber die wenigsten Menschen sind wirklich schlecht. Wenn es darauf ankommt, tun sie schon das Richtige!«
›Damit hätten sie gleich anfangen können, als ich noch ein Kind war und meine Eltern verloren hatte! Dann wäre manches anders gekommen‹, dachte Manou.
»Ach, in deinem Alter, da sieht man überall Feinde. Du wirst immer auf den einen oder anderen Feind treffen in deinem Leben. Die gilt es zu erkennen und sich gegen sie zu wehren. Aber du kannst nicht gegen die ganze Welt kämpfen! Das mit der Nonne, die du verhext haben solltest, hat sich auch als barer Unsinn erwiesen. Bruder Eusebius hat sie als hysterische Lügnerin bloßgestellt und sie wurde schwer diszipliniert für die üble Nachrede. Sie ist, glaube ich, in ein Kloster nach Irland verwiesen worden, wo sie in Regen, Kälte und Einsamkeit zur Kontemplation gezwungen ist. Die gute Äbtissin Eléonore von Castillon haben sie aber abgesetzt.«
»Was?! Eléonore abgesetzt? Wie das? Warum denn?«
»Der Bischof war schon lange unzufrieden mit ihr, das weißt du ja. Nun kann er aber Bischof normalerweise eine gewählte Äbtissin nicht einfach so absetzen. Da kam ihnen die Sache mit der so genannten Hexe im Kloster gerade recht. Sie haben es schließlich daran festgemacht, dass die *abbesse* eine Person aus dem Laienstande und von zweifelhaftem Ruf und Fähigkeiten ins Klaustrum aufgenommen und damit ihre Herde in Gefahr gebracht hätte …«
Manou schnaubte verächtlich: »Ein Vorwand!«
»Nicht nur. Streng genommen war es nicht korrekt und nicht nach den Regeln. Es war von *›abus‹* die Rede. Natürlich ein Vorwand. Schwester Dominique hat mir alles erzählt. Die einfachen Nonnen waren alle empört darüber. Aber es ist natürlich gar nicht gut, wenn in so einer Gemeinschaft Dissens entsteht. Sie haben jetzt eine neue Oberin und Eléonore de Castillon ist nach Spanien zurückgegangen in ein dortiges Kloster. Dominique hat Nachricht von ihr und sagt, es gehe ihr gut.«
»Dann bin ich froh, denn es täte mir sehr Leid, wenn ich ihr Unglück verursacht hätte!«

»Du hast es nicht verursacht, es hatte einen anderen Grund. Hättest du nicht den Anlass geboten, dann etwas anderes. Monseigneur de Forli wollte ihre Entfernung und er hätte es auf die eine oder andere Art erreicht. Es war nur eine Frage der Zeit.«
»Kann sie sich denn nicht dagegen wehren?«
»Doch. Sie wird sich an den zuständigen Kardinal wenden und an ihren Ordensgeneral.[24] Doch es kann eine Weile dauern und es ist eine Frage der Kirchenpolitik, ob die Entscheidung eines Bischofs rückgängig gemacht wird. Wenn beispielsweise der Kardinal dem Bischof ohnehin eins auswischen möchte, dann wäre das die Gelegenheit dazu. Schwester Dominique sagt, der Ordensgeneral kämpft in den Klöstern um eine Reformierung zurück zur Armut. Insofern bekäme Eléonore von dort Unterstützung. Aber man weiß nie, wie so etwas ausgeht. Es geht dabei weniger um die Person Eléonores. Doch an Frauen, auch in der kirchlichen Gemeinschaft, wird über allem Gehorsam und Demut geschätzt, Eigenschaften, die Eléonore de Castillon kaum besitzt, wie du weißt.«
›Da siehst du es‹, flüsterte die Dämonin. ›Die Männer fürchten und hassen uns. Insbesondere die Diener eures Christengottes! Sie sind nicht besser als die Muslime. Nur dass sie noch mehr im Rationalen verfangen sind. Sie verleugnen Natur und Intuition.‹
Azima nahm den abwesenden Ausdruck auf Manous Gesicht wahr und glaubte, sie sei erschöpft.
»Aber du schläfst ja halb, geh zu Bett! Ich habe mir schon gedacht, dass du kommen würdest und deshalb deinen Strohsack wieder hinaufschaffen lassen!«
»Dann kann ich bleiben?«
»Aber ja! Ich habe dir ja gesagt, dass sich alles klären würde«, sagte Azima, während sie zusammen Manous Sachen die Leiter hinaufschafften und zum Trocknen ausbreiteten.
»Aber was ist mit Angèle de Saignon?«
»Ich kann mir nicht denken, dass sie noch immer nach dir sucht. Die hat jetzt andere Sorgen. Man hört, dass ihr Mann sie fast mittellos zurückgelassen hat. Sie darf zwar den Titel behalten, sonst hat er aber alles durchgebracht und mehr als das, so dass sie fast in den Schuldturm gekommen wäre.«

»Schön und raffiniert wie sie ist, wird sie schon einen Dummen gefunden haben, ihre Schulden zu bezahlen!«
»Ja. Das hat sie tatsächlich. Wer für sie bezahlt hat, weiß man nicht, aber es heißt, sie sei jetzt die Mätresse des neuen Gouverneurs auf Fort Buoux. Es ist unglaublich, die Kaltblütigkeit, mit der sie einfach einen Mann durch den nächsten ersetzt!«
›Was bleibt ihr denn übrig‹, zischte die Stimme in Manous Kopf. ›Sie hat ja keine Möglichkeit, sich selbst durchzubringen. Sie ist zur Abhängigkeit erzogen. Möglichkeiten, als Frau ihren Lebensunterhalt zu verdienen, hat sie wenige. Der einzige Tauschwert, den sie besitzt, ist ihre Schönheit.‹
»So! Jetzt ist es aber genug. Du träumst ja mit offenen Augen! Marsch, zu Bett mit dir!«
Die Frauen von Lumières kamen in den nächsten Tagen, um ›ihrer kleinen Schäferin‹ einen Besuch abzustatten, voller Empörung, aber auch Bewunderung für ihr Abenteuer: In Mannskleidern auf Transhumance! Wie unziemlich – wie interessant!
Manou erfuhr all die spannenden Einzelheiten aus einem halben Jahr Dorfleben, die sie versäumt hatte: Wer mit wem zerstritten war und weshalb; dass dieser in seiner Gier mit einer neuen Feldfrucht spekuliere, dass jener in seiner Faulheit mit dem Schneiden so lange gewartet hatte, bis es ihm die Ernte verhagelt hatte, sowie aus fünf verschiedenen Quellen eine zu erwartende, aber noch absolut geheime Heirat. Alles war noch genauso, wie sie es verlassen hatte. Warum auch nicht? Die Welt war ihren gewöhnlichen Gang weitergeschritten, auch ohne sie – doch nahm es sie wunder. Sie selbst hatte sich so sehr verändert, dachte sie, die Welt dort oben war eine so entgegengesetzte, dass in ihrer Vorstellung sich alles verändert hatte. Und nun war es wie vorher. Aus der Ruhe und Majestät der Berge in das emsige Treiben hier unten versetzt, fühlte sie sich ein wenig erstickt, ein wenig flügellahm, ein Vogel mit gestutzten Schwungfedern.
Manou war der Mittelpunkt der winterlichen Feste: der Olivades und Sainte-Barbe, des Festes, an dem sich einzig und allein die Frauen trafen und ein gemeinsames *dîner* hatten, das Einzige, bei dem die Männer ausgeschlossen waren. Azimas Laden konnte sich nicht über mangelnde Kundschaft beklagen. Noch nie hatten sich so viele Leute ihrer Gesundheit gewidmet wie dieser Tage.

Das alles erfüllte sie mit einer gewissen Nostalgie, all diese altbekannten Abläufe, das Schwatzen mit den Frauen. Es war, als sei sie aus einem Traum erwacht. Der alte Noé kam an den Winterabenden und saß mit ihnen am Herdfeuer. Er wurde niemals müde, alle Einzelheiten zu hören, die Tiere und ihr Verhalten, die kleinen Ereignisse, das tägliche Leben, wieder und wieder, die Düfte, vorherrschend der von Quendel und Tausendgüldenkraut, das Wetter, die Felsen und ihr Anblick zu verschiedenen Tageszeiten, das Licht der Morgensonne, wenn sie über den schneebedeckten Gipfeln der Alpenriesen aufstieg, und ihr Glühen auf den Hängen, der Abendsonne, wenn sie über den Pyrenäen versank, wie sie die Steine rot färbte; er wollte alles beschrieben haben, die Blumen, Alpenrosen, Enzian, Tausendgüldenkraut, Arnika, die Kräuter, die frische Luft der Höhen, den Wind, der vom Meer heraufkam, das immense Blau dort oben, die kühlen Wasser, alles, alles, wie viele Schafe, wie viele Ziegen – »*tiens!* Der nimmt was auf sich, der Eliah! Zu meiner Zeit, da haben wir es mit drei- bis sechstausend gut sein lassen!« – und natürlich alles über diese neuartigen Hunde, die Hunde, die dem Schäfer das Zusammenhalten der Herde abnehmen sollten: »Und? Geht das denn? Hunde, die sind doch nur zur Verteidigung gedacht, gegen die großen Räuber. Ach! So klein? Und rennen tun sie immer hin und her? Na! Zu meiner Zeit, da hat ein Hirte 1000 Tiere ganz allein geführt mit Hilfe seiner Steinschleuder. Ging ein Schaf oder eine Ziege, wohin sie nicht sollte, tack! Dann gab's einen Kiesel vor die Füße oder einen Lehmklumpen zur Warnung und sie wussten, was es geschlagen hatte. Hütehunde! So was brauchten wir nicht!« Voller Stolz war er auf seine vergangenen Taten und voller Skepsis gegenüber den neuen Methoden und dem unternehmerischen Wagemut, aber er konnte nicht genug davon hören. Er schloss die Augen, wenn sie erzählte, und stellte sich vor, er sei selbst dort. Die *estive,* das war sein verlorenes Paradies.

Sie suchte ihre Notizen hervor und die halfen ihr dabei, alles wieder heraufzuholen. Es machte sie froh. Beim Abtrieb hatte sie gedacht, in ihrem Kummer, Olivier verloren zu haben, dass alles verdorben sei im Nachhinein, vergangen und vorbei. Aber nun stellte sie fest, dass es zu einem Teil von ihr geworden war, dieser Sommer, unvergänglich.

Sie wurde ebenso eifrig wie Noé im Hervorkramen von kostbaren Einzelheiten. Mit ihm zusammen durchlebte sie die Zeit noch einmal.
Sie lachte, als sie auf diese Notiz stieß:
»Ich bin heute mit Zidore gegangen. Er ist ein sanfter, freundlicher Mann mit hellen blauen Augen in seinem braun gebrannten Gesicht und Lachfalten, tief eingegraben über den Wangenknochen. Die Haare sind schon mit Grau durchzogen, doch er wirkt jugendlich, zäh und kräftig, dabei nachdenklich. Er ist liebenswert, aber man darf sich deshalb nicht in ihm täuschen: Er ist auch sehr eigensinnig. Ich hatte ihn nicht sofort bemerkt, weil er zurückhaltend ist und wenig redet.
Doch heute, als wir miteinander gingen, da wurde er auf einmal ungewöhnlich gesprächig. Es begann damit, dass er die Kötel betrachtete, die die Herde in der Nacht hinterlassen hatte, und mich daran erinnerte, mit welchem Eifer sogar die Städter sich darüber hermachen, wenn die Herde die *couchade* verlässt, mit Schüsseln und Säcken und Eimern und Schaufeln den Kot der Schafe und die trockenen Bohnen der Ziegen aufzusammeln. Auf dem Berg bleiben sie liegen, die *crottins.*
›Schau, wie gut der Herr es eingerichtet hat‹, sagte er zu mir. ›Es ist ein vollständiger Kreis, so wie es sein soll in der Natur! Man kann nicht genug darüber staunen. Die Ziegen und die Schafe, die essen nur Kräuter und Gras. Sie fressen die Erde kahl, wo sie gehen, aber sie hinterlassen auch ihren Kot und der ist gut für den Boden, lässt neue, mehr und bessere Kräuter wachsen. Ohne den *fumier,* da würde alles öd und kahl, es würde nur Dornengestrüpp und Ginster wachsen. Aber dadurch, dass sie alles sauber geputzt haben und gedüngt dazu, da wächst hinterher mehr, als sie genommen haben. Sie nehmen und sie geben! Und dann fressen sie Früchte und Beeren und scheiden ihre Kerne an anderer Stelle wieder aus, so dass sie noch zu deren Verbreitung beitragen. Wo Tiere weiden, da entsteht Vielfalt und da bekommen die Pflanzen Kraft. Es ist ein großes Geschenk! Alles ist im Gleichgewicht. Das ist es, was den Menschen von Gott unterscheidet: Die Harmonie und die Perfektion von Gottes Plan. Ganz gleich, was der Mensch auch anfängt, es ist am Ende immer etwas, an das

er nicht gedacht hat, so dass die menschlichen Werke alle fehlgehen müssen, wie sehr wir auch bestrebt sind. Das Beste ist, auf Gott zu schauen und seine Schöpfung in Frieden zu lassen, so gut wir es vermögen.‹«

»Verstehst du, Noé?! Er fing an über Mist zu reden und landete bei Gott. Er war unglaublich, dieser Zidore.«

»Er ist eben ein richtiger Schäfer«, gab der Alte zurück. »Die Leute denken immer, wir Schäfer sind ein bisschen blöde, weil wir die Gesellschaft von Tieren der von Menschen vorziehen …«

»… ein Zeichen von Klugheit!«

»… denke ich auch! Aber sie sehen unsere Arbeit von weitem und meinen, dass wir nur sitzen und den lieben langen Tag ins Blaue glotzen und dass gar nichts weiter dazu gehört, ein Schäfer zu sein. Deshalb machen sie auch in den Dörfern gern den größten Trottel zum Schäfer. Weißt du eigentlich, wer dein Nachfolger geworden ist in Saint-Germain?«

»Doch nicht Dédée?!«

»Genau der und kein anderer!«

»Und wahrscheinlich halten sie ihn kurz, weil er nicht unterscheiden kann, ob sie ihn gut oder miserabel bezahlen! Für die Tiere ist es gut. Dédée hat alle Tiere herzlich lieb und sie ihn. Und im Dorf ein paar Ziegen hüten, das wird er schon noch beherrschen, das ist nicht dasselbe, wie auf die Transhumance zu gehen.«

»Da! Jetzt sagst du es selbst! – Aber erzähl doch mal von dir! Hast du einen Liebsten gehabt unter den Schäfern?«

Manou wurde rot. Azima protestierte.

»Also wirklich, Noé! Du bist ein unverschämter alter Strolch!«

»Nein«, sagte Manou, »hatte ich nicht – nicht wirklich.«

»Wie – nicht wirklich? Ja oder nein?«

»Ach, da war schon einer, der hätte mir gefallen, aber er war letzten Endes … zu jung für mich.«

»Zu jung? Wie alt?«

»In meinem Alter.«

»Hehehehehe«, meckerte der Alte, »hast Recht! Der Mann sollte immer älter und erfahrener sein. Wie wär's mit mir? Hehehe!«

Der gute Noé! Er sah, dass sie litt, und versuchte sie mit seinen dummen Scherzen aufzuheitern.

Und Weihnachten, *la Neissenco dou Christ, Nuit des Merveilles*[25], da hatte er für sie eine ganz besondere Überraschung vorbereitet: Die Schäfer von Lacoste kamen, um sie zur Mitternachtsmesse zu holen, um sie an ihrer Prozession zur Kirche teilnehmen zu lassen. Und so fand sie sich – stolz: *vraie bergère* – unter ihnen, als sie durch die engen Gassen hoch zur Kirche zogen. Jeder Schäfer hielt eine Öllampe in der einen Hand und in der anderen eine Gabe für die Armen: ein Huhn, eine Taube, Eier, einen Weizenkuchen, *lou poumpo.* Voran ging der Patron mit einem aufgeputzten Schafsbock, der zum Fest die große Wegglocke am hölzernen, bemalten Collier trug, die *redoun,* sowie ein kerzenbestecktes Tablett auf dem Rücken, wie ein kleiner Altar. Manou durfte das Lamm im Arm tragen, das dargebracht wurde – um später auf der Tafel des Seigneurs zu enden, doch das tat der feierlichen Stimmung keinen Abbruch –, das Lamm mit dem hölzernen Rad auf dem Kopf. Fünf kleine Kerzen brannten darauf. Begleitet wurde die Prozession von einem heidnischen Lärm: Tamburins, Pauken, Pfeifen, Peitschenknallen und das Geblöke des Schafsbocks, dem das heiße Wachs ins Fell tropfte. Noé humpelte neben Manou her, sie blickten sich an und heulten beide vor Freude.
»Si ce n'est pas une infamie!« Der Priester zog ein süßsaures Gesicht: Die Kirche hatte sich zwar gern das volkstümliche Bild vom guten Schäfer angeeignet, aber Schafsglocken und Mist in der Kirche, das hätte man gern verboten. Und die Pastorale, das nannten sie ein Bacchanal ...
Sie saß nicht so fest im Sattel, wie sie es wünschenswert fand, die heilige Mutter Kirche: Wohin man blickte, Hexerei und Heidentum unter der dünnen, christlich eingefärbten Oberfläche. Die *votos,* die Ehrenfeste der Schutzheiligen gaben doch nur zu Ausschweifungen Anlass. Feuer machten diese Leute unter allen Umständen gern, zu Sankt Jean *d'été,* zu Sankt Marc, zu Weihnachten, Ostern, Karneval, Hinrichtungen – *n'importe quoi.* Sie sprangen über das Feuer mit Gejohle und hoben kleine Stückchen Kohle daraus auf als Glücksbringer und gegen Krankheiten. Und ob sie nun zu St. Marc Kreuze auf ihre Felder steckten, dem Vieh gesegnete Medaillons des heiligen Eloi um die verlausten

Hälse banden oder Blitzsteine, ob sie sich Kreuze in die Stube hängten oder Silberdisteln, es war diesem Volk alles gleich viel wert.
Weihnachten: Ein ummanteltes Sonnenwendfest voller Fruchtbarkeitsrituale, und dann das Fest der Unschuldigen, *Fête des Innocents* oder *Fête des Fous!* Wenn man das nur ausrotten könnte irgendwie. Am 28. Dezember bevölkerten Kinder und Halbstarke die Straßen und, schlimmer noch, die Kirchen, verspotteten die heilige Messe, machten aus ihr eine Farce in einem grauslichen Gemisch aus Vulgärlatein und *Provençou,* wählten sich sogar einen Papst, den Papst der Verrückten, tanzten und trieben Schabernack! Angeblich geschah dies, um die Märtyrer des Kinderkreuzzugs von 1212 zu ehren – eine schöne Ehre, das!
Ganz zu schweigen von den Teufelsmessen, in denen alles Christliche und Gute auf den Kopf gestellt wurde, um den Schöpfer zu leugnen und sein Werk zu verdrehen, bis man es nicht mehr kannte. Wäre Gott der Herr nicht so nachsichtig, dann müsste er den ganzen Luberon und alle Städte in einem Umkreis von sechs *lieues* mit Seinem himmlischen Feuer verzehren wie einst Sodom und Gomorrha!
Der arme Priester seufzte und lächelte schief. Nach der Messe, nach allen drei Messen, die die Liturgie vorschrieb, würde er Schaufel und Besen nehmen und den Mist aus dem Haus des Herrn tragen. Und wenn dem Seigneur der Sinn danach stand, dann würden bei der Mitternachtsmesse auch noch ein Haufen Tauben freigelassen werden unter der Kuppel, so dass er nachher den Vogeldreck von den Gesichtern der Heiligen zu wischen hatte! Ihm stand eine schwere Zeit bevor, bis endlich das Fasten begann und seine Schäfchen sich gezwungenermaßen wieder anständig aufführen mussten.
Es war leichter, an den Teufel zu glauben in diesen Zeiten als an Gott. In Pest, Hunger und Krieg war er allgegenwärtig.
Die antiken Gottheiten schienen zugänglicher, menschlicher, da sie menschliche Untugenden hatten. Götter, die sexuelle Begierden hatten, die soffen und schwelgten, die eifersüchtig, zuweilen ungerecht und vorschnell waren, unberechenbar, launisch, eitel, nachsichtig, nachlässig, großzügig, dann wieder über die Maßen streng

– mussten solche Götter nicht umso besser die Menschen verstehen können als der Eine Gott, der ach so erhaben und tugendhaft war, dass er einen Stellvertreter schicken musste, um der Menschheit zu vergeben? Ein Gott, der allzu gerecht war, so etwas machte Angst, denn wer war schon ohne Fehl?

28

Manou hatte gerade begonnen, sich in das Leben bei Azima wieder einzufügen, und die Nachbarn hatten sich angewöhnt, wegen der Beschwerden ihrer Tiere genauso Azimas Laden aufzusuchen wie für ihre eigenen. Da sich die Autoritäten nicht regten, fing sie an, sich sicher zu fühlen, und überlegte schon, ob sie Olivier ein paar Zeilen zukommen lassen sollte. Madame Alzias war ausgegangen. Manou war dabei, die Vorräte zu sichten und die Gefäße im Regal einzeln herauszunehmen und zu putzen. Da schlugen Fäuste gegen die Ladentür, Manou beeilte sich zu öffnen. Das klang nach einem dringenden Fall und – zu dumm – Azima war unterwegs zu einer Kindsgeburt. Zwar konnte Manou auch Hebammendienste leisten und nicht schlecht, es war ihr aber lieber, wenn Azima das auf sich nahm, da sie keine offizielle Erlaubnis hatte, und wehe, wenn dann einmal etwas nicht ging, wie es sollte.

Sie zog also die Tür auf und dachte dabei wohl zum hundertsten Male, dass Giles Fontmichel nun endlich einmal die Türe unten abhobeln sollte, wie er es seit einem Jahr versprochen hatte, da sich das Holz immer in der feuchten Jahreszeit ausdehnte und die Türe dann klemmte und schwergängig wurde. Sie zerrte von innen daran und als die Tür den gewissen, etwas erhabenen Punkt über dem gefliesten Boden überwunden hatte, flog sie mit einer solchen Wucht auf, dass Manou stolperte.

Sie fing sich, trat in den Türrahmen und sah zunächst einmal nicht viel im hellen, kalten Winterlicht, aus dem heraus eine Gruppe von Figuren langsam Gestalt annahm: Zwei Soldaten, ein Gerichtsdiener – das war derjenige, der abgestiegen war und angeklopft hatte, die Soldaten verharrten zu Pferd –, und dann war da ein vierter

Gaul, ein schwarzer, mit brokatener Satteldecke, Damensattel und silbernen Glöckchen am Zaumzeug. Das Tier stampfte unruhig und brachte die Glöckchen zum Klingen.
Manous Blick glitt über die Fesseln des schwarzen Pferdes – schlanke Fesseln auf hohen, sehnigen Beinen, ein wertvolles Tier, eine Araberstute – zu den Schuhen der Reiterin: Stiefel aus nachtblauem Velours, darüber tiefblaue Seidenröcke, einer über dem anderen, Schicht um Schicht, zobelbesetzt der *manteau,* darunter blitzte Silber hervor, ein brokatenes Unterkleid. Ihre Augen glitten weiter hoch an dem weiten Umhang aus Lyoner Samt, über die schlanken Hände, die die Zügel hielten, Hände in parfumierten Lederhandschuhen, dann weiter, hoch zum Gesicht, dem Barett und dem mit winzigen Perlen besetzten Schleier. Eine Hand ergriff einen Zipfel des Schleiers und schlug ihn zurück. Manou wusste schon, was darunter zum Vorschein kommen würde: schwarzes Haar, ein herzförmiges Gesicht, die Lippen dunkelrot gemalt wie geronnenes Blut und die auf sie gerichteten Augen veilchenviolett – *Dame* Angèle. Hatte sie sie doch gefunden. Wie dumm zu glauben, dass Angèle de Saignon die Sache auf sich beruhen ließe. Sie hätte sie doch besser kennen müssen.
Die beiden Frauen verschränkten die Blicke ineinander. Doch wenn Angèle erwartet hatte, Manou in Angst und Schrecken vorzufinden, sich darauf gefreut hatte, sie bitten und betteln zu sehen, sie Ausreden, Ausflüchte stammeln zu hören, Verteidigungen, verzweifelt, hastig, ungeschickt, vielleicht sogar sie laufen zu sehen mit geschürzten Röcken und die Soldaten hinter ihr, dann hatte sie sich geirrt.
»Madame …«
Manou griff in ihre Rocktasche, zog ihr Stück des *brèu* hervor, ließ es Angèle sehen, wie es in ihrer Handfläche lag, dunkel und matt, und steckte es wieder ein.
»Nun? Ist dies das Mädchen?«, fragte der Gerichtsdiener, der den kurzen Austausch nicht bemerkt hatte.
Angèle sah Manou an und die starrte furchtlos zurück.
›Ich kenne dich‹, sagte der Blick. ›Ich habe, was du willst, und diesmal stelle ich die Bedingungen.‹
»Nein«, sagte Madame de Saignon laut. »Ich fürchte, ich habe Sie

umsonst hier heraus bemüht, meine Herren. Man hat mir falsche Nachricht gegeben. Sie ist es nicht.«
›Na warte‹, dachte Manou. ›So leicht kommst du mir nicht davon.‹
»Bitte um Vergebung, Madame. Wird mir denn etwas vorgeworfen?« Und zu dem Gerichtsdiener gewandt: »Ich habe nämlich auf Fort Buoux Dienst getan, im Haus des Gouverneurs. Ist irgendetwas nicht in Ordnung, seit ich gegangen bin?«
Angèles Augen funkelten vor unterdrückter Wut. »Mein Gatte ist gestorben.«
»Ich hörte davon. Es tut mir sehr Leid, Madame. *Je suis désolée!* Monsieur Justin war ein guter und gerechter Dienstherr. Ich habe ihn sehr verehrt.«
Der Gerichtsdiener schaute verwirrt. Was ging hier vor? Er hatte nichts davon gehört, dass der Herr de Saignon etwa grausam oder ungerecht gegen seine Dienstboten gewesen sei, aber – ›verehrt‹ hatte ihn doch wohl keiner, so eine unheimliche Gestalt, wie er gewesen war.
»Madame de Saignon hat Anklage gegen ein geflohenes Dienstmädchen erhoben, das Hexerei ausgeübt haben soll. Es soll das Kind einer anderen Magd gestohlen und den Herrn vergiftet haben. Und die Beschreibung passte auf dich!«
Angèle bewegte sich unruhig auf ihrem schönen Damensattel. Die silbernen Glöckchen des Geschirrs klingelten. Leder knarrte, Harsch knirschte unter den Hufen der Pferde. »Ich habe doch schon gesagt, dass ich mich geirrt habe. In der Nacht, als das Kind gestohlen wurde – und kurz darauf mein Gatte starb –, da habe ich aus dem Fenster eine unserer Mägde gesehen, wie sie die Burg verließ über die Hintertreppe, die unter meinem Fenster entlang führt. Doch sie war größer und stämmiger gebaut als diese hier. Ach was«, rief sie, der Situation überdrüssig. »Wir haben so viele Weiber bei uns in Dienst. Wie soll man denn ein Bauerntrampel vom anderen unterscheiden?!«
Das war gedacht, um zu verletzen, doch Manou lächelte nur. Sie wusste inzwischen, wer und was sie war. Das konnte sie nicht mehr treffen.
»Ich will nur sichergehen«, sagte sie mit einem angedeuteten Knicks, »Herr Gerichtsdiener, dass alle eventuellen Anschuldigun-

gen gegen mich zurückgezogen und nichtig sind. Und ich möchte Euch herzlich bitten, dies auch aktenkundig zu machen, denn so etwas kann ein einfaches Mädchen wie mich in eine unangenehme Lage bringen.«

»Wir haben es alle gehört. Madame haben unter Zeugen ausgesagt, dass sie sich getäuscht hat. Es ist gut.« Der Beamte antwortete brüsk. Er fand das Mädchen ziemlich unverschämt. Doch der Ordnung halber musste festgestellt werden, dass sie offenbar nichts verbrochen hatte.

Er nickte ihr zu, so knapp wie möglich, und bestieg wieder sein Reittier. Er und die beiden Soldaten ritten langsam davon. *Dame* Angèle blieb einen Moment bei Manou zurück.

»Gib es mir!« Sie streckte ihre behandschuhte Hand aus.

Manou schüttelte den Kopf. »Madame werden verzeihen, aber es scheint mir sicherer, wenn ich etwas habe, das einen Tauschwert für Euch besitzt.«

»Warum? Ich habe dich doch absolviert.«

»Fürs Erste …«

»Was willst du noch dafür haben? Geld? Ich zahle dir zehn Goldflorins für das Stück – wenn es echt ist! Das ist mehr, als du in deinem ganzen Leben auf einmal zu sehen bekommen wirst. Nun?«

»Es ist echt, seid ganz ruhig. Und Madame missverstehen mich! Es ist mir nicht um Geld zu tun. Ich brauche Sicherheit und ich muss erst einmal darüber nachdenken, wie diese zu erreichen ist.«

Dame Angèle verlegte sich auf Freundlichkeit.

»Dann komm doch in meinen Dienst zurück! Ich werde dich als Zofe einstellen, gut bezahlen … du bekommst sogar ein eigenes Zimmer, besser als der Strohsack in einer Ecke, den du hier zweifellos dein Eigen und dein ganzes Reich nennst.« Sie lächelte spöttisch. »Bist du damit wirklich zufrieden? Ist das noch dasselbe unabhängige, störrische Ding, das lieber in einer Höhle gelebt hat, als weiterhin ihrer Verwandtschaft die Stiefel zu lecken? Damals hattest du mehr Platz und Unabhängigkeit! Und Bücher! Du könntest wieder studieren! Das hast du doch so gern getan. Soll das nun alles brachliegen, was du gelernt hast? Willst du nicht mehr? Komm zurück und ich gebe dir das alles. Hilf mir bei meiner Arbeit. Ich könnte dich gut gebrauchen – bei der Beschwö-

rung von Wesen aus der Astralebene warst du immer die Beste von uns.«
Manou schüttelte nur den Kopf.
»Komm, Manon! Wir waren einander doch gut. Warum hast du uns im Stich gelassen? Haben wir dir Grund gegeben, uns zu hassen?«
›Über und über‹, dachte Manou, aber sie schwieg beharrlich.
»Schau: ich bin sogar bereit, dir eine gewisse Bedenkzeit zu lassen. Inzwischen – lass es mich doch wenigstens einmal ansehen, damit ich weiß, dass es wirklich ist, was ich suche.«
Jetzt musste Manou doch lachen. Was für ein durchschaubares Manöver! »Es ist das, was Ihr begehrt, das exakte Gegenstück zu dem, was Ihr schon besitzt, und ich werde es Euch zu gegebener Zeit bringen, Madame. Ihr werdet Euch aber noch ein wenig gedulden müssen. Ich stehe jetzt hier in Diensten und kann nicht einfach fort, wann es mir passt.«
Dame Angèle kniff die Lippen zu einem wütenden Strich zusammen, riss ihr armes Pferd am Zügel herum, dass das Zaumzeug schmerzhaft in seine Mundwinkel schnitt und es irritiert den Kopf zurückwarf, gab ihm die Peitsche und stob hinter den Männern her aus dem Dorf.
Manou stand und schaute ihr nach. Eine Nachbarin, die während des Gesprächs hinter der Tür gelauscht, aber sich nicht hervorgetraut hatte, kam jetzt herbeigelaufen.
»Wer war denn das?«, wollte sie wissen.
»Meine ehemalige Dienstherrin, die Frau des verstorbenen Gouverneurs von Fort Buoux. Sie hat mich zu Unrecht eines Diebstahls bezichtigt und hat es vor den Herren widerrufen. Eine Verwechslung – weiter nichts!«
»Gut für dich, Kleine«, sagte die Nachbarin. »Die sind immer schnell dabei, unsereins zu bezichtigen. Da muss man sich in Acht nehmen. Besser, denen gar nicht erst unter die Augen zu kommen. Dann fällt ihnen auch nichts ein, was man angestellt haben könnte. Sag, bist du nicht deshalb fortgegangen, um der Untersuchung zu entgehen?«
»Nein, deshalb nicht. Entschuldige mich jetzt bitte. Azima hat mir eine Arbeit aufgetragen, die besser beendet sein sollte, wenn sie zurückkehrt.«

Damit machte Manou auf dem Absatz kehrt, ging zurück ins Haus und ließ die neugierige Nachbarin stehen.

»Es waren Soldaten da und eine feine Dame, die wollten Manou mitnehmen«, schallte es Azima aus den Türen der Nachbarhäuser entgegen, als sie von ihrem Krankenbesuch zurückkam.

»Ja! Zwei Soldaten und ein Gerichtsdiener aus Apt!«

»Sie haben sie dann aber doch nicht mitgenommen. Lag denn etwas gegen sie vor?«

»Woher soll ich das wissen?«, rief Azima zurück. »Sie war ja den ganzen Sommer nicht da. Wie soll sie da etwas angestellt haben?«

»Na, vorher vielleicht?«

»Nicht, dass ich wüsste. Sie wird es mir ja gleich selber erzählen.«

Damit mussten sich die Leute im Dorf zufrieden geben, sowenig ihnen das gefiel. Aus dem alten Noé war auch nicht mehr herauszubekommen.

»Aber hast du nicht gesagt, dass sie schnell das Dorf verlassen musste?«

»Schon, aber das war, weil wir die anderen Schäfer an der Furt treffen sollten, und die Nachricht kam so spät.«

»War da nicht etwas mit einem Seigneur, der vergiftet worden ist?«

»Jetzt halt aber dein Maul, Huguette! Was redest du denn da für ein Zeug? Du glaubst doch nicht im Ernst, dass unsere Manou mit so was zu tun haben könnte?«

»Nein, das natürlich nicht, aber ...«

»Aber du bist halt ein neugieriges Schandmaul und jetzt sei still, sonst kommst du wegen übler Nachrede an den Pranger! Geh weg, lass mich in Frieden mit deinen Geschichten! ... Seigneur vergiftet, so ein Unsinn ...«, knurrte Noé und zog die Tür von innen zu.

»Was wirst du tun?«, fragte Azima Manou beim Abendessen, das diese vorbereitet hatte, eine Suppe aus einem mageren Kaninchen, das ihr in die Schlinge gegangen war, mit Zwiebeln dazu, Rosmarin und Oliven vom vergangenen Jahr.

»Ich weiß noch nicht. Am liebsten würde ich alles auf sich beruhen lassen«, sagte Manou, während sie seelenruhig einen kleinen Knochen abnagte, um ihn anschließend ins Herdfeuer zu werfen. »Aber es wird mir vielleicht nichts anderes übrig bleiben, als für eine Weile nach Buoux zurückzukehren.«

»Nach Buoux? Du willst wieder dorthin zurückgehen? Aber hast du mir nicht erzählt …«
»Schon. Aber die Dinge liegen jetzt anders. Ich bin nicht mehr ihr Lehrling und ich habe etwas, das sie unbedingt will. Sie wird doch keine Ruhe geben, bis sie es hat.«
»Und warum gibst du es ihr nicht einfach?«
»Weil ich ihr nicht traue. Wenn sie hat, was sie begehrt, was hindert sie dann, mich zu beseitigen? Ich weiß Dinge über sie, die sie gewiss nicht gern weitergetragen hätte. Und sie wird mir niemals glauben, dass ich darüber schweige, dass ich nur meinen Frieden will. Das ist etwas, das eine wie die niemals begreifen wird.«
Nachdenklich schob Manou mit einem Stück Brot die Reste in ihrer Schüssel hin und her.
»Ich will ihr nicht freie Hand lassen mit diesem Ding. Und … nun gut, ich gebe es zu: Ich bin auch neugierig. Möchte doch zu gern sehen, was passiert, wenn … Ach, lass doch, Azima. Je weniger du davon hörst, desto besser.«
»Ich weiß schon Bescheid. Hältst du mich für blind und taub? Es geht um Hexerei. Und du glaubst wirklich, dass du ihr die Stirn bieten kannst?«
»Ich hoffe es. Schenk mir noch von dem Wein nach, sei so gut! Ist der von Gratte-Semelle? Der ist aber gut gelungen dieses Jahr.«
Azima schenkte Wein in ihren Becher, so ungeduldig, dass etwas davon auf den Tisch schwappte.
»Wie kannst du nur so ruhig sein?!«
»Freu dich mit mir, dass ich es kann. Hast du nicht selber gesagt: ›Es steht geschrieben‹? Es kommt also so, wie es mir bestimmt ist, und ich denke nicht, dass es mein *kismet* sein wird, von *Dame* Angèle vorzeitig in die Hölle geschickt zu werden.«
Manou ließ etliche Wochen verstreichen, ehe sie ihren Abschied von Azima nahm. Sie war noch unentschlossen. Zweimal hatte Angèle de Saignon ihre Diener geschickt, um sie abzuholen. Zwei Briefe hatte sie geschrieben, abwechselnd voller Schmeicheleien und Drohungen. Zweimal hatte Manou die Diener fortgeschickt und die Briefe hatte sie verbrannt.
»Sagt Eurer Herrin, ich komme, sobald ich hier fort kann. Madame

Alzias hat im Augenblick zu viel Arbeit. Ich kann sie nicht allein lassen.«
Beim dritten Mal kam Angèle selbst. Plötzlich stand sie im Laden – Azima war bei einer Patientin – und baute sich vor dem Ladentisch auf, stemmte ihre Hände in karmesinroten Lederhandschuhen auf die Tischplatte und rief: »Genug mit diesem Spiel. Ich glaube gar, du hast die Absicht, mich um mein Recht zu betrügen. Du hast mir das Amulett versprochen gegen deine Freiheit. Ich habe dir deine Freiheit gegeben. Nun erfülle deinen Teil des Handels!«
Manou fuhr fort mit ihrer Aufgabe, Kräuter zu Pulver zu zerstoßen. Gleichmäßig pochte der Stößel im Mörser. Von dem zermahlenen Bärwurz stieg ein mehlig-süßer Duft auf.
»Ich weiß von keinem Handel, Madame. Habt Ihr nicht dem Beamten gesagt, dass nichts gegen mich vorliegt und dass Ihr Euch geirrt habt?«
»So denkst du also davonzukommen? Weil ich dich entlastet habe, glaubst du schon, mich loswerden zu können? Nun gut, dir kann ich nicht schaden, aber willst du deine gute Lehrherrin in den Abgrund reißen?«
Manou hielt inne.
»So! Das findet deine Aufmerksamkeit. Habe ich mir doch gedacht. Wie würde es dir gefallen, sie auf das Rad geknüpft zu sehen oder im *cage de fèr,* das heißt: was von ihr übrig ist, wenn man mit der peinlichen Befragung fertig ist. Bei Mörderinnen ist man nicht zimperlich. Die Fingernägel ausgerissen, die Knie zerschlagen, die Fußknochen zerquetscht im Schnürstiefel, na? Wie gefällt dir das?«
»Wie wollt Ihr das anstellen?«, nahm sich Manou ein Herz zu fragen. »Wieso ›Mörderin‹? Sie ist eine gute Heilerin und Hebamme. Sie hat sich keinen Fehler zuschulden kommen lassen. Bei schweren Fällen zieht sie immer den Bader aus Lacoste hinzu und wenn ein Säugling stirbt, dann gibt sie ihm das Notsakrament, so wie die Kirche es vorschreibt. Nein! Ihr denkt Euch das nur aus, um mich zu schrecken. Azima hat nie den geringsten Fehler gemacht.«
Angèle richtete sich auf, klopfte einige Kräuterblättchen von ihren feinen Handschuhen und streckte ihre Hände vor sich weg, um das Ergebnis zu überprüfen. Sie begann im Laden auf und ab zu gehen.

»Heute nicht und gestern nicht, aber vor ein paar Jahren, als sie die Witwe eines gewissen Apothekers war, in Carpentras …«

Die junge Witwe stand zwischen einigen Truhen und Ballen, in die gepackt worden war, was ihr noch verblieb: ihre persönlichen Kleider, aber kein einziges Stück Schmuck, gar nichts von Wert, ein paar Bücher, ein Wandteppich, einige kleine Einrichtungsgegenstände, die zu schäbig waren, um zu Geld gemacht zu werden, Erinnerungsstücke, Gerätschaften aus der Apotheke und die weniger wertvollen Gefäße aus glasiertem Ton, nicht das venezianische Glas, die Silene[26]*, nicht der Theriakbehälter aus Gold.*

Fast ihren ganzen Besitz hatte sie an Advokaten und für Bestechungen verschwendet – ohne Erfolg. Sie durfte die Apotheke nicht weiter führen. Die Gilde erkannte ihre Ausbildung nicht an. Sie wäre ihrem Mann eben ein wenig zur Hand gegangen, hieß es. Deshalb dürfe sie sich noch lange nicht Apothekerin nennen. Sie solle das Geschäft verpachten und sich still zurückziehen, wie es einer Frau gebühre.

Gläubiger tauchten auf, von denen sie nichts gewusst hatte und deren Ansprüche sich auch in den Büchern ihres Mannes nicht belegen ließen, doch sie bekamen alle Recht vom Magistrat von Carpentras.

Das schöne Haus war leer geräumt und verkauft, die Dienerschaft in alle Winde zerstoben. Sie setzte sich auf eine Truhe und wartete, beobachtete, wie die Schatten der Bäume vor dem Fenster wanderten, wie Lichtflecken zwischen den Blättern hindurch auf die Wand fielen, wartete auf den Fuhrmann, der sie wegbringen sollte von hier, nur fort. Durch das offene Bleiglasfenster hörte sie die Fontäne im Garten plätschern, ein friedvolles Geräusch. Dort hatte sie oft an Sommerabenden gesessen mit ihm. Vorbei.

Es klopfte an der Tür. Sie rief ›entrez‹*, der Mann würde sich schon selbst hereinhelfen müssen; es war kein Diener mehr da, um zu öffnen. Schritte näherten sich dem Salon, in dem sie saß. Leichte, kurze Schritte, nicht der Gang eines Mannes.*

Die Tür wurde mit einem Ruck aufgerissen und herein stürzte eine junge Frau, eine Dame, reich gekleidet, mit Schmuck behängt. Sie wäre gewiss sehr schön zu nennen gewesen, wäre ihr Gesicht nicht rotfleckig und verschwollen vom Weinen, der Rosenmund wutver-

zogen: weizenfarbenes Haar, rosige Haut, hellblaue Augen und eine Figur wie von Marzipan, so weich und voll und süß.

›Da seid Ihr ja, Hure‹, schrie die Junge, ›seelenruhig sitzt ihr da, als ob Ihr kein Wässerlein trüben könntet. Aber ich weiß Bescheid über Euch! Das werdet Ihr bereuen! Ich werde Euch ruinieren, ich schwöre es!‹

Die Frau in Schwarz lachte bitter auf: ›Euer Wunsch ist bereits in Erfüllung gegangen. Ihr braucht Euch nicht weiter zu bemühen. Doch sagt: Wer seid Ihr und was habe ich getan, um solcherart Euren Hass zu verdienen?‹

›Tut nur nicht so unschuldig, Azima Alzias! Oder habt Ihr so viele Ehemänner verführt, dass Ihr sie schon nicht mehr auseinander zu halten vermögt?‹

Die Witwe begriff. Das musste die Frau des Magistrats sein, der ihr so übel mitgespielt hatte.

›Liebes Kind, ich ahne, wer Ihr seid, und ich versichere Euch, ich habe keineswegs Euren Mann verführt. Wie Ihr selbst sehen könnt, bin ich seit kurzem Witwe und schaut mich an: Ist das das Gesicht einer Verführerin? Erscheine ich Euch schön? Bin ich sorglos und froh?‹

Und die junge Dame schaute zum ersten Male richtig hin. Sah ein hageres, zerquältes Gesicht, aus dem die Wangenknochen spitz hervorstachen, Schatten unter den Augen, den schmalen Mund, Sorgenfalten auf der Stirn, die Schultern gebeugt, bleich, abgemagert … das sollte ihre Konkurrentin sein? Sie war eifersüchtig und temperamentvoll, doch dumm und fühllos war sie nicht.

›Aber er sprach so viel von Euch! Von Eurer Schönheit, Eurem sprühenden Esprit, dem ebenholzfarbenen Haar. Seit Monaten begehrt er mich nicht mehr …‹

Die Frauen begannen miteinander zu reden, eine lange Zeit. Sie gingen in den Garten und setzten sich auf den Brunnenrand und am Ende hielt die Blonde die Hände der Schwarzen und sie steckten die Köpfe zusammen.

Es erwies sich, dass das arme junge Ding Grund genug zur Eifersucht hatte, nur nicht, was Azima betraf, und dass sie ihren Mann hasste, weil er ein grausamer Herr war, der sie oft und ohne Grund misshandelte. Die schöne Kleidung verbarg hässliche Spuren. Sie

wünschte eigentlich weniger seine Leidenschaft zurückzugewinnen, als ihn ganz los zu sein. Nun, dafür gab es Mittel und Wege.
»Gemahlenes Tigerhaar! Wie raffiniert! Seine junge Frau gab es ihm zusammen mit einer Speise aus Nüssen. Er warf den Weinkrug nach ihr, weil ihn ärgerte, dass es so im Hals kratzte, und während er noch krakeelte, wie schlecht sie seinen Haushalt führe und dass sie nichts tauge und wie sie doch die Dienstboten nicht im Griff habe, da begann schon sein Magen zu bluten und später seine zerschnittenen Eingeweide. Dem herbeigerufenen Arzt fiel nichts Besseres ein, als den Kranken zur Ader zu lassen, da er bewusstlos war und seine Frau nur von seinem unflätigen Wutanfall zu berichten vermochte. Der Patient starb unter Qualen und der Quacksalber war froh, dass die Witwe ihn nicht anzeigte. Als Medicus stand man ja immer mit einem Bein auf dem Scheiterhaufen.
Aber – meine liebe kleine Manou – alles kommt einmal heraus. Interessant, nicht wahr, über welch exotische Waren so eine gut ausgestattete Apotheke verfügt! Es hat mich viel Mühe gekostet, aber ich bin am Ende an die richtigen Leute gekommen. Die Frau des Magistrats hat sich eine Zeit lang eines ruhigen und angenehmen Witwenstandes erfreuen können, doch dann erkrankte sie an einem Fieber. Auf dem Sterbebett überkam sie große Frömmigkeit und sie musste unbedingt beichten.«
Angèles verächtliche Miene zeigte an, dass ihr eine solche Dummheit nicht widerfahren wäre.
»Und da Priester notorisch hungrig sind, nun, da hat dieser gegen eine Spende geplaudert und wäre auch bereit, das Gesagte vor einem Gericht zu wiederholen, und dann … muss ich mehr sagen?«
»Was wollt Ihr?«, fragte Manou tonlos.
»Dich, meine Liebe. Ich habe es mir gut überlegt. Du kommst mit mir zurück nach Buoux und hilfst mir, die magische Klinge zusammenzusetzen und zu gebrauchen. Wie Justin gesagt hat: Du bist äußerst talentiert in diesem Punkt. Ich will dich dafür haben. Komm zurück und alles ist vergeben und vergessen. Ein Pferd für dich steht draußen bereit. Komm!«
Manou nickte.
»Ich komme. Aber nicht gleich. Nein, Ihr müsst keinen weiteren

Druck ausüben«, als sie den Jähzorn und das Misstrauen auf Angèles Gesicht las. »Ihr habt mich in der Hand. Ich kann nicht zulassen, dass Ihr Euer Wissen gegen Azima verwendet. Lasst mir nur Zeit, einen vernünftigen Grund für mein Gehen zu finden. Sonst kommen Azima und meine neuen Freunde noch auf den Einfall, mir hinterherzuspionieren, um mir zu helfen, weil sie denken würden, ich sei in Schwierigkeiten. Das wollt weder Ihr noch ich. Ich werde Euch nicht lange warten lassen, ich verspreche es.«

Angèle überlegte einen Moment.

»Einverstanden«, sagte sie. »Ich gebe dir zwei Wochen. Deine Hand drauf!« Und sie verließ den Laden in einem Wirbel von rotem Samt und Rosenduft.

An Sankt Agathe kam ein wandernder Schäfer nach Lumières mit einer Nachricht von Eliah. Azima bot ihm ein Nachtlager am Herd an und ein Abendessen.

»Wie geht es denn allen?«, fragte Manou. »Wen kennst du denn von unserem Trupp? Léon, Bélibaste, Raoul, Guillaume, Zidore, Florentin, die Zwillinge … und Olivier, den *pastihoun*?«

»Ich kenne sie alle. Wär selber mitgegangen letzten Sommer. Ich konnte aber nicht, weil ich mir ein Bein gebrochen hatte. Das war dumm! Aber wie ich höre, hast du mich ja ersetzt.«

»Na ja …«

»Doch, doch! Eliah spricht sehr gut von dir. Alle finden lobende Worte für dich, sogar der Katalane. Schade, dass du eine Frau bist.«

»Na, vielen Dank. Das ist ja ein feines Kompliment!«

»Ach, sei doch nicht ärgerlich. Es ist nur – es gehört sich einfach nicht. Wer würde dich da noch heiraten?«

»Ein Schäfer?«

»Schäfer und heiraten? Aber lass dir erzählen …«

Und er erzählte von allen, was sie trieben im Winter und dass sie viel Arbeit hatten, denn das Lammen hatte begonnen und die Tiere brauchten gute Pflege, jetzt, da sie im Stall zusammengedrängt stehen mussten, öfter als es gut war, und sich von Heu zu nähren hatten statt von frischen, guten Kräutern … An Sankt Valentin war Schafsmarkt in Arles und *sortie de pré,* worauf sich alle schon herzlich freuten.

Olivier schickte seine besten Grüße und einen Gegenstand, den er für sie gemacht hatte an langen Winterabenden in der *cabane*. Es waren zwei Schwalben, jede nicht länger als ein Daumen und doch fein ausgearbeitet mit allen Einzelheiten, dem flachen, breit geschwungenen Schnäbelchen, Augen, Schwungfedern und gegabeltem Schwanz, aus Eschenholz gemacht, ein Schutz gegen Magie. Sie waren in einem Stück gearbeitet, flogen gemeinsam.
Manou steckte den hölzernen Vogel in ihre Tasche zu dem Urobos und dem halben Amulett.
Eliah schrieb: »Eliah von Aix, *Capoulié,* entbietet Manou, der Schäferin, seine freundlichsten Grüße. Ich hoffe, es geht dir gut und du hast den Sommer mit uns in guter Erinnerung. Wir haben viel an dich denken müssen in diesem Winter, Manou, und oft von dir gesprochen. Und wir haben uns gefragt, ob wir nicht ungerecht waren gegen dich. Der arme Olivier hat sich sehr gequält deinetwegen. Es war eben das erste Mal, dass eine Frau mit uns gegangen ist. Doch du hast deinen Teil der Arbeit getan wie jeder von uns.
Wenn du also noch daran interessiert bist, etwas daraus zu machen, was du bei uns gelernt hast, dann bin ich gern bereit, mich für dich zu verwenden. Vielleicht wäre es möglich, eine Stellung als Ziegenhirtin für dich zu finden, für den Anfang. Ob du auf *transhumances* mitkönntest – es wäre ungewöhnlich. Vielleicht würden sich die Männer dreinfinden. Es wäre schade, wenn ein solches Talent wie das deine verschwendet würde, und ich habe wohl begriffen, wie glücklich und unbeschwert du in diesem Sommer mit uns warst. Vielleicht sollte man es wagen. Wenn du aber eine gute, feste Stelle hast, so solltest du sie nicht aufgeben! Wir Schäfer führen ein unstetes Leben.
Überleg es dir, und wenn ich etwas tun kann, so lass mir Nachricht zukommen.
Sei Gott befohlen!
Eliah.«
Da war nun endlich ihre Ausrede, um Azima unauffällig zu verlassen. Manou schrieb eine Antwort und gab sie dem jungen Schäfer mit, der sie Eliah auf der *foire d'Arles* übergeben würde.
Azima schaute sie fragend an, als sie ihre Nachricht aufschrieb. Die

Gänsefeder quietschte und kratzte auf dem Pergament. Sie würde ein wenig lügen müssen, das war ihr zuwider, aber Azima sollte sich keine Sorgen machen.

»Eliah hat mich für eine Stelle als Schäferin empfohlen. Auf die andere Seite des Luberon. Ich würde gern gehen.«

»Dann wirst du mich also tatsächlich verlassen?«

Sie hatten schon davon gesprochen.

»Ja.«

»Vielleicht ist es besser so.«

So eine Reaktion hatte Manou nicht erwartet.

»Warst du nicht mit mir zufrieden?«, fragte sie erschreckt. Azima lachte freundlich.

»O nein, das ist es nicht. Du hast eine große Begabung zu heilen, Körper und Seelen, so sehr, dass ich gehofft habe, du würdest diese Haltung ablegen.«

»Welche Haltung?«

»Gegenüber dem Tod und dem Leid. Ich hoffte, du würdest mit der Zeit dem Tod und dem Leiden größere Gelassenheit entgegenbringen. Du nimmst dir jeden einzelnen Fall zu sehr zu Herzen. Und den Tod verachtest du mit einer Kraft, die an Hass grenzt. Er ist dein persönlicher Feind. Das ist keine gesunde Einstellung für einen Heiler, siehst du. Du darfst, sollst Mitleid haben, aber nicht selbst leiden, jedes Mal, wenn du einem Kranken begegnest. Du würdest nicht in der Lage sein zu helfen. Ich habe dich beobachtet, gewartet, dass du deine Distanz findest ...«

»Wahrscheinlich hast du Recht«, sagte Manou nach einer nachdenklichen Pause. »Weißt du, ich vermisse meine Familie immer noch und alles, was noch hätte werden können. Ja, ich hasse den Tod. Er ist ungerecht, ganz ohne Vernunft. Er zerstört Schönheit und Hoffnung. Er nimmt, was unfertig war und diejenigen, die der Welt noch so viel zu geben gehabt hätten, und lässt diejenigen weiter leben, die schlecht sind und ihre Nächsten berauben.«

»Kannst du immer beurteilen, was gut und was schlecht ist?«

»Nein, aber ...«

»Und willst du ewiges Leben für alle?«

»Heilige Mutter Gottes, nein! Das wäre die schlimmste Strafe!«

»Du musst dich damit abfinden, dass es die Ordnung der Natur ist.

Menschen sterben, Tiere und Pflanzen sterben und verwelken und neues Leben wächst darauf.«

»Wie kannst du Menschen, die man kennt, mit Tieren oder gar mit Pflanzen vergleichen!«

»Sie sind Teil der Schöpfung. Du musst lernen, das Ganze zu sehen. Diesen Standpunkt hast du selbst einmal vertreten, mir gegenüber. Erinnerst du dich?«

»Ja. Es scheint, ich halte mich selber nicht daran.«

»Aber bedenke wenigstens eines, bevor du Gottes Werk gering achtest und Fehl darin siehst: Der Tod macht das Leben wertvoll. Ohne ihn würdest du es nicht schätzen.«

»Möglich. Ich will darüber nachdenken. Aber du weißt, ich habe Geschmack an der Schäferei gefunden, bin einfach lieber mit Tieren zusammen als mit Menschen. Die Hebammenarbeit ist manchmal schön, wenn alles gut geht – aber wenn nicht ... Und dann«, sie lachte verlegen: »Die Menschenfrauen hört man meilenweit schreien, wenn ihre Zeit kommt, während die Tiere es so still und rasch erledigen, dass du es manchmal erst merkst, wenn das Lämmchen da ist und um die Mutter herumspringt, die Nabelschnur noch feucht. Ich frage mich oft, warum es für Menschenmütter so viel schwerer und schmerzhafter ist, dieser natürliche Vorgang der Geburt, und kann es nicht verstehen.«

»Die Priester behaupten, es sei eine Strafe Gottes, mit der er unsere sündige Urmutter Eva belegte«, meinte Azima.

»Ja, gewiss!«

»Das ist natürlich barer Unsinn, aber ich habe mir dieselbe Frage auch schon oft gestellt. Manchmal denke ich, es ist deshalb, weil die Menschen sich so weit vom Rest der Schöpfung entfernt haben. Vielleicht, weil wir aufrecht gehen. Sieh: Menschenfrauen haben ganz ähnliche Knochen und Organe wie vierbeinige Tiere, aber sie gehen aufrecht. Einen anderen Unterschied kann ich nicht entdecken ... Vielleicht kommen daher die Schwierigkeiten. Ich habe mir schon überlegt ...«

»Azima, nein«, fiel Manou ihr ins Wort. »Nimm es mir nicht übel, bitte, aber ich teile deine Leidenschaft für die Geburtshilfe nun einmal nicht. Wenn dir etwas einfällt, um es den Frauen leichter zu machen, dann lass es mich wissen! Aber einstweilen halte ich es lieber mit den Tieren. Die machen auch nicht so ein Getue um jeden natürlichen Vorgang, auf welcher Seite vom Bett zum Beispiel ein Kind geboren ist und all das. Es ist mir so zuwider. Ich habe viel von dir gelernt und ich bin dir dankbar für die freundliche Aufnahme.«

Sie ergriff Azimas Hände. In beider Augen standen Tränen.

»Deine Freundschaft gehört zum Besten, das mir bisher begegnet ist. Aber ich habe in diesem Sommer meine Bestimmung gefunden. Das ist es, was ich tun will und was ich am besten kann.«

»Dann soll es so sein, obwohl ich dich ungern ziehen lasse. Aber ich bin froh, dass du nicht zurückgehst nach Buoux. Das ist ein schlechter Mensch, diese Angèle de Saignon, und du bist viel zu guten Herzens, um ihren Ränken etwas entgegenzusetzen. Es ist nur klug und keine Schande, dass du dich vor ihr zurückziehst. – Du wirst mir fehlen!«

»Oh, du mir auch, du mir auch, Azima!«

»Meinst du, du kannst mich vielleicht einmal besuchen?«

»Sicher, ganz bestimmt. Im Winter wird es vielleicht möglich sein, dass ich mich für ein paar Tage freimache.«

»Dann komm! Du wirst mir immer willkommen sein!«

Sie umarmten sich und weinten ein wenig. Noch ein Abschied, wieder ein Verlust. Das war ein weiterer Posten, der auf Angèles Rechnung stand!

Als Manou an einem Frühlingsabend in Saint-Germain ankam, war sie entsetzt über den trüben und heruntergekommenen Eindruck, den das Dorf machte. Sicher war es nur das schlechte Wetter, sagte sie sich. Seit sie am Morgen das Gästehaus des Klosters Sainte-Catherine verlassen hatte, war der Himmel zugezogen. Der Marin trieb finstere Wolken vom Meer herauf und sie ballten sich vor dem Ventoux zusammen. Im *Vallée du Calavon* blühten die Mandelbäume, doch in den Felsklüften des Luberon, in denen die Kälte und die Feuchtigkeit des Winters sich länger hielt, war alles noch kahl und grau. Die Zweige der Eichen hoben sich schwärzlich dürr vom Himmel ab, an dem die Wolken sich türmten. Feuchtpappiger Schneeregen hatte Manous wollenen Umhang durchnässt, trotz des Talgs, den er noch enthielt, und von der Krempe ihres Hutes

fiel ihr ein Klumpen Eismatsch hinten in den Kragen und rutschte ihr den Rücken hinunter.
›Was bringt mich hierher? – Die Vergangenheit. – Warum gehe ich zurück? – Um eine Zukunft zu haben.‹
›Slosch, Slosch‹, machten ihre Stiefel im Matsch. Ihr war kalt und unbehaglich. Gepflastert war die Straße nicht in diesem Seitental. In den Vertiefungen sammelten sich tierische und menschliche Exkremente und vermischten sich mit Regen und Schnee. ›Slosch, slosch.‹
Die Häuser wirkten grau, wintergrau, lange nicht geweißt. Türen und Fenster waren verschlossen. An allen Fensterläden und über den Tragbalken Amulette und Schutzzeichen gegen Zauberei: Buchs, Silberdisteln, verkohlte Stücke Holz aus dem St.-Jean-Feuer oder vom *bûcher,* aber auch getrocknete Käuzchen, mit ausgebreiteten Flügeln an Scheunentore genagelt und Strohpuppen, hässliche, gehörnte kleine Lumpengeschöpfe ohne Gesichter, die nur den Teufel darstellen konnten – das gesamte Arsenal.
Einsam hallte ihr Schritt von den Mauern wider. Wie konnte sie nur die bedrückende Enge dieser Schluchten vergessen haben? Von oben auf dem Weg in die Alpen, von weit fort, da hatte der Luberon wie ein einziger, langsam ansteigender blaugrauer Buckel ausgesehen, zwei Buckel, Kopf und Rücken des Tiers, glatt, gerundet. Doch kam man wieder näher, dann teilte sich die Einheit in eine Vielheit von Berg und Tal, Fels und Schlucht, dann war sie zerschnitten von Flüssen und Bächen, Riefen und Falten, ragten einzelne Felsen auf und stellten sich dem Wanderer in den Weg.
Wie hatte sie hier nur leben können, unten zwischen den Felsen, in die die wärmende Sonne nur wenige Stunden täglich einzudringen vermochte bis auf den Grund, wenn sie hoch oben am Himmel stand. Die Aigue Brun rauschte und gurgelte und es roch bittergrün und erdig, nach Eichen und Buchs, Farn und Moos, feuchtem dunklem Erdreich und nach Mauerwerk, an dem Salpeter blühte. Es war ihr, als liefe sie in die Erde hinein und als müsse sich die Schlucht hinter ihr schließen wie ein riesiges Maul. Sie schaute sich ruckartig um, weil sie meinte, das Zuschnappen der Kiefer zu hören.
Am anderen Ende des Dorfes erkannte sie das Haus von Berthe und

klopfte. Von drinnen erklangen Schritte, die sich der Tür näherten, schlurfend, widerwillig. Die obere Hälfte des Türladens wurde einen Spalt aufgeschoben, Berthe blinzelte heraus. Im nächsten Augenblick wurde die Tür ganz aufgestoßen, ein Arm langte heraus und Manou wurde mit einem Ruck ins Haus gezogen. Hinter ihr verriegelte Berthe die Tür mit einem schweren Balken.
»Jesus! Maria! Kind! Warum bist du zurückgekommen?! Weißt du nicht, dass die Hexe da oben dich sucht wie eine Nadel im Heuhaufen?«
Manou stand im Halbdunkel der Hütte, die nur von der Glut des Herdfeuers und einer rußenden Öllampe erleuchtet wurde und tropfte.
»Sie hat mich schon gefunden, Berthe. Sei ganz ruhig, sie tut mir nichts. Es ist alles in Ordnung.«
»Nichts ist in Ordnung! Du hast ja keine Ahnung«, schimpfte Berthe, während sie Manou den Mantel auszog und an der Feuerstelle zum Trocknen ausbreitete. »Jetzt steh nicht so herum, Mädchen, zieh dir das nasse Zeug aus, die Stiefel auch, und dann setz dich her. Du holst dir ja den Tod bei dem Wetter!«
Manou rieb sich die nasse Haut und die Haare ab mit einem wunderbarerweise trocken gebliebenen Zipfel ihres Kittels und kramte in ihrem Rucksack. Sie fand ihr gutes Kleid, nur ein wenig feucht, zog es rasch über und setzte sich so nahe ans Feuer, wie es möglich war, ohne sich Blasen zu holen.
»Was hast du vor?«, fragte Berthe.
»Ich will zu der Burg hinauf. Aber wenn es dir recht ist, würde ich gern hier übernachten, damit ich nicht so spät am Abend und in solchem Zustand meine Aufwartung machen muss.«
»Übernachten kannst du, aber wenn du klug bist, dann machst du dich im Morgengrauen davon und schlägst einen weiten Bogen um Fort Buoux!«
»Was ist denn los mit Fort Buoux, dass du dich so fürchtest? Was ist überhaupt los im Ort? Trügt mich mein Eindruck oder sieht es ärmlicher aus als vorher?«
»Dein Eindruck trügt dich nicht und es ist auch kein Wunder, so wie die Herren da oben sich aufführen. Wir haben immer gedacht, der *Capitaine* Justin de Saignon wäre der Teufel in Person, aber wir

haben ihm Unrecht getan, das sieht man jetzt: Denk dir, der Seigneur hat einen neuen Offizier eingesetzt als Gouverneur der Garnison, aber der ist von anderem Kaliber als der vorige, das kann ich dir sagen! Der ist schlimmer als die *routiers,* war wahrscheinlich selbst einer! Meint, dass den Soldaten alles zusteht und gehört, weil sie uns ja im Kriegsfall verteidigen – verteidigen! Als ob unsereins um die Kriege gebeten hätte!

Die Kerle sind außer Rand und Band, seit der neue *Capitaine* da oben das Regiment führt. Sie greifen sich, was ihnen gefällt: die Wurst aus dem Spind und unseren Wein! Die jungen Mädchen und unverheirateten Frauen sind zu Verwandten außerhalb gezogen, nachdem es zu Zwischenfällen gekommen ist. Und der Seigneur, der bedauert … Aber hat man die Kerle zur Rechenschaft gezogen? Nein!

Und wir müssen Abgaben und Kriegssteuern leisten, dass es nur so rappelt, uns bleibt bald nichts mehr zum Leben! Wenn's ihnen einfällt, dann trampeln sie mit ihren Pferden durch unsere Wiesen und über die Äcker und nennen es eine Übung. Wovon sollen wir dann Abgaben bringen, wenn sie das Korn zertreten und das Vieh verjagen, hm?!«

So wetterte und zeterte Berthe. Sie hatte aber nicht die Gastfreundschaft vergessen, holte Brot und Käse aus der Kammer und einen Krug sauren Weins. Manou stand auf, um ihr zu helfen, aber davon wollte Berthe nichts wissen.

»Nein! Nein, bleib du am Feuer sitzen und trockne dich! Ich bin noch nicht so alt, dass ich mir nicht selbst helfen kann.«

»Warum kümmert sich der Seigneur denn nicht darum, wenn sich die Soldaten so schlecht benehmen?«, fragte Manou. »Das wundert mich schon. Monsieur de Pontèves war doch immer ein guter und frommer Herr. Wir haben nie unter ihm zu leiden gehabt.«

»Das ist wahr, aber er ist nicht mehr hier. Er wohnt in einem seiner anderen Schlösser, hab vergessen, wo, an einem Ort, wo es trockener und sonniger ist als hier, weil seiner jungen Frau die Luft hier nicht bekommt, so hieß es. Ich weiß nicht, was an unserer Luft falsch sein soll, ist mir immer bekommen, aber nun ja, für den Seigneur ist sie nicht gut genug. Also, er ist weit weg und als unsere Gemeindevertreter ihm schrieben, da ließ er auch immer prompt und höflich antworten, aber geändert hat sich nichts! Und das Schlimmste von allem ist das Weib da oben, die Hexe! Du kennst sie ja!«

»Madame Angèle?«

»Eben dieselbe! Ich sage dir, die hat sich dem Teufel verschrieben. Es ist nicht mehr geheuer da oben, die Dienstboten verlassen die Festung rascher, als sie kommen. Es sind ...« Berthe beugte sich nach vorn und raunte, als fürchte sie, in ihrem eigenen Haus belauscht zu werden: »... es sind Kinder verschwunden, zwei oder drei im letzten Jahr. Sie sind aus den Wiegen gestohlen worden oder vom Feldrand, wo die Mutter sie während der Arbeit abgelegt hatte. Einer hatte den Mut, hinaufzugehen und sie zur Rede zu stellen. Sie gab sich unschuldig, sogar mitleidig, aber drei Tage später war er tot, ein gesunder Mann von dreißig Jahren, einfach so – ausgelöscht. Hat sich mit der eigenen Sense das halbe Bein abgesäbelt und ist verblutet.«

»Na, aber ihr könnt doch nicht wissen, ob sie damit zu tun hatte, nur weil er bei ihr oben war.«

»Doch«, beharrte Berthe. »Wir wissen Bescheid. Es war ein geschickter Mann, dem wäre so was nie von allein passiert. Sie hat ihn verhext. Und noch ein paar unheimliche Sachen sind geschehen. Dunkle Gestalten, die in manchen Nächten ums Dorf schleichen, ein schwarzer Reiter, vermummt, der die Straße entlang stob wie der Sturm ... Seither riegeln wir nachts unsere Fenster und Türen zu, besonders bei Vollmond. Wir haben es so eingerichtet, dass immer eine Frau bei den Kindern bleibt, alle in einer Gruppe zusammen, und die anderen dafür ihre Arbeit mittun. Aber zu sagen traut sich keiner mehr was!«

»Warum nicht? Fast täglich brennen Hexen auf den Marktplätzen.«

»Ja, arme Kräuterweiblein oder besonders Begabte, so wie du! Aber wie viele Hochgeborene sind wohl darunter? Ich hätt sie trotzdem angezeigt, aber sie hat uns wissen lassen, dass es uns schlecht bekäme. Außerdem steht sie unter Schutz. Es heißt, sie hätte sogar seine Exzellenz, Bischof de Forli, umgarnt.«

»Warum geht ihr nicht fort?«

»Fort? Wohin denn? Wir sind hier geboren, wir haben unser gan-

zes Leben hier verbracht. Unsere Häuser, unser Land, unser Leben ist hier. Wir können nicht fort. Bin schließlich keine Schnecke, die alles mit sich auf dem Rücken herumtragen kann!«
Es klopfte, diesmal an der Hintertür. Andere Frauen aus dem Dorf kamen.
»*Salut,* Manou, wie geht es dir?«
»Was hast du denn gemacht die ganze Zeit? Du warst ja wie vom Erdboden verschluckt!«
Verstohlen kamen sie herein, eine nach der anderen, in dunkle Tücher gehüllt, leise, hastig, und zogen die Tür mit einem Ruck hinter sich zu. Es waren alle, die Manou noch von früher kannte, alle außer denen, die ihr offen Feind gewesen waren. Sie küssten sie schüchtern auf die Wangen, setzten sich zu ihnen ans Herdfeuer und streckten die Hände nach der Glut aus, nach Licht und Wärme.
»Sie will wieder hinauf«, teilte Berthe ihnen mit und schüttelte den Kopf dabei, missbilligend zum Äußersten, verständnislos, beunruhigt.
»Vielleicht kann sie was gegen«, ein Kopfnicken in Richtung Fort Buoux, »die da tun.«
»Man sagt, du hast gelernt bei dem ... bei Monsieur de Saignon.«
»Wenn eine was tun kann, dann unsere Manou. Sie ist doch *fada*!«
›Ach‹, dachte Manou. ›Früher haben sie das aber anders genannt!‹
Sie sahen es ihrem Gesichtsausdruck an, die alte Bitterkeit, obwohl sie nichts davon sagte, was ihr im Kopf herumging, die alten Zeiten, viele Einzelheiten, die sie ganz vergessen hatte. Alles war nur zugedeckt gewesen und kam jetzt, mit den vertrauten, nur wenig gealterten Gestalten, den Stimmen, dem Licht, wieder an die Oberfläche.
»Ich weiß, wir haben dich nicht immer gut behandelt, Manou«, sagte eine, die ihre Cousine war, väterlicherseits. »Aber immerhin hast du unser Brot gegessen.«
»Du magst vielleicht geneigt sein, dich jetzt gegen uns zu stellen, und verstehen könnte ich es«, sagte eine andere.
»Geh und bring sie um, die Hexe! Ich gäbe alles, was ich habe, dafür, hab einiges gespart, gutes Silber und eine Halskette von Granat, die mir mein Mann geschenkt hat. Alles gäbe ich dafür, dass sie

stirbt und zur Hölle fährt!« Die das zischte, das war eine Frau in Schwarz, schweren Leibes, breit und plump und voller Schmerz und Hass. Sie war eine von denen, die ihr Kind verloren hatten. Ein kleiner Säugling, ihr einziger Sohn, war vom Feldrand verschwunden, während sie sich nur einen Augenblick lang von ihm abgewandt hatte, um Zwiebeln zu zupfen und mit einem dicken Grashalm zu Bündeln zu schnüren. Als sie wieder hinging zu der Stelle, da fand sie nur noch die Vertiefung im hohen Gras, wo er in seinem Bastkorb im Schatten eines Apfelbaumes gelegen hatte, und von dem Kind keine Spur.

»Wenn es sonst keiner tut, dann gehe ich selber und stoße ihr das Messer in die Brust!«

»Sie würden dich ja gar nicht vorlassen zu ihr!«

»Und woher willst du wissen, dass sie es war? Es könnte ein Fuchs gewesen sein oder ein verwilderter Hund – oder ein Wolf«, sagte Manou. »Nur weil sie einen schlechten Ruf hat und weil ihr Gatte Alchimist war, muss sie noch lange keine Kinder ermorden.«

Doch die Frauen glaubten ihr nicht, sie waren überzeugt davon, dass all ihr Unglück von ›da oben‹ käme, von Fort Buoux.

»Hast du nicht selbst gesagt, sie wollten eine Satansmesse halten? Es hat sich herumgesprochen, was du im Kloster Sainte-Catherine erzählt hast, dass sie schon einmal ein Kind in ihren Klauen hatte, bevor du es gerettet hast!«

So hatten sie es also erfahren, obgleich sie es doch unter dem Siegel des Beichtgeheimnisses der Äbtissin und Bruder Eusebius anvertraut hatte. Es getraute sich niemand, *Dame* Angèle in aller Öffentlichkeit zu beschuldigen; sie hatte mächtige Freunde, so hieß es. Aber alle wussten Bescheid oder glaubten zu wissen. Man hatte beobachtet, wie sie in Vollmondnächten ausritt …

»Es scheint, du hast keine Angst vor ihr.«

»Wenn du schon nach oben gehst, könntest du nicht deinen gerechten Zorn gegen uns überwinden, um Christi willen, und ein gutes Wort für uns einlegen … oder so etwas?«

Manou schaute ihnen in die Augen, einer nach der anderen – nicht alle hielten dem Blick stand –, und dachte daran, wie auch sie nicht immer gerecht gewesen war in Gedanken, wie Azima gesagt hatte: Wenn man jung ist, sieht man nur sich selbst und seine eigenen Sorgen und bildet sich ein, dass andere Menschen sich abweisend oder feindlich verhielten, da sie doch nur ihr eigenes Leben lebten. Und sie dachte daran, wie ihr diese oder jene etwas zum Anziehen oder etwas zum Essen gegeben hatte, bevor sie sich zurückgezogen und selbst zum Außenseiter gemacht hatte.

»Ihr habt mich damals eine Hexe genannt. Wenn ich eine wäre, dann würde es mir jetzt leichter fallen zu tun, worum ihr mich bittet. Aber seid unbesorgt. Ich hege keinen Groll mehr gegen euch. Ich habe erkannt, dass es hier wie überall gute und schlechte Leute gibt und dass, was geschehen, auch zum Teil meine Schuld war. Ich werde sehen, was ich tun kann. Aber ich verspreche nichts. Ich muss erst selbst sehen und erfahren, was die Wahrheit ist, denn allzu leicht urteilt man nach Hörensagen und nach dem, was fremde Interessen aus einer Sache machen. Ihr habt früher auch schlecht von Monsieur Justin gesprochen, und ich sage euch: Er war ein guter und großherziger Mensch.«

»Kann sein«, murmelte eine Nachbarin. »Er sah aber aus wie der Satan!«

»Was du schon vom Satan weißt! Warum nennt man ihn den großen Verführer? Wen könnte er denn verführen, wenn er hässlich wäre und furchteinflößend auf den ersten Blick, so wie es der arme Monsieur Justin war? Weißt du nicht, dass Luzifer …«

Die Frauen bekreuzigten sich hastig.

»… dass Luzifer den Menschen in Gestalt eines schönen jungen Mannes erscheint? Ihr macht es euch zu leicht, wenn ihr gut und schön, böse und hässlich gleichsetzt, wenn ihr meint, dass eine Frau mit einer Warze auf der Nase oder einem Buckel gleich eine Hexe sei. Meint ihr nicht, wenn Gut und Böse so leicht zu unterscheiden wären, dass sich jedermann davon fern halten würde?«

»Na, im Fall von Madame de Saignon hättest du dann Recht, denn die ist schön und noch schlimmer als alle Teufel zusammen.«

Angèle de Saignon – sie kannten sie nicht. Auch sie war nicht aus den Wolken gefallen, so wie sie jetzt war. Aber sie hatten sie nun zum Gefäß aller ihrer Ängste gemacht und waren nicht gewillt, ihr einen Hauch Menschlichkeit zuzugestehen.

»Ich werde hinaufgehen und selbst sehen, was los ist. Mehr verspreche ich nicht.«

Sie gingen hinaus in die Nacht, nachdem sie eine nach der anderen zu Manou gekommen waren, um sich mit einem Kuss oder einem Händedruck und dringenden Bitten im Blick zu verabschieden. Was erwarteten sie denn von ihr? Dass sie hinaufginge mit einem Dolch im Mantel wie in einem schlechten Theaterstück? Dass sie eine Zauberpuppe herstellte mit einem Stück Stoff, das Angèle getragen hatte oder mit einigen Haaren von ihr, um ihr damit Schaden zuzufügen? Ihr eine Mandragora ins Bett legte? Oder dass sie sie einfach mit einem gemurmelten Spruch im Handumdrehen in eine Kröte verwandelte? Wenn sie alle Leute, die ihr je quer gekommen waren, in Kröten verwandelt hätte, dann könnte man nachts vor Gequake kein Auge zutun!
Sie schlief bei Berthe diese Nacht. Diese bestand darauf, ihr das Bett zu überlassen und selbst auf einem Strohsack am Feuer zu liegen. Als ihr Manou am nächsten Tag dankte, bat sie um einen Zauberspruch, etwas gegen das Reißen in ihren Gliedern.
»Ach, Berthe! Ich kann doch aber nicht hexen, ganz gleich, was ihr glaubt! Gegen das Gliederreißen, da nimm Bergbohnenkraut, *pèbre d'ai,* trockne und zermahle es zu Pulver und mische es mit etwas weniger Pulver aus Salbei und Kümmel. Vermische das alles in Honigwürze und nimm täglich nach dem Essen einen Löffel davon. Dann wird es dir besser gehen.«
»Ja gut: Eselspfeffer, Salbei und Kümmel in Honigwürze. Das klingt gut. Das werde ich machen«, sagte Berthe und sah dabei doch so enttäuscht aus, dass Manou endlich kopfschüttelnd einen Tontopf aus dem Wandregal nahm, mit den Händen über ihn strich, hineinspuckte und ein paar Worte murmelte.
»Da! Bereite das Mittel in diesem Topf, dann hilft es sicher!«
Und siehe, jetzt blickte Berthe erst so recht froh und hoffnungsvoll drein.
»Ich danke dir, Manou. Bist ein gutes Mädchen, ich hab's immer schon gewusst! Pass auf dich auf, Gott schütze dich!«

29

›*Qui perde sa fremo e quinze soous, es dooumagi de l'argent.*‹
»Wer seine Frau verliert und fünfzehn Pfennige – da ist es schade ums Geld«, sagten die Provençalen.
Angèle de Saignon hatte ihren Gatten verloren und es war schade um das Geld, denn er hatte alles verbraucht, was sie in die Ehe gebracht, und das war nicht wenig gewesen. Es blieben ihr der Titel und ihre Schönheit und sonst gar nichts auf der Welt. Madame de Pontèves hatte ihr mit deutlichem Widerwillen – weil sie eine fromme Frau war und sich gewissermaßen verpflichtet fühlte – die Stelle einer *châtelaine* angeboten auf Schloss Buoux, wo sie selbst sich selten aufhielt, einer besseren Haushälterin. Da wäre sie versorgt gewesen, hätte den Vogt bedienen müssen und die Wirtschaft regeln in Abwesenheit der Herrschaft.
Angèle schäumte vor Wut. Welch eine Beleidigung! Nicht einmal zur Zofe oder Gouvernante war sie der Dame gut genug. Sie wollte sie nicht in ihrer Nähe haben, das war offensichtlich, und ihren Platz als Herrscherin über Fort Buoux sollte sie räumen, einfach gehen und alles zurücklassen, was sie in Jahren dort geschaffen und aufgebaut hatte. Es gehörte ihr nicht, so bedeutete man ihr. Ihr Gatte hatte Schulden ohne Ende und der Marquis de Pontèves würde in Gottes Namen dafür aufkommen. Doch all seine Möbel, seine Gerätschaften, sein materieller Besitz fiel dafür an die Pontèves und die Witwe blieb unversorgt zurück.
Dienerin sollte sie sein? Domestik? Niemals!
Stattdessen verharrte sie so lange auf Fort Buoux, bis der neue Gouverneur Einzug hielt, und niemand getraute sich, sie zu drängen oder gar zu vertreiben. Sie war noch keine dreißig und immer noch makellos schön; sie gedachte nicht, als *châtelaine* oder als

Gouvernante adliger Blagen, als geduldete arme Verwandte oder Hörige zu vergreisen! Hatte sie nicht in ihrem kleinen Finger mehr Kraft und Ausstrahlung als die frömmelnde Marquise de Pontèves in ihrem ganzen Mehlsack von einem Körper? Während des Begräbnisses und der anschließenden Verhandlungen bemühte sie sich, den Marquis zu verführen, aber der zeigte sich nicht interessiert, der trockene Stecken, der moralinsaure. Er schien verliebt in seine eigene Frau! Ehe und Leidenschaft – was hatte das miteinander zu tun? Die Ehe war ein Arrangement, alles andere grenzte an Obszönität.
Ihr eigener Gatte hatte sie geliebt. Zu Beginn war das auch aufregend genug gewesen, als er noch ein gut aussehender, gesunder Mann gewesen war, ein hochdekorierter Soldat. Doch als er die neapolitanische Krankheit mitgebracht und sie damit angesteckt hatte, da hatte sie begonnen, ihn zu verabscheuen, ihn zu manipulieren und sich ihr Vergnügen anderswo zu holen. Seine Entschuldigungen, sein Flehen um Vergebung, seine Bitten um Zuneigung und Mitleid, all dieses unmännliche Gewinsel war ihr zutiefst zuwider geworden mit der Zeit und sie war froh, als er zwangsweise seine körperlichen Aufmerksamkeiten einstellen musste. Schade um Ysac …
So blieb sie also in ihrem Donjon auf Fort Buoux sitzen wie eine Spinne im Netz. Als der Neue kam, zwang sie ihn, sie in ihren Gemächern aufzusuchen, indem sie einfach nicht herunterkam. Er wartete einige Tage, und dann, als die Situation begann peinlich zu werden, ungeklärt und außerhalb jeder Regel, da ließ er sich melden durch seinen Adjutanten. Madame de Saignon ließ bitten, als gehöre ihr das Haus. Sie lachte leise in Erinnerung an das Unbehagen, das sie dem groben Klotz bereitet hatte, dem ungehobelten Kerl, der nichts gelernt und nichts im Kopf hatte außer dem Kriegshandwerk, der nicht zu atmen, sich nicht zu bewegen getraute außerhalb des strengen Gerüsts militärischer Regeln und männlicher Verhaltensweisen. Doch diese Herren hatten alle ihre Achillesferse, und sie würde rasch herausfinden, welches seine war. Sie hatte viel Zeit auf ihre Toilette verwendet: ein italienisches Kleid von schlichter Eleganz, vornehm, nicht übertrieben aufgeputzt, um ihm nicht den Eindruck zu vermitteln, dass sie es darauf

anlege, ihn zu beeindrucken, dass sein Eindruck von ihr irgendwie von Bedeutung sei. Aber ein so unverschämt tiefes Dekolleté, dass man es zu Recht ›Höllenfenster‹ nennen konnte. Die Brustwarzen waren kaum bedeckt. Schmuck, nicht zu wenig, nicht zu viel. Die Haare sorgfältig coiffiert, zu einem Turm aus schimmernden Locken aufgesteckt, aber eine einzige Locke schien ganz von selbst entglitten zu sein und hing ihr über den schlanken, langen Hals, die weiße Haut herausstreichend.

Und das Parfum: Moschus und Jasmin. An Moschus kam kein Mann vorbei und Jasmin – vorgetäuschte Unschuld, Frische. Alles an ihr war rätselhaft, widersprüchlich. Einen Klotz wie den musste man im Unklaren lassen, ihn herausfordern und gleichzeitig einschüchtern. Und das Konzept erwies sich als hochwirksam. Er war stolz, dieser Soldat, seine Herkunft quälte ihn. *Noblesse de champs,* ein fünfter Sohn, kein Platz für ihn auf der Klitsche seines Vaters. Die Brüder hatten schon gemurrt über das Geld, das für sein Offizierspatent und die Ausrüstung draufgegangen war.

Er war ungebildet, kaum geschliffen, aber nicht dumm genug, um nicht zu erkennen, was ihm fehlte; um sich nicht nach dem zu sehnen, was er selbst nicht besaß und nie besitzen würde. Angèle bot ihm all das: Eleganz, Bildung, Glanz – und war doch zugänglich, anders als die hohen Damen, denen er bisher begegnet war, die er nur von weitem sehen durfte, solche, deren *fazoletti* er bei Turnieren am Schild tragen durfte, duftend und zart, die in ihm aber nichts anderes sahen als ein amüsantes, wildes Tier, solche, mit denen er nicht einmal tanzen durfte.

Von nahem kannte er nur Dirnen, Frauen, deren Gesellschaft man kaufte, oder verängstigte Bäuerinnen, die er mit Gewalt genommen hatte, als er noch ein einfacher Soldat war. Dieses Vergnügen war ihm versagt, seit er Offizier geworden war. Nun hatte er solche *violences* zu verbieten und selbst mit gutem Beispiel voranzugehen. Er tat es, weil er wusste, dass es besser war, die Bevölkerung in eroberten Gebieten nicht gegen sich aufzubringen, wenn man diese auf Dauer halten wollte, und mehr noch galt das im Land der Krone.

Eine Frau wie sie hatte er noch nie gehabt. Sie reizte ihn und versetzte ihn in Unruhe. Da saß sie in einem Fauteuil am Fenster, als er eintrat, ein Bild der Perfektion mit kleinen Fehlern: das Dekolle-

té zu tief, um wirklich anständig zu sein, der Knöchel wie zufällig entblößt. Und doch der Kopf stolz erhoben, keine Spur von Schamgefühl, keine Bitte, keine Unsicherheit.
Er glotzte, vergaß zunächst, sich zu verbeugen, räusperte sich, scharrte mit den Stiefeln auf dem Seidenteppich, machte endlich einen Schritt auf sie zu, beugte sich über ihre dargereichte Hand, roch das Parfum und grinste plötzlich breit.
Es war ein Handel, der ihm hier vorgeschlagen wurde, das war gut. Das glaubte er zu verstehen. Er ging darauf ein. Doch er nahm sie als Mätresse, nicht zur Frau. Das war, was er zu geben bereit war. Sie konnte bleiben, solange sie ihm zur Verfügung stand, ihm Ansehen verlieh, machte, dass man ihn beneidete. Er stellte ihr genug Geld zur Verfügung, dass sie sich kaufen konnte, was sie begehrte an weiblichem Tand. Er litt es, dass sie ihn – leise, taktvoll – bei Tisch korrigierte, dass sie einen Salon führte, der fast eines Seigneurs würdig gewesen wäre, dass sie Musikanten kommen ließ, dass sie ihre Räumlichkeiten behielt und ihre persönlichen Bediensteten, dass sie Hof hielt, wie es ihr gefiel.
Doch damit war auch schon das Ende seiner Duldsamkeit erreicht. Dass sie ihm Bücher aufdrängte, gelehrte Gespräche, in denen sie besser dastand als er, das verbat er sich, gleichermaßen das Schachspiel, welches ihm Kopfweh bereitete, und das Tarot. Männer würfelten und tranken. Bei weibischem Unsinn jeglicher Art würde er nicht mittun. Mochte sie mit ihren Zofen Karten spielen und dem Gewinsel wandernder Troubadoure lauschen, er würfelte mit seinen Offizieren im Salon und soff mit ihnen und sie grölten die alten Lieder, solange es ihm passte.
Und wenn es ihm passte und er nicht zu viel getrunken hatte, dann kam er danach in ihre Gemächer, verscheuchte ihre Dienstboten mit einer Handbewegung, schnallte seinen Degen ab und ließ ihn scheppernd auf den Boden fallen. Und dann hatte sie den Preis zu bezahlen. »Lanzenstechen« nannte er es und gelegentlich genoss sie sogar seine Grobheiten wegen der Neuheit. Solange er ihr neue Kleider kaufte, mochte er ruhig die anderen zerreißen, wenn es ihn denn in Hitze brachte.
Gold hatte er genug, Belohnungen, Prämien von Seigneur und König, Reichtümer aus zur Plünderung freigegebenen Städten. Er

konnte sich eine teure Mätresse leisten und war stolz darauf. Er schenkte ihr protzigen Schmuck, den sie verabscheute, aber ihm zuliebe trug, ein neues Pferd, schwarz, passend zu ihrem Haar und Teint, aber eine Stute, sanft, von weichem Gang und gefügiger Natur, so wie es sich für das Reittier einer Dame gehörte. Er schenkte ihr Jagdfalken, aber keinen großen Gerfalken, so wie sie es wünschte, sondern zwei hübsche kleine Vögel, dekorativ wie Edelsteine auf ihrem Handschuh, ohne Feuer und ohne Hirn. Das war keine Jagd, die ihr Vergnügen bereitete, sie brachten nur armselige Feldmäuse und Sperlinge zurück, wenn sie nicht ganz vergaßen, wozu sie losgeschickt worden waren. Angèle ließ sie bei nächster Gelegenheit frei und hoffte inständig, dass sie von größeren Raubvögeln gefressen würden, während sie sich bei ihm für ihre Ungeschicklichkeit entschuldigte.
»Es macht nichts«, sagte er. »Frauen sollten ohnehin nicht jagen. Nicht zum Vergnügen und schon gar nicht für die Küche. Wenn du Wildbret begehrst, Tauben, Wachteln oder einen Fasan, dann sag es meinen Männern. Sie werden es für dich besorgen. Es ist eine Abwechslung für sie.«
›Und welche Abwechslung habe ich?‹, dachte Angèle erbost, doch sie war sich darüber im Klaren, dass sie ihn noch nicht genug an sich gefesselt hatte, um sich Widerspruch leisten zu können, um ohne Gefahr seinen Ärger zu erregen. ›Vielleicht‹, so sagte sie sich in den seltenen Momenten, da sie in den Spiegel ihrer Vernunft blickte, ›schaffe ich es bei ihm nie. Er ist einfach zu unsensibel, als dass er Sinn für irgendwelche Raffinessen hätte. Er benutzt mich, so wie ich ihn benutze. Er ist meine Versorgung. Ich bin ein Schmuckstück für ihn, eine Eroberung mehr, mit der er protzen kann, ein Orden auf seinem Waffenrock. Im Grunde ist er ein Vieh. Wenigstens ist er aber ausdauernd im Bett!‹
Sie zog es vor zu denken, dass sie die Nehmende war, zog es vor zu vergessen, dass es eine Zeit gegeben hatte, da sie geliebt wurde um ihrer selbst willen, dass der simple Handel zwischen Mätresse und Herrn etwas anderes war als die Zuneigung, ja Freundschaft, das Vertrauen, die Rücksichtnahme, die eine gute Ehe bedingte. Sie zog es vor, sich nicht daran zu erinnern, dass da ein Unterschied war zwischen *amant* und *seigneur,* Liebe und Begehren,

dass man in Liebe altern kann, das Begehren aber nicht den kleinsten Makel erträgt.
›Da! Siehst du‹, sagte die Dämonin, die ein Hinterzimmer in Manous Denken bewohnte, ›es ist so traurig! Sie hatte so ein großes Potenzial und ist nun auf die Hurerei reduziert. Benutzt von einem Vieh, das zu dumpf ist in seiner Natur, um zu begreifen, was es hat, was beinahe noch gut ist für sie, denn wenn dieser Kerl es verstünde, dann würde er es mit Gewalt zu unterdrücken, zu zerstören suchen, weil er es nicht ertragen könnte, dass eine Frau ihm in allem überlegen ist.‹
›Aber‹, entgegnete Manou, ›sie hätte ja das Angebot der Pontèves annehmen können, was durchaus anständig war. Sie hätte ein gesichertes und moralisch einwandfreies Leben gehabt.‹
›Indem sie die Ärsche und Triefnasen fremder Leute Kinder gewischt hätte? Sich darum gekümmert hätte, dass die Pontèvs'schen Zwiebeln getrocknet und ihr Kohl ordentlich eingesalzen würde? Dafür gesorgt, dass ihre feine Wäsche keine Stockflecken bekäme in all der Zeit, in der die Herrschaften geruhen sich anderswo aufzuhalten, dass die Laken sauber und frisch parfümiert wären, wenn sie denn ein- oder zweimal im Jahr ihr Schloss in Buoux besuchen kämen? Sei nicht albern! Warum sollte sie?‹
›Um sich nicht als Hure zu verdingen! Ich wäre zufrieden mit einem ehrlichen, arbeitsamen Leben wie diesem!‹
›Ja. Das wärest du. Deshalb bist du auch vollkommen sicher vor mir.‹
Am Morgen, als Manou sich auf den Weg zum Fort machte, hatte der Himmel sich aufgeklart. Unten, auf dem Weg, lag noch der Morgendunst und die Steine strahlten Kälte aus in einer Weise, in welcher ein Feuer Wärme verbreitet, eine Kälte, die durch die Füße und die Beine den ganzen Körper hochstieg. Manou lief schneller, um warm zu werden, und zog ihren wollenen Umhang fester um sich. Welcher Dummkopf hatte denn nur behauptet, die Hölle sei heiß? Wenn die Hölle unten lag, wie es in den Heiligen Schriften geschrieben stand, dann musste sie aller Wahrscheinlichkeit nach aus Eis sein!
Das Plateau der Claparèdes und die Spitzen der Felsen zu beiden Seiten der Schlucht lagen schon im Sonnenlicht und gleißten. Sie

bildeten einen krassen Gegensatz zum Dunkel, das noch die unteren Regionen umfangen hielt. Eine scharf gezackte Schattenlinie zeichnete sich auf den glatten Felswänden ab, weiß glühend wie aus dem Schmiedeofen dort, wo das Licht sie berührte, bleigrau, wo noch Dämmerlicht herrschte. Und der Schattenriss der gegenüberliegenden Höhen sank an der östlichen Steilwand hinab, daran konnte man von unten sehen, dass oben die Sonne ihr Werk begann.

Manou liebte dieses Schauspiel, konnte nie genug davon bekommen, von diesem Augenblick des Glanzes, wenn die Sonne Elle für Elle über die Steine glitt und sie zum Leben erweckte, jeden Morgen neu. Dann jubelte ihr Herz und sie fühlte sich der Welt gewachsen. Sie betrat die Klamm, durch die man gehen musste, um zum Fort zu gelangen. Dann ragte der schroffe Felsen vor ihr auf, so dass sie den Kopf in den Nacken legen musste, um seine helle Krone aus Mauerwerk und Schießscharten zu erblicken.

›Ah! Ich kenne diesen Ort‹, flüsterte Lilith, ›*ah – oui!*‹

Er hätte ein Feenturm sein können, dieser Felsenfinger, wie er da stand, einsam in der Mitte der Schlucht, mit der Spitze im Licht, herausgemeißelt von Wasser und Wind. Er war lange vor den ersten Königen und Kaisern geschaffen worden, vor den Sarazenen, den Römern, vor den Phöniziern und Ligurern, den Kelten, den *Vulgientes,* vor dem Einfall der Reiternomaden vom Dnjepr. Er war alt und grandios, dieser Felsenturm, zauberhaft bis auf die menschliche Wanzenplage, die jetzt seine Krone beherrschte, das Krabbeln und Blöken niederen Soldatenvolks, ungebildeter, angeberischer, rauer Kerle.

Das einzig Feenhafte dort oben zu dieser Zeit, das einzig Wunderbare, war Angèle, die wahnsinnige, schöne Angèle. Ihre Anziehungskraft rief Manou wie Sirenengesang und störte ihre Bemühungen um Ruhe und Zufriedenheit. Noch wäre es möglich gewesen, umzukehren, weit fortzugehen ins Languedoc, auf die andere Seite der Rhône, dorthin, wo sie nicht aufzufinden gewesen wäre. Immerhin hatte sie den großen Saphir in ihrem Beutel, den sie zu Geld machen konnte. Sie konnte das silberne *brèu* einem Soldaten in die Hand drücken, ihm auftragen, es Madame de Saignon zu überbringen, und dann wäre sie frei. Was hielt sie hier?

Stolz, ein alter schwelender Zorn, Erinnerungen an eine Demütigung? Das war doch alles vorbei, warum konnte sie nicht einfach alles vergessen, das verfluchte Amulett in den nächsten Brunnen werfen und sich davonmachen?
›Weil du nicht so leben willst‹, sagte Lilith. ›Weil es selbst für den demütigsten und friedlichsten Menschen auf Erden eine Grenze gibt. Erinnerst du dich – das Bauerntrampel mit den schlechten Manieren, ein Leben, das für niemanden Bedeutung hat als für dich selbst –, wirst du das mit dir herumtragen, wirst du das unwidersprochen lassen bis an dein Lebensende? Ihre falschen Anschuldigungen … Sie hätte dich brennen lassen ohne mit der Wimper zu zucken, dich und Azima. Willst du ihr das durchgehen lassen, soll sie immer so weiter machen dürfen?
›Verführerin!‹
Lilith lachte.
Und Manou machte einen weiteren Schritt vorwärts. Ein Wachtposten bemerkte sie, senkte die Lanze, stellte sich ihr in den Weg.
»Wohin, Dirne?«
»Nach oben. Ich werde erwartet.«
»Ach so? Du … du wirst erwartet? Und ich bin der König von Frankreich.«
Er streckte seine Hände nach ihr aus, der Soldat, mit lüsternem Blick. »Komm her zu mir, Mädchen! Leiste mir Gesellschaft, hier ist es besser als da oben! Ich geb dir ein Kupferstück, wenn …«
»Lass deine dreckigen Pfoten von mir, was fällt dir ein, Kerl! Ich werde von der Baronin de Saignon persönlich erwartet und wenn du mich belästigst, dann kriegst du es mit ihr zu tun!«
Bei der Erwähnung von Angèles Namen zog er sich sofort zurück. »Na, na! Es war ja nicht böse gemeint. Man wird ja wohl mal fragen dürfen! Du musst nicht gleich schlecht reden über mich bei der Herrin. Geh nur hinauf und vergiss, was ich gesagt habe, ja?«
Er rief etwas zu seinen Kameraden oben am Eingangstor der Festung und begab sich zurück auf seinen Posten, nicht ohne ihr vorher noch einmal entschuldigend zugelächelt zu haben.
›So‹, dachte Manou, ›sie haben also immer noch Respekt vor ihr, Mätresse oder Herrin, es macht gar keinen Unterschied.‹

Langsam stieg sie die steile Treppe empor, die Stufen glitschig vom Regen. Und sie dachte voller Schrecken an den Weg, auf dem sie das Fort verlassen hatte – vor Jahren, in Stille und Heimlichkeit, damals.
Von oben drangen die morgendlichen Geräusche zu ihr herab und hallten von allen Seiten wider: die Rufe, mit denen man sich begrüßte, das Keifen einer Magd über den Küchenjungen, der verschlafen hatte, das Schaben und Rollen der Seilzüge, das Scheppern der Eimer, die in die Zisternen hinabgelassen und mit frischem Wasser gefüllt wieder heraufbefördert wurden; jemand spülte sich am Felsrand den Mund aus und spuckte über die Klippen; die Abfälle der Nacht klatschten von oben auf die Müllkippe, man hörte das verärgerte Krächzen der Aasvögel, die beim Morgenmahl gestört wurden.
»Madame de Saignon erwartet mich«, sagte Manou, als sie beim äußeren Tor angekommen war. Man betrachtete sie mit abschätzigem Blick.
»'s wär gut für dich, wenn's wahr ist. Die Dame ist wenig mild gestimmt dieser Tage. Wenn du lügst, um in ihre Nähe zu kommen und dich ihr anzudienen, dann lässt sie dich auf direktem Weg wieder hinunterbefördern.« Der Wachhabende grinste sie an, doch sie spürte, die Bemerkung war nicht ganz scherzhaft gemeint.
Man brachte sie zum Gouverneurshaus am anderen Ende des Plateaus, durch die inneren Tore, Wehrmauern, Gräben, über die Zugbrücke, und meldete sie *Dame* Angèle.
Nach einiger Zeit erschien eine Zofe, es war nicht mehr Marie – auch Parentin war nicht mehr da –, und geleitete sie in die Gemächer der Herrin.
Angèle ließ Manou lange Zeit im Vorzimmer warten, ehe sie sie hereinrufen ließ.
›Das wird dir nichts nutzen‹, dachte Manou.
»Ah! Manon. Bist du also doch wiedergekommen«, rief *Dame* Angèle mit gespielter Überraschung.
»Mein Name ist Manou, nicht Manon. Meine Eltern haben mir diesen Namen gegeben und ich bin zufrieden damit. Ich wäre Euch dankbar, Madame, wenn Ihr es dabei belassen würdet.«
Angèles Stirn bekam eine tiefe Furche zwischen den Augenbrauen,

bis sie sich daran erinnerte, dass eine solche ihrer Schönheit abträglich sei. ›Unverschämtes kleines Luder! So stand es also? Widerworte!‹

Die beiden Frauen musterten sich. Angèle war noch so schön wie vor Jahren, stellte Manou fest, aber da war eine unangenehme Härte in ihrem Wesen, die sie früher hatte verbergen können, eine Härte, wie man sie bei den Weibern gewisser Etablissements in Apt und Lacoste wahrnehmen konnte, eine schlecht verhohlene Täuschung. Es war wie bei den Händlern auf dem Markt – da gab es solche, die zu feilschen verstanden mit Charme und einem Zwinkern im Auge, und solche, denen die Gier ins Gesicht geschrieben stand. Sie war immer noch schön, *Dame* Angèle, aber ihre Selbstsicherheit, ihr mädchenhafter Übermut, das Spielerische waren verschwunden.

Und Manou? Madame de Saignon blickte das Mädchen an, diese – junge Frau, inzwischen, und sah ebenfalls eine Härte, die vorher nicht da gewesen war. Das war nicht mehr das naive Kind, welches man zum eigenen Vorteil und Vergnügen manipulieren konnte. Die Intelligenz, die Auffassungsgabe, die sie selbst zu wecken geholfen hatte, hatte unerwartete Früchte getragen und die Jahre hatten dem eine innere Ruhe hinzugefügt, ein Selbstbewusstsein, das nicht auf äußerem Schein beruhte. Die frühere Angèle hätte Manou darum beneidet. Die jetzige zog es vor, die Zeichen nicht zu sehen.

»Also gut – Manou, wenn du darauf bestehst. Es soll mir gleich sein. Was also willst du?«

»Die Frage ist doch vielmehr, Madame: Was wünscht Ihr von mir?«

Angèle kochte innerlich vor Wut über diese Unverschämtheit: kein Bitten, kein Feilschen … Da stand dieses Bauerntrampel, nicht viel besser als ein Stück Vieh, und statt zu betteln, statt seinen Preis zu nennen, brachte es sie in die Lage des Bittstellers! »Die andere Hälfte! Was willst du dafür haben? Gold? Schmuck? Kleider?«

Manou schüttelte den Kopf.

»Was hindert mich daran, es mir zu nehmen? Wenn ich sage, es ist etwas, das du gestohlen hast, was willst du dann tun?«

»Gar nichts. Aber Ihr wisst wohl, dass Ihr mich braucht, wenn Ihr die Dämonin beschwören wollt.«

Lilith fand den Austausch amüsant: ›Sie braucht dich nicht und den

ganzen üblichen Hokuspokus kann sie sich sparen. Ich muss weder angelockt noch beschworen werden. Auf diese Gelegenheit habe ich schließlich lange genug gewartet. Aber mach es ruhig so, wie du willst. Du hast mich geweckt, dafür schulde ich dir etwas.‹
Angèle verlegte sich aufs Schmeicheln.
»Wir waren einmal Freundinnen, Man... Manou. Wir können es wieder sein. Du kannst immer noch alles wiederhaben, was du hier aufgegeben hast. Hilf mir, die Dämonin herbeizurufen. Es soll dich nicht reuen, das verspreche ich dir. Gut – an der Oberfläche müssen wir unser Verhältnis so gestalten, dass mein ... ähm – der Hauptmann keinen Verdacht schöpft. Er darf nichts Ungewöhnliches bemerken. Er hat ... wenig Verständnis für solche Dinge. Ich würde dich als Gesellschafterin einstellen. Darin lässt er mir freie Hand. Wir sagen einfach, du seiest eine Verwandte von mir. Er kann es nicht überprüfen und würde sich auch nicht weiter für solche Frauenangelegenheiten interessieren. Und dann wären wir immer zusammen, wie früher! Würde dir das nicht gefallen?«
»Ich bin einverstanden damit, Euch als Gesellschafterin zu dienen für eine gewisse Zeit. Aber ich will mein eigenes Zimmer haben, wie Ihr es versprochen habt, und ich will mich frei bewegen können.«
»Aber natürlich kannst du dich frei bewegen, wo denkst du hin?!«
Manou dachte an die Bewachung, unter der sie gestanden hatte, in dem Winter, nachdem Ysac verschwunden war. Was das Angebot von Freundschaft betraf, gab sie sich keiner Illusion hin.
»Abgemacht? Gut, dann müssen wir dich als Erstes so einkleiden und ausstatten, dass Monsieur *le Capitaine* auch glaubt, dass du eine Verwandte bist. An deine Tischmanieren wirst du dich wohl noch erinnern.«
Manou war gewachsen; die Kleider von Angèle passten ihr jetzt, mussten nur in den Schultern und Armen etwas ausgelassen werden.
»*Tiens!* Was hast du nur getrieben all die Zeit! Du hast ja Muskeln wie ein Pferdeknecht!«
»Ich habe gearbeitet.«
Angèle rümpfte die feine, klassische Nase.
Am Abend, bei Tisch, stellte Angèle ihrem Hauptmann das neue

Mitglied ihres Haushaltes vor: »*Mon chèr,* das ist Man… Manou de Beaumont, eine Cousine aus … aus …«
»Apt«, sagte Manou hilfreich. Es war ja die einzige größere Stadt, die sie kannte, falls Fragen gestellt wurden.
»Ja, aus Apt! Denke dir nur: Wir haben uns ganz aus den Augen verloren und nun, da ihre Familie in Not geraten ist, hat sie sich an mich gewandt. Ich habe sie als Gesellschafterin eingestellt, du hast doch nichts dagegen, Chéri, nicht wahr?«
Der Gouverneur grunzte nur, musterte Manou aus kühlen, grauen Augen, nickte. Es war ihm gleich.
Bei Tisch saßen seine Offiziere. Man sprach von alten Schlachten, von den neuen Kanonen, die in Marseille entwickelt wurden, ob Hakenbüchsen oder Armbrust vorzuziehen seien, vom italienischen Krieg, der schlecht ging, vom schmählichen Kompromiss von Blois, in dem auf alle süditalienischen Ansprüche verzichtet wurde gegen Anerkennung der Herrschaft in Mailand, von der Langeweile in Friedenszeiten, von einem geplanten Turnier, mit dem die Soldaten bei Laune und Disziplin gehalten werden sollten.
»Lange wird der Kompromiss ohnehin nicht halten«, spekulierte Capitaine de Villers. »Die französische Krone wird nicht auf Neapel verzichten. Es gehört zum Anjou-Erbe, wie auch die Provence, da beißt die Maus keinen Faden ab! Aragon wird am Ende auch Mailand schlucken wollen, ganz gleich, was sie jetzt vorgeben. Dabei fängt Papst Julius schon an, gegen Frankreich zu intrigieren. Da wird es bald zu tun geben für unsereins.«
»Ja«, sagte einer der Offiziere, »seit der Borgia-Papst tot ist, sieht die Sache anders aus für uns in Italien. Zwar umwirbt uns Julius II. jetzt, um gegen Venedig zu gehen, aber er ist den Valois nicht gewogen und er wird unsere alte Feindschaft mit den Schweizern neu entfachen, merkt nur auf!«
»Ach was, mit den Eidgenossen werden wir schon fertig! Aber was hat der Papst gegen uns?«, fragte ein anderer.
»Frankreich wird ihm zu groß und zu einflussreich«, erklärte de Villers. »Teile und herrsche – ein altes Prinzip. So zerstritten wie die italienischen Staaten untereinander sind, das ist dem Heiligen Stuhl gerade recht. Auf dass nur nicht ein Fürstlein übermütig wird!«

Manou dachte an Monsieur Justin und seinen Traum von der großen Nation, von Recht, Einheit und Frieden. ›Da sieht man's! Wie ich gesagt habe: größere Reiche, größere Feinde, größere Kriege.‹ Die Damen zogen sich bald zurück.

Welch ein Unterschied zu Monsieur Justin, welch ein Wechsel. Manou hätte Mitleid empfinden können. Dieses Rindvieh zu ertragen, nur um den Platz zu behalten, der ihr von Rechts wegen zugestanden hätte!

»Ah! Schlachten und Heldentaten! Immer nur Heldentaten und Schlachten und Politik«, stöhnte *Dame* Angèle und goss sich einen Orangenlikör ein. »Dabei ist er nur so tapfer, weil es ihm an Fantasie mangelt, sich die möglichen Folgen seines Tuns vorzustellen.«

»Ich habe gehört, dass er nicht die gleiche Disziplin hält wie Monsieur Justin. Die Frauen im Ort klagen …«

»Ja nun – am Anfang mögen sie Grund gehabt haben. Inzwischen habe ich ihn davon überzeugt, dafür zu sorgen, dass die Kerle das Personal und die Bauernweiber in Ruhe lassen. Schließlich möchte auch er gerne sein Essen pünktlich auf dem Tisch und seine Kleidung sauber gewaschen haben!«

Das war keine Antwort auf ihre Frage. Doch es schien *Dame* Angèle ganz unmöglich zu sein, Menschen anders als in Relation zu ihren eigenen Interessen zu sehen. Manou ließ das Thema fallen, vorerst.

Es gab wieder einen Priester in der Garnison. Nicht dass *Capitaine* de Villers dermaßen fromm gewesen wäre, aber es musste eben alles seine Ordnung haben bei ihm. Es war eine Kapelle da. Also musste auch ein Priester her, der sich um das Seelenheil der Soldaten kümmerte, ein bleicher, vierschrötiger Kerl ohne Esprit und ohne Herzenswärme, ein flandrischer Feldkaplan, der mit dem Heer gezogen war, um Lanzen und Kanonen zu segnen.

Still und steif saß er bei Tisch, trug selten zur Konversation bei, außer um etwas zu missbilligen. Madame de Saignon ließ sich von ihm nicht die Laune verderben, flirtete und lachte, während er sie unter schweren Lidern beobachtete.

»Aber wie«, fragte ihn Manou eines Abends bei Tisch, zum Erstaunen und Entsetzen der anwesenden Offiziere, »kann man denn zu

siegen hoffen, da doch auf der anderen Seite ebenfalls ein Diener Gottes ist, der sich dazu hergibt, die Waffen zu segnen?«
»Wer auf der Seite des Unrechts segnet, der vergeudet das heilige Wasser und macht sich zum Gräuel«, entgegnete Kees van Hooteschoot salbungsvoll.
»Ah! Und ist es so einfach herauszufinden, welches die gerechte und welches die ungerechte Sache ist? Das kommt doch immer auf den Blickwinkel des Betrachters an.«
»Mademoiselle!« Einer der Offiziere kam dem Kaplan zu Hilfe. »Die Ansprüche der französischen Krone auf Mailand und Neapel sind gerecht: Valentine Visconti ist die Großmutter Ludwigs XII. und Ferdinand von Aragon hat dort gar nichts verloren!«
»Das sagt Ihr, Monsieur. Ich wette aber, dass die Aragonesen die Geschichte ganz anders erzählen. Sie können genauso wie König Ludwig verwandtschaftliche Beziehungen aufweisen und auf Erbrechte pochen. Am Ende gewinnt doch der Stärkere und nicht unbedingt derjenige, welcher im Recht ist, ist es nicht so?«
Der Offizier kniff die Lippen zu einem bösen Strich zusammen und tat, als sei es unter seiner Würde, mit einer jungen Frau, einer Zofe außerdem, über Politik zu disputieren.
Aber Manou ließ sich nicht einschüchtern. »Ich bitte um Vergebung, Monseigneur van Hooteschoot, aber es lässt mir doch keine Ruhe und ich hoffe, Ihr könnt mich aufklären über die Natur und den Nutzen kirchlichen Segnens vor der Schlacht. Ihr segnet also Waffen, nicht wahr?«
»Ja, sicher.«
»Und Standarten, Wappen, Bilder. Und Ihr betet um den Sieg.«
»Das ist meine heilige Pflicht.«
»Aber heißt es nicht in den zehn Geboten: ›Du sollst nicht töten‹?«
»Das ist etwas anderes. Das bezieht sich auf feigen, ungerechten Mord, so wie er – sagen wir – von Kain an Abel vollzogen wurde.«
»Ah – so! Wenn einer also einen anderen ums Leben bringt, weil es sein König befiehlt, dann ist es kein Mord und darf gesegnet werden.«
»Genauso ist es. Denn die Soldaten haben einen Treueschwur auf

ihren Herrn geleistet. Sie sind ehrenhafte Leute, die ihr Land verteidigen, auch Euch, Mademoiselle!«
»Nun, soweit ich es gehört habe – aber ich bin natürlich ein ungebildetes, dummes Frauenzimmer und ich muss immer wieder um Verzeihung bitten für meine Dreistigkeit –, aber es ist doch nun einmal so, dass es mich beschäftigt hat und ich froh bin, endlich einen klugen und frommen Mann zu treffen, der es mir richtig darlegen kann … Also, soweit ich es gehört habe und begreife, so ist doch El Moro nicht zu uns gekommen mit seinen Truppen, sondern das französische Heer zu ihm … Und Verteidigung, das ist doch, wenn man selbst zu Hause sitzt und der Feind einen angreift?«
»Wir sind ihm nur zuvorgekommen, das ist alles«, sagte ziemlich ungehalten Hauptmann de Villers.
»Vorgezogene Verteidigung, ich verstehe. Ich danke Euch sehr für die Erklärung und Eure Geduld. Aber …«, Manou wandte sich wieder dem Priester zu, der die Augenbrauen hochzog, »… in den zehn Geboten Gottes steht doch nicht: Du sollst nicht töten, außer in Selbstverteidigung oder vorgezogener Selbstverteidigung, gerechten Erbstreitigkeiten von Königen und dergleichen, sondern da steht: ›Du – sollst – nicht – töten – Punkt‹.«
Einer der Offiziere sprang auf und rief erregt: »Jetzt ist es aber genug! Muss ich mir von einer Metze vorhalten lassen, ich sei ein Mörder? Habe ich meinem König zwanzig Jahre treu gedient, um mich von einem Weib beschimpfen und beleidigen zu lassen?«
»Leutnant, bitte beruhigt Euch und nehmt Platz«, sagte Hauptmann de Villers kühl. »Madame! Ich schlage vor, dass Ihr Euch jetzt zurückzieht mit Eurer Jungfer und ich bitte darum, dass Ihr mit ihr sprecht und ihr ein wenig Respekt beibringt, bevor Ihr sie wieder mit an unsere Tafel bringt.«
Angèle de Saignon leerte ruhig ihr Weinglas, betupfte sich die roten Lippen mit dem Mundtuch, wartete, bis der Page ihr auf ein Kopfnicken hin den Stuhl zurückzog. Sie stand auf, winkte Manou, ihr zu folgen, und schritt würdevoll hinaus. »Guten Abend, meine Herren.«
Manou erwartete nichts anderes, als dass ihr, sobald sie Madames Gemächer erreicht hätten, heftig der Kopf gewaschen würde.

Dame Angèle eilte voraus und entfernte sich vom Speisesaal, so schnell sie konnte. Manou folgte ihr und sah, wie ihre Schultern bebten. Kaum hatte Madame die Türe hinter sich zugezogen, da brach sie in heftiges Gelächter aus, bis ihr die Tränen in die Augen schossen, und rief schließlich, als sie wieder zu Atem gekommen war: »Mein liebes Mädchen! Wie habe ich dich vermisst! Seit dem Tod meines Mannes habe ich keinen so amüsanten Abend mehr gehabt. Verzeih mir unsere früheren Streitigkeiten. Du musst mir einfach versprechen, dass du bei mir bleibst! Wie habe ich es nur ohne dich aushalten können?«

Und wieder fühlte Manou sich von ihr angezogen. Da war immer noch ein lästiger Teil Kind in ihr, ein großäugiges Kind, das Reichtum und Eleganz mit Güte gleichsetzte, das aufgenommen, gemocht, geliebt und anerkannt sein wollte von einer wie ihr. Es war schwer, Angèle zu widerstehen.

»Ach, nun schau doch nicht so finster und misstrauisch drein! Damals, das war etwas anderes! Da waren wir verzweifelt, Justin und ich, und ich wusste keinen anderen Ausweg. Aber du weißt doch, dass ich dich immer gemocht habe, Bauernkind! Sei nicht so naiv! Es ist nun einmal so im Leben, dass Allianzen wechseln. Wer etwas anderes behauptet, der lügt.«

30

»Sie ist so schamlos wie eine Katze«, raunte empört Julie, Madames neue Zofe.
Manou hatte sich schnell Julies Zutrauen erworben. Diese war zwar anfangs zurückhaltend gewesen und ein wenig neidisch, da sie doch spürte, dass Manou nicht war, was sie zu sein vorgab oder was Madame ihr zu sein vorgab: nicht aus gehobenem Stand – o nein – und gewiss nicht Madames Cousine!
›Wenn die mit Madame de Saignon verwandt ist, dann fress ich meine Schuhe! Manou de Beaumont …! *Ma foi!*‹
Mit Misstrauen betrachtete Julie Manou, dieses zähe kleine Ding mit den schwieligen Händen und der sonnengebräunten Haut. »Eher ist sie eine Ziegenhirtin als eine feine Dame«, vermutete Julie und lag ganz recht damit. Sie beobachtete, wie diese merkwürdige junge Frau in einer Kammer gleich neben den Gemächern von Madame untergebracht wurde, wie sie eingekleidet wurde, wie ihre Kammer ausgestattet wurde. Sie wurde sogar morgens, wenn sie damit fertig war, Madame bei der *toilette* zu helfen, zu der da hinübergeschickt, um ihr ebenfalls das Haar zu richten. Da machte Manou erste Punkte, indem sie Julie sagte, vielen Dank, sehr freundlich, aber ich mache das schon selbst. Nur bei größeren Ereignissen, da würde sie gern ihre Hilfe und ihren Rat in Anspruch nehmen. Sie sei ja doch in solchen Dingen eher ungeschickt. Äh – und wenn etwas an ihrer Kleidung nicht richtig sei, so wäre sie dankbar, wenn Julie sie diskret darauf aufmerksam mache, bitte sehr …
›Etwas ungeschickt? Na, und ob sie das ist‹, dachte Julie, aber immerhin: ›Sie versucht nicht, mir die Dame vorzuspielen.‹
Und dann wurde es noch merkwürdiger: Die junge Frau, die an-

gebliche Noble mit den Schwielen an den Händen, dem männlich ausgreifenden Gang und den muskulösen Armen, brauchte Madame nur wenige Stunden täglich zu unterhalten, die angebliche Gesellschafterin! Stattdessen durfte sie Bücher lesen. Woher konnte so eine lesen? Nicht mal alle adligen Damen konnten das! Und noch dazu – Julie fielen bald die Augen aus dem Kopf, als sie auf die Titel der Bücher spähte, die Manou in ihre Kammer trug – las sie Latein. Was mochte es mit dieser Frau nur für eine Bewandtnis haben?

Eines Tages hielt es Julie nicht mehr aus. Sie begegnete Manou im Hof, schaute sich um, ob Madame in der Nähe war, und zupfte Manou am Ärmel. »Hör mal, du! Du bist doch nie im Leben eine ›von‹! Woher kommst du denn?« Sie senkte ihre Stimme noch mehr und flüsterte: »Kannst es mir ruhig sagen, ich habe kein Interesse, euch bei Monsieur zu verpfeifen. Du nimmst mir ja kein Brot weg.«

Und da – o Wunder – hakte sich Manou ganz vertraulich bei ihr ein, zog sie auf den Wehrgang, wo sie zusammen spazierten, und erzählte frei heraus: »Ach, Julie. Es ist recht, dass du gefragt hast. Ich hätte dir gleich reinen Wein einschenken sollen. Man kann einen guten Dienstboten weniger leicht an der Nase herumführen als die Herrschaften. Unsereins schaut genauer hin, stimmt's?«

»Allerdings.«

»Wo bist du her?«

»Aus Bonnieux.«

»Dann kennst du sicher Pierette Texier, die war verlobt mit meinem Bruder, aber er ist gestorben, bevor sie heiraten konnten. Jetzt heißt sie sicher anders …«

»Aber klar kenn ich die!«

Die beiden Frauen waren vom nahezu reinen Französisch, das sie in Madames Gegenwart zu sprechen hatten, ins *provençou* verfallen.

»Klar kenn ich die! Dann bist du, war dein Bruder … *mon dieu!* Deine Familie ist …«

»Ja«, sagte Manou. »Ich bin als Waise freundlich hier aufgenommen worden, weil ich Madame einmal aus einer misslichen Lage befreien konnte. Und Monsieur de Saignon war dann so freundlich, mir das Lesen und Schreiben beizubringen – es war wohl so eine Laune von ihm. Er war damals schon sehr krank. Du weißt ja, wie launisch Kranke sein können.«

»Ja, und besonders die mit der Krankheit, die *Moussou* gehabt hat, dem *mal de Naples!* Ich hab gehört, die werden ein bisschen …« Julie wedelte sich mit der Hand vor der Stirn herum.

»Mag sein, sonst wäre es ihm wohl kaum eingefallen, mich auch nur eines Blickes zu würdigen. Na ja«, sagte Manou leichthin, »sein Pech – mein Glück. Und Madame hängt wohl irgendwie an mir wegen der alten Zeiten. Aber ich bin kein Stück feiner als du!«

Das beruhigte Julie sehr und sie begann, Manou in diesem unheimlichen Haushalt als Verbündete und Freundin zu betrachten. Manou war froh darüber. Ebenso wie Angèle dachte auch sie über Allianzen nach. Und so kam es, dass Manou und Julie des Öfteren zusammen spazieren gingen und tratschten, so wie es junge Frauen gern tun.

Julie hatte keine eigene Kammer. Selbstverständlich schlief sie in Madames Ankleidezimmer, wo sie immer sofort zur Stelle war, wenn sie benötigt wurde. Kam der Hauptmann de Villers, so zog sie sich eilends zurück, bekam aber vom Nebenraum aus jede Einzelheit von Madames Liebesleben mit.

»Ich sag dir: Die ist schamlos wie eine Katze! Von wegen ihrer Klagen, Monsieur sei brutal. Ich sage dir, der gefällt das, so wie die herumlärmt dabei. Und die kleinen Spielchen, die die treiben! Die spielen Krieg, Eroberung, verstehst du. Er kommt hereingestürzt wie ein feindlicher Soldat und sie stößt einen Schreckensschrei aus und weicht zurück – alles vorgetäuscht, verstehst du?! Sie weicht nämlich fein sauber in Richtung Bett zurück. Dann lupft er ihr mit dem Säbel die Röcke hoch und sie schreit wieder und fällt um – aufs Bett, ist ja klar! Und dann geht es los, na! Und ich darf hinterher die Kleider flicken – so weit da noch was zu flicken ist. Zerfetzte Dekolletés und Schlitze in den Unterkleidern! Schneiderrechnungen müssen die haben! Davon könnten ich und du uns bequem zur Ruhe setzen.«

Manou kicherte. Sie hatte auch ihren Anteil an dem amourösen Radau, ob sie wollte oder nicht. Madame hatte ihr nämlich eben jenes Zimmer zuweisen lassen, aus dem sie damals eines Nachts Mon-

sieur Justin hatte kommen sehen. Wollte Angèle sie damit verspotten, ärgerlich machen? Hoffte sie gar, dass Manou daran Gefallen fände und dass sie sie damit noch mehr an sich binden könnte? Oder gefiel es ihr einfach, Zuschauer zu haben?
Manou jedenfalls verschloss das Loch in der Wand mit einem Stück Stoff. Sie mochte daran nicht teilhaben.
Es war Sommer geworden. Manou wunderte sich, dass *Dame* Angèle es nun so gar nicht eilig hatte mit der Beschwörung. Auch Lilith schlief. Nach der kurzen, überraschten Wortmeldung bei ihrer Ankunft auf Fort Buoux hatte sich die Dämonin nicht mehr geregt. Das Amulett war so tot und still wie jedes gewöhnliche Stück Metall.
»Es ist noch nicht an der Zeit«, sagte Angèle. »Geduld!«
»Wie? Erst habt Ihr mich bedrängt und mich von meiner Stellung weggepresst und nun wollt Ihr gar nichts mehr von Eurem Vorhaben wissen?«
»Schon! Aber es will gut vorbereitet sein. Zwar sind die Dämonen nicht schwer herbeizurufen, wenn sie willig sind, in unsere Welt zu kommen, und ich vermute, dass diese nur allzu gerne kommen will. Aber sie zu beherrschen und im Zaum zu halten, das ist die wahre Kunst. Ich habe mich inzwischen viel damit befasst – heimlich, denn dieser kalte Fisch von einem Feldkaplan misstraut mir und missbilligt mich in allen Aspekten. Nur zu gern würde er einen Fehler an mir aufdecken. Dass ich eine *leman* bin, dass stört ihn sehr, aber darüber darf er nichts sagen, denn sogar Bischöfe und Kardinäle halten Kurtisanen. Der Borgia-Papst hat Kinder gezeugt und protegierte sie ganz offen. Damit kommt er also nicht weiter. Doch wehe, er würde mir Hexerei nachweisen. Der Inquisitor Nicolaus Savini hält sich derzeit in Cavaillon auf und sucht nach Opfern. Da werde ich doch nicht von mir reden machen!«
»Worauf wartet Ihr also?«
»Auf den richtigen Zeitpunkt.«
»Und wie wollt Ihr den erkennen?«
»Das wird sich finden. Alles wird sich finden. Ich habe vorhergesehen, dass ich zu meinem Ziel gelangen werde, und das bald. Dafür wünschte ich dich in meiner Nähe zu haben.«

Sie war eine Meisterin im Tarot geworden.
»Willst du sehen, wie ich erkannt habe, dass sie zu mir kommen wird, auf die eine oder andere Weise?«
»Ja, wenn Ihr es mir zeigen wollt.«
»Weißt du, wie es funktioniert?«
»Nein.«
»Benannt sind diese Karten nach dem ägyptischen Gott der Wissenschaft und der Magie Thoth. Sie enthalten eine Reihe von archetypischen Bildern, Symbolen der Astrologie, die auf alchimistische Wahrheiten anspielen. Aufgebaut ist das Spiel nach dem Prinzip des kabbalistischen Lebensbaums. Stell dir vor, dass es wie eine Art energetischer Leiter funktioniert, die es dir ermöglicht, über die Symbole ein höheres Bewusstsein zu erreichen, Wissen zu erlangen und die Zukunft zu erkennen, für die ja im Heute bereits die Wurzeln gelegt sind.«
»Konzentration, Erkenntnis und Wandlung über Symbole – das ist ähnlich wie in der Alchimie und in der Magie«, erinnerte sich Manou.
»Richtig«, antwortete ihr Angèle, während sie die Karten nach einer bestimmten durchsuchte. »Deshalb kommt auch, wenn es die Damen bei Hofe spielen – die Nichteingeweihten –, nur Unsinn heraus. Für sie sind es ein paar hübsche bunte Karten, weiter nichts. Sie bilden sich ein, daraus ablesen zu können, ob sie bei Hofe reüssieren, einen reichen Mann bekommen, wie viele Kinder und dergleichen nichtige Dinge mehr.«
Angèle hatte einige der Karten auf dem Tisch ausgelegt. Manou betrachtete sie ehrfurchtsvoll. Das waren wahre Kunstwerke unter Verwendung von viel Purpur, Marienblau und Gold, wunderbare Miniaturen, in denen oft nicht nur ein Symbol steckte, sondern gleich eine ganze Reihe von Symbolen verbunden waren.
»Woher stammen sie?«
»Diese? Aus Italien.«
»Und wo kommen sie ursprünglich her – die Kunst des Tarot, meine ich?«
»Man sagt, dass nach der Zerstörung der Bibliothek von Alexandria Initiaten aus aller Welt sich trafen, um das Wissen über ihre Zeit hinaus wach zu halten. Sie trafen sich in der Stadt Fez in

Nordafrika, die damals im vierten Jahrhundert ein Zentrum von Wissen und Kultur war. Und sie erfanden ein Bildsystem, das einerseits gewisse Erkenntnisse verbarg, die nur der ebenfalls Eingeweihte verstehen sollte, oder die andererseits sich dem offenbaren sollten, der die geheimen Wissenschaften eifrig zu studieren bereit war. Man sagt, dass einer, der sich lange genug mit dem Tarot befasst, dabei ein Universalwissen erreichen kann. Gleichzeitig ermöglichten sie, mit diesen Bildern Einsichten in die Zukunft zu erhalten.
Die Karten wurden an wenige Auserwählte weitergegeben, außerdem an die nomadischen Zigeuner, die sie allerdings meist profanieren, sie zum Glücksspiel oder zu betrügerischen Wahrsagereien missbrauchen. Nun ja, es mögen ja unter ihnen auch einige Eingeweihte und echte Wahrsager sein … Hier siehst du, ich habe sie gefunden! Die Lustkarte!«
Manou betrachtete die Karte, die Angèle ihr entgegenhielt.
Sie zeigte eine Frau mit langen roten Haaren, nackt auf einem scharlachroten Tier sitzend, halb Schlange, halb Löwe, mit mehreren menschlichen Köpfen. Sie hielt den Kopf des Tieres an einem roten Zügel und die andere Hand berührte eine Lichterscheinung am purpurfarbenen Himmel. War das Lilith? Dann war sie anders, als Manou sie sich vorgestellt hatte.
»Die große Hure Babalon«, skandierte Angèle mit boshafter Freude. »Mit welcher gehurt haben die Könige der Erde und der Hölle, sitzend auf einem scharlachfarbenen Tier, das war voll Namen der Lästerung. Und sie hatte einen goldenen Becher in der Hand, voll Gräuel, trunken vom Blut der Heiligen – so schrieb einer dieser neidischen Jünger Jesu! Babalon – die Karte steht für eine kreative Kraft, die unabhängig ist von den Perversionen der Vernunft. Weibliche Kraft. Ich bin sicher, sie ist identisch mit der, die als Lilith beschrieben wird, Königin der Dämonen, Gefährtin von Teufeln, aber nie von ihnen besiegt. Diese Karte erschien mir in einer gewissen Konstellation und von da an begann ich wieder nach dir zu forschen, denn ich wusste, dass du sie mir bringen würdest.«
Es war Sommer, auch in den dunklen, tiefen Tälern des Luberon, und die Zikaden schrillten Tag und Nacht, Manou begleitete

Angèle bei ihren Divertissements, auf Ausritte und *goustetos,* Picknicks im Schatten der Schluchten, Ausflüge nach Apt und Cavaillon, sie spielten Karten – Karten gewöhnlicher Art –, empfingen Dichter und Musikanten; Madame ließ sich malen, als Diana, nur mit Pfeil und Bogen und einem hauchdünnen Schleier bedeckt. Es war so einfach, wieder in den alten Trott zu gleiten, fast unmerklich war es vor sich gegangen.

»Es ist fast wie in den glücklichen alten Zeiten, als Monsieur Justin noch lebte, nur dass ich jetzt aus eigenem Antrieb lese und lerne und Madame viel freundlicher scheint als früher. Vielleicht braucht sie jetzt, da sie so tief gesunken ist, tatsächlich Verbündete, sucht Bekannte, ihr wohlgesinnte Gesichter in der Schar der neuen Bewohner von Fort Buoux, ist ein wenig milder und demütiger geworden. Freunde sind für die *leman* eines Soldaten schwer zu finden. So eine hat ja den Spiegel zum Feind und jede andere Frau, denn ihr Platz ist nur auf Zeit und eine Jüngere wird ihn ihr eines Tages nehmen.

Und ich, woher habe ich nur den Mut genommen oder die Frechheit zu glauben, dass mir die Welt offen stünde? Wer bin ich denn? Was könnte denn Eliah schon für mich tun? Auf der Transhumance werden sie mich niemals akzeptieren, und in den Dörfern, da bleiben nur die Ziegenherden. Um sie zu versorgen gibt keiner Geld aus, das machen kleine Kinder oder Dorftrottel wie Dédée.

Estivage – es erscheint mir wie ein Jahrhundert, dass ich da oben war. Und wie frei ich mich gefühlt habe! Ich hatte so viel Kraft in mir und Unternehmungslust, wie ich es mir jetzt kaum noch vorstellen kann. Jetzt habe ich allen Mut verloren. Oder man könnte auch sagen, ich habe meine Vernunft wiedergewonnen. Das Leben ist voller Schrecken und böser Überraschungen. Hatte ich vergessen, wie es zugeht auf der Welt? Die Leute meines Standes rackern sich ab, nur um das Nötigste zu haben. Sie stöhnen unter den Steuern, die ihnen die hohen Herren auferlegen, jedes Jahr mehr. Und werden sie krank, dann wäre es besser, sie stürben gleich, denn was danach kommt ist eine Qual. Wie leicht hätte ich als Hure enden können, nur dass ich nicht schön genug bin dafür, oder als eine in der Heerschar von Bettlern, die mit ihren Schnarren lärmen und ihre Armut und Gebrechen zur Schau stellen. Ja, in einem einzigen

Sommer habe ich ganz vergessen, wie ich am Schlosstor stand und mich mit dem anderen Lumpenpack um ein Stück Brot gebalgt und wie ich gefroren habe im Winter. Bei Azima hätte ich doch nicht ewig bleiben können und ob ich mich allein als Hebamme hätte durchbringen können? Ich bezweifle es heute. Hat sie nicht selbst gesagt, dass mir etwas Entscheidendes dazu fehlt? Wo also ist mein Platz, wo meine Sicherheit?

Hier lebe ich wie die Made im Speck, habe gute Kleider, ein richtiges Bett und jeden Tag nicht nur satt zu essen, sondern auch vom Allerbesten. Madame Angèle verwendet viel Mühe auf die Planung der Tafel. Mag ihr Hauptmann auch im Bett Krieg spielen wollen, in der Öffentlichkeit hat sie ihn am Zaum. Sie benehmen sich so höfisch, wie man es sich nur wünschen könnte.

Fast jede Woche gibt es ein Fest, eine Tafelei mit Musik und Tanz für die Offiziere.

Jedes Dîner stellt sie unter einen Titel. Geschmack, Duft, Farben, Klänge, Dekoration, Kostüme müssen übereinstimmen. Die Herren schwelgen und lassen bei solchen Gelegenheiten ihre Schwadroniererei. Zu ihrer Unterhaltung kommen Frauen aus der Stadt, die keine Damen sind, aber sich als solche zu benehmen wissen.

Heute wusste ich nicht, ob ich lachen oder weinen sollte. Es ist der Geburtstag von *Capitaine* de Villers. Angèle hatte ein Schäferfest angesetzt und mich dabei zu Rate gezogen. Was dabei herauskam war, dass die Damen in weißen und rosenfarbigen Kleidern erschienen mit Blumenkränzen im Haar – es waren Huren aus Apt – und die Herren alle mit braunen Schlapphüten und Krummstökken. Ein paar verängstigt blökende Lämmer stolperten durch den Saal und wurden zum Streicheln herumgereicht. Das Menü bestand aus einer Vielzahl von Pasteten mit frischen Wildgemüsen, gezuckertem weißem Käse, Granatapfelsorbet, verschiedenen Gerichten aus Lamm – geröstet, gegart und in Brotteig gebacken, Haxen in Gelee mit einem Kranz von frisch gezogener Kresse, als ob sie noch auf der Wiese stünde, Hirn mit feinen Kräutern, Zunge in Honig und Wein, gefüllten Hoden junger Böcke und noch einigem mehr. Zum Abschluss dann schleppten die Pagen ein monströses Kunstwerk herein: ein liegendes Schaf aus Mörserbrot mit einer blattgoldbelegten Glocke. Es lag auf einem Bett aus Rosenblättern.

Welche Groteske! Ich hatte schon gehört, dass unter feinen und hoch gestellten Leuten das Schäferleben als etwas Reines, Gutes und Unbeschwertes gilt, hatte die Alten dazu gelesen, Vergil und Theokrit und das Gedicht des Bischofs von Meaux, Philippe de Vitry:

Unter grünem Blattwerk, auf köstlichem Gras
Neben rauschendem Bach und bei klarer Quelle
Fand ich eine tragbare Hütte befestigt
Darin aß Günther mit Frau Helene
Frischen Käse, Milch, Butter, Sahne, Rahmkäse, Apfel, Nuss, Pflaume und Birne
Knoblauch und Zwiebeln, Schalotte
Auf braune Kruste gestrichen, mit grobem Salz, zu besserem Durst.
Und ich hörte Günther beim Baumfällen
Gott danken für sein sicheres Leben
Ich weiß nicht – sprach er –, was Marmorpfeiler sind
Glänzende Knöpfe, mit Malerei bekleidete Mauern
Ich fürchte nicht den Verrat, der gesponnen wird
Unter freundlicher Miene, noch dass ich vergiftet werde

Und letzteres ist wahr, dass unter Schäfern eine einzigartige und wertvolle Freundschaft herrscht. Hat man viel, so will man mehr, und Freundschaft und Vertrauen gehen zum Teufel.
Wahr ist auch, dass ich mich dort oben so wohl gefühlt habe wie nie zuvor und mich beständig nach jenem Leben verzehre. Doch sagen sie nichts in den Gedichten über die Gefahren und die Kälte am Morgen, den Staub der *draille* und die Last auf dem Buckel. Und von wegen Sicherheit, ach! Beim Baumfällen, da schwitzt man und stimmt keine Lobgesänge an. Ein Bruder von Zidore, der ist dabei ums Leben gekommen. Der Baum fiel auf ihn und hat ihn erschlagen. Sie kamen und brachten ihm die Kleider des Getöteten. So arm sind die Schäfer, dass man meilenweit läuft, nur um einem die geflickten Kleider eines Toten zu bringen!
Die Noblen loben die Schäferei als Gegenbild zum höfischen Leben und verachten doch den Schäfer als Simpel und groben Affen. Keiner von denen würde tatsächlich auf Stroh schlafen wollen und

sich zufrieden geben mit dem, was er im Ranzen davontragen kann. Sie träumen nur. Sollen sie es tun!
Man kann sich leicht verlieren in so viel Gaumenfreude und Bequemlichkeit. Jeder Tag ist ein Fest und statt zu arbeiten, darf ich lesen oder mich an kluger Konversation weiden. Ich sollte also froh sein über meinen Platz bei Madame Angèle. Ich habe zugenommen, meine Haut ist wieder weiß und die Schwielen an meinen Händen sind verschwunden.«
So schrieb Manou auf ein feines Blatt Papier, das sich seltsam unpassend ausnahm als Anhang an ihr rohes Journal aus Vellum und Hanf. Einen Augenblick lang war sie versucht, es wieder abzureißen und fortzuwerfen, doch dann ließ sie es, wo es war. Der Bruch war so krass wie ihre Wirklichkeit. Es sollte sie daran erinnern, was sie war und dass sie nicht hierher gehörte, auch wenn sich Angèle alle Mühe gab, sie das vergessen zu machen.
Sie trocknete die Tinte mit Sand, blies darüber, schloss ihr Buch und versteckte es unter einem Haufen Kleidungsstücken in ihrer Truhe. Dass sie einen ›Haufen‹ Kleidungsstücke besaß! Darunter verbarg sie den alten Knappsack mit den Dingen, die wirklich ihr gehörten: die geschnitzten Schwalben von Olivier, das Schnupftuch von Ann-Marie, der Hut vom alten Noé, die *Causae et curae* von Schwester Scholastika, ein abgegriffenes Schäfermesser, der Saphir und das Ringlein, welches ihr der Baron einmal geschenkt. Doch sie sah die Sachen niemals an.
So tröpfelte ihre Lebenszeit davon, Stunde für Stunde voller Muße und Bequemlichkeit, kaum, dass sie sich gestattete, es zur Kenntnis zu nehmen. Einmal gestand sie sich mangelnden Mut ein, ein anderes Mal trotzte sie sich selbst vor, sich Zeit zu nehmen, Zeit zu überlegen, was und wohin sie wolle, ganz so, als ob es ihrem eigenen Willen anheim stünde, den Gang der Dinge zu bestimmen, als hätte das Blatt die Macht, dem Wind zu befehlen, wohin er es tragen müsse. Doch statt zu sich zu finden, trieb sie immer weiter davon, fort von ihren Zielen und Wünschen, in einen benebelten Zustand, den sie im Augenblick als Zustand der Zufriedenheit auszulegen beliebte.
Manou besuchte Berthe. Niemand hielt sie auf. Es schien, sie konnte sich so frei bewegen, wie sie wollte.

»Höre, Berthe«, sagte Manou, »ich bin nun schon einige Wochen dort oben und ich glaube, ihr tut Madame ein Unrecht. Mag sein, dass ihr eine schlimme Zeit hattet mit widrigem Wetter, Fehlernten, Kriegssteuern und Übergriffen von dem rohen Söldnerpack dort oben. Mag sein, dass Wölfe oder wilde Hunde ein oder zwei Säuglinge weggeholt haben. Aber ihr solltet es nicht *Dame* Angèle anlasten. Sie ist ganz zahm geworden, glaube mir. Ich habe sie kein *grimoire* anrühren sehen, keine Anzeichen wahrgenommen, dass sie irgendetwas Unnatürliches tut.«
»Sie hat dich verhext, so dass du nicht mehr klar sehen und denken kannst!«
»Ach was! Was glaubst du denn? Als ob das so einfach wäre.«
»Weißt du denn, was für Tränke sie dir gibt oder welche Hexenkräuter sie dir ins Essen tut?«
»Ich weiß besser als sie, was im Essen ist, weil ich nämlich jeden Tag in der Küche bin und sie nicht.«
»Ha!«
»Was – ha? Ist irgendetwas geschehen in letzter Zeit?«
»Das nicht ...«
»Da siehst du es! Sie hat sich gewandelt, ich sag es dir.«
»Sie spielt euch allen etwas vor, weil es ihr aus irgendwelchen Gründen so passt. Aber die ist ein schlechtes Weib und eine *masco* dazu. Nimm dich in Acht, Manou!«
Zu diesen Worten wackelte Berthe derart heftig mit Kopf und Zeigefinger, dass Manou in Gelächter ausbrach, sie konnte es nicht verhindern.
»Lach nur! Du wirst es bereuen, wenn du ihr vertraust, hör auf mich, Mädchen!«
»Ja, ist schon recht. Ich werde Augen und Ohren offen halten. Wie geht es deinem Zipperlein?«
»Ich werd dir was – Zipperlein! Na, gut geht es, ich danke dir recht sehr für die Rezeptur, die du mir gesagt hast, und den Heilzauber. Es tut nur noch bei kaltem und feuchtem Wetter weh und wenn ich vom Melken komm.«
»Melken? Hast du niemand, der das für dich erledigen kann?«
»Dédée wollt's tun, aber ich kann es recht gut noch allein. Vielen Dank!«

»Dann lass ihn doch. Sei nicht so störrisch! Das gekrümmte Hocken im Stall bekommt dir gar nicht. Übrigens wollt ich dir noch sagen, du kannst die Glieder mit Arnikaöl einreiben oder mit *oli rouge*. Und lass dir eine Weste aus Schafsfell machen für den Winter.«

Manou ging auch auf einen Sprung bei Dédée vorbei. Er wohnte in der Hütte seiner Mutter am Ende von Saint-Germain in Richtung auf die Claparèdes, so dass er mit den Ziegen nicht durch das ganze Dorf musste, wenn er sie zur Weide führte. Es roch schon aus der Ferne durchdringend. Dédée kam aus dem Stall, glotzte verwirrt, was wollte eine der Herrschaften von ihm?

»Madame? Madame?« Er sah ängstlich aus, fürchtete, etwas angestellt zu haben.

Sie gab ihm einen Puff auf den Oberarm, eine Art Puff, die ihm vertraut vorkam. »Ich bin's: Manou! Erkennst du mich nicht?«

Er blinzelte, die Unterlippe hing herab von so viel angestrengter Denkarbeit und Speichel tropfte. Dann fiel es ihm ein, und sein weiches, fettes Gesicht verzog sich zu einem freudigen Grinsen.

»Manou! Ja! Manou, Manou, *ah – oui!*«

»Geht es dir gut, Dédée, alter Sack?«

»Gut, gut!« Plötzlich fiel ihm etwas ein. »Willst deine Ziegen wieder? Die eine ist gestorben. Hat aber vorher noch zwei Junge gehabt und das Zicklein hat auch schon Junge gehabt. Du hast jetzt …«, er biss sich auf die Zunge und verdrehte die Augen, benutzte die Finger zum Zählen, stöhnte und grunzte ein wenig, »… acht Ziegen! Acht … nein, sieben! Eins war ein Böcklein, das haben sie zu Ostern gefressen.«

»Haben sie's wenigstens bezahlt? Na, mach dir nichts draus! Ich will sie auch nicht wiederhaben, hab dir ja gesagt, ich schenk sie dir! Es sind deine, verstehst du, deine!«

Sie suchte in ihrer Gürteltasche und fand ein Kupferstück, das sie ihm gab. Er freute sich übermäßig, allzu viele davon hatte er in seinem Leben noch nicht zu Gesicht bekommen. Guter Dédée. Wenn man ihn so betrachtete, dann war es eine Gnade, recht wenig Verstand zu haben.

Und als sie langsam wieder die vielen langen Stufen zur Burg hinaufging, tief die vertrauten Gerüche einatmend, da fand sie, dass

alles nicht nur war wie früher, sondern besser: Sie hatte einen Platz und noch dazu waren alle Menschen freundlicher zu ihr als zuvor, Angèle und die Leute im Dorf.
Rouille lebte noch, wie sie voller Freude festgestellt hatte. Gleich zu Beginn hatte sie einen Besuch in der Küche gemacht. Und da lag Rouille zusammengerollt am Herd. Er war alt geworden, ihr roter Kater, Begleiter und Freund aus ihrer Höhlenzeit.
»Er fängt kaum mehr Mäuse«, berichteten sie ihr. »Schau: kein einziger Zahn mehr im Maul. Wenn er mal eine Maus erwischt, dann schüttelt er sie tot und schluckt sie ganz. Aber wir haben ihn gern, deinen Rouille. Er darf in Ruhe sein Gnadenbrot verzehren.«
Rouille, der schlaue Kerl, hatte sich bei den Küchenmägden eingeschmeichelt und beim Koch. Er strich ihnen um die Beine und bekam Weißbrot in Milch eingeweicht dafür, auch einmal ein Ei als Leckerbissen.
An manchen Tagen folgte er Manou ein Stück weit auf den Hof. Und weil es im späten August immer noch sengend heiß war auf dem Felsplateau, suchten sie den Schatten einer überdachten *citerne* auf, am unteren Ende der Befestigungsmauer, die den mittleren vom dritten Hof trennte, eine Zisterne, die wenig genutzt wurde, weil Herrenhausküche sowie die Mannschaftsküche im mittleren Hof, Kapelle und Soldatenquartiere ihre eigenen Reservoirs besaßen.
Manou setzte sich in den Schatten des halb eingestürzten Gewölbes, Rouille auf dem Schoß. Eine Weile ließ er sich streicheln und schnurrte zufrieden. Dann, als Manou zu träumen begann und ihre Liebkosungen langsamer wurden, hüpfte er herunter und machte sich auf seine eigene Entdeckungsreise. Als Manou sich wieder nach ihm umsah, war er verschwunden.
»Rouille?«
Sie ging tiefer in das Gewölbe hinein. Es gab hinter dem Zisternenraum noch eine zweite Ebene, einen jetzt leeren Vorratsraum, der in den Felsen gehauen und über eine hohe Stufe zu erreichen war, dann war Schluss.
»Rouille! Kss! Kss!«
Er war nirgends zu sehen und andere Ausgänge gab es nicht, also dachte Manou: ›Ungetreuer Schuft! Hat sich wieder zurückgeschlichen in die Küche zu Milch und Brot.‹

Sie wollte gerade gehen, da hörte sie ihn kläglich maunzen. Sie ging wieder in den Zisternenraum hinein, sah in alle Ecken, auch in den dahinterliegenden Keller – konnte ihn aber nicht entdecken.
»Rouille! Rouille«, rief sie jetzt beunruhigt. Solche alten Gewölbe konnten manche Falle bergen, Hohlräume, lose Steine, Vipern, die in den Spalten lauern mochten.
»Rouille, alter Mauser, wo bist du?!«
Sie blieb stehen und versuchte die Richtung seiner Rufe zu orten. Sie kamen eindeutig aus der Zisterne. Wie konnte das sein? Die Brunnen waren unvorstellbar tief, die ganze Höhe des befestigten Plateaus hinunter bis zur Wurzel des Felsens, wo das Wasser sich sammelte. Wäre er dort hineingestürzt, so wäre er sofort ertrunken, wenn er sich nicht schon beim Aufprall das Genick gebrochen hätte. Aber er klang ganz gesund, wenn auch verängstigt.
Sie schaute in den Brunnen hinein, konnte nichts Genaues erkennen. Es schien ihr aber, dass sie ein gutes Stück unter sich an einer Seite Bewegung wahrnahm und das Mauzen kam eindeutig von dort.
»Warte, du armer Dummer«, rief sie. »Psst! Psst! Ganz ruhig! Ich komme gleich und helfe dir, muss nur erst ein Licht holen!«
Und sie rannte in die Gesindeküche, wo man ihr eine Öllampe lieh. Zurück in dem Gewölbe, leuchtete sie in die Zisterne hinein. Tatsächlich: Da saß das Katzentier etwa zwei Klafter tiefer auf einem Vorsprung und jammerte erbärmlich. Bei näherem Hinsehen erkannte Manou, dass an der Innenseite des Brunnens rohe Stufen angebracht waren, Steine, die in Verlängerung der Mauer nach innen ragten und so eine Art Treppe bildeten, die in einer Spirale nach unten verlief.
Manou stellte das Ölllämpchen auf dem Rand des Brunnens ab, schwang ihre Beine auf die Innenseite und ließ sich vorsichtig zum ersten Treppenstein hinunter, von da zum zweiten, während sie sich in Mauerritzen oder an der vorigen Stufe festzuhalten suchte, und so immer weiter, bis sie kurz über dem Kater angekommen war. Er musste gefallen sein. Solche Stufen hätte er niemals aus eigenem Antrieb bestiegen, schon gar nicht jetzt, da er alt und unbeweglich geworden war.
Jetzt wurde es schwierig. Wie sollte sie ihn zu greifen bekommen,

ohne ihn gleichzeitig mit dem Fuß von seinem Halt herunterzustoßen? Schließlich gelang es ihr, sich mit einem Fuß in einer Ritze zu verankern, mit einer Hand an einem Treppenstein festzuhalten und mit der anderen den Kater im Genick zu packen. Das tat ihm weh und er protestierte, aber es musste sein.
Es war eine unbequeme und gefährliche Kletterei mit dem sich wehrenden Rouille unter dem Arm, aber sie gelangten beide wie durch ein Wunder heil wieder nach oben.
Manou setzte Rouille auf den Boden, der sich sofort zu putzen begann. Die Knie zitterten ihr. ›Da hast du's, bist nichts mehr gewohnt‹, schalt sie sich. Sie beugte sich noch einmal über die Zisterne und leuchtete hinein. Dann kam sie auf die Idee, die Lampe in den Wassereimer zu setzen, der an einer Kette befestigt über dem Brunnen hing, und ließ den Eimer hinunter, so dass er nach oben einen matten Schein verbreitete.
Soweit sie erkennen konnte, reichten die Stufen bis tief in das Loch hinein. Kurz über der Wasseroberfläche schien ein dunkler Fleck an der Mauer zu sein – eine Öffnung, ein Wasserzulauf aus einer unterirdischen Quelle? Ein Gang? Wohin? Sie zog den Eimer wieder nach oben, brachte die Lampe in die Küche zurück und sagte niemandem etwas über ihre Entdeckung. Sie beschloss, in der Bibliothek nach den alten Bauplänen zu suchen.
Die meisten der befestigten Schlösser und Burgen besaßen geheime Fluchtwege. Dies mochte einer davon sein. Es war ja nur allzu einfach, Gänge und Grotten einzurichten. Meist musste man dazu nur Vorhandenes ausbauen und miteinander verbinden. Alle Berge von hier bis zu den Voralpen waren von Löchern und Gängen und unterirdischen Flussläufen durchzogen, das wusste jeder.
Hatte nicht Madame Angèle etwas von alten Anlagen erwähnt aus der Zeit der Tempelritter, die Monsieur Justin erforscht hatte? Ihr Interesse und ihre frühere Lebhaftigkeit waren neu entfacht.
»Habt Ihr mir nicht einmal erzählt, dass Monsieur Justin die silberne Klinge in einem alten Teil der Burg gefunden hat, einem, der noch aus der Zeit der Tempelritter stammte?«, fragte sie angelegentlich Angèle.
»Ja, zumindest in einem sehr alten Teil, in irgendeinem staubigen Gang, was weiß ich – wieso fragst du?«

»Ich habe gedacht, wenn das Stück zum Schatz der Tempelritter gehört hat, dann gibt es vielleicht auch Aufzeichnungen über seinen Zweck und Gebrauch.«

»So? Ich habe bereits einige Aufzeichnungen durchstöbert und nichts Brauchbares gefunden. Justin hat vieles aufgeschrieben, aber so ungeordnet und wirr, dass ich wenig Lust verspüre, mich da hindurchzukämpfen.«

In Wahrheit schmerzte es sie doch, seine Schrift zu sehen.

»Vielleicht sollte ich noch einmal schauen. Manchmal übersieht man etwas«, bot Manou an.

»Ja, von mir aus. Justins Aufzeichnungen liegen alle in einer Truhe ganz am Ende der Bibliothek. Warte …«, Angèle kramte in einer Schublade, »hier ist der Schlüssel dazu. Viel Vergnügen wünsche ich. Es ist ein verfluchtes Durcheinander! Mal schreibt er über seine alchimistischen Experimente, mal über eine Begegnung, die er hatte, dann wieder zitiert er seitenlang etwas, das er irgendwo gelesen hat. Ich habe jedenfalls Besseres zu tun, als mich da hindurchzufressen!«

Missgelaunt wandte Angèle ihr den Rücken zu. Musste dieses dumme Ding sie jetzt gerade an Justin erinnern? Sie ergriff willkürlich eine Bürste und begann sich mit kräftigen Strichen durch die Haare zu fahren.

»Geh jetzt! Ich habe Kopfschmerzen.«

31

»Buoux – ich habe mich immer gefragt, warum die Befestigungen derart dreigeteilt sind. Um es dem Angreifer schwer zu machen, die Festung in einem Zug einzunehmen, so sagen die meisten. Drei Höfe, drei Mauern, die das Plateau zerschneiden, drei Gräben, eine Zugbrücke vor dem letzten Teil, in dem sich der Donjon befindet, die letzte Anhöhe mit den Steinen des zerstörten *oppidum* aufgeschichtet, als ob vier oder fünf Ellen mehr Angreifer abhalten könnten, die bis dorthin gelangt sind.

In jedem der drei Bereiche befindet sich eine eigene Zisterne. Jeder Bereich kann unabhängig vom anderen existieren – im Belagerungsfall, sagen sie.

Und doch macht es keinen Sinn. Wozu dem heranrückenden Feind Unterschlupf unterhalb der letzten Mauer gewähren? Der Wall ist unterhöhlt von Grabgewölben, Bögen, Kellern, Brunnen, tief in den Felsen gehauen. Mitten auf der geheimen Ausfalltreppe, angeblich zur Flucht konstruiert und im Fels verborgen, befinden sich eine Galerie und ein kleiner Raum – als Wachraum völlig ungeeignet. Man könnte von hier aus weder nach oben noch nach unten etwas wahrnehmen.

Ich habe Pläne und Aufzeichnungen des Baumeisters gefunden. Es war ein Zisterziensermönch, Frère Amiel, der bis zu diesem Zeitpunkt mit der Befestigung der vielen neu entstehenden Klöster befasst war. Er schreibt, dass man bei den Bauarbeiten heidnische Gräber gefunden hat, zweihundert unten und vierzehn oben auf dem Plateau selbst. Die Toten oben waren in sitzender Stellung in senkrecht in den Felsen gehauenen Löchern gefunden worden. Frère Amiel befahl, die Knochen anderswo zu vergraben und diese kreisrunden Löcher als Silos zu verwenden. Noch heute bewahren wir darin Korn und Öl auf, doch habe ich mich nie recht wohl gefühlt dabei. Und heute endlich habe ich den entscheidenden Hinweis darauf erhalten, wer die früheren Herren von Buoux waren und was es mit diesem seltsamen Ort auf sich hat.«

Manou hatte nach langem Suchen diejenigen Blätter herausgefunden, in denen Monsieur Justin über die Geschichte der Burg berichtete.

»Ein *oppidum* der gewöhnlichen Art hat es hier nie gegeben. Warum auch? Zwar mochte man in jenen finsteren Zeiten ein Bedürfnis nach Schutz haben. Warum aber sollte man es auf sich nehmen, Abend für Abend einen hundertachtzig Klafter hohen Felsen zu erklimmen und jeden Morgen mühsam wieder hinabzusteigen, um die Felder zu bestellen, wenn es doch rundum genug Anhöhen gibt, die bequemer zu erreichen und in dieser Zeit ohne Handfeuerwaffen und Kanonen ebenfalls leicht zu verteidigen gewesen wären?

Nein! Die ganze Anlage ist erst nachträglich zum Zweck der Verteidigung umgebaut worden. Am Anfang hat sie friedlichen Zwecken gedient. Auf diesem Felsen hat zuallererst ein Tempel gestanden, ein Tempel der Druiden, und das so genannte *oppidum* muss einzig der Unterbringung ihrer Diener- und Anhängerschaft gedient haben. Die seitliche Treppe, die am Felsen entlang und durch ihn hindurch führt, war lange vor dem Zugang da, den wir heute benutzen. Ich bin mir sicher, dass dort entlang die Prozessionen aus dem Tal hoch zum Tempel gingen, aus dem Dunkel ins Licht, an deren Höhepunkt man der neuen Sonne menschliche Opfer brachte.

Dort, wo heute das Gouverneurshaus steht, muss früher der Tempel gestanden haben, auf dem erhabensten Punkt dieses imposanten Felsengebildes. Dort haben Druiden die Bewegungen der Sonne und minderen Gestirne studiert. Drei Steine sind in der Wand unseres großen Saales, jeweils gegenüber einem der drei Fenster, und jeder Stein ist mit einem kaum noch erkennbaren Symbol bezeichnet.

Sie müssen im Druidentempel bereits dieselbe Position innegehabt haben. In die Fensteröffnungen hatte man gefärbte Wollfäden gespannt, deren Schatten an gewissen Tagen auf die Steine treffen mussten, an Winter- und Sommersonnenwende und zur Tagund-

nachtgleiche. So begannen sie, den Ablauf der Zeit zu messen und mit Hilfe der Gestirne die Zeiten für Saat und Ernte zu bestimmen. Es funktioniert immer noch. Ich habe es ausprobiert.
Aus den Aufzeichnungen des Frère Amiel weiß ich nun, dass die Tempelherren das System weiterverwendeten. Zur großen Unzufriedenheit des Zisterziensers verlangte Herr de la Rovère, der auf dem ersten Kreuzzug von den Arabern viel über Astronomie gelernt hatte, dass diese Steine in dem neu zu bauenden Donjon wieder angebracht würden, und zwar an denselben Stellen wie zuvor, und die Fenster so platziert, dass die gleiche Wirkung erzielt werden konnte. Und als Frère Amiel sich weigerte, vielleicht, weil er das Heidenwerk verabscheute – eher vermute ich aber: weil er es nicht vermochte, den alten Zustand wieder herzustellen –, da ließ Geoffroy de Bioth armenische Baumeister aus Kleinasien kommen …«
Ja, ja, schön und gut, aber was war mit geheimen Gängen, Fluchtwegen, der Treppe im Brunnen? Monsieur Justin war eben der reine Gelehrte gewesen, der sich endlos in nutzlosen oder wenigstens nicht zweckdienlichen Fakten verlieren konnte. Alles und jedes Detail interessierte ihn. Manou hatte sich damals mit ihm zusammen in die Bücher versenkt und sich mit ihm begeistert, aber nun, da sie eine bestimmte Information suchte, war es eine Plage. Soll es doch ein druidischer Sonnentempel gewesen sein! Ihre Augen flogen über die Zeilen.
»Geoffroy de Bioth oder Bisol stammte aus der Familie d'Agoult-Simiane und hatte in seinem Wappen den Wolf der Volques-Tectosages, die zu Beginn der Bronzezeit bereits Toulouse und Byzanz gegründet haben. Er war also ein Cousin des Grafen von Toulouse, Raymond de Saint-Gilles, der den ersten Kreuzzug angeführt hat. Warum nannte er sich Bioth? Das Wort Bioth, heute Buoux, leitet sich her vom gälischen *Baath,* das bedeutet: der Gott aus dem Meer oder auch göttlicher, heiliger Ort. In der *langue d'oc* wurde daraus Both – Bioth. Weiterhin gilt Bioth manchen Völkern des Nordens als Vater der Göttin Eire, Königin des Okzidents, des Mondes und der Nacht.
Zahlreich sind die Ähnlichkeiten und Verbindungen zu den Urgöttern des Orients: Baal in Mesopotamien und im Sinai, Bel-Oane

in der Provence. Ich schließe daraus, dass es Verbindungen zwischen Orient und Okzident gegeben hat, und zwar hier in der Provence, lange vor dem Einfall der Sarazenen und sogar vor der Landung der ersten phönizischen Händler.
Die Tempelritter, und das sollte ihnen zum Verhängnis werden, beschränkten sich ja nicht allein auf die christlichen Lehren und Symbole. Sie formten ihren Orden nach dem Vorbild der Assassinen, *Haschischim* oder auch Haschisch-Esser, errichteten ihre Kommanderien an Stätten der Macht wie dieser, suchten das Wissen der älteren Völker mit dem jungen Christentum zu verbinden. So verehrten sie neben dem Kreuz auch die Weltseele, Bafomet, und als Papst Clemens sie verdammte und aus der Kirche ausschloss, beschuldigte man sie, das Kreuz verhöhnt und den jüdischen Sabbat gefeiert zu haben. Viele von denen, die fast zweihundert Jahre lang die Provence verteidigt hatten, wurden nun gefoltert, öffentlich geschmäht und hingerichtet!«
Er schweifte endlos ab, in Geschichte, Namen und verwandtschaftliche Zusammenhänge und endlich sogar in Rituale und Rezepturen für gewisse Drogen:
»Zehn Teile menschlichen Fettes, fünf Teile Haschisch, eine Prise Hanfblüten, eine Prise Mohnblüten, eine Prise Kuhschelle pulverisiert, eine Prise zerstoßene Sonnenblumensamen, fünf Teile Betel-Extrakt. Ich habe diesen Trank versucht, doch er führt nur zu wüsten Hirngespinsten, Tagträumen, Trugbildern und danach zu einer großen Müdigkeit. Es kann nicht dieselbe Rezeptur sein, die die Druiden für die gallischen Krieger gemischt haben, denn so berauscht hätten sie unmöglich kämpfen können.«
Es folgten noch etliche Formeln für berauschende Bonbons und Getränke sowie Riten der Tempelritter und ihre Ursprünge und dann …
»Als dieser illustre Orden, der so viele tapfere Männer hervorgebracht hatte, wegen seiner Macht vom Papst und aus Habgier von König Charles II. verfolgt wurde, da zogen sich viele Templer in die befestigten Abteien ihrer Zisterzienserbrüder und in ihre Kommanderien zurück. Bischof Hugues de Bot beklagte sich bei König Charles II. über den anhaltenden Widerstand, den insbesondere die Templer von Buoux ihrer Auflösung leisteten – nun, kaum eine an-

dere ihrer Zitadellen war so gut befestigt und schwer einzunehmen wie diese.
Charles II. schickte ein Heer, doch die Belagerung dauerte über seinen Tod hinaus. Im neunten Monat der Belagerung gelang es ihnen, einen Brief hinausbringen zu lassen, in dem sie Papst Jean XXII. ihre klägliche Lage schilderten, ihn an die Verdienste der Tempelritter um die Christenheit erinnerten und ihn um Hilfe baten. Wie gelang es ihnen, die Nachricht durch den dichten Ring der Feinde hinausschaffen? Da die seitliche Treppe den Feinden bekannt und bewacht war, vermute ich, dass sie dazu die Zisterne unterhalb des Herrenhauses benutzten, die zu einem unterirdischen Gang führt und durch diesen in die Freiheit. Sie versprachen, sich freiwillig den kirchlichen Gerichten zu stellen und ihre Güter der Kirche zu übergeben, wenn er sie vor den weltlichen Mächten schütze. Im Dezember 1316 begnadigte Papst Jean XXII. die Templer von Buoux und das königliche Heer musste unverrichteter Dinge abziehen ...«
Eine spätere Eintragung lautete: »Am heutigen Tage bin ich in den Brunnen gestiegen, zu meiner Sicherheit mit einem Seil am Querbalken über der Brunnenöffnung befestigt. Es ist Sommer und das Wasser steht tief. In etwa fünfzehn Klaftern Tiefe hatte ich die Wasseroberfläche noch nicht erreicht. Oben wartete mein treuer Ambroise. Ich begann mir Sorgen zu machen wegen des Luftmangels, der in solchen engen Röhren im Allgemeinen herrscht, und hatte Anweisung gegeben, mich sofort hinaufzuziehen, sollte ich Anzeichen von Schwäche erkennen lassen. Doch die Luft blieb frisch. Im Gegenteil: Sie erschien mir erfrischender und besser hier unten als oben im Burghof.
Ich entdeckte auch den Grund dafür. Dort unten ist eine niedrige Tür in der Wand der Zisterne. Sie ist durch eine Steinplatte verschlossen, die von außen so bearbeitet ist, dass sie bei flüchtigem Blick den gemauerten Steinen gleicht, in Wirklichkeit ist sie aber aus einem Stück. Durch die Ritzen konnte ich einen kräftigen Luftzug verspüren und ich fand ihre Umrisse, indem ich sie mit der Hand ertastete. Ich sah mich weiter im Brunnen um und entdeckte einen herausragenden Mauerstein, auf dem sich ein gleichschenkeliges Kreuz eingeritzt fand, das Zeichen für die Verbindung und

Harmonisierung der Gegensätze. Dies flößte mir Vertrauen ein und ich versuchte den Stein zu manipulieren.
Tatsächlich ließ er sich in die Brunnenmauer hineinschieben und die Steinplatte bewegte sich nach einer Seite hin und gab den Weg frei in einen finsteren Raum. Ich hatte vorsorglich eine Öllampe mitgenommen und leuchtete zuerst, stieg dann hinein. Ich gelangte in eine Höhle und von dort in einen Gang, dessen Boden sich steil nach unten neigte. Ich suchte die Wand der Höhle und die des Ganges nach weiteren Hinweisen ab, konnte aber nichts mehr entdecken.
Zweifellos war dies der Weg, auf dem die Tempelritter ihre Botschaft hinausbrachten und auf dem sie auch entkommen wären, hätten sie ihre Lage als aussichtslos beurteilt.
Doch daran kann man sehen, welchen tiefen Glauben und welches Gottvertrauen sie besaßen. Sie meinten, da sie ohne Sünde waren, müsse ihnen am Ende Gerechtigkeit widerfahren. Und so blieben sie und stellten sich den Kirchengerichten zu ihrem großen Schaden.
Ich wurde der Suche bald müde und kehrte auf demselben Weg in die Burg zurück, auf dem ich gekommen war. Ein anderes Mal werde ich weiter vorstoßen, besser ausgerüstet und mit ein oder zwei jungen Männern zu meiner Unterstützung.«
Dazu war es wohl nicht mehr gekommen. Die Eintragung war mit 1494 datiert. Wenig später war Justin de Saignon mit dem Heer Karls nach Neapel gezogen und als schwer kranker Mann zurückgekommen.
Danach änderte sich der Charakter seiner Interessen. Manou las noch ein gutes Stück weiter, fand aber nur noch Berichte über alchimistische Experimente und noch mehr zu allen nur denkbaren Kuren und Arzneien. Zu Beginn noch zuversichtlich auf eine Besserung seines Zustandes hoffend, dann mehr und mehr verbittert und verzweifelt, abwechselnd Gott anflehend und ihn verfluchend, schrieb dieser einst so kluge und starke Mann nun nur noch über seinen Verfall. Mit Tränen in den Augen schloss Manou das letzte Journal.
»Herr, vergib ihm. Seine Leiden waren so groß. Und das größte darunter war seine Liebe zu Angèle. Ohne sie hätte er sein Schick-

sal leichter angenommen. So lass doch bitte diese Liebe zu seiner Verteidigung gelten. Und, Monsieur Justin, vergebt mir, dass ich Euch verlassen habe. Ich glaube fest daran, dass ich Euch mit meinem Verrat mehr genützt als geschadet habe.«

Ihre Vermutungen über den Brunnen hatten sich also bestätigt. Schade, dass Monsieur Justin den Gang nicht weiter erforscht hatte. Vielleicht konnte sie es ja eines Tages an seiner Stelle tun.

Jetzt sah sie ihre Umgebung mit anderen Augen. Sie suchte die alten Fundamente, den Blutstein, die in den Fels geschlagenen Grotten, die steinernen Bögen, die als Einzige übrig geblieben waren von der Kirche der Tempelherren, schloss die Augen und fühlte die Schwingungen der Steine durch ihre Hände in ihren Körper dringen, sah den Zug der Initiaten, weiß gekleidet, manche furchtsam, andere erwartungsvoll, wie sie in die Grotte geführt wurden, wo Dunkelheit sie umfing.

An den Wänden aufgereiht starren die schattigen Augenhöhlen verstorbener Brüder sie an, Skelette in Ehrengewänder gekleidet und funkelnde Rüstungen, kaltes Metall auf nackten Knochen. Anwesend sind sie, um die Lebenden zu schützen und zu begleiten. Die Knochen der Toten strahlen die Erfahrungen der astralen Reise aus. Weihrauch benebelt die Sinne, Dämpfe steigen aus dem Boden auf, gleichförmiger Gesang; das einzige grelle Licht im Raum kommt von dem flammenden Stern am Boden, in der exakten Mitte, dem Pentagramm, Feuerstern, darin ein Dreieck aus dem blauschimmernden Metall eines Meteoriten und darin wiederum das Auge Gottes, der Diamant … Große Helligkeit in tiefem Dunkel, sie schmerzt in den Augen, löscht alles andere ringsumher, brennt sich in die Netzhaut ein, wo sie ein düsteres Umkehrbild hinterlässt …

Sie nehmen die Schale, die man ihnen reicht, mit dem bitteren, breiigen Trunk, fühlen, wie ihnen die Glieder ertauben und das Gift ins Hirn steigt, die Grotte dreht sich, wirbelt, der Boden schwankt, sie hören den Namen der Urmutter Anna sagen, sie beschwören, herabzusteigen vom Saturn.

Anna, ein Palindrom und eine Vierheit dazu, ein Tetragramm, vier radices – heilig; die Initiaten glauben zu sehen, zu begreifen: das Geheimnis und die Harmonie des gesamten Kosmos. Einige sind

verzückt, andere sterben – die Augen so verdreht, dass man nur noch das Weiße sieht, Schaum und grüne Kotze auf den Lippen.
Creis viou nannten die Druiden solche Grotten, Kapseln, die Zeitreisen ermöglichen allein durch den Geist. Hier war es möglich, befreit von der körperlichen Hülle die großen Vorfahren zu treffen. Angeblich sollten sie Gold in die Brunnen der *creis viou* geworfen haben und laut Monsieur Justin hatten die Templer und die Katharer dieses Gold gehoben. Das war ihr Schatz, verloren, gefunden und wieder verloren. Und daran waren die meisten ihrer Nachfolger weitaus mehr interessiert als an der Harmonie des Kosmos oder den Ansichten der großen Vorfahren.
Manou machte sich wenig aus dem Gold. Ein wenig vielleicht, nur um ihre Zukunft zu sichern, doch nein: Wie hätte sie diesen Besitz erklären sollen? Man würde sie doch nur beschuldigen, es gestohlen zu haben. Sie hatte ja immer noch den Saphir der Lilith, schwer genug würde es sein, ihn gegen Bares einzutauschen. Sie hätte ihn sicher durch *Dame* Angèle einlösen lassen können, aber etwas hielt sie zurück. Besser, nicht alle Karten auf den Tisch zu legen. Besser, sie in dem Glauben zu lassen, sie sei mittellos, abhängig.
Dass der Kaplan Angèle nicht wohlgesinnt war, war unschwer zu erkennen gewesen. Er beklagte sich bei ihren Festen über die gottlose Völlerei, beschuldigte Madame des Lesens in Teufels Brevier – damit war das Tarot gemeint –, er kritisierte die Musik, die nicht zu Gottes Ehren geschaffen war, verabscheute Tanz und erst recht die Weiber, die Madame kommen ließ. Lachen sah man ihn nie. Kurz: ein steifer Stecken und ein saurer Tischgenosse!
Doch in letzter Zeit – so fand Manou – ging sein Verhalten entschieden zu weit. Mehr als einmal ertappte sie ihn dabei, wie er Madame nachspionierte, sah zu den seltsamsten Zeiten seine vierschrötige Gestalt hinter Hecken und Mauerecken vorlugen, wenn sie zusammen spazieren gingen.
»Was, der Kaplan? Soll er doch Maulaffen feilhalten! Er träumt von Dingen, die er nicht haben kann, nicht weil sie ihm nicht zur Verfügung stehen, sondern weil er sie sich selbst versagt. *Tant pis*«, tat Angèle die Angelegenheit ab, als Manou sie darauf aufmerksam machte.
Eines späten Abends, hörte sie Streit aus Angèles Gemächern und

erkannte Monseigneur van Hooteschoots näselnde Stimme. Wie? Der Kaplan bei Angèle und allein?! Zuerst waren die Stimmen leise, die eine beschwörend, fast bittend, die andere – Angèles Stimme – ablehnend, verächtlich, kalt. Manou hatte sich zwar geschworen, sich nicht in die intimen Angelegenheiten ihrer Herrin hineinziehen zu lassen, doch endlich hielt sie es nicht mehr aus. Sie zog den Stofffetzen aus dem Guckloch und presste die eine Seite ihres Gesichts gegen die Wand, um etwas erkennen zu können.

Dame Angèle hatte bisher auf einer Bank gesessen, jetzt stand sie auf. Der Mann – es war tatsächlich Monseigneur van Hooteschoot – richtete sich auf und wischte mit ärgerlich heftigen Bewegungen den Staub von seinen Knien. Hatte er etwa vor Angèle auf dem Boden gekniet? Seltsam!

»Was war ich für ein Narr, hinter Eurer hübschen Larve ein menschliches Gemüt zu vermuten! Ihr seid wahrlich vom Teufel besessen. Reißt Euch von ihm los! Bereut, Madame! Gesteht Eure Sünden und beichtet, damit ich Euch Ablass erteilen kann! Rettet Eure unsterbliche Seele!«

»Was faselt Ihr da? Wenn ich was zu beichten habe, dann meinem persönlichen Beichtvater, Pater Melchior zu St. Pierre in Apt und nicht Euch! Das könnte Euch so passen, dass ich meine fleischlichen Verfehlungen vor Euch ausbreite, was? Erzählt Euch de Villers nicht genug für Euren Geschmack? Ist Euch nicht warm unter Eurer Kutte, dass es Euch nach den intimen Geheimnissen einer Dame gelüstet?«

Der Priester lief dunkelrot an und vergaß alle Diskretion: *»Dame«*, brüllte er, *»Dame?!* Ihr seid eine gewöhnliche Hure und eine Hexe dazu!«

»Nennt Ihr mich eine Hure?«, gab Angèle kühl zurück. »Habt Ihr Euch deshalb zu später Stunde Eintritt in mein Quartier verschafft? Meine Jungfer fortgeschickt? Wartet nur, wenn ich das Villers erzähle. Er schätzt keine Konkurrenz und will das, was er bezahlt, allein genießen.«

Van Hooteschoot schnaufte vor Wut, dass man fürchten musste, er würde gleich einem Schlag erliegen.

»Liederliche Metze! Das werdet Ihr büßen! Ich wollte Euch eine

Chance geben, wollte Euch retten vor Euch selbst. Aber Ihr, Ihr kennt weder Scham noch Schuldgefühl.«
Er machte einen Schritt auf sie zu. Sie wich nicht zurück und sah ihm gerade in die Augen. Seine Arme hingen zu beiden Seiten herab. Die großen Hände schlossen sich zu Fäusten und öffneten sich wieder, als kämpfe er mit dem Wunsch, sie zu packen und zu schütteln, getraue sich aber nicht, sie zu berühren.
»Ihr ... Ihr! Glaubt Ihr etwa, ich sehe nicht, wie Ihr die jungen Männer mit Euren Blicken verwirrt? Ja, mit dem Körper mögt Ihr meinem Hauptmann treu sein, aber nicht in Gedanken. Das halbe Korps hechelt Euch nach wie einer läufigen Hündin! Widerlich! Abscheulich! Doch ich werde Euer Spiel beenden!«
»Und wie?«
Er trat zurück, beruhigte sich, sprach leiser: »Ich habe mich nach Euch erkundigt, Madame Angèle de Saignon, in Saint-Germain zum Beispiel. Und was ich da und aus vielen anderen Quellen erfahren habe, das genügt, um Euch vors Inquisitionsgericht zu bringen.«
Jetzt war es an Angèle, abwechselnd bleich und rot zu werden.
»Alles Lügen! Neider, Denunzianten, Todfeinde! Das zählt nicht vor Gericht. Ich bin eine fromme Christin und habe viele gute Werke getan. Außerdem ist seine Exzellenz Pierre de Forli mein Freund. Er wird nicht zulassen, dass man mir ein Leid antut.«
»Seid Ihr Euch da so sicher? Ich habe mich still verhalten und Euch beobachtet, solange ich hier bin. Inzwischen habe ich genug gegen Euch zusammen. Bischof de Forli wird sich nicht in einen Skandal hineinziehen lassen. Er wird Euch nicht mehr kennen, wenn es losgeht, passt nur auf! So viel seid Ihr ihm nicht wert. Ja, wenn Ihr seine Mätresse geworden wäret! Aber Ihr wolltet ja unbedingt hier auf Buoux bleiben.«
Der Kaplan sah voller Befriedigung, dass er einen Treffer gelandet hatte. Er nickte, drehte sich um und ging mit militärisch straffem Schritt zur Tür. Angèle streckte eine Hand nach ihm aus.
»Wartet!«
»Zu spät«, sagte er und ging hinaus.
Hastig verstopfte Manou wieder das Spähfensterchen. Sie schämte sich ein wenig ihrer Neugier. Falls Madame vermutete, dass Ma-

nou etwas gehört oder das Guckloch verwendet haben könnte, ließ sie sich nichts anmerken. Und wenn einer vermutet hätte, dass schon in den nächsten Tagen Madame verhaftet und nach Apt verschleppt werden würde, um sich für tatsächliche und vermutete Verbrechen gegen Gott zu verantworten, so sah er sich getäuscht.
Als sich kein Verfahren andeutete, Madame de Saignon und des Hauptmanns Feldkaplan sich bei Tische ganz artig begegneten, da glaubte Manou schon, sich getäuscht zu haben. Möglicherweise hatte sie etwas missverstanden. Wenn man mitten aus dem Nachtschlaf gerissen wird, dann kann man wohl kaum unterscheiden, was Traumbild und was Wirklichkeit war. Dass ein Geistlicher sich von einer Mätresse provoziert fühlte, war zwar ungewöhnlich, aber nicht auszuschließen. Vielleicht plante er tatsächlich nichts Schlimmeres, als sie auf den Pfad der Wohlanständigkeit zurückzuführen.
Dann, eines Morgens, vermisste man Monseigneur van Hooteschoot. Die Morgenandacht musste ausfallen und die Soldaten wimmelten ameisengleich durch alle drei Höfe, um den Kaplan zu suchen.
»Hier! Hier ist er«, erscholl ein Ruf von der Nordseite des Felsens. »Hierher! Zu Hilfe!«
Doch zu helfen war da nicht mehr. Aufgeregt lief man zusammen, reckte die Hälse und trat so weit an die Kante der Klippen, wie man es sich getraute.
Als Manou herbeirannte, so wie alle anderen, von instinktiver Neugier und einem beklemmenden Gefühl von Unheil in der Magengrube getrieben, da sah sie, wie die Frauen die Hände vor die stumm aufgerissenen Münder hoben und sogar einige der hartgesottensten Soldaten sich bekreuzigten.
Angèle, Manou in ihrem Gefolge, bahnte sich einen Weg. Sie schauten hinunter. Da unten auf der Müllkippe lag eine Gestalt im priesterlichen Gewand, die Glieder verdreht wie eine fortgeworfene Puppe. Auf seinem Rücken saßen schon die Aasvögel und hackten Löcher in den weichen, bloßliegenden Nacken.
»Gott schütze uns!«
»Was für ein schreckliches Ende für einen Geistlichen!«
Bestürzung rundumher, nur Manou sah Madame Angèle beim

Fortgehen boshaft lächeln, kaum merklich, nur die Mundwinkel ganz fein gehoben.

Monsieur de Villers kam dazu, warf einen kurzen Blick auf die Bescherung und sagte nur knapp: »Verdammte Schweinerei.«

Ein paar Männer wurden hinuntergeschickt, den Leichnam zu bergen. Inzwischen hatte die Sonne den Talboden erreicht. Dämpfe stiegen aus dem Unrat auf, das Leben darin begann sich zu regen: Schlangen, Würmer, Käfer, Ratten. Man hörte die Männer, die durch die Abfallhaufen wateten, fluchen. Der Gestank war schier unerträglich. Sie brachten den toten Kaplan herauf, in eine Decke gewickelt, und schafften ihn in die Sakristei, wo er gewaschen und für sein Begräbnis hergerichtet werden sollte. Eine der Mägde zog die Decke von seinem Gesicht und schrie auf. Manou bekam nie zu sehen, was sie gesehen hatte, und war froh darum: Man erzählte sich noch lange hinterher, wie das Gesicht des Toten in einer Schreckensgrimasse erstarrt gewesen sei, nicht Angst vor dem Tod, wie man sie empfinden mag in den letzten Bruchteilen der Zeit, die man ihm entgegenstürzt, sondern in einem Ausdruck äußersten Entsetzens, einer Furcht, schlimmer als der Tod, als habe er den Teufel gesehen.

Da war viel Seufzen und Bekreuzigen und Gesten gegen Hexerei und bösen Blick. Einzig Madame de Saignon zeigte sich ungerührt. Heftig wies sie das Personal zurecht, ihre blühenden Fantasien im Zaum zu halten: »Teufel, *ma foi!* Eher wohl eine volle Blase und ein benebeltes Hirn! Wahrscheinlich waren Hochwürden mal wieder bis zum Rand vollgelaufen. Er wird beim Brunzen über den Rand gestürzt sein.«

Zwar murmelten ein paar der Anwesenden empört über diese Fühllosigkeit, doch auch die Tischpagen flüsterten unter sich: »Möglich, möglich! Sehr wahrscheinlich sogar. Habt ihr nicht gemerkt, wie der geschluckt hat? Man konnte mit dem Einschenken kaum nachkommen.«

Und da es die Gewohnheit der Herren war, während ihrer Trinkgelage ins Freie zu gehen und sich an eben dieser Stelle zu erleichtern, so wurde die Erklärung von allen angenommen, außer – im Stillen – von Manou.

Monseigneur Kees van Hooteschoot wurde fern seiner flandrischen Heimat auf dem Friedhof von Saint-Germain verscharrt, im

provençalischen Lehm, der zuerst mit einigen Eimern Wasser so weit aufgeweicht werden musste, dass man ein Loch in ihn hineinbekommen konnte, und der anschließend von der Sonne wieder so fest gebrannt wurde, dass der Kaplan darin begraben lag wie ein gebackener Igel in einer Lehmkruste.
Erst sehr viel später getraute sich Manou, Angèle die Frage zu stellen: »Habt Ihr Euch des Kaplans entledigt?«
Angèle sah sie an mit einer Mischung aus Erstaunen und Amüsement: »Bitte? Ich höre wohl nicht recht. Deine Vorstellungskraft geht mit dir durch, Kleine. Ist es das, was alle denken?«
»Ich kann nicht wissen, was alle denken«, sagte Manou. Natürlich standen eine gute Weile lang die Mühlen nicht still, nicht umsonst hatte Madame einen zweifelhaften Ruf in mehr als einer Hinsicht. »Ich konnte aber nicht umhin, den Streit mitanzuhören in jener Nacht, da Monseigneur van Hooteschoot Euch bis auf Eure Kammer verfolgte in seinem Eifer. Er schrie sehr laut …«
Julie, die es auch mitangehört hatte, hielt gegenüber Manou mit ihrer Meinung nicht hinter dem Berg. »Sie hat ihn umgebracht, ich schwör's dir! Hat sich in eine *ratapignata*[27] verwandelt und ihn über die Kante getrieben. Als *ratapignata*, da haben die Hexen Tierkörper mit menschlichen Fratzen – wem würde da das Herz nicht stehen bleiben? Glaubst du, man kann ihr derart in die Quere und mit dem Leben davonkommen? Mein Gott, wenn sie mich nicht so gut bezahlen würde, dann wär ich längst auf und davon und würd mich im Kloster verkriechen vor ihr!«
Angèle lehnte sich in ihrem Fauteuil zurück und räkelte sich wie eine Katze am Ofen. Die Augen halb geschlossen sagte sie: »Ich gebe zu, ich konnte ihn nicht ausstehen, und die Abfallhalde war ein passender Ort für ihn, aber denkst du wirklich, ich brächte einen Priester um unter den Augen einer ganzen Garnison christlicher Soldaten? Wie könnte ich es getan haben, hm? Mich im Dunkeln versteckt, gewartet, bis er kommt, um sich zu erleichtern, und dann – ein Stoß in den Rücken … Ach nein, zu *crude*. Mir eine Karnevalsfratze aufgesetzt und ihm vom Mäuerchen her zugewinkt? Meinen Rock gehoben? Ihm etwas in den Wein gemischt, das ihm Visionen gebracht, lass sehen, was hätten wir denn da: Bilsenkraut? Tollkirschensaft, Galläpfel? Opium? Armer Kerl, dann

allerdings hätte er in jedem Nachtschatten satanische Ungeheuer gesehen.« Sie lachte ausgiebig und boshaft.

»Er sprach von Aufzeichnungen, einer Sammlung von Beweisen, die er gegen Euch vorzubringen gedachte …«

»Aufzeichnungen? Man hat nichts gefunden. Wie gesagt: du musst schon lernen, Fantasie und Wirklichkeit zu unterscheiden. Wenn auch ein Gedanke die Vorstufe zur Wirklichkeit ist, so bedarf es doch willentlicher Anstrengung, ihn umzusetzen. Davon, dass ich einen Menschen nicht leiden kann, stirbt er noch lange nicht.«

»Er hat Euch beschuldigt, eine Hexe zu sein.«

»Daran kannst du sehen, was er für ein ungebildeter Narr gewesen ist! Nicht anders als die Herren Institorius und Sprenger[28]. Ihre Gedanken sind nichts als Ausgeburten verdrängter Leibeslust. Das Sperma, das sie nicht vergossen haben, ist ihnen ins Hirn gefahren! Es geht ihnen doch nur darum, dass sich Frauen angeblich vom Teufel beschlafen lassen. Das und nichts als das malen sie sich in allen Einzelheiten aus. Hexen! Ich bin keine Hexe, ich bin Wissenschaftlerin. Die okkulten Wissenschaften sind ja nicht anders als die Mathematik, die Medizin, die Astrologie. Sie verlangen Fleiß, Aufopferung und Disziplin. Die okkulten Wissenschaften vereinigen alle anderen auf das Edelste in sich. Wusstest du, dass das englische Wort für Hexe, *witch,* von wicce, *wissen* kommt?«

32

Im Herbst schickte Monsieur de Pontèves seine Soldaten nach Italien. Nachdem Neapel verloren war, konzentrierte man sich jetzt auf Nord- und Mittelitalien. Eine Verbindung Frankreichs mit dem Papst war absehbar – gegen Venedig. Wenig später sollte Venedig sich dann mit Papst und Kaiser gegen Frankreich verbünden in der Heiligen Liga – wechselnde Allianzen. Doch für den Moment bedeutete es Handlungsfreiheit für Angèle. Dies war der Augenblick, auf den sie gewartet hatte.
Capitaine de Villers stellte hastig seine Truppe auf und ließ marschieren, bevor der erste Schneefall die Alpenpässe nach Italien unüberwindbar machte. Kaum war der Tross abgezogen, da ließ Angèle ihr Quartier in den alten Turm verlegen, in dem schon Monsieur Justin seinen alchimistischen Experimenten nachgegangen war. Das wurde jetzt ihr magisches Labor und niemand als Manou durfte außer ihr hinein.
Die Verwaltung des Forts und den Befehl über die Hand voll Söldner, die zurückgeblieben waren, hatte Monsieur de Villers einem jungen Lieutenant übertragen, den Angèle binnen kurzem um den Finger wickelte. Nun war sie wieder Herrscherin auf Buoux. »Ah! Endlich, endlich ist es fort, das Vieh«, jubilierte Angèle.
Der junge Lieutenant trat auch gleich Villers Nachfolge an in Madames Bett, wie Julie zu berichten wusste. »Er scheint sich besser anzustellen als der Hauptmann. Er singt ihr Lieder vor, verfasst Sonette für sie und leidet fürchterlich, weil er sie doch auf Dauer nicht für sich haben kann. Da hat sie einmal eine schöne Abwechslung.«
Und tatsächlich fielen die Jahre von Angèle ab, sie schien wieder so fröhlich und verspielt wie ein junges Kätzchen. Ihre Stirn glättete

sich, die Haut strahlte sanft wie ein reifer Pfirsich, die Mundwinkel rundeten sich nach oben hin, die ganze Haltung war unbeschwert, tänzerisch. Manou konnte den Blick nicht von ihr wenden.

»Du solltest es auch einmal probieren«, neckte Angèle. »Du hast doch sogar eine eigene Kammer, da stört dich niemand. Ich sage dir: Die Liebe wirkt Wunder, ist besser für die Schönheit als Schminke oder ein neues Kleid. Nun, ist da gar keiner unter den jungen Soldaten, der dir gefallen könnte?«

Manou dachte an Olivier und schüttelte den Kopf. Keiner von diesen hatte seine sanften, tiefen dunklen Augen, sein Gesicht, ein reines ebenmäßiges Oval, solch glatte und feine Haut. Und es entfuhr ihr ein kleiner Seufzer, über den sie ärgerlich war, denn sie wollte gerade Angèle nicht an ihrem Kummer teilhaben lassen.

»So ist das also«, ihre Herrin deutete den Seufzer völlig richtig. »Du hast schon einen Herzliebsten und kannst ihn weder haben noch vergessen. Aber tröste dich: Unerfüllte Liebe ist das edelste *sujet* der Troubadours. Sie sagen, dass eine Dame, die ihren Liebsten durch Tod oder böses Schicksal verliert, weniger zu bedauern ist als eine, die betrogen oder verlassen wird.«

Ach ja, davon hatte Manou gehört, doch es hatte sie in keiner Weise darauf vorbereitet, wie enttäuschend und wie bitter unerfüllte Liebe sein konnte. Die Kehle schnürte sich ihr zusammen und sie fühlte wieder einmal die lästigen, verhassten Tränen in Nase und Augen steigen. Da war gar nichts Edles dabei.

Angèle sah sie erstaunt an. »Hätt ich dir gar nicht zugetraut. Du tust immer so erhaben, so jung, wie du bist. Na, was denn?!«

Sie nahm sie in die Arme, drückte und herzte sie und strich ihr über das Haar, was die Sache nur noch schlimmer machte.

»So lass dich doch ablenken, du kleiner Dummkopf! Da, schau den!« Angèle wies auf einen blutjungen Fähnrich mit blauen Augen und honigblonden Locken. »Er schaut dir dauernd nach, hast du das nicht bemerkt? Und falls du aus gewissen Gründen Angst hast, dich dem amourösen Spiel hinzugeben, dann sage ich dir gern, wie du unerwünschte Folgen vermeiden kannst …«

Das wusste Manou selbst. Die Wurzeln von Alpenveilchen waren dazu dienlich oder einfach Zitronensaft. Doch sie war zufrieden mit ihrem wieder gefundenen Gleichgewicht und verspürte keine Lust, es in Gefahr zu bringen. Es gehörte schon mehr dazu als ein hübsches Gesicht und schmachtende Blicke, um sie Olivier vergessen zu machen.

»Komm!« *Dame* Angèle nahm Manou bei der Hand und zog sie hinter sich her zum Turm. Kichernd wie ein Kind, das einen Schabernack vorbereitet hat, zog sie aus ihrer Gürteltasche den großen eisernen Schlüssel für die neue Eingangstür. Die alte war schon morsch gewesen. Monsieur Justin hatte das nicht gestört, ebenso wenig wie Vogeldreck und Staub auf der Treppe und ein paar Fledermäuse im Gebälk. Doch Madame hatte alles wieder herrichten lassen. Woher hatte sie nur die Sous dafür genommen?

»Ich führe dem Vieh den Haushalt, hast du das vergessen? Glaubst du, so einer weiß, was die Dinge kosten? Er kann ja nicht unterscheiden, ob ich ihm Spargel aus Grasse oder Wildspargel vom nächsten Hügel servieren lasse. Er beklagt sich über die Bitterkeit, ich sage ihm, dass die Pontèves den auch essen, wie teuer er sei, und gleich würgt er ihn hinunter! Da – schau dir alles an! Das ist jetzt unser Reich. Hier können wir ungestört arbeiten an unserem großen Werk!«

Eine schwere Eichentür, die Ziernägel und Angeln aus Bronze – »kein Eisen!« –, die Treppen ausgebessert, das Turmzimmer geputzt und die Wände frisch gekalkt und mit rosenfarbigem Ocker aus Roussillon gefärbt – »nein! Keine Malerei!« –, der Boden neu ausgelegt mit blutrotem Sandstein aus dem Lyonnais, bedeckt mit arabischen Teppichen.

Schimmernde schwarz-violette Taftvorhänge vor den Fenstern. Es gab ein Lesepult, Tisch, Etageren und – im Zentrum des Raums – einen Altar aus schwarzem Marmor – leer.

»Vielleicht habe ich mich noch nicht entschieden«, sagte Angèle auf Manous fragenden Blick hin. »Vielleicht bin ich noch zu retten? Willst du mich retten?«

»Ich bezweifle, dass ich das gegen Euren Willen könnte. Die Entscheidung liegt bei Euch.«

»So? Eine wahrhaft schwere Entscheidung, die da vor mir liegt, bei Hekate Trivia: Abhängigkeit und Unterordnung, Enge, Engstirnigkeit oder Freiheit, Freiheit, meine Fähigkeiten zu leben, Türen zu öffnen, wirklich zu leben! Und warum meinst du denn überhaupt, dass das, was ich vorhabe, schlecht sein muss?«

»Ihr glaubt doch, und ich denke es auch, dass Lilith ein und dasselbe Geschöpf ist wie die Hure Babalon. Ist sie nicht Symbol für Sünde und Lästerung, für die Verwirrung von Sprache und Geist, für den Sieg der feurigen Instinkte über die kühle Vernunft, für Hochmut und Fall?«

»Das ist die kirchliche Auslegung, noch dazu einer Geschichte, die von den Feinden Babalons mündlich überliefert wurde und so von einem Erzähler zum nächsten angeschwollen ist und von jedem mit seinen eigenen Wertungen beladen und belastet wurde. Die Intoleranz des Christentums gegenüber früheren und fremden Göttern und gegen Frauen geht vor allem auf Paulus zurück: ›Es ist gut für den Mann, keine Frau zu berühren. Ich wünschte, alle Menschen wären wie ich.‹ Er hat die Scheidung ausgesprochen zwischen Vater Himmel und Mutter Erde und verboten, dass Frauen lehren oder predigen.

Und war er es nicht, der Jesus davon abhalten wollte, der Kanaaniterin zu helfen, weil sie Heidin und Frau war? Und wer hat den Mythos von der Hure Babalon niedergeschrieben, vielleicht sogar erfunden? Johannes, nicht einmal selbst dabei gewesen, nur der kleine Bruder eines Apostels. Eitle Laffen alle beide, bekehrte Schweine, die so taten, als seien ihnen plötzlich Flügel gewachsen!«

Manou zuckte zusammen, bekreuzigte sich.

Angèle lachte schrill auf. »Hast du Angst um mich, weil ich mich versündige, weil ich lästere? Warum? Waren alles Menschenkerle und einer hat den anderen heilig gesprochen. Eifersüchtige Kinder alle miteinander. So sind sie, die Männer: ›Ich, ich, ich!‹ Maria Magdalena, das war Jesu Liebste und seine Freundin und Vertraute dazu. Eifersüchtig waren sie und zu Recht. Ganz sicher war sie ihm näher als ein anderer Mann, wär' ja auch seltsam gewesen … Und im Nachhinein – husch! – haben sie sie rasch zur bekehrten Hure gemacht, um sie auf ihr eigenes Niveau herunterzuzerren und drunter, wenn's ging. Frauen nach unten ins Weltgefüge! Fremde Götter zu Teufeln, weiblichen fremden Göttern mochte man nicht einmal das zugestehen. So machte man Lilith zur Dämonin. Für mich ist sie nicht schlecht, sondern wurde so stilisiert, weil sie sich

nicht damit abfinden konnte, die ganze Last zu tragen und nichts von dem Vergnügen zu haben.«
Sie beschrieb sich selbst, das erkannte Manou und sie fühlte sich ihr nah in diesem Augenblick, aber sie selbst war bescheidener.
»Die Frauen sind schwächer und müssen sich unterordnen. Das ist nun mal der Lauf der Welt. Wenn nur …«
»Lauf der Welt! *Et patati et patata!* Das war nicht immer so und wird auch nicht so bleiben, lass es dir gesagt sein!«
Manou machte kugelrunde Augen: »Nicht?«
»Nicht! Es hat schon angefangen. Die blöden Ochsen haben es nur noch nicht registriert in ihrer Überheblichkeit. Und warte, wenn sie erst begreifen, was vor sich geht, dann gibt es noch einmal ein Gemetzel, Hexenjagden von einem Ausmaß, das du dir gar nicht vorstellen kannst, und Bösartigkeiten gegen die Frauen, warte nur ab!«
»Wovon sprecht Ihr denn überhaupt?«
»Von einer Neuordnung der Welt, von nichts weniger. Es hat früher schon viel mehr gelehrte und auch mächtige Frauen gegeben als heute. Die ersten alchimistischen Traktate, auf die man sich heute beruft, aufgrund deren alles Weitere nur existiert, sind zum Beispiel von Frauen verfasst: Isis, Moses' Schwester Miriam, Theosobia, Cleopatra … Die scheinbare Abwesenheit der weiblichen Werke in der geschriebenen Geschichte darf dich nicht täuschen. Wer hat denn die Geschichten niedergeschrieben? Hm, na?«
»Männer …«
»Ja. Wer schreibt, hat Recht. Und was interessiert Männer am meisten? Das, was sie am besten vermögen: hirnloses Draufschlagen. Also schreiben sie über hirnloses Draufschlagen. Wer wen wo und wann niedergemacht hat, Schlachten, Märsche, Kriege. Dummes Zeug! Verschwendung erster Güte! In dieser Art von Geschichte kommen Frauen zum Glück kaum vor. Irgendwann haben die Männer in ihrer Eitelkeit und in ihrem Machthunger die Frauen zum Schweigen und Vergessen gezwungen, ihre Verdienste nachträglich geschmälert und ins Gegenteil verdreht. Aber sie sind dabei aufzuwachen. Zunächst ganz sanft und vorsichtig formulieren Frauen eine andere Weltsicht. Hast du Christine de Pizan gelesen, den Roman von der Stadt der Frauen?«

»Nein.« Sie hatte zu viel zu tun gehabt, überhaupt einmal lesen zu lernen, und dann galt es alles zu bewältigen, was Monsieur Justin ihr vorlegte. Romane waren nicht darunter gewesen.
»Also, dann lass dir gesagt sein, dass sie bereits vor hundert Jahren eine Stadt der Vernunft entworfen hat, in der nur Frauen Zutritt hatten. Ich wünschte bei Gott, es gäbe sie! Es geht dabei in exemplarischen Geschichten um die vermeintlichen Schwächen der Frauen und ihr tatsächliches Potential. Sieh dich selbst an, du bist ja das beste Beispiel dafür! Da man dich von auch noch der allergeringsten Schulung fern gehalten hat und dich stattdessen Ziegen hüten ließ, konnte man sagen: Dieses Weib ist dumm. Sie ist nicht in der Lage, ein Buch zu verfassen oder Forschung zu betreiben; sie hat keinen Überblick über Politik und Geschichte und wird niemals in der Lage sein, vernünftige Entscheidungen zu treffen. Man sollte sie nicht einmal entscheiden lassen, was sie sich des Morgens über ihren Hintern zieht – dabei kommt auch nur Unsinn heraus.«
Manou schaute ein wenig beleidigt drein.
»Und nun kann ich also lesen und schreiben, dank einer zufälligen Laune Eures verstorbenen Mannes, und?«
»Und? Das fragst du noch? Du kannst nicht nur lesen, du hast es getan, hast Erfahrungen aufgenommen, gespeichert, verglichen, und das mit gutem Nutzen. Innerhalb zweier Jahre warst du auf einmal in der Lage, mit einem Philippe de Commynes zu sprechen, ohne dass er sich langweilte dabei. Mein Gott, was haben wir gelacht, Justin und ich! Nein, sei nicht bös! Nicht, weil es so lächerlich war, sondern weil Commynes sich so gar keinen Reim darauf machen konnte und er ja nicht wusste, dass du kurz zuvor noch in einer Höhle gehaust hattest mit zwei Ziegen und einer Katze zusammen. Und wozu, glaubst du, wärest du fähig gewesen, wenn man dir von Anfang an Bildung ermöglicht hätte, wenn Frauen durch ihre Fesselung ans Haus nicht in ihrer Lebenserfahrung beschränkt würden? Und wer beschränkt sie? Und warum? Es scheint doch fast, als müssten die Männer fürchten, dass wir sie überflügeln, wenn sie uns von der Kette lassen.«
»Und das hat alles Christine de Pisan schon vor hundert Jahren geschrieben?«

»Nun, nicht ganz so. Vorsichtiger, sehr verbrämt. Ich gebe es dir zu lesen, es scheint mir an der Zeit. Oder nimm Isotta Nogarola, *De pari aut impari Evae atque Adae peccato*. Die hat die verlogenen Pfaffen an ihrer eigenen Nase gepackt. Da geht es um die Erbsünde Evas. Nach Darstellung der Kirche hat ja Eva Adam verführt und ist deshalb an allem schuld. Nun – Isotta argumentierte ganz in ihre Richtung, kam aber woanders an: Frauen seien ja ihrer Natur nach schwächer, unwissend, unbeständig. Ja! Ja, murmelten beifällig die päpstlichen Rhetoriker. So? Dann ist Evas Sünde ungleich geringer zu bemessen, da man ja von dem vollkommeneren Lebewesen auch mehr moralische Festigkeit erwarten durfte, oder nicht? In anderen Worten: Das Weib mag Äpfel klauen, so viel es will, Gott hat sie mit langen Fingern gemacht, es ist nicht ihre Schuld. Wenn aber Adam davon frisst, der es besser wissen sollte, dann kriegt er auf die Pfoten! Das ist übrigens für den Anfang die geschickteste Art und Weise zu argumentieren. Teile die Voraussetzungen des Gegners und halte dich an anerkannte Logik! Was von Anbeginn an falsch und damit widersprüchlich war, wird sich entlarven und sie können dir nichts tun.«

»Hm-ja, aber es gefällt mir nicht, die Männer alle als Feinde zu betrachten. Ich habe sie nicht so kennen gelernt. Mein Vater war liebevoll und gerecht, Monsieur Justin war ein gütiger Mann und Eliah … Ich meine, ich habe andere Erfahrungen als Ihr – und weniger Ehrgeiz.«

»Das mag sein, aber wie war das mit diesem kleinen Rotzlöffel – wie hieß er noch, Frédéric?«

»Das? Na ja, so was kommt vor. Aber ich mache nicht die Hälfte der Menschheit für die Fehler eines Einzelnen verantwortlich.«

»Ach! Lass dich doch heilig sprechen«, zischte Angèle ungeduldig. Die beiden Frauen machten sich ans Auspacken der Truhen, die Angèle hatte nach oben schaffen lassen. Sie enthielten, wie Manou schon vermutet hatte, eine exquisite Auswahl an gottlosen Schriften, Dämonen- und Totenbeschwörungen sowie Liebeszauber. Sie waren schwer zu bekommen, die echten jedenfalls. Doch Madame hatte fleißig gesammelt. Zu dem, was man schon zu Monsieur Justins Zeiten besessen hatte, war einiges hinzugekommen.

»Denk dir, ich habe mit einem jungen deutschen Gelehrten korrespondiert. Ein interessanter junger Mann, Agrippa von Nettesheym mit Namen. Er hat mir eine Theorie vorgetragen und wünschte von mir zu erfahren, ob er sie veröffentlichen soll: Er nennt es eine magische Tafel über den Vierer, als da sind die Namen der Engel, der Dämonenfürsten, der Elemente, der Sterne und Planeten, Metalle, Tierarten, Säfte, Tugenden, der menschlichen Sinne und so fort. Du solltest diese Beziehungen unbedingt lernen! Seine Vorstellungen sind ebenso faszinierend wie umfassend. Das ist ein Mann, der die Geisteswissenschaften revolutionieren wird! Übrigens ist dieser Agrippa auch ein großer Freund der Frauen, aber nicht so, wie man es üblicherweise versteht. Er glaubt an unsere überragenden Tugenden und ist ein Verfechter der Frauenbildung. Endlich einmal ein Mann, der nicht von seinem Schwengel regiert wird.«

Angèle sah reizend aus, die Wangen vor Begeisterung gerötet, wie sie da in Papieren und Pergamenten wühlte, die Kleidung staubbedeckt. Sie kniete vor der Truhe und hielt eine Handschrift in die Höhe.

»Da schau! Ysac hat mir endlich eine vollständige Abschrift der Magischen Papyri zukommen lassen und sie mir sogar ins Französische übersetzt.«

»Ysac? Ihr habt Nachricht von ihm? Geht es ihm gut?«

»Ja doch. Ich nehme es an. Er hat sich in Prag angesiedelt.«

»Nicht in Deutschland?«

»Wo denkst du hin? Da hat es noch schlimmere Verfolgungen gegeben als bei uns. Kaiser Maximilian ist den Juden Feind und er braucht das Geld für seine Kriegskasse. 600 000 Gulden hat er aus Vertreibungsprivilegien eingenommen, schreibt Ysac.«

»Vertreibungsprivilegien …! Und in Böhmen geht es den Juden besser?«

»Es scheint so. In Prag wohnen viele von seiner Art und haben großen Einfluss. Er selbst hat einen reichen Mäzen gefunden, der ihm Geld für seine Studien gibt.«

Manou freute und ärgerte sich gleichzeitig, dass es Ysac gut ging und dass ihr Angèle nicht von ihm erzählt hatte. Aber sie ließ sich nichts anmerken und packte weiter aus. Da war das Heptameron des Pietro di Abano, das *picatrix*, eine maurische Sammlung von magischen und astrologischen Sprüchen, ein Necronomicon,

Goëtia – bezeichnend für Angèle, dass sie sich nicht erst mit Teurgie[29] befasste, fand Manou –, sodann *les philtres d'amour* (natürlich!) und Schriften Picos über die Kabbala.
»Da! Ein späterer Dominikanermönch hat die Kabbala in die Praxis der Magie eingebracht. Er war weder der erste noch der letzte Kirchenmann, der Magie betrieben hat. Gerade die *dominicanes*, Hetzhunde des Herrn! Und einfache Dorfweiber lassen sie brennen. Wofür? Weil sie einer Kröte dreimal ins Maul gespuckt und gehofft haben, nicht schwanger zu werden!«

33

Die schwere Kutsche polterte und rumpelte über die gefrorene Erde.

»Halt! Ich will aussteigen!« *Dame* Angèle klopfte von innen gegen die hölzerne Wand, hinter der der Kutscher auf seinem Bock saß. Er hielt an. Angèle wartete nicht, bis er abstieg und ihr aus dem Wagen half. Mit einem Fußtritt öffnete sie den Schlag von innen und sprang hinaus. Grelles Sonnenlicht durchschnitt das warme Halbdunkel innen.

»Ich nehme an, ihr wollt nicht reiten«, fragte sie spöttisch, bevor sie den Schlag wieder zufallen ließ.

»Hu«, machte Julie, als ein Schwall winterlicher Luft hereindrang, und wickelte sich enger in ihre Decken. Und auch Manou, so gern sie frische Luft gehabt hätte, war doch unwillig, auf ein Pferd zu steigen. Die Abneigung gegen diese hohen und temperamentvollen Tiere hatte sie nie ablegen können. Lieber wäre sie gelaufen. Nachts war es zwar bitterkalt, aber die provençalische Sonne wärmte sogar Ende Dezember genug, dass man um die Mittagzeit im Hemd gehen konnte. Doch zum Spazieren war keine Zeit und auf ein Ross wollte sie nicht. Also blieb sie bei Julie im Kasten hocken.

Angèle bestieg ihre schwarze Stute und stob davon, voraus, fort, fort, nur Bewegung, Kraft, Leben, Gefühl! Sie lachte, während ein scharfer Wind ihr die Haare unter dem Barett vorzerrte und ins Gesicht trieb. Ihre Wangen glühten. Immer schwerer ertrug sie die Winterzeit, das Eingesperrtsein, die endlosen langen Nächte, die nicht einmal der eifrige junge Lieutenant ihr mehr zu verkürzen wusste.

»Langweilig! Langweilig! Langweilig seid ihr alle! Pah! Weihnachten, Messen, Beterei, da lob ich mir den *carnaval!*« Und besser noch das, was sie jetzt vor sich hatten. Alle waren ungeduldig, reizbar dieser Tage. Sogar Manou fühlte sich wie ein Katzenschwanz …

»Halte einer Katze den Schwanz eine Weile fest und sieh, wie er dann peitscht und zuckt, wenn du ihn loslässt, als ob die ganze angestaute Bewegung sich Bahn brechen müsste – so fühle ich mich jetzt«, sagte sie zu Julie.

»Na, dann kannst du dich ja bald austoben. Aber warum müssen wir dazu nach Pertuis und fahren nicht nach Apt? Da würde sie doch sogar im Stadthaus der Pontèves-Buoux Aufnahme finden und hätte es bequem.«

»Als ob es Madame je um Bequemlichkeit zu tun gewesen wäre! Und dann noch unter Aufsicht dieser Moralapostel. Du weißt, die Marquise de Pontèves und Madame de Saignon sind sich spinnefeind, auch wenn sie noch so höflich tun. Sie will nicht nach Apt. Sie will dorthin, wo man sie nicht so leicht erkennt, wenn du mich fragst.«

»Was hat sie nur wieder vor?«

»Sich amüsieren, du wirst schon sehen.«

Es war der 27. Dezember und sie durchquerten die Schlucht der Aigue Brun, die den kleinen und den großen Luberon zerschnitt, wobei Manou und Julie in der Kutsche grün und blau gewürfelt wurden. Bei einer Römerbrücke machten sie Rast. Die beiden Mädchen stiegen aus und rieben sich die Kehrseiten. Der Kutscher öffnete einen Korb und bereitete eine kleine Mahlzeit auf einem flachen Felsvorsprung etwas weiter oben, der in der Sonne lag: gewürzten Wein, salzige Kuchen, mit Wintergemüsen gefüllt, Trockenfrüchte.

Angèle streckte sich auf den ausgebreiteten Kissen und Decken aus. Manou blieb stehen: »Wenn ich noch einen weiteren Augenblick auf meinem Hinterteil verbringen muss, dann fällt es mir ab!«

Julie kicherte: »Welch ein Verlust!« Sie fand Manou immer noch zu mager und zu sehnig für eine Frau. Sie selbst dagegen war klein und rundlich.

Sogar im Winter war es hier grün, die südlichen Hänge des Luberon bedeckt von immergrünem Buschwerk und Aleppo-Pinien mit ihren smaragdfarbenen Schirmen. Manou brach ein paar wintertrockene Lavendelstängel ab und rieb sie zwischen den Händen, um ihren Duft zu genießen.

Von hier oben aus konnte man durch den Einschnitt im Berg bereits die Ebene erblicken, bis zum *Croix de Provence,* bei Aix. Unter ihnen glänzte die Durance und man sah wie auf eine Perlenschnur gereiht die reichen Schlösser, Städte und Burgen des *Pays d'Aigues:* Lourmarin, Villelaure – nach Villa Laura aus römischer Zeit –, Cadenet mit dem hochmütigen Schloss der d'Oraison und dem Tour de Malconseil, von den Tempelrittern erbaut, La Roque d'Artheron, Ansouis, Geburtsstätte des heiligen Elzéar, La Tour d'Aigues, in dem die Bolliers de Cental an ihrem architektonischen Ruhm arbeiten ließen, ein Stück italienischer Renaissance in der Provence, wo ringsumher noch Gotik herrschte und mitteralterliches Denken, und schließlich ihr Reiseziel Pertuis.

»Eine eigenwillige Stadt, Pertuis«, bemerkte Angèle. »Wusstet ihr, dass sie einmal Raymond de Turenne gehörte?«

Wer wusste das nicht? Raymond de Turenne, der adlige Bandit, Neffe des Papstes Grégoire XI., hatte lange Jahre das Land um den Luberon terrorisiert; romantische und schreckliche Geschichten von ihm kursierten noch an langen Winterabenden, sie wurden immer romantischer und immer weniger schrecklich, je länger die Sache her war.

Hatten die Mädchen gehofft, man würde die Gastfreundschaft des Herrn de Lauris in Anspruch nehmen, einer der wenigen Freunde des Baron de Saignon, der ihm auch noch in seinem Unglück treu geblieben war, so wurden sie enttäuscht. Madame de Saignon wollte unbedingt heute noch Pertuis erreichen. Sie brach die Rast bald ab und ließ wieder anspannen.

Manou hielt es nicht mehr im Wagen aus.

»Hast du es dir doch anders überlegt? Gut für dich!« Angèle half Manou auf ein Pferd, einen braven, sanften Apfelschimmel, der bislang hinten am Wagen angebunden gewesen war. Sein Rücken war immer noch schonender zu Manous malträtiertem Hinterteil als die harte Bank der geschlossenen Kutsche. Julie hüllte sich murrend in ihre Decken und stieg allein wieder ein.

Es ging in wilder Jagd über die Straßen. Nur gut, dass der Boden gefroren war, sonst wäre die Kutsche im Schlamm stecken geblieben. Auf Weg und Feld waren nur wenige Menschen zu sehen: Köhler brachten ihre Ware auf Karren ins Tal, Holzfäller waren unterwegs, Zwiebelhändler, Trüffelsammler. Die Felder lagen brach, die Oliven waren geerntet und eingelegt, die Ölmühlen mahlten ohne Unterlass, nur im Freien gab es wenig zu tun. Die Bauern versorgten ihr Vieh in den Ställen und widmeten sich Reparaturen, zu denen sie im Sommer nicht gekommen waren.

Es war schon lange dunkel, als sie endlich Pertuis erreichten. Die Tore der Stadt wurden bei Sonnenuntergang geschlossen, so auch die Porte Notre-Dame, und es war nur dem energischen Auftreten von Madame de Saignon zu verdanken, dass ihnen aufgetan wurde. Hier unten, im Tal der Aigues und so nahe der Durance hatte man mehr als oben, in den Bergen, unter Übergriffen von gewöhnlichem Gesindel und marodierenden Exsöldnern zu leiden.

Durch die Porte Notre-Dame ging es wie ein Mistral durch die Rue Canorgue und die St. Pierre zum Place d'Ange, wo *Dame* Angèle eine ordentliche Herberge kannte, so ordentlich jedenfalls, wie man es von einem öffentlichen Haus erwarten durfte. Madame trieb den Kutscher zu rücksichtsloser Eile an. Die Funken stoben vom Pflaster, als sie in den Hof der »Auberge du Chanvre« einfuhren.

Der Wirt selbst kam heraus, sich die Hände an seiner Schürze trocknend. Er eilte, Madame vom Pferd zu helfen, und taxierte sie dabei mit flinkem Blick.

»Ah, *Mestra,* welche Ehre, dass Ihr mit unserem einfachen Haus vorlieb zu nehmen gewillt seid. Ich bin entzückt! Welch ein Glück, dass unser bestes Zimmer noch frei ist, eine ganze Suite zu Eurer Verfügung, gut und bequem ausgestattet, wenn auch sicher nicht so, wie Ihr es es gewohnt seid. Hätten wir nur vorher gewusst, dass Ihr kommt. Marthe! Wo steckt dieses Weib schon wieder, Marthe! Hier entlang, wenn ich bitten darf, *Mestra* … eine fürchterliche Kälte, nicht wahr …«

Angèle schnitt sein aufgeregtes Geschwätz mit einer Handbewegung ab.

»Schon gut. Es wird recht sein.«

Sie schritt auf das Haus zu, als gehörte es ihr, und der Gastwirt eilte und scharwenzelte um sie herum und ihr voraus, eine steile Stiege hoch, auf der es nach Kohl und Pisse roch.

»Wenn das Zimmer auch so stinkt, dann könnt Ihr Euch auf was gefasst machen«, sagte Angèle, während sie sich ihr Riechfläschchen unter die Nase hielt. Zum Glück erwies sich die Suite jedoch als geräumig, sauber und angenehm, mit bequemen Möbelstücken ausgestattet und der Boden mit dicken Teppichen belegt. Eine Magd eilte mit einer Kohlenpfanne herbei, um das Schlafzimmer zu wärmen, während der Wirt selbst das Feuer im Kamin des Salons entfachte.

»Na, das geht ja«, meinte Angèle.

»Und hier, *Mestra:* Das Zimmer hat ein Fenster aus neuen, hellen Gläsern, durch das Ihr hinausschauen könnt, direkt auf die *fontaine de l'ange …*«

»Sicher ist es nur deshalb frei, weil keiner den unverschämten Preis für eine Übernachtung zahlen will«, raunte Julie Manou ins Ohr.

»Madame wünschen doch sicher, das Abendessen hier oben einzunehmen …?«

»Was ist denn gegen die Schankstube einzuwenden?«

»Ähm – nichts, gar nichts, Madame, ich dachte nur …«

»Hör ich da Musik?«

»Ja gewiss, wir haben heute Abend einen Musikanten, nichts Besonderes, er spielt halt, was die Leute hören wollen, und sie singen dazu, wenn man das Gesang nennen mag, äh – Verse, die Ihr sicher nicht hören wollt, Landsknechtslieder und schlüpfriges Zeug …«, sagte der Wirt entschuldigend.

»Dann wird es Madame gerade gefallen«, flüsterte Manou. Julie kicherte, und richtig: »Wir kommen nach unten. Ich wünsche einen Tisch in einer Ecke am Feuer, wo wir es warm haben und alles gut sehen können«, ordnete Angèle an. Der Wirt verbeugte sich: »Wie *Mestra* wünschen«, und verschwand. Die Magd machte sich am Gepäck zu schaffen.

»Nein, das macht meine Zofe. Bringt uns nur warmes Wasser, damit wir uns erfrischen können.«

»Sehr wohl, Madame.« Das Mädchen knickste und verschwand, um wenig später das Gewünschte zu bringen, dazu einige Leintücher, die sauber waren und vertraut nach Lavendel dufteten.

In der Wirtstube war die Stimmung bereits fortgeschritten und die Lieder auf einem Niveau angelangt, das weder der Herr de Saignon noch der ungeschliffene Villers an ihrer Tafel geduldet hätten. Auch die Esssitten waren beklagenwert. Da kämmte sich der eine ungeniert das Haupthaar über der Bank, während der nächste sich das Essen so gierig in den Rüssel stieß, dass ein Gutteil wieder herausfiel. Man putzte sich die Stiefel und wischte sich den Schweiß, schrie durcheinander und gestikulierte, so dass die Schankmagd mit den Schüsseln ausweichen musste und manchen dabei mit einem Schwall nicht bezahlten Essens bedachte. Kaum einer benutzte ein Vorlegemesser. Sie rissen das Fleisch vom Knochen wie die Tiere und schmatzten und schnauften dabei. Manou schaute entsetzt. Sie hatte schon ganz vergessen, dass sie selbst in keiner anderen Gesellschaft aufgewachsen war.

Es war entsetzlich heiß nach der Kälte da draußen, doch wollte einer das Fenster nur einen Spalt breit öffnen, so wurde gebrüllt: »Klappe zu!«

Dame Angèle und ihre Begleiterinnen nahmen Platz. Eine der Mägde eilte herbei und wischte die Tafel vor ihnen blank. Man servierte einen erstaunlich guten Eintopf mit Rindfleisch, Speck, Kuttelwürsten und Karotten, eine *daube,* frisches Brot, dazu heißen Apfelwein. Die Damen aßen mit gutem Appetit.

Kaum hatten sie ihr Mahl beendet, da bekamen sie Gesellschaft. Vier Landsknechte, wohlhabend, wie man an ihrer protzigen Kleidung ablesen konnte, und sogar leidlich sauber, nach dem, was die vielfachen Schlitze in ihren Wämsern von der Unterwäsche sehen ließen, setzten sich ohne viel Aufhebens zu ihnen.

Der Wirt sah es mit Besorgnis, zog Verzeihung heischend die Schultern hoch und hob die Hände: ›Es tut mir Leid, Madame, aber gegen die kann ich nichts ausrichten. Ihr habt ja darauf bestanden, in den Schankraum zu kommen wie ein paar gewöhnliche ...‹, sollte das heißen. Angèle lachte frech und rief nach Wein. Julie verzog die Schnute.

»Ach Julie, nun schau doch nicht so sauertöpfisch drein. Die Herren werden sich schon zu benehmen wissen, nicht wahr?« Sie nickten wenig überzeugend.

»Und wenn du unter einem Anfall von Wohlanständigkeit leidest, dann schlage ich vor, du gehst jetzt ins Bett – allein!« Röhrendes Gelächter. »Geh nur! Ich brauche dich nicht mehr heute Abend.«

Julie lief rot an und erhob sich, knickste: »Gute Nacht, Madame.«

»Gute Nacht, Julie! Nun, meine Herren, was machen wir jetzt? Karten spielen vielleicht?«

Manou hielt sich an den Jüngsten, der sah ein wenig schüchtern aus, ein ungelenker Bauernsohn, ganz wie von zu Hause. »Ich will mich schon amüsieren«, flüsterte sie ihm ins Ohr, »aber nicht zu sehr, verstehst du?«

Er lächelte verlegen, die Ohren flammten rot durch das strähnige Haar. »Versteh schon. Keine Sorge, ich werd dich behandeln wie meine eigene Schwester. Du kannst ja nichts dafür, wie deine Herrin ist«, flüsterte er zurück. Er legte zwar seinen Arm um ihre Taille und schmuste ein wenig, doch blieb es im Rahmen und Manou fand es nicht unangenehm.

Angèle dagegen ließ die Puppen tanzen. Sie warf dem Musikanten gleich eine Hand voll Liards zu, woraufhin er seinen Platz verließ, um ausschließlich neben ihr und für sie zu spielen auf einer abgeschrammten Laute. Er war nicht einmal schlecht.

Angèle nahm die Soldaten aus beim Spiel, und als sie nichts mehr zu verlieren hatten, da verschwand sie mit dem größten, stärksten von ihnen für kurze Zeit. Als sie wiederkamen, war ihr Dekolleté in Unordnung und sie hatte Stroh im Haar.

»Dummerchen«, auf der engen Stiege zwickte sie Manou in die Wange, »wieder eine verpasste Gelegenheit. Du wirst noch das ganze Leben verpassen, wenn du dich nie was traust.«

»Trau mich schon, wenn der Richtige kommt«, gab Manou zurück.

»Der Richtige! Den gibt's nur im Märchen. Besser geliebt zu werden und sein Vergnügen zu haben, solange man dazu noch imstande ist, als zu lieben und sich das Herz brechen zu lassen.«

Manou sagte dazu nichts, doch bei sich dachte sie: ›Es muss noch was anderes geben. Das wäre eine schlechte Wahl.‹

Im Schlafzimmer ließ sich Madame Angèle von Manou auskleiden, da Julie schon schlief und sie sie nicht wecken wollte. Sie gab Manou einen Kuss auf die Stirn, bevor sie sich unter die Decken kuschelte. »Ich hab dich richtig gern, mein Mädchen, weißt du das?

Du verurteilst mich nicht, auch wenn du einen anderen Geschmack hast. Schlaf gut!«
Manou ging hinaus und löschte das Talglicht mit den Fingern. Sie ging zum Fenster des Salons und lehnte die Stirn gegen die Scheibe. Verzerrt und undeutlich nahm sie den Platz vor der Wirtschaft wahr, grünlich eingefärbt leuchtete der Mond durch das Butzenglas. Hier und da flackerten die St.-Jean-Feuer. Unten der Brunnen des Engels, er war gefroren.

»Das soll ich anziehen?«, kreischte Julie empört.
Sie hatten bis spät in den Morgen hinein geschlafen und ein gutes Frühstück eingenommen und legten nun ihre ›Festkleidung‹ an.
»Das oder du bleibst da«, sagte streng Angèle. »Glaubst du, ich will mich von dem Pack belästigen lassen, weil ich wie eine Dame aussehe und man mir an die Börse will?!«
»Aber das – das sind Bettlerfetzen, schmutzig dazu!«
»Hast du schon mal einen sauberen Bettler gesehen?«
»Komm schon! Zieh das Zeug an oder bleib da«, sagte Manou. »Sie hat Recht. In diesem Aufzug kommen wir heute überall hinein und es wird uns keiner belästigen.«
Julie zog die Fetzen an, so oft gewaschen und geflickt, dass man ihre ursprüngliche Farbe nicht mehr erkennen konnte. Sie schmollte, wollte aber doch nicht zurückgelassen werden. Manou langte mit beiden Händen in die Asche, rieb sich und Julie davon ins Gesicht.
»Pfui, bleib mir weg!«
»Siehst fast echt aus! Am besten, du hältst dich nachher an mich. Ich weißt, wie man sich als Bettlerin benimmt, war selbst mal eine …«
Julie schaute Manou groß an. »Mach die Klappe zu, 's kommen Fliegen rein!«
Dame Angèle sah aus wie eine Hure und hatte sichtlich Freude an der Rolle.
Sie schlichen über die Hintertreppe hinaus und mischten sich unter das Volk. Ein seltsames Volk heute: Die Frommen unter den Bürgern, die Reichen und Vornehmen, die blieben zu Hause und die Pfaffen ließen sich nicht blicken. Bettler und arme Leute, Musikanten, Narren, Zwerge, falsche Mönche und Nonnen, Kerle wie

Weiber und Weiber wie Kerle gekleidet, Maskierte bevölkerten die engen Straßen von Pertuis. Es war eine geordnete Stadt, Pertuis, im Besitz der Abtei Montmajour. Umso unbändiger brachen sich die Instinkte Bahn.

Fête des Saints-Innocents, Fest der Unschuldigen Heiligen, *ma foi!* Schlampen und Narren tanzten eine wilde *ronde* in den Gassen, Wein floss in Strömen, die Schankwirte und die Besitzer der Epicerien, soweit sie sich getrauten offen zu halten an einem solchen Tag, wagten es nicht, dem Pöbel was zu verweigern, sonst schüttete man ihnen übel riechende Flüssigkeiten in Türen und Fenster, verdorbenes Öl oder Schlimmeres.

»Huuuiiii, tanz mit mir, edles Kind«, schrie eine grelle Stimme ihr ins Ohr. Manou fühlte sich gepackt und einmal herumgewirbelt, bevor der Inhaber dieser Stimme sie losließ und weiterstob.

»Hübsches Ding! Wie wäre es mit uns?« Angèle bekam Angebote, aber sie lehnte sie ab. »Du kannst mich nicht bezahlen, geh! Gevatter, such dir was Passendes für deine Börse!«

Musik ertönte überall, Flöten und Tamburins und Pauken, Rasseln, Schnarren, Schafsglocken, Pfeifen, was immer Krach machte, die ganze Stadt ein *charivari.*

»Platz! Platz da für den Vicomte de Sanglier«, hieß es. Die Menge gab nach, formte eine Gasse. Ein Zwerg kam angeritten auf einer fetten Sau, gekleidet in die Farben der Bollier-Cental.

»He! He! Etwas mehr Respekt bitt ich mir aus«, quiekte der Kerl, als man ihn mit Unrat bewarf. »Wollt Ihr nicht wenigstens mit Kuchen schmeißen?«

»Da! Fang!«, schrie es von irgendwoher. Angèle streckte die Arme aus und fand sich mit einer Kette Würste gekrönt. Der bestohlene Schlachtermeister kam atemlos durch die Menge gerudert. »Finger weg, die sind ein Geschenk von dem Monsieur da hinten, dem im roten Barett, seht Ihr ihn? Haltet Euch an den!« Der Schlachter fluchte und gab sich geschlagen.

Die Menge drängte zur Kirche St. Nicolas.

»Zur Messe. Auf! Es ist Zeit! Lasst uns die Sakramente empfangen.«

»Drauf gefurzt! Mich interessiert mehr der Messwein!«

Durch die Rue Fontaine de l'ange tobte der Zug, durch die Rue Galante, vorbei am Haus der *Reine Jehanne,* jener Königin, deren

unglückselige Liebeleien und Gattenmorde sie dazu veranlasst hatten, ihre Seele freizukaufen, indem sie Avignon dem Heiligen Stuhl schenkte – nun ja: billig verkaufte. Gut, dass ihre Seele nun gereinigt war, denn kurz darauf ließ ihr neuester Gatte sie mit zwei Kissen ersticken. Sie oder ich, das musste er wohl begriffen haben.
Die Stadt Pertuis schien zu gedeihen, endlich, nach den Verwüstungen von Pest und Krieg. Manou nahm überall Bautätigkeit wahr, heute unterbrochen. Alte Häuser wurden abgerissen und neu gebaut im Stil der Renaissance, mit schönen Portalen, Halbsäulchen und Kapitellen. Sie sah ein angefangenes Fries mit Akanthusblättern. Höher hinauf strebten die neuen Häuser, die Portale waren größer und die Fenster, die steinernen Verzierungen reicher als zuvor. Brunnen und Trinkbecken gab es reichlich. Doch Wasser begehrte die ausgelassene Menge heute nicht.
Madame hatten sie bald verloren. Manou packte die verängstigte Julie bei der Hand und zerrte sie hinter sich her. »Fabelhaft, schau nur weiter so und jetzt halt's Maul, ich zeig dir, wie man zu Geld kommt!« Julie war ja nur schmutzig, aber Manou hatte sich auch noch falsche Geschwüre aus Brotteig ins Gesicht geklebt.
»Bah – scheusslich siehst du aus«, fand Julie.
»Halt's Maul, Schwester. Du bist stumm«, sagte Manou noch einmal und sackte in sich zusammen. Vor Julies Augen verwandelte sie sich in einen hinkenden, elenden Krüppel. Sie zupfte eine bessergekleidete Bürgerin am Ärmel: »Bei den unschuldigen Heiligen, Erbarmen! Meine Schwester ist taubstumm und blöde!« Julie trat ihr in die Wade. »Auverdammich! Und ich hab die Krätze! Almosen, Gnädigste, Almosen, bitte sehr!«
Sie kratzte sich heftig den Schädel und die andere Hand krallte sich in den dargebotenen Arm, dass die »Gnädigste« gleich wusste, was es geschlagen hatte.
»Ja, ja, nun hör schon auf zu kneifen!« Sie griff in ihr Almosentäschchen, um nach kleinen Münzen zu suchen, doch Manou kam ihr zuvor. Blitzschnell langte sie selbst hinein und war auch schon in der Menge verschwunden, die hinter ihr zuquoll wie ein Hefeteig. Sie zog Julie um eine Ecke herum in eine verhältnismäßig stille Gasse.
»Da! So macht man das. Merk es dir, falls du je ins Elend kommst.

Die richtige Mischung aus Unverschämtheit und Demut. Reines Bitten bringt dich nicht voran. So! Lass mich sehen, was uns das eingebracht hat.« Sie zählte die Münzen, während Julie sie entgeistert anstarrte.

»Manou! Das hätte ich nicht von dir gedacht!«

»Ich von mir auch nicht. Aber man lernt alles, wenn man muss. Nun komm! Ich kauf uns Gebäck!«

Wenig später ließen sie sich wieder in der Menge auf die Kirche zutreiben, heiße Apfelkrapfen zutschelnd und gut gelaunt.

Und da war St. Nicolas, ein schweres und kastiges Bauwerk mit schmucklosen Mauern. Nur in der Anlage des Hauptportals hatte man dem neuen Geschmack Rechnung getragen: Zwei falsche Torbögen wölbten sich über dem echten Eingang, der von Zwillingssäulen eingefasst war, die in Blattschmuck unter dem Sims endeten. Drei flache Stufen führten hinauf. Weit offen standen die schweren Türflügel der Kirche St. Nicolas. Verständnislos und milde lächelnd sahen die steinernen Heiligen auf die tobende Menge herab. Die wasserspeienden Scheusale grinsten und hatten ihr Vergnügen.

Drinnen ein Bild wie aus dem Fegefeuer: Es tanzte und hüpfte über umgestürzte Bänke, Rad schlagen durch die Länge des Mittelgangs, vor dem Altar jonglierte einer mit faulen Orangen. Ministranten zogen auf, Gören, die Messgewänder auf links gedreht, *clerjoun*, einer las aus einer auf den Kopf gestellten Bibel vor, Zwiebelringe rechts und links der Nase aufgepappt, in Nachahmung der neumodischen Augengläser, wobei ihm die Tränen aus den Augen und Rotz aus der Nase lief.

»Vinum bonum cum sapore, bibit abbas cum priore, et conventus cum priore, semper solent bibere …«, ein Spottlied auf den bekanntermaßen trunksüchtigen Abt des nahen Zisterzienser-Klosters.

Der Sänger wurde vom Podest gezogen, der nächste versuchte sein Glück …

»Ave color vini clari, ave sapor sine pari, tua nos letificari, dignetur potentia. Ergo vinum collaudamus, potatores exaltemus, non potantes confundemus, per eterna saecula!« – »Ave klarer Wein im Glase, ave Duft in unsrer Nase, gibt uns Spaß und Sinnenfreud. Drum wolln den Wein wir preisen und auf die Philister scheißen, jetzt und auch in Ewigkeit.«

Manou schüttelte den Kopf. »Virgo, mater, filia«, hätte es heißen müssen. Das war eine abgewandelte Mariensequenz: Ave veri Salomonis … So etwas war nur in den Städten möglich, wo die Autoritäten das Lumpenpack nicht im Griff hatten. Der Abbé von Lacoste hätte ein solches Treiben nie geduldet. Noch nie hatte sie so eine *Fête des Fous* tatsächlich erlebt, immer nur davon reden hören.
»Audi nos – Hört auf uns, ihr blöden Bauern: Wollt ihr denn im Stall versauern? Wasser saufen Kuh und Schwein, wir vertilgen guten Wein!«
Klatschen, Lachen, Kreischen und darauf der Versus:
»Rustici sunt laeti, quando sunt repleti.«
Und die Antwort:
»Et sunt inflaaaati, quando sunt inebriaaaatiiiii!« Ein lauter Furz. Gelächter.
»Per omnia pocula poculooooruuuuummmm! Stramen.«
Einer der Burschen verstand sich besonders darauf. Die Worte troffen ihm aus dem Maul, eine Wortdiarrhöe von Latein und Französisch, Italienisch und Provençou, dass es ein Grauen war und eine grauenvolle Freude.
»Der Papst«, schrie es, »er ist der Papst. *Le Pape des Fous!*«
Sie legten ihm eine Pferdedecke um die Schultern und setzten ihm eine Kappe aus blauem Samt auf, das war der Wanderpreis. In die Hand gaben sie ihm einen Federwisch und als Weihrauch wurden alte Schuhsohlen verbrannt, die einen abscheulichen Gestank verbreiteten.
Voilà. Man setzte sich in die Bänke und kniete in den Gängen, um die Predigt des Erleuchteten anzuhören unter viel Gequietsche und Gepruste, denn der Bengel war wirklich gut. Zehn Jahre später wurde er gehenkt wegen seiner Gedichte, so gut war er.
»Den Messwein! Her den Messwein!«
Einige Schufte knieten nieder vor den *momons* und bekamen die Sakramente. Anstelle der Hostien stopfte man ihnen fette Würste in den aufgerissenen Schlund. Einer erhielt sogar einen Rattenschwanz, den er tapfer hinabwürgte unter dem Johlen der Zuschauer. Zum Lohn gab's anschließend einen Schluck Wein, keinen Messwein natürlich, so weit wäre man denn doch nicht gegangen, den hatte der Küster weggeschlossen. Schlimm genug

war es, dass man Jahr für Jahr dieses heidnische Bacchanal zu erdulden hatte!
Endlich, Manou hatte sich schon gewundert, wo sie wohl abgeblieben war, erschien in einer Nische, rosenfarben angeleuchtet, Angèle, geschmückt mit dem blauen Umhang der Madonna, den sie für den Anlass entliehen hatte, ein Äffchen im Arm. Einen Augenblick lang gelang es ihr, die Pose zu halten – die Augen zum Himmel gerichtet, aber schielend, die Zungenspitze erschien im Mundwinkel – bevor der Sturm des Gelächters losbrach. Die Madonna schwankte, das Äffchen bekam einen Schreck, riss sich los und turnte über das schmiedeeiserne Gitter und die Kapitelle der Säulen nach oben. Dort entledigte es sich seiner Windel und warf mit Kot.
Das war das Ende der Messe *cum farsia*.
Die Messdiener verschwanden, um ihre zweckentfremdeten Gewänder brav zurückzuhängen. Die Menge verließ die Kirche, man wusste, wann es gut war. Diesmal war es ein wenig weit gegangen, doch sei's drum. Entladen und beruhigt feierten die Leute noch weiter in den Gassen, tranken und tanzten. Mit Einbruch der Dunkelheit blieben nur noch die Kühnsten und Wildesten zurück und die, die nicht mehr laufen konnten. Die drei Damen kamen zurück in das Gasthaus auf demselben Weg, auf dem sie es verlassen hatten, Angèle hochzufrieden, Julie verstört und Manou in achselzuckender Gelassenheit.
»*Eh bè!* Was willst du«, fragte sie Julie. »Das Volk hat so viel zu ertragen, Steuern und Forderungen und Gehorsam gegen die Herren, die kirchlichen und die weltlichen Obrigkeiten. Schuften und buckeln und immer buckeln und die Mütze ziehen. Es sind ja Menschen mit Wünschen und Leidenschaften, sie platzen, wenn man sie nicht ab und zu von der Kette lässt. Warum glaubst du, dass man es duldet!«
»Es ist eine Infamie«, schimpfte Julie leise, musste dann aber doch kichern in Erinnerung. »Aber der *Pape des Fous,* der war lustig, wirklich köstlich!«
Und weil Madame nach diesem kleinen Abenteuer in guter Stimmung war, gingen sie am nächsten Tag ein wenig Geld ausgeben. Um die Herberge herum waren die Leute mit Fleiß dabei, die ver-

lorene Zeit aufzuholen, es war das Viertel der hanfverarbeitenden Zünfte. Aus den Fenstern und von den Höfen schallte das Surren und Quietschen der Räder der Seilmacher und klapperten die Webstühle. Ein stetiger Strom von Handkarren brachte die gemahlene Faser von der Mühle im Tour du Nais zu den Werkstätten. Hier gab es nichts, was Angèle interessieren konnte. Manou und Julie folgten ihr in die besseren Quartiers, zu den Stoffhändlern, den Putzmachern, den Epicerien.

»Wir haben Weihnachten nicht recht begangen. Da fällt mir ein, ich habe euch gar nichts geschenkt«, bemerkte Angèle.

Und sie bestand darauf, dass die Mädchen sich etwas wünschten. Julie bekam einen neuen Rock und ein paar Ohrringe aus Kupfer, Manou ein Stück grünen Atlas, aus dem ihr ein Kleid gefertigt werden sollte, und weiches Leder für passende Schuhe. Sodann erwarb Madame in der Apotheke Spezereien für die Küche, Nelken und Zimtöl, dazu verschiedene Räucherwaren, gestoßene Edelsteine sowie weißen Zucker, zwei *livres poids de Lyon,* für Schleckereien.

Auf dem Rückweg nahmen sie die Gastfreundschaft von Schloss Lourmarin in Anspruch. Angèle erreichte durch eine Mischung aus Bettelei und Erpressung, dass man sich bei der Vicecomtesse de Cental für sie verwandte: Sie erhielt eine Einladung zum Rosenmontagsball in La Tour d'Aigues, ging mit ihrem Lieutenant hin und sorgte für einen herrlichen Skandal.

So verbrachten sie die festliche Zeit in erfreulicher Zerstreuung und Manou schrieb: »Es ist, als sei endlich mein Traum in Erfüllung gegangen, wie ich es nie für möglich gehalten hätte. Man soll Menschen nicht verurteilen, wenn man sie in einem Zustand der Verzweiflung erlebt. Nur ein Heiliger könnte da den finsteren Anwandlungen und Verlockungen widerstehen. Ich glaube fast, Angèle hat ihren riskanten Plan aufgegeben. Ich bemühe mich sehr, sie darin zu bestärken. Gott und alle Heiligen mögen mir dabei zur Seite stehen. Ich habe immer gewusst, dass sie nicht ganz verdorben ist. Sie hat einen guten Kern, ist nur ein wenig unbändig. Sie hat das *sang trop chaud.* Wäre sie als Mann auf die Welt gekommen, dann hätte sie es leichter! Eine geraume Zeit hat sie nun schon nicht mehr davon gesprochen, Dämonen und Teufel zu beschwören, und wir nutzen den Turm zu Studienzwecken und zum frohen Beisammensein. Wir lesen, legen das Tarot und beobachten die Gestirne, doch aus reiner Neugier und Freude an der Schöpfung Gottes und nicht zu bösen Zwecken. Die einzigen Tränke und Salben, die wir hier mischen, dienen allein der Schönheit, und obwohl sie so viel schöner ist als ich, ist sie hierin meine Schülerin. Es ist, als hätte ich eine Schwester gefunden.«

Dann begann die Fastenzeit. Als Manou noch im Dorf gelebt hatte, war ihr das selbstverständlich gewesen. Man hatte gegen Ende des Winters ohnehin kaum noch was zu beißen und musste den Gürtel schon aus diesem Grunde enger schnallen. Außerdem wäre es niemandem eingefallen, gegen die Gebote Gottes zu rebellieren, auch wenn der Magen noch so knurrte. Hier oben, im Herrenhaus, war es allerdings ein freiwilliger Verzicht inmitten von Überfluss, ein bewusster Akt der Kasteiung, der so fest verwurzelt war, dass nicht einmal Angèle sich traute, das Fasten offen zu brechen.

»Es tut mir ganz gut«, meinte sie und befühlte ihre Taille, »nach all den Völlereien des *carnaval.*«

Ging der Winter dem Ende zu, dann hatte man ihn auch schon gründlich satt. Alles hielt Ausschau nach dem ersten frischen Grün und fluchte, steckte der Eisdrache doch noch einmal seinen Kopf aus dem Loch. Das Fasten und das Eingesperrtsein machte die Leute gereizt. Es gab mehr Streit als gewöhnlich. Die Nerven lagen blank. Madame de Saignon pflegte täglich auszureiten, manchmal in Begleitung, meist aber allein. Anschließend, fand Manou, war leichter mit ihr auszukommen.

Unglücklicherweise blies der Marin seit Tagen und trieb eisigen Regen vor sich her, der in alle Ritzen drang. Endlich ließ er ein wenig nach, und als Angèle nach einem Blick aus dem Fenster ein winziges Stück klaren Himmels erblickte, stürzte sie die lange Treppe hinunter zu den Stallungen und verlangte, dass augenblicklich ihr Pferd gesattelt würde.

Weiterhin unglücklich traf es sich nun, dass, als sie gerade aufgesessen war, sich erwies: das Pferd lahmte. Ein Hufeisen war im Begriff abzufallen. Angèle schrie den Stallmeister an für seine Nachlässigkeit und wollte durchaus nicht auf den Ausritt verzichten.

Ein anderes Pferd? Kommt nicht infrage! Dieses, ihres, musste auf der Stelle neu beschlagen werden.
Das Feuer in der Schmiede brannte ständig. Den Garnisonsschmied musste man nicht lange bitten. Ein Blick auf das Gesicht von Madame und er ließ fallen, woran er gerade arbeitete. Während *Dame* Angèle alles mit Argusaugen beobachtete, maß er dem Tier ein neues Hufeisen an. Die junge schwarze Stute hatte lange Tage unbewegt im Stall gestanden und tänzelte nervös. Der Lehrling, ein Milchbart von vierzehn Jahren, der den Blasebalg bediente, wich der Stute aus, wobei er den Blasebalg zusammendrückte. Das war ungeschickt, denn nun sprang ein Stückchen aus der Glut auf das schöne neue Reitkostüm der Herrin.
Diese starrte auf den Saum, wo die Kohle ein Loch in den Pelzbesatz fraß, ein kleines nur. Der Gestank war gar nicht wahrzunehmen inmitten der starken Ausdünstungen der Schmiede von Holzkohle, Schweinefett und Stahl, von Kupfer und Schwefel, Magnesium und Schweiß. Zornig drehte Angèle sich nach dem armen Narren um und streckte eine Hand aus. Ihre Finger bewegten sich in einem seltsamen Tanz, ihre Lippen formten lautlos Worte – eben noch stand er da, fassungslos vor Schreck, den Mund halb geöffnet, die Augen geweitet –, schon leckten die Flammen an seinem Kittel hoch, kräuselten die Haare und zischten. Der Junge brannte lichterloh.
Ein Aufschrei, der Schmied stieß *Dame* Angèle zur Seite, »Vorsicht, Madame!«, griff nach einer Decke, warf sie über die menschliche Fackel, stürzte sich auf den Jungen, riss ihn um, schlug mit den bloßen Händen das Feuer aus, um sich schließlich auf die Knie zu erheben und das geschwärzte Tuch von ihm zu ziehen.
Der Junge lag da, haar- und wimpernlos, die Augen weit aufgerissen, und aus dem Mund drangen erstickte, glucksende, röchelnde Laute wie bei einem Kleinkind, das schreien will und nicht kann. Madame ergriff den Wassereimer, der neben dem Amboss stand, und schüttete seinen Inhalt über das Opfer.
»Beruhige dich, hör auf zu heulen! Steh auf und lass mich sehen! Ach, es ist ja kaum der Rede wert.«
Der Junge rappelte sich hoch und tatsächlich: Außer ein paar Brandblasen war er einigermaßen unversehrt.

»Es scheint ein Funke auf deinen Kittel gesprungen zu sein. Du musst eben vorsichtiger sein am offenen Feuer! Da! Meinen Mantel hast du auch angesengt! Ich werde meine Heilerin herunterschicken, damit sie nach dir sieht.«
Angèle drehte sich mit schwingenden Röcken auf dem Absatz um und verließ den Ort.
»Ungeschickter Tölpel!« Zornig betrachtete sie den verdorbenen *manteau*. Nun ja, vielleicht nicht vollends verdorben. Man würde ein Stückchen Pelz austauschen müssen.
Oben angekommen – obwohl sie in Rage war wegen des verhinderten Ausritts –, bat sie Manou: »Unten in der Schmiede hat es einen Unfall gegeben. Der Lehrling hat sich verbrannt. Würdest du bitte einmal nach ihm schauen?«
»Ja, sofort. Ist es schlimm?«
»Was weiß ich. Ich bin ja kein Medicus. Es kam mir nicht so arg vor. Er hat eben einen Schrecken bekommen und sieht aus wie ein gesengter Kapaun.«
Manou holte sich Arzneien und Verbandszeug aus der Kräuterkammer und eilte, so schnell sie es vermochte, die lange Treppe hinab, wobei sie mehrmals ausglitt in ihrer Hast und beinahe den Korb verloren hätte.
Der Junge saß vor der Schmiede. Er zitterte am ganzen Körper und biss sich die Lippen blutig, um unmännliche Schmerzenslaute zu unterdrücken. Bei ihm saß die Frau des Schmieds. Sie stand auf, als sie Manou kommen sah, und lief ihr entgegen.
»Es ist gut von Euch, dass Ihr Euch um den armen Burschen kümmern wollt. Ich würde es auch selber getan haben, schließlich kommen Brandblasen alle Tage vor bei uns, aber das hier ist ein bisschen viel für mich!«
»Wie behandelt ihr denn normalerweise solche Verletzungen?«
»Ich koche Schafgarbe und lege das warme und feuchte Kraut in einem Tuch auf die Stelle. Aber leider haben wir keine Schafgarbe mehr, jetzt, am Ende des Winters!«
»Das glaub ich gern, jetzt ist alles knapp. In Zukunft, wenn es einen Notfall gibt, schickt gleich nach mir. Wir haben genug Vorräte auf der Festung. So – und nun, Junge, lass mich sehen!«
Sie entfernte vorsichtig die Reste des verbrannten Kittels von sei-

ner Haut, die stark gerötet war unter dem Ruß und Schmutz und an vielen Stellen Blasen bildete, besonders dort, wo die Haut zart war, auf der Brust, an Hals und Schulterblättern. Sie reinigte seinen Oberkörper mit Wein, so sanft wie es möglich war, salbte die Verletzungen und bedeckte sie mit sauberem Leinen, das sie in Streifen gerissen hatte.

»Das ist ein einfaches Rezept, welches Ihr auch leicht selbst bereiten könnt und das sich lange auf Vorrat hält«, erklärte sie der Frau des Schmieds. »Ihr mischt einen Brei aus säuberlich gewaschenen und erhitzten – nicht gekochten – Wurzeln von Beinwell und Rosmarin mit Olivenöl und einer Hand voll Bienenwachs, doppelt so viel Beinwell wie Rosmarin. Es hilft gleichermaßen bei Verbrennungen wie bei Frostbeulen. Ich habe das Rezept von einer Zigeunerin erhalten und es ist besser als alles, was ich aus unserer eigenen Medizin kenne.«

»Hier«, sie gab ihr den Tontopf mit der Salbe. »Das tragt Ihr mit einem Holzspachtel einmal täglich auf die Wunden auf. Wenn er Fieber bekommt, dann lasst mich sofort rufen. Zaudert nicht!«

»Und du«, sie wandte sich an den Lehrbuben. »Sei nur darauf bedacht, dass kein Schmutz in die Wunden kommt. Wenn du das beachtest, dann bist du in zehn Tagen wie neu. Hast du einen anderen Kittel oder besser noch: eine saubere Decke? Du musst dich warm halten und viel trinken!«

Der arme Junge nickte; er sah aus wie ein halber Lazarus, vom Hosenbund aufwärts in weiße Leintücher gehüllt.

»Warum hat sie das getan?«, fragte er verstört. »Ich hab ihr doch nicht mit Absicht den Mantel versengt!«

»Was – getan?!«

»Madame de Saignon. Sie hat das Feuer verhext, dass es auf mich gesprungen ist!«

»Sei still! Das bildest du dir nur ein. Warum sollte sie so etwas tun?«

»Wir wissen alle, dass sie eine Hexe ist«, mischte der Schmied sich ein.

»Ach! Und habt Ihr es gesehen, habt Ihr gehört, wie sie einen Fluch oder was sonst gesprochen hat, hat sie mit einem Stab auf ihn gezeigt?«

»Das nicht, aber …«
»Dann hütet Euch, solche Anschuldigungen auszustoßen. Nur aufgrund von Aberglauben und heimlichen Denunziationen ist manches brave Weib ins Unglück gekommen.«
»Ein braves Weib ist sie ja nun grad nicht …«, murrte der Schmied, aber er hielt Frieden.
»Ich habe aber gesehen, wie sie auf mich gezeigt hat und sie hat die Finger so und so bewegt und sie hat etwas gesagt«, begehrte der Lehrling auf.
»Wahrscheinlich hat sie das Unglück kommen sehen und wollte dich warnen«, sagte Manou. »Und so dankst du es ihr! Schäm dich!«
Sie drehte sich um und ging davon.
»Kein Wunder, dass sie sie in Schutz nimmt«, flüsterte der Schmied. »Sie ist ja auf Du und Du mit dem Hexenweib.«
Nachdenklich stieg Manou die Stufen zur Festung wieder hinauf. Konnte es möglich sein? Nein, früher war Angèle doch nicht einmal in der Lage gewesen, mit ihren Gedanken auch nur eine Kerze zu entzünden. Oder …?
›Da hast du die Bescherung‹, sagte die Dämonin, die sich lange nicht hatte hören lassen. ›Sie ist nicht gut. Du überlässt sie lieber mir.‹
›Und warum sollte ich? Vielleicht ist sie schlecht, aber sie ist sterblich …‹
›… während ich das unsterbliche Böse bin? Möglich, aber dann bin ich doch alt genug, um solch kleinlichen Lüsten zu entsagen – einen armen Lehrling zu grillen!‹
›Vielleicht bist du aber auch alt genug, um gar nichts mehr zu fühlen, kein Mitleid, kein Bedauern, keine Selbstbeschränkung oder Rücksichtnahme. Du hast mir selbst gesagt, dass du die Welt zu beherrschen wünschst. Aber zu welchem Preis?‹
›Überlege doch, welch Widersinn: Wer etwas wünscht, der kann nicht ohne Gefühle sein, und wer Gefühle hat, der muss beide Arten von Gefühlen kennen, negative wie positive, und wer etwas besitzen will, der wird es nicht zerstören. Ich will herrschen, Macht ausüben, ja, aber nicht um jeden Preis – die Rollen umzudrehen, Männer leiden zu lassen anstelle von Frauen, ändert nichts. Was

ich anstrebe ist Harmonie, auch wenn Schmerz und Aufruhr vorausgehen werden. Ein unausgeglichenes Wesen wie deine Herrin kann niemals Harmonie erreichen, wenn sie schon von geringen Widrigkeiten zu solchen Taten getrieben wird.‹

›Ich kann nicht glauben, dass sie das getan hat. Es war gewiss nur ein dummer Zufall. Der Junge wird selbst schuld gewesen sein.‹

›Gewiss!‹

›Sie hat sich geändert!‹

›Hat sie nicht, glaube mir! Gib sie in meine Obhut! Dann haben wir beide, was wir wollen, und du bist frei.‹

»Wollt Ihr nicht Abstand von Eurem Vorhaben nehmen? Ich bitte Euch um unserer Freundschaft willen, alles noch einmal zu überdenken«, sagte Manou zu ihrer Herrin und Freundin. »Ich fürchte für Euch! Braucht Ihr wirklich solche Helfer? Eure Situation ist doch gar nicht schlecht, Ihr seid gebildet und schön und werdet geliebt ...«

»Ich bin entschlossen. Willst du mir jetzt etwa deine Mitarbeit verweigern?«

»Nein, das nicht ...«

Angèle kannte Manous schwache Stelle und so sprach sie nicht von Macht und Reichtum. »Wissen, Schönheit, Liebe – ach! Diese Welt ist schlecht gemacht. Nichts ist sicher. Sieh, wie das Leben uns schüttelt, wie Würfel im Becher. Du musst es doch wissen, besser als alle anderen. Tod und Verderbnis überall! Liebst du einen Menschen, so verlierst du ihn durch Krieg, Krankheit, Tod oder anderes Missgeschick. Bist du schön, so verwelkst du bald und kannst noch froh sein, wenn es im natürlichen Verlauf der Natur geschieht und nicht früher. Besitzt du etwas, so wird es dir genommen. Traust du einem, so verrät er dich. Das Leben ist Mühsal, Zufall und Ungerechtigkeit. Wir sind wehrlos, dem Schicksal und den Stärkeren ganz und gar ausgeliefert. Und sie verlangen Demut und Geduld von uns, nennen es Gottes Willen. Ich für meinen Teil will nichts mehr von diesem Gotteslohn.«

»Aber es ist nur ein Übergang. Man muss sich dreinfinden und es ruhig ertragen. Dann geht man ein ins Paradies ...«

»Das Paradies? Das haben die Pfaffen erdacht, um die Leute in ihrem Elend ruhig zu stellen, damit sie sich lenken lassen und nicht murren über die hohen Abgaben und natürlich, damit sie reichlich spenden, um sich vom Fegefeuer freizukaufen. Wenn sie selbst so vom Wert der Armut und der Demut überzeugt wären, sag, warum raffen sie dann selbst mit solchem Fleiß? Ein gut Teil meiner Mitgift, Gold und Ländereien hat mein Mann dem Bistum gespendet in der Hoffnung auf Gottes Hilfe. Und sieh, wie seine Exzellenz, Bischof de Forli, lebt, feist und rosenfarben, während mein Liebster ein Fraß der Würmer ist.«

»Es hätte auch den Bischof treffen können. Kein Mensch ist vor Krankheit und Tod gefeit, weder König noch Bettelmann. Ihr würdet Euch sicher besser fühlen, wenn Ihr Euch dreinfändet, Angèle. Ich bitte Euch, Ihr müsst Euren Frieden machen!«

»Frieden? Was soll das für ein Frieden sein?! Nein, das ist vorbei. Trauer, Leere, Einsamkeit – das ist Schwäche. Ich will nicht so ausgeliefert sein. Und wenn es meine Seele kostet, so gebe ich sie gern, sie quält mich doch nur, diese schwache Seele. Einbildungen! Lug und Trug! Seele – ich will sie nicht! Ich will leben und mich freuen und meine Feinde in den Staub treten. Ich will nicht länger Spielball sein.«

›Welch ein Kampfgeist‹, flüsterte die Dämonin. ›Keine Spur von Demut. Sie ist mir ähnlich!‹

34

»Wo fangen wir an?«
»Zunächst einmal versuchen wir ein genaues Bild von diesem spezifischen Dämon zu erhalten, seiner Herkunft und seinen Neigungen, damit wir die richtige Umgangsweise mit ihm finden. Alle anderen Dämonen sind beschrieben mit allen ihnen zugehörigen Zeichen und Beschwörungsformeln, sie aber nicht.«
»Ich dachte, Ihr wüsstet schon alles. Habt Ihr mir nicht gesagt, ihr Name sei Lilith und Ysac habe sie nach dem Sohar identifiziert?«
»Das war nur eine Annahme, die es zu überprüfen gilt. Selbst wenn sie Lilith heißt – falls du denkst, man kann jetzt einfach die Stücke zusammenfügen und dreimal ihren Namen rufen, dann irrst du dich. Ich habe dir schon einmal erklärt, wie auch Justin, glaube ich, dass solcherlei Methoden taugen, um bei Mondschein eine Warze loszuwerden, aber nicht in der höheren Magie. Ach, das andere, das ist doch nur christlicher Aberglaube und Altweibergeschwätz, Schwachsinn, Hokuspokus, Schwadroniererei! Mittelalter! Aber nun ist eine neue Zeit gekommen, die es uns ermöglicht, die Augen zu heben und uns nicht von Ängsten, sondern von der Erkenntnis leiten zu lassen. Und ist es nicht eine Lust, sich einer Sache auf diese Weise zu nähern? Hast du dir eigentlich einmal klargemacht, welchen gewaltigen Sprung die Menschheit seit ein paar Jahrzehnten gemacht hat?
Die Christenheit hat sich zwar angemaßt, sich für auserwählt zu erklären und ältere, weisere Völker beherrschen zu wollen, doch haben die Eroberer den größten Schatz achtlos weggeworfen: das Wissen. Tempelplünderungen, *Autodafés!* Dasselbe Wort bezeichnet Glaubensbekenntnis und Bücherverbrennung. Wie bezeichnend! Die Barbaren waren wir. Die Augen furchtsam zur Erde ge-

senkt, Kreuz und Schwert in der Hand statt Zirkel und Abakus! Die Christen haben die Welt ins Dunkel gestürzt. Aber nun ist das Wissen der Alten wieder entdeckt, dank Cosimo und Lorenzo de Medici, Pico, Bracciolini, Landrian und anderen, die ich nennen könnte.

Es ist ein neues Zeitalter der Verheißung, der Wiedergeburt! Cusanus, Ficino, da Vinci sind die Helden unserer Tage. Beobachtung und Experiment ersetzen den blinden Glauben, ungezähmte Neugier regiert und Schaffenskraft. Wir glauben nicht, wir messen! Die Ketten der Scholastik sind gesprengt, die Zügel der Kirche zerrissen! Wir schauen nach, wie der Mensch, das Tier, die Pflanze zusammengesetzt sind, wir erforschen den Lauf der Gestirne, wir sehen und begreifen die Kräfte der Natur. Wir erschaffen Schönheit und Harmonie.

Und ich sage dir: Was der Mensch zu tun imstande ist, geht weit über das hinaus, was man uns bisher glauben machen wollte! Wir können die Gegebenheiten verändern, statt uns nur in ihnen einzurichten wie ein Tier in seiner Höhle. Indem wir schöpferisch Welt und Materie verändernd tätig werden, nähern wir uns Gott. Endlich haben wir uns daran erinnert, dass wir nach seinem Bild gemacht sind, nicht Schmutz und Schlamm nur, sondern mit Verstand und Schönheit begabt.«

Manou schaute bewundernd und bedauernd zu ihrer Gönnerin auf.

»Wenn Ihr Euch so dafür begeistert, warum wollt Ihr dann nicht den Weg der Erkenntnis gehen? Warum studiert und forscht Ihr nicht wie jene, die Ihr so lobend nennt? Warum wollt Ihr denn unbedingt alles auf einmal haben und alles aufs Spiel setzen dabei? Warum ist Euer Ziel dann rohe Macht?«

»Macht ist alles. Sie haben sie schließlich lange genug benutzt, um das Wissen zu unterdrücken. Und außerdem«, sie beendete die Diskussion mit einer Handbewegung, »außerdem habe ich nicht ewig Zeit. Die Magie ist auch eine Wissenschaft, die Disziplin, in der ich am schnellsten mein Ziel erreichen kann.«

»Wozu dann die Umwege?«, seufzte Manou, die nun, da die Würfel gefallen waren, vorankommen wollte. »Ich weiß, dass sie durchaus gewillt ist zu erscheinen.«

»Gewillt … das glaub ich gern.« Angèle hielt einen großen pyramidenförmig geschliffenen Amethyst und drehte ihn in ihren schlanken Fingern. »Umso dringender müssen wir uns erst einmal darüber im Klaren sein, wer genau sie ist, über welche Fähigkeiten sie verfügt, was sie will, was sie anzieht und was sie bannt. Ein Dämon ist ein gefährliches Wesen, das seinen eigenen Willen hat und einen leicht verschlingen kann. Und du darfst nicht vergessen: Sie soll eine Königin unter den Dämonen gewesen sein, die Teufel Samael und Asmodeus waren ihr ergeben! Das ist nicht irgendein Geist, den wir da rufen wollen. Wir wollen nicht, dass sie uns beherrscht, sondern umgekehrt. Kein Schutz wird zu stark sein, als dass ich ihn nicht zwischen ihr und mir … uns, haben möchte. Also, lass sehen!«
Sie saßen im Turmzimmer und hatten die düsteren, violetten Vorhänge zurückgezogen. Schmale Streifen Morgensonne fielen durch zwei der drei Fenster; klarer, blauer Himmel war zu sehen. Es roch nach frischem Grün und feuchter Erde. Manou fühlte sich in unverantwortlicher Weise leicht und beschwingt. Konnte man bei solchem Wetter Böses denken? Die Astralebene schien ihr weit und unwirklich, das Arkanum ein Märchen. Teufel und Dämonen gab es nicht an so einem herrlichen Frühlingstag.
Sie hatte Lust zu tanzen, nach draußen in die Sonne zu treten, in die blühende Garrigue zum goldgelben Ginster, den Hundsrosen, den blauen Iris auf den Feldern. Statt im schweren Räucherdunst zu sitzen, packte sie ein großes Verlangen, hinunter ins Tal zu laufen, Brunnenkresse zu rupfen, den sauberen, beißenden Geschmack zwischen den Zähnen zu kosten, aus dem Bach zu trinken, tief einzuatmen.
»Oh, ich sehe schon, du bist nicht recht bei der Sache.«
»Doch, doch!« Manou riss sich zusammen und zwang sich zur Konzentration.
»Nur ein wenig Arbeit noch, ein wenig Geduld, dann bist du frei. Ich verspreche es dir.«
Angèle holte ihr Teil des Amuletts hervor, die Schneide, wickelte sie aus ihrem isolierenden Seidentuch und legte sie auf den Tisch. Manou legte ihres dazu, den Griff des Messers.
»Es gibt viele Amulette, die vor Lilith schützen sollen«, sagte

Angèle. »Halsbänder, Ketten, Anhänger aus Silber mit Perlen, Korallen oder Türkis, geformt zu einem Kreis, einer Hand, einem Fisch. Das ist eins. Und das da, und das!« Sie warf mehrere kleine Silberstücke vor sich hin. »Es sind persische und arabische Schriftzeichen darauf, ich habe sie mir übersetzen lassen. Alle drücken sowohl Verehrung für Lilith aus, Respekt, als auch die Bitte um Schutz vor ihr und ihren Töchtern. Das Messeramulett aber trägt hebräische Zeichen. Warum, glaubst du, hat man als Fokus ein Messer gewählt?«
»Ein Messer schneidet – trennt.«
»Richtig. Es ist eine Waffe, gilt als Symbol der Männlichkeit, ist Werkzeug der Beschneidung, die manche afrikanischen Völker an ihren Frauen vornehmen, damit sie keine Lust empfinden – so wie es Adam von Lilith verlangte. Mit Respekt also hat dieses hässliche kleine Ding nichts zu tun. Ich nehme an, sie wird zornig sein. Wir müssen sie besänftigen und mit Dingen empfangen, die ihr angenehm sind.«
»Und hier das Beste von allem.« Angèle stand auf und holte eine alte Schale aus gebranntem und glasiertem Ton aus einem Regal, wo sie zwischen einer Reihe von Büchern und Schriftrollen gestanden hatte. »Ich habe geduldig Nachrichten an alle meine alten Verbindungen und an die Familie meines Vaters in Marseille geschickt, gewartet und gesucht, um diesen seltenen Gegenstand zu bekommen.«
»Was ist das?«
»Dies ist eine Beschwörungsschale aus Persien. Wie du siehst, ist sie mit einer von außen nach innen verlaufenden Schriftspirale versehen, ähnlich den magischen Kreisen, die wir verwenden. In der Mitte«, es war mehr eine Strichzeichnung, stark abgenutzt, aber noch zu erkennen, »eine Frau mit langen Haaren. Man glaubte, mit der umgekehrten Schale Liliths Macht einfangen zu können.«
»Sie wurde von Adam verstoßen, nicht wahr?«
»Das ist eine der Legenden, wie ich es dir erzählt habe. Einer anderen, älteren Legende nach soll sie schon vor der Schöpfung des Menschen entstanden sein, Tochter der Mondin[30]. Im Kabbalistischen Sohar, dem Buch des Glanzes, heißt es, dass Adonai zwei Lichter schuf, Sonne und Mond, männliches und weibliches Prin-

zip, und dass er dann der Mondin befahl, ihr Licht zu verdecken und der Sonne Platz zu machen. Aus Zorn und Eifersucht über die Herabsetzung gebar die Mondin Lilith, die vom Kopf bis zum Nabel einer schönen Frau glich, vom Nabel abwärts aber in Flammen gehüllt war. Sie ist also eine Tochter der Mondin und der Dunkelheit. So viel können wir als gegeben annehmen, da dies mit anderen Versionen übereinstimmt. Immer wieder erscheint sie als Verstoßene, allzu eigenwillige und lustvolle Frau, als Königin der Wüste und Gefährtin von Teufeln, Mutter von Dämonen, mit Töchtern, die Kinder stehlen und morden aus Neid gegen Eva, die Adams Samen tragen darf ... Die hebräische Auslegung kennen wir. Was hast du gefunden in den Schriftrollen, die ich dir gegeben habe?«

»Dass sie im Zweistromland Sumer, 2000 Jahre vor Christi Geburt, als Göttin galt, geflügelt und mit Eulenfüßen, und dass die Tiere der Nacht ihr ergeben gewesen seien: Eulen, Schlangen, Skorpione, Wölfe und Schakale. Ebenso in Babylon, dort erscheint sie als rechte Hand der obersten Göttin Inanna, aber man fürchtete sie. Hört nur: ›Gefesselt ist die bezaubernde Lilith mit einem ehernen Pflock in der Nase, mit ehernen Zangen im Mund, mit einer ehernen Kette um den Hals; gefesselt ist die bezaubernde Lilith mit ehernen Fesseln um die Hände, mit steinernen Stämmen auf ihren Füßen.«

Manous Hände fuhren unwillkürlich zu ihrer Nase, ›ehernen Pflock in der Nase‹, ah, pfui! Wie widerwärtig! »Ai! Die Vorstellung allein! Warum nur ist im Verhältnis zwischen Männern und Frauen so viel Gewalt? Warum soll immer eines unterworfen werden, eines frei sein und eines gefesselt, eines in Schmerz und Unterdrückung leben und eines im Triumph?«

»Das ist die natürliche Ordnung der Dinge. Gegensätze müssen sich bekämpfen und in einem ewigen Kreislauf einander verdrängen, weil sie nicht ohne einander und auch nicht nebeneinander existieren können: Sonne und Mond, Licht und Dunkel, männlich und weiblich.«

»Ist sie wirklich einmal eine menschliche Königin gewesen, Königin von Saba, und hat sie nicht als solche die Liebe König Salomons errungen?«

›Salomon! Ach, Salomon‹, seufzte die Dämonin. ›Einzig Weiser unter den sterblichen Männern. Er erkannte meine Natur und konnte mich dennoch lieben. Doch er ist Staub …‹

Sie prüften und verglichen ihre Funde sorgfältig, Manou in unangemessen leichter Stimmung, da es ihr plötzlich schwer fiel, in all dem Frühling und dem Wachsen und im hellen Sonnenlicht an solche dunklen und mythischen Dinge zu denken. Davon zu reden erschien ihr frivol und lachhaft. Als sei sie nie in jener Höhle in den Bergen gewesen, glaubte sie plötzlich nicht mehr daran. Zufall, Einbildung und Illusion alles, es konnte nicht sein! In der Dämmerung des Frühlingstages begannen die Nachtigallen zu singen.

Angèle hatte die Nacht und die Stunde festgelegt, nach dem Stand von Saturn und Venus, an einem Sabbat, im abnehmenden Mond. Sie begann nun ernstlich zu fasten und sich zu kasteien, obwohl Ostern vorbei war, und hielt auch Manou dazu an. Sie aßen nur ungesäuertes Brot und tranken Quellwasser, dem ein wenig zermahlener Amethyst beigemischt war, um Venus günstig zu stimmen. Tags meditierten sie und beteten.

»Warum?«, fragte Manou erstaunt. »Denkt Ihr, wir könnten Gottes Hilfe gewinnen, um ein schlechtes Werk zu tun?«

»Es ist kein schlechtes Werk, denn wenn alles seine Schöpfung ist, wie es heißt, dann kann nichts davon verworfen werden und jedes hat seinen Platz. Wir müssen Reinheit und Klarheit des Geistes erlangen, dazu dienen die Gebete, und unsere Kräfte sammeln, dazu muss man mindestens einen Mond lang enthaltsam und keusch leben, da sexuelle Erregung einen Erschöpfungszustand herbeiführt und Kräfte zehrt.«

Der junge Lieutenant war arg enttäuscht. Er schrieb ihr Sonette auf veilchenduftendem Papier und machte sich am Ende so weit zum Narren, dass er nachts unter dem Turmfenster aufs grässlichste seine Laute misshandelte. Die Nachtigallen verstummten.

›Was jault da? Ein Kojote? Bin ich wieder daheim?‹, fragte Lilith.

Um ihn zu beruhigen, retournierte Angèle ein entsagungsvolles Gedicht, mahnte ihn an die Kunst der hohen Minne, von der sie vorher so wenig hatte wissen wollen, und bat ihn, sie nicht mehr in Versuchung zu führen, bis sie sich für ihn geweiht hatte. Das hielt ihn für gewisse Zeit in Schranken.

Nach vielen Tagen und Nächten – einer Ewigkeit, so kam es Manou vor – kam der nächste Schritt. Sie musste des Nachts hinter Angèle her aus dem Turm und über die nicht so geheime Treppe hinaus zu einem kleinen Bach schleichen, wo Madame de Saignon ihr befahl, sich nackt auszuziehen, und dies ebenfalls tat. Als sie gerade ins Wasser steigen wollten – unter Madames seelenvollen Beschwörungen und Segenssprüchen –, knackte es verdächtig im Unterholz. Es war der liebestolle Lieutenant, der es nicht mehr ausgehalten hatte. Angèle wies ihn mächtig in die Schranken und glich, wenn sie es auch nicht wusste, so ziemlich der glühendsten Beschreibung aus dem Buch des Glanzes: ›Lilith, nackt und kreischend, rannte, die Haare wirr …‹

Also musste alles noch mal von vorne beginnen: Wieder eine laue Frühlingsnacht, Vollmond diesmal, praller, gelbtriefender Honigmond über dem Luberon, ein armer, todgeweihter weißer Hahn. Der Lieutenant blieb fern, er hatte wohl begriffen, dass er sonst leicht die Stelle des Opfers einnehmen konnte.

Sie entkleideten sich also am Bachufer und reinigten den Ort, indem sie Lorbeerblätter verbrannten, Kampfer für die Keuschheit, Salz zum Schutz vor bösen Geistern, weißes Harz und Schwefel. Sodann köpfte Angèle den weißen Hahn, ließ sich sein Blut in die offene Hand laufen und in die von Manou, und sie mussten es auflecken, während der abgetrennte Kopf davontrieb. Den Körper verbrannten sie auf einem kleinen Feuer, zwar ohne ihn zu essen, was Manous wirtschaftliches Denken empörte, doch Angèle meinte, es müsse sein. Danach badeten sie sich von Kopf bis Fuß, gingen rückwärts wieder zu dem Ufer zurück, nahmen die dort bereitliegenden weißen Kleider und legten sie an.

Sie verbrachten die restliche Nacht dort im Gebet und bei Sonnenaufgang schnitt Angèle zwei Haselnusszweige als *rhabdi*, wobei sie sprach: »Ich beschwöre dich, du äußere Form des Instruments, bei Hekate, Bewahrerin der Unterwelt, bei der Kraft des Mondes und der dunklen Erde, bei der Kraft der vier Elemente, bei der aller Steine, aller Pflanzen und aller Tiere, bei der Kraft des Hagels und der Winde, solche Kräfte zu empfangen, dass wir durch dich das vollkommene Ziel unserer Wünsche erreichen. Dieses wollen wir erlangen ohne böse Absichten und Betrug, bei Ancor, Amicar, Amides, Theodonias, Anitor und Adonai. Amen.«

Sie gingen zurück, vorbei an den erstaunten Wachen. Angèle hatte alle Täuschung aufgegeben, denn sie rechnete damit, noch in der kommenden Nacht ihr Ziel zu erreichen und große Macht zu erlangen, so dass sie für die Fürsten und Autoritäten dieser Welt unantastbar würde.

Sie war ganz zuversichtlich, während Manou immer stiller und verzagter wurde und sich überallhin wünschte, in Azimas kleine Hütte, am liebsten unter das Bett, auf die Sommerweiden über Esparron, sogar in ihre alte Höhle, nur hier mochte sie nicht sein. Angèle verzehrte ein Mahl aus Früchten, ungesäuertem Brot, Milch und Honig. Manou blieb das Essen im Halse stecken.

›Worauf habe ich mich da eingelassen! Wenn nun doch alles wahr ist? Wenn vorher die Schergen der Inquisition kommen? Wenn sie nachher kommen und Angèle hat keine besondere Kraft erlangt? Ich bin hin- und hergerissen zwischen Gottvertrauen und Verzweiflung, denn wenn ich an Gott glaube, dann muss ich auch an die Existenz seines Gegenspielers glauben, einer ohne den anderen ist nicht möglich. Und wenn ich an die Heerschar der Engel glaube, dann bejahe ich auch die dunkle Heerschar der Teufel und Dämonen. Im hellen Licht haben sie keine Macht über uns. Aber die Nacht ist unser Feind, Feind allen Schwachen, Feind den körperlichen Geschöpfen, die so vieles zu fürchten haben. Und je näher sie rückt, desto wahrscheinlicher wird mir, woran ich bislang nie ernsthaft geglaubt habe. Ich möchte mich davonmachen, doch bin ich zu schwach. Eine rasende Neugier hält mich fest: Ich will nicht und muss doch sehen, was geschieht.‹

»Ich dachte gerade«, schrieb Manou, »an etwas, das ich gelesen habe: Was nämlich der Abt Trithemius Kaiser Maximilian antwortete auf die Frage, warum die gottlosen und verwerflichen Menschen über die bösen Geister gebieten können, während die braven im Glauben Eifrigen weder über die guten noch über die bösen Geister Macht haben.

Trithemius antwortete darauf in etwa so: Es liege am Grad der Ähnlichkeiten; dass die Gottlosen in ihrem Wollen eine enge Verwandtschaft mit den Dämonen erreichen, woraus eine Vertraulichkeit entstünde; dass die Guten ihnen also nicht gebieten könnten, läge auf der Hand. Den Engeln gebieten könnten sie aber auch nicht, da sterbliche Menschen nicht das Maß an Heiligkeit erreichten, welches hierzu nötig sei. Da sieht man es mal wieder: Als guter Mensch ist man im Diesseits angeschmiert. Hoffentlich verspiele ich mir heute das Jenseits nicht.«

Gegen Mittag legte sich Manou auf einen Strohsack in eine Ecke und es gelang ihr, in einen unruhigen und von schlimmen Träumen geplagten Schlaf zu fallen. In der Abenddämmerung erwachte sie schweißgebadet. Ihre Herrin schlief immer noch.

Quälend langsam verstrich die Zeit. Niemand kam zum Turm, um sie zu stören. Die Garnison war still. Angèle erwachte, räkelte und streckte sich, schwang die Beine von der Chaiselongue, auf der sie gelegen hatte, und strich sich das weiße Kleid glatt. Die schmale Sichel des abnehmenden Mondes stand am Himmel und eine Eule schrie im Gebälk. Angèle nahm es als gutes Zeichen.

Nachdem sie das Nachtgeschirr benutzt und sich erfrischt hatte, begann sie eifrig ihre Gerätschaften und Hilfsmittel aufzustellen: Jedes einzelne Ding musste gereinigt und geweiht werden, die Räucherschalen, der Altar, jedes Gerät und die Zutaten, sogar der Boden, auf dem sie standen, wurde mit Weihwasser besprengt, das Angèle aus dem Vorrat des seligen van Hooteschoot entwendet hatte.

Es war etwas Neues, das sie versuchen wollten. Fanden sich zwar Bannsprüche und Anrufungen für jeden der zwölf Dämonenfürsten und ihr zahlreiches Gefolge, so gab es außer Flüchen gar nichts über Lilith, nicht einmal in Salomons Arbatel. Sie mussten also nach eigenem Ermessen vorgehen.

»Das Licht im Raum muss weiß oder safranfarben sein, weil sie lunar ist, die Steine milchig oder grün, wir wählen Mondsteine. Der Ölbaum gehört dem Mond an, ihn als Vertreter der Pflanzenwelt.« Ölbaumzweige schmückten den Altar.

»Für ihren Venusaspekt Rose und Myrthe, dazu ein Opfer von einer jungen schwarzen Taube und Früchten: Granatäpfel, Birnen und Feigen. Als Stunde habe ich die neunte Stunde der Nacht bestimmt, Sassur, dem dunklen Engel Samael zugeteilt, mit dem sie ihr Lager in der Wüste geteilt hat. Nun der Zauberkreis!«

Sie hatten sich dazu entschlossen, drei konzentrische Kreise auf den Boden vor dem Altar zu zeichnen, doch nicht mit Kohle oder Kreide, wie es empfohlen wurde, sondern mit Zinnober, der Quecksilber und Schwefel enthielt – Quecksilber für die Nacht, die Mondin, und Schwefel für den Sabbat und die Stunde. Drei konzentrische Kreise zeichneten sie, eine Handbreit voneinander entfernt, der äußere neun Fuß im Umfang. In den mittleren Kreis den Namen der Stunde und den Namen Samaels und sein Siegel, dann die Namen der Engel des Siebten Tages: Cassiel, Machatan, Uriel und ihre Siegel; darauf die Namen der Geister, die um diese Zeit mächtig sind, es waren alles unheilvolle Namen; nun die besonderen Namen von Erde, Sonne und Mond nach Maßgabe der Jahreszeit. In den äußeren Kreis die Namen der Luftgeister in die vier Viertel: Maymon, Abumalith, Assaibi, Balidet.
Manou hatte eingewendet, dass die Luftgeister des Samstags unter dem Westsüdwestwind stünden; sie stifteten Hass und Zwietracht und erregten böse Gedanken.
»Eben drum«, lachte Angèle.
Das Innere teilten sie mit einem gleichschenkeligen Kreuz, in welches sie mit den hebräischen Zeichen die heiligen Namen Gottes schrieben: Tetragrammaton oben und unten Adonai, links El und rechts Elohim. Doch entgegen aller Gewohnheit fügten sie darüber die Namen der weiblichen Gottheiten ein, deren Beteiligung sie vermuteten: Shekhina, Maia, Ishtar, Hekate. In die Mitte gegen Osten schrieben sie Alpha, gegen Westen Omega, sodann: + *Et verbum caro factum est* + *Jesus autem* + *transiens per medium illorum ibat* + (»Und das Wort ward Fleisch. Aber Jesus ging mitten durch sie hindurch.«)
Dies alles nahm einige Stunden in Anspruch. Manou schritt mehrmals den äußeren Kreis ab und überprüfte ihn sorgfältig. Es durfte nicht die geringste Lücke, kein Fehler darin sein.
Hierauf bestreuten sie den geweihten Boden mit rotem Sand, der die Dämonin an die Wüste erinnern sollte, die ihre Heimat war, und wegen der roten Farbe, die der Babalon und der Venus zugeordnet war.
Angèle runzelte die Stirn.
»Wir sind sehr sorgfältig vorgegangen. Das Einzige, das mich stört,

ist, dass wir ihren geheimen Namen nicht wissen noch ihr Zeichen, weil sie keinem Planeten angehört, so wie die anderen bösen und guten Geister. Wir hätten mehr Macht über sie, wüssten wir alle ihre Namen, aber so ... Nun, wir werden es riskieren müssen.«
Manou hatte den Urobos angelegt und sich die Taschen mit einer Mischung aus Salz, Eisenkraut und Eschenspan gefüllt. Das Medaillon, das ihr Eléonore de Castillon, die gute Äbtissin von Sainte-Catherine, geschenkt hatte, hing um ihren Hals. Sie hatte jegliche Vorsichtsmaßnahme ergriffen, die sie kannte, und dennoch bildete sich Schweiß auf ihrer Stirn und Oberlippe.
»Wollt Ihr nicht lieber ein weniger mächtiges und unberechenbares Geschöpf anrufen?«, fragte sie mit wenig Hoffnung. Angèle würdigte diesen Vorschlag keines Wortes.
Manou seufzte: »Ich hatte es schon befürchtet.«
Angèle wusch sich die Hände in Wasser, das mit Ysop versetzt war. »Entsündige mich mit Ysop, dass ich rein werde, wasche mich schneeweiß. Du willst nicht, Manou? Nun gut – ich nehme an, du bist auch so rein genug, so wenig Spaß, wie du dir gönnst.«
Ohne mit der Wimper zu zucken, nahm nun *Dame* Angèle die ängstlich gurrende Taube aus ihrem silbernen Käfig und schnitt ihr die Kehle durch. Sie legte sie auf den Altar, wo ihr Blut sich sammelte und träge Bahnen zog, wobei sie sprach: »O hohes und mächtiges Wesen, nimm dieses Opfer an. Möge es dich erfreuen. Diene uns getreulich und bessere Opfer werden folgen. *Euphas Metahim, frugativi et appelavi!*«
Das silberne Ritualmesser, vom Schmied am Vortag wieder zusammengefügt, lag auf dem mit schwarzem Tuch bedeckten Altar, darüber die aramäische Beschwörungsschale gedeckt, zu beiden Seiten brannten Kerzen aus Wolfsfett. In den Kohlepfannen verschmorten Späne von Zypressenholz, nachtblühendem Jasmin, Patschuli, Mohn, Moschus und schwarzem Lotus und verbreiteten einen schweren, betäubenden Duft. Es war ein süßer und doch unangenehmer Geruch. Er verströmte eine Art von seelischer Dunkelheit, die ekle Süße einer verfaulenden Frucht.
Die Monduhr, die Angèle gegenüber dem dritten Fenster angebracht hatte, zeigte die Stunde des Samael, des dunklen Engels, Fürsten unter den Teufeln. Sie fassten sich an der Hand und schrit-

ten in den magischen Kreis. Nun gab es kein Zurück. Das war kein Spiel mehr, kein Divertissement mit kleinen Feuerelementalen, keine Illusion mit Tiergestalten, nächtliche Tänze, gelehrte Theorien.
»Wir, die wir geschaffen sind nach dem Ebenbilde Gottes, unter des Höchsten Schutz, von seinen Fittichen bedeckt, die wir nicht erschrecken müssen vor dem Grauen der Nacht, vor den Pfeilen des Tags, vor der Pestilenz, die im Finsteren schleicht, wir, die wir auf Löwen und Ottern gehen und treten auf junge Löwen und Drachen[31], wir beschwören dich bei dem unaussprechlichen Namen Tetragrammaton Jehova, bei dessen Namen die Elemente sich auflösen, die Luft erschüttert wird, die See sich zurückzieht, das Feuer erlischt, die Erde bebt und alle Heerscharen im Himmel, alle Dinge in der Erde und alle Dinge in der Hölle zittern und zagen. – Es kann nicht schaden, sie ein wenig einzuschüchtern«, flüsterte Angèle ihrer Freundin zu. Doch diese bezweifelte, dass ein solcher Geist sich von menschlichen Worten beeindrucken lassen würde. Jehovas Engel hatten schon einmal den Auftrag gehabt, sie einzufangen – ohne Erfolg. Ihre Hände krampften sich um den Urobos, doch sie fügte die Kraft ihrer Gedanken zu der *Dame* Angèle, wie sie es versprochen hatte.
»Gedenke deiner Verbannung, wenn wir dich jetzt rufen, und sei dankbar. Gedenke der fruchtlosen Wüste, des Meeres von Sand und Einsamkeit, des heulenden Sturmwindes, der klirrenden Kälte und der erbarmungslosen Sonnenglut, wo jedes Menschenwerk verschlungen wird, zerrieben, vernichtet, wo Schakale hausen, Schlangen und Skorpione deine Gefährten waren!«
Manou hielt diese Zeilen, die Angèle in die Formel eingefügt hatte, nicht für glücklich. Die Erinnerung konnte kaum dazu beitragen, die Stimmung der Dämonenkönigin zu bessern.
»O Lilith, Lilith, Lilith, Lil, Lil, Babalon! Gestärkt durch die Kraft des Allmächtigen befehlen wir dir bei der Mondin, deiner Mutter, bei der Sonne, deinem ewigen Feind, bei Heliorem: Erscheine hier auf der Stelle und zeige dich uns außerhalb des Kreises in gefälliger menschlicher Gestalt, ohne Schrecken und Verzerrung und ohne zu zögern!«
Lilith ließ sich Zeit.
»Komm! Was zerbrochen war, ist zusammengefügt!« Und als im-

mer noch nichts geschah: »Bei den Schrecken des Jüngsten Tages, bei dem gläsernen Meer, das vor dem Angesicht der göttlichen Majestät liegt, bei den vier Tieren vor dem Thron, die Augen haben vorne und hinten, bei dem Feuer, das um den Thron brennt, bei den heiligen Engeln und bei der mächtigen Weisheit Gottes! Beim Siegel von Basdathea, bei dem Namen Primenmatum, den Moses aussprach, als die Erde sich öffnete, um Korah, Datan und Abiram zu verschlingen ... Und wenn du jetzt nicht erscheinst, so verfluche ich dich und binde dich in den Tiefen des bodenlosen Abgrunds, damit du dort bleibest bis zum Jüngsten Tage im See aus Schwefel und Feuer, der bereitet ist für die rebellierenden Geister!«
Ein rötlicher Nebel drang unter der Schüssel hervor, floss vom Altar mit der trägen Bewegung einer fetten Schlange, und gleichzeitig vermeinte Manou eine Menge von Ungeheuern aus den Wänden hervorkommen zu sehen. Sie tauchten aus dem Fußboden auf wie Fische aus dem Wasser, rissen spitzbezahnte Mäuler auf, zeigten ihre Stacheln; pfeilbewehrte Schwänze peitschten; sie geiferten und drohten, die beiden Menschen zu verschlingen. Manou fiel zitternd auf die Knie. Angèle jedoch blieb ungerührt, zeigte jenen das unverhüllte Pentakel und befahl ihnen, sich zu trollen.
Manou glaubte die Gegenwart eines suchenden Geistes zu verspüren, zutiefst bösartig, bodenlos; kein menschlicher Wille konnte so abgrundtief übel sein, nicht einmal der eines Folterknechts, eines Mörders, Räubers, Vergewaltigers; ja sogar Gevatter Tod erschien ihr dagegen plötzlich wie ein Freund, den sie herbeisehnte zu ihrem Schutz. Sie hätte sich gern versteckt, verkrochen, sah sich um in panischer Furcht, doch gab es keinen Schutz außer einer Kritzelei auf dem Fußboden. Es war, als ob sich die Essenz aller Bosheit im Universum um sie herum zusammenzöge, eine Missgunst, ein Dunkel, tiefer als die Nacht, kälter als Eis, gewalttätiger als ein Feuersturm. Hassgestank erfüllte die Luft. Das war das Ende. Es gab kein Entrinnen.
Jeder Rest von Mut und Frechheit, aus Neugier geboren, war ganz ausgelöscht. Sie war gelähmt vor Angst, willenlos, ein Opfertier, unfähig, nur ein Glied zu rühren. Angst wurde ihre ganze Welt.
Die Missgestalten verschwanden, aber nicht zurück dahin, woher sie gekommen waren, sondern sie strebten alle dem Nebelgeschöpf

zu, welches immer noch aus der aramäischen Schale floss, dicker und mächtiger anschwoll und sich am Boden wand, und verschmolzen mit ihm.
Eine starke Erregung bemächtigte sich Angèles, sie begann alle höllisch verdrehten Gebete herzusagen, die sie kannte … »Vater unser, der du *warst* im Himmel …«
Der rote Dunst ballte sich zusammen und nahm undeutliche Umrisse an, rot glühend, wabernd, flammend, als kämpfe das Wesen um Gestalt. Wieder und wieder tauchte ein Gesicht in den Flammen auf und verschwamm, weder ganz Mensch noch ganz Tier; geschlitzte Ziegenaugen glimmten voller Hass und Neid auf die Lebenden, voll grenzenloser Wut.
Auf Löwenpratzen umkreiste Lilith ihre Opfer, zischend und fauchend, als sie keinen Eingang fand. »Ich bin …«, sagte der Feueratem … »Ich will!«
»Was willst du?! Ich befehle dir, nimm menschliche Gestalt an!«
Die Feuergestalt richtete sich auf, zerfloss …
»Ich will …«
»Was willst du? Ein Opfer, Blut? Da hast du es!«, kreischte Angèle. Und ehe sie erfassen konnte, was geschah, fühlte Manou sich an den Haaren gepackt, den Kopf schmerzhaft nach hinten gezerrt, so dass die Halswirbel knackten. Aus den Augenwinkeln nahm sie ein metallisches Aufblitzen wahr, drehte sich halb um, wand sich in dem mörderischen Griff, erkannte einen Dolch, der auf ihre Kehle zufuhr, strauchelte, fiel nach vorn. Ihre zuckende Hand verwischte den inneren Kreis – ›zerstöre den Kreis!‹ – sie überlegte nicht weiter und ließ sich mit ihrem ganzen Gewicht zu Boden fallen. Ein Büschel Haare blieb in Angèles Hand zurück. Und während diese sich bückte, um erneut nach Manou zu greifen, gelang es ihr, weitere Linien auszulöschen.
Der magische Kreis war geöffnet.
Die Flammengestalt fuhr hinein in die Lücke, aufheulend, triumphierend, über Manou hinweg, die auf Knien hinauskroch, sich aufrichtete und zur Tür rannte.
Den Türknauf in der Hand sah sie sich um: Angèle war von rotem Leuchten eingehüllt. Die Kleider brannten, Hände und Füße waren Fackeln, die Haare brannten in einer unvorstellbaren Hitze,

das Gesicht schmolz wie Wachs über den Knochen, doch sie gab keinen Laut von sich.
›Aber du hast sie bewundert! Du hast gesagt, dass du sie begehrst!‹
›Ja, und ich habe sie bekommen.‹
›Du hast nicht gesagt, dass du sie töten würdest!‹
›Was hast du erwartet? Dass du den Teufel einlädst und er sich gut benimmt?‹
Manou floh, erlangte ihren Verstand so weit zurück, dass sie auf dem Weg nach draußen ihr Bündel ergriff, welches sie unter der Treppe zurechtgelegt hatte für den Fall, dass man ihre Herrin angezeigt hätte, für den Fall, dass sie beide hätten fliehen müssen vor den Schergen der Inquisition.
Das Feuer röhrte und krachte im Turmzimmer, als es den Dachstuhl ergriff. Flammen schlugen aus den Fenstern. Innen fiel dröhnend die hölzerne Treppe in sich zusammen. Menschen strömten aus Herren- und Gesindehäusern, Soldaten rannten herbei: »Wasser! Wasser!« – »Feurio!«
Am Tor hielt man sie auf.
»Wohin so eilig, Mädchen? Hilf löschen!«
Sie hetzte zurück, über den ersten Graben, Menschengewimmel, eine Eimerkette, Geschrei.
Sie fand sich in der Kette wieder, empfing einen Wassereimer nach dem anderen, schwang ihn zum Nächsten, einen nach dem anderen, wusste: es war vergeblich. Wasser schwappte über ihre Füße, Schweiß lief ihr über das Gesicht. Asche schwebte vom Turm herab. Sie wischte sich das Gesicht und hinterließ einen breiten schwarzen Streifen auf einer Wange, ohne es zu bemerken.
Die Flammen schlugen aus den Öffnungen; kein Wasser konnte solche Gewalt eindämmen. Steine krachten herab, so dass man zum Löschen nicht nahe genug herankam. Die Leute sprangen zurück, »Rette sich, wer kann!« Der Turm war verloren. Man musste sich damit begnügen, die umliegenden Gebäude zu schützen. Manou nutzte den Augenblick, um sich davonzumachen.
Sie lief über die Zugbrücke und erreichte das Gewölbe unter der zweiten Mauer, die Zisterne. Ohne einen Blick zurück schwang sie die Beine über den Rand und kletterte hastig abwärts, abwärts in die Finsternis. Der Lärm blieb hinter ihr zurück.

Sie rutschte mehrmals ab, fühlte sich benommen.
›Sie hat mir etwas in den Trank gemischt! Vermutlich Alraune!‹, ging es ihr undeutlich durch den Kopf. ›Verflucht soll sie sein!‹
Tiefer und tiefer ging es hinunter. Wie durch ein Wunder fand sie die Tür, erfühlte im Dunkeln den Umriss, ertastete den bezeichneten Stein, der den Öffnungsmechanismus in Gang setzen sollte. Einen langen Augenblick geschah nichts.
Dann begann ein Mahlen und Rumpeln, so dass sie ängstlich nach oben blickte, weil sie nicht anders glauben konnte, als dass man diesen Lärm oben hörte und jemand kommen, mit einer Laterne hineinleuchten und sie entdecken würde. Doch oben hatte man jetzt andere Sorgen.
Ein Loch, noch schwärzer als die Finsternis im tiefen Brunnen, öffnete sich vor ihr. Sie kroch hinein. Kaum hatte sie die Schwelle überwunden, schloss sich die steinerne Tür. Sie hatte eben Zeit, die Beine ganz hineinzuziehen.
Hier riskierte sie endlich ein Licht. Sie wühlte in ihrem Knappsack, bis sie Flint und Zunder gefunden hatte und einen Kerzenstumpen, den sie im Vorbeieilen aus einer Wandhalterung gerissen und im Oberteil ihres Gewandes hatte verschwinden lassen. Sie hob die Kerze über ihren Kopf und schaute umher. Manou befand sich in einer niedrigen Grotte mit zwei Ausgängen. Die Luft roch frisch, nicht abgestanden. Von weit her war das Geräusch von fließendem Wasser wahrzunehmen.
Manous Hände und Knie zitterten. Sie fühlte sich plötzlich verzagt und müde. Weil sie es nicht über sich brachte, nach diesen Erlebnissen im Dunkeln zu sein, verschwendete sie die eine kostbare Kerze, um bei ihrem sanften Licht einzuschlafen.

35

Die Welt war schwarz. Längst war der Kerzenstumpf aufgebraucht. Sie musste sich auf ihren Tastsinn verlassen.
Abwärts, immer abwärts führte der Gang. Zunächst war er roh behauen gewesen – Menschenwerk –, dann folgte sie den Röhren, Hallen, Grotten und Tunneln, die das Wasser in den Fels gefressen hatte.
In der Eingangsgrotte hatte sie Zeichen an den Wänden gesehen, Bafomet, die Gott-Göttin der Tempelherren, bocksfüßig und gehörnt, halb Tier, halb Mensch, zwiegeschlechtlich. Dass die Templer sie verehrten, war ein Gerücht gewesen, niemals hatten sich Beweise dafür gefunden. Sie hatte einen gesehen – den Einzigen. Trotz der Hörner hatte Bafomet nichts Beängstigendes. Es war nur ein Bild. Hier unten empfand sie keine andere Gegenwart als die schleimiger Lurche, Würmer, Käfertiere.
Es war fast, als sei sie ihrer Sinne beraubt: Sie sah nichts und hörte kaum etwas, es herrschte eine seltsame Stille nach dem Lärm dort oben. Sie begann mit sich selbst zu sprechen, um des vertrauten Klanges willen und um sich zu versichern, dass sie am Leben war.
Zu lange währte dieser Marsch durch die Dunkelheit. Hätte sie nicht längst den geheimen Ausgang erreichen müssen? Sie vermochte nicht zu schätzen, wie lange sie schon unterwegs war. Es ging langsam voran. Mit den Händen tastete sie sich an den feuchten Wänden entlang, setzte vorsichtig einen Fuß vor den anderen, nachdem sie sich die Zehen wundgestoßen und an scharfen Kanten geschnitten hatte. Sie setzte sich, tauschte die feinen Sandalen gegen die Holzschuhe aus, mit denen sie gekommen war.
Ihr Bündel enthielt ihre alten Sachen. Die Hose von Noé, einen wollenen Rock, Kittel, *roupo* und Hut, Flint und Zunder – jetzt

nutzlos, das Schäfermesser, die hölzerne Essschale, einen Hornlöffel. Den Saphir. Die Geschenke ihrer Freunde. Ihr Journal. Nichts hatte sie mitgenommen von den schönen Kleidern, dem Schmuck, den seidenen Schuhen, die Angèle ihr geschenkt.
›Angèle – sie hat mich wieder verraten, so wie immer. Zum letzten Mal. Ich hätte es wissen müssen. – Mir ist kalt. Ich bin hungrig.‹
Sie hatte nicht daran gedacht, etwas zu essen mitzunehmen, Wegbrot oder Trockenfrüchte.
›Ich habe nicht gedacht, dass dieser Gang so lang sein würde. Ich dachte, dass ich bald unterhalb des Forts herauskomme und in den Wald gelangen würde. Wo führt dieser Gang nur hin? Tiefer und tiefer in den Berg hinein wahrscheinlich. Bin ich überhaupt noch auf dem richtigen Weg?‹
Sie war an Abzweigungen vorbei gekommen, hatte Öffnungen, Löcher, Spalten ertastet, doch sie der Form nach für zu eng, zu klein, als zufällig abgetan. Sie war dem höchsten und breitesten Gang gefolgt. Einmal hatte sie über einen Geröllhaufen kriechen müssen, wo der Tunnel teilweise eingestürzt war.
Es roch nach feuchtem Stein, sauber, etwas seifig – kein Licht gab es hier unten, das Pflanzenwuchs oder Vermodern zugelassen hätte. Ab und zu das Geräusch eines Tropfens, der von der Decke fiel, um auf einer dieser steinernen Säulen zu zerplatzen, zu zerstieben. Flap, flap, flap! Das Klatschen ihrer Hände, wie sie sich an den Wänden entlang tasteten, Säulen erfühlten, Falten, die sie sich vorstellen konnte, da sie Ähnliches schon gesehen hatte, damals in ihrer Höhle. Eine Weile lang lenkte sie ihren Geist damit ab, dass sie sich ausmalte, was sie unter den Händen fühlte: Bizarre Zapfen und Säulen, versteinerte Gewänder, Vorhänge, Spitzen, Stacheln, Zähne, Falten, glitzernde Bänder von Kalk und Gips, Buckel, Bögen, Balkons und Emporen, Treppen, Spiralen, Adern von Rostrot, Gelb und Blauviolett, Schwarz, Nester von steinernen Blumen und Kristallen; Cabochons, Baguettes und Facetten, Kiesel, Sand, Staub.
Aber hier war alles anders, nicht vertraut, aus eigenem Wunsch und Neugier aufgesucht, genüsslich und begierig betrachtet im Licht von Pechfackeln und Kerzen, nicht schön und neu, voller Versprechen, ein unterirdisches Feenreich. Dies hier war vollkommenes Dunkel und Verlassenheit.

›Ich habe Hunger. Mir ist kalt.‹

Warum hatte sie nichts zu essen eingepackt und keine Wasserflasche? Weil die Vorsichtsmaßnahme, ein Bündel zu verstecken, halbherzig gewesen war. Sie hatte nicht wirklich daran geglaubt, die Burg auf diesem Wege verlassen zu müssen. Sie schlief im Sand, einmal, zweimal, verlor den Rhythmus von Tag und Nacht, den sie für natürlich und selbstverständlich gehalten hatte. Nach einiger Zeit gab sie es auf, die Tageszeit erahnen zu wollen, und legte sich nieder, wann immer sie sich müde fühlte. Immer öfter gab sie dem nach.

Der Hunger begann zu bohren, erst abzulenken, dann zu schwächen. Doch schlimmer war der Durst. Die Luft war feucht und sie hörte stets irgendwo Wasser rauschen, folgte dem Geräusch, fand es aber nicht. Stattdessen leckte sie die Tropfen von den Wänden, wo ihre Hände Feuchtigkeit ertasteten. Einmal fand sie eine dieser hochwachsenden Säulen, obenauf gewölbt wie eine Schale und voller Wasser. Sie beugte sich darüber und schlürfte es begierig aus, eine Tasse voll – nicht mehr.

Jetzt war sie sich ganz sicher, den Weg verloren zu haben. Sie hatte nicht mehr die geringste Vorstellung von Zeit oder Richtung. Ihr Kopf fühlte sich so taub an wie ihre Glieder. Sie würde so lange im Berg herumirren, bis sie vor Erschöpfung starb. Und ihr Fleisch würde nicht vermodern, lange nicht. Die Knochen würden sich mit dem gelösten Kalk sättigen, bis ihre Glieder in einer Geste ewiger Verzweiflung erstarrten, bis sie eine Statue war, so wie die anderen seltsamen Formen, die die Höhlen bevölkerten, die versteinerten Bären, Hirsche und Drachen, Feen, Zwerge, die Salamander und Fische, die Schlangen und Kröten, am Ende kaum noch zu erkennen. Hier würde sie sterben. »Vergib mir, Herr. Ich habe gesündigt.«

Es kam keine Antwort. Sie hatte keine erwartet. Zu tief war sie gefallen, zu schwer hatte sie sich versündigt. Sie hatte vom Baum der Erkenntnis gegessen – Hybris! Hybris! Sie hatte sich angemaßt, dem Schöpfer gleich zu werden, die Welt zu verändern, hatte sich auf Magie eingelassen aus keinem anderen Grund als unstillbarer Neugier. Sie hatte ihr Versprechen gebrochen gegenüber Bruder Eusebius und Gott. Hatte ihre Herrin in den Tod geführt. Wie konnte man nur denken, dass man Gottes heilige Namen dazu missbrauchen durfte, die bösen Geister zu beschwören zu nichtigen Zwecken?

›Du sollst den Namen Gottes nicht leichtfertig gebrauchen. Du sollst nicht nachahmen die Gräuel dieser Völker, Zauberer, Beschwörer oder derer, die die Toten befragen; denn wer solches tut, der ist dem Herrn ein Gräuel.‹

Ihre Schritte wurden langsamer, das Tasten unbestimmt. Sie war das Kämpfen und Suchen leid. Erschöpft an Geist und Gliedern ließ sie sich in den Sand sinken, zu Füßen eines grazilen Säulenreliefs – wenn sie denn in der Lage gewesen wäre, es zu sehen –, und erlaubte sich Tränen des Selbstmitleids, eine Flut davon.

Es dauerte eine Weile, ehe die Intensität ihres Weinens nachließ und sie ihre Umwelt wieder so weit wahrnahm, dass sie es bemerkte: eine Präsenz, die Gegenwart eines anderen denkenden Wesens. Voller Angst sprang sie auf. Eben noch hatte sie sich dem Tod überlassen wollen, doch jetzt war der Überlebensinstinkt von neuem erwacht. Sie stolperte davon, so rasch, wie es in völliger Dunkelheit möglich war, die Hände vor sich ausgestreckt, um Zusammenstöße zu vermeiden, ihre Schritte hallten von der Höhlendecke. Sie hielt einen Augenblick inne, atemlos, und lauschte. Doch es waren keine Schritte zu hören. Sie ging wieder ein Stück, lauschte – keine Schritte, außer ihren eigenen. Und doch fühlte sie, dass etwas sie verfolgte.

Unter äußerster Willensanstrengung wandte sie sich um. – ›Das Dunkel, das du fürchtest, darfst du nicht anschauen, sonst verleihst du ihm Gestalt‹ – und da war ein schwach grünlicher Schein, der sich auf sie zu bewegte. Sie machte zwei Schritte rückwärts. Es folgte ihr im Abstand von zwei Schritten. Sie ging seitwärts. Es glitt seitwärts. Sie stand still. Es stand ebenfalls still. Sie schlug das Kreuzzeichen.

»Bleib mir vom Leib, Kreatur der Hölle! Lass mich in Frieden!«

Die Juwelenaugen des Urobos an ihrem Handgelenk begannen zu glimmen, doch nicht in dem wütenden Rot, das er gezeigt hatte, als Lilith erschienen war. Ihre Panik machte einem erträglicheren Gefühl Platz, Furcht zwar, aber nicht mehr so überwältigend. Dies schien kein bösartiges Wesen zu sein.

»Was bist du? Zeig dich!«
Sie vermeinte, etwas flüstern zu hören. Etwas bemühte sich, strengte sich an, Kontakt zu ihr aufzunehmen, war aber zu schwach dazu. Was konnte das sein?
»Mmm...sssieur...«, wisperte es, »...sssstiiiin...«
»Monsieur Justin«, rief sie, schrie es fast.
Das Licht leuchtete kurz auf und wurde wieder schwächer.
»Nein! Geht nicht fort! Wartet.« Jetzt fiel ihr ein, was zu tun war. Sie musste ihn rufen, musste ihm mit ihrem Willen Substanz verleihen. Es musste ihm unendlich schwer gefallen sein, auch nur in so geringem Maße auf die Materie einzuwirken, dass sie ihn wahrgenommen hatte.
»Wartet! Gleich fällt es mir ein!« Sie zermarterte sich das hungergeschwächte Hirn nach der Formel. Vergessen waren Reue und Schwur. Der Schatten wartete geduldig.
Manou kramte ihr Schäfermesser aus dem Sack, schnitt sich in den Ballen der linken Hand, wegen der Dunkelheit tiefer, als nötig gewesen wäre. Sie fühlte, wie das Blut heraussprang und ließ es auf den Boden tropfen. Dann zog sie sich ein paar Schritte zurück davon, wickelte das Schnupftuch von Ann-Marie um die Wunde. Es war schade darum, denn es würde die schöne Stickerei verderben, aber sie hatte keine andere Wahl.
Darauf zog Manou einen Kreis um sich in den Sand und schrieb das Tetragrammaton hinein, nach Gefühl. Das musste genügen. Sie schlug das Pentagramm mit der Rechten und begann: »Bei der Heiligen Auferstehung und bei den Qualen der Verdammnis beschwöre ich dich und befehle dir, Geist des verstorbenen Justin de Saignon, auf meinen Ruf zu antworten und diesen heiligen Zeremonien zu folgen – ich bitte um Vergebung, Monsieur Justin, ich habe leider weder Räucherwerk noch Fackel –, damit du nicht von ewigen Qualen gepeinigt werdest. Berald, Beroald, Balbin, Gab, Gabor, Agaba! Justin, Justin, Justin! Erhebe dich und zeige dich mir!«
Prompt nahm das Irrlicht an Stärke zu und formte sich zu einer menschlichen Gestalt. Sie erkannte ihren ehemaligen Herrn.
»Ewige Qualen, soso!«
»Bitte nochmals um Vergebung, es war nicht so gemeint, aber ich kenne nun mal keine andere Formel.«

Der Geist kicherte: »Ich weiß, bei den Goëtia hast du nicht aufgepasst. Aber es hat genügt. Im Übrigen ist das nicht so ernst zu nehmen mit der ewigen Verdammnis, worüber ich herzlich froh war, als ich es entdeckte.«
»Oh, Monsieur Justin! Dann seid Ihr nicht in der Hölle?«
»So denkst du also von mir, na vielen Dank!«
»Ach, ich mache alles verkehrt«, stöhnte Manou. »Nehmt es mir nicht übel, lieber Herr, ich freue mich doch so, Euch zu sehen und noch einmal mit Euch sprechen zu können.«
»Schon gut. Ich freue mich auch, du kleine Gans! Es ist auch alles ganz anders hier, als ich es mir vorgestellt habe. Die Hölle oder das Fegefeuer sind so was wie ein Gefängnis, aber ein sehr fortschrittliches, denn ich bekam mildernde Umstände: Die Liebe – du verstehst …? Es kommt praktisch jeder auf Bewährung frei.«
»Bewährung? Was ist das?«
»Ach, das ist etwas, das es in deiner Zeit noch nicht gibt. Da heißt es sofort: Rübe ab. Zum Glück geht es hier unten weitaus vernünftiger zu. Der Satan ist Gottes Gefängnisverwalter, musst du dir vorstellen … Man tut dem Herrn Satan viel Unrecht in der Welt. Er hat es eben mit vielerlei Pack zu tun, und das kann dem Friedlichsten schlechte Laune machen. Im Großen und Ganzen ist er gerecht, sogar freundlich und höflich. Er freut sich, wenn er es ab und zu mit einem gebildeten Menschen zu tun bekommt, mit dem er sich unterhalten kann. Das einzige Verbrechen, welches er wirklich schwer bestraft, ist die bewusste, die bösartige und halsstarrige Ignoranz. Also lerne schön weiter …«
»Ja, das will ich«, sagte Manou respektvoll.
Der Geist kicherte wieder. »Lass dich doch nicht ins Bockshorn jagen! Du kommst sowieso nicht hierher. Doch lass mich dir den Grund unseres Wiedersehens erklären: Ich bin also auf Bewährung frei und habe aufgetragen bekommen, eine gute Tat zu tun. Ich habe dagegen eingewendet, wie, verflixt noch mal, ich das anstellen soll! Von allein kann ich doch nicht eingreifen in die stoffliche Welt. Es war schwer genug, mich überhaupt bemerkbar zu machen. Das ist mir nur gelungen, weil ich ein Magier war. Ich kann eigentlich die Grenze nur überschreiten und Materie manipulieren, wenn mich einer ruft. Du verstehst das Dilemma: Diejenigen, die die To-

ten rufen, das sind meist Nekromanten und die wollen doch nur, dass man Schlechtes tut. Man soll stehlen, Furcht verbreiten und morden in ihrem Auftrag. Wie also sollte ich da meine Erlösung finden?«

»Ah – deshalb wolltet Ihr, dass ich Euch rufe, Monsieur, weil Ihr wisst, dass ich gewiss nichts Schlimmes von Euch verlange.«

»Mehr noch: Du steckst im Dreck, meine Kleine. Ich werde dich aus der Höhle führen, werde dein Leben retten und dann bin ich endlich frei.«

Manou sprang auf.

»O bitte, ja, Monsieur Justin. Bringt mich hier fort, so schnell wie möglich!«

»Dann komm! Du hast übrigens gleich am Anfang den rechten Abzweig verpasst. Der Ausgang befindet sich in einer Schlucht, nicht weit von der Festung. Man kann ihn von oben lokalisieren, wenn man weiß, wonach man zu suchen hat. Na ja, nun müssen wir fast bis nach Lourmarin.«

»Nach Lourmarin! Das sind ja gut drei Meilen! Das hätte ich niemals allein gefunden.«

»Kaum. Außerdem bist du weit vom Weg abgekommen. Deshalb bin ich ja da.«

Monsieur Justin leuchtete vor ihr her, sie folgte ihm.

»Ihr geht ja wieder ganz gerade, schwebt, sollte ich sagen. Monsieur Justin, wenn ich so frei sein darf, es zu bemerken: Ihr seht gut aus – wenn auch ein wenig … durchscheinend.«

»Danke! Es ist schon so: Krankheit und Schwächen betreffen nur die sterbliche Hülle. Hast du das einmal hinter dir, dann bist du wieder so gut wie neu.«

Darüber musste Manou eine Weile nachdenken.

»Ihr habt nicht zufällig meine Eltern und meine Brüder gesehen?«

»Nein, leider. Die sind wohl eine Etage weiter oben gelandet. Aber wenn ich sie eines Tages treffen sollte, dann verrate ich ihnen den Trick und sie können dich mal besuchen. Du weißt ja jetzt, worauf du zu achten hast und wie du es anstellen musst. Nur lass das mit den ›Qualen der Verdammnis‹! Wir Geister hören das nicht so gern.«

Woraus Manou für sich schloss, dass es doch nicht für alle ›Bewährung‹ gab.

Patsch! Ein Fuß landete in eisigem Wasser. Sie zog ihn zurück, setzte sich, streifte den Holzschuh ab, rieb sich den Fuß, der vor Kälte schmerzte.
»Verdammt – äh – hallelujah und so weiter«, schimpfte Monsieur Justin. »Ich hätte dich warnen sollen, aber ich hatte ganz vergessen, welchen Empfindungen ihr Stofflichen unterworfen seid. Also: Da ist ein Fluss.«
»Das habe ich gemerkt!«
»Nun sei nicht gleich ärgerlich, nur weil du nasse Füße bekommen hast.«
»Das Wasser ist eiskalt.«
»So? Unangenehm. Ich fürchte aber, du wirst noch etwas engere Bekanntschaft damit schließen müssen. Wir müssen dem Flusslauf folgen. Wenn ich mich recht erinnere, führt er direkt hinaus.«
»Und wenn nicht? Was, wenn er nicht hinausfließt, sondern tiefer zu den Wurzeln des Bergs und in einem unterirdischen See endet? Ich habe nicht mehr viel Kraft.«
»Was willst du tun? Dich setzen und warten, bis der Berg auf natürliche Art abgetragen ist? – Nein, weine nicht schon wieder. Ich habe nur gescherzt. In der Gesellschaft des Satans ist mein Humor wohl etwas rau geworden. Der Bach fließt ganz sicher hinaus. Hinein mit dir!«
Sie zog ihre Schuhe und Strümpfe aus, hob den Saum ihres Kleides und wagte sich in die Strömung.
»Pfui, ist das kalt! Monsieur Justin, könnt Ihr mich nicht tragen?«
»Nein, kann ich nicht. Dazu bist du zu schwer. Aber du kannst mir deinen Knappsack und die Schuhe geben.«
Zitternd watete Manou den unterirdischen Bach entlang, musste mehrmals in ihn eintauchen, wo er sich durch schmale Einschnitte zwängte, unter Felsbögen hindurch. Trotz der Kälte musste sie ein wenig lachen, als sie ihren Rucksack und die Holzschuhe vor sich her schweben sah.
Endlich erreichten sie eine Stelle, wo der Gang sich verbreiterte, so dass sie neben dem Wasserlauf Platz zum Laufen hatte. Sie sprang am Ufer auf und ab, um warm zu werden, rieb Hände und Füße; die Zähne schlugen ihr aufeinander.

»Warum ziehst du das nasse Kleid nicht aus?«, schlug der Geist vor. »Es ist nicht gesund für dich und du hast doch Sachen zum Wechseln hier im Sack! Du würdest auch etwas seltsam wirken auf andere Sterbliche, wenn sie dich in diesem Aufzug erblickten.«
Tatsächlich! Sie schaute an sich herab und wurde gewahr, dass sie immer noch das weiße Gewand trug, das Angèle ihr hatte machen lassen für die Dämonenbeschwörung, beschmutzt und in Fetzen jetzt, doch eindeutig kein alltägliches Kleidungsstück.
Sie zerrte an dem nassen Zeug, das ihr auf der Haut klebte.
»Dreht Euch um, Monsieur Justin!«
»Fürchtest du einen unsittlichen Antrag von mir?« Monsieur Justin klang amüsiert. »Na gut, wenn du dich wohler dabei fühlst …«
Er drehte sich um, mehrmals. Das Gesicht blieb aber auf der Stelle. Er kicherte.
»Monsieur!«
Er wandte sich ab.
Manou zog sich die Fetzen des Ritualgewandes über den Kopf und warf es weit von sich. Sie suchte ihre alte Schäferkleidung aus dem Sack hervor und zog sie an, Hose und Kittel, darüber den Umhang aus Wolle.
»Ah! So ist es besser!«
»Daran hättest du auch eher denken können. Weiter!«
Der Bach floss rascher, lebhafter jetzt, das Gewölbe erweiterte sich immer mehr. Sie konnte aufrecht gehen und ihre Füße fanden trockenen, sandigen Grund. Die Luft wurde frischer und roch nicht mehr nur nach Stein, toter Materie. Der Duft von Pflanzen mischte sich dazu, erst bitter und dunkel, so wie von Pilzen, Moos und Farn, dann kam eine Ahnung von Pinien dazu und Thymian. Wie ein Pferd, das den Stall wittert, eilte sie jetzt dem Ausgang entgegen. Monsieur Justin blieb zurück.
Als sie endlich das Freie erreichte, erkannte sie es zuerst nicht, denn Dunkel wurde von Dunkelheit abgelöst. Nur die Beschaffenheit der Luft änderte sich mit einem Schlage, sie war milder, trockener. Es umgab sie eine Weite und ihre Schritte hatten plötzlich einen anderen Klang; sie hallten nicht mehr. Die Geräusche einer größeren, weiteren Umgebung drangen auf sie ein: Bäume im Wind, Nachttiere riefen, das Echo fehlte. Verwirrt rieb sie sich die

Augen und meinte nichts anderes, als dass sie in der Dunkelheit blind geworden sein müsse. Dann endlich stellten sich ihre Augen auf die Umgebung ein und sie begann Umrisse wahrzunehmen, legte den Kopf in den Nacken und erblickte Sterne. Millionen Sterne.

Sie fiel auf die Knie und weinte, dankte Gott unter einem Strom von Tränen für ihre Errettung, schlug sich an die Brust: schuldig, beschmutzt ihre Seele, unwürdig.

Ein seltsam zuckendes Licht spiegelte sich im Bach und erregte ihre Aufmerksamkeit. Ihr Schluchzen und Beten verstummte. Erneut hob sie den Blick zum Himmelszelt und dort sah sie vielfarbige Feuer, die in zuckenden, flackernden Bändern von einem Horizont zum anderen liefen, glühten, schimmerten, prächtiger als eine Kette von Karfunkelsteinen, gewaltig.

Da weinte sie wieder, vor Glück und Erleichterung, und dankte Gott, denn sie nahm es als Zeichen, dass er ihr verziehen habe, und sie gelobte, von nun an ein einfaches, demütig zufriedenes Leben zu führen. Sie würde sich nie wieder verführen lassen von Geltungssucht und Neugier. In äußerster Verzückung versprach sie sogar, nie wieder zu schreiben oder ein Buch anzurühren, da ihr Unglück damit begonnen habe.

»Untersteh dich«, sagte eine leise, ironische Stimme neben ihr. »Und glaubst du wirklich, Gott würde deinetwegen den ganzen Himmel anzünden, nur um dir winzigem Geschöpf ein Zeichen seiner Vergebung zukommen zu lassen?«

Der Geist Monsieur Justins war wieder neben sie geschwebt. Sie lächelte unter Tränen.

»Natürlich habt Ihr Recht, Monsieur, wie immer. Mein Hirn ist vor Erschöpfung und Nahrungsmangel ganz benebelt. Was ist das?«

»Eine Aurora Borealis, auch Nordlicht oder Südlicht genannt. Es entsteht, wenn aus der Sonne hervorbrechende Strahlen atomarer Materie im erdmagnetischen Feld polwärts abgelenkt werden.«

Manou vergaß das wunderbare Schauspiel für einen Augenblick und starrte ihn offenen Mundes an.

»Ach ja, ich vergaß – so weit seid ihr ja noch nicht. Nun, es hat seine Vorteile, ein Geist zu sein. Du aber vergiss schnellstens, was ich eben gesagt habe. Du bist schon jetzt zu klug für deine eigene Sicherheit!«

Sie wandten sich beide wieder dem Schauspiel am Himmel zu.

»Die Schäfer nennen es die ›tanzenden Ziegen‹. Haben sie dir nie davon gesprochen?«

»Doch – jetzt erinnere ich mich. *Les chèvres dansantes!* Ich habe gedacht, es gäbe sie gar nicht und sie seien nur eine weitere Geschichte am Feuer.« Und nach einer langen Pause: »Es ist schön!«

»Ja.«

Als das Strahlen vergangen war, kam der Abschied.

»Monsieur Justin?«

»Ja, Manou?«

»Kommt Ihr jetzt in den Himmel?«

»Himmel, Asgard, Gladsheim, Paradies, Pairidaeza, Thierna na oge, der verschlossene Garten – ich hoffe das Beste. Satan sagt, es sei alles gut dort, so dass man vollkommene Zufriedenheit besäße, und dass er großes Heimweh danach hätte. Er hat mir nicht mehr verraten dürfen. Ich denke, dass ich dort jetzt Aufnahme finde, und ich freue mich.«

»Ich freue mich auch für Euch, Monsieur Justin, liebster Monsieur Justin! Und ich danke Euch sehr für meine Rettung. Aber könntet Ihr nicht noch ein wenig länger bleiben und auf mich aufpassen?«

Ein Hauch blies Manou durch das Haar. Der Geist begann schon zu zerfließen und zu verblassen.

»Na! Das will ich aber nicht hören! Wo ist denn meine Manou geblieben, meine Kleine, die so vital und so vorlaut war und sich von nichts beirren ließ? Nur Mut! Was du hinter dir hast, war vielleicht ein bisschen viel und hat dich durcheinander gerüttelt. Aber was vor dir liegt, da sehe ich nichts, was du nicht bewältigen kannst. Adieu!«

»Adieu!«

36

Sie konnte sich zuerst nicht entscheiden, was stärker war: Hunger oder Müdigkeit. Am Bach, der einen grasigen Hang hinunterfloss, fand sie Minze und kaute einige Blätter, um die ärgste Leere zu besänftigen.
Ziellos stolperte sie am Ufer entlang, blieb gelegentlich stehen, legte den Kopf in den Nacken, um die Sterne zu betrachten, die sie so lange vermisst hatte, und um hier und da ein erneutes Aufleuchten des Südlichts zu erhaschen.
Sie hörte einen Fisch aus dem Wasser springen und das brachte sie auf die Lösung für ihr dringendstes Problem. An einer flachen Stelle, einer Biegung, in der der Bach die Vegetation ausgewaschen hatte und der Hang eine sandige Bucht gebildet hatte, baute sie einen Wall aus Steinen, der einen Teil des Baches umleitete: Erst weit, dann immer enger verlief der Wall, den sie baute, reusenförmig, eine Falle für Fische. Sie ließ sich daneben am trockenen Ufer nieder, scharrte sich eine Kuhle im Sand, deckte ihren Umhang über sich und schlief ein.
Von den ersten Strahlen der aufgehenden Sonne geweckt, stand sie auf und sah nach, ob sich etwas gefangen hatte. Sie fand zwei blasse, kleine Fische, die sie rasch mit bloßen Händen fing und roh verzehrte. Um ein Feuer zu entzünden und sie zu braten, war sie viel zu hungrig. Danach fühlte sie sich besser. Sie fand Wasserkresse, die sie sich in den Mund schob, und, während sie noch kaute, eine dürre Pastinake. Beeren oder wilde Äpfel gab es noch nicht um diese Zeit. Sie wusste, dass sie bald etwas Handfestes zu essen brauchte und wanderte talwärts. Sie hoffte über kurz oder lang auf die Salzstraße zu treffen, die nach Lourmarin führte.
›Was werde ich nun anfangen? Womit kann ich meinen Lebensun-

terhalt verdienen? Mit meinem Lesen und Schreiben kann ich kaum glänzen, dafür ist meine Schrift zu schlecht. Sonst könnte ich mich als Schreiberin bei einer Dame verdingen. Überall sonst, wo das Schreiben praktischen Zwecken dient, werden keine weiblichen Personen beschäftigt.
Schäferin? Allzu gerne, aber dazu müsste ich erst einmal eine Stelle finden.
Die *Foire de St. Valentin* ist lange vorbei, die Verträge für dieses Jahr sind unter Dach und Fach. Eliah aufsuchen? Bis nach Aix werde ich es nicht schaffen, ohne ein paar Tage gute Nahrung in den Bauch zu kriegen. Geld hab ich keines und den Saphir kann ich nicht zeigen in dem Aufzug, in dem ich bin. Sie würden mich gleich als Diebin festsetzen.
Was tun? Es bleibt nur, zu betteln oder mich in einer Wirtschaft zu verdingen. Ich mache alles, wenn ich nur eine warme Mahlzeit am Tag und Brot dafür bekomme. Wenn ich erst einmal richtig gegessen habe, dann kann ich besser denken. Dann sehen wir weiter.‹
Die Sonne stieg rasch und es begann heiß zu werden. Sie rollte den Umhang zusammen, verstaute ihn im Sack und holte den Hut heraus, Noés alten Hut, der ihr inzwischen passte. Noch vor einem Jahr hatte sie ihn mit Stroh ausstopfen müssen, damit er ihr nicht über die Nase rutschte.
Sie rollte ihr Haar zu einem Knoten zusammen und zog den Hut darüber, zupfte den Kittel locker über die Hose. So sah man nicht gleich, dass sie kein Bursche war. In der Verkleidung war sie geübt inzwischen.
Bei Lourmarin fand sie Aufnahme in einer Herberge: zwei Mahlzeiten am Tag und ein Platz im Heu gegen Arbeit im Stall, wo die Reisenden ihre Kutschen und Pferde unterstellten. Doch der Stallknecht war ein grober und streitsüchtiger Mann. Sie wusste, dass sie es nicht lange aushalten würde mit ihm. Und so zog sie weiter, nachdem sie sich ein paar Tage lang den Bauch gefüllt hatte.
Einen Tag erbettelte sie sich ein Stück Brot, am nächsten fand sie Gelegenheit, sich ihre Kost zu verdienen, indem sie auf einem Hof kranke Tiere behandelte. Sie mied die Städte. Da gab es für ihresgleichen nichts zu holen.

Und so ließ sie sich, ohne darüber nachzudenken, immer weiter am Fuß des Luberon entlang auf die östliche Biegung der Durance zutreiben.

Die Luft über dem Flusstal flimmerte und von den Berghängen trieb Pinienduft herab. Sie überquerte einen Hügelkamm und blieb im Schatten einer ausladenden Baumkrone stehen, um den Hut abzunehmen und sich den Schweiß von der Stirn zu wischen. In einiger Entfernung vor sich sah sie Zwillingshügel liegen. Auf dem einen schmiegte sich ein Village an den Hang, den anderen krönte ein Schloss: Cabriettes, der Besitz des Baron de la Motte. Angèle hatte ihn einmal erwähnt, ›ein Bauer im Junkersrock‹, ›Wiesenadel‹, hatte sie verächtlich gesagt.

Unten auf den Wiesen vor dem Village sah sie eine Herde Schafe, nur von ein paar Kindern betreut. Wie sie näher herankam, bemerkte Manou, dass auch ein Hund dabei war, eine weiße Dogge, ein *chien de défense,* ein ausgesucht gutes und starkes Tier, schwer zu finden. Doch der Hund schien verwirrt oder vielleicht gehörte er gar nicht dazu, war verwildert und bösartig geworden, denn er lag nicht ruhig an seinem Platz, wie es die Art dieser Wächter war, sondern umkreiste die Herde und starrte die Schafe an, so dass sie ängstlich blökend vor ihm zurückwichen und keine Ruhe in die Herde kam.

Eines der Kinder ging zu dem Hund hin. Es schien mit ihm zu schimpfen und ihn zurechtzuweisen. Also gehörte er doch dazu. Seltsam. Und während Manou sich noch über all das wunderte, sah sie, wie der Hund sich abwandte – er ging dem Kind fast bis zur Schulter – und wie das Kind mit seiner Gerte nach ihm schlug, mit dem Fuß ausholte und ihm einen Tritt versetzte. Augenblicklich schoss die Bestie herum, sprang das Kind an, warf es um. Manou begann zu laufen, zu rennen.

Als sie die Herde erreichte, standen die anderen drei Kinder zitternd dabei. Die Dogge hatte ihren kleinen Peiniger zu Boden geworfen, begnügte sich aber damit, mit gefletschten Zähnen geifernd und grollend über ihm zu stehen.

Manou sprach den Hund an: »Lass das! Hör auf damit! Komm sofort her, *viens!*«

Die Dogge hörte ihre Stimme, blickte sich nach ihr um, taxierte sie

und ließ von ihrem Opfer ab. Sie kam ganz folgsam zu Manou hin, setzte sich ihr zu Füßen, schweifwedelnd, und winselte ein wenig. Das Kind, es war ein Junge von etwa neun Jahren, stand auf und rieb sich die Tränen der Angst aus dem staubigen Gesicht. Manou sah ihn an und fand keine Spur von Bosheit an ihm. Gut.
»Komm her!«, sagte sie.
»Aber der Hund …!«
»Du hast jetzt Angst vor ihm?«
Der Kleine nickte und schämte sich dafür.
»Umso wichtiger ist es, dass du dich auf der Stelle wieder mit ihm versöhnst. Er ist ein braver Hund.« Sie tätschelte ihm den muskulösen Nacken unterhalb des Stachelhalsbands. »Wenn man ihm kein Unrecht tut, dann muss man ihn auch nicht fürchten. Er soll dir gehorchen, aber du musst ihn gerecht behandeln. Auch ein Tier versteht den Unterschied zwischen Recht und Unrecht«, sagte Manou streng. Der Kleine machte große Augen. »Du hast ihn zurechtgewiesen, wie du es musstest. Aber dann hast du ihn getreten, als er dir den Rücken zugewandt hatte. Das war zu viel. Damit hast du sein Vertrauen missbraucht. Was würdest du denn tun, wenn jemand dich ungerecht behandelt und du groß und stark wärest?«
Der Junge sah sie weiter mit kugelrunden Augen an und schwieg. Aber er hatte sehr wohl verstanden.
»Und nun komm her, langsam, ja. Knie dich vor ihm hin … Nein, nein, keine Angst zeigen, sei ganz ruhig! Lass ihn deine Hand riechen … So … Und jetzt schaust du ihm in die Augen und entschuldigst dich bei ihm.«
Der Junge zögerte noch einen Augenblick, legte dann aber seine Hand dem Hund auf den Kopf, ganz leicht, und murmelte tatsächlich etwas, das wie eine Entschuldigung klang. Die Dogge hörte zu und leckte ihm dann die Hand. Erleichtert lächelte der Kleine.
»Er hat mich ja wirklich verstanden!«
»Ja! Und nun brauchst du auch keine Angst mehr zu haben. Es ist bereinigt zwischen dir und ihm.« Sie lachte, stand auf und zauste dem Jungen die Haare.
»Mut hast du schon, es mit so einem Riesenvieh aufzunehmen. Sag, warum lässt man euch mit den Tieren allein? Ziegen hüten, das können Kinder tun, aber Schafe? Das ist doch ungewöhnlich.«

»Unser Dorfhirte ist letzte Woche gestorben, ganz plötzlich, und wir haben noch keinen neuen gefunden.«
»So? Na vielleicht habt ihr jetzt einen. Mit wem muss ich denn da sprechen?«
»Mit meinem Vater!«, der Kleine warf sich stolz in die Brust. »Mein Vater ist der *syndic* und der beste Sattler und Schuhmacher weit und breit dazu!«
»Wie heißt du denn, Kleiner?«
»Jean. Jean Moulin.«
»Fein, Jean Moulin. Dann bringe mich zu deinem Vater.«
Zusammen gingen sie durch blühende Klee- und Zwiebelfelder auf das Village zu, während der Kleine versuchte, seine Retterin auszufragen. Doch Manou blieb wortkarg.
»Bitte, *mestre* Marius, hier sind wir.«
Sie waren Gassen hinaufgestiegen und hatten ein Gebäude erreicht, das als Sattlerei und Schuhmacherei ausgewiesen war. Im Gegensatz zu den Gerbereien roch es hier kräftig und angenehm nach neuem Leder. Jean holte seinen Vater heraus.
Der betrachtete Manou aufmerksam von oben bis unten, ehe er auf sie zuging, sich die Hände an seiner Schürze abwischte und ihr einen Platz auf der Bank vor dem Haus anbot.
»Für die Hilfe und die Lektion, die Ihr meinem Sohn habt angedeihen lassen, meinen aufrichtigen Dank, Herr Schäfer! Ihr möchtet Euch also um die Stelle bewerben? Wo habt Ihr denn bislang gearbeitet?«
Manou gab eine der Situation angepasste Version ihrer bisherigen Erfahrungen und Tätigkeiten. Dass sie bei Eliah von Aix gelernt hatte und dies sogar belegen konnte, war ein Punkt zu ihren Gunsten.
»Hm. Tja ... Ihr seid recht jung und nicht allzu erfahren ...«
Manou winkte ab: »Kommt, kommt, Meister Moulin! Nicht einmal zweihundert Schafe – das ist wirklich eine kleine Herde und kaum der Rede wert! Also schön, allzu viel Erfahrung kann ich tatsächlich nicht vorweisen, obwohl sich noch niemand beklagt hat über mich. Andererseits bleibt Euch auch keine Zeit, lang zu suchen! Sankt Valentin ist lang vorbei. Die Schafe müssen jetzt hinauf in die Berge und wo wollt Ihr so schnell einen hernehmen, der sie dorthin bringen kann?«

»Hm, hm ...« Der *syndic* rutschte unruhig auf der Bank herum. »Hm, ja ... Das ist allerdings wahr. Es wird Zeit. Ich will Euch eins sagen: Ihr könnt bei mir übernachten und heute Abend gehe ich und rede mit den Besitzern der Tiere. Wenn sie einverstanden sind, dann soll es mir recht sein. Dann können wir es ja einmal mit Euch versuchen – äh – Marius war der Name, nicht wahr?«

Er sah sie scheel von der Seite an. Der junge Schäfer gefiel ihm und er schuldete ihm Dank, aber irgendetwas, da war Meister Moulin sich ganz sicher, irgendetwas war nicht richtig mit diesem ... Marius.

Am Abend machte Meister Moulin im Village seine Runde. Am anderen Morgen kam er in die Werkstatt, wo Manou hatte auf einem Stapel Häute schlafen dürfen. Er hatte gute Nachrichten für sie.

»Die Bauern sind einverstanden, es für ein Jahr mit Euch zu versuchen. Allerdings ...«

»Allerdings: Ihr kennt mich nicht und wisst nicht, ob man mir die wertvollen Tiere so mir nichts dir nichts anvertrauen kann.«

Verlegen hob der Schuster die Hände. *»Eh bè ...!«*

»Schon recht – Vertrauen gegen Vertrauen.«

Manou wühlte in ihrem Knappsack und holte den Saphir heraus. Sie wickelte ihn bedächtig aus dem weichen Tuch, in dem sie ihn die ganze Zeit über aufbewahrt hatte. Und da lag er und schimmerte in der Morgensonne mit einem tiefen blauen Feuer, Hühnereigroß und prächtig.

Dem Schuster fielen fast die Augen aus dem Kopf. Er streckte seine Hand danach aus, zog sie wieder zurück, schluckte, sah Manou an.

»Keine Sorge. Er gehört rechtmäßig mir. Ich habe ihn von einer dankbaren ... Dame geschenkt bekommen. Und? Wollt Ihr den Stein als Unterpfand annehmen, Meister Moulin?«

»Oh! O ja, das würde das Risiko mehr als aufwiegen.«

»Gut. Gemacht also. Eure Hand darauf! – Ah! Eines noch: Ihr seid ein aufmerksamer Mann, *Moussou,* und ich will Euch auch nicht täuschen. Ich bin eine Frau. Meint Ihr, dass Ihr es auch mit einer Schäfer*in* aufnehmen könnt?«

Der *syndic* betrachtete sie einen Augenblick lang verdutzt, dann schüttelte er den Kopf und begann zu lachen. »Aha! Das ist es also! Ich hatte gleich das Gefühl, dass mit Euch etwas nicht stimmt –

verzeiht! Ich meine natürlich nicht, dass ... äh, dass ... also nur ... Ich meine: Ich hatte schon das Gefühl, dass man Euch vertrauen kann, auch wenn Ihr nicht wart, was Ihr zu sein vorgegeben habt.«
»Verstehe schon.«
»Und sie haben Euch mit auf die *transhumance* genommen? Eine Frau, ganz allein da oben mit lauter Männern?«
»Nun«, lachte Manou, »ich habe es ihnen auch nicht gleich auf die Nase gebunden und es gab ein paar Schwierigkeiten anfangs, als sie es herausgefunden haben. Aber dann haben sie es akzeptiert und mich behandelt wie eine Schwester oder einen weiteren Schäfer. Und jetzt kann ich mit ihnen gehen, sooft es mir beliebt.«
Das war, streng genommen, eher eine Wunschvorstellung. Eliah hatte zwar in seinem Brief geschrieben, dass die Schäfer darüber nachgedacht hatten, doch er hatte ihr keineswegs angeboten, wieder mit auf die Sommerweiden zu gehen. Es war ihr gleich. Sie wollte es so sehr, das wusste sie jetzt, dass sie alles dafür riskieren würde.
»Übrigens, jetzt, da Ihr Bescheid wisst, kann ich Euch sagen, dass Ihr einen doppelt guten Handel macht mit mir. Ich kann im Winter, wenn ich hier unten bin, auch als Heilerin und Hebamme arbeiten. Dieses Handwerk habe ich ebenfalls gelernt.« Und als der *syndic* besorgt dreinblickte: »Ich will der ansässigen Hebamme nicht die Kunden abspenstig machen. Aber ich kann ihr etwas abnehmen, wenn es ihr zu viel wird – ich werde mich mit ihr verständigen.«
»Dann ist es gut! Sie hat sich oft beklagt, dass es ihr ein wenig viel wird manchmal. Sie muss ja nicht nur das Village, sondern auch die Höfe ringsumher mitversorgen, und das ist schon eine gewaltige Aufgabe für eine Person, zumal wir keinen Arzt hier am Ort haben. Es ist nicht einmal einer im Schloss oben.« Er machte eine verächtliche Kopfbewegung in Richtung des zweiten Hügels. »Der Baron ist zu geizig dafür. Also gut! Meine Hand drauf! Ich freue mich, dass es Euch im rechten Augenblick zu uns verschlagen hat.«
›Und ich erst‹, dachte Manou erleichtert.
»Dann solltet Ihr mich nun aber schnellstens ausrüsten. Die *mounta* müsste jetzt jeden Tag beginnen und ich muss mich sputen, will ich Eliah vor dem Gorge du Verdon den Weg abschneiden.«
Und so fand sich Manou zwei Tage später neben einem hochbe-

packten Esel herlaufen, ausgestattet mit allem, was ein Schäfer braucht: Decke und Umhang, Kleidung zum Wechseln, Werkzeug und Vorräte, Lampenöl und Arzneien, die sie mit der Hebamme von Cabriettes hastig zusammengestellt hatte.

Der Hund trottete hinterher und war sichtlich zufrieden mit seiner neuen Herrin. Manou sah sich noch einmal nach dem Village um, wie es da in der Sonne an seinem Hügel klebte, gekalkte Mauern und ockergelbe Ziegeldächer, ein Gewirr von engen Gassen in einem Mauerring. Cabriettes: ihre neue Heimat, der Ort, in den sie im Herbst zurückkehren würde, wenn es Gott so gefiele, in ein eigenes Haus mit einer Wiese und einem Verschlag für ein paar Ziegen. Sie würde einen Hund zur Gesellschaft haben und eine Katze oder zwei vielleicht ... Der *syndic* hatte ihr vorgeschlagen, dass die Gemeinde ihr ein Haus stellen würde, doch sie hatte abgelehnt.

»Ich will nicht mehr geborgt und geduldet leben. Ich will mein eigenes Haus und etwas Grund dazu. Der Stein sollte dafür ausreichend sein.«

»Das ist er ganz sicher. Dann also – wenn Ihr mir vertraut – werde ich diese Sache für Euch abwickeln. Wenn Ihr zurückkehrt, dann steht Euer Winterquartier für Euch bereit.«

Doch jetzt hieß es erst einmal vorwärts schauen. Sie marschierte mit ihrer kleinen Herde oberhalb Grambois' vorbei, querfeldein, wo es möglich war, um die Hirten vor ihrer zweiten Überquerung der Durance zu treffen. Ganz allein mochte sie diese Furt nicht wagen. Wenn sie nur noch nicht durch waren! Man schrieb bereits den dritten Juno und es war ein mildes, warmes Frühjahr gewesen. Es würde schwer werden, ihnen ganz allein auf dem Weg in die Alpen zu folgen.

Immer wieder glitt ihr Blick in die Ferne und sie ertappte sich dabei, wie sie sich die Peitschenschnur um den Finger drehte. Noch hielt sich die Vorfreude mit der Sorge die Waage: Was, wenn Eliah sie nicht wieder dabeihaben wollte? Was, wenn sie sie ablehnten? Und Olivier, wenn sie ihn wieder sah, was sollte dann werden? Ihr Magen fühlte sich an, als habe sie einen Schwarm lebende Libellen verschluckt.

Und dann tauchte hinter einer Wegbiegung das kiesige, breite Bett der Durance vor ihr auf. Von den großen *aver de pas* keine Spur, unberührt die Ufer, keine Losung auf Weg und Böschung. Da die Wiesen rechts und links des Wegs von Unkraut überwuchert und offensichtlich nicht in Pflege waren, ließ sie ihre kleine Herde anhalten und sah sich gründlich um. In einiger Entfernung sah sie eine Hand voll Leute auf einem Feld arbeiten.

Sie legte die Hände an den Mund und rief: »Ola! Sind die Herden schon über den Fluss gegangen?!«

»Was?!?«

»Sind die Herden schon über den Fluss?!«

Man verstand sie noch immer nicht recht. Einer ließ seine Hacke fallen und kam näher heran. Auch die anderen Landarbeiter unterbrachen ihre Tätigkeit, richteten sich auf, stützten sich auf ihr Werkzeug und schauten neugierig herüber.

»*La mounta! La mounta!* Sind sie schon durch?«

»Ah! *La mounta!* Nein«, gab endlich der Bauer zurück. »Die Herden sind noch nicht über den Fluss!«

Manou nickte zufrieden. Sie fand eine Stelle, wo sie bleiben konnte, und richtete sich aufs Warten ein. Sie setzte sich in das Gras an der Böschung, kaute das Mark aus einem süßen Halm, atmete tief und ruhig, lauschte, wartete: auf das Vibrieren der Erde unter Tausenden von Hufen, das Pfeifen und Peitschenknallen, das Blöken, Meckern, Kläffen, Bellen, das ›*He-là! Hoppalà! Hé!*‹, das Knarren der Wagenräder und die vielstimmige Harmonie der Wegglocken, der großen *sonnailles de draille,* die riefen: ›*Montadoun! Montadoun!* Wir steigen auf, wir steigen auf! Wir kommen!‹

Danksagungen – Remerciements

Für Informationen, Anregungen, Unterstützung bedanke ich mich herzlich bei:

– Christine und Jean-Claude Ardisson, *bergers,* Ziegenhirten der alten und sehr schönen Rasse *Chèvres de Rove,* die nicht im Stall oder auf einer Koppel gehalten, sondern auf traditionelle Weise täglich in die Garrigue geführt werden. Christine und Jean-Claude haben mich auf ihre Wanderungen mitgenommen, meine vielen Fragen beantwortet, mich mit ihrem herrlichen Käse und Wein bewirtet und wenn ich nach einem Zehn-Stunden-Tag an ihrer Seite müde nach Hause gegangen bin, erst mit dem Melken angefangen …
– Brigitte Mileto, langjährige Schafhirtin, *vraie bergère de transhumance,* die mich an ihren einzigartigen Erinnerungen hat teilhaben lassen
– Schwester Maria-Theresia vom Kloster Carmel »Regina Martyrium« in Berlin
– Archives Départementales de Vaucluse, Avignon
– Bergerie Nationale, Rambouillet
– Office de Tourisme, Pertuis
– Association historique du pays de Grasse

Weiterhin danke ich meinem Vater für die gereimte Übersetzung der Trinkermesse, Alain Malavard, Annique Jean, Prof. Dr. Ilja Mieck, Prof. Dr. Dietrich Kurze, Pierre und Micheline Quincerot, Birgitt Bachmann, André Bednarczyk, Kurt und Judith und immer wieder Bernd (pas d'ami comme toi …) und allen anderen, die Teile und Teilchen beigesteuert haben.

Anmerkungen

1 Die Erhöhung der Jahreszahl um eine Einheit wurde lange unterschiedlich gehandhabt. Bis 1564 galt in Frankreich der Osteranfang, *stilus gallicus* oder *style de France*. Die Provençalen richteten sich 1500 aber noch nach dem *style de Nativité*, 25. Dezember.
2 Magier in der Sprache des Südens
3 *moniales*/Nonnen haben die feierlichen Gelübde abgelegt im Gegensatz zu *sorores*/ Schwestern, die nur einfache Gelübde ablegen.
4 Praxiteles
5 Bengel
6 Erklärt nach Helena Petrowna Blavatzky, doch es ist anzunehmen, dass diese Thesen auch schon in früherer Zeit ähnlich gedacht und formuliert wurden, da sich alle magischen Forschungsarbeiten auf Schriften und Entdeckungen aus vorchristlicher Zeit beziehen.
7 … ist ja verrückt, macht sich zum Narren
8 Sephira, Pl. Sephiroth: Zehn Zeichen aus der hebräischen Kabbala, die Eigenschaften Gottes und metaphysische Elementarkräfte symbolisieren.
9 1575 in Basel gedruckt, existierte aber schon vorher in handschriftlichen Versionen.
10 Thymianschnaps
11 Das 6., 7. und 8. Buch Moses: triviale Aufzählung von Zaubermitteln und Quacksalbereien, Fälschung, manche sagen: im 18. Jh. entstanden. Ein Verleger wurde 1956 aufgrund seines Nachdrucks verurteilt wegen Betrug und Aufforderung zur Tierquälerei.
12 brèu – provençalisch: magischer Gegenstand, Talisman
13 Vergil, Aeneis
14 *muid* – altes Flüssigkeitsmaß, etwa 286 Liter
15 Weidenrinde enthält den Wirkstoff Salicin, der zu Salicylsäure oxydiert wird, also eine frühe Form des Aspirin
16 grobes »Arme-Leute«-Brot
17 Saint André: 30. November
18 ausgesprochen hässliche Karnevalspuppe, die symbolisch für alles Schlechte verbrannt wird
19 So nannte man die Herden auf der Wanderung (*aver von avoir* = haben): bewegliche Habe, Besitz auf Wanderung.
20 frei nach Jehan de Brie »Vrai règlement et gouvernement des bergers et bergères«, König Charles V. (1364–1380) gewidmet, erstmals gedruckt 1542 in Paris

21 Schäfer ohne Anstellung signalisierten mit der Peitsche unter dem Arm, dass sie Arbeit suchen. Hatten sie einen Patron gefunden, dann hängten sie sich die Peitsche um den Hals.

22 Im Mittelalter betrachtete man im Süden den Mond als ein düsteres Abbild der Sonne, die schlechte Sonne oder Sonne der Wölfe.

23 Die pflanzlichen Entsprechungen zu den zweiundzwanzig Bahnen oder Pfaden des Lebensbaums der Kabbala nach Richard Cavendish.

24 Eléonore de Castillon wurde später wieder in ihr Amt als Äbtissin von Sainte-Catherine eingesetzt und behielt dieses Amt bis zu ihrem Tod.

25 Christi Geburt für die Provençalen, ›Nacht der Wunder‹ für die Schäfer

26 mit realen oder Fabeltieren bemalte Dosen für teure Waren

27 langue d'oc: Fledermaus, wie fast überall Gegenstand von Aberglauben

28 Dominikanermönche, die im Auftrag des Papstes das Kompendium des Hexenglaubens *malleus maleficarum* – Hexenhammer – zusammenstellten, 1487.

29 Wunder tun mit Gottes Hilfe, magische Gestaltung zu guten, uneigennützigen Zwecken

30 ist in den meisten anderen Sprachen weiblich – *la lune*

31 nach Psalm 91